지역문학의 씨줄과 날줄

Woof and Warp of Regional Literature

지역 문학의 씨줄과 날줄

한정호

경진출판

책머리에

지역문학 연구는 자원봉사와 같다. 세상에서 소외되고 그늘진 삶을 찾아 사랑을 베푸는 자원봉사자, 지역문학 연구자 또한 우리 문학사에서 손길이 닿지 않고 발품에서 멀어진 문학을 찾아 행복을 나누는 아름다운 사람이다. 여전히 이들의 노고와 의미를 알아주는 이가 드물지만, 어느 누군가 이들에게 뜻깊은 박수를 보내 주고 있기에 참으로 보람된 작업이라 생각된다.

세상에는 우리의 따스하고 사랑어린 손길과 발품을 기다리는 사람과 장소가 너무 많다. 학문마당에서도 마찬가지, 특히 지역문학 차원에서 둘러보더라도 작은 관심조차 미치지 못한 대상들이 넘쳐 난다. 그런 점에서 내 능력과 정성이 너무 모자라다는 생각에 남몰래 안타까운 마음만 쌓여 갈 따름이다. 비록 그것이 개인의 몫만은 아니기에, 여러 연구자들의 참여가 절실하다고 하겠다.

이 책은 4년 전에 냈던 연구서 『지역문학의 이랑과 고랑』 이후 학문마당에 흩뿌렸던 지역문학 관련 글들을 가려 뽑아, 『지역문학의 씨줄과 날줄』이라는 제목 아래 크게 세 매듭으로 나누었다.

첫 번째는 〈작가 불러오기〉다. 평소 내가 관심을 두었던 지역 작가들에 대한 논문과 연구들을 불러왔다. 이를테면 김춘수, 천상병, 이선관, 설창수, 권환, 김원룡을 대상으로 그들의 삶과 문학세계를 논의하고 있다.

두 번째는 〈작품 오려두기〉다. 지역문학 연구를 위해 모으고 챙긴 작품 또는 자료를 중심으로 논의했던 연구와 비평들을 오려두었다. 『낭만파』와 『낙타』 등의 동인지 매체, 경자마산의거 시와 북한 아동문학, 마산 연극의 전통과 자산, 그리고 지역 서정시의 새로운 좌표 등에 대해 언급하고 있다.

세 번째는 〈독자 붙이기〉다. 지역사회의 문학현장에서 독자를 대신해 감당했던 시집 서평과 작가 비평들을 나란히 붙였다. 황선하, 박태일, 지영, 오순찬 등의 시집 해설과 이인우, 이병기, 이성부 등의 작품 세계를 분석하고 있다.

아무튼 지역과 문학이라는 씨줄과 날줄을 힘껏 당겨 한 폭의 옷감을 짜낼 수 있을 때, 비로소 지역문학은 세상살이에 걸맞은 문학실천이 된다. '지역'이라는 특수성과 '문학'이라는 보편성을 학문마당으로 최대한 확보할 때, 지역문학 연구는 사랑을 베풀고 행복을 나누는 자원봉사로 남을 것이다.

앞서 발표했던 글들을 한데 모아 되새김질하는 마음이 새삼 부끄럽다. 더불어 문학연구와 실천현장에서 내달렸던 지난날의 글자취를 갈무리하는 보람도 느껴 본다. 내 못난 탓에 지역문학 연구의 논리를 돋보이게 펼쳐 보이진 못하지만, 이 책을 통해 지역사랑과 문학실천에 대한 나의 열정이 묻어나기를 바란다.

아! 오늘 하루도 추억 속으로 달려간다. 지역문학의 참뜻을 일러주던 스승은 어느 때부터 말없이 나를 지켜보고만 있다. 이제는 도무지 그 깊은 속내를 알 수가 없다. 그리고 아내 박숙애는 나의 지친 행보에도 아낌없는 박수를 보내고 있다. 세월이 흐를수록 아들 지훈과 재민, 나를 아끼고 걱정해 주는 모두에게 고맙고 미안하다.

또한 네 해 동안 잊지 않고 챙겨 준 도서출판 경진의 가족에게도 이 자리를 빌려 감사의 인사를 전한다. 학문마당에 들어선 뒤부터 마음의 빚만 늘어 가는 느낌이다. 천명을 깨달아 가는 나이에 나를 다시

금 돌이켜 본다. 앞으로 자원봉사자로서 할 일들이 많이 남아 있고, 세상에 갚아야 할 빚이 막중해서 오히려 행복하다.

2015년 가을
합포 별서에서 무유의 월영대를 그리며

차례

2부 작품 오려두기

3부 독자 붙이기

1부 작가 불러오기

김춘수의 초창기 문학살이

1. 들머리

김춘수(金春洙, 1922~2004)는 '꽃의 시인'으로 대중에게 널리 사랑받고 있는 문학인 가운데 한 사람이다. "내가 그의 이름을 불러 주기 전에는/그는 다만/하나의 몸짓에 지나지 않았"지만, "내가 그의 이름을 불러 주었을 때/그는 나에게로 와서/꽃이 되었다"고 노래했던 김춘수 시인, 그의 대표작으로 꼽히는 「꽃」은 모르는 이가 없을 정도로 애송되는 작품이다.

흔히 유명 문학인의 글자취는 연구자에게 있어 관심의 대상이 아닐 수 없다. 지금껏 김춘수의 삶과 문학에 대한 논의는 작가론·작품론·주제론·비교연구·문학사적 위상과 업적 등 여러 측면에서 이루어졌다.[1] 하지만 앞선 연구에서는 그의 초창기 문학살이에 대한 논의가

---

[1] 김춘수의 삶과 문학에 관한 기존의 연구 성과는 이강하의 글을 참조하기 바란다.

제대로 이루어지지 못했다. 이는 무엇보다도 연구자들의 관심이 실증적 자료 발굴과 조사에 적극적으로 미치지 못했던 까닭이다.

김춘수는 고향 통영을 비롯해,[2] 마산(현 창원시)과 대구에 이어 서울·성남에서 문학살이를 펼쳤다.[3] 그는 여든세 해 동안 여러 지역과 인연을 맺었고, 그때마다 지역문단에 지대한 영향을 미쳤다.

이 글에서 다룰 마산에서의 활동은 김춘수의 초창기 문학살이에 해당한다. 그에게 있어 마산은 20~30대의 청년기를 지냈던 곳이고, 그의 문학적 토양을 다졌던 지역이기도 하다. 그의 이름 앞에 붙어다니는 '꽃의 시인'이라는 대명사도 마산살이에서 비롯되었다. 그런 만큼 김춘수의 삶과 문학에 있어 마산은 각별한 의미를 가진다고 할 수 있다. 그런데도 그와 마산의 인연과 문학활동에 대해 따로 정리한 자료는 없다.

이에 글쓴이는 김춘수의 초창기 문학살이를 살펴보고자 한다. 글쓴이는 마산의 지역문학을 중심으로, 특히 『낭만파(浪漫派)』 동인 활동

이강하, 「김춘수 시 연구의 현황과 전망」, 『국어문학』 제46집, 국어문학회, 2009, 181~208쪽.

2) 김춘수는 1922년 11월 25일 경남 통영시 동호동에서 태어났다. 1935년 통영공립보통학교를 거쳐, 1939년 경성제일고등보통학교(현 경기중학교)를 마쳤다. 1940년 니혼(日本)대학 예술학원 창작과(전문부) 입학하여 3학년을 다니고 중퇴했다. 을유광복(1945. 8. 15) 직후 '통영문화협회'를 결성하여 예술운동에 참여했으며, 1946년부터 1948년까지 통영중학교 교사로 근무했다.

3) 김춘수는 1949년 마산중·고등학교 교사로 근무하면서 마산에 거주하게 되었다. 1960년 해인대학(현 경남대학교) 조교수로 일하다가, 1961년 4월 대구로 옮겨갔다. 그는 경북대학교 문리대 교수, 1979년 영남대학교 교수로 근무했다. 그 뒤 그는 1981년 4월 제11대 전국구 국회의원(문공위원회) 피선, 대한민국예술원 정회원으로 활동했다. 1983년 문예진흥원 고문, 신문윤리위원을 거쳐, 1986년 방송심의위원회 위원장, 한국시인협회 회장, 1991년 한국방송공사 이사를 지내며 20년 남짓 서울에서 활동했다. 그는 2001년 10월 경기도 성남시로 삶터를 옮겨 말년을 지내다가, 2004년 11월 29일 사망했다. 그밖에 자세한 사항은 전집의 〈연보〉를 활용하기 바란다. 김춘수, 『김춘수 시 전집』, 현대문학, 2004, 1147~1150쪽.

과 등단, 문총 마산지부와 동인지 『낙타(駱駝)』, 지역문단의 지원과 창작지도, 초창기 저작 활동과 문학실천 등으로 나누어 따져보고자 한다. 이로 말미암아 그의 초창기 문학살이와 문학정신을 새롭게 인식하는 계기가 되고, 광복기와 전쟁기를 거쳐 1960년대 초반 마산의 지역문학을 보다 심층적으로 살필 수 있는 자리가 될 것이다.

2. 『낭만파』 동인 활동과 등단

김춘수와 마산의 인연은 1944년 10월 14일 명도석(明道奭)4)의 다섯째 딸인 명숙경(明淑瓊)과의 혼인으로 맺어졌다. 나라잃은시기 일본의

---

4) 명도석(1885~1954)은 언론인이자 교육자이며, 독립운동가이다. 호는 허당(虛堂), 그는 마산시 중성동에서 태어나 1900년대 초반 일본에 맞서 마산지역 상권수호투쟁을 벌였다. 1907년 7월 10일 우리나라 최초의 노동야학교를 설립해 강단에 서기도 했다. 또한 1919년 기미만세시위를 주도했으며, 『동아일보』 창간 때에는 주주로 참여했다. 1927년에는 독립운동단체인 신간회에 적극 참여하여 독립자금을 조달하다 검거되어 평양의 미결수 감방에서 6개월 동안 옥고를 치르기도 했다. 광복 직후 그는 건국준비위원회 마산지회장을 지냈다. 1954년 6월 4일 사망했다. 그 뒤 1990년 건국훈장 애국장이 추서되었다. 1991년 11월 2일에 '허당 명도석 묘비' 제막식을 가졌고, 2005년 8월 봉암동 88오류화단에 '애국지사 허당 명도석 선생 기념비'를 건립했으며, 2006년 10월 마산 중성동에 '허당 명도석 독립지사 생가터'라는 표지석을 세웠다. 현재 그의 유택은 창원시 마산합포구 진동면 신기리 죽전마을 뒷산에 있는데, 1991년 10월 그의 사위였던 김춘수가 '독립지사 허당 명도석 선생 묘비문'을 썼다. 그 내용의 일부를 소개하면 다음과 같다. "선생께서 남기신 항일투쟁 발자취는 크고도 뚜렷합니다. 일본인이 장악하고 있던 마산 어시장(魚市場)에서의 상권투쟁(商權鬪爭), 노동야학교에서의 후진교육(後進敎育), 기미독립만세항쟁(己未獨立萬歲抗爭)의 마산에서의 주도, 동아일보 창립주주로 민족계도사업(民族啓導事業)에 참여 및 만주땅 안동(安東)에서의 거사모의사건(擧事謀議事件)으로 체포되어 평양에서 치르신 옥고(獄苦), 밀양 폭탄사건(爆彈事件) 거사(擧事)자금 전담(專擔), 의열단(義烈團) 경남거점조직을 주재(主宰), 일본에 의한 창씨개명(創氏改名) 강요를 끝내 거부, 조선건국동맹(朝鮮建國同盟) 경남조직책 담당, 마산경찰서 갑종요시찰인(甲種要視察人)으로서 구금 십여 차례 등 이루 헤아릴 수가 없습니다."

징용을 피하기 위해 혼인했던 그는 마산의 처가에서 1년 남짓 숨어 지내다가, 광복을 맞았다. 광복 직후 그는 고향 통영에 옮겨가 통영중학교 교사로 근무했으며, 유치환·윤이상·김상옥·전혁림·박재성·정윤주 등과 '통영문화협회'를 결성, 지역의 문화예술운동에 힘썼다.5)

광복기 우리 문단은 좌익 진영의 조선문학가동맹과 우익 진영의 조선청년문학가협회로 양분화되는 양상을 보여 주게 되었다. 그러한 양상은 마산의 지역문단에서도 그대로 드러났다. 조선청년문학가협회 마산지부(지부장: 조향)라는 우익 진영과 조선문학가동맹 마산지부(지부장: 이영석)라는 좌익 진영의 활동이 그것이다.6)

그러한 와중에도 조선청년문학가협회 마산지부의 조향(趙鄕, 1917~1984)을 주축으로 김수돈(金洙敦, 1917~1966)·김춘수 등이 『낭만파』 동인을 결성했다.7) 그 무렵 김춘수는 통영중학교에 근무하고 있었고, 조향은 마산의 마산공립상업학교(현 용마고등학교), 김수돈은 부산의 경남여자중학교에서 교사로 일하고 있었다. 아무튼 이들 세 사람은 마산을 중심 무대로 하여 어려운 여건 속에서도 네 차례 동인지를 펴냈던 것이다.

김춘수는 〈나의 예술인 교우록〉에서 『낭만파』 동인지에 대한 기억을 다음과 같이 적고 있다.

---

5) 그 무렵 〈통영문화협회〉는 유치환이 회장, 김춘수가 총무를 맡았다. 김춘수에 따르면, "우리는 소인극단을 만들어 이웃도시 마산까지 순회공연을 나간 일이 있다. 상연물은 단막극 두 개다. 하나는 이기영의 「해방」이고 다른 하나는 박재성의 「호풍(胡風)」이다"고 밝혔다. 김춘수, 「행이불언(行而不言)하는 청마(靑馬)」, 『시문학』, 2002. 9, 51쪽.

6) 한편 광복기 마산에서는 〈마산문화동맹〉(위원장 김종신)이 결성되어 문화활동을 벌였으며, 기관지 『무궁』(1946)을 간행했다.

7) 한정호, 「꽃 없는 낭만의 계절」, 『지역문학연구』 제5호, 경남지역문학회, 1999.10, 149~209쪽.

조향은 화인과 나와 함께 할 동인지의 이름을 〈노만파〉라 했으면 어떻겠느냐고 내 의견을 물어왔다. 그리고는 거기 대한 설명을 하고 있었다. 일본인들이 Romanticsim을 일본어로 번역하여 낭만주의(浪漫主義)라고 했는데, 이것은 일본어 발음으로는 제대로 된 것이지만 한국어 발음대로 하면 낭만주의가 되어 어울리지가 않는다. 그래서 한국어 발음대로 로만이라고 했다는 것이다. (…중략…)『로만파』창간호에 실린 시들을 보면, 조향은 리리시즘의 전통을 그대로 밟은 얌전한 시를 쓰고 있었고, 화인은 모던한 취향의 시를 내놓고 있었다. 뒤에 시집『우수의 황제』에 실린 시편들이다. 나는 이것도 저것도 아닌, 세 사람 중에서 제일 처지는 형편 없는 습작품을 내놓은 셈이 되었다. 그때를 생각하면 창피스럽기 그지없다. 그런데도 3집까지『로만파』를 내고 3집 때는 화인이 빠졌는데도 나는 조향과 함께 시를 내놓았다. 3집까지 조향이 다 맡아서 했다. 그 이상은 조향으로도 어찌해 볼 방도가 서지 않았는듯 했다. 이제는 그만둬야 하겠다는 전갈이 나에게 왔다. 나는 물론 단념할 수밖에 없었다.[8]

동인지 이름은 본디 '낭만파'로 정했지만, 동인들의 글 속에는 'Romanticism'을 우리말로 옮겨 '로만파(魯漫派)'로 적고 있다. 이는 조향이 의견을 제시하고 김수돈과 김춘수가 그것을 받아들임으로써 지어졌다고 한다. 이번에 제2집이 발굴됨으로써『낭만파』의 발행 시기는 물론 동인 구성과 활동상의 윤곽을 그릴 수 있게 되었다.[9]

현재 확인할 수 있는『낭만파』동인지는 제2집(1946.6), 제3집(1947.1), 제4집(1948.1)이 있다.『낭만파』제1집의 실체가 확인되지 않은 까닭에, 그 전모를 살필 수 없어 아쉽지만,『낭만파』제1집은 광복 뒤인

8) 김춘수,「그늘이 깃드는 시간 5」,『시와 반시』, 1996년 가을, 232~233쪽.
9) 한정호,「낭만, 형이상학적 혁명의 시세계」,『근대서지』제4호, 소명출판, 2011.12, 194~202쪽.

1946년 1월 즈음에 발간되었던 것으로 짐작된다.

　　내 사랑하는 조선의 겨레, 이 땅의 문화인(文化人)에게 이 조그마한 제2
집을 보내드리기로 합니다. 변변하지 못한 창간호를 낸 지 이미 다섯달만
입니다. 혼자서 하는 노릇이라 여간 곤난이 아니라는 것을 알아주셔야지
요.[10]

　　1946년 6월 1일 발행되었던 『낭만파』 제2집의 「편집후적」이다. 이
글에 따르면, "창간호를 낸 지 이미 다섯달만"에 나왔으며, 조향 "혼
자서" 동인지의 발행과 편집을 도맡았던 것으로 드러난다. 이로 미루
어 볼 때, 『낭만파』 창간호의 발행 시기는 1946년 1월 즈음으로 짐작
할 수 있다. 또한 『낭만파』 제2집에서는 동인 형성의 됨됨이를 엿볼
수 있게 한다. 흔히 『낭만파』는 조향·김수돈·김춘수가 결성 때부터
동인으로 참가했다고 알려져 있지만, 제2집에는 김춘수의 이름이 빠
져 있으며, 작품 또한 실려 있지 않다.

　　해방 후 나는 마산에서 재빨리 『로만파』라는 시동인지를 시작했다. 박
목월·조지훈·이호우·김춘수·서정주 등 시인들의 협조로서 4집까지 내었
었다. 이것이 내가 한국 문단에다 발을 디디게 된 맨 첨의 일이다. 필명을
'조향'으로 바꿨다. 김춘수 형의 시가 제일 첨 실린 것이 『로만파』라는
나의 잡지였다.[11]

　　조향은 『낭만파』를 '광복공간에 기억할 만한 일'이라고 높이 평가

---

10) 「편집후적(編輯後滴)」, 『낭만파』 제2집, 1946.6.1.
11) 조향, 「20년의 발자취」, 『자유문학』, 1958.10; 『조향 전집 2: 시론·산문』, 열음사,
　　1994, 41~42쪽 재인용.

하고 있는데, 이 글에서처럼 "김춘수 형의 시가 제일 처음 실린 것이 『낭만파』라는 나의 잡지였다"는 조향의 기억이 맞다면, 그가 처음으로 작품을 발표한 매체는 『낭만파』일 것이다. 앞서 언급했듯이, 『낭만파』 제1집의 발간 시기를 1946년 1월로 본다면 이러한 사실은 틀리지 않다.

　이 3집부터 〈낭만파〉는 안팎으로 단장을 새로 하고 젊은 조국의 영원해야 할 문학을 위해서 씩씩한 첫걸음을 다시 내어 디디었습니다. 조선청년문학가협회(朝鮮靑年文學家協會)의 유력한 회원들을 동인으로 한 이 순수시문학지(詩文學誌)는 귀여운 단행본 형식으로 나타나서 갖은 재롱을 다 부릴 것이니 여러분의 책장에다 새로운 광채를 더할 줄로 믿으며 삼동 고요한 긴 밤에 여러분의 마음의 양식이 되며 외로움의 벗이 되어 줄 수 있다면 편집자의 기쁨 이보다 더함이 없으리이다.[12]

　『낭만파』 제3집은 1947년 1월 1일 마산의 '남선신문사인쇄부'(경남신문사 전신)에서 찍었고, '낭만파사'에서 펴냈다. 인용한 글에 따르면, 제3집부터 "단장을 새로 하고" "귀여운 단행본 형식으로" 펴냈으며, 조선청년문학가협회의 "유력한 회원들"[13]을 동인으로 맞이했던 것이다.
　김춘수는 『낭만파』 제3집에 「여자」, 「물결」, 「날씨스의 노래」, 「슬픈 욕정」, 「여명(黎明)」, 「숲에서」, 「박쥐」, 「밝안제(祭)」, 「막달라·마리아」를 발표하고 있다. 이 가운데 「물결」, 「슬픈 욕정」, 「박쥐」 세 작품

---

12) 「편집을 마친 뒤에」, 『낭만파』 제3집, 1947.
13) 『낭만파』 제3집에는 조향·김수돈·김춘수·유치환·김달진·박두진·박목월·이호우·탁소성이 참가했다. 여기에 김춘수는 시 2편 「인형과의 대화」와 「잠자리와 유자」를 발표했다. 이 모두 전집에는 빠진 작품들이다.

은 그의 전집에서도 빠져 있어 자료 발굴의 의미를 더해 준다.

『낭만파』 제4집은 판권이 따로 없는 까닭에 그 발행 시기를 정확히 알 수 없으나, 「편집을 마치고」에서 '3집을 낸 지 어언간 한 해가 넘었다'고 밝힌 점으로 미루어 볼 때, 1948년 초반에 나온 것으로 짐작된다.[14] '시·평론'이라는 제목을 달고 나왔는데, 앞서 제3집에서처럼 여러 문인들이 참여했다. 제4집에는 '소작품집(小作品集)'의 지면을 마련했는데, 조향과 김춘수의 작품들을 소개했다.

김춘수는 『낭만파』 제4집에 2편의 시를 발표했는데, 「인형과의 대화」와 「잠자리와 유자」가 그것이다.[15] 지금껏 이 동인지를 확보하지 못했던 까닭에, 이들 작품 또한 그의 전집에 빠져 있다. 자료 발굴과 수집의 중요성을 새삼 깨닫게 한다.

흐른다/하늘에 구름모양/마구 흐른다//낡에 스미고/마당에 번지고/눈시울에 부풀어 오르면//흐르던 것/거품 되어 널리고//출렁인다/왼통 출렁인다//파아란 모래밭에/수다한 이팔이 너풀거린다

—「물결」 전문

유자(柚子)의 숨결은/날이 갈수록 향기로운데//날이 갈수록 가시가/칼

14) 『낭만파』 제4집은 '청년시인사화집'으로서 유치환·조지훈·김달진·박두진·이정호·유동준·이해문·김동리·조향·서정주·조연현·구상·탁소성·이윤수·오난숙·이숭자·오영수·김수돈·김동사·윤인영·이호우·이영도·한현근 등이 참여했다. 책 말미의 「동인 청규(淸規)」에서 '로만파는 총서 형식의 부정기간 시동인지'이고, 동인은 '조선청년문학가협회 시부위원으로써 구성함을 원칙'으로 한다고 밝혀두었다. 그리고 뒷표지에는 〈조선청년문학가협회〉, 〈전조선문필가협회〉, 〈전국문화단체총연합회〉 등의 단체 이름이 적혀 있는 것으로 미루어, 『낭만파』 동인지의 발행에 있어 이들 단체들의 후원이 컸던 것으로 생각된다.
15) 여기에서는 김춘수를 '시인, 조선청년문학가협회 회원, 통영문화협회 회원, 낭만파 동인'으로 소개하고 있다.

날인양 푸르러//가지 가지에 유자가 달렸던가/가지 가지가 유자에 달렸던 가 하고//이 한나무를 싸고도는 잠자리의 모습이/날이 갈수록 발갛게 타다
— 「잠자리와 유자(柚子)」 전문

앞의 시는 "물결"의 흐름과 그 현상을 노래하고 있다. "하늘에 구름 모양" 흐르던 물결은 "나무"에 스미고 "마당"에 번지며 "눈시울"에 맺힌다. 그 흐르던 물결은 다시 "거품 되어" 출렁이며 "파아란 모래밭 에" 너풀거린다. 뒤의 시는 가을에 볼 수 있는 풍경, "잠자리와 유자" 의 모습을 그려내고 있다. 유자가 주렁주렁 달린 유자나무를 맴도는 잠자리의 모습을 묘사하고 있다. "날이 갈수록" 유자향은 향기롭고, 잠자리는 "발갛게" 타고 있다. 이렇듯 이들 시는 특정 대상의 이미지 에 대한 시적 통찰이 돋보이는 작품이라 하겠다.

고양이란놈 발갛게 불을 쓰고 이밤을 엿보고있고/흰 한송이 꽃은 무릎위 에서 시들어 집니다/다 같이 보자기에 싸두었던 이야기를 폅니다/그러면 유순한 버드나무처럼 우리는 또다시 기억(記憶)합니다//움은 솟아 오른다 고요?/인생(人生)은 이처럼 행복(幸福)에서 멀리 살았습니다/영롱(玲瓏)한 두눈을 뜨고 다람쥐같이 제빠르게 도망질하는놈/보자기를 겹쳐요/호박꽃 처럼 보오얗게 이밤이 밝아가니……//아— 에덴의 꽃밭입니까/훈훈한 향 기(香氣)속에서 생활(生活)은/언제나 고아(孤兒)처럼 외로웠습니다
— 「애가(哀歌)」 전문

『낭만파』 제1집이 확보되고 그 발행 시기가 구체적으로 밝혀진다 면 그의 등단작이 제대로 확인될 수 있을 것이다. 하지만 현재로선 김춘수가 스스로 여러 자료에서 자신의 등단 작품이라고 밝힌 작품은 『해방1주년기념시집: 날개』16)에 실렸던 「애가」이다. 제목에서 보듯,

삶에 대한 '슬픈 노래'이다. "흰 한송이 꽃"이 시들어 가고 지난 이야기는 추억으로 기억된다. 그렇듯 인생은 "행복에서 멀리" 살았고, "에덴의 꽃밭"인양 "훈훈한 향기 속에서"도 "생활은 언제나 고아처럼 외로웠"다고 토로한다.

이렇듯 『낭만파』는 광복기 우리 문단의 한 축이었던 '조선청년문학가협회'에서 활동하던 청년 시인들을 중심으로 만들어졌을 뿐 아니라, 광복기 우리 문단에 큰 파장을 일으켰던 시동인지였다고 하겠다. 아울러 조향·김수돈·김춘수를 중심으로 한 문학활동은 경남지역의 문학인들을 결집시키는 역할을 맡았고, 지역문단의 활성화에 크게 이바지했던 것이다.

한편, 김춘수는 통영·부산·마산·진주·대구지역의 우파 문인들과 자주 어울렸다. 1947년부터 대구에서 발행된 『죽순(竹筍)』[17]에 줄곧 참여하고 있다. 특히 그는 광복 이후 조선청년문학가협회 진주지부를 맡은 설창수와 자연스레 교분을 쌓았던 것으로 여겨진다. 그는 설창수가 주도했던 『영문(嶺文)』에 1948년부터 1958년까지 10년 넘게 줄곧 참여했다.[18] 『영문』에 그가 『영문』에 발표한 작품은 모두 17편으

---

16) 『해방1주년기념시집: 날개』는 조선청년문학가협회 경남지부에서 광복 1주년을 기념하여 발간한 시집이다. 이 시집은 1946년 8월 15일 발행되었으며, 목차를 포함하여 총 49쪽의 분량이다. 판권에는 '조선청년문학가협회 경남본부'에서 편집·발행했고, 대표 이름은 탁창덕(卓昌悳)이며, 을유출판사에서 인쇄했다. 또한 발행소와 인쇄소의 주소가 '부산시 중도정(中島町) 1정목(丁目) 20번지'로 나와 있다. 이는 조선청년문학가협회 경남본부 사무국의 주소와 동일하다. 여기에는 21명의 시인들, 이를테면 문단의 기성시인들(김동명, 정지용, 김영랑, 김상용, 변영로, 박종화, 모윤숙)과 조선청년문학가협회의 시인들(서정주, 유치환, 박목월, 조연현), 그리고 경남지역 시인들(김수돈, 조향, 탁소성, 고두동, 김춘수, 이봉래, 천세욱, 오영수, 조봉제, 김달진)로서 각 1편씩 시를 수록하고 있다. 심선옥, 「해방기 경남지역 시단과 『날개』」, 『근대서지』 제4호, 2001.12, 176~193쪽.

17) 『죽순』 동인지에 발표된 작품으로 「꽃」(시), 『죽순』 제4집(1947.5.18); 「바람결」(시), 『죽순』 제7집(1947.12.15); 「온실」·「춘심」(시), 『죽순』 제8집(1948.3.15); 「상아의 집」(시)·「시, 시인에 대한 소묘」(평글), 『죽순』 제10집(1948.3.15) 등을 찾을 수 있다.

로 시(12편)와 수필(3편), 그리고 번역(2편)에 이른다.[19] 이밖에도 그는 『예술신문』, 『문예』, 『해동문화』, 『백민』 등의 매체에 여러 작품을 발표하게 되었고, 시인으로서의 자리를 굳혀갔다.

앞서도 말했듯이, 김춘수와 마산의 인연은 1944년 명숙경과 혼인, 나라잃은시기 1년간 처가에서의 피신,[20] 광복 직후 『낭만파』 동인 활동으로 이어졌다. 특히 김춘수는 통영에 거주하고 있었지만, 마산의 문학인들과도 교분을 쌓았던 것이다. 그런 점에서 『낭만파』 동인 활동은 오늘의 시인 김춘수를 만든 자양분으로서 큰 몫을 했다고 여겨진다.

3. 문총 마산지부와 동인지 『낙타』

한국전쟁을 기점으로 하여 마산문단은 많은 변화를 맞이하게 되었다. 그 변화 가운데 중심은 문단재편에 따른 피난지 문단이 형성되었다는 점이다. 전쟁기 마산은 피난문단의 중심지로서 여러 문화예술인들의 활동이 두드러졌다.[21] 그로 말미암아 마산문단도 많은 변화를 보여

---

18) 설창수는 '김춘수와는 동문학우, 향우(동도인향), 문우(시동인)의 삼중연인 사이'라고 밝힌 바 있듯이, 김춘수가 『영문』 제5집(1948)부터 제16집(1958)까지 한 해도 거르지 않고 작품을 발표했던 까닭은 설창수와의 교분에서 비롯된 셈이다. 설창수, 「그의 인간적인 측면」, 『김춘수 시 연구』, 흐름사, 1989, 541쪽.

19) 문옥영, 「『영문(嶺文)』 소재 김춘수 미발굴 연구」, 『파성 설창수 문학의 이해』, 도서출판 경진, 2011, 247~267쪽.

20) 이러한 사실은 김춘수의 장녀인 김영희의 출생연도와 출생지가 대변해 준다. 호적에 따르면 그녀는 1945년 5월 6일 '마산부 표정 64-2번지'(현 마산시 중성동)에서 태어난 것으로 나와 있다.

21) 전쟁기 마산문단에는 김수돈·정진업·김태홍·권환·박양·김춘수·이석·김상옥·이영도 등과 여기에 이원섭·김세익·김남조·오상순·문덕수 등이 옮겨옴으로써 문학인들이 대폭 늘어났다. 이들은 교편을 잡아 후진들을 가르치면서 열심히 작품활동을 했다.

주었는데, 그 가운데 하나가 전국문화단체총연합회(줄여서 문총)[22] 마산지부의 결성과 활동을 들 수 있다.

한국전쟁기 문총은 1951년 5월 임시수도 부산에서 제4회 정기총회를 개최하며 새롭게 결집되었다. 그 정기총회에서 마산의 문화예술인들은 정식으로 문총 마산지부를 승인받았고, 그해 6월에 지부장 김춘수, 부지부장 김갑덕을 중심으로 문총 마산지부가 결성되었다.[23] 문학 쪽에서 본다면, 문총 마산지부 결성이야말로 마산문단의 공식적인 출범이라 할 수 있다. 이처럼 김춘수는 마산고등학교에서 국어 교사로 근무하면서 문총 마산지부의 지부장으로 활동했던 것이다.

문총 마산지부는 종합예술제, 예술강좌, 살롱음악회, 미술전, 시화전 등을 펼치며 활발하게 활동했다. 그 무렵 마산의 외교구락부·콜롬비아찻집·마산다방·비원·전원·남궁·백랑·향원다방(마산 중앙동 소재)은 시화전, 시낭송 발표회를 열었던 문화예술인의 사랑방 역할을 맡았다. 특히 그는 단골로 드나들던 찻집 외교구락부에서 마산의 여러 문화예술인들과 교분을 쌓았다고 한다. 그러한 문총 마산지부의 결성과 활동은 피난지 마산의 문화예술의 위상을 새롭게 이끌어가는 버팀목으로 작용했다고 하겠다.

하지만 1952년 3월 문총 마산지부는 자체 운영면과 지역의 사정으로 지역 유지들이 참여하게 되면서 임원을 개선, 2대 지부장으로 김종신을 선임했다. 그 뒤 1953년 10월 문화예술단체로서의 본질을 바

---

22) 문총은 광복기 좌익계열의 문화단체인 조선문화건설중앙협의회·조선문화단체총연합회에 맞서, 1947년 2월 12일 우익계열의 문화단체들에 의해 결성되었다. 학술·문화·예술 전반에 걸친 민족진영 문화인들의 총결집체로서 문총은 여러 산하단체를 두고, 민족문화 수립과 공산주의 타도를 위해 활동했다. 그 뒤 한국전쟁 발발과 함께 '비상국민선전대'를 조직했고, 다시 '문총구국대'를 설립했다. 그리하여 전시체제 아래서 문화예술인들의 역할과 책무를 강조하며 다양한 분야에서 활발하게 활동했다.
23) 결성 당시 집행위원으로 김춘수·김수돈·김갑덕·김세익·이원섭·이림·이수홍·문신·한동훈·강형순·이진순·하도상·김종환·안윤봉이며, 회원은 54명으로 기록되어 있다.

꾸기 위해 임원의 재정비를 단행하여, 제3대 지부장으로 김춘수를 재선임했다.

그 뒤 문총 마산지부는 1954년 4월에 제4회 총회가 비원다방에서 개최되었고, 사무국이 강화되어 재발족했으며, 기관지 『마산문총회보』 (1954.5)[24]를 펴냈다. 하지만 그해 6월 문총 본부의 분열에 영향을 받아 문총 마산지부도 유명무실하게 되었다. 결국 문총 마산지부는 1955년부터 전시 체제하의 정훈·보도의 역할에서 벗어나 문화예술단체로서의 본분의 위치로 돌아서면서 자연 해산상태에 빠졌다.

문총 마산지부를 중심으로 한 김춘수의 활동으로는 1952년 5월 '김춘수·강신석 시화전' 개최와 동인지 『낙타』 발간을 꼽을 수 있다. 특히 그는 전쟁기 문총 마산지부 산하의 동인지 『낙타』를 이끌었다. 전하는 바에 따르면, 동인지 『낙타』는 4집까지 발간되었다고 하지만, 현재로 『낙타』 제2집(1951.6.14)만 그 실체를 확인할 수 있다.

김춘수는 문총 마산지부 결성에 즈음하여 동인지 『낙타』를 펴냈는데, '집필에는 시에 김수돈·이원섭·김춘수·천상병·김태홍·김세익·이순섭(이석), 소설에 김윤기, 평론에 김재관, 수필에 이진순·김갑덕 등'이 참가했다. 이즈음 『낙타』 제1집은 확보되지 못했고, 최근 발굴된 『낙타』 제2집을 통해 동인들의 면모를 짐작할 수 있다.[25]

『낙타』 제2집은 1951년 6월 12일 마산의 평민인쇄소에서 찍었고, 1951년 6월 14일 문총 마산지부에서 펴냈다. 인쇄인으로 김형윤(마산시 완월동 217)이 이름을 올렸고, 편집인으로는 그 당시 문총 마산지부의 지부장을 맡고 있었던 김춘수가 이름을 올렸다. 판권에는 주소지

---

24) 『마산문총회보』에는 김춘수, 이진순, 김수돈, 최인찬 등이 집필자로 참여하고 있다.
25) 동인지 『낙타』의 됨됨이에 대해서는 한정호의 글을 참조하기 바란다. 한정호, 「한국전쟁기 마산의 문학매체와 『낙타』」, 『인문논총』 제29집, 경남대학교 인문과학연구소, 2012.6, 126~131쪽.

가 '마산시 중앙동 58'로 적혀 있는데, 이는 김춘수의 거주지와 동일하다. 이로 미루어 문총 마산지부는 사무실을 따로 두지 않았던 것으로 보인다. 그리고 여기에는 김춘수·유치환·김상옥·이원섭·김수돈·김태홍·천상병·김세익·김재관·이진순·김갑덕 등이 글을 발표하고 있다.26)

사월 초순에 벽시전(壁詩展)을 문총지부(文總支部) 주최로 몇 사람 시인의 원고를 얻어 하였고 그때 시를 낸 사람들의 발기(發起)로 벽시전에 게시(揭示)한 시를 낭독하는 모음을 가지자고 말이 되어 그것의 푸로그람으로써 『낙타』 1집을 시로만 꾸며 보았다./그후 차차 말이 진행되어 시, 소론(小論), 수필 정도로 내용을 확대하여 좋은 동인(同人)을 발견하는데 힘을 써자고. 그래 2집은 스페-스를 상당히 고려해 가면서 베좁은 지면(紙面)에 이만 한 것이라도 싣게 되었다./조국은 지금 공산주의와의 치열한 싸움을 싸우고 있다. 총후(銃後)의 우리들이 이런 소책자라도 엮음으로써 총후국민으로서의 드높은 각오를 우리들 스스로가 가지는 동시에 이 책을 보는 적은 범위의 사람들에게라도 절로 이 전쟁의 깊은 뜻이 스며가야 할 것이다.//3집부터는 통영(統營) 문총을 중심한 동인지 『기(旗)』와 합류하여 좀더 내용과 외모를 충실히 할려고 한다. 뜻있는 분의 많은 투고를 바라는 바다. 문학(文學)하는 사람으로선 알지 못하고 있던 좋은 문학도(文學徒)를 알게 된 기쁨이야 그 위에 더할 것이 없을 정도다.27)

---

26) 여기에는 소론(小論)으로 김재관의 「그 후(後)의 Eliot」, 김춘수의 「시인의 종군(從軍)」을 실었고, 시(詩)로 유치환의 「낙과집(落果集)」 1, 김상옥의 「먼동」, 이원섭의 「나비」, 김수돈의 「명상시곡(冥想詩曲)」, 김태홍의 「행춘(行春)」, 천상병의 「그림」, 김세익의 「전선추색(戰線秋色)」 등 7편, 수필로 이진순의 「담배와 파잎」, 김갑덕의 「애정(愛情)」·「질투(嫉妬)」 등 2편이 실렸다.
27) 김춘수, 「편집후기」, 『낙타』 제2집, 1951.6.

이에 따르면, 1951년 4월 초순에 문총 마산지부 주최로 "벽시전(壁詩展)"이 열렸다. "그때 시를 낸 사람들의 발기(發起)로 벽시전에 게시(揭示)한 시를 낭독하는" 모임을 가졌는데, 그것의 프로그램으로써 『낙타』 1집을 시로만 꾸며 보았다는 것이다. 이를 시작으로 "시, 소론(小論), 수필 정도로 내용을 확대하여" 『낙타』 제2집을 냈다고 했다. 그리고 제3집부터는 "통영(統營) 문총을 중심한 동인지 『기(旗)』와 합류하여 좀더 내용과 외모를 충실히" 할 것임을 밝히고 있다. 만약 제3집이 나왔다면, 마산과 통영지역 문총 회원들의 면면을 밝힐 수 있을 것이다.

이 글에서 보듯, "지금 공산주의와의 치열한 싸움을 싸우고 있"는 나라 상황에서 "총후(銃後)"의 문학인들이 『낙타』를 엮어냄으로써 "총후국민으로서의 드높은 각오를" 다지며, 독자들로 하여금 "전쟁의 깊은 뜻"을 알리기 위함이라고 밝혔다. 다시 말해서 동인지 『낙타』는 전장의 후방을 지키는 "총후국민"의 자세를 보여 주고자 했다고 하겠다.

동인지 『낙타』는 문총 마산지부의 활동상을 통한 한국전쟁기 마산의 문학사회의 동향과 특성을 읽어낼 수 있는 중요한 매체이다. 다시 말해서 피난지 마산의 문학사회와 제도문단과의 관계를 잘 보여 주는 근거로 작용하고 있다. 이즈음 실증적 자료를 오롯이 확보하지 못한 상황에서 『낙타』의 됨됨이를 밝힌다는 것은 쉬운 일이 아니다.

중부전선(中部戰線)에 종군하였다가 돌아온 이원섭(李元燮)형이 이런 말을 하였다. (청마(靑馬)씨야말로 종군한 보람 있는 시를 보여주었다)고 『문예(文藝)』 전시판(戰時版) 1집에 실린 「보병과 더불어」란 열 편의 동부전선 종군시는 전쟁을 무슨 자기(自己)의 과오처럼 체험한 시인의 진솔한 기록이 있었을 뿐 뜻 아니한 전쟁을 겪고 있는 당황에서 오는 필연 이상의 감상(感傷)은 없다. 마치 전쟁이란 피치 못할 운명에 대한 마음의 준비를 이 시인은 평소에 늘 가지고 있었지나 안했나 싶다.[28]

『낙타』 제2집에 실린 글이다. 문총 마산지부장이었던 김춘수는 『문예(文藝)』 전시판(戰時版) 1집에 실린 「보병과 더불어」란 유치환(柳致環, 1908~1967)의 "열 편의 동부전선 종군시"를 평하고 있다. 그는 유치환의 종군시를 두고 전쟁을 체험한 "시인의 진솔한 기록"이라 평가했다. 그리고 '인간의 비굴에 대한 분노'와 '뜻 모르는 눈물'을 가진 시인으로 보았다. 그런 점에서 유치환 '시인의 종군은 뜻 깊은 일'이었다고 말하고 있다.

앞서 언급했듯이, 문총 마산지부는 종합예술제, 예술강좌, 살롱음악회, 미술전, 시화전 등을 가졌고, 동인지 『낙타』와 기관지 『마산문총』을 펴냈다. 그러한 문총 마산지부의 활동은 1950년대 마산문단의 버팀목 역할을 맡았다고 볼 수 있다. 전쟁 이후 마산의 외교구락부·콜롬비아찻집·마산다방·비원·전원·남궁·백랑·향원다방 등은 시화전, 시낭송 발표회를 열었던 문화예술인의 사랑방 역할을 맡았다. 특히 그는 단골로 드나들던 찻집 외교구락부에서 마산의 여러 문화예술인들과 교분을 쌓았다고 한다.

그 뒤 문총은 1955년부터 전시 체제하의 정훈·보도의 역할에서 벗어나 문화예술단체로서의 본분의 위치로 돌아서면서 자연 해산상태에 빠졌다. 따라서 마산의 문화예술계도 '문총'시대가 끝나고 '문협'(마산문화협회)시대로 전환되었다. 그 첫 단계로 『마산일보』 지면을 통해 각계 인사들의 제언이 모아지고 문화협회 준비위원회가 구성되어, 1955년 10월 30일 마산 '시민극장'에서 창립총회와 더불어 출범(회장 안윤봉)했던 것이다.[29]

한편, 전쟁기 김춘수는 대구에서 나온 시비평지 『시와 시론』(전선문

---

28) 김춘수, 「시인의 종군(從軍): 「보병과 더불어」를 읽고」, 『낙타』 제2집, 1951.6.
29) 이광석, 「마산문화협의회」, 『경남신문』, 2005.6.10.

학사, 1952.11)에 동인으로 참가하기도 했다.[30] 이는 창간호로 종간되었지만, 김춘수는 여기에 시 「꽃」과 시론 「시 스타일론」을 발표했다. 또한 그는 『시문학』, 『신천지』, 『혜성』, 『협동』, 『문학예술』, 『현대평론』 등의 매체에 여러 작품을 발표했다.

이후에도 그는 『현대문학』, 『예술집단』, 『보건세계』, 『한글문예』, 『현대시』, 『신생공론』, 『경남공론』, 『신문예』, 『현대시』, 『신태양』, 『새논제』 등의 매체에 지속적으로 작품을 발표했다. 이들 매체에 발표한 대부분의 작품들은 그의 전집에 빠져 있다. 다시 말해서 시집으로 갈무리된 작품을 제쳐두더라도, 많은 초창기 작품들이 여전히 미발굴 자료로 남아 있는 셈이다.

이렇듯 문총 마산지부에서 펴낸 동인지 『낙타』는 피난지 문단의 구심점 역할을 맡았던 것이다. 여기에 이름을 올린 문학인들은 한국전쟁기 마산문단을 이끌었고, 저서 발간과 동인활동 등의 각별한 문학활동을 펼쳤다. 그 중심에서 김춘수의 몫은 지대했다고 하겠다.

4. 지역문단의 지원과 창작지도

김춘수의 실질적인 마산살이는 1949년 마산공립중학교(현 마산고등학교) 국어교사로 근무하면서부터 시작되었는데,[31] 당시 그의 주소는 '마산시 중성동 58번지'였다. 앞서도 말했듯이, 그는 문학단체를 결성

---

30) 『시와 시론』은 1952년 11월 5일 대구(大邱)에서 발간된 시와 비평을 중심으로 한 문예잡지이다. 발행인은 유치환, 편집위원으로 구상·이정호·김춘수·김윤성·설창수 등이 있다. 여기에 김춘수는 시 「꽃」과 시론 「시 스타일론」을 발표하고 있다.

31) 1952년에 나온 마산고등학교 교지 『무학』 9집에는 그가 학교를 떠나면서 학생들에게 남긴 시 「너희들」이 실려 있다.

하거나 동인으로 활동하기도 했지만,[32] 지역문단의 활동을 지원하거나 창작을 지도하는 열정을 보여 주었다.

먼저, 그는 마산고등학교 교사 시절에 문학뿐 아니라 학생극 지도에도 열정을 보여 주었다. 이를테면 창작음악극(대본 김춘수, 작곡 윤이상) 「마의태자」와 「백합공주」를 공연했는데, 「마의태자」에 직접 출연한 것으로 알려져 있다.[33]

내가 그의 이름을 불러 주기 전에는/그는 다만/하나의 몸짓에 지나지 않았다.//내가 그의 이름을 불러 주었을 때/그는 나에게로 와서/꽃이 되었다.//내가 그의 이름을 불러 준 것처럼/나의 이 빛깔과 향기에 알맞은/누가 나의 이름을 불러 다오./그에게로 가서 나도/그의 꽃이 되고 싶다.//우리들은 모두/무엇이 되고 싶다./너는 나에게 나는 너에게/잊혀지지 않는 하나의 눈짓이 되고 싶다.

— 「꽃」 전문

그 무렵 김춘수는 「꽃을 위한 서시」를 탈고하게 되었는데, 마침 마산에 들른 이정호(李正鎬, 1923~1997)[34]에게 이 시를 보였더니 무릎을

---

32) 광복기와 전쟁기에 걸쳐 마산과 연고를 가졌던 문학인들은 대개 마산 소재의 여러 학교에서 교사로 일했는데, 마산중·고등학교에는 김상옥·이원섭·김남조·이석·남윤철이 있었고, 마산상업고등학교에는 문덕수·김갑덕·김태홍이 있었다. 그리고 제일여자고등학교에 김수돈, 마산여자중학교에 김세익이 근무하고 있었다. 그밖에도 정진업·박양·오상순과도 친분을 쌓았을 것이다. 특히 김춘수는 광복기 마산교통요양원에서 결핵 치료를 받고 있었던 구상·이영도 등과 교우했다. 또한 마산고등학교에서 국어 교사를 지낸 점으로 미루어, 김남조·김상옥·이원섭·이석·남윤철 등과 친분을 쌓았으리라 짐작된다.

33) 경남음악사편찬위원회, 『경남음악사』, 경남음악학회, 1996, 19쪽.

34) 이정호의 호는 평계(平溪), 1923년 경남 의령에서 태어나 의령초등학교, 경기중학교를 거쳐 일본 게이오(慶應義塾)대학교 문학부를 다녔다. 광복으로 귀국하여 전국문필가협회 위원, 청년문학가협회 희곡부장, 『문학정신』과 『낭만파』 동인 등으로 활동

치면서 비로소 김춘수다운 시가 나왔다는 치하의 말을 건넸다고 했다. 이를 계기로 그는 '꽃'을 소재로 하여 많은 작품을 창작하게 되었던 것이다.

김춘수의 대표작이라 할 수 있는 이 시는 그가 마산고등학교 교사로 일하고 있을 때인 1952년 11월『시와 시론』에 발표되었다.[35] "나"와 "너"의 존재에 대한 인식을 갈망하고 있다. "이름을 불러주기 전에는" 무의미한 존재였던 대상이 "이름을 불러 주었을 때" 의미 있는 존재, 곧 "꽃"으로 다가온다. 이처럼 "우리들은 모두" 존재의 본질 구현을 갈망하고 있다는 것이다. 이 시로 말미암아 그는 '꽃의 시인'이란 명성을 얻게 되었다고 하겠다.

또한 김춘수는 1949년 "마산여자중학교에서 영어와 독어를 맡아 가르치"던 김세익(金世翊, 1924~1995)을 구상(具常, 1919~2004)을 통해 처음 만났는데, "시를 공부하고 있"던 까닭에 서로 친해졌다고 밝혔다. 그러한 인연으로 김춘수는 전쟁기에 나온 김세익의 시집『석류(石榴)』(1951)의 발문을 적어 지원하기도 했다.

다음으로, 김춘수는 지역에서 나온 동인들과 후배 문인들의 창작활동에도 많은 지도와 지원을 아끼지 않았다. 그 무렵 지역사회에서는 동인지『청포도』,『신시대』,『신작품』,『신군상』,『무화과』[36] 등이 발

했다. 그리고 대구대학교 국문학과 교수, 경향신문 심의위원, 북한연구소 편집위원 등을 역임했다. 저서로 시와 산문집『옥적(玉笛)』(한자연, 1998)이 있다.

35) 김춘수는「통영바다, 내 마음의 바다」에서 "이 시는 50년대 초에 씌어졌다. 내가 중학교(6년제)의 교사로 있을 때다. 군에 교사(校舍)를 내주고 임시교관인 판자 교무실에서다. 그날은 남은 일거리가 있어 나 혼자 교무실에 늦게까지 남게 되었다. 해가 다 지고 책상머리가 어둑어둑하다. 저만치 누구의 책상일까, 책상 한쪽에 놓인 유리컵에 하얀 꽃 한 송이가 꽂혀 있다. 그 빛깔이 너무도 선명하다. 그러나 그 빛깔은 곧 지워질지도 모른다. 그런 생각이 들다 순간 사상이 떠오르고 시의 서두 한마디가 나왔다. 이 시는 꽃의 생태를 스케치하거나 꽃의 생태에 빗대어 어떤 감정을 드러내고 있지 않다. 이 시의 꽃은 어떤 관념의 등가물로서 취급되고 있다. 그것은 일종의 존재론적인 세계다."라고 적고 있다.

간되었는데, 김춘수는 기고시를 비롯하여 평론을 실어 지원하고 있다.37) 이처럼 그는 젊은 문학도들의 창작을 지원하며 문학사회로의 진입을 도왔던 것이다.

1952년 김춘수는 『청포도』 동인들의 작품을 지도한 적이 있었다. 그러한 인연으로 1953년 1월 18일, 김춘수가 이끌던 문총 마산지부와 『청포도』 동인회의 공동 주최로 국립마산결핵요양소에서 '시와 음악의 밤'을 열기도 했다.

전쟁기 마산문단이 낳은 값진 성과물 가운데 동인지 『처녀지(處女地)』(1951.12)에 이어 『제이처녀지(第二處女地)』(1952.10)가 발간되었다.38) 제2집인 『제이처녀지』에 김춘수는 평론 「시에 관한 단상(斷想)」을 발표하고 있다. 그는 동인이라기보다 발행인 또는 찬조 문인으로 참여했다고 하겠다. 이를테면 이는 그의 명망에서 비롯된 창작지도 내지 동인 지원의 역할을 맡았던 것으로 보인다. 그런 점에서 김춘수의 참

---

36) 『무화과』 동인은 1960년을 앞뒤로 하여 결핵을 치료하기 위해 와 있던 국립마산요양소(경남 마산시 가포동 486번지)의 '요우(療友)'들로 결성되었다. 그들은 1960년 1월 창간호를 낸 다음 1961년 6월 제6집까지 펴냈다. 1년 6개월 동안 동인을 이어온 것으로 보인다. 동인으로 손용호(孫容鎬)·김성환(金成煥)·신현호(申鉉好)·이정순(李婷順)·엄순희(嚴蕣姬)·이복단(李福端)·이인숙(李仁淑)·정인애(鄭仁愛)·박종식(朴鍾湜)·김한석(金漢奭)·류성원(柳成畹)·최성발(崔星發)·김영향(金瑛享)·강택수(姜澤秀)·김정조(金正祚)·장지곤(張志坤)·최재우(崔在佑) 등이 참가했다.

37) 김춘수가 이들 동인지에 발표한 작품은 다음과 같다. 시 「꽃밭에 든 거북」(『신작품』 제8집, 1954.12), 평론 「발(跋)」(『청포도』 제3집, 1953.5), 평론 「전통의 계승에 대하여」(『신군상』 제1집, 1958.12), 시 「단장 3제」(『신시대』 제1집, 1953.5), 서문 「서(序)」를 대(代)하여」(『무화과』 제2집, 1960.4) 등이 그것이다.

38) 『처녀지』는 1951년 12월 3일에 창간호를 냈고, 10개월 뒤인 1952년 10월 15일에 『제2처녀지』라는 이름으로 제2집을 펴냈다. 동인으로 송영택·천상병·최계락·이선우 등으로 출발했지만, 제1집은 송영택과 천상병의 작품들로만 엮어졌다. 송영택이 편집을 맡았고, 이정숙이 발행인으로 이름을 올렸다. 제2집인 『제이처녀지』에는 여러 동인들이 참여했다. 우선 이준(李俊)이 표지 그림을 그렸고, 최계락·송영택·이동준·김정년·천상병·류승근·이경숙·이명자·곽종원·김춘수·김성욱 등이 작품을 발표했다. 송영택이 그대로 편집을 맡았고, 김춘수가 발행인으로 이름을 올렸다. 한정호, 「피난지 마산의 동인지 『처녀지』」, 『지역문학연구』 제12호, 2005.11, 193~200쪽.

여는 마산고등학교 제자였던 천상병의 권유에 의해 이루어지지 않았나 싶다.39)

또한 그는 마산결핵병원에서 네 차례 나온 『청포도』(1952.9) 동인들에게 지원을 아끼지 않았다.40) 김춘수의 생각처럼, 혼탁한 세상에서 문학으로 '삶을 동경하는' 그들은 한때나마 '기인들'이었던 것이다.41) 그 무렵 그는 동인으로서가 아니라, 동인들의 지도교사 역할을 맡았던 것이다.

싸나토륨의 가친 세계(世界) 속에서 영위(營爲)하는 근기 있는 「청포도(靑葡萄)」 동인(同人)들의 작업(作業)에는 위선(爲先) 놀라움이 앞선다. 책(冊) 한 권 낸다는 것이 그리 쉬운 일이 아닌데 하물며 몇 안 되는 동인들의 (그나마 그진 유폐생활(幽閉生活)을 하고 있는) 손으로 약속(約束)한 시일(時日)에 제대로 외양(外樣)을 갖추어서 내어 놓는다는 것은 순전(純全)히 「청포도」 동인들의 놀라운 정열(情熱)을 말해 주고 있는 것이다./1집 2집 때보다 훨씬 진전(進展)하였다고 본다. 반갑고 고마운 일이다. 생경(生硬)하고, 공허(空虛)한 내용(內容)의 공전(空轉)에 흐르기 쉬운 위험성

---

39) 천상병으로 하여금 문학에 관심을 갖도록 자극하고 문학의 길을 열어 준 이가 바로 김춘수였다. 천상병은 마산중학교 재학 시절에 국어교사였던 김춘수의 영향으로 시에 관심을 갖게 되었다고 전한다. 그가 『문예』지 추천을 받게 된 계기도 김춘수 시인이 잡지사에 원고를 보낸 것으로 알려지고 있다. 또한 천상병이 대구에서 나온 『죽순』지에 작품을 발표할 수 있었던 것도 김춘수의 힘이 보태졌을 것으로 짐작된다.

40) 한정호, 「각혈로써 꽃피운 사나토리움 동인지」, 『지역문학연구』 제4호, 경남지역문학회, 1999년 봄, 113~120쪽.

41) 김춘수는 〈나의 예술인 교우록〉에서 '청포도' 동인들에 대한 기억을 다음과 같이 적고 있다. "그들은 한 알의 포도에 형이상의 의미를 부여함으로써 저희들이 인생을 무엇인가 이 세상 것이 아닌 것으로 채색하고 싶었으리라. 시가 그들을 사로잡았다. 사나토리움, 거기는 얼마나 존귀한 것을 간직하고 있었겠는가? 도시의 한 귀퉁이에 사나토리움이 있다는 것은 도시를 위하여서는 다행한 일이다. 그들이 쉬는 숨소리는 가냘프지만 그런대로 도시의 중심에까지 스며들곤 하리라." 김춘수, 「그늘이 깃드는 시간 8」, 『시와 반시』, 1997년 여름, 234쪽.

(危險性)을 품고 있었던 언어(言語)들이 착실(着實)해지고 성실(誠實)해지고 또는 겸손해졌다. 한층 언어에 무게가 생긴 것 같다. 언어에 무게가 생겼단 말은 내용이 완전(完全)히 제것이 되어 있었다는 것을 의미(意味)는 것이다. 표현(表現)과 내용(內容)은 별것이 아니기 때문이다.[42]

김춘수는 『청포도』 제2집(1952.12)에 「석태성(石胎性)의 과실: 『청포도』 제1집에 나타난 언어들」에서 그들의 시가 '지성적이려고 하는 태도'를 보여 주기 때문에 '개념의 허망한 공전을 하고 있다'고 평가하기도 했다. 인용한 글은 『청포도』 제3집에 실린 「발(跋)」인데, 여기서 그는 제1, 2집 때보다 『청포도』 동인의 '언어들이 착실해지고 성실해지고 또는 겸손해졌'으며, 작품의 내용에 있어서도 '개성이 또렷이 그 자태들을 드러내고 있다'고 평가했다. 이처럼 그는 마산 지역의 동인활동에 지도와 지원을 아끼지 않았던 것이다.

한편, 김춘수는 1954년 무렵부터 마산과 부산을 오가면서 강사 생활을 했다. 특히 부산대학교에 출강하면서 고석규·조영서와 매우 가깝게 지내는 사이였다. 그러한 인연으로 김춘수는 부산지역에서 나온 『신작품』 제8집(1954.12)에 참가하여 시 「꽃밭에 든 거북」과 평론 「서정적 인간」을 발표하기도 했다.

거북이 한 마리 꽃 그늘에 엎드리고 있었다. 조금씩 조금씩 조심성 있게 모가지를 뻗는다. 사방을 두리번거린다. 그리곤 머리를 약간 옆으로 갸웃거린다. 마침내 머리는 어느 한 자리에서 가만히 머문다. 우리가 무엇에 귀 기울일 때의 자세다./(어디서 무슨 소리가 들려오는 것일까,)/이윽고 그의 모가지는 차츰차츰 위로 움직인다. 그의 모가지가 거의 수직이 되었

---

42) 김춘수, 「발(跋)」, 『청포도』 제3집, 1953.5.

을 때, 그때 나는 이상한 것을 보았다. 있는대로 뻗은 제 모가지를 뒤틀며 입을 벌리고, 그는 하늘을/향하여 무수히 도래질을 한다. 그동안 그의 전반신은 무서운 저력으로 공중에 완전히 떠 있었다./(이것은 그의 울음이 아닐까,)/다음 순간, 그는 모가지를 소로시 움츠리고, 땅바닥에 다시 죽은 듯이 엎드렸다.

—「꽃밭에든 거북」 전문

이 시도 마찬가지로 "꽃밭에 든 거북"을 통해 존재의 본질을 형상화하고 있다. "우리가 무엇에 귀 기울일 때의 자세"인양 거북의 행동을 세심하게 묘사하고 있는 것이다. 꽃밭이란 상황과 거북이란 개체, 이를테면 부조리한 현실 속에서 자아의 내면을 날카롭게 통찰하고 있다고 하겠다.

또한 그는 부산대학교 출강 시절의 제자 고석규의 발의로 기획·편집된 동인지 『시연구』(1956.5)에 동인(유치환·김춘수·김현승·송욱·고석규)으로, 편집위원(조지훈·김현승·김춘수·김윤성·김성욱·김종길)으로 참여했다. 하지만 아쉽게도 이 동인지는 고석규(高錫珪, 1932~1958)의 타계로 창간호만 나오고 종간되었다.

그 뒤 김춘수는 1958년 8월 21일 『출범(出帆)』 동인회 발족을 맞이하여, 제1회 '시정(詩情)의 밤' 행사에 초청강사로 참석하기도 했다.43) 이 행사는 당시 그가 몸담았던 마산문화협의회(회장 안윤봉)의 후원으

---

43) 홍보지에 따르면, 행사 순서는 1부와 2부로 나누어 문흥수와 최원두의 사회로 진행되었다. 1부에서는 축사(안윤봉), 축시 낭송(정진업), 동인 시낭송(강홍조, 이건령), 찬조시 낭송(백치동인 이광석), 시론 강의(김수돈), 동인시 낭송(임철규), 찬조 독창(마랑동호회 김경선), 동인 시론(최원두), 시론 강의(김세익)로 이어졌다. 2부에서는 동인시 낭송(문흥수, 이병석), 시론 강의(이석), 동인 소설 낭독(임철규), 찬조시 낭송(인간문우회 강남옥), 동인 시낭송(하기주), 찬조 독주(마랑동호회 진용하), 시론 강의(김춘수)로 진행되었다.

로 '일신구락부(一信俱樂部)'에서 열렸다. 그리고 그는 『출범』 동인지에 「서(序)에 대신하는 글」을 적어 동인들에게 힘을 불어넣었다.44)

　마산국립요양소(馬山國立療養所)에서는 일찍 「청포도」라는 이름의 시 동인지(詩同人誌)가 있었는데, 4,5집을 거듭하는 동안 몇몇 준재(俊才)를 여기서 내었다. 지금 경향(京鄕)에서 시(詩)와 시론(詩論)으로 활동(活動)하고 있는 것이다./「청포도」가 그 동인들과 함께 마산의 국립요양소에서 그 자취를 감춘 후 수년간 별로 이렇다 할 움직임이 없다가 작금에 와서 새로 동인들이 규합(糾合)되어 동인시지 「무화과」 제1집을 이미 세상에 내놓고 다시 제2집이 곧 나오게 되었다니 듣기에 기쁘지 않을 수 없다./요양소란 곳의 분위기가 시심을 기를 수 있는 기틀이 돼 있음인지 알 수 없기는 하되, 「무화과」 동인들의 시심 역시 전의 「청포도」 동인들의 시심과 함께 몹시 청결(淸潔)하고 순수(純粹)하여 기교의 수련만 착실히 닦아 간다면 머지 않아 좋은 성과들을 걷우게 될 것이 아닌가도 한다. 아직은 디레탄트의 경지를 벗어나지 못하고 있으나 차차 습작하는 동안에 시의 여러 속성을 체득해 간다면 얄궂은 당대의 유행풍에 물들지 않고 있는 그만큼 소박한대로 오히려 신선한 일품(逸品)들을 빚어내게 될 것이 아닌가도 한다. 그만한 자질을 지니고들 있는 것으로 믿고 필자는 전도(前途)를 축복하며 또한 기대하는 바이다.45)

---

44) "여기 몇몇 동인들이 엮어서 보여주는 시편들이 과연 어느 정도 그들 자신의 새로운 체험을 우리에게 언어의 힘으로서 보여주고 있느냐 하면, 물론 여기에서 문제될 수 없는 것이다. 그러나 그들의 내면의 설레이는 가느다란 파문이 느껴지는 것이다. 개중에는 앞으로 기대가 큰 작품에 대하는 모습들을 볼 수 있다. 많이 정진하여 시의 진경(眞境)에 차츰 참례하는 영광을 누리도록 빌어 마지 않는다." 김춘수, 「서(序)에 대신하는 글」, 『출범』, 1958.8.

45) 김춘수, 「서(序)를 대(代)하여」, 『무화과』 제2집, 1960.4.

1960년 초에 마산결핵병원 요우들로 이루어진 동인지 『무화과』는 『청포도』를 잇는 사나토륨 동인지로서 제6집까지 발간되었다. 여기에 인용한 글은 『무화과』 2집에 실린 김춘수의 '서문'이다. 앞서 언급했던 『청포도』 동인과의 인연으로 하여 『무화과』 동인들도 그에게 '서문'을 부탁한 것으로 보인다.

이에 김춘수는 『무화과』 동인들의 활동을 "몸씨 청결하고 순수하여 기교의 수련만 착실히 닦아간다면 머지않아 좋은 성과를 거두게 될 것"이라는 말로 용기를 북돋아 주고 있다. 아울러 그는 그들이 "얄궂은 당대의 유행풍에 물들지 않고 있는 그만큼 소박한대로 오히려 신선한 일품(逸品)들을 빚어내게 될 것"이라는 기대를 걸고 있다.

김춘수는 마산에 살면서 여러 후배 문인들의 문학활동에 힘을 보탰고, 동인들의 창작 지도와 지원을 아끼지 않았다. 다시 말해서 그는 문학동인의 고문격으로 활동하면서, 청년문사들의 역량과 동인들의 결속력 강화를 위해 큰 힘을 보탰던 것이다. 이렇듯 그는 지역의 젊은 문학인들에게 많은 자양분을 불어넣었던 것이다.

그러한 문학살이로 말미암아 그는 제2회 한국시인협회상(1858.12), 제7회 자유아세아문학상(1959.12)을 받음으로써 유명 시인의 대열에 들어섰던 것이다. 마산을 떠난 뒤에도 그는 경상남도문화상(1966)을 수상했을 만큼 지역문학의 정착과 발전에 그의 영향이 지대했음을 확인할 수 있다.

5. 저작 활동과 문학실천

김춘수는 『낭만파』 동인 활동을 거치면서 1948년 9월 첫 시집 『구름과 장미』(행문사)를 펴내게 된다. 이 시집의 서문은 유치환이 적었고, 표지화는 전혁림(全爀林, 1916~2010)이 그렸다. 이들은 광복기에 함께 〈통영문화협회〉의 회원으로 지냈던 사이였다. 그 무렵 김춘수의 시집 『구름과 장미』와 유치환의 시집 『울릉도』 발간을 기념하여 서울 '프라워'다방에서 출판기념회가 열리기도 했다.[46]

그 뒤 김춘수가 마산에 머물면서 낸 시집으로는 『늪』(1950), 『기』 (1951), 『인인(隣人)』(1953), 『제1시집』(1954), 『꽃의 소묘』(1959), 『부다페 스트에서의 소녀의 죽음』(1959) 등이 있다. 또한 세계의 명시에 해설을 붙인 『세계 현대시 감상』(1953), 『세계 명시선』(1954) 그리고 김수돈과 함께 번역시집 『릴케시초 동경(憧憬)』(1951)을 펴내기도 했다.

김춘수의 두 번째 시집인 『늪』은 초창기 습작품을 모아 1950년 3월 에 마산 평민인쇄소에서 인쇄했고, 서울 문예사에서 펴냈다. 이 시집 에 「서문」을 쓴 서정주(徐廷柱, 1915~2000)[47]는 '김춘수 형의 이 책은 전저(前著) 『구름과 장미』에 비하여 월등한 진경(進境)이나 비약을 뵈 이고 있는 것은 아니'지만 훨씬 더 치밀해졌고 심화를 보여 주고 있다 고 평가했다.[48]

---

46) 『동아일보』, 1949.1.26.

47) 김춘수의 호는 '대여(大餘)'이다. 그는 자신의 호를 내세워 시를 발표한 바 있다. "꽃진 오동나무. 가지들이 수척해 보인다. 그들 위에 뜬 달도 수척해 보인다. 목월, 당신은 순수한 서술체다. 미당의 집 당자(當字)는 골기와에 이끼가 핀다. 축축하다. 미당께서 지어 주신 내 아호가 대여(大餘)다. 푸짐하다. 선생은 나더러 춘수는 시와 더불어 영원을 살아라 하셨다."(「대여(大餘)」 전문) 여기서 알 수 있듯이, 그의 호는 서정주가 지어 주었다고 밝히고 있다.

48) 김춘수 자신의 회상에 따르면, "1949년 연말에 나는 제2시집을 상재할 생각으로 묶어 둔 원고뭉치를 들고 상경했다. 미당의 서문을 얻고 싶어서였다. 전차에서 내려 명동 입구를 들어서는데 저만치 비틀거리며 가고 있는 키 작은 중년이 눈에 띈다. 내 예감이 맞았다. 가서 보니 미당이다. 그때 소설을 습작하고 있던 손소희 여사가 경영한 다방('마돈나'라고 했던가?)에서 미당과 나는 마주 앉았다. 그때가 땅거미가 질까 말까 할 때인데 미당은 벌써 술이 어지간히 몸에 밴 모양이었다. 내가 용건을 말하자 두고 가면 일후에 서문을 써보내겠다는 대꾸만 하고 고개가 아래로 자꾸 떨어진다. 나는 물러설 수밖에는 없었다. 얼마 뒤에 원고뭉치와 함께 짧은 서문이

제3시집 『기(旗)』는 경인전쟁이 한창인 1951년 7월에 나왔다. 이는 마산 평민인쇄소에서 찍었고, 부산의 문예사에서 펴냈다. 그가 시집의 〈후기〉에서 밝혔듯이, '건설과 파괴가 교묘하게 교차된 위대한 세기, 어느 세기보다 진지하게 고심하는 세기, 나는 나의 모든 어지러운 생각을 정돈해 가야만 했다. 이런 소묘의 형식으로라도 나는 나를 미래에로 건설해 가야만 했다'.[49] 그런 점에서 이 시집은 시인의 전쟁 체험과 밀접한 관련이 있다.

기(旗)를 위하여 훈장도 없이 용맹하던 사람들은 쓰러져 갔다./쓰러진 사람들을 불러 보아라./가슴같이 부풀은 하늘의 저기, 그들 무명의 전사들의 아름다운 이름을 불러 보아라.//지금은/저마다 가슴에 인(印)을 찍어야 할 때,/아! 1926년(一九二六年), 노을 빛으로 저물어 가는/알프스의 산령(山嶺)에서 외로이 쓰러져 간 라이너 마리아 릴케의 기여,

—「기(旗)」 가운데

시집의 표제작인 인용 시는 앞서 『문예』(1949.10)에 발표되었던 작품[50]과 같은 제목이지만 주제는 사뭇 다르다. 이 시는 전쟁으로 말미암아 "기를 위하여 훈장도 없이" 죽어간 "무명의 전사"를 애도하고

우송돼 왔다. 거기(서문)에는 처녀시집 『구름과 장미』에서 별로 지전이 없다는 지적이 있었다. 나는 너무 서두르고 있었다고 할 수 있다. 그러나 나는 마산에서 (그때 나는 마산중학으로 직장을 옮기고 있었다.) 초라한 체제의 제2시집 『늪』을 내고야 말았다. 내가 봐도 너무 성급한 거리였다. 50년의 일이었다."는 것이다.

49) 김춘수, 「후기」, 『기』, 문예사, 1951.
50) 앞서 발표된 작품은 다음과 같다. 1. 하늘의 푸른 중립지대(中立地帶)에서, 여기도 아니고 저기도 아닌, 일상(日常)에서는 멀고 무한(無限)에서는 가까운 희박(稀薄)한 공기(空氣)의 숨 가쁜 그 중립지대에서, 노스달쟈의 손을 흔드는 손을 흔드는 너,/기(旗)ㅅ대여.//2. 다시 말하면 오! 기ㅅ대여 너는,/하늘과 바다가 입 맞추는 영원(永遠)과 순간(瞬間)이 입 맞추는 희유(稀有)한 공간(空間)의 그 위치(位置)에서 섰는 듯 쓰러진 하나의 입상(立像)! (「기(旗)-청마 선생께」 전문)

있다. 그 대표적인 사람으로 '1926년'에 사망한 "라이너 마리아 릴케"를 끌어오고 있는 것이다. 이처럼 전쟁 체험, 곧 죽음을 지켜본 시인의 존재론적 인식이 짙게 깔려 있다고 하겠다. 이러한 경향의 작품으로는 「집 1」, 「생성의 관계」 등이 있다.

1953년 4월 6일 나온 제4시집 『인인』은 그가 직접 등사판으로 밀어 만들었는데, 로댕의 데생을 복사해서 표지 장정에서 제본까지 손수했다고 한다. 하지만 판권에 따르면, 이 시집은 마산의 남선출판사에서 인쇄되었고, 부산의 문예사에서 발행되었다고 나와 있다. 그리고 그의 주소는 역시 '마산시 중성동 58번지'였던 것으로 적혀 있다.

이것(隣人)은 나에게 있어서 문제적(問題的)이었던 것의 정리(整理)올시다. 그러니까 이념(理念)이 앞서고 정서(情緒)가 뒤쳐져 있을 것입니다./ 지금 나는 한 이념에 충분(充分)히 견딜 수 있을만한 정서를 기다리고 있습니다. 그러니까 이것(隣人)은 또한 그 기다리고 있는 한 자세(姿勢)일지도 모릅니다.[51]

'인인(隣人)'이란 '이웃에 사는 사람'을 뜻한다. 한국전쟁이 끝나지 않은 시기에 발간된 이 시집은 전쟁의 참상을 묘사하는 여타의 전쟁시와 달리 '죽음'을 원체험으로 하여 보다 근본적인 인간의 실존 문제에 천착하고 있다. 그가 「후기」에서 밝혔듯이, 이 시집은 그에게 있어 "문제적인 것의 정리"이며, "이념에 충분히 견딜 수 있을만한 정서를 기다리고" 있는 하나의 자세일지 모른다.

아무튼 이 시집은 연작시로서 세 부분으로 이루어졌다. 생성과 관계, 무구한 그들의 죽음과 나의 고독, 최종의 탄생이 그것이다. 그는

---

51) 김춘수, 「후기」, 『인인』, 문예사, 1953.

이 시를 통해 전쟁기 이웃과의 관계와 자신의 삶에 대해 깊이 고민하고 있었던 것으로 여겨진다.

저의 제1시집(第一詩集) 『구름과 장미』와 제2시집(第二詩集) 『늪』 사이에는 각각(各各) 한 시집(詩集)으로서의 개성(個性)이 희박(稀薄)했습니다. 너무 조급(燥急)하게 잇달아서 내었기 때문인가 합니다. 그것이 늘 마음에 작은 가시처럼 걸려 있었는데, 모처럼 기회(機會)를 얻어 여기 한 개의 시집으로 엮게 되었습니다. 이름 지어 『제일시집(第一詩集)』이라 했습니다./이 시집이 나올 수 있도록 애써주신 강신석(姜信碩) 화백(畵伯), 이진순(李珍淳) 학형(學兄), 조영서(曹永瑞) 남윤철(南潤哲) 양(兩) 사형(詞兄)에게 감사(感謝)드립니다.[52]

1954년 3월 25일 김춘수는 시선집 『제1시집』을 냈다. 제3시집 『기』와 제4시집 『인인』을 낸 다음에 펴냈던 것이다.[53] 시집 제목으로 보아선 김춘수의 첫 시집으로 오해할 수 있을 만한데, 그의 말처럼 "제1시집 『구름과 장미』와 제2시집 『늪』 사이에는 각각 한 시집으로서의 개성이 희박했"기 때문에 '제1시집'이라고 제목을 붙였던 것으로 보

---

52) 김춘수, 「후기」, 『제1시집』, 문예사, 1954.

53) 이 시집에 대해 김성욱(金聖旭, 1923~?)이 평론을 썼다. 물론 시집 『인인』을 대상으로 삼은 글이지만, 김춘수 문학에 대한 최초의 평론이라 해도 지나치지 않을 것이다. 그에 따르면, 이 시집은 "다시 보면 1953년적인 인간혼에다 겸허(謙虛)한 감동을 줄 수 있는 한폭의 기(旗)의 획득(獲得)—혹은 그의 이웃의 사랑의 진실성을 사로잡을 수 있는 한송이 꽃의 사로잡힐 가치를 지닌 비가적(悲歌的)인 이웃의 정생고시시간(誕生告示時間)에 마주서고 있는 것이다./천사(天使)를 부르는 우리들의 치욕적인 기의 커가는 파동(波動)—아픔을 견딜 수 없는 공백적(空白的)인 우리 시정신들의 이웃에 대한 최고의(最高義)를 추구하는 비가적인 기의 자태(姿態)—또는 진동(振動)하는 심혼(心魂)의 생존상실(生存喪失)을 구(救)할려는 꽃병의 표구(表口) 혹은 현실적인 생성을 얻을려는 꽃송이의 환희(歡喜)"라고 평가했다. 김성욱, 「김춘수의 〈인인(隣人)〉론」, 『문예』, 1954.1, 161~166쪽.

인다. 그리고 앞서 낸 두 시집에 실렸던 작품들 가운데 20편을 가려 뽑아 엮었다. 그만큼 급조해서 낸 시집들이 언제나 "마음에 작은 가시처럼 걸려 있었"음을 알 수 있다. 이 시집 발간에는 마산의 강신석 화백, 이진순 언론인, 조영서·남윤철 시인의 도움이 컸다고 적고 있다. 그만큼 전쟁 직후 마산지역 문화예술인들의 면모와 출판문화 풍토를 엿볼 수 있는 좋은 자료라고 여겨진다.[54]

한편, 그는 1951년 10월 15일 김수돈과 함께 얄팍한 포켓판의 번역시집 『릴케시초 동경』을 펴냈다. 인쇄는 마산의 평민인쇄소에서 맡았고, 발행소는 부산의 대한문화사였다. 이 시집은 〈동경〉, 〈형상〉, 〈창〉편의 3부로 되어 있다. 김춘수는 '동경'과 '형상' 편을 옮겼고, 김수돈은 '창'편을 번역했다. 그리고 시집 끝에 두 사람의 글을 간략하게 남겼다.

> 릴케는 스테판 게오르게와 함께 20세기 독일시의 쌍벽(雙壁)일 것이다. 그가 다음 젊은 세대에 미친 영향은 어느 시인보다 심각(深刻)하다. 그는 인류(人類)가 정신생활(精神生活)을 영위(營爲)하고 있는 동안, 끊임없는 감사(感謝)와 찬사(讚辭)를 받아 마땅한 그러한 시인 중의 한 사람임에 틀림없다./"동경(憧憬)"이라고 제(題)한 몇편은 "사랑한다" "소녀의 꿈" "마리아에 소녀의 기도(祈禱)"의 시편(詩篇)들 속에서 초(抄)한 것인데, 적당한 제목이 생각나지 않아서 우선 그렇게 해보았다. 내가 선택(選擇)한 몇 편 안되는 시는 릴케의 초,중기에 속하는 작품들이다.[55]

사실 김춘수는 릴케를 알게 되면서 시적 충동에 휩싸이게 되었다고

---

54) 이광석, 「동인지 '처녀지'」, 『경남신문』, 2006.6.28.
55) 김춘수, 「릴케에 대하여」, 『릴케시초 동경』, 대한문화사, 1951.

한다. 1939년 일본 도쿄(東京) 간다(神田) 부근 고서점에서 릴케 시집을 접하면서부터였다. 그만큼 릴케는 그에게 시를 쓰게 한 존재였기에 더욱 소중했던 것이다. 김춘수는 그런 릴케를 오래도록 연모해 왔던 것이다. 이 같은 번역시집을 펴낸 일 자체가 이를 뒷받침하고 있다고 하겠다. 여기서 보듯, 릴케에 대한 그의 평가는 대단하다. 그는 "인류가 정신생활을 영위하고 있는 동안, 끊임없는 감사와 찬사를 받아 마땅한 그러한 시인 중의 한 사람"이라고 릴케를 높게 평가하고 있다.

이밖에도 김춘수는 마산살이 동안, 세계적으로 널리 알려진 명시들에 해설과 시인소개를 붙인 『세계 현대시 감상』(1953)과 『세계 명시선』(1954)을 엮었다. 그런 점에서 마산은 그의 초창기 문학살이가 스민 각별한 지역이었을 터이다. 그 뒤에도 김춘수는 첫 시론집 『한국 근대시 형성론』(1959)과 시집 『꽃의 소묘』(1959), 『부다페스트에서의 소녀의 죽음』(1959)을 펴냈다. 이들은 마산에서 인쇄되지는 않았지만 마산에서의 문학살이 도중에 나온 저서들이다.[56]

김춘수는 마산고등학교 교사를 거쳐,[57] 그 뒤 1958년 해인대학(현 경남대학교)·부산대학교·해군사관학교에도 출강했다. 그러한 과정 속에서 그는 1959년 4월 문교부 교수 자격 심사규정에 의해 국어국문학

---

56) 특히 그는 『부다페스트에서의 소녀의 죽음』의 「발문」에서 "처녀시집 『구름과 장미』를 낸 지 10년 만이고, 제3시집 『기』를 낸 지도 이미 3년의 세월이 흘렀다. 기회 있어 이번에 시집 『부다페스트에서의 소녀의 죽음』을 내게 되었는데 그동안의 8년이란 세월은 나에게 있어 결코 짧은 것이 아니었다. 시집을 묶으면서 느껴지는 것은 상당히 변모"했다고 술회했다. 이처럼 시인 스스로 시적 변모를 밝히고 있는 것이다.

57) 김춘수가 마산간호고등기술학교에 출강했는지에 대해서는 확실하지 않지만, 마산간호기술학교(마산간호전문대학, 현 마산대학)의 교가를 작사(조두남 작곡)했다. 1956년 5월에 마산간호고등기술학교가 개교되는데, 이마도 이때 교가를 지은 것으로 짐작된다. 여러 자료들에서 교가 작사가를 '김천수'로 잘못 적고 있어 유감이다. 1992년 마산간호전문대학은 교명을 마산대학으로 바꾸면서 교가(이형규 작사, 윤병철 작곡)도 따로 지어졌다.

과 교수 자격을 인정받은 뒤, 1960년 4월에는 해인대학 조교수로 발령을 받아 1년 남짓 근무했다.

김춘수의 지역사랑은 문단 활동, 동인 창작 지원 등에서도 알 수 있지만, 무엇보다도 1960년 경자마산의거(3·15의거)와 관련된 작품에서 각별히 다가온다. 그가 경남대학교 교수 시절 마산 학생들의 시위를 지켜보면서 그는 의거시 「베꼬니아의 꽃잎처럼이나」를 썼다.

남성동 파출소에서 시청으로 가는 대로상에/또는/남성동 파출소에서 북마산 파출소 가는 대로상에/너는 보았는가…… 뿌린 핏방울을,/베꼬니아의 꽃잎처럼이나 선연했던 것을……/1960년 3월 15일/너는 보았는가…… 야음을 뚫고/나의 고막도 뚫고 간/그 많은 총탄의 행방을……//남성동 파출소에서 시청으로 가는 대로상에/또는/남성동 파출소에서 북마산 파출소로 가는 대로상에서/이었다 끊어졌다 밀물치던/그 아우성의 노도를……/너는 보았는가……/그들의 애띤 얼굴 모습을……/뿌린 핏방울은/베꼬니아의 꽃잎처럼이나 선연했던 것을……

　　—「베꼬니아의 꽃잎처럼이나: 마산사건에 희생된 소년들의 영전에」 전문

1960년 3월 28일 『국제신보』에 발표된 이 시만큼 경자마산의거를 제대로 표현한 작품도 없으리라고 여겨진다.[58] 이 시는 경자마산의거로 말미암아 "희생된 소년들의 영전에" 바치고 있다.[59] 그들이 "뿌

---

58) 이 시는 1960년 7월 1일 발간된 『민주혁명 승리의 기록』의 '서시'로 게재되기도 했고, 현재 국립3·15민주묘지 시비공원에 새겨진 10인의 시 가운데 맨 처음 작품이기도 하다.
59) 김춘수에 따르면, "1960년 제 딸도 마산여고에 다녔으며, 그런 또래의 학생들이 총탄에 맞아 쓰러져가는 광경을 목격하고 울분을 참을 수 없어 중성동 집에서 이 시를 썼다"고 밝혔다. 그리고 "문단의 후배로 국제신보 편집부장으로 근무하던 조영서씨에게 시를 보냈다"고 덧붙였다.

린 핏방울은/베꼬니아의 꽃잎처럼이나 선연했"다고 애도했던 것이라고 하겠다. 이를 기려 3·15민주묘지 시비공원의 첫머리에 이 작품이 새겨져 있다. 이렇듯 경자마산의거를 지켜본 경험은 그의 시세계에도 많은 영향을 미쳤으리라 짐작된다.

한편, 1960년대 초반 마산에는 문학인들의 결속과 화합을 다지기 위한 조직 구성의 필요성이 제기되면서, 1960년 9월 12일 '콜럼비아' 찻집에서 마산문학인협회가 결성되었는데, 발기인회와 결성 총회를 겸한 모임에는 13명의 회원이 참석, 전문 14조의 회칙을 통과시키고 회장에 김춘수, 사무국장에 김세익, 사무차장에 이광석을 선임했다. 그때의 안내 팸플릿에는 다음과 같은 결성 취지가 적혀 있다.

> 이제 재마(在馬) 문학인(文學人)들이 한자리에 모인 셈이다. 그동안 동인활동(同人活動)의 일방적인 방향에서만 가능(可能)하던 회합(會合)이 〈마산문학인협회(馬山文學人協會)〉라는 지붕 밑에 동석(同席)하여 단란한 새 살림을 차리게 되었다./앞으로 우리는 이 모임을 통해 보다 순수(純粹)한 서로의 교환(交換)을 두터이함은 물론 문학인으로서의 대외(對外)적인 권익옹호(權益擁護)에 공동전선(共同戰線)을 유지함으로서 우리의 위치와 자세를 한결 튼튼히 지켜갈 것이다./창립(創立) 결성식(結成式)을 겸한 오늘의 이 문학의 밤은 우리의 첫출발이 되는 하나의 산실(産室)이라 하겠다.[60]

이렇듯 "문학인으로서의 절대적인 권익옹호에 공동전선을 유지함으로써 우리의 위치와 자세를 한결 튼튼히 지켜갈 것"을 결의했던

---

60) '마산문학인협회 결성 팸플릿' 1960.9.12. 제1부 〈결성식〉은 이석의 개회사, 김세익의 경과보고, 김춘수 회장의 인사말, 최우영·이태규의 축사, 최백산의 폐회사로 이어졌다. 제2부 〈강연회〉에는 추창영·이제하·김용복·손용호의 시낭송에 이어 김춘수(문학과 사회 참여), 김수돈(문학과 술), 김세익·이석·최백산의 문학 강연이 있었다.

마산문학인협회는 사실상 마산에서 처음으로 결성된 문학인 단체였으며, 전문화된 문학 활동의 지역적 터전을 닦아놓은 결과물이라고 볼 수 있다. 뒤이어 1962년 7월 7일 마산문인협회가 공식적으로 결성(회원 12명, 지부장 이석)되면서 지역문학의 텃밭을 가꿔나갔다고 하겠는데, 뒷날 마산문인협회 연혁에서는 김춘수를 초대지부장으로 대우하고 있을 정도이다.

또한 김춘수는 1961년 마산의거 1주년 기념 제전 때에는 사무국장 직을 맡아 3·15마산의거 행사를 총괄하여 관장하기도 했다. 그 뒤 마산을 떠나 대구(경북대학교 문리과 교수)로 삶터를 옮기게 되었다. 하지만 그는 1966년 〈마산의거학생희생자합동위령제〉 때는 「진혼가(鎭魂歌)」(조두남 작곡)를 지었다.

  1. 장(壯)하다 거룩하다 그대들 순정(純情)은/청사(靑史)에 빛나리 그대들 젊은 혼(魂)은/독재(獨裁)는 물러가라 자유(自由)를 달라/그대들 외친 소리 어찌 우리 잊으랴
  2. 싸우고 싸웠노라 그대들 그날에/영원(永遠)히 기억(記憶)하리 그대들 애띈 모습/암흑(暗黑)은 물러가라 광명(光明)을 달라/그대들 노(怒)한 눈을 어찌 우리 잊으랴
  (후렴) 아- 아- 아 어찌 우리 잊으랴/3월 15일(三月 十五日) 그대들 뿌린 피를/그대들 뿌린 피를…

—「진혼가」 전문

이 노래는 현재 3·15의거기념사업회 측에서 「3·15의 노래」라는 제목으로 바꿔 불리고 있는 작품이다. 앞서 살폈던 시 「베꼬니아의 꽃잎처럼이나」에서처럼, 마산의거 때 희생당한 "젊은 혼"을 달래기 위한 작품이다. 독재에 맞서 자유와 정의를 부르짖으며 죽어간 젊은 "그대

들 뿌린 피를" 잊지 않겠다고 다짐하고 있다.

이렇듯 김춘수와 마산과의 인연은 오래되고 깊다. 13년 남짓 마산에 머물면서, 자신의 저작 활동은 물론이고 지역사회의 현안에 대해서도 관심과 사랑을 아끼지 않았다. 그런 점에서 마산은 자신의 문학적 자양분을 제공한 지역이며, 지역사랑에 바탕을 둔 문학실천은 마산문단의 정착과 발전에 크게 이바지했던 것이다.[61)]

6. 마무리

김춘수에게 있어 마산은 청년기를 지낸 지역이었고, 그의 문학적 토양을 다졌던 곳이었다. 이 글에서는 김춘수의 초창기 문학살이, 특히 마산에서의 활동을 중심으로 살펴보고자 했다. 뜻한 목표에 이르기 위해, 글쓴이는 그의 『낭만파』 동인 활동과 등단, 문총 마산지부와 동인지 『낙타』, 지역문단의 지원과 창작지도, 초창기 저작 활동과 문학실천 등으로 나누어 따져보았다. 논의를 줄여 마무리로 삼는다.

첫째, 김춘수와 마산의 인연은 1944년 명숙경과 혼인, 나라잃은시기 1년간 처가에서의 피신, 광복 직후 『낭만파』 동인 활동으로 이어졌다. 특히 김춘수는 통영에 거주하고 있었지만, 『낭만파』 동인 활동을 계기로 마산의 지역문학인들과도 교분을 쌓았던 것이다. 그런 점에서

---

61) 이후 김춘수는 1961년 4월 마산을 떠나 대구로 옮겨가게 되었다. 그는 경북대학교와 영남대학교 교수로 일하면서 대구문단에도 큰 영향을 끼쳤다. 그리고 1981년에는 서울로 옮겨와 제11대 국회의원(문공위원회)을 거쳐 예술원 정회원, 문예진흥원 고문, 신문윤리위원, 방송심의위원회 위원장, 한국시인협회 회장, 한국방송공사 이사 등을 역임하면서 활동하게 되었다. 2001년에 그는 경기도 성남으로 옮겨와 말년을 보내다가, 2004년 11월 29일 사망했다. 장례는 시인장(장례위원장 김종길)으로 치렀고, 경기도 광주 공원묘지에 안장되었다.

동인지 『낭만파』는 오늘의 시인 김춘수를 만든 자양분으로서 큰 몫을 했다고 보여진다.

둘째, 한국전쟁기 결성된 문총 마산지부는 초창기 마산문단을 이끌었고, 여기에 참여한 문학인들은 저서 발간과 동인 활동 등의 각별한 문학활동을 펼쳐나갔다. 그 중심에 김춘수가 있었으며, 지역문학의 활성화에도 지대한 영향을 끼쳤다. 그 무렵 문총 마산지부에서 펴낸 동인지 『낙타』는 피난지 지역문단의 구심점으로 기능했다고 하겠다.

셋째, 김춘수는 13년 남짓 마산에 머물면서 여러 후배 문인들의 활동에 많은 힘을 보탰다. 무엇보다도 지역문단에 대한 지원과 문학 지망생들의 창작지도에 노력을 아끼지 않았다. 특히 그는 여러 문학 동인의 고문격으로 활동하면서, 청년문사들의 역량과 결속력 강화를 위해 헌신했던 것이다. 그런 점에서 그는 지역의 젊은 문학인들에게 희망과 용기를 불어넣는 모범의 대상이기도 했다.

넷째, 김춘수는 마산에 살면서 개인적 저작 활동은 물론이고 지역사회의 현안에 대해서도 관심과 사랑을 아끼지 않았다. 그는 네 권의 창작시집을 펴냈고, 여러 권의 저작물을 발간했다. 또한 마산지역의 현안에도 실천적인 자세를 보여 주었다. 경자마산의거와 관련된 작품에서 이를 오롯이 확인할 수 있다. 결국 지역사랑에 바탕을 둔 그의 문학실천은 마산문단의 정착과 발전에 크게 이바지했던 것이다.

지금껏 글쓴이가 살펴본 바, 김춘수의 삶과 문학 연구에 있어서도 모자란 부분이 많다. 그가 타계한 뒤 곧바로 문학 전집이 발간되었지만, 초창기 작품의 다수가 빠져 있다는 점이다. 앞으로 초창기 작품들에 대한 발굴과 갈무리 작업이 우선되어야 할 것이며, 이들 작품에 대한 세밀한 분석이 이어져야 할 것이다.

아울러 그의 문학살이에 대한 조사도 여전히 제자리걸음을 하고 있다. 지역문학적 차원에서 통영·마산·대구·서울로 이어지는 문학실천의 행보에 대해서도 관심을 가질 필요가 있다. 이를 바탕으로 그의 삶과 문학에 대한 종합적 연구가 뒤따라야 할 것이다.

끝으로, 김춘수 시인이 『문학수첩』(2004년 가을)에 발표한 시 한 편을 덧붙여 본다. 그의 말처럼 '끝이란 말이 만든 말의 하나'(「an event」 가운데)일 뿐이다. 여기 「S를 위하여」는 사별한 아내를 그리워하며 쓴 작품이지만, 우리에게 시는 "메아리처럼" 지워지지 않고 돌아오는 그리움으로 남아 있다.

　　죽은 너는/시가 되어 돌아온다./네 죽음에 얹혀서 간혹/시인도 시가 되었으면 하지만,/잊지 말라./언제까지나 너는 한 시인의/시 속에 있다./지워지지 않는 그/메아리처럼.

—「S를 위하여」 전문

천상병의 일기시(日記詩)

1. 들머리

천상병(千祥炳, 1930~1993) 시인이 '하늘로 돌아'간 지 스무 해가 되었다. 「귀천」에서 인생을 '소풍 오는 날'이라고 노래했던 시인, 그에 대한 관심은 문학연구에 국한되지 않고 다양한 형태의 선양사업으로 이어지고 있다. 이는 그의 삶과 문학이 독자 대중들에게 감동으로 남아 있는 까닭일 것이다.

우리 문단의 마지막 순수시인이라 불리는 천상병은 1949년 문예지 『죽순』에 시를 발표하였고, 한국전쟁기 『문예』에 시와 평론이 추천되어 꾸준히 문학활동을 펼쳤다. 시집으로 『새』(1971), 『주막에서』(1979), 『천상병은 천상 시인이다』(1984), 『저승가는 데도 여비가 든다면』(1987), 『요놈 요놈 요 이쁜놈!』(1991) 등이 있으며, 산문집 『괜찮다 괜찮다 다 괜찮다』(1990)와 동화집 『나는 할아버지다 요놈들아』(1993), 그리고 유고시집 『나 하늘로 돌아가네』(1993) 등을 남겼다.

천상병에 대한 논의는 시집 『새』를 펴낸 뒤부터 단편적으로 있었지만, 그의 사망 이후 『천상병 전집』 ①시·②산문(1996) 발간과 더불어 본격적으로 이루어졌다. 지금껏 많은 연구자들이 작가론, 작품론, 주제론, 비교연구 등 여러 측면에서 성과를 보여 주었다.[1] 하지만 앞선 연구 성과만으로 천상병의 시세계와 특성을 오롯이 파악하는 데 부족함이 많다. 그만큼 연구자들의 관심이 다각적이지 못하고 특정 시기와 작품에 편향되어 있었다고 하겠다.

사실 천상병의 시는 큰 보폭으로 다양한 세계를 관조하는 여느 시인들과 달리 일상생활의 범주에서 이루어지는 체험과 정서를 보여 주고 있다. 따라서 그의 시적 변화과정을 뚜렷하게 파악하기란 쉽지 않다. 그런데도 불구하고 그의 시세계는 1967년 동백림간첩단사건을 겪고 난 뒤부터 작은 변화를 보여 주고 있다. 그 변화의 핵심은 일기(日記)처럼 시를 썼다는 점이다.[2] 특히 1980년대에 접어들어 그의 시는 한 편의 일기에 버금간다 할 정도로 일기의 작법과 형식을 빌려 오고 있다.

흔히 시와 일기는 사뭇 다른 유형이지만, 굳이 그 공통점을 찾는다

---

1) 이 글에서 기존의 연구 성과를 일일이 언급하지는 않겠다. 그의 생애에 관심을 가진 연구로 민영(1990)·김훈(1990)·전현미(2003)·홍금연(2004)·한정호(2009), 시세계의 특성에 대한 연구로 김성욱(1972)·김우창(1979)·최동호(1991)·이양섭(1993)·김재홍(1993)·박미경(1996)·신익호(1996)·이자영(1997)·박숙애(1998)·채재순(1998)·김은정(1999)·배상갑(2002)·김영민(2002)·박성애(2002)·문세영(2003), 시의 형식적 측면에 중점을 둔 연구로 김희정(2000)·이필규(2001)·이진홍(2003)·함윤호(2003)의 글이 있다. 이밖에 비교 연구로는 조태일(1972)·이경호(1993)·정한용(1996)의 글을 들 수 있다.

2) 일기(diary)란 특정 하루의 개인적인 일과 체험, 그리고 느낌 등을 적는 글이다. 작가의 개성과 주관적인 진술이 위주가 되므로, 대개 자전적 기록의 성격을 띠게 되고, 그만큼 진솔한 내면의 표현이 이루어진다는 문체적 특성을 가진다. 일기는 생활을 전제로 하지만, 가치 있는 생활을 실현하려는 의욕에서 출발한다. 따라서 일기는 하루를 단위로 하는 생활기록이요, 그 기록을 통하여 자기 생활을 반성·비판하고, 가치 있는 생활을 실현하는 활동이다. 이런 점에서 일기는 문학성과 실용성을 지니고 있다.

면 자기 표현의 문학 양식이다. 그런 점에서 천상병의 시는 '일기시(日記詩)'[3]라고 명명할 수 있다. 따라서 이 글은 일기의 작법과 형식을 중심으로 천상병의 시세계에 대한 이해의 폭을 넓혀 보고자 한다.

이에 글쓴이는 천상병의 시의 특성을 일기시의 전형으로 보고자 한다.[4] 왜냐하면 그의 시는 일기의 기본 작법인 '나의 오늘 이야기'를 바탕으로 삼고 있으며, 일기의 일반적 형식인 날짜 기록과 날씨 묘사와 함께 특정 하루의 진솔한 고백과 자기 성찰로 채워져 있기 때문이다.

2. 나의 오늘 이야기

흔히 문학창작은 자기표현, 곧 자신의 감정이나 체험을 글로써 드러내는 작업이다. 일기도 마찬가지로 자기표현의 한 방법임에 틀림없다. 그렇지만 일정한 문학적 틀을 전제로 창작되는 다른 종류의 글과는 그 성격을 달리한다. 일기는 특정 형식에 구애받지 않고 표현상의 제약이 없기 때문에 자기표현을 매우 자유롭게 드러낼 수 있다.[5]

---

3) 본디 시일기(詩日記)는 생활에서 얻은 감동이나 깨달음을 시의 형식으로 간결하게 나타낸 것이다. 따라서 천상병의 시는 일기의 종류로 본다면 시일기에 해당될 터이고, 문학의 유형의 본다면 일기시에 해당된다고 할 수 있다. 그런 점에서 천상병의 시는 일기의 형식과 작법을 빌려 쓴 '일기시'로 볼 수 있다.

4) 일기시는 일상시와 구별할 필요가 있다. 일기시는 특정 하루의 개인적 체험을 드러내는 데 견주어, 일상시는 나날살이의 보편적 체험을 드러내는 데 그 차이가 있다. 그런 까닭에 일반적으로 일상시란 시가 추가하는 바, 곧 시정신 쪽에서 일컫는 이름이요, 일기시는 그 시정신을 드러내는 방법인 시형식 쪽에서 일컫는 이름이다.

5) 따라서 일기를 '산문 중에서 가장 자유스러운 체계' 또는 '문학의 핵심'이라고 말하는 이도 있다. 그러나 일기는 동서양을 막론하고 전통 문학 양식으로 인정되지는 않았다. 누구에게나 개방되어 있는 자유로운 형식상의 특색 때문이다. 그러나 바로 그 점 때문에 일기는 개변(改變)이 가해지지 않는 기록으로써 사회사적·정치사적으로 중요한 자료적 가치를 가지게 되기도 한다.

천상병의 시창작은 대개 일기의 기본 작법이라 할 수 있는 '나의 오늘 이야기'를 표현하는 행위로 받아들여진다. 이를테면 그의 시는 '나'의 목소리로 '오늘'의 일들을 기록하고 있다는 점이다. 따라서 그의 시창작은 일기를 시로 바꾸는 작업으로써 자신의 일상적 체험을 시적 세계로 옮겨놓는 과정이라 하겠다.

1) 1인칭 화자인 '나'의 목소리

천상병의 시를 접하면서 눈길을 끄는 것은, 서정적 자아(persona)가 대부분 1인칭 화자라는 사실이다. 특히 그의 시에서는 함축적 시인과 동일한 현상적 화자로서 '나'가 시의 표면에 드러난다. 이는 그대로 실제 시인으로 이어진다.[6] 그의 전집에 실린 352편의 시들 가운데, 1인칭 화자인 '나'를 내세우고 있는 작품은 226편에 달한다. 물론 그렇지 않은 나머지 작품들(126편)도 '나'를 표면에 드러내지 않았을 뿐 1인칭 화자가 대부분이다.

이렇듯 천상병은 여러 목소리 가운데 1인칭 화자인 '나'를 선택하여 자기표현의 방법으로 삼고 있다. 여기서 '나'라는 낱말은 매우 개인적인 표현의 대명사지만,[7] 그만큼 진솔한 자기표현으로 이어진다.[8] 결국 그의 시에 나타난 서정적 자아는 일기의 주체처럼 대개

---

6) 시를 담화의 일종으로 보면, 화자·청자·화제가 시의 세 요소가 된다. 시에서 이 세 가지는 더욱 세분화되어 실제 시인·함축적 시인·현상적 화자·현상적 청자·함축적 독자·실제 독자로 나누어진다. 이 가운데 실제 시인·실제 독자는 텍스트 바깥에 존재하는 인물이며, 함축적 시인·함축적 독자·현상적 화자·현상적 청자는 텍스트 안의 인물이다. 김준오, 『시론』, 이우출판사, 1990, 168~169쪽.

7) '나'라는 낱말이 존재가 시의 제목으로 쓰인 작품에는 「나는 행복합니다」, 「나의 가난은」, 「나의 가난함」, 「나의 가냘픈 신세·타령조」, 「나의 자화상」, 「나의 행복」, 「난 어린애가 좋다」, 「내가 좋아하는 여자」, 「내 방(房)」, 「내 집」 등이 있다.

8) 3인칭 대명사 '그'도 가끔 쓰이는데, 이 또한 분명 시인 자신을 일컫는 것이다. 여기

'나'의 목소리를 통해 자신의 체험을 진솔하게 드러내고 있다.9)

나는 볼품없이 가난하지만/인간의 삶에는 부족하지 않다./내 형제들 셋
은 부산에서 잘 살지만/형제들 신세는 딱 질색이다.//각 문학사에서 날
돌봐주고/몇몇 문인들이 날 도와주고//그러니 나는 불편함을 모른다/다만
하늘에 감사할 뿐이다.//이렇게 가난해도/나는 가장 행복을 맛본다./돈과
행복은 상관없다./부자가 바늘귀를 통과해야 한다.

—「나의 가난함」 전문

이 시에서 서정적 자아는 1인칭 화자의 시점인 "나는"으로 설정되
어 있다. 제목에서 알 수 있듯이, 자신의 가난한 처지와 심정을 꾸밈
없이 드러내고 있다. 비록 자신의 생활은 "볼품없이 가난하지만" 주
변의 많은 사람들이 도와주는 까닭에 "불편함을 모른다"는 것이다.
그런 점에서 시인은 "가장 행복을 맛본다"고 진술하고 있다.

나는 조카딸 세놈과 사이가 좋지./형이나 형수하고는 그렁저렁이지만./
재미도 있고 흥미롭고 귀엽기 짝이 없다.//삼촌인 나는 집도 절도 없는
쌍놈이지만./조카들은 그런 것 따지지 않는다./십원이 있으면 더 인기를
끌텐데……

—「집·1」 가운데

우리집 가족이라곤/1989년 나와 아내와/장모님과 조카딸 목영진 뿐입니
다.//나는 나대로 원고료(原稿料)를 벌고/아내는 찻집 '귀천(歸天)'을 경영

에 걸맞는 작품으로는 「새」와 「주일·2」가 있다.
9) 김훈은 천상병처럼 "시와 인간이 일치하는 시인을 본 적이 없다"고까지 말했다. 김
훈, 「아름다운 운명」, 『괜찮다 괜찮다 다 괜찮다』, 도서출판 강천, 1990.

하고/조카딸 영진이는 한복제작으로/돈을 벌고//장모님은 나이 팔십인데
도/정정 하시고……//하느님이시여!/우리 가족에 복을 내려 주시옵소서!

—「가족」 전문

앞의 시에서 서정적 자아는 "가족"에 대한 생각을 보여 주고 있다.
시인은 "조카딸"들과 사이가 좋다는 점, "집도 절도 없는" 가난한 처
지라서 "십원"이 있으면 더욱 인기를 끌 수 있을 것이라고 했다. 뒤의
시에서도 시인은 '나' 또는 '우리'라는 낱말로 자신의 가족 상황을 풀
어놓고 있다. 그의 가족에는 "아내와 장모님과 조카딸 목영진 뿐"이
고, 각자 성실하게 살고 있다. 그러한 "우리 가족"에게 "복을 내려주"
라고 기원하고 있다. 여기서 '우리'라는 표현은 1인칭 화자인 '나'의
복수형으로서 '나'와 동일하게 사용되고 있다.

장모님을/나는 어머니라 부른다./내 진짜 어머니는/고향 산소에 있으니
/나는 장모님을/어머님이라고 부른다.

—「장모님」 가운데

나하고 아내한테는/아이가 하나 없고/스물 두 살짜리 여조카 진(眞)이
가/우리 부부의 딸처럼 되어 있다.//본명은 영진(榮眞)인데/그냥 진(眞)으
로 통한다

—「진이」 가운데

아내는 내대신 돈을 번다/찻집을 하며 내 용돈을 준다/얼마나 고마운
일이냐//오늘도 내일도/나는 아내의 신세를 진다/언제나 나는 갚으랴//아
내여 아내여/분투해 다오/나는 정신으로 갚으마

—「아내」 전문

이들 시도 마찬가지로 시인의 목소리를 고스란히 전하는 1인칭 화자인 "나"를 설정하고 있다. 여기서 천상병은 자신의 장모, 아내, 조카 딸에 대해 언급하고 있다. 그가 표현하고 있는 장모님은 그에게 "어머니" 같았고, 조카인 "영진"은 "딸" 같은 존재이다. 그리고 아내는 "찻집을 하며" 자기 대신 "돈"을 벌어 생활에 걱정 없게 해 주는 고맙고 사랑스런 존재이다. 이처럼 그의 시는 가족을 비롯한 주변 사람과 사물 등의 일상적인 소재로 표현되는 경우가 많다.

담배는 몸에 해롭다고 하는데/그걸 알면서도/나는 끊지 못한다.//시인이 만일 금연한다면/시를 한 편도 쓸 수 없을 것이다.//나는 시를 쓰다가 막히면/우선 담배부터 찾는다.
—「담배」 가운데

내 독자들은/꽤 많다.//초상화를 보내오는 독자도 있고/선물을 보내오는 독자도 있다.//전화 걸어오는 독자는/너무 많다.//이런 독자들에게/보답할려고//나는 좋은 시(詩)를/끊임없이 써야 하리라!
—「독자들에게」 전문

이들 시에서도 서정적 자아는 '나'의 목소리로 자신의 창작 습관과 마음가짐을 꾸밈없이 드러내고 있다. 앞의 시는 "담배"에 대한 천상병 자신의 생각을 언급하고 있다. 그는 담배가 "몸에 해롭다"는 사실을 알면서도 끊지 못한다는 점, 그리고 "시를 쓰다가 막히면 우선 담배부터 찾는다"는 점을 토로하고 있다. 그러면서 그는 시인이 "만일 금연한다면 시를 한 편도 쓸 수 없을 것"라고 자위하고 있다.

뒤의 시는 자신의 "독자들에게" 시인으로서 느끼는 보람과 마음가짐에 대해 적고 있다. 서정적 자아인 '나'에게는 독자들이 꽤 많아서

"초상화"와 "선물"을 보내오기도 하고, "전화"를 걸어오기도 한다는 것이다. 그래서 시인은 "독자들에게 보답"하기 위해 "좋은 시"를 쓰겠다고 다짐한다.

> KBS라디오의 희망음악은,/아침 9시 5분 10시까지인데,/나는 매일같이 기어코 듣는다.//고전음악의 올림픽이요 대제인,/고전음악시간을 내가 듣는 것은,/진짜로 희망이 우러나는 까닭이다.//나는 바하와 브람스를 좋아하는데,/바하는 나왔으나 브람스는 안 나왔다./내일은 브람스가 나올 테지요.
>
> ─「희망음악」 전문

이 시는 매일같이 반복되는 일상, 특히 음악에 대한 자신의 관심과 취향을 보여 주는 작품이다.[10] 그것은 "KBS라디오의 희망음악"을 청취하는 일이다. 그가 "고전음악시간"을 "매일같이 기어코 듣는" 것은 "진짜로 희망이 우러나는 까닭"이라는 것이다. 그러면서 그는 "바하와 브람스를 좋아하는데", 오늘은 브람스의 음악이 방송되지 않은 것에 아쉬움과 함께, 내일은 방송될 것이라는 간절함을 읽어낼 수 있다.

이렇듯 천상병의 시는 서정적 자아를 1인칭 화자인 '나'로 설정하여 자신의 처지나 생활 체험을 숨김없이 드러내고 있다. 그의 시는 자신의 일기를 공개하듯이 '나'의 목소리를 통해 독자에게 직접적으로 전달된다. 천상병 시에 있어서 1인칭 화자인 '나'의 목소리는 자전적이고 고백적인 이야기를 들려주고 있다. 결국 그의 시에서 서정적 자아는 1인칭 화자로서 시인 자신으로 볼 수 있다.

---

10) "나는 음악을 사랑하고 있다. 그것도 고전음악을 말이다. 그래서 나는 시를 쓸 때면 언제나 KBS의 FM방송을 틀고 귀를 기울인다. 이 방송은 하루종일 고전음악을 방송하는 것이다. 음악 없는 나의 시는 생각할 수조차 없다." 천상병, 「나의 시작의 의미」, 『천상병 전집』 ②산문, 평민사, 1996, 379쪽.

2) 특별한 하루인 '오늘'의 이야기

릴케(R. M. Rilke)의 말을 빌리지 않더라도 시는 '체험'[11]이다. 천상병의 시는 자신의 일상, 그것도 특별한 하루의 생활 체험을 다루고 있다. 사실 독자에게는 개인의 평범한 체험이 별로 흥미롭거나 감동적인 것이 아니라 할지라도, 일기시의 작법을 끌어온다면 그 하루가 특별하게 되살아날 수 있다.

천상병은 삶의 여러 날들 가운데 특별한 하루인 '오늘'[12]에 더욱 애착을 가지고 있으며, 오늘의 이야기를 바탕으로 시를 쓰고 있다. 대개 어제도 내일도 아닌 바로 '오늘'이라는 낱말로 나타난다.

아침은 매우 기분 좋다/오늘은 시작되고/출발은 이제부터다//세수를 하고 나면/내 할일을 시작하고/나는 책을 더듬는다//오늘은 복이 있을지어다/좋은 하늘에서/즐거운 소식이 있기를

—「아침」 전문

---

11) 체험과 경험을 일상에서는 동일시하고 있으나, 엄밀한 의미에서는 구별을 하고 있다. 경험이 주로 인식의 출발점으로써 객관적·보편적인 데 대하여, 체험은 인격적·개인적인 것이다. 딜타이(Dilthey)에 따르면, 문자로 표시된 문서, 문학뿐만 아니라 역사적으로 이루어진 인간의 모든 정신적 산물은 체험의 표현이라는 것이다. 이 체험에는 직접 체험과 간접 체험이 있다. 직접 체험은 자기가 몸소 보고 듣고 행함으로써 얻어지는 감각·표상·감정·욕망·충동·의지 등이며, 간접 체험은 남이 쓴 글이나 이야기를 들음으로써 얻어지는 의식이다. 흔히 글의 소재를 얻기 위하여 여행을 하거나 독서를 하는 까닭이 여기에 있다. 우리가 일상생활에서 얻는 풍부한 체험은 글을 쓰는 유형·무형의 요소가 된다. 대개 일기는 직접 체험으로 이루어진다.

12) '오늘'은 우리 삶에 있어서 하루뿐인 시간이다. 다시 말해서 우리 삶에 있어서 처음이요 마지막인 하루이다. 이렇게 볼 때, '오늘'이라는 시간은 우리 삶의 일부요, 우리 삶을 이루는 값진 추억의 시간이 된다. 이 값지고 뜻 깊은 시간을 보존할 수 있는 가장 좋은 방법은 그것을 글로 남겨두는 일일 것이다. 그것이야말로 '오늘'을 영원히 붙들어 매어두는 좋은 방법이기 때문이다.

오늘 아침을 다소 행복하다고 생각는 것은/한 잔 커피와 갑 속의 두둑한 담배,/해장을 하고도 버스값이 남았다는 것.//오늘 아침을 다소 서럽다고 생각는 것은/잔돈 몇 푼에 조금도 부족이 없어도/내일 아침 일도 걱정해야 하기 때문이다.

—「나의 가난은」 가운데

그의 시는 대개 "오늘"의 이야기로 엮어지고 있다. 이들 시들은 하루 가운데 "아침"에 관한 이야기이다. 그에게 있어 오늘의 시작인 "아침은 매우 기분 좋"은 출발이다. 아침이면 일상적으로 "세수를 하고" 자신의 "할 일을 시작"한다. 그것은 바로 "책"을 읽는 일이다.

뒤의 시는 아침에 가지는 자신의 생각을 드러내고 있다. 그가 "오늘 아침을 다소 행복하다"고 생각하는 까닭은 "한 잔 커피와 갑 속의 두둑한 담배, 해장을 하고도 버스값이 남았다"는 것이며, 반면에 그가 "오늘 아침을 다소 서럽다"고 생각하는 까닭은 "내일 아침 일을 걱정해야 하기 때문"이라고 토로한다. 그만큼 자신의 가난한 처지를 일상생활에 빗대어 표현하고 있다.

오늘 나는, 오후 3시 명동천주교성당 대문앞 골목길, 고전음악다방 '크로이체'서 브라암스 교향곡 제4번을 들으며, 눈물겹게 앉아있습니다.//세상에 이렇게도 근사하고 훌륭한 음악이 있을 성싶지 않습니다. 내 가슴의 눈물겨움은, 다만 소리내어 울지 않게끔 해야겠다는 결의의 상징일 겁니다.

—「송(頌)브라암스」 가운데

오늘 나는 비발디의 음악을 듣는다./옛날 내가 대학에 다닐 때는/「르네쌍스」라는 음악다방에서/그렇게 많이 듣던 비발디.//오늘은 내가 한가해서/오후 세시 반 무렵에/라디오의 스위치를 돌렸더니/비발디의 음악이 나온다.

―「비발디」 가운데

　그는 하루의 체험을 특별한 시쓰기에 그대로 반영하고 있다. 하루의 '하찮은 일'들조차도 자신과 무관하지 않은 까닭에 시적 소재로 삼고 있는 것이다. 이들 시에서처럼 "오늘 나는"으로 이야기를 풀어 놓고 있는 점이 눈길을 끈다. 앞의 시는 "고전음악다방"에서 "브라암스 교향곡 제4번을 들으며" 감동의 눈물을 흘렸다는 이야기를 하고 있다. 그리고 뒤의 시는 "라디오"에서 흘러나오는 "비발디의 음악"을 들으며 옛날 "대학에 다닐 때"의 기억을 되새기고 있다.

　　그러노라고/뭐라고 하루를 지껄이다가,/잠잔다―//바다의 침묵(沈黙), 나는 잠잔다./아들이 늙은 아버지 편지를 받듯이/꿈을 꾼다./바로 그날 하루에 말한 모든 말들이,/이미 죽은 사람들의 외마디 소리와/서로 안으며, 사랑했던 것이 나 아니었을까?/그 꿈속에서……//하루의 언어를 위해, 나는 노래한다./나의 노래여, 나의 노래여,/슬픔을 대신(代身)하여, 나의 노래는 밤에 잠잔다.

―「새·2」 전문

　이 시는 일기시의 전형을 보여 주는 작품이라고 할 수 있다. 이 시에서 서정적 자아는 "하루를 지껄이다가" "그날 하루에 말한 모든 말"처럼 "하루의 언어를 위해 나는 노래한다"고 밝히고 있다. 이 "하루의 언어"는 '일기'로 바꾸어 놓아도 무리가 없을 것이다. 이렇듯 그의 시쓰기는 "하루의 언어"를 위해 "노래"한다는 뜻으로 읽혀진다.
　여기서 말하는 특별한 하루인 '오늘'은 자기 일생의 부분이, 자기 일생은 바로 이 오늘이라는 나날들이 모인 것이다. 따라서 하루의 일들을 쓴다는 것은 자기의 인생을 표현해 놓는다는 것과 다를 바가 없다. 결국 천상병의 시는 '오늘'의 이야기를 풀어 놓고 있는 셈이다. 이는 바로 삶의 일부인 하루의 귀중함을 깨닫고 그 하루를 알차게 살려는 시인의 의지로 받아들여진다.

3. 날짜와 날씨의 기록

일기에는 날짜와 날씨의 기록이 주요한 형식으로 전제되어야 한다.[13] 따라서 일기시의 형식적 요건으로 날짜와 날씨의 상태를 기록하고, 시간의 순차에 따라 하루 동안의 체험을 자유롭게 개진하는 작법을 들 수 있다. 이로 말미암아 우리의 지각적, 의지적, 감정적 경험들은 특정 하루와 깊이 연루되어 존재의 조건에 좀 더 근접해 있는 것이다.[14]

천상병의 시를 꼼꼼하게 살펴보면, 그의 시에서 날짜와 날씨를 구체적으로 밝히고 있는 경우를 쉽게 찾아낼 수 있다. 이를테면 일기시의 형식적 특성이라 할 수 있는 날짜의 기록과 날씨에 관한 묘사를 빼놓지 않고 있는 것이다.

1) 시창작 날짜의 명기

일기에서 날짜는 일일성(一日性)을 드러내는 기본적인 요소이다. 하지만 그것은 하루를 단위로 하지만, '고립된 하루'가 아니라 생활의

---

13) 또한 일기의 형식으로 제목을 붙이는 경우도 있다. 제목은 그날 있었던 일 가운데 가장 중요한 내용을 골라 쓰게 된다. 그런 점에서 천상병 시의 제목 또한 일기의 형식과 닮아 있다고 하겠다.

14) 김영민, 『현상학과 시간』, 까치, 1994, 22~23쪽.

한 단계로서의 하루이다. 따라서 날짜는 단순한 하루의 기록에 머물지 않고 그날의 생활 전체의 배후(背後) 문맥(文脈)이 된다.

흔히 날짜는 연·월·일뿐 아니라 봄·여름·가을·겨울 등의 계절이나 새벽·아침·오후·저녁·밤 등의 모든 시간적 개념들을 통틀어 말할 수 있다. 천상병의 시에서 날짜는 연·월·일로 구체화되어 나타나는 경우도 많지만, 그보다는 우리의 일반적 시간관념으로써 하루, 곧 일일성(一日性)15)으로 나타난다.

지금 이 시를 쓰는 시일은/1989.1.9(월요일)/심야 한시 십분경이랍니다.
—「주부 후보자들이여」 가운데

그래도 말입니다./이 시 쓰는 시간은/89년 5월 4일/오후 다섯시 무렵이지만요-.
—「내가 좋아하는 여자」 가운데

지금 이 시를 쓰는 89년 9월 12일은 뜰에 녹음이 살며시 한창이다.
—「우리집」 가운데

---

15) 여기서 짚고 넘어야 할 문제는 '일일성(一日性)'과 '일상성(日常性)'의 차이다. 이는 앞서 다룬 '일기시'와 '일상시'의 차이를 결정짓는 한 요소이기도 하다. 먼저 일일성의 문제다. 일기는 시간적으로 하루를 단위로 한다. 하루 24시간 중에서 잠자는 시간을 제외한 나머지는 모두 일기의 대상이 된다. 그러나 꿈도 대상이 되므로 사실상 수면이라 하여 제외될 이유는 없다. 이틀, 사흘을 한꺼번에 쓸 수도 있지만, 그런 일기는 별로 의의가 없다. 다시 말해서 하루를 단위로 하고, 매일 쓴다는 점에 일기 고유의 특성, 곧 일일성에 있다. 다음으로 일상성의 문제다. 한 사람의 삶에 대한 인식은 결국 일상성에서 출발한다. 한 생명이 모태에서 태어나 이 세상에서의 한 인간이 되고 난 후부터는 삶을 이어나가기 위한 무수한 일상의 시간으로 줄곧 계속된다고 해도 무방할 것이다. 그러기 위해서는, 삶을 존속시키기 위한 활동의 시간, 휴식의 시간, 그리고 그 밖의 여가의 시간으로 연결되며, 각각 그 시간대(時間帶)에 따르는 무수한 사회적 행위로 이어지고 있다. 곧 우리 삶을 존속시키기 위한 사회적 행위로 이어진다는 점에 일상성을 놓을 수 있다.

이 시를 쓰는 지금은/92년 5월 10일입니다./방문을 열어놓고/뜰을 보니/초롱꽃이 활짝 피어 있습니다.

—「초롱꽃」 가운데

우선, 천상병은 시창작의 날짜를 작품 속에 밝혀 두고 있다. 그것들을 낱낱이 열거하자면 너무 많기 때문에 여기서는 연·월·일을 구체적으로 밝히고 있는 것만을 골라 본 것이다. 이들 시에서 알 수 있듯이, 천상병은 시창작의 날짜를 "지금"이란 단어와 "시를 쓰는"이라는 구절로 알려 주고 있다.

이처럼 천상병은 시 속에 연·월·일을 적음으로써, 그가 시를 쓴 날짜를 구체적으로 밝히고 있다. 이러한 점으로 미루어, 그의 시는 일기의 형식 가운데서도 가장 기본적인 요소인 날짜를 적어 두고 있는 셈이다. 이밖에도 그는 연·월 또는 월·일을 밝히고 있는 시들이 여럿 있다.

다음으로, 천상병은 특정 날짜를 "오늘"이라는 낱말과 함께 밝혀 두고 있다.

오늘은 91년 4월 14일이니/봄빛이 한창이다.

—「봄빛」 가운데

오늘은 91년 4월 25일/뜰에 매화가 한창이다./라일락도 피고/홍매화도 피었다.

—「우리집 뜰의 봄」 가운데

오늘(92년 5월 14일)은/나와 아내의/결혼 20주년이다.

—「결혼 20주년」 가운데

앞서 언급했듯이, 천상병은 특별한 하루인 '오늘'의 이야기를 바탕으로 시를 쓰고 있다. 하지만 여기서 '오늘'은 시창작의 날짜를 일컫는다. 그는 시창작의 날짜를 "오늘은"이란 구절로 알려 주고 있다. 다시 말해서 하루의 일상 체험이 아닌, 시를 쓰는 특정 날짜에 초점을 모으고 있는 것이다.

이들 시에서 보듯, "봄빛이 한창"인 "오늘은 91년 4월 14일"이라든지, "뜰에 매화가 한창"인 "오늘은 91년 4월 25일"이라는 표현이 그것이다. 그리고 "결혼 20주년"을 맞는 "오늘(92년 5월 14일)"에서처럼 시창작의 날짜를 명기하고 있다.

한편, 천상병은 꼭 현재의 날짜가 아니더라도 과거를 생각하며 그 날짜를 밝히고 있다. 그 보기를 들면 다음과 같다.

　81년 11월 19일에/난데없는 대설(大雪)이 내렸습니다./18센티미터나 쌓였습니다.//이날은/내가 서울 시내로 안 나가는 날이어서/의정부시의 변두리/나의 방에서 지냈는데/그래도 집밖의 변소에는 가야했고/곡차(막걸리) 사러 나가기도 했습니다. 같이 마시자고/처남집에도 갔더랬습니다.

　　　　　　　　　　　　　　　　　　　　—「방한화(防寒靴)」 가운데

　필자는 88년도 5월 17일 퇴원한 그 일 주일 전날쯤에 매일 아침 열시 무렵에 회진오시던 구내과 과장님이 두 간호원과 함께 또 오셔가지고는 필자의 만삭이던 복부를 이리저리 진단하시면서 "일주일만 있으면 깨끗하게 퇴원되겠습니다." 하시는 거였습니다.

　　　　　　　　　　　　　　　　　—「너무나도 점잖으신 의사님께서」 가운데

이들 시는 과거를 회상하며, 특정 날짜를 명기하고 있는 작품이다.

앞의 시는 "난데없는 대설이 내렸"던 1981년의 기억이다. 서정적 자아는 그때 "의정부시의 변두리" 자신의 집에서 지냈는데, 대설에도 불구하고 "곡차(막걸리)"를 함께 마시기 위해 "처남집"으로 찾아갔던 일을 적어 두고 있다.

뒤의 시는 자신의 "입원생활" 당시의 기억을 토로하고 있다. 그때는 "88년도 5월 17일" 무렵으로 자신의 "만삭이던 복부를 이리저리 진단"하던 "구내과" 의사의 말을 되새기고 있다.

이렇듯 천상병은 일기의 가장 기본적인 요소인 날짜를 시 속에 밝혀둠으로써 시창작 날짜는 물론 그때의 특별한 기억을 남겨 두고 있는 것이다.16)

우리는 우스웠지만 시간을 확인하는 남편은 언제나 진지했다. 그리고 자신의 전자시계가 가리키는 정확한 시간에 맞춰 잠자리에서 일어났고, 식사를 했고 술을 마셨으며 담배를 피웠고, 잠이 들었다./그렇게 착실하게 생활해야 하나님께 벌받지 않을 것이며 다시는 몸이 아파 고통받지 않을 것이라고 믿었다.17)

이 글은 천상병의 아내인 목순옥의 회고이다. 그녀에 의하면, "정확한 간에 맞춰 잠자리에서 일어났고, 식사를 했고 술을 마셨으며 담배를 피웠고, 잠이 들었다"는 것이다. 이는 천상병 시인의 시간관념을 보여 주고 있는데, "시간을 확인하는" 그의 태도와 "착실하게 생활해

---

16) 이러한 보기 말고도 어느 정도 연·월·일을 추정해 볼 수 있게끔 하는 시들도 있다. 「불혹의 추석」(음력 8.15), 「아버지 제사」(음력 9.4), 「8월의 종소리」, 「소능조: 70년 추일에」, 「초가을」(89년), 「이른 봄」(2.14) 등이 그것이다.

17) 목순옥, 「하나님의 시간을 재는 천상병의 시세계」, 『날개 없는 새 짝이 되어』, 청산, 1993, 20쪽.

야” 한다는 그의 의지를 대변해 주고 있다.

이처럼 천상병은 일상생활에서도 시간관념이 철저했다는 점이다. 그의 하루는 언제나 “오늘이 며칠이고? 지금 몇 시나 됐노? 오늘은 날씨가 흐리냐, 맑으냐?”18) 하는 물음과 함께 시작되었다고 한다.

2) 특정 날씨의 시적 묘사

날씨는 객관적 자연현상이긴 하나, 사람의 생활이나 감정에 큰 영향을 미친다. 흔히 날씨는 맑음·흐림·비·눈·바람 등의 기상 현상이나 더위·추위 등의 기온 현상을 통틀어 말할 수 있다. 그러나 흔히 일기에서의 날씨는 기상 현상을 일컫는다.

천상병은 날씨를 시 속에 끌어들여 묘사하고 있다. 하루의 날씨를 지칭하는 해, 구름, 비, 바람, 눈(雪) 등의 날씨에 관한 작품은 쉽게 찾을 수 있다. 그 가운데서도 가장 많이 등장하는 것은 ‘비’다. 여기서는 비를 대상으로 쓴 시들을 골라보면 다음과 같다.

내 머리칼에 젖은 비/어깨에서 허리께로 줄달음치는 비/맥없이 늘어진 손바닥에도/억수로 비가 내리지 않느냐,/비여/나를 사랑해 다오.//저녁이라 하긴 어둠 이슥한/심야(深夜)라 하긴 무슨 빛 감도는/이 한밤의 골목어귀를/온몸에 비를 맞으며 내가 가지 않느냐,/비여/나를 용서해 다오.

—「장마」 전문

부슬부슬 비내리다./지붕에도 내 마음 한구석에도-/멀고 먼 고향의 소식이/혹시 있을지도 모르겠구나……/아득한 곳에서/무슨 편지라든가……

/나는 바하의 음악을 들으며/그저 하느님 생각에 잠긴다.

—「비」 가운데

앞의 시는 "내 머리칼에 젖은 비", "어깨에서 허리께로 줄달음치는 비", 곧 "장마"를 대상으로 쓴 작품이다. 시인은 장마비를 맞으며, 비에 대한 자신의 감정을 노래하고 있다. 그렇게 시인은 비에게 "나를 사랑해 다오"와 "나를 용서해 다오"라고 하며 자신의 속내를 내비치고 있는 것이다.

뒤의 시 또한 비 오는 날의 서정을 읊고 있다. "부슬부슬 비"가 내리면 "멀고 먼 고향의 소식"도 기다려지고, "아득한 곳에서 무슨 편지"가 올 것만 같다. 그렇지만 서정적 자아는 "바아의 음악을 들으며 그저 하느님 생각에 잠긴다"는 표현으로 비에 대한 서정을 보여 주고 있다.

아침 깨니/부실부실 가랑비 내린다./자는 마누라 지갑을 뒤져/1백50원을 훔쳐/아침 해장으로 나간다.

—「비오는 날」 가운데

오늘은 부실 보실 비가 오는데/날은 음산하고 봄인데도 춥다./그래서 나는 이곳이 좋아 이곳이 좋아.

—「변두리」 가운데

밤비가 차갑게 내린다./하늘을 적시고,/공기를 적시고, 땅을 적시고-//내일도 내릴는지/모레도 다소 내리게 될지-/그것을 내가 어이 알리오?//차가운 밤비가 소롯이 내린다./나는 저 밤비에/다소곳이 젖어보고 싶다.

—「밤비」 전문

이들 시들도 비오는 날의 사건과 심정을 표현한 작품이다. "부실부실 가랑비"가 내린 날에 "자는 마누라 지갑을 뒤져/1백50원을 훔쳐/아침 해장으로 나간다"는 이야기, 비오는 "날은 음산하고 봄인데도 춥"지만, 자신의 삶터인 "변두리"가 좋다는 생각, 그리고 차갑게 내리는 "밤비"에 "다소곳이 젖어보고 싶다"는 심정을 표현하고 있다.

이렇듯 천상병은 기상현상 가운데 '비'를 대상으로 삼은 작품을 많이 남기고 있다. 인용시 말고도 '비'가 시의 제목으로 쓰인 작품에는 「봄비」, 「비」, 「비·7」, 「비·8」, 「비·9」, 「비·10」, 「비·11」, 「비오는 날」, 「아기비」, 「장마」, 「장마철」 등이 있다.

이 고목은 볼수록/하 날씨를 지시하는 것 같다./오늘은 맑은 날씨다.//내 그늘이 길다./바둑이가 신기하듯, 쳐다본다./꼬리를 살살 흔든다.

　　　　　　　　　　　　　　　　　　　　　　　　　　　—「고목·2」 가운데

저 삼각형의 조그마한 구름이,/유유히 하늘을 떠다닌다./무슨 볼 일이라도 있을까?/아주 천천히 흐르는 저것에는,/스쳐 지나는 바람이 있을 뿐이다.

　　　　　　　　　　　　　　　　　　　　　　　　　　　—「흰구름」 가운데

이 시들은 맑음, 흐림 등의 날씨 묘사를 통해 자신의 서정을 노래한 작품이다. 앞의 시에서 시인은 "오늘은 맑은 날씨다"라고 일기를 쓰듯이 표현하고 있다. 하지만 시적 소재는 날씨보다는 "고목"에 중점을 두고 있는데, 그 고목은 볼수록 "날씨를 지시하는 것 같다"는 것이다. 아울러 "그늘이 긴" 자신의 모습을 "고목"에 빗대어 표현하고 있다.

뒤의 시는 '구름', 곧 흐린 날씨의 묘사를 통해 자신의 서정을 노래한 작품이다. 여기서 시인은 하늘에 떠다니는 "삼각형의 조그마한 구름"을 의인화하며, "무슨 볼 일이라도 있을까?"라는 물음을 던져보기도 한다. 이 작품 말고도 '구름'이 시의 제목으로 쓰인 작품에는 「구름」, 「구름 위」, 「구름집」 등이 있다.

이밖에도 천상병 시는 바람,[19] 눈(雪)[20] 등의 날씨를 묘사하고 있다. 그리고 그의 시에는 날씨와 버금가는 계절에 대한 묘사도 더러 보인다. 흔히 봄·여름·가을·겨울이라는 계절 이름이 시의 제목으로 쓰인 작품에는 「봄·1」, 「봄·2」, 「봄바람」, 「봄비」, 「봄빛」, 「봄소식」, 「봄을 위하여」, 「이른 봄」, 「신춘(新春)」, 「가을」, 「초가을」, 「만추(晚秋)」, 「겨울 이야기」 등이 있다.

4. 진솔한 고백과 자기 성찰

일기는 자기만의 내면세계를 진술하게 고백하고 성찰하는 데 의의가 있다. 그런 점에서 일기는 자신의 실제 생활을 꾸밈없이 기록하고 자신의 정신세계를 진술하게 고백한 생활록이요, 수양록이자 반성록이며, 새로운 생활의 설계록인 동시에 개인 역사의 증언록이라고 일컬어진다.

일기의 내용은 그날의 생활 전부다. 그러나 매일 되풀이되는 일이나 생활 과정 등을 적지 않는다. 그것은 무의미하기 때문이다. 일기의 내용으로는 그날에 일어난 사건, 만난 사람, 타인과의 약속, 사회적 사건, 새로운 관찰 등을 진술하게 표현하고, 아울러 그날의 자기반성과 앞으로의 계획 등을 적는다. 따라서 일기는 '가치 있는 생활을 실

---

19) '바람'이 시의 제목으로 쓰인 작품에는 「바람에게도 길이 있다」, 「봄바람」, 「폭풍우」 등이 있다.

20) '눈'이 시의 제목으로 쓰인 작품에는 「눈」이 있다.

현하려는 의욕'21)에서 출발하고 있다.

오늘 비로소 아내한테서 일기책을 구했다. 내가 바라던 두터운 일기책
이니, 내 마음에 썩 들었다. 이제 매일같이 상세하게 일지를 쓰게 되었다.
참으로 보람있는 일이 아니고 무엇이겠는가? 명색이 시인이랍시고, 그저
빈둥빈둥 놀아서야 뭐가 시인이겠는가!/이렇게 매일같이 일지라도 써서,
그날 그날을 정리해 보는 일도 유의한 뜻이 있을 것이다.22)

이 글에서 알 수 있듯이, 천상병은 "매일같이 상세하게 일지를 쓰게
되었다"고 밝히고 있다. 아울러 일기를 쓰는 일은 "참으로 보람있는
일"이며, "그날 그날을 정리해 보는 일도 유의한 뜻이 있을 것"이라고
덧붙이고 있다. 하지만 일기를 쓰는 데 있어서 중점이 되는 것은 그날
의 자기를 고백하고 성찰하여 보다 나은 삶을 설계해 나가는 데 있다
고 하겠다.23)

'좋은 시는 어떤 시라고 생각하십니까?'라는 물음에 대해 천상병은
쉽게 쓰는 것이고, 진솔하게 쓰는 것이며, 사소로운 일에서도 인생의
근본을 생각하게 하는 시가 좋은 시라고 말한 바 있다.24) 아울러 그는
시를 두고 '문학의 왕'25)이라고 했다. 왜냐하면 문학 갈래 가운데 시

21) "일기는 생활을 전제로 한다. 사람인 이상, 누구에게나 생활이 있으므로 누구나 일기
   쓰는 일은 가능하다. 그러나 있는 그대로의 생활, 영위한 하루 하루의 생활 그 자체에
   서 만족하는 사람에게는 일기가 필요 없다. 일기는 생활을 전제로 하나, 가치 있는
   생활을 실현하려는 의욕에서 출발한다." 문덕수, 『문장강의』, 시문학사, 1982, 218쪽.
22) 천상병, 「노시인(老詩人)의 일기」, 『천상병 전집』 ②산문, 평민사, 1996, 431쪽.
23) 일반적으로 자서전이나 회고록에는 자기 과시가 따르게 마련이지만, 공개를 의도하
   지 않은 일기에는 자기반성 내지 자기비판이 따르게 마련이다. 한편 일기도 점차
   문학자에 의해 기록되어 그 작가의 비밀을 푸는 하나의 열쇠로서 중요시되고 있다.
24) 김재홍, 「시와 시인을 찾아서 3: 심온 천상병 편」, 『시와 시학』, 1992년 가을 참조.
25) 천상병, 「나의 시작(詩作)의 의미」, 『천상병 전집』 ②산문, 평민사, 1996, 377쪽.

가 가장 진실한 글쓰기라고 생각했기 때문이다.26)

> 시는 가장 진실한 것이다. 거짓말 하는 시는 시가 아니다. 우리는 진실
> 을 떠나서는 살 수 없다. 기쁨도 진실의 의미이다. 나는 웃음을 좋아한다.
> 김주연이라는 평론가는 시평에서 나의 시를 두고 웃음이 안 나올 수 없다
> 고 평했지만은, 웃음이 나는 시를 나는 일부러 쓴 적이 없지만 그래도 유
> 머를 감각할 수 있는 모양이다. 여러 독자들이여, 우리는 진실을 위하여
> 살고 있다. 인생의 진실은 여기저기에 깔려 있다. 이것을 표현하는 것이
> 시이다. 시를 읽고 짜증을 낸다면 그 시는 가짜이다. 나는 이런 시는 쓰지
> 않았다. 되도록이면 인생의 참뜻을 알리려고 했다.27)

천상병은 이 글을 통해 그의 '시작의 의미'를 밝히고 있다. 그의
표현처럼 그의 시작 의미는 "인생의 진실"을 찾아내고, 그 "인생의
참뜻을 알리려"는 데 있다는 것이다. 이러한 시작 태도에서 그가 일
기시에 집착하고 있는 까닭을 찾을 수 있다. 이처럼 천상병은 일상
생활 속의 체험을 진솔하게 고백하고 있다. 그런 까닭에 그의 시는
'투명한 진술'28)이 된다. 그의 일기시에는 흔히 묘사, 서사, 설명이
자리 잡고 있다.29)

---

26) "남편은 시인이라는 데 대해 어떤 긍지를 가지고 있었다. 시는 문학의 왕이요 문인
    가운데에서는 시인이 최고라고 했다. 시는 마음에 있는 대로 느끼는 대로 정직하게
    쓰지만 소설을 쓰려면 거짓말을 해야 하므로 시가 으뜸이라는 것이다." 목순옥, 「시
    와 맥주와 오이새끼」, 『날개 없는 새 짝이 되어』, 청산, 1993, 69쪽.
27) 천상병, 「나의 시작(詩作)의 의미」, 『천상병 전집』 ②산문, 평민사, 1996, 377쪽.
28) 김우창, 「순결과 객관의 미학: 천상병의 시」, 『창작과비평』, 1979년 봄, 203쪽.
29) 일기는 묘사·서사·설명의 방법을 서법(敍法)으로 취한다. 특히 설명의 방법으로 서
    술하는 일이 가장 많으나, 생활이라는 구체적 사실을 다루는 까닭에 묘사와 서사도
    있다. 좋은 일기는 오히려 묘사나 서사에서 가능하다. 그런 일기는 생기가 있고 감동
    적인 것이다.

봄도 가고/어제도 오늘도 이 순간도/빨가니 타서 아, 스러지는 놀빛.//
저기 저 하늘을 깎아서/하루 빨리 내가/나의 무명을 적어야 할 까닭을,//
나는 알려고 한다./나는 알려고 한다.

—「무명(無名)」 가운데

이 시에서 천상병은 일기시를 쓰는 까닭을 나름대로 보여 주고 있
다. "어제도 오늘도 이 순간도" 노을처럼 사라질 것이기에, 그는 "하
루 빨리" 자신의 "무명(無名)"을 적어 스스로를 "알려고 한다." 그런
점에서 그의 시쓰기는 자아를 찾아가는 과정이라고 할 수 있다.

사실 일기시는 자기에게 진솔한 기록이 되어야 한다. 만일 이 진솔
성을 잃어버린다면, 아무리 그것이 일기의 형식을 빌려 쓴 것이라 하
더라도 순수한 의미에서 일기시일 수 없을 것이다. 천상병의 일기시
는 일상생활 속의 다양한 체험을 소재로 취하고 있다. 그런 다음 그는
이들을 소재로 하여 진솔하게 고백하고 있는 것이다.

나는 55세가 되도록/나는 아이가 하나도 없다/그래서 그런지 아이들을
좋아한다/동네 아이들이 귀여워서/나는 그들 아이들의 친구가 된다.

—「아이들」 가운데

나는 지금 육십둘인데/맥주를 두 병만 마신다.//아침을 먹고/오전 11시
에 한 병 마시고/오후 5시에 또 한 병 마신다.//이렇게 마시니/맥주가 맥주
가 아니라/음료수나 다름이 없다.//그래도 마실 때는 썩 마음이 좋고/기분
이 상쾌해진다.

—「맥주」 전문

아내는/카페를 경영하고 있다.//돈 못 버는/남편 대신에/돈을 버는 것

이다.//그렇잖아도/좋은 아내인데/돈을 버는 것이다.//참으로/감사하고/
감사하다.

—「아내」 전문

이들 시에서 천상병은 자신의 삶과 일상생활에 대해 담담하게 읊고
있다. 이를테면 그는 "55세가 되도록" "아이가 하나도 없다"는 점,
그의 나이가 "육십둘인데/맥주를 두 병만 마신다"는 점, "돈 못 버는"
자기 대신에 돈을 벌기 위해 아내가 "카페를 경영하고 있다"는 점
등이 시에 쓰여진 말도 쉽고 진솔한 일상 언어들이다.[30] 그래서 그는
자신이 느끼고 생각한 것을 아무런 구애 없이 담담히 풀어 놓고 있는
것이다. 그 결과 그의 시에는 진솔한 고백이 그대로 드러나 있다.

　1981년 10월 5일 나는 하느님의 목소리를 들었습니다. 그러나 그것은
하나님의 일방적인 목소리였습니다. 하나님이시여, 너무나 고맙습니다.
그렇지만 저의 사정을 들어주십시오. 우리는 한결같이 하나님과 대화하기
를 바라고 있습니다. 살아계시는 하나님, 우리의 소원을 들어주십시오. 우
리는 한결같이 이 건강한 몸과 마음으로 하나님을 기다리고 있습니다.[31]

천상병은 힘겨운 날에 "하나님의 일방적인 목소리"가 아닌 자신의
목소리를 들어달라고 기도하고 있다. 여기서 "사정"이나 "우리의 소

---

30) "남편은 쉬운 말로 시를 썼다. 가끔 내가 "너무 이렇게 쉽게 쓰면 어떡하느냐"고
　하면 "생활시인데 뭐"라고 답하곤 했다. 남편은 '믿음'과 '생활'이 시의 근본이라고
　말해 왔다. 너무 외로우면 시를 못 쓰는 법인데 하나님의 말씀에 순종하기에 외롭지
　않고 행복하다고 했다. 또 생활을 사랑하기에 하찮은 일상사에서도 무엇인가를 느끼
　고 시를 쓸 수 있다고 했다." 목순옥, 「시와 맥주와 오이새끼」, 『날개 없는 새 짝이
　되어』, 청산, 1993, 67쪽.
31) 천상병, 「나의 기도」, 『천상병 전집』 ②산문, 평민사, 1996, 143쪽.

원"이 무엇인지 알 수 없지만, 그것을 위해 하나님을 "기다리고" 있는 시인의 모습을 떠올릴 수 있다. 이 또한 시인이 자기성찰의 매개로써 "하나님"을 끌어들인 것이라 하겠다. 이처럼 천상병은 자기반성을 따로 드러내지는 않지만, 자기 수양의 모습은 시의 곳곳에 배여 있다.

외롭게 살다 외롭게 죽을/내 영혼의 빈 터에/새날이 와, 새가 울고 꽃잎 필 때는,/내가 죽는 날/그 다음날//산다는 것과/아름다운 것과/사랑한다는 것과의 노래가/한창인 때에/나는 도랑과 나뭇가지에 앉은/한 마리 새//정감에 그득찬 계절,/슬픔과 기쁨의 주일,/알고 모르고 잊고 하는 사이에/새여 너는/낡은 목청을 뽑아라.//살아서/좋은 일도 있었다고/나쁜 일도 있었다고/그렇게 우는 한마리 새

—「새」 전문

천상병의 시에는 지난 날의 추억이 상당히 중요한 요소로 작용하고 있다. 이 추억은 자신의 삶을 되돌아보는 방법이다. 추억 속에서 삶의 모든 것은 그대로 받아들이기가 조금 더 용이해진다'는 것이다.[32] 이 시가 이야기하고 있는 것은 시인이 죽음을 통하여 또는 죽음의 관점에서 삶을 돌아봄으로써 비로소 삶의 모든 것을 아름답게 바라볼 수 있다는 것이다.[33]

이렇듯 천상병의 일기시에 나타나는 내용적 특성은 진솔한 자기

---

32) 많은 시인들에게 있어 추억이 중요한 이유 가운데 하나일 것이다. 그것은 시인에게 삶의 직접성으로부터 초연할 수 있게 하고 동시에 그것을 보다 넓은 관용과 고마움 속에 돌이킬 수 있게 한다. 초연과 수용의 결합, 이것은 모든 미적 인식의 핵심에 놓여 있는 심리조작이라 할 수 있다. 김우창, 「순결과 객관의 미학: 천상병의 시」, 『창작과비평』, 1979년 봄, 205쪽.

33) 민영은 그의 시를 평하는 글에서 "5,60년대의 거짓부렁과 허장성세의 시대'에 '자기의 심경을 솔직하게 아름답게 노래한 시"라고 극찬했다. 민영, 「천상병을 찾아서」, 『괜찮다 괜찮다 다 괜찮다』, 강천, 1990.

고백과 자기 성찰을 지닌다는 점이다. 그의 시는 자신을 표현하는 매개물이 되는 셈이다. 이러한 사실은 그가 자기 자신과 마주앉아 사물을 관찰하고 인생을 사색하는 자세로 받아들여진다. 이러한 자세는 맑은 시의 경지를 지향하고자 하는 시인의 마음의 움직임과 연관되어 있을 것이다.

5. 마무리

천상병의 시는 한 편의 일기라도 해도 지나치니 않을 정도로, 일기의 형식과 내용을 따르고 있다. 이를테면 그의 시는 일기의 기본 작법인 '나의 오늘 이야기'를 바탕으로 하고 있으며, 일기의 일반적 형식인 날짜 기록과 날씨 묘사, 특정 하루의 진솔한 고백과 자기 성찰로 채워져 있는 까닭이다.

이에 글쓴이는 '일기시'라는 개념이 우리 문학사회에 일반화되지 않은 형편이지만, 천상병의 시적 특성을 일기시의 전형으로 보고자 했다. 그리하여 그의 시를 대상으로 일기시의 유형과 시세계에 대한 이해의 폭을 넓혀 보고자 했다. 논의를 줄여 마무리로 삼는다.

첫째, 천상병의 시는 일기의 기본 작법인 '나의 목소리'로 '오늘의 이야기'를 적고 있다. 그의 시를 접하면서 눈길을 끄는 것은, 1인칭 화자인 '나'가 시의 전면에 그대로 드러난다는 사실이다. 그의 시는 1인칭 화자를 통해 자신의 감정과 체험을 진실되고 솔직하게 표현하고 있었다.

또한 천상병은 삶의 여러 날들 가운데 특정한 하루인 '오늘'에 더욱 애착을 가지고 있다. 따라서 그의 시는 개인적 체험인 오늘의 이야기를 아무 꾸밈없이 고백하고 있는 것이다. 이는 바로 삶의 일부인 하루의 귀중함을 깨닫고 그 하루를 알차게 살려는 시인의 의지로 받아들여진다.

둘째, 천상병의 시는 일기의 형식적 특성인 '날짜와 날씨'를 밝히고 있다. 일기에서 날짜는 일상을 보여 주는 기본적인 요소지만, 그것은 단순한 하루의 기록에 머물지 않고 생활 전체의 배후 문맥이 되고 있다. 그의 시에서 날짜는 일반적 시간관념인 일상으로 나타났다.

아울러 천상병은 날씨를 시 속에 끌어들여 묘사하고 있다. 일기에서 날씨를 언급하듯이, 그의 시에서도 해, 구름, 비, 바람, 눈 등의 날씨에 관한 묘사를 쉽게 찾을 수 있다. 그 가운데서도 가장 많이 등장하는 것은 '비'다. 그의 작품에는 날씨에 버금가는 계절에 대한 묘사도 더러 보였다.

셋째, 천상병의 일기시에 나타나는 내용적 특성은 진솔한 고백과 자기 성찰을 가진다는 점이다. 만일 그의 시가 진실성을 잃어버린다면, 아무리 일기의 형식을 빌려 쓴 작품이라 하더라도 순수한 의미에서 일기시일 수 없다. 그런 까닭에 그의 시는 독자로 하여금 폭넓은 공감을 줄 수 있는 것이다.

나아가 천상병의 일기시에는 자기 성찰과 사물에 대한 가치 평가가 스며 있다. 이는 그의 시작 태도와 맞물려 사물을 관찰하고 인생을 사색하는 자세로 받아들여진다. 결국 그러한 관점과 정신은 맑은 시의 경지를 지향하고자 하는 마음의 움직임과 연관되어 있을 것이다.

시를 두고 '문학의 왕'이라 일컬을 정도로, 천상병에게 있어 시는 인생의 기쁨과 슬픔을 표현한다는 것이었다. 또한 그가 시적 소재로 삼은 것들은 생활 속의 사건이나 감정, 주변 인물과 사물 등 모든 일상사였던 것이다. 그런 점에서 그의 일기시는 삶의 진실한 표현이었던 셈이다.

천상병은 주벽과 기벽으로 많은 화제를 낳기도 했지만, 우리 현대시사에서 매우 뛰어난 시인이었다는 사실은 어느 누구도 부인하지 못할 것이다. 그가 끊임없이 노래하던 나날들은 그의 대표작 「귀천」으로 갈무리되는 듯하다. 인생은 "소풍 오는 날"처럼 행복한 추억으로 남을 것이기 때문이다.

이선관 시의 사랑 현상학

1. 들머리

이선관(李善寬, 1942~2005)은 '마산의 문화재', '마산의 터줏대감', '창동 허새비', '창동백작'이라 불릴 정도로 마산(현재 창원시)의 지역 사회에서는 상징성을 갖는 시인이었다. 그는 줄곧 마산에서 생활하며 문학활동을 펼쳤고, 후천적 뇌성마비라는 육체적 장애를 딛고 시인의 길을 걸었던 까닭이다. 그는 예순세 해를 살면서 13권의 시집을 남겼다.

하지만 이선관은 우리의 문학마당에서는 널리 알려지지 않았다. 따라서 그의 삶과 문학에 관한 논의는 제대로 이루어지지 못했다. 지금껏 그에 대한 학계의 관심은 시집 발간에 따른 해설,[1] 생전에 이루어

---

[1] 시집 발간에 따른 해설로는 이월춘, 문병란, 김종철, 노귀남, 김명수, 김규동, 도종환, 민영, 이병철, 정호승 등의 글을 들 수 있다.

진 작가·작품 소개와 평문,2) 그리고 사망 이후 지역사회의 현양 차원에서 이루어진 학술연구 등에서 찾을 수 있다.

이선관에 대한 발문과 평문은 제쳐 두고, 논문을 중심으로 연구성과를 정리하면 다음과 같다. 하상일은 이선관 시의 현실인식을 생명의식에 대한 관점에서 살폈고,3) 배대화는 '민주'에서 '환경 및 생명' 그리고 '통일'이라는 주제로 진화해간 그의 실천적 시세계와 시학적 특성을 고찰했다.4)

남송우는 이선관의 현실인식과 시적 저항방식에 초점을 두고 시세계의 양상을 살폈고,5) 신덕룡은 그의 시에 나타난 환경문제에 대한 인식, 곧 생명의식의 확대와 실천이라는 세계관의 변화와 심화과정에 대해 다루었다.6) 구모룡은 그가 소외와 단절, 곧 자기 고통의 인식을 통해 타자를 사랑하고 세계를 이해하는 시각을 가졌다고 보았으며, 특정 장소인 '마산 창동'의 장소성에 초점을 두고 이선관 시의 지역적 위상과 문화적 가치를 살폈다.7)

---

2) 여기에는 정진업의 「인간 귀정(歸正)에의 직언」(『경남매일』, 1973.9.22)과 「이선관 세 번째 시집 『독수대』를 읽고」(『경남신문』, 1977.3.25), 박진해의 「이선관 시론」(『마산문화』 1, 맷돌, 1982), 정규화의 「창동 허새비의 뜨거운 노래: 이선관 시인의 삶과 문학」(『녹색평론』 제86호, 2006), 오하룡의 「이선관 시인의 삶과 인생」(『마산문학』 제30집, 마산문인협회, 2006), 이소리의 「'마산의 문화재' 민족시인 이선관의 삶과 문학」(『나무들은 말한다』, 바보새, 2006), 신경림의 「이선관, 시를 가지고 세상의 불구를 바로잡은 시인」(『신경림의 시인을 찾아서』 2, 우리교육, 2010) 등이 해당된다.
3) 하상일, 「현실을 바라보는 정직한 시선: 이선관의 시세계」, 『주변인의 삶과 시』, 세종출판사, 2005.
4) 배대화, 「이선관의 실천적 시세계의 시학적 특성」, 『인문논총』 제20집, 경남대학교 인문과학연구소, 2006; 배대화, 「이선관 시의 미학적 특성」, 『가라문화』 제24집, 경남대학교 가라문화연구소, 2012.
5) 남송우, 「이선관 시인의 현실인식과 세계에 대한 시적 저항방식」, 『이것저것, 그리고 군더더기』, 해성, 2008.
6) 신덕룡, 「이선관 시 연구」, 『한국문예창작』 제12호, 한국문예창작학회, 2007.
7) 구모룡, 「고통과 사랑, 이선관의 시적 지평」, 『시애』 제3호, 김달진문학관, 2009;

이성모는 독과 우울의 시세계를 중심으로 이선관의 정신사적 궤적에 대해 고찰했다.[8] 김문주는 그의 시적 언어가 생명의 정직한 표현이라는 관점에서 그의 생명의식을 다루었고,[9] 문흥술은 이선관의 초기시에 나타나는 특질로서 인간 비판과 모더니즘적 경향에 대해 살폈다.[10] 또한 방민호는 그의 삶터였던 '마산 창동 네거리'를 통해 대사회적인 인식으로 확장되는 시세계를 다루었으며,[11] 이영탁은 이선관 시의 중요한 모티프로 작용하고 있는 '마산'을 중심으로 그의 공간인식의 양상과 변모에 대해 살폈다.[12]

이러한 기존의 연구를 대별해 보면, 이선관의 현실인식과 시세계, 시에 나타난 장소성과 시어의 특성, 나아가 생명의식의 측면에서 환경문제를 중점적으로 다루고 있다. 이들 연구자들의 논의는 지역시인으로서의 존재적 가치와 생태시인으로의 시사적 위상에 주목하고 있는 까닭이다. 하지만 그의 삶과 문학에 대한 논의는 그다지 많지 않을 뿐더러 종합적인 연구는 거의 이루어지지 않았다. 그런 점에서 이선관 시인의 삶과 시세계 전반을 고찰하는 일이 무엇보다 중요하다고 하겠다.

이 글에서는 이선관의 삶과 시세계에 대해 총체적으로 다가서고자

구모룡, 「이선관 시의 장소성과 문화적 가치」, 『이선관 시세계 재조명을 위한 심포지엄』, 2013.9.

8) 이성모, 「이선관 시의 정신사」, 『시애』 제3호, 김달진문학관, 2009.

9) 김문주, 「말의 원음(原音), 거룩한 야생(野生)으로 돌아가는 길」, 『창동허새비 축제: 문학심포지엄 자료집』, 창동허새비축제위원회, 2010.11.27.

10) 문흥술, 「초기시에 나타난 원죄의식과 현대인의 소외」, 『이선관 시세계 학술 심포지엄』, 2011; 문흥술, 「이선관 시에 나타난 인간 비판과 모더니즘적 경향」, 『비평문학』 제43호, 한국비평문학회, 2012.

11) 방민호, 「네 거리의 시안: 이선관 시론」, 『이선관 시세계 학술 심포지엄』, 2011.

12) 이영탁, 「이선관 시의 공간성 연구」, 창원대학교 석사논문, 2013; 이영탁, 「이선관 시의 구체적 공간」, 『사림어문연구』 제23집, 사림어문학회, 2013.

한다. 이를 위해 글쓴이는 그의 생애와 문학활동을 짚어본 뒤, 그의 시작 태도와 시관에 대해 살펴볼 것이다. 나아가 글쓴이는 사랑 현상학적 측면에서 이선관의 시정신을 따져볼 것이다. 이를 통해 우리의 문학마당에서 이선관에 대한 관심이 깊어지고, 문학사적 값매김과 자리매김이 자연스럽게 뒤따르길 기대한다.

2. 이선관의 삶과 문학행보

글쓴이가 조사한 바에 따르면, 이선관은 1942년 7월 24일 서울시 종로구 종로6가 15-2번지에서 부 이재봉과 모 유봉수의 3남 5녀 가운데 장남으로 태어났다. 하지만 그는 갓난아이 때 백일해(百日咳)를 치료하기 위해 먹었던 탕약(湯藥)의 부작용으로 말미암아 평생을 '뇌성마비 2급 장애인'의 굴레 속에서 살아야 했다. 여기서는 시를 통해 그의 삶과 문학행보에 대해 꼼꼼하게 살필 수 있다.

> 한참 만에 체념한 어머님/땅에 묻기 전 마지막으로/젖이나 먹이자고 가슴 풀어헤쳐/퉁퉁 불은 젖꼭지 물리셨지요/그러자 이거 웬일,/기적 같은 일에 어머님의 눈물 젖은/눈동자가 환하게 빛났지요/입에 물린 젖꼭지가 확 빨려드는/그 기적 같은 생명의 힘으로/다시 태어난 그날의 저는/선관이라는 이름 말고도/지체부자유라는 서러운 이름을/또 하나 얻게 되었습니다.
> —「어머니 2」 가운데

이 시에서 보듯, 이선관은 갓난아이 때 죽었다고 체념한 상태까지 이르렀다. 그래서 그의 "어머니"는 땅에 묻기 전에 마지막으로 젖이나

먹이자고 "젖꼭지"를 물렸던 것이 다시 생명을 되찾게 되었다는 것이
다. 이 때문에 그는 "기적"같이 살아나긴 했지만, 그때부터 "지체부자
유라는 서러운 이름"과 멍에를 평생토록 짊어지고 살았던 것이다.

　내 아버님은 4남 2녀의 2남으로서 연한 이씨로 이름은 재봉. 일제시대
때 할아버님은 서울시청 측량기사로 집은 서울 종로구 종로5가 33번지,
아버님의 학벌은 보통학교(지금의 중고등학교)를 나왔다./옛날 경향신문
사 자리 미도파 백화점 뒷길 소공동 자리에 일제시대 때의 큰 인쇄소가
있었던 모양이다. 주산을 잘 놓아서 그런지 거기에 경리사원으로 근무하
다가 어떤 아가씨하고 열애에 빠졌는가 싶다.

― 「아버지와 마산」 가운데

　이 글은 『마산문학』 제15집(1991)에 발표된 이선관의 산문이다. 그
의 아버지는 서울에서 인쇄소 경리사원으로 근무하다가, 1944년 즈음
에 마산으로 이주했다.13) 당시 주소는 '마산시 창동 64번지'였는데,
공락관(구 시민극장)의 경리사원을 거쳐 마산극장의 지배인으로 일했
다고 한다. 이로 미루어 이선관은 세 살 무렵에 아버지의 직장이었던
마산으로 옮겨와 터잡고 살았던 것으로 짐작된다.

　이선관의 본디 이름은 '준호(俊浩)'였는데, 여섯 살 때 '선관(善寬)'으
로 개명하게 되었다.14) 1949년 마산 성호초등학교에 입학한 그는 지

---

13) 흔히 이선관은 마산에서 태어나고 마산에서 평생을 살았던 것으로 알고 있다. 하지
　만 그의 출생지는 서울이었다. 제적등본에 따르면, 1940년생인 누나의 출생지가 마
　산이었고, 1942년생인 이선관의 출생지는 서울이었으며, 1945년생인 누이의 출생지
　는 마산으로 적혀 있다. 이로 미루어 그의 가족은 1940년 무렵 마산에서 잠시 생활
　하다가 서울로 옮긴 뒤, 1944년 무렵 다시 마산으로 이주했음을 알 수 있다.
14) 제적등본에 따르면, 1947년 4월 15일 본이름인 준호(俊浩)를 선관(善寬)으로 바꾸어
　신고한 것으로 되어 있다.

체장애로 말미암아 친구들에게 놀림과 따돌림을 많이 받았다고 한다. 그는 1954년에 성호초등학교를 졸업(제46회), 1958년에 창신중학교를 졸업(제8회), 1960년에 창신고등학교를 졸업(제8회)했다.

그런 다음 이선관은 1960년 마산대학(현재 경남대학교)에 입학하게 된다. 그가 시에 관심을 가지게 된 시기는 고등학교 2학년 때라고 밝히고 있지만, 본격적으로 시를 창작한 시기는 마산대학에 다니면서부터였던 것으로 보인다. 그는 마산대학의 『마산대학보』와 마대문학회에서 발행한 『마대문학』에 시를 발표하고 있기 때문이다.15)

지겨운 바람은/가지 사이로 불어와/고된 눈동자를 부비게 하고/부비면서/서 있어도/들리지 않고 소리내 울지도 못하는데//아직은/파아란 연륜이 다할 때까지/내 삶의 많을 수 없는/역사(歷史)는/팔월의/푸러타나스 잎새같이/출발점으로 하련다/출발점으로 하련다.

—「팔월의 푸러타나스처럼」 가운데

가슴과 가슴이 맞닿은/현실의 갈등 속으로/묻어가는 이유는/죽음의 의미를 쫓는 것일까//때때로 들려 오는/나태한 심장의/고동소리는//그것은 뒤돌아 가야할/아가의 동공을 향한/승전고 북 소리일까//친구여 은하의 강물은/매냥 푸르기만 한데/가르쳐 주지 않았을까

—「은하의 강변」 가운데

---

15) 이선관은 『마산대학보』에 「서글픈 망상」(1961), 「밤의 대화」(1962), 「풍년」(1963)을 발표했고, 『마대문학』에 「팔월의 푸러타나스처럼」(1962)과 「은하의 강변」(1962)을 발표하며 문학활동을 시작했다. 이 가운데 「풍년」은 제1회 '마산문화제' 한글시백일장 대학일반부에 차상으로 입선했던 작품이다. 시의 전문을 소개하면 다음과 같다. "북위 39도엔/구월(九月)에 눈이 온다지만//내 사랑하는 침실에/창동거리엔/농악소리에/저마다 웃음 띄우며/정오의 태양이 기울고.//먹구름이 돌아간 밤에/은하의 고요한 파도/그 가장자리로/지나노라면./내일은/다 지나간 홍수의 상처를/깡그리 입은 채.//구두닦이 소년은/제 구두만 닦고 있을 것이다."

앞의 시는 『마대문학』 제3집(1962.12)에 실린 작품이다. 여기서 우리는 "고된 눈동자를 부비게 하는" "지겨운 바람"을 마주하고 선 이선관을 만난다. 하지만 그는 "팔월의 푸러타나스 잎새 같이" "삶의 많을 수 없는 역사"를 시작하겠다고 다짐한다. 다시 말해서 이선관은 자신이 지닌 장애를 시창작의 "출발점"으로 삼고 있는 것이다.

뒤의 시는 『마대문학』 제4집(1963.11)에 실린 작품으로, 이선관의 고뇌와 갈등이 묻어나고 있다. "현실의 갈등" 속에서 돋아나는 "죽음의 의미"를 되새기고, "나태한 심장의 고동소리"를 "승정고 북소리"로 여겨보면서 "은하의 강물"을 주시하고 있다. 그만큼 이선관은 "매냥 푸르기만 한" 은하의 강변에서 문학에의 열정을 다졌다고 하겠다.

이선관은 1963년 대학 3학년을 마치고 중퇴하게 되었다. 그 뒤부터 그는 오로지 시창작에 몰두하게 되고, 1969년 제1시집 『기형의 노래』를 발간했다. 또한 그는 1971년 『씨알의 소리』 10월호에 「애국자」를 '독자의 소리'란에 발표했고, 1972년 『씨알의 소리』 4월호에 「헌법 제1조」, 이어 8월호에 「무제」를 발표하기도 했다. 1973년 5월 17~22일에 시화전을 가졌고, 그해 8월에는 제2시집 『인간선언』을 발간했다.

어머님/저 장가갔습니다/어머님은 제가 한 여자와 사귀고 있다는 걸 아셨을 겁니다/어머님이 돌아가시기 두 달 전부터/그 여자와 교제를 해왔습니다/저 또한 구애를 하여 보았고/구애를 받아보았고/대여섯의 여자와 선도 보았지만/30이 넘게 나이가 드니까 체념이 됩디다/그러던 중 한 여자를 만났습니다/그래서 주위의 반대를 무릅쓰고/간소하게 예식을 올리고는/우리들의 생활로 접어들었습니다/저는 그녀에게 분수대로 그리고 평범하게/보통사람으로 살자고 누누이 이야기를 하곤 하였습니다
—「어머니 13」 전문

이 시는 아내와 이혼(1985.7)한 뒤에 쓴 작품이지만, 돌아가신 어머니에게 보내는 편지 형식으로 결혼하게 된 사연과 근황을 표현하고 있다. 이를테면 "장가"를 갔다는 소식과 사연, 그리고 아내에게 한 당부 등을 솔직하게 드러내고 있다. 실제로 이선관은 1975년 9월 15일 홍윤선과 혼인하였고, 슬하에 2남[16]을 두게 되었다.

> 큰애 이름은 완전 완 자에 완수라고 지었고/작은애 이름은 서울 경 자에 경수라 지었습니다/한글로 지으려 했습니다만/큰아버님 말씀에 순종하여/항렬을 따르기로 했습니다
>
> —「어머니 15」 가운데

> 나는 내 두 녀석이/어린 아가야로 있을 때/내 아가야는 아비를 보호하는/경호원이 될 것이라고 한때는/좋아라고 마음 든든했었지요/그러나 아가야들이/건강하게 커감에 따라/내 아이들이 아닌/우리들의 아이/이땅의 튼튼한 민주시민으로/키워야겠다는/생각으로 고쳐 가졌습니다.
>
> —「우리들의 아이」 가운데

> 잠이 들은 두 녀석을/내려다보노라면/큰녀석은 태백산맥이고/작은녀석은 소백산맥이라고/나는 그 가운데 이슬을 먹고도/배가 고프지 않는/풀잎이고 싶어라
>
> —「나는」 전문

이들 시는 자신의 두 아들에 대해 쓴 작품이다. 이선관은 "큰아버님

---

16) 이선관은 큰아들을 낳은 뒤 혼인신고를 했다. 이는 큰아들 완수(完洙)의 출생이 1975년 6월 21일이었던 점으로 미루어 알 수 있다. 한편, 둘째아들 경수(景洙)는 1977년 6월 27일에 태어났다.

의 말씀에 순종하여 항렬을 따"라 아들의 이름을 짓게 되었고, "이 땅의 튼튼한 민주시민으로" 성장하길 바라고 있다. 아울러 그는 두 아들의 잠든 모습을 보면서, "큰녀석은 태백산맥이고 작은녀석은 소백산맥"이라 생각한다. 그런 두 아들이 있기에 그는 "이슬을 먹고도 배가 고프지 않는 풀잎이고 싶"다는 희망을 함께 보여 주고 있다.

그 뒤 이선관은 1977년 4월 제3시집 『독수대』를 발간했고, 창신중·고등학교 동문회 주최로 시화전을 열었다. 1979년 그는 아내와 함께 문방구를 운영하기도 했으며, 1983년 6월 제4시집 『보통시민』, 1985년 5월 제5시집 『나는 시인인가』, 1989년 6월 제6시집 『살이 살과 닿는다는 것은』을 발간했다.

1990년부터 이선관은 창원시 마산합포구 추산동 75-9번지 사글세방에서 15년간 생활했다. 1993년에 그는 간염 말기 증세로 쓰러졌는데, 그 당시 지역문인들은 가망이 없다고 판단하여 장례를 치르기로 결정하고 관까지 맞추었으나 극적으로 살아났다고 한다.

이선관은 1994년 11월 제7시집 『창동 허새비의 꿈』, 1997년 8월 제8시집 『지구촌에 주인은 없다』, 2000년 8월 제9시집 『우리는 오늘 그대 곁으로 간다』, 2002년 5월 제10시집 『배추흰나비를 보았습니다』, 2003년 8월 제11시집 『지금 우리들의 손에는』, 2004년 4월 제12시집 시선집 『어머니』를 발간했다.[17]

여기서 글쓴이는 그의 해적이[18]에서 빠져 있거나 잘못 알려져 있

---

17) 이선관의 수상 경력을 살펴보면, 1987년 〈마산시문화상〉(문학부문), 1993년 〈마창불교문화상〉, 1997년 마산·창원환경연합이 제정한 〈녹색문화상〉, 2000년 통일부가 제정한 제1회 〈통일문학 공로상〉, 2001년 11월 제4회 〈교보환경문화상〉 환경문화예술부문 최우수상을 받았다.

18) 이후 이선관은 2005년 12월 14일에 사망했다. 빈소는 마산의료원 장례식장 3분향실이었고, 12월 16일 시민문화예술인장으로 영결식이 열렸으며, 고인의 뜻대로 화장하여 창원공원묘원 영생원에 안치되었다. 2006년 4월 제13시집인 유고시집 『나무들은 말한다』가 발간되었고, 곧이어 출판기념회와 추모 모임이 발족되었다.

었던 몇 가지 사항을 짚어 두고자 한다. 첫째, 출생에 관한 사항이다. 흔히 이선관은 마산에서 태어나서 자라고 삶을 마감한 마산 토박이 시인으로 일컬어지고 있다. 이선관 자신은 물론이고 여러 지인들은 그의 출생지가 마산이라고 알고 있다.[19] 하지만 그의 호적 또는 제적 등본을 근거로 살펴보면, 그가 태어난 곳은 '서울시 종로구 종로6가 15-2번지'로 기록되어 있다.[20] 그 뒤 그의 가족은 마산으로 이주하여 '마산시 창동 64번지'에서 살았던 것이다.[21]

둘째, 개명(改名)에 관한 사항이다. 이선관이 여섯 살 때 그의 이름 이 바뀌게 된다. 물론 자신의 의지와는 상관없이 이루어진 일이지만, 1947년 4월 15일 '준호'를 '선관'으로 개명했던 것이다. 그 이유는 본 디 이름이 나라잃은시기에 쓰던 일본식 이름이었기에, 광복 이후 집 안의 항렬이었던 '선(善)'자를 따른 것으로 보인다.[22]

셋째, 가족관계에 관한 사항이다. 이선관은 아버지 이재용(1912~ 1970)과 어머니 유봉수(1920~1974) 슬하의 3남 5녀 가운데 장남으로

---

19) "내 태어난 곳 있어/내 존재는 튼튼하게 뿌리 내리고/알맞게 자라나 열매를 맺게 되리니/이곳이 곧 자궁심 고향 마산이라네."(「내 고향 마산」 전문) 이 시에서처럼 이선관은 "태어난 곳"이 마산이라 했다. 그래서 "고향 마산"에서 자신의 존재가 "튼튼 하게 뿌리 내리고" "열매를 맺"을 수 있는 자궁심이라고 노래하고 있다. 물론 고향은 태어난 곳만이 아닌 어릴 적부터 자라고 오래도록 정들었던 곳을 포함하는 곳이라 할 수 있다. 그런 점에서 이선관은 스스로 마산을 고향이라고 믿고 있었던 것이다.

20) 제적등본에는 '경성부 종로 6정목 15번지의 2'에서 출생했으며, 그의 아버지에 의해 1942년 8월 4일 신고했다고 적혀 있다.

21) 그의 부모는 1940년 3월 30일 혼인신고를 하고, 당시 '경성부 종로구 광화문통 180 번지의 호주 이광정(李光政)의 제분가(弟分家)'한 것으로 보인다. 그 뒤 곧바로 1940 년 9월 8일 그의 누나 이선화의 출생지가 '마산부 욱정(旭町) 20번지'로 적혀 있는데, 그 무렵부터 그의 가족이 마산에서 살았던 것으로 보인다. 그런 다음 다시 서울로 거처를 옮겼던 것으로 여겨진다. 그런 다음 이선관을 낳고 다시 1943~45년 사이에 마산으로 이주한 것으로 보아야 할 것이다.

22) 나라잃은시기에 태어났던 그의 누나와 누이도 마찬가지로 이름을 바꾸었다. 집안의 '선'자 항렬에 따라, 그의 누나는 '길자(吉子)'에서 '선화(善和)'로, 그의 누이는 '정자 (正子)'에서 '선숙(善淑)'으로 같은 날짜에 개명을 신고했던 것이다.

태어났다. 그의 형제로는 누나 1명(이선화), 남동생 2명(이선유, 이선홍), 누이 4명(이선숙, 이선자, 이선희, 이선혜)이었다. 특히 기존의 해적이에는 그의 형제 관계에 대한 언급이 전혀 없었다.

넷째, 등단에 관한 사항이다. 이선관은 등단 절차를 따로 밟지 않았다. 일반적으로 1971년 『씨알의 소리』 10월호에 시 「애국자」가 '독자의 소리'란에 실렸고, 이듬해 같은 매체인 『씨알의 소리』 4월호에 「헌법 제1조」, 이어 8월호에 「무제」를 발표하면서 문학활동을 시작했다고 알고 있다. 하지만 이 또한 잘못 알려진 부분이다. 왜냐하면 그는 1969년 첫 시집 『기형의 노래』를 내면서부터 문단에 정식으로 이름을 올렸고 본격적으로 활동했던 까닭이다.

3. 이선관의 시작(詩作) 태도와 시관(詩觀)

이선관은 특이하게도 그의 작품 속에서 자신의 시작 태도 내지는 시관을 유독 두드러지게 내세우고 있다. 그만큼 시인으로서 갖추어야 할 자세와 책무에 대해 남달리 고민하고 노력했다는 의미일 것이다. 그는 이선관은 '자화상'이라는 제목으로 두 편의 시를 발표했다. 시인의 자화상은 단순한 자아 표현에만 그치지 않는다. 이는 개인적 의미에서부터 사회·역사적 의미에 이르기까지 다양하게 해석되곤 한다.

민족시인만해를죽도록존경한다고하면서일제가죽잠바를입고몇달만인가가장오랜만에원고지빈칸에나를채우고는거창한제목이떠오르지않아이미지는포물선만그리다가건방지게나이가얼마나먹었다고아아이제부터나는타락하는가보다자꾸만살아야지.

—「자화상」 전문

내 자화상은 이렇습니다/신장은 1m 78cm이고요/몸무게는 28, 9년 전
부터 지금까지/53-54kg을 넘지도 내려가지도 않고요/가슴둘레는 81cm인
데요/내가 알고 있는 의사들은 하나같이/의학적으로 비정상적인 몸이라
하더군요/이런 몸으로 살아가는 이것이/어쩔 수 없는 나의 자화상입니다.
　　　　　　　　　　　　　　　　　　　　　　　　　—「자화상」 전문

　　앞의 시에서 이선관은 "민족시인 만해" 한용운을 존경한다고 했
다. 하지만 "일제 가죽잠바"를 입고 있는 자신의 모습, 그리고 "오랜
만에 원고지 빈칸"을 채우고는 "거창한 제목"을 달고자 하는 건방지
고 타락한 시인의 태도를 꾸짖고 있다. 뒤의 시는 자신의 신체조건에
대해 적고 있다. 자신의 키와 몸무게, 그리고 가슴둘레 등을 구체적
으로 밝히면서 "의학적으로 비정상적인 몸"임을 드러낸다. 다시 말해
서 장애인으로 살아가는 것이 "어쩔 수 없는 나의 자화상"이라는 것
이다.
　　이처럼 이선관은 자신의 생활 태도와 신체 조건을 통해 시에 다가
서고 있으며, 존재 가치를 깨닫고 있음을 알 수 있다. 그의 실존적
자아 발견은 그에게 지워진 형벌과 같은 신체적 장애와 무관하지 않
다. 그런 점에서 이선관의 '자화상' 시편은 시인으로서의 자기 성찰을
보여 주는 작품이라 하겠다.

　　나는 언제나 인사이더가 아니고/언제나 아웃사이더에요/언제나 아웃사
이더에서/건강하다는 당신네들을 바라보며/살 거에요/두 눈만을 부릅뜨
고/몸도 불완전하고/글도 불완전하지만/그러나 살아갈 거에요/건강하다
는 당신네들을/바라보면서 말이에요.
　　　　　　　　　　　　　　　　　　　　　　　　　—「나는 언제나」 전문

나/이제 태어나서/오늘 살아가다가/내일 세상을 떠난다 하더라도//나/
오늘 이웃들의 아픔을/변함없이 노래하다가/내일을 맞이하리라.

—「나 오늘 살아간다 해도」 전문

앞의 시에서 "두 눈만 부릅뜨고 몸도 불완전"한 장애를 안고 사는
이선관은 "언제나 아웃사이더"였음을 스스로 인정하고 있다. 그렇게
그는 "글도 불완전하지만" 건강한 시민들을 바라보며 살 것이라고
다짐한다. 뒤의 시에서도 마찬가지로 그는 "내일 세상을 떠난다 하더
라도" "오늘 이웃들의 아픔을 변함없이 노래하"겠다는 자신의 인생관
을 보여 주고 있다.

혼자 있을 때 씨를 뿌린다/오늘도 오전 늦게 나갔다/어둠이 질 무렵
집에 온다/혼자 저녁밥을 챙겨 먹고는/잠자기 전 한두 잔 남아 있는 술병
을 비운다/마주 보는 사람이 없어도/혼자 중얼거린다 중얼거림이/씨가 되
고 수면제가 되고/마침내 시가 된다

—「오늘도 나는」 전문

이 시는 그의 하루 생활에 대해 적고 있다. 그는 오전 늦게 집을
나서고 저녁 무렵에 집으로 돌아온다. "혼자 저녁밥을 챙겨 먹고는"
잠들기 전에 술을 한두 잔 마신 뒤, 혼자서 중얼거린다. 그 "중얼거림"
이 "마침내 시가 된다"고 한다. 결국 그의 시는 자신과의 고독한 대화
인 셈이다.

머리를 감고 집을 나섭니다/내 후배가 경영하는 사무실에 들러/신문도
보고 차를 한 잔 마신 후/마산문협 회장이 경영하는 경남출판사에 들러/
오늘도 나는 이상 없다라고/얼굴을 내밀고는/정오쯤 되어 아는 분을 만나

거나/여하튼 점심을 맛있게 때우고는/나의 집 앞마당인 듯한/창동 네거리 그 반경 오백 미터를/한 바퀴 돌아/시립도서관인 책사랑/아니 나의 서재 라 할 수 있는 책사랑에/가서 책을 보고는/그 책사랑 2층에 자리잡은/터전 소극장 유리동물원으로/아니 나의 응접실로 갑니다/거기서 나는 글도 쓰 고 담소도 나누노라면/아이들이 돌아올 시간이 되기 전에/나는 일어섭니 다/집으로 돌아오는 모퉁이에/고모령과 성광집이란 간이역이 아닌/간이 주점이 있습니다/거기서 나는 그냥 지나칠 수가 없기에/막걸리 두어 사발 을 하고는/어느 새 발걸음은 시장통을 돌아/집으로 갑니다/집은 나에게 있어 잠만 자게 하는/안식처입니다/그러니깐 나의 일과는 특별하지 않고/ 이렇게 지나간답니다/마음 속으로 감사함을 느끼면서/말입니다/어머님

— 「어머니 16」 가운데

"어머니"께 보내는 편지 형식으로 쓴 이 시 또한 그의 일과를 상세 하게 풀어놓는다. 그의 말처럼 "특별하지 않"은 하루하루의 생활이지 만 "마음속으로 감사"함을 느끼고 있다. 이밖에도 그의 〈어머니〉 연 작시는 자신의 자전적 이야기라고 할 수 잇는데, 이들 연작시를 통해 그의 절절한 삶과 애틋한 그리움을 고스란히 느낄 수 있다.

다음으로, 이선관의 시인으로서의 자세와 시에 대한 관점을 엿볼 수 있는 작품을 살펴보면 다음과 같다.

내가 지금까지 써온 시는/서구적이고 귀족적이고 아름답고 품위 있는/ 그런 시이기 전에/내가 살아온 삶/즉 일기입니다/그렇게 보아주시면 고맙 겠습니다/시가 아니라서/정말 죄송합니다

— 「나의 시」 전문

시는 언어다/시는 아름다움이다/시는 저항이다/그리하여/시는 고요함

에서 오는 평화다

—「시는」 전문

이선관에게는 시라는 것이 따로 있지 않고 삶 자체가 시인 것이다. 앞의 시는 그가 "지금까지 써온 시"에 대한 자신의 평가라고 하겠다. 그의 시는 살아온 삶을 적은 "일기"라고 말한다. "아름답고 품위 있는" 시가 아니라서 "정말 죄송"하다고 밝히고 있다. 이는 바꿔 말하면 그의 시작 활동은 결국 시인의 삶에서 우러나온 체험의 기록이라는 것이다.

뒤의 작품에서는 시에 대한 그의 소박한 정의를 보여 주고 있다. 시는 '언어, 아름다움, 저항, 평화'이다. 문학이 언어로서 아름다움을 창조하는 예술이듯이, 그에게 "시는 언어다. 시는 아름다움"인 것이다. 여기서 나아가 "시는 저항이다"는 말을 덧붙인다.[23] 그런 다음 시는 평화라고 말한다.

이선관의 생각처럼 현실에 대한 저항과 비판은 현대의 시인들이 가져야 할 막중한 과제이다. 그렇다면 시인은 무엇을 저항해야 하는가. 그것은 세계의 불의와 부조리, 그리고 반생명에 대한 저항이다. 그런 점에서 이선관은 어느 누구보다도 시인의 책무를 깨닫고 이를 실천하기 위해 애썼다고 하겠다.

일 년에 한 번인가/원고 청탁을 받고/허둥대며 시를 쓰는/나는 시인인가?//서푼어치도 안되는/원고료를 받고야/시를 쓰는/나는 시인인가?//사

---

23) 이선관의 시 가운데 「저항」이라는 작품이 있다. "끓는 물에/조개를 넣으면/아가리를 벌리듯/내 가장 아끼는 선배 한 분이 그렇게 살아가라고 말씀하셨다"(「저항」 전문)에서 보듯, 저항의 의미를 알 수 있게 한다. 여기서 '가장 아끼는 선배 한 분'은 바로 월초 정진업 시인으로 여겨진다.

는 정치를 못하는 재주/그 재주를 가지고/시를 쓰는/나는 시인인가?

—「나는 시인인가」 가운데

"나는 시인인가?" 하는 물음에서 알 수 있듯이, 이 시에서 그는 시인이라고 불리는 자신에 대해 반문하고 있다. 특히 "사는 정치를 못하는 재주"로 시를 쓰고 있는 자신을 질타하고 있다. 누구에게나 자기 반성과 성찰의 시간이 필요하겠지만, 시인의 책무를 다짐하고자 하는 그의 의지가 돋보이는 작품이다.[24]

이제 나도 서정시를 쓰고 싶다/오늘부터라도 아니 지금 당장 책상 앞에 앉아/그 아름다운 우리나라 글을 가지고/왜 서정시를 쓰고 싶은 마음이 없겠느냐마는/작년에 나온 시집 발문을 써주신 김규동 선생의/말씀이 아니더라도/좋은 세월이 오면(그것이 언제 올지 어떨지는 아무도 예측 못하지만) 시인인 저자 역시 누구든지 읽어서 흥이 나고/또 즐거워할 시를 얼마든지 써낼 것이다 나는 그것을/믿으며 믿는 바다/이제 나도 서정시를 쓰고 싶다

—「이제는 나도 서정시를 쓰고 싶다」 전문

앞서 살펴본 바와 같이, 그의 시는 세상에 대한 저항이었다. 하지만 "좋은 세월이 오면" 그도 "서정시"를 쓰고 싶다는 속내를 보여 주고 있다. 특정 시기를 밝히지 않았으나, "아름다운 우리나라 글"로 "누구든지 읽어서 흥이 나고 또 즐거워할 시"를 쓰겠다고 되뇐다.

---

24) 이선관은 시집의 「후기」나 「시인의 말」에서도 자신의 시세계에 대한 말을 아꼈다. 그러나 부끄럽고 고맙다는 말은 빠뜨리지 않았다. "제가 어떤 말을 하겠습니까/제가 지은 시에 다 들어가 있는데 무슨 이야기가 또 필요하겠습니까/한번 읽어 보십시오 건강이 허락되면/내년에 또 책으로 뵙겠습니다/고맙습니다"(이선관, 「시인의 말」, 『나무들은 말한다』, 바보새, 2006, 120쪽).

평소 이선관은 날카로운 시선으로 당면한 현실에 큰 관심을 기울였다. 그렇다고 거창한 구호나 담론에 기대어 시를 쓰기보다는 우리 주변의 일상적 풍경과 사물들, 그리고 사람들의 모습을 꾸밈없이 드러내고 있다. 이는 그의 시관이 세상에 대한 사랑으로 넘쳐 나고 있음을 뜻한다.

　　당신과 나 둘이 아닌/그렇습니다/맞네요/하나입니다

—「사랑은」 전문

　　사랑은 하나로 태어나/하나를 만나/둘이 되었다가/하나가 되어/가는 겁니다

—「사랑은 하나입니다」 전문

이선관의 시작 태도와 시관은 현실에 대한 저항과 비판을 표면화시켜 보여 주고 있지만, 그의 내면에는 세상을 향한 따뜻한 사랑으로 채워져 있다. 그에게 사랑은 "둘"이 아닌 "하나"로서, 그는 시를 통해 사랑을 실천하고자 노력했던 것이다. 결국 그의 시는 대상에 대한 "사랑"으로부터 출발하고 있으며, 시세계의 중심에도 "사랑"이 자리 잡고 있다.

4. 이선관의 시세계 특성

1) 인간사랑과 장애 극복

이선관은 어릴 때부터 심한 소외감과 열등의식을 가졌다고 한다.

이는 평생의 멍에처럼 지고 살았던 후천성 뇌성마비 2급 장애자로서 겪은 설움에서 비롯되었다.[25] 하지만 그는 신체적 장애를 넘어 자신은 물론 서민들의 삶에 대한 관심을 보여 준다. 이는 곧 인간사랑의 시정신이라 하겠다.

> 그러나 그러나 당신들이여? 나의 시는 불완전한 육체를 부축하면서 좌절, 소외, 눈물, 고독을 감내하면서 잉태된 미완성 시라고만 알아주십시오. 당신들이여?/나의 시를 읽으려는 당신들이여 나의 시에 대해 나의 육체에 대해 이 이상 알려고도 말아 주시고 묻지도 말아 주십시오./지금쯤 마산의 번화한 창동 네거리에는 봄의 따사한 바람이 불고 있을까?
>
> ―「한 마디」 가운데

이선관은 첫 시집 『기형의 노래』의 「서문」에서 시작(詩作)에 대해 토로하고 있다. 그는 스스로 말하길, 자신의 이야기를 쓰고자 했으며, 시대의 이야기를 형상화하고자 애썼다. "불완전한 육체"로 살아갈 수밖에 없는 자신의 삶, 이에 따른 "좌절, 소외, 눈물, 고독을 감내하면서 잉태된" 그의 시는 "미완성"이라는 것이다.

이 시집에서는 '창동 네거리'를 거닐며 '기형의 노래'를 불러야 하는 자아(自我)에 대해 깊은 통찰을 보여 주고 있다. 그의 초창기 시는 자신의 '기형', 곧 장애에 대한 자의식과의 치열한 싸움이었다. 그런 점에서 그의 시는 장애인이라는 슬픈 현실을 보여 주고 있지만, 그것

---

25) 이소리의 지적처럼 "이선관 시인이 처음 시를 쓰기 시작하고, 처음으로 자신의 신체적 장애가 곧 우리 사회의 장애이자 민족의 장애이며, 환경의 장애라는 것을 깨우치게 된" 사건은 경자마산의거(3·15마산의거)였을 것이다. 이렇듯 그는 경자마산의거로 말미암아 세상에 눈뜨게 되었고 부정과 불의에 맞서 싸웠던 것이다. 그의 세상과의 싸움은 바로 문학이었다. 이소리, 「'마산의 문화재' 민족시인 이선관의 삶과 문학」, 『나무들은 말한다』, 바보새, 2006, 15쪽.

을 극복하고자 하는 적극적 의지의 표상이었던 셈이다.

　　그러나 비전이 없는 현실에서/모순은 모순을 낳고 모순과 모순 속에는/
질서가 있는데//죽어있는 송장이 되지 않기 위해서/살아있는 송장이 되지
않기 위해서/이렇게 살고 싶지 않다/저렇게 죽고 싶지 않다.//인생(人生)
은 영원한 문제의 역사이기 때문일까/인생은 영원한 문제의 역사이기 때
문일까.
　　　　　　　　　　　　　　　　　　　—「기형의 노래」 가운데

　이 시에서 이선관은 "죽어가는 송장이 되지 않기 위해서/살아있는
송장이 되지 않기 위해서/이렇게 살고 싶지 않다/저렇게 죽고 싶지
않다"고 노력한다. 비록 "기형의 노래"를 부를 수밖에 없는 현실이지
만, 생명을 가진 인간으로서 마땅히 감당해야 할 역할까지 포기하지
않겠다는 강한 의지로 읽힌다.

　　현실은/잔인한 바람으로 하여/나약한 꽃잎을 마구 휘날리게 하는데//
알고 있는가/대지(大地)의 변질(變質)을/듣고 있는가 흐느끼는 소리를//
나는 내게 잠재한/가누지 못하는 상실해 버린/육신을 되찾겠다는 망상(妄
想)//차라리/울음일랑 울 수 있는/고독의 주름을 펴야겠다.
　　　　　　　　　　　　　　　　　—「원죄 이전(原罪 以前)」 가운데

　이선관은 자신의 장애를 인식하고 있었다. 그래서 "상실해버린 육
신을 되찾겠다는 망상"을 떨쳐내지 못했다. 하지만 그는 자신의 망상
을 걷고 차라리 "울 수 있는 고독의 주름"을 펴고자 다짐한다. 이러한
실존적 자아 발견은 육체적 장애를 인정하고, "원죄 이전"의 육체에
대한 회복에의 꿈을 시로 승화시키고자 다짐한다.

이렇듯 그는 세상에서 밀려나는 느낌을 계속 받지만, 이에 사람들은 아랑곳하지 않는다. 그렇다고 해서 그는 여전히 타인에 대한 사랑의 의지를 버리지 못한다. 그것은 곧 자신을 더욱 사랑하는 방법이며, 공존의 삶을 위해 스스로 극복해야 할 운명적 과제이기 때문이다.

A「그럼 무엇을 하고 싶나? 도시 모르겠는걸 말해 보게」
B「말하지 선언을 하고 싶네」
A「선언을?」
B「그래 인간선언을, 인간선언을 말이야, 나는 너를 향해 너는 나를 향해
　인간선언을 할 때가 왔네, 지금이라도 늦지 않았으니 인간 이상의 신
　(神)이 아닌, 인간 이하의 동물도 아닌, 인간 본래의 위치로 돌아가기
　위한 인간선언을 하세, 아아 인간선언을」
A「…………?!」

—「인간선언」 가운데

이 시에서 보듯, 이선관은 "인간선언"을 하자고 외친다.26) 다시 말해서 "인간 이상의 신이 아닌, 인간 이하의 동물도 아닌, 인간 본래의 위치로 돌아가기 위한 인간선언"을 주장하고 있다. 아울러 그는 '이 시대는 예술적으로 승화된 작품이 요구되는 시대'라기보다 '나는 시인이 아니다. 다만 비인간화를 촉진시키는 일체의 것에 대해 단호히 반격하려는 작은 몸부림의 소산이라 하면 된다'고 밝혔다.27)
하지만 그는 개인의 닫힌 공간에 머무는 것이 아니라, 사회의 열린

---

26) 이선관은 시 「음모」에서도 마찬가지로 '인간선언'을 부르짖고 있다.
27) 이선관, 「후기」, 『인간선언』, 한성출판사, 1973, 84~85쪽.

공간으로 나오게 된다. 이는 시인이 개인의 폐쇄적 삶이 아닌 공동체적 현실에 맞서 살아가겠다는 의지로 읽힌다. 이렇듯 그의 초기 시에서 보여 준 '좌절, 소외, 눈물, 고독'으로 특징지어지는 시정신은 실천적 인간사랑을 추구하게 된다.

봄이 오면 즐거워 할 줄 알고/진눈깨비 나리면 공허함에 그 어디인가/한없이 걷고만 싶지만//그러나 한 줌의 진토(塵土)가 되어질/상한 육체를 부축하면서/현실을 떠나서는 벅찬 두려움에/슬퍼할 시간도 없이/나의 발걸음은 멈추게 합니다.

—「변명」 가운데

이 시는 자신의 부자유한 육체에 대해 슬퍼하고 있다. 그는 평범한 사람들처럼 "봄이 오면 즐거워"하고 "진눈깨비"가 내리면 공허함으로 "어디인가 한없이 걷고 싶지만", 현실은 "슬퍼할 시간도 없이" 그를 좌절하게 만든다. 장애인이라는 육체적 한계를 안고 살아가는 이선관의 아픈 자의식을 확인할 수 있다.

이러한 이선관의 의지 표명은 타인을 사랑하는 마음과 사랑을 실천하는 방법을 요구한다. 그러기 위해서는 우선 자신의 존재를 긍정적으로 이해해야 한다. 그런 다음 남달리 실천해야 할 휴머니즘(humanism), 곧 인간사랑을 펼쳐나갈 수 있을 것이다. 따라서 그의 시는 장애인의 고통을 극복하고 인간사랑을 실천하고자 하는 의지를 보여 주고 있다.

이십일세기 들어서서/이 세상에서 사라진 낱말 하나 있습니다/인도주의/영어 발음으로는/휴머니즘

—「사라진 낱말 하나」 전문

이 시는 오늘날의 비인간화된 사회현실을 못내 안타까워하고 있다. 21세기 들어 "인도주의" 곧 "휴머니즘"으로 일컬어지는 인간사랑의 큰 뜻이 "이 세상에서 사라진 낱말" 가운데 하나임을 강조한다. 또한 그는 '사람은 사람다웁게 살아야'(「사람다웁게」 가운데) 한다고 했다. 이렇게 그가 인간사랑을 역설하고 있는 까닭은 오늘날 사람다운 삶의 모습들이 사라지고 있기 때문이다.

　　200자 원고지 6매에/가슴 깊숙이 자리잡은/고독함을 적셔놓고//진한 분내음에 모다 허기지게 돌아가는/창동 십자로에서/이메지를 상실하고 방황하다가//너무나 인간적인 인간의 그리움에/시민 속에 끼어들면/나는 이렇게 물어본다.//내 가난한 인생의 고향 어디다 두고/어찌하여 여기까지 흘러와/하얀 포말(泡沫)이 되었냐고

　　　　　　　　　　　　　　　　　　　　　　—「창동 네거리 1」 가운데

　　너와 내가 공존(共存)하는/생존(生存)의 거리 창동 네거리를 걸어가면//사랑하는 이웃은 물론 미워하는 이웃도/모두 사랑하겠다는 열정을 가져 본다.//그러나 열정은 가로수의 낙엽이 되어/구걸하는 눈이 먼 걸인(乞人)의/동냥 그릇에 떨어지고/나는 몸 둘 바를 몰라 하다가/호주머니에서 꺼낸 동전과/슬쩍 바꾸어 가지고 태연하게/창동 네거리를 빠져 나간다.

　　　　　　　　　　　　　　　　　　　　　　—「창동 네거리 6」 전문

이선관은 사랑하는 마음을 바탕에 두고 타인들 앞에 떳떳하게 나서고자 한다. 앞의 시에서 보듯, 그의 삶은 원고지에 "가슴 깊숙이 자리잡은/고독함을 적어놓"을 정도로 외로웠다. 그래서 "너무나 인간적인 인간의 그리움에" 창동 네거리를 거닐어 보지만, 외로움은 더욱 깊어만 간다.

뒤의 시에서 이선관은 "사랑하는 이웃"과 "미워하는 이웃"을 모두 사랑하겠다는 열정을 가지고 거리를 걷는다. 그래서 "공존"의 거리에서 "생존"할 수 있는 자신의 모습을 생각하게 한다. 그곳에서 자신보다 더 열악한 처지의 "눈이 먼 걸인"에게 "호주머니에서 꺼낸 동전"으로 몰래 사랑을 베풀고 있다.

　　살이 살과 닿는다는 것은/참 좋은 일이다/가령/손녀가 할아버지 등을 긁어 준다든지/갓난애가 어머니의 젖꼭지를 빤다든지/할머니가 손자 엉덩이를 툭툭 친다든지/지어미가 지아비의 발을 씻어 준다든지/사랑하는 연인끼리 입맞춤을 한다든지/이쪽 사람과 위쪽 사람이/악수를 오래도록 한다든지/아니/영원히 언제까지나 한다든지, 어찌됐든/살이 살과 닿는다는 것은/참 좋은 일이다.

　　　　　　　　　　　　　　　　　　　—「살이 살과 닿는다는 것은」 전문

이선관의 시는 인지상정(人之常情)의 소박한 표현으로 다가온다. 평범한 사람살이에서 찾을 수 있는 "손녀가 할아버지 등을 긁어준다든지, 갓난애가 어머니의 젖꼭지를 빤다든지, 할머니가 손자 엉덩이를 툭툭 친다든지, 지어미가 지아비의 발을 씻어 준다든지, 사랑하는 연인끼리 입맞춤을 한다든지, 이쪽 사람과 위쪽 사람이 악수를 오래도록 한다든지" 같은 행위를 두고, "살이 살과 닿는다는 것은 참 좋은 일"이라고 말한다. 그는 일상의 사람살이를 통해 인간사랑을 부르짖고 있는 것이다.

　　스산한 오후/이사한 지 6년만인데/오늘도 옛날 철길을 따라 시내로 향하는 내 발걸음은/뜬구름을 딛고 가는 것처럼 불안하다//문득 문득/세계를 걱정하고/민족을 생각하고/가정을 고민하고/이웃을 사랑하고/그렇게

하다가 하다가 하다가

—「보통시민」 가운데

이 시는 1980년 『합포문학』에 발표된 작품이다. "보통시민"으로 살
아가지만 문득 "세계를 걱정하고 민족을 생각하고 가정을 고민하고
이웃을 사랑하"며 살려는 마음다짐을 보여 주고 있다. 이는 그의 시정
신이 이웃사랑으로 나아가고 있음을 뜻한다. 이제는 휴머니즘이란 말
조차도 낡고 오래된 전통으로 굳어버린 탓에 온전하게 실현되기 어려
운 관념적 이념으로 여겨질는지 모른다.

　내 나이 육십이 되도록/내가 좋아하고/나를 좋아하는 사람은 많았습니
다/다시는 좋아하는 사람 이상의 사람이/생기라고는 생각지 못했습니다/
나는 그에게 말해 주었습니다/살아 있다는 것에 대해 감사하고/이웃에게
고마워하고/기쁜 마음으로 일을 하며/건강하며/마음 변치 말기를/당신의
이선관

—「당신의 이선관」 전문

이 시는 자신이 좋아하고 자신을 좋아하는 사람에게 쓰는 편지 형
식을 취하고 있다. 그래서 그는 예순 나이에도 "살아 있다는 것에 대
해 감사하고 이웃에게 고마워하고 기쁜 마음으로 일을 하며 건강하며
마음 변치 말기를" 기원하고 있다. 지금껏 개인의 처지에 매달렸던
사랑 현상이 주위의 이웃들에게로 넓혀지고 있는 것이다.
　이선관의 초창기 시집 『기형의 노래』, 『인간선언』, 『보통시민』 등
에 실린 시들의 특성은 바로 인간 이선관, 또는 시인 이선관의 자기
정체성이라 하겠다. 이러한 자기 정체성에 관한 시들은 그의 자기 성
찰과 인간사랑으로 일관되게 표현되고 있다. 이른바 문학이란 휴머니

즘에 부응하는 게 궁극적 목표라고 한다면, 그래서 시를 쓴다는 자체
가 인간사랑에 부합되는 것이다.

2) 자연사랑과 오염 고발

이선관은 사랑하는 마음을 신앙으로 삼겠다고 다짐하고 있다. 그러
한 마음자세는 사람을 넘어 생태환경에 대한 관심으로 이어진다. 앞
서 살핀 인간사랑의 시정신이 자연사랑의 시정신으로 확대된다고 하
겠다. 그래서 그의 시는 지역사회 또는 지구촌 곳곳에서 일어나는 생
태환경적 현안을 담아내고 있다.

바다에서/둔탁한 소리가 난다./이따이 이따이//설익은 과일은/우박처
럼 떨어져 내린다./이따이 이따이//새벽잠을 설친 시민들의/눈꺼풀은 아
직 열리지 않는다./이따이 이따이//비에 젖은 현수막은/바람을 마시며 춤
춘다./이따이 이따이//아아/바다의 유언/이따이 이따이

—「독수대 1」 전문

이 시는 1975년 10월 14일 『경남매일』에 발표된 작품으로, 환경문
제 가운데서도 바다의 오염을 다루고 있다. 산업화 과정에서 빚어지
는 마산바다의 오염, 특히 바다가 앓는 "둔탁한 소리"나 "설익은 과일
은 우박처럼 떨어져 내"리는 상황은 환경오염의 본보기로 드러난다.
그러한 현실을 시인은 '아프다 아프다'라는 뜻의 "이따이 이따이" 병
에 걸린 "바다의 유언"으로 형상화하고 있다.[28]

---

28) 이선관은 「독수대 1」을 두고, "공업화의 물결 속에 대자연은 침식당하고 인간은
그로 인한 오염으로 시달림을 받고 있다. 이 시는 인간의 양심에 호소하는 인간의
경고"라고 말했다. 이선관, 「나의 작품」, 『경남매일』, 1975.10.14.

인선관은 이 시를 발표한 이후부터 줄곧 환경문제에 깊은 관심을 기울였고, 1977년 시집 『독수대』를 펴내게 된다.29) 그가 『독수대』의 「후기」에서 적었듯이, 마산바다에 희망을 걸고 있었다. 하지만 "공업화의 물결 속에 자연(인간) 차츰 침식당하고 아니 벌써 침식당한 채 있는" 마당에서 "시인은 양심의 도화선이 돼야 한다"30)고 부르짖었다. 이로써 그는 '마산바다의 파수꾼'이라는 별칭을 얻게 되었으며, 우리나라 최초의 생태환경시인으로 일컬어지기도 했다.31)

마산/마산만으로 들어오는 바닷물은/말을 하네/마산만으로 들어오는 바닷길은 있어도/나가는 바닷길이 없다 하네
— 「나가는 길 없는 바다」 전문

이제 막 걷어올린 어망 속의/은빛나는 가을 갈치의/비늘에서 번지는 싱싱한 비린내를/맡은 지 오래돼지만//우리의 믿음은 곧 바다/우리의 희망은 곧 바다/우리의 소망은 곧 바다/우리의 사랑은 곧 바다/우리의 생명은 곧 바다//오늘도 이른 새벽/나는 질퍽한 갯벌에/서성거리다가 돌아온다
— 「우리의 바다는」 전문

---

29) 정진업은 시집 『독수대』를 읽고 다음과 같이 평가했다. "무릇 서정 없이야 시가 될 수 있으랴마는 서사적인 역사의 배경 안에서 구가되는 시야말로 거레와 더불어 영생할 수 있는 민족의 노래가 될 것을 믿어 의심하지 않는다. 선관에게 바라건데 역사의 불침번의 증인이 되기 위해서는 역사의 의식구축에 전력(全力)적인 투신과 분발이 있어야 하겠다." 정진업, 「이선관 세 번째 시집 『독수대』를 읽고」, 『경남신문』, 1977.3.25.

30) 이선관, 「후기」, 『독수대』, 문성출판사, 1977, 86쪽.

31) 1977년 펴낸 시집 『독수대』로 말미암아, 이선관은 조국 근대화를 저해하는 인물로 지목되어 중앙정보부로부터 시집을 회수당하고 잡혀가기도 했다.

이선관은 줄곧 바다사랑의 마음을 접지 않았다. 마산만 살리기 운동이 한창인 때, 그는 "마산만으로 들어오는 바닷길은 나가는 바닷길은 없다"면서 마산바다의 오염을 안타까워했다. 그에게 있어 "우리의 바다"는 여전히 "믿음"이요, "희망"이요, "소망"이요, "사랑"으로 자리 잡고 있다. 그런 까닭에 이미 죽음의 바다로 변한 줄 알면서도, 그는 미련을 버리지 못하고 새벽이면 "질퍽한 갯벌에 서성거리다 돌아"오곤 한다.

오대양을 넘나드는 자유로운 마산 바다/물은 바닷물이건 강물이건 샘물이건/생명을 가진 존귀한 것인데/누가 이 고장을 쾌적하고 물 좋고 인심 좋고/살기 좋은 고장이라 말했는가요/오만 방자한 사람들의 탐욕으로 인하여/바다가 있어야 할 자리를 지난 오십 년 동안/무분별하게 매립을 하여 사고 팔았다는/철없는 짓이 마산 바다를 분노하게 만들었어요/늦게나마 쓰레기더미 속에서 바다를 더럽히면서/우리가 지금까지 살아왔다는 사실을 깨닫고/자연 앞에 겸손한 자세로 살아갑시다/사랑하는 이 고장 사람들이여

—「바다가 성이 났네요」가운데

이 시는 "마산 바다"에 대한 그의 각별한 애정을 보여 주는 작품이다. 예전에 마산은 "물 좋고 인심 좋고 살기 좋은 고장"이었으며, 마산 바다는 "오대양을 넘나드는 자유로운" 곳이었다. 하지만 그 바다는 무분별한 매립과 환경오염으로 분노하고 있다. 이제라도 그 사실을 깨닫고 "자연 앞에 겸손한 자세로 살아"가자고 사랑으로 호소하고 있다.

아울러 1997년에 펴낸 시집 『지구촌에 주인은 없다』는 생태환경시인으로서의 시적 행보를 여실하게 보여 주고 있다. 특히 그는 하나밖에 없는 "지구"의 환경문제에 대해 우려하고 있다. 그의 자연사랑은

특정 지역만의 문제를 뛰어넘어 인류가 직면한 보편적 인식으로 확대되고 있다.32)

　　평생 동안 우리는/지구촌의 손님이라 생각해야 합니다/지구촌은 우리를 길러주고 품어주다가/죽음의 품속으로 우리를 거두어갑니다/그래서, 그러나, 그리하여/다시 문제는 지구촌입니다
　　　　　　　　　　　　　　　　　—「다시 문제는 지구촌입니다」 전문

　　이천년 팔월달 실천문학사에 나온/재생지로 만든 시집/『우리는 오늘 그대 곁으로 간다』에서/나는 다시 문제는 지구촌이라 했는데/사람이다/사람이다/아무리 생각해도 사람이다
　　　　　　　　　　　　　　　　　—「고쳐 생각해야겠다」 가운데

　　앞의 시에서처럼 인간은 자연의 일부, 곧 "지구촌의 손님"에 지나지 않는다. 따라서 지구촌의 문제에 각별한 관심을 가져야 한다고 주장한다. 이를테면 "지구촌은 우리를 길러주고 품어주다가 죽음의 품속으로 우리를 거두어"간다는 자연 중심적 사고관으로 생각을 바꾸지 않고는 지구촌의 문제를 해결하지 못한다는 것이다. "그래서, 그러나, 그리하여"처럼 이어지는 접속사가 지구촌의 환경문제에 깊이 고민하고 있음을 보여 준다.
　　근대산업화로 말미암아 우리의 삶은 생태환경의 파괴 위에 이루어졌다고 해도 지나치지 않을 것이다. 그 결과 지구촌의 자연환경 훼손

---

32) 이선관은 지역 시민운동단체에 동참하여 활동하기도 했으며, 〈녹색문화상〉과 〈교보환경문화상〉의 수상은 생태환경에 대한 그의 지속적인 관심과 애정을 표출한 결과라고 하겠다. 정규화, 「창동 허새비의 뜨거운 노래: 이선관 시인의 삶과 문학」, 『녹색평론』 제86호, 2006, 129쪽.

은 물론 심각한 환경오염을 불러오게 되었다. 이에 이선관은 어느 시인보다 먼저 생태환경의 중요성을 인식했던 것이다. 그는 모든 환경문제의 원인이 "사람"에게 달려 있다고 주장한다. "아무리 생각해도 사람"으로 말미암아 지구촌의 환경오염이 심각해지고 있다.

> 다양한 생명체를 지니고 있는/스스로 거대한 생명체인 지구/그 지구의 소중한 생명체를/강탈하고 착취하고 분에 넘치도록 누리고 있는/인간 인간 인간
>
> —「지구촌의 인간」 전문

> 누가/지구촌의 주인이/사람이라 하였는가/창조주는/제일 마지막 날에/사람을 창조했다 하지 않았는가
>
> —「아니다」 전문

이선관의 시는 환경오염과 파괴에 대한 분노와 비판보다는 구체현실 속에서 생명의 의미를 찾아가고 있다. 다시 말해서 그는 환경오염과 위기의식에 대한 자연사랑과 생명에 대한 발견으로 나아가고 있다. 이들 시는 지구의 소중한 생명체를 "강탈하고 착취하고" 있는 인간 중심의 사고관을 비판하고 있다. "다양한 생명체를 지니고 있는" 지구는 이기(利己)적인 욕망에 사로잡힌 "인간" 때문에 온전하게 복원되지 못한다는 것이다.

김규동은 시집 『우리는 오늘 그대 곁으로 간다』의 〈발문〉에서 '비시(非詩)가 되더라도 상관없다. 나만은 환경운동과 그 싸움에 관하여 일관된 길을 가겠다는 게 이 시집이 보이는 태도요, 당당한 선언'이라고 했다.[33] 이는 환경파괴에 대한 비판이나 저항이라는 목적성에서 나아가 생명의 구체적 실상을 통해 생명의 가치, 그리고 인간과 자연이 더불어

사는 관계를 추구하는 방향으로 그의 시가 펼쳐가고 있음을 뜻한다.

지금까지 사람과 더불어/나타났다 사라져 간 수많은 생명체들/꼭 하나
뿐인 지구촌에 절실히 필요한 것은/총부리를 들이대는 이데올로기보다/
껍데기만 번지르르한 환경주의보다/생각하고 실천하는 자연사랑/잃어버
린 사랑을 되찾는 것이/가장 급한 일입니다

—「잃어버린 사랑」 전문

이 시에서처럼 그는 "생각하고 실천하는 자연사랑"을 간절히 바라
고 있다. "자연사랑"은 "이데올로기"보다 "환경주의"보다 "생각하고
실천하는" 일이 가장 시급한 문제라고 주장하고 있다. 그것을 우리
지구촌 인간들의 "잃어버린 사랑"이라고 표현하고 있어, 그의 자연사
랑의 이유를 이해할 수 있다.

자연사랑에 관한 그의 지속적이고 비판적인 의식은 기형아 출산(「이
야기 넷」), 현대판 윤회사상이라는 생물농축(「다이옥신」), 새만금사업
(「새만금유감」), 글이 없는 평야(「김해평야에는 평야가 없다」) 등 사회현
실 전반에 두루 적용되고 있다. 생태환경에 대한 인식 변화와 성찰,
자연사랑으로 모아지는 그의 시는 시사하는 바가 크다.

그곳에 자라는 이름없는 잡초지만 생명을 가졌다는 것입니다/그곳의
흙에도 지천으로 깔려 있는 흙과 마찬가지로/미생물이 살고 있다는 것입
니다/그런데 말입니다 예를 든다면/그곳에 제초제를 뿌려도 좋다는 결재
를 한 자나/제초제를 뿌린 자의 아이들이/손톱 자라는 것이 방해가 되고

---

33) 김규동, 「시인의 역사현실」, 『우리는 오늘 그대 곁으로 간다』, 실천문학사, 2000,
120쪽.

손톱 깎기를 귀찮아 한다고/아예 손톱을 뿌리째 뽑아준다면, 준다면, 준다면/이야기가 되겠는지요/생명은 이 생명이나 저 생명이나 같은 생명인 것을

　　　―「생명은 이 생명이나 저 생명이나 같은 생명인 것을」 가운데

　이 시는 생명 그 자체는 비교의 대상이 될 수 없음을 노래하고 있다. 한편에서는 꽃길을 조성하고, 다른 한편에서는 제초작업을 쉽게 하려고 "제초제"를 뿌리고 있다. 이 시에서처럼 제초제를 뿌리도록 한 사람이나 아무런 생각 없이 제초제를 뿌리는 사람이나 상관없이 비판받아야 할 대상임이 드러난다.

　"손톱 깎기를 귀찮아 한다고 아예 손톱을 뿌리째 뽑아"버릴 수 없듯이, 잡초를 제거한다고 풀과 땅과 미생물까지 죽일 수 없는 일이기 때문이다. 그런 점에서 시인이 말하고자 하는 바는 무분별한 생명 살상행위에 대한 비판을 넘어, 모든 생명이 소중하다는 인식, 곧 "이 생명이나 저 생명이나 같은 생명"이라는 인식이다.

　이선관의 이 같은 생태환경에 대한 관심은 그의 초창기 시에서부터 지속적으로 이어져 왔는데, 말년에 와서는 더욱 깊어졌다. 그에게 있어 생태환경의 문제는 "좌파도 생각해야 되고 우파도 생각해야 되느니"(「환경을 생각한다는 것은」 가운데)만큼 중요한 화두가 아닐 수 없다. 이처럼 그의 시세계는 생태환경에 대한 심각성을 인식시키고 있는 것이다.[34)]

　생명의 무게는 작은 새나 사람이나/더하고 덜함도 없이 똑같습니다/하

---

34) 이선관은 '환경시집'이란 이름으로 『배추흰나비를 보았습니다』(답게, 2002)를 펴냈다. 이 시집은 자연사랑의 절정을 보여 준다고 하겠다.

물며 풀 한 포기조차도 그러합니다

―「생명의 무게는」 가운데

이선관은 그 동안의 시작 활동을 통해 환경에 대한 근본적인 문제 제기와 생명의 가치에 대한 중요성을 줄곧 강조해 왔다. 그의 시가 사람의 생명만을 소중하게 다루는 데 그쳤다면, 여느 생태시와 다르지 않을 것이다. 하지만 그는 목숨이 있는 생명체는 모두가 소중하다고 보는 것이다. "생명의 무게"는 크든 작든, 내 것이든 남의 것이든 모두가 "더하고 덜함도 없이 똑같"다는 생명존중사상을 보여 주고 있다.[35]

이렇듯 시집 『독수대』, 『지구촌에 주인은 없다』, 『우리는 오늘 그대 곁으로 간다』, 『배추흰나비를 보았습니다』로 이어지는 이선관의 시세계는 생태환경에 대한 경각심을 일깨워 주고 있으며, 생명에 대한 우리 시대의 사색을 담아내고 있다. 결국 그의 자연사랑의 시정신은 현실세계를 바탕으로 전지구적 환경오염의 문제에서 출발하여 생태학적 세계관의 넓이와 깊이를 더해가면서 생명사상에 대한 관심으로 확대되고 있는 셈이다.

3) 나라사랑과 통일 염원

이선관의 시는 우리의 나라 현실에도 큰 관심을 보여 준다. 특히 그는 분단의 상처를 넘어 겨레의 통일 문제에 각별한 눈길을 두고 있다. 물론 겨레의 통일 염원이 그만의 소망은 아닐지라도 이 같은

---

35) 도종환은 이선관의 이같은 생명존중사상을 금강경식으로 말하자면 "보살의 경지에 들어간 사람"이라고 평가했다. 도종환, 「단순성의 미학」, 『배추흰나비를 보았습니다』, 답게, 2002, 124쪽 참조.

인식은 그의 시세계의 중심에 자리 잡고 있다. 그는 1980년대로 넘어오면서 남북 분단의 아픔과 통일에의 염원을 담은 작품을 주로 창작하고 있는데, 이는 겨레사랑과 나라사랑의 시정신이라 하겠다.

빛이/어둠을 사르는/이른 새벽이었다.//문틈에선가,/창틈에선가/벽틈에선가/나의 침실 깊숙이 파고드는//동포여!/하는 소리에 매력(魅力)을 느끼다가/다시 한 번 귀 기울여 들어보니//똥퍼여?/하는 소리라/나는 두 번째 깊은 잠에 취해 버렸다.

—「애국자」 전문

이 시는 1971년 『씨알의 소리』 제10호 '독자의 소리'란에 발표되었다. 그 무렵 우리의 나라현실은 "동포여!"라는 구호 아래서 나라사랑이 실천되는 것인 양 집단적 논리로 성행했다. 그 결과 나라사랑의 본질은 사라지고 "애국자"인양 행세하는 정치적 관념만이 남게 되었다.

그런 차원에서 이 작품은 "동포여!"를 외치는 정치 슬로건이 일상의 웃음거리로 전락하는 현장과 그들의 허위와 가식을 풍자하고 있다. 시인은 "이른 새벽"에 들려오는 "똥퍼여!" 하는 소리를 "동포여!"로 잘못 들을 정도로 나라현실을 걱정하고 있다. 이 시의 매력은 바로 그의 통렬한 언어유희를 통해 나라사랑의 진정성을 거듭 일깨워 주고 있다.

우리나라는 민주공화국이다./그렇다!//우리나라는 민주공화국이다./그렇다니깐.//우리나라는 민주공화국이다./그래……//우리나라는 민주공화국이다./……그래.//우리나라는 민주공화국이다./……허긴 그래.

—「헌법 제1조」 전문

이 시는 1974년 4월 『씨알의 소리』 창간 2주년 기념호에 실린 작품이다. 그는 유신체제 이전의 부조리한 나라 현실을 풍자적으로 드러내고 있다. "헌법 제1조에"에 명시된 "우리나라는 민주공화국이다"라는 문건을 강조하면서 그렇지 못한 나라 현실을 비판하고 있는 것이다.

첫 번째 행 "그렇다!"에서 의기양양했던 표현이 "그렇다니깐", "그래……", "……그래", 마지막으로 "……허긴 그래"로 되풀이되면서 점점 말끝이 수그러드는 어조 반복은, 오히려 아이러니의 효과를 극대화시키고 있다. 그의 모든 시가 화려한 수사나 기교를 보여 주진 않지만, 대부분의 시는 직설적이고 간결한 언어를 통해 현실을 풍자하고 있다.

> 정말로 소도 가는데/관료도 가고 기자도 가고/종교가도 가고 예술가도 가고/재벌도 가는데/정작 가야 할 사람은 가지 못하네/아무리 생각해도/백성의 정부가 맞는 말이지만/국민의 정부가 들어선 지/반 년이 흘렀지만/정작 가야 할 사람들/이 땅의 백성은 가지 못하네/통일의 중심이 되야 하는/이 땅의 백성은 가지 못하네
>
> —「정말로 소도 가는데」 전문

남북한 교류를 위해 관료, 기자, 종교가, 예술가, 재벌뿐 아니라 "소"조차도 가는데, "정작 가야 할 사람들"인 "이 땅의 백성"은 가지 못하는 현실을 안타까워하고 있다. 따라서 이 시는 이른바 지배자 중심의 통일 정책을 비판하고 있다. 이러한 비판의 근거는 그의 나라사랑과 통일론이 철저하게 백성 중심의 사유에서 비롯되고 있기 때문이다.

이렇듯 이선관의 나라사랑은 백성 중심의 일상성에 기초한 발상과 함께 자신의 삶터에서 출발하고 있다고 하겠다. 그의 나라사랑과 통일지향의 시들은 일상성 속에서 추구되는 양상을 보여 준다. 이선관

의 나라사랑으로 이어지는 통일 지향의 시들은 백성 중심의 통일 실
천을 강조하고 있는 것이다.

여보야/우리 만나 얘기 좀 하자/우리가 얘기하기에는/힘이 있다는 사
개 국가의 영어가 필요없고 러시아어가 필요없고/중국어가 필요없고 일본
어가 필요없는/그 모든 국가의 말도 몰라도 된단다/그러니깐/여보야/우리
얘기 좀 하자꾸나/우리가 얘기하기엔 통역이 필요없잖니/여보야
—「남남북녀」 전문

우리의 나라 현실인 남북 관계를 부부(夫婦) 관계로 설정하고 있는
발상부터 눈길을 끈다. 분단된 남북 관계를 풀기 위해서는 우선 서로
만나 "얘기"로 풀어야 한다. "통역이 필요없"는 대화, 그러한 소통을
바탕으로 남북 간의 관계 진전을 부부가 함께 밥을 먹는 행위로 나아
가고 있다.

여보야/밥 안 먹었지/이리 와서 밥 같이 먹자/김이 난다 식기 전에 얼른
와서/밥 같이 나눠 먹자/마주 보면서 밥 같이 나눠 먹으면/눈빛만 보고도/
지난 오십 년 동안 침전된 미운 앙금은/봄눈 녹듯이 녹아 내릴 것 같애/우
리 서로 용서가 될 것 같애/여보야/밥 안 먹었지/이리 와서 밥 같이 먹자/
밥, 그 한 그릇의 사랑이여 용서여
—「밥, 그 한 그릇의 사랑이여 용서여」 전문

여보야/이불 같이 덮자/춥다/만약 통일이 온다면 이렇게/따뜻한 솜이
불처럼/왔으면 좋겠다
—「만약 통일이 온다면 이렇게 왔으면 좋겠다」 전문

앞의 시에서 이선관은 상대를 "여보야"로 지칭하면서, 밥 한 그릇 같이 먹자고 제안한다. 서로 "마주보면서 밥 같이 나눠 먹으면" "지난 50년 동안 침전된 미운 앙금은" 다 풀릴 것이라는 통일에 대한 낙관적 전망을 노래하고 있다. 물론 통일에 대한 발상이 너무나 순진하다고 치부될 수 있지만, 매우 현실적이고 구체적인 발상이라 하겠다.

이선관의 통일에 대한 관점은 소박하지만, 우리 사회에 시사하는 바가 각별하다. 이를테면 헤어졌던 부부가 서로 만나 서먹서먹한 관계를 넘어 친근하게 다가와, "여보야/밥 안 먹었지/이리 와서 밥 같이 먹자"는 말로 화해와 용서를 구한다. "지난 오십 년 동안"의 단절이 "같이 밥 먹자"는 이 한마디 말 속에 녹아 사라질 수도 있다는 것이다. 이는 밥상으로 하나 되는 통일, 곧 삶으로 하나 되는 통일이야말로 시인이 꿈꾸는 통일론이라 하겠다.

또한 이선관의 통일에 염원은 부부 사이에 밥 먹는 차원에서 이불을 같이 덮는 단계로 이어진다. 뒤의 시에서처럼 그가 원하는 통일은 추운 날 부부가 같이 덮는 '솜이불'처럼 소박하고 따뜻한 사랑으로 오는 것이다. 이렇듯 이선관이 지향하는 통일의 모습은 정치와 이데올로기를 넘어선 구체적 일상을 바탕으로 삼고 있다.

이렇듯 이선관의 통일론은 그의 현실의식과 역사의식이 작용한 결과라고 여겨진다. 시집 가운데 『배추흰나비를 보았습니다』는 그의 소박한 통일 염원을 읊어낸 시집이다. 여기서도 그는 사람들의 의식 깊숙이 박혀 있는 핵과 전쟁을 일상으로 끌어내어 날카롭게 비판하고 있다. 이로써 그는 〈통일문학상〉을 수상하기도 했다.

> 당신은 마산/마산은 이 땅이요/이 땅은 남반도요/남반도와 북반도가/
> 합쳐져야/한반도라 하는 것이오
>
> ─「한반도라는 것은」 전문

이선관의 나라사랑과 통일 염원의 특징은 자신이 터잡고 사는 마산이라는 지역에서 출발한다는 것이다. 그는 남북한의 통일문제를 인식하면서도, 자신의 삶터인 지역에서부터 "한반도"를 인식하고 있다. 이 또한 통일의 노래를 일상성의 차원에서 노래하고 있는 것이다. 그의 공간론적 시야는 마산을 출발점으로 번져나가면서 남한과 북한의 경계를 쉽게 허물어버린다.

우리에게 있어 통일은 어떠한 타협도 절충도 있을 수 없는 당위적 명제이다. 이선관은 시집 『나는 시인인가』, 『살이 살과 닿는다는 것은』 등에서 나라사랑의 시정신을 드러내고 있다. 그는 특유의 유머와 해학, 그리고 풍자적 기법을 사용하면서 남북 분단과 통일 문제를 각성시키고 있다. 이렇듯 그의 나라사랑과 통일 염원은 민주주의의 완성을 갈구하는 시정신과 이어져 있다고 하겠다.

4) 지역사랑과 문학실천

이선관은 마산에서 평생을 살았다. 그에게 있어 마산은 삶터이자 세상의 중심으로서 각별한 의미를 지닌다. '마산은 항구지만 바다는 없다'고 슬퍼할 만큼, 그는 누구보다 마산을 사랑하고 자랑스러워했다. 따라서 그는 앞서 말한 인간사랑, 자연사랑, 나라사랑을 함축하는 지역사랑의 시정신으로 나아가고 있다.

서울의 그 누군가를/명동 백작이라 했던가/당신은 창동 공작이라 하던데//아니다 아니다/당신은 분명/창동 허새비다//봄에 되살아나/겨울 논두렁에 활활/불태워지는 활활 부활이다/마산, 그 창동의 숨쉬는 허새비다.
— 「마산, 그 창동의 허새비」 가운데

이선관에게 있어 마산은 그를 성장시키고 그의 문학을 살찌운 곳, 특히 창동 네거리의 반경 50미터는 이선관 시의 진원지이며, 생활 무대의 중심지이기도 하다. 그는 "자랑스러운 창동 십자로에 서서" 세상을 둘러보고 있는 것이다. 그런 점에서 "창동 허새비"는 마산의 지킴이로 자처하며 시인 스스로가 붙인 이름이다.

또한 이선관에게 있어 '창동'은 "어제의 고독이 아닌/오늘의 또 다른 고독에 취하고/내일의 고독을 맞이하기 위하여/오늘의 고독을 인내하는 습성"(「창동 네거리 1」 가운데)을 배우는 고독의 장소로 표현되고 있다. 하지만 그는 창동이라는 공간 체험을 통해 지역사회의 현실을 인식하고 있다.

　　의미 있는 도시/이 고장의 자랑스러운/창동 십자로에 서서/북쪽으로 고개 돌리면/일제 때 공략관이었던 시민극장/그 위로 조금 올라가면/전국 체전 덕으로 생긴 중앙광로/다시 올라가면 북마산이 나오고/북마산 위의 봉화산, 가부좌한 봉화산,/그 앉아 있는 모습은/그제나 어제나 오늘이나 변함이 없고

　　　　　　　　　　　　　　　　　　　　　　　—「마산(馬山)」 가운데

이선관의 지역사랑은 역사 인식으로 이어진다. 그는 경자마산의거 (3·15의거)를 핵심 주제로 마산이라는 지역에서 역사적 사건의 의미를 재구성하고 있다. 시인 자신도 1960년 경자마산의거에 참여한 이력을 가졌듯이, 그에게 있어 마산은 "의미 있는 도시"이다. 마산의 "창동 십자로에 서서" 변함이 없을 마산의 역사를 만나고 있다. 이처럼 그는 민주화의 성지 마산에서 지역사랑을 실천하고 있는 것이다.

　　신마산과 구마산과 동마산을 아우르는 곳/서성동에 위치한 삼일오 의

거탑 탑골공원/이 고장의 튼튼한 버팀목과 주제가 된 지 오래지만/새천년
을 맞이하는 해에 새단장으로 거듭났으니/보아라 암울했던 군사정부 때
성스러운/이 탑을 변두리로 옮기자던 가슴에 철판을 깐 자들이 있었지만/
자 오늘부터라도 이곳은 만남의 공원으로 불러야 되느니/이곳을 이 고장
의 중심축으로 만들어야 되느니

　　　　　　　　　　　　　　　　　　　—「삼일오 의거탑 앞에서」 가운데

이 시 또한 경자마산의거에 대한 자신의 관점을 시로 형상화하고
있다. "삼일오 의거탑 탑골공원"은 마산 전체를 아우르는 장소로서,
마산의 튼튼한 버팀목이었음을 노래하고 있다. 이선관은 1960년 당시
학생 신분으로 의거에 참가했을 만큼, 시대 현실에 대한 생각이 남달
랐다고 하겠다. 그런 점에서 그는 "삼일오 의거탑"을 "만남의 공원"으
로 이름하고, 마산의 "중심축으로 만들어야" 한다고 주장하고 있다.

　　아직도 두 눈 부릅뜨고 누워 있는/아 1960년 3월 15일 그날/죽어도 살
아 있음이여/마산의 열두 제자들/그 이름을 기억하라/김영길 김통실 김영
준 김영호/김효덕 김종술 김삼웅 김주열/김평도 김의규 오성원 강융기/우
리는 잃어버리진 않는다/역시 마산은/마산의 열두 제자가 있는 한/이 땅
의 변방이 아니라는 걸/알고 만다.

　　　　　　　　　　　　—「역시 마산은 이 땅의 변방이 아니라는…」 가운데

이선관의 지역사랑은 경자마산의거에 대한 각별한 인식에서 잘 드
러나고 있다. 오랜 세월이 흘러도 "점점점 더 진하게 들려오는 저 함
성"(「함성」 가운데)의 주체가 되었던 열사들, 그들에 대한 생각을 현재
화함으로써 경자마산의거의 역사적 의미를 되새기고자 한다. 이 시에
서 보듯, 경자마산의거 당시 죽은 "열두 제자들"이 있기에 마산이 결

코 "이 땅의 변방이 아니라는" 사실을 주장한다. 이는 지역사를 중심으로 우리나라 역사를 바라보는 시인의 태도라고 하겠다.

이렇듯 이선관은 우리의 역사를 철저하게 자신이 터 잡고 사는 지역 차원에서 바라보고 있다는 점이다. 마산이 결코 이 땅의 변방이 아니라는 인식이 그러한 사실을 대변하고 있다. 지역문학은 곧 지연문학이다. 그런 점에서 그는 마산에 대한 관심과 사랑을 놓지 않고 자신의 시정신을 펼쳐가고 있다. 따라서 이선관의 시에는 우리 주변의 이야기를 소재로 삼거나 마산의 특정 장소성를 노래한 작품이 많다.36) 이는 오래도록 한 지역에 머물면서 보고 듣고 체험한 것들이다. 그만큼 그의 시정신은 지역사랑의 참된 길을 일러 주는 이정표 역할을 맡고 있는 것이다.

마산 시민 그대들이기에/분명한 것은 이 땅의 주인으로 또 한 번의/현대사에 자랑스럽게 한 페이지로/기록되어졌다는 사실 하나만으로/자긍심을 가져야 하느니/기억하기에도 가슴 뜨거움과 떨림으로 다가왔던/그날 그 항쟁 속에서 목메이게 불렀던/민주 민주 민주 자유 자유 자유/듣게 하라 보게 하라 말하게 하라 하면서/정의로운 분노와 크나큰 함성으로/군부독재 유신이라는/경고하고 거대한 바위가 놀라움에 쪼개지던 말/오 그날/천구백칠십구년 시월 십팔일
　　　　　—「마산 시민 그대들은 참으로 어진 사람들입니다」 가운데

이 시의 제목에서 보듯, 그는 마산 시민들은 "참으로 어진 사람들"

---

36) 이선관은 마산지역의 구체 장소들에 얽힌 사소한 이야기와 일상생활 속에서 지나온 마산의 변화상과 추억을 시로 풀어내고 있다. 특히 그는 "창동 허새비"마냥 창동을 소재로 한 작품이 많다. 이를테면 「창동 판타지」, 「창동 네거리」 연작, 「창동 십자로」, 「마산 그 창동 허새비」 등이 그것이다.

이라고 했다. 그 까닭은 1960년 경자마산의거에 이어, "정의로운 분노와 크나큰 함성으로" 1979년 부마민주항쟁이라는 "현대사에 자랑스럽게 한 페이지로 기록되어졌다는 사실" 때문이다. 역사적으로 자긍심을 가진 마산, 그는 마산에 대한 지역사랑을 한껏 부르짖고 있다.

> 누가 마산을 늙었다고 하는가/누가 마산을 갈라진 논바닥처럼/메마른 농촌 풍경 같다고 하는가/누구는 마산 앞바다를 독수대로 변한 지/오래되었다 하고/누구는 무거운 마음을 잠시 쉬게 하던/무학산이 아닌 두척산 그 낯익은 골짜기에/영롱한 이슬방울이 맺히지 않는다고 하는가/그러나 그러나 그러나/아직은 실망하기에는 이르지 않는가/아직은 절망하기에는 이르지 않는가
>
> —「마산은 마산 사람이 주인이다」 가운데

이 시에서 시인은 다짐하고 있다. "다시 한 번 마산을 사랑하게 하리라"고, 그래서 "마산은 마산 사람이 주인이게 하리라"고 목청높혀 부르짖고 있는 것이다. 흔히 지역문학의 중요한 요소로 장소감과 장소사랑을 꼽고 있는데, 이선관은 이 요소들을 마산에 쏟고 있는 것이다. 그런 점에서 그의 시는 지역사랑과 문학실천의 소중한 자산으로 삼을 만하다.

이렇듯 이선관은 시집 『보통시민』, 『창동 허새비의 꿈』, 『어머니』, 『나무들은 말한다』 등에서 지역사랑의 시정신을 한결같이 부려놓고 있다. 이는 그의 삶터였던 마산에 대한 끝없는 애정과 관심, 문학실천으로 이어졌던 것이다. 그런 점에서 마산지역은 그의 시세계를 이해하는 과정에서 염두에 두어야 할 삶의 공간이자 문학 공간이었던 셈이다.

4. 마무리

이선관은 육체적 장애를 딛고 시인의 길로 나아갔고, 학인(鶴人)이라는 아호마냥 고고하게 살면서 참다운 문학활동을 펼쳤다. 그는 문학으로 자신의 몸과 마음을 치유했을 뿐만 아니라, 우리의 문학마당에 크고 넓은 사랑을 실천하고자 했다. 시인의 운명과도 같이, 그는 날카로운 시선으로 당면한 사회현실에 끊임없이 저항했던 시인이라 하겠다.

이 글에서는 이선관의 삶과 시세계를 총체적으로 짚어보고자 했다. 이를 위해 글쓴이는 그의 삶과 문학활동에 초점을 맞춰 시작 태도와 시관, 시세계의 특성에 대해 살펴보았다. 특히 글쓴이는 그의 시정신을 인간사랑, 자연사랑, 나라사랑, 지역사랑이라는 현상학적 측면에 초점을 두고 따져보았다.

우선, 지역사회에서는 이선관의 삶과 문학행보에 대해서는 나름대로 잘 정리되어 있다. 하지만 글쓴이는 지금껏 잘못 알려졌거나 가려져 있었던 출생, 개명(改名), 가족관계, 등단에 관한 사항들에 대해 소개하고 재조명해 보았다. 아울러 그는 작품 속에서 자신의 시작 태도 내지는 시관을 드러냄으로써, 시인으로서 갖추어야 할 자세와 책무에 대해 남달리 고민하고 노력했음을 확인할 수 있었다.

다음으로, 이선관은 시작 태도와 시관은 표면적으로 현실에 대한 저항과 비판을 드러내고 있지만, 그의 내면에는 세상을 향한 사랑으로 채워져 있음을 확인할 수 있었다. 이로써 그의 시가 일관되게 보여준 사랑 현상은 사람·자연·나라·지역에 대한 사랑으로 나누어 살펴보았다. 이를테면 그는 자기 정체성에 관한 시를 통해 '인간사랑과 장애 극복'의 시정신을 보여 주었고, 생태환경에 대한 경각심을 일깨워 주기 위해 '자연사랑과 오염 고발'의 시세계를 구축하였다. 또한 그는 우리 모두의 당위적 명제인 '나라사랑과 통일 염원'의 시정신을 일관되게 형상화했으며, 자신의 삶터였던 마산에 대한 '지역사랑과 문학실천'의 시세계를 한결같이 보여 주었다.

칠십 년 초에는/시골에 사는 병신이라/별 문제 없다고 보고를 하여/살아났다/팔십 년 초에는 몸이 많이 망가진 놈이/시골에서 글이나 끄적끄적거리는/허새비 삼촌이라고 보고를 하여/살아났다/구십 년 초에는/장애인이라고 좀 봐주는 바람에/(봐주긴 무엇을 봐 주었단 말인가)/살아났다/이천 년 초에는/툭 하면 병원에 들락거리는/언제 죽을지 모르는 놈이라고/입방아를 찧고 찧고 또 찧고/야 이 놈들아/나 이선관은 불사조다
　　　　　　　　—「나 이선관은 불사조다: 나, 이선관 1」 전문

이선관은 1961년부터 시를 쓰기 시작하여, 서른다섯 해 동안 문학활동을 하면서 13권의 시집을 펴냈다. 물론 시집에 수록되지 않은 시작품도 많을 뿐더러, 그보다는 산문작품을 따로 엮어낸 바 없다. 그런 점에서 시집에 빠진 작품들을 챙겨 모아 '시집 미수록 작품집', 여러 매체에 발표된 수필 또는 칼럼 들을 챙겨 '이선관 산문집', 나아가 그의 문학작품 전반을 아우르는 '이선관 문학 전집'이 서둘러 발간되기를 기대한다.

이즈음 지역사회에서는 이선관 현양사업을 통해 그의 지역사랑과 문학사랑을 들내고 기리고자 애쓰고 있다. 하지만 안타깝게도 그에 대한 지역사회의 현양도 날이 갈수록 시들해지고 있는 듯하다. 앞으로 지역사회의 관심과 사랑이 더욱 뜨거워지고, 그에 대한 현양과 연구가 더욱 활성화되어야 할 것이다. 그래야만 비로소 이선관 시인은 불사조처럼 되살아나 창동 네거리를 지키는 허새비로 남아 있을 것이다.

설창수의 문학살이와 진주(晉州)

1. 들머리

무릇 사람은 자신이 태어나고 자랐거나, 오래도록 살았던 장소에
대해 남다른 애착을 갖기 마련이다. 흔히 우리는 장소의 의미를 개별
화하고 상징화하는 능력에 힘입어 공간을 지역공동체나 지역성의 기
반으로 삼는다. 거꾸로 장소는 우리에게 정체성을 심어 주고 지역공
동체 또는 지역성의 기반을 마련해 준다.1) 왜냐하면 한 번 마련된
장소감은 우리의 감수성을 거쳐 재장소화라는 역동적 과정 속에서
지역 이미지로 만들어지기 때문이다.

인간주의 지리학에서는 사람과 장소의 정서적 유대를 뜻하는 장소
감(sense of place), 지경외(geopiety), 장소사랑(topophilia) 등의 개념을
만들어내고, 우리 삶에 있어 공간 경험이나 장소감이 중시되는 특성

---

1) C. W. Schulz, 이재훈 옮김, 『주거의 개념』, 태림문화사, 1991, 12쪽.

을 강조하고 있다. 장소 연구는 곧 삶의 연구가 되는 셈이다.[2] 그런 점에서 지역문학은 지역 이미지나 장소감을 주요 동기로 삼아 지역성을 잘 살려내야 함은 두말 할 나위가 없다.

지역문학 차원에서 볼 때, 경남 진주의 문학인으로 파성(巴城) 설창수(薛昌洙, 1916~1998)를 떠올린다. 그가 진주문단의 대표격으로 일컬어지는 까닭은 지역사회에 대한 사랑과 실천의 정도로 가늠할 수 있을 것이다. 그만큼 설창수의 진주사랑 문학실천이 각별했다는 증좌이다.

설창수는 진주를 고향으로 삼은 문학인이었다. 그의 표현을 빌리자면, '아버지와 어머니가 스무해를 앞뒤 하여 저 건너 약골 공동산에 무덤하셨고, 둘째 놈 또한 제 할머니 가신 꼭 보름 뒤 따라 모시고 묻혔'으니, 진주는 '이미 내 부조(父祖) 청산의 곳'이라 했다. 그리고 자녀들도 모두 진주에서 태어나고 자랐으며, 생활의 불편으로 말미암아 '본적도 파서 진주시로 옮겨 놓았다'고 했다.[3] 이처럼 그는 자신의 본적까지 바꿀 만큼 진주를 '제2의 고향'으로 섬겼던 것이다.

설창수는 문학인으로서의 명성보다 나라잃은시기에 사상법으로 옥고를 치른 일, 경남일보 주필이나 사장으로 봉직한 일, 문교부 예술과장 또는 초대 참의원을 지낸 일, 개천예술제 창시자로서 지역문화예술 발전에 이바지한 업적 등이 부각되어 있다. 그는 문학인, 언론인, 문화기획가, 사회활동가, 정치인, 독립지사 등으로 다채롭게 활동했다. 그러한 설창수의 극적인 세상살이에는 언제나 문학이 중심부에 자리 잡고 있었다. 하지만 그의 삶과 문화운동적 업적, 그리고 문학살

---

2) 박태일, 「김영수 시와 문학지리학」, 『한국문학논총』 제15집, 한국문학회, 1994, 464쪽.

3) "아버지와 어머니가 스무해를 앞뒤 하여 저 건너 약골 공동산에 무덤하셨고, 둘째 놈 또한 제 할머니 가신 꼭 보름 뒤 따라 모시고 묻혔으니 진주는 이미 내 부조(父祖) 청산의 곳이다./집안 아이들의 취학, 병역 일이 생길 때마다 불편했고, 나머지 삼남매들이야 모두 진주서 났기에 경남 창원면(지금은 마산시로 되었지만)에 있던 본적도 파서 진주시로 옮겨 놓았다."(설창수, 「진주의 얼 사랑하며」, 『월간세대』, 1977.8)

이는 제대로 조명 받지 못했다.

따라서 이 글은 설창수의 진주사랑과 문학실천을 가늠하는 데 목표를 둔다. 무엇보다도 설창수는 오랜 삶터인 진주와 따로 떼어 논의할 수 없을 것이다. 이에 글쓴이는 주요 활동공간이었던 '진주'에 초점을 맞추어 그의 삶과 문화활동, 그리고 그의 문학살이와 문단 지원의 양상을 살펴볼 것이다. 이를 통해 설창수 문학에 대한 이해가 더욱 깊어지기를 기대한다.

2. 설창수의 삶과 문화활동

1) 세상살이

설창수는 진주 출신이 아니다. 그가 태어나고 자란 곳은 창원이다. 그는 1916년 1월 경남 창원시 북동 155번지 아버지 설근헌(薛根憲)과 어머니 황호(黃鎬) 슬하의 장남으로 태어났다. 그는 창원공립보통학교(현재 창원초등학교) 6년 과정을 마쳤다. 하지만 재학시절 항일 감정으로 기물을 파손하여 소견서를 작성했던 까닭에, 마산상업학교(현 용마고등학교)와 밀양농잠학교 입시에 낙방하게 되었다.

그는 1930년 진주공립농업학교(현재 진주산업대학교 전신)에 입학했다. 설창수와 진주의 인연은 그때부터 맺어지게 된 것이다. 그 뒤 1932년 그의 가족이 살림을 간추려 진주로 옮겨와 살게 됨으로써, 설창수는 진주와의 연고를 이어가게 되었다.

바람비 열다섯해-/고향서 올 때 넓은 칠암(七岩)들에 보리가 푸렀었다./밤 들길을 혼자 걸으면 소년(少年)은 무서웠고/종묘장(種苗場) 모퉁이

에선 말귀신(鬼神)이 난다고 했다.//눈물과 한숨과 울분(鬱憤)과 포후(咆
吼)의 기록(記錄),/세분이 떠나시고 세분이 나고/이른 봄비 오는 삼경(三
更)에 숫처녀(處女)가/하얀 잠옷 치마고름을 적시며 울었다.

　　　　　　　　　　　　　　　　　　　—「이사(移徙)」 가운데

　설창수는 진주공립농업학교 재학 중 항일 학생단체 TK(단결)단 가
담하여 학생운동에 관여하였다가 체포되기도 했다. 그는 1935년 3월
진주공립농업학교(5년) 졸업하고, 그 후 창녕군 대지공립보통학교 촉
탁교원으로 근무했으며, 교직을 떠나 부산 무진(無盡) 진주지점 서기
로 짧은 직장생활을 지냈다.

　설창수는 1939년 일본 교토(京都)의 리츠메이칸(立命館)대학 예과
야간부에 입학했다. 재학 중 일문 풍자시 「사이내리아」를 '초일주(草
日朱)'라는 필명으로 교지에 발표하기도 했으며, 고등학생을 대상으로
항일 민족의식을 고취시켰다. 1940년 그는 니혼(日本)대학 법문학부
예술학과에 입학했다. 그는 이석영·김보성·박현수를 비롯해 일본인
학생 4명과 더불어 문학동인 〈화요그룹〉을 결성하여 시창작에 몰두
하게 되었다.[4]

　1941년 12월 졸업을 앞두고, 설창수는 키타규슈(北九州)의 저수지
공사장에 징발되어 원치공으로 일했다. 그때 그는 사상범으로 왜경에
게 붙잡혀 부산형무소로 압송, 불충사상 죄목으로 2년형을 언도받았
고, 경남경찰부 유치장 1호 감방에 수감되었다. 두 해 뒤인 1944년
3월 부산형무소에서 만기 출옥했고,[5] 문학동인으로 함께 활동했던
김보성(金寶成)과 혼인하게 되었다.

---

　4) 그 당시 썼던 「선(船)」, 「낙타」 등의 습작시를 모아 일문시집 『야백편(夜百篇)』 원고를
　　담당교수 구노(久野)가 추천하여 제일서방에 넘겼으나 화재로 소실되었다고 한다.
　5) 뒷날 이러한 행적으로 그는 건국훈장 애족장을 받았다.

설창수는 일본 유학시절부터 〈화요그룹〉 동인활동을 통해 습작기를 거쳤지만, 을유광복과 함께 본격적인 문학 또는 문화활동을 전개했다. 광복 이후 그는 조선청년문학가협회에 참여했으며, 진주를 중심무대로 지역문화 계몽과 실천활동을 전개했다. 칠암(七岩)청년대를 만들어 한글교육과 계몽활동에 힘썼고, 미술·문학·연극·무용·계몽·후생에 걸쳐 활동했던 문화단체인 문화건설대(文化建設隊) 진주지부의 문예부장을 지냈다.6) 그는 이 단체의 연극공연을 위해 직접 희곡을 창작했고 여러 차례 무대에 올렸다.

이를테면 진주극장에서 공연된 「젊은 계승자」(원작·주연: 설창수, 연출: 김상성)를 비롯하여, 「슈프렛히·콜」, 「화천(回天)의 북소리」(원작: 설창수), 12월 전제동포 구제를 위한 「동백꽃 다시 필 때」(원작·주연: 설창수, 연출: 김삼성)를 공연했다. 그렇게 그는 경남 곳곳의 30여 무대에서 공연을 펼쳤다.

한편, 설창수는 1946년 3월 1일 『경남일보』 창간 기자로 입사하여 반공노선의 필봉을 활발하게 휘둘렀다. 이후 그는 『경남일보』에서 주필 16년, 사장 10년을 역임하는 등 오래도록 언론계에 몸담았다.

1947년 4월 설창수는 진주시인협회를 결성하여 창립 회장을 맡았으며, 기관지 겸 동인지 『등불』을 발행했다. 그는 『등불』 2집(1947.5)에 「창명(滄溟)」 등 4편의 시를 발표했고, 시인으로 활동하게 되었다. 이듬해 6월 진주시인협회는 '영남문학회'로 이름을 바꾸면서 기관지 『등불』 또한 『영문』으로 개명하여 18집(1960.11.20)까지 발간했다. 이 모두가 영남문학회를 이끌며 문예지 발간을 주도했던 설창수의 역량

---

6) 이경순의 회고에 따르면, 광복기 진주에는 한국예총의 전신이 되는 문화건설대 진주지부가 조직되어 문학, 연극, 음악, 국악 부문 등으로 나뉘어 활동하였으며, 회지 『낙동문화』를 발간하였다고 한다. 이경순, 「해방후 진주문단의 20년: 영문을 중심으로」, 『진주예총』 21집, 예총 진주지부, 1965.11, 24~25쪽.

이 작용했던 것이다.

1949년 8월 부산에서는 유치환을 지부장으로 한 전국문화단체총연합회(약칭 문총) 경남지부가 결성되었고, 설창수와 홍두표는 부지부장을 맡았다. 곧바로 문총 진주지구 특별지부가 결성되었는데,[7] 설창수는 건국 1주년을 기념하여, 1949년 11월 17일 개천절(음력)을 맞아 영남예술제(제10회 때부터 개천예술제로 개명)를 발족 개최했다. 이후 그는 1960년까지 개천예술제 대회장을 맡았다.

이어 설창수는 1950년 1월 10일 문교부 예술과장으로 임명받아 잠시 서울에서 살았고, 중앙국립극장의 희곡분과위원으로 위촉되기도 했다. 하지만 1950년 한국전쟁 발발로 그는 충남 공주로 피난 갔다가 진주로 돌아왔다.

설창수는 1952년 『시와 시론』 동인으로 활동했으며, 조진대·이경순과 함께 공동 작품집 『삼인집』을 영남문학회에서 냈다. 그는 제1회 눌원문학상(1953년) 수상했고, 전국문화단체총연합회 창립 10주년 기념 제1회 문화공로상(1957년)을 수상했다. 그렇게 그는 문학인으로서 진주문단 형성과 지역성 창발에 남다른 몫을 맡으며 오래도록 지역문단의 앞자리를 이끌었다.

한편, 개천예술제의 위원장으로, 언론인으로, 시인으로 폭넓은 인지도를 갖게 된 설창수는 1960년 4월혁명 직후 치러진 총선에서 6년제 참의원으로 당선되어 중앙정치 무대로 나아간다. 이를 발판으로

---

7) 문총 진주지부는 진주를 중심으로 1시 3읍 11개군을 지구로 한 전국 단체의 하위조직이다. 진주시, 삼천포읍, 고성읍, 거창읍, 진양군, 거창군, 함양군, 산청군, 합천군, 의령군, 고성군, 함안군, 남해군, 사천군, 하동군이 이에 들었다. 이들은 부산에 뿌리를 둔 문총 경남지부와 이중성을 갖게 하기 위해 진주 특별지부라 하였다. 지부 속에는 문화건설대, 경남일보, 영문, 진주신문인협회, 진주음악협회, 무대예술연구협회, 문학청년회, 인문과학회 등의 소단체들이 연합하여 있었고, 그 중심에 설창수가 놓인다. 설창수, 「문총진주지구 특별지부 결성기」, 『영문』 8호, 영남문학회, 1949.11.

문교부 예술과 과장, 전국문화단체총연합회 대표의장에 선출되었다. 이는 설창수의 세상살이를 바꾸는 계기가 되었지만, 1961년 5·16군 부쿠데타로 말미암아 그는 비민주 인사라는 오명을 뒤집어쓴 채 짧은 의정활동을 마감하게 되었다.

그때부터 설창수는 공식적인 직위였던 국회 참의원 의원, 문총 대표의장, 경남일보 회장, 개천예술제 준비위원장, 영남문학회 회장에서 물러났던 것이다. 이후 그의 행보는 집권 위정자들과 한결같이 맞서며, 군부정권에 대한 복수심으로 들끓을 수밖에 없었다고 한다.

그리하여 설창수는 1963년 제4회 시화전을 시작으로 풍류 삼아 전국을 돌며 시화전을 열었다. 서울, 부산, 대구, 광주 등 대도시로부터 속초, 충주, 천안, 안동, 마산, 목포 등지의 중소도시를 거치고 함양, 사천, 안의, 거창, 합천, 창녕 등지의 군단위의 지역을 돌아 집현, 대의, 곤양, 화개, 금서 등 면단위에까지 훑어 들어가는 역사 이래 가장 긴 장정의 시화전을 223회나 개최하는 진귀한 기록을 남겼다. 이는 그의 생계 방편을 마련하는 데 큰 역할을 했던 것이다.[8]

1967년 그는 어머니의 죽음, 자신을 빼닮아 기대를 많이 했던 둘째 아들 설맹규를 사고로 잃은 악상을 당해 부모로서 애끊는 슬픔을 겪었다. 그의 아내 김보성은 아들의 죽음 애도하는 글을 남겼다.

맹아, 생각이 생각을 낳기 시작하면 엄마는 두 눈을 꼭 감고 아금니가 부러져라 꼭 깨문다. 울지 않으려고 말이다. 그리고 빌고 또 빈다. '수행득도 성불제중(修行得道 成佛濟衆)'이라고 빈다./맹규야, 아무리 여러말 해보아야 정말 엄마가 너한테 하고 싶은 말은 찾아지들 않는다. 그만 두자,

---

8) 이 시화전은 서울, 광주, 대구 등의 대도시뿐 아니라 군 소재지를 거쳐 면 단위의 지역까지 펼쳤으며, 일본에서도 두 차례 개최했다. 그래서 1987년 7월 경남 고성군 하이면에서 마감되었다.

다만 성불(成佛)하면 사통팔달(四通八達) 모든 것을 다 알 수 있다는데 너 다음 몇 겁(劫) 뒤에라도 성불하여 제도회상(濟度會上)에서 의젓이 앉아 이 엄마를 알아보고도 불상한 중생(衆生) 하나로 치부해도 좋다. 그저 엄마의 간절한 소망은 너를, 성불한 내 아들을 알아 보고 싶을 뿐이란다. 남무아미타불(南無阿彌陀佛).

—김보성, 「남무아미타불(南無阿彌陀佛)」 가운데

이 글은 1969년 6월 11일 밤에 어머니 김보성이 적은 글이다. 아들 맹규를 잃은 슬픔에 그녀는 "울지 않으려고" "두 눈을 꼭 감고 아금니가 부러져라 꼭 깨"물며, "수행득도 성불제중(修行得道 成佛濟衆)"을 비는 부모의 심정을 드러내고 있다. 그렇게 그녀는 아들 맹규가 '숱하게 남겨 둔 시(詩)와 산문(散文)들 가운데 일부를 뽑아서 책을 만들기로 하였다'는 점, 그리고 '고인 슬픔을 기도로 승화시키는 노력의 한끝'으로 여겨달라고 했다.

설창수는 두 해 뒤에 설맹규의 유고시집 『모독당한 지점에서』(삼애사, 1970)를 엮어냈다. 아들의 죽음에 대한 설창수의 슬픔은 시집 끝에 실린 '맹아 1주기의 제문'인 「고령문(告靈文)」에 그대로 드러나고 있다.

철쭉꽃이 시들어간다./孟아 네가 떠나 간 돌이 되었다./네 하직의 그날을 들러리 섰던 세석고원(細石高原)의 철쭉 꽃바다는 마침 한창 때일 것이다.//孟아— 눈으로 볼 수가 없고나/네 한 목숨과 바꿈직하던 그 철쭉벌판 1,500고지의 철쭉 벌판, 그 꽃바다에 네 영혼이 머물러 있느냐/영혼의 멸불멸(滅 不滅)을 알 길이 없다.

—「고령문」 가운데

설창수는 지리산 세석고원에서 숨을 거둔 아들 맹규의 영혼에게

"맹아- 눈으로 볼 수가 없고나" 하며 자신의 슬픈 심정을 드러내고 있다. 그러면서 그는 아들의 차마 잊지 못해 '불멸을 믿고 싶다'며 절규하고 있다. 또한 설창수는 아들 맹규의 죽음을 애도하는 시를 남겼다.

　전기가 가 버리면 줄은 있건만 불은 없고/깜깜한 빈 방 속도 촛불 하나로 밝아진다.//왜 빛은 보일 뿐 느껴지질 않고/왜 생사(生死)란 알 수 있을 뿐/믿어지지 못할까,//있음을 못 믿겠 듯/없음을 또한 믿지 않는 마음,//이런 불신(不信)의 강 언덕에서/내가 너를 부르는 목(牧)피리 소리와//미처 내가 못 건넜을 뿐. 너와 나 사이에/소리 없이 흐르는 오늘의 강(江).
　　　　　　　—「오늘의 강: 망아(亡兒) 맹(孟)에게」 가운데

　1970년 8월 설창수는 진주성지 복원사업으로 진주시 본성동 497번지 촉석루 옆의 집을 내어 주고, 칠암동 56번지로 이주하게 되었다. 그때 그는 '진주성을 복원하는 일인데 내가 앞장서야지' 하며 쾌히 승낙했다. 이는 곧 향토문화 지역사랑의 마음에서 비롯된 것을 알 수 있다.

　이 턴 옛날 진주(晋州) 내성(內城) 동소문(東小門) 자리,/일인(日人) 목수(木手)가 세운 목조(木造) 평(平)집 3칸,/공화국(共和國)에서 쫓겨 난/가난한 선비 일족(一族)의 호구(糊口)를 위하여/구멍가게 하나가 있었을 뿐,/사람 일어서고 나서야/까치집이나 다를 바 없는/남강(南江) 가 성둑 아래 30평(坪).//아이 하나가 큰방에서 났고/그 할머니가 그 방에서 숨졌고/한 달 뒤엔 5월의 山으로 간 손주 녀석의 불귀(不歸).//단군을 모시던 예술제사의 10년 제주(祭主)집,/400만의 경상남도 거리에서 27만표를 모아 왔던/즈려 마친 아홉달 상원의원(上院議員)의 자택(自宅).//그런 게 영욕(榮辱)의 거리도 아닐 꺼고/그 따위로 마지막 들고 나서는/봇다리의 경중(輕重)이 다를 것도 없음을.

―「이사기(移徙記)」 가운데

이 시는 1970년 8월 31일 지은 것으로 부제가 달려 있다. 못내 정들었던 집에서 이사를 나올 때의 심정을 노래하고 있다. 그가 18년 동안 살았던 "옛날 진주 내성 동소문 자리" "남강 가 성둑 아래 30평" 집을 떠나는 심정과 감회를 노래하고 있다. 그 집은 "아이 하나가 큰방에서 났고/그 할머니가 그 방에서 숨졌고/한 달 뒤엔 5월의 산으로 간 손주 녀석의 불귀./단군을 모시던 예술제사의 10년 제주집,/400만의 경상남도 거리에서 27만표를 모아 왔던/즈려 마친 아홉달 상원의원의 자택"의 이력을 가진 곳이다. 하지만 그는 '뒤일랑 돌아보지 않'고 미련 없이 떠난다는 심정을 드러내고 있다.

1971년 설창수는 일본에서 두 차례 시화전을 열었다. 또한 그는 회갑기념시선집 『개폐교(開閉橋)』(현대문학사, 1976)를 펴냈고, 기행수필집 『성좌 있는 대륙』(수도문화사, 1960), 1977년에는 제1회 진주시문화상 특별상과 대통령 표창 독립유공자 표창 수상했다. 또한 그는 1981년 국제문화협회의 대한민국 사회교육문화상에서 제1회 문학부 대상을 수상했고, 1984년에는 광복회 경남도지부장과 전국 수석부회장을 역임했다.

한편, 설창수는 1985년 제35회 개천예술제 때에 제사장 겸 대회장을 다시 맡기도 했으며, 한국문학협회 창립총회에서 이사장 취임하기도 했다. 문단 일각에서 새로운 문학단체 '한국문학협회'를 결성했을 때 몸 사리는 선배들과 달리 선뜻 회장직을 수락, 짧은 동안이지만 문단사의 한 장의 기록을 이끌기도 했던 것이다.

특히 설창수는 고희 기념으로 『설창수 전집』(시문학사, 1986: 시집

1, 시집 2, 시집 3, 시집 4, 수필집 5, 희곡집 6)을 펴냈고, 구상 시인과 함께 『조국송가(祖國頌歌)』(홍성사, 1986)를 펴냈다. 그 뒤 그는 건국훈장 애족상과 은관문화훈장(1990년)을 받았고, '파성문학상'이 제정되었다. 또한 그는 예총 예술대상과 향토문화대상을 수상했다.

이후 설창수는 산문집 『청수헌산고(聽水軒散稿)』(동백문화, 1992), 시집 『나의 꿈 나의 조국』(동백문화, 1993), 산문집 『강물 저 혼자 푸르러』(혜화당, 1995)를 펴냈으며, 1994년에는 '인간 상록수'로 추대되기도 했다. 그러다가 1998년 여든의 나이로 유명을 달리했다. 현재 그의 무덤은 대전 국립현충원 애국지사 묘역에 있다.

2) 개천예술제와 문화실천

설창수의 삶과 문화활동에 있어 중심 화두는 무엇보다도 개천예술제의 창시에 있다. 그는 광복 이후 진주에 머물며 문학활동뿐 아니라 지역사회의 문화예술 활동을 전개했다. 그는 1949년 설립된 문총의 인준을 받은 진주특별지부 지부장을 맡았고, 우리나라 최초로 예술제전인 영남예술제(개천예술제)를 주재하면서 지역문화 발전에 이바지했다.9)

개천예술제는 1949년 11월 설창수의 제안과 주도로 창시되었다. '영남예술제'라는 이름으로 시작되어 오늘의 '개천예술제'로 이어지고 있는 종합문화제로서, 문학·음악·미술·연극·무용·변론(웅변) 등 주로 순수예술분야에서 여러 행사를 개최했다. 설창수가 주도하여 작

---

9) 5·16군부쿠데타 이후 정부는 전국의 모든 법인체를 해산하였는데, 전국문화단체총연합회 진주지부 또한 그 무렵 해체되었다. 1962년에 이르러 한국예술문화단체총연합회(일명 예총)이 설립되었다. 그해 8월 20일 예총 진주지부가 새로 출범했다. 초창기 예총 진주지부는 최재호, 이경순, 조영제 등이 지부장을 맡아 이끌었다.

성한 제1회 창제 취지문을 소개하면 다음과 같다.

하늘과 땅이 있는 곳에 꽃이 피는 것과 같이 인류의 역사가 있는 곳에 문화의 꽃이 되는 것은 아름다운 우주의 섭리가 아닐 수 없다. 예술은 문화의 또 한겹 그윽한 꽃이요, 예술이 없는 세기에는 향기와 참다운 인간 정신의 결실이 없는 것이다. (…중략…) 여기 독립된 1주년을 길이 아로새기고 엄연하게 되살아난 겨레의 아우성과 마음의 노래와 그 꽃의 일대 성전을 사도 진주에 이룩하여 전 영남의 정신으로 개천의 제단 앞에 삼가히 받들어 이를 뜻하는 바이다.

설창수를 비롯한 문총 진주특별지부의 임원들은 대한민국 정부 수립 1주년을 맞아 잔치를 논의하게 되었다. 광복과 정부수립 1주년을 기리면서 나라를 처음 연 단군 성왕께 겨레의 예술적 천품을 제헌한다는 취지로 '영남예술제'를 개최하기로 합의를 본 것이다. 처음부터 취지에 맞게 '개천예술제'라는 이름을 걸고 개최하고자 했지만, 시기상조라는 임원들의 의사를 받아들여 '영남예술제'로 시작하기로 한 것이다.

특히 진주가 영남권의 역사·문화의 발상지며 중심지라고 믿는 설창수는 개천절인 음력 10월 3일, 진주에서 문화민족의 역량에 불붙이는 향불을 개국의 제단에 성대하게 올렸다.[10] 개천예술제의 발기인

---

10) 개천예술제는 임진왜란 때 진주성을 지키려다가 순국한 선인들의 위패를 모신 창렬사에서 향불을 지피면서 벌어진다. 향불이 타는 향로 곁에는 시커먼 흙을 담은 항아리와 빈 항아리가 나란히 놓인다. 시커먼 흙은 제주도 한라산에서 담아 온 흙이고 빈 항아리에는 백두산 흙을 기다리는 통일의 염원이 담겨 있는 것이다. 이 항아리 곁에는 목이 긴 병 세 개가 놓이는데 하나는 동해의 물, 하나는 남해의 물, 하나는 서해의 물을 이 잔치를 위해 길어 담는다. 반도의 남북 끝에 솟은 두 산과 반도를 에워싼 바다를 제단에 올리고 통일을 기원하는 첫 향불이 지펴진 것이다.

으로 설창수, 박생광, 이용준, 이경순, 오제봉, 박세제 등이 참여했다. 주최는 문총 진주지부가 하고, 후원은 경상남도 교육국이 함으로써 지역의 교육계가 참여할 수 있는 터전이 마련되었다. 설창수는 예술제 개최를 기정사실로 하고 추진해 나갔고, 예술제 주제가인 「독립의 노래」부터 지었다.

반만년 더운 피가 곱게 흘러서/복되다 이 강산에 꽃이 피었네./바람비 어둔 밤에 울던 동포여/새날이 밝아왔네 노래 부르자//울려라 울려라 독립의 쇠북소리/자유는 영원히 우리들의 것이다

—「독립의 노래」 가운데

이 시는 제목부터가 '독립의 노래'이다. "바람비 어둔 밤"인 나라잃은시대를 지나 광복의 "새날"이 왔 으니, 다함께 "노래 부르자"고 했다. 시의 내용으로 보면 개천예술제 정신은 광복에 더 있었던 것이다. 이 시에 강봉원이 곡을 붙여 개천예술제 제1 주제가로 불리고 있는 작품이다.

짙은 밤 안개 물리쳐 내시고/누리 동쪽에 새하늘 열으시다./동바다 처녀볼에 보랏빛 빗길 제/푸른 골골마다 노래소리 깃들고.//영광 기리 우리 속에 살아 남으리/어허야 시월 상달 초 사흘 날.

—「개천의 노래」 가운데

이 시는 『학원』(1958.10)에 「개천 송가」로 발표되었던 작품이다. 그는 "누리 동쪽에 새하늘 열"리고 "푸른 골골마다 노래소리 깃"들었으니, "시월상달 초사흘 날"에 그 같은 영광을 기리자고 했다. '개천의 노래'라는 제목에서도 알 수 있듯이, 이른바 개천예술제의 의미를 보

여 주고 있다고 하겠다. 이 시는 권태호가 작곡하여 개천예술제 제2 주제가로 불리고 있다.

설창수가 시인보다는 문화예술운동가로 더 알려진 것은 아마도 개 천예술제 때문일 것이다. 개천예술제는 임란 진주대첩의 주인공인 삼 장사와 논개의 애국충절 추모, 개천개국사상을 선양하고 있다. 이를 바탕으로 설창수의 초기 작품에 나타난 문학정신을 가늠할 수 있을 것이다.

아무튼 설창수는 1949년 제1회 때부터 10여 년 동안 대회장을 맡아 개천예술제를 주도했다. 이 잔치는 음력 개천절을 잡아 열렸기 때문 에 처음부터 '개천예술제'라 부르자는 말이 많았지만 '개천(開天)'이라 는 말을 함부로 쓸 수 없다는 그의 주장에 따라 10회를 채운 뒤에 부르기로 했다. 그 결과 1960년 제11회 개천예술제는 여러 가지로 뜻이 깊었고, 설창수는 참의원 신분으로 제를 올렸다.

한편, 설창수는 개천예술제 10주년이 되던 1960년, 그 의의를 현양 하는 뜻에서 개천예술탑을 건립하기로 하고, 조각가 차근호에게 설계 를 위촉했다. 그리고 이에 따른 건립비를 마련하기 위해 당대의 현역 시인 100명에게 원고를 청탁했던 것이다. 하지만 개천예술탑에 대한 기대는 무너졌다. 하지만 1985년 오랜 세월이 지난 뒤에 설창수와 진주의 각계 인사들이 개천예술탑 건립을 다시 추진함으로써 결국 세워졌다. 그리고 시고를 버리지 않았던 구상과 함께 『조국송가』(홍 성사, 1986)를 엮어냈던 것이다.

이렇듯 개천예술제는 우리나라 지역문화예술 행사의 효시로서 문 화적 구심이 되었다. 특히 개천예술제가 지역의 청년문사들에게 끼친 영향은 실로 지대했다.11) 특히 개천예술제의 중심이었던 백일장은

---

11) 박태일, 「한국 근대 지역문학의 발견과 파성 설창수」, 『로컬리티 인문학』 창간호,

지역의 문학지망생 배출뿐 아니라 청년문사들의 문학적 열정을 드높이는 계기가 되었다.[12] 나아가 개천예술제는 진주문단의 분위기를 고양시키는 데 큰 역할을 맡았다. 오늘날 개천예술제는 많은 우여곡절을 겪었지만, 우리의 예술문화 발전에 이바지한 바가 크다고 할 것이다. 특히 2003년에는 문화관광부 문화관광축제로 지정되어, 7개 부문에 걸쳐 60여 개의 문화행사가 다채롭게 개최되고 있다.

3. 설창수 문학과 진주문단

1) 문학살이

설창수는 나라잃은시기 유학시절부터 습작기를 거쳤지만, 을유광복과 함께 본격적으로 문단활동을 펼쳤다. 그는 진주 문화건설대 문예부장을 맡았으며, 연극운동에 적극적으로 가담하여 진주성(晋州城)을 소재로 한 희곡을 '파성 작, 파성 연출'로 무대에 올렸다. 그때 작품의 주인공 이름이 파성이었다. '파성(巴城)'이라는 아호는 그렇게 탄생되었다고 한다.

1945년 11월 진주극장에서 공연되었던 연극 「젊은 계승자」를 직접 썼고 주연배우로 활약했다. 이후 그는 1946년 8월 광복절에 「슈프렛히·콜」, 「화천(回天)의 북소리」(원작: 설창수), 12월 전제동포 구제를 위한 「동백꽃 다시 필 때」(원작·주연: 설창수, 연출: 김삼성)를 공연했다. 그렇듯 그의 희곡은 인근 지역에서 40여회에 걸쳐 공연했다.

<hr />

부산대 한국민족문화연구소, 2009.4.

12) 개천예술제의 백일장 입상을 통해 문단활동을 이어간 문인들로 이형기·박재삼·송영택·이제하·박태문·임수생 등을 꼽을 수 있다.

또한 설창수 1946년 좌익문학단체에 대응하는 조선청년문학가협회 결성에 주도적인 역할을 맡았고,[13] 진주지역을 터전으로 매체 발행과 편집자로서 큰 몫을 다했다. 이에 진주문단은 1947년 4월 설창수·이경순·유치진 등과 '진주시인협회'를 결성하고, 기관지 겸 동인지『등불』이 발간되면서 새롭게 형성하게 된다.[14] 그는『등불』 2집에 「창명(滄溟)」을 발표하면서 문단활동을 시작했다.

설창수는 그 무렵의 문학활동에 대해 다음과 같이 적고 있다.

> 47년 4월 5일. 다방에서 모여 진주 시인 협회 부서를 짰다. 편집 백상현(白相鉉), 총무 정황(鄭愰), 시지「등불」 3집 때는 이경순, 조직 백성기, 시인 고 최계락은 부원 및 향토 동인으로 여류인 김보성(金寶成), 노영란(盧暎蘭)과 손동인(孫東仁)이 있었고 파성이 책임 맡았다./이산(怡山), 청마(靑馬), 지훈(芝薰)을 비롯한 경향 각지의 기고로 도움 입었고, 5집부턴 종합 문학지「영남문학」-얼마 지나「영문」으로 이름 갈고 1시 9도의 각 중심지에 영남문학회 지부가 있었다. 60년을 마지막으로 부정간 18집까지를 내면서 경외(京外)의 광장과 대경 발성 대역을 겸했었다.
>
> ―「나의 교우록 1: 유랑 극장 시대」 가운데

『등불』은 제4호(1948.1)까지 발간되었으며, 1948년 진주시인협회가 발전적으로 해체하고 영남문학회로 확대 개편됨에 따라 제5집(1948.

---

13) 광복기 진주에서는 좌우의 구체적인 대립 양상을 확인할 수 없지만, 좌우 문학단체에서 독자적으로 기관지를 발행했다. 이를테면 좌파 계열의 조선문학가동맹 진주지부가 기관지『문학신문』과『문학』을 발간했고, 우파 계열의 진주시인협회에서는『등불』을 발간하는 등 다양한 움직임을 보여 주었다.

14)『등불』 1집은 그 실체를 찾을 수 없다.『등불』 제2집은 1947년 5월에 발행되었다. 따라서『등불』 창간호는 진주시인협회가 결성(1947.4)되기 이전에 나왔는지, 아니면 결성과 동시에 나왔는지 그 정확한 발행 시기를 짚어볼 일이다.

6)부터는 종합문학지 『영남문학』으로 제호를 바꾸고, 6집(1948.10)까지 이어갔다. 7집(1949.4)부터는 다시 『영문』으로 이름을 바꾸었다. 나아가 진주시인협회는 대구에서 발행한 『죽순』, 대전의 『동백』 시회와 교류하면서 활발한 활동을 펼쳤다.

1954년에는 영남문학회 낭독시회 작품집 『시첩(詩帖)』이 프린트판으로 나왔다. 이후 『영문』은 일종의 영남예술제 기념호 성격으로 발간되다가, 1960년 11월 제11회 개천예술제 특집호인 제18집(1960.11)을 끝으로 종간되었다.15) 영남문학회는 1961년 끝내 해체되었지만, 이는 광복공간에 좌우 이념대립 속에 한국문화단체총연합회와 조선청년문학가협회 등과 연대함으로써, 우파 지향성을 분명히 보여 주었다. 이처럼 영남문학회는 설창수의 민족주의 세계관에 입각한 창작활동과 밀접한 관련이 있었다.

설창수의 기록에 따르면, 『영문』은 '서울을 비롯한 전국 9개도 중심지엔 지부를 두었고 비상업적인 지방 문단의 대표지로서 경향의 기성 신인 필진을 망라하였다. 중앙 집권적 횡포에 과감히 맞서선 소리쳤고, 수다한 추천 시인을 배출하여 문단에의 요람역을 겸하였다'16)고 했다. 이처럼 영남문학회는 기성문인들의 활동 못지않게 문학지망생의 발굴과 지원에도 적극적이었던 것이다.17) 영남문학회는 비중 있는 문학단체로 성장하였고, 이로 말미암아 경남지역 문단의 위상도 한층 높아졌으며 상당한 영향력을 행사하였다.

특히 한국전쟁의 소용돌이 속에서 변변한 읽을거리도 없었던 문화

---

15) 『영문』에 대한 자세한 연구는 송창우의 「경남지역 문예지 연구」(경남대학교 석사논문, 1995)를 참조하기 바란다.

16) 설창수, 「그 시절: 해방 전후의 진주 풍물 문화」, 『설창수 전집』, 시문학사, 1986, 33쪽.

17) 『영문』을 통해 등단한 문학인으로는 최재호, 이창호, 조인영, 문의식, 이덕, 조종만, 최용호, 이월수, 박민기, 박용수, 변학규, 최광호 등을 꼽을 수 있다.

풍토에서 종합문예지 『영문』은 피난 문인들에게 발표지면을 제공한 공적이 크다고 하겠다. 이 문예지가 진주 문단의 기틀을 다지며 장수할 수 있었던 것은 설창수의 집념과 문단적 혜안이 작용했던 것으로 보인다.[18] 그런 점에서 『영문』에는 설창수의 진주사랑과 문학실천이 고스란히 담겨 있다고 하겠다.

1947년 6월 진주문화건설대의 문학부 기관지 『낙동문화』가 나왔다. 설창수와 함께 광복공간의 진주문단을 이경순의 회고에 따르면, 한국예총의 전신이 되는 문화건설대 진주지부가 조직되어 문학, 연극, 음악, 국악 부문 등으로 나뉘어 활동하였으며, 회지 『낙동문화』를 발간하였다고 한다.[19] 이에 설창수는 『낙동문화』의 창간사를 쓸 정도로 진주문화건설대의 전선(戰線)을 분명히 했다. 이를테면 계급주의 유물 문화를 배격하고 그에 맞서 '창조적인 문화운동과 계몽적인 민중운동'으로 나아갈 것임을 밝힌 것이다.[20] 비록 3호에 그쳤지만, 그는 『낙동문화』를 통해 진주문화운동의 기반 조성에 큰 영향력을 미쳤다고 하겠다.

> 바로 해방 그해 11월의 어느밤 —진주문화건설대가 감격의 처녀무대를 위한 연극 '젊은 계승자'의 대사 연습을 마친 다음이었다. 약간의 취흥(醉興) 속에 나타났던 초면(初面)인 선배 시인 두 분이 손풍산, 김병호 그분들이었다. 이분들이 재북(在北)한 소설가 엄모(嚴某)와 더불어 향토 출신의 문인으로서 일찍이 '진주시단(晋州詩壇)'에 글을 내셨고, 묵물서관 문고판의 임모(林某)편 『조선시인 33인』의 1인들이었다.
>
> —「김병호에의 낡은 추모」가운데[21]

---

18) 진주시사편찬위원회, 『진주시사』, 진주시, 1995, 995쪽.
19) 이경순, 「해방후 진주문단의 20년: 영문을 중심으로」, 『진주예총』 21집, 예총 진주지부, 1965.11, 24~25쪽.
20) 설창수, 「창간사」, 『낙동문화』 창간호, 진주문화건설대, 1947.

일찍이 설창수는 김병호 시인을 처음 대면했던 일을 회고하는 글을 남겼다. 이 글에서 설창수는 진주에서 활동했던 선배시인 김병호를 비롯하여 손풍산과 엄흥섭을 거론하고 있다. 광복기 그는 손풍산과 김병호를 직접 만났는데, 특히 김병호는 조선 시인 33인 가운데 하나였다고까지 극찬하고 있다.

또한, 1949년 7월 22일 문총 진주특별지부가 결성되었다. 그 무렵의 임원 현황을 보면, 지부장에 설창수, 부지부장에 이경순·박세제·최동수, 문학부장에 조진대가 이름을 올리고 있다. 설창수는 문총 진주지부 조직을 바탕으로 진주지역 우파 계열의 문학과 문화적 주도권을 인정받고 있었던 셈이다.

그러한 상황에서 진주문단의 중심인물로 활동했던 설창수는 조진대·이경순과 함께 공동작품집 『삼인집』(영남문학회, 1952)을 냈다.[22] 한국전쟁의 와중에 『삼인집』이 나왔다는 것은 그 무렵 진주문단을 이끌었던 설창수의 문학적 열정을 감지할 수 있다. 여기에 설창수는 시집 '개폐교'라는 이름으로 15편의 시와 희곡 「혼백」을 실었다.

또한 오랜 문학활동으로 말미암아 설창수 곁에는 여러 문우들이 있었다. 우선 작품집 『삼인집』에 참가했던 이경순과 조진대와의 친분은 각별했다고 여겨진다. 많이 알려진 바처럼 이경순·조진대는 설창수와 함께 진주문단을 주도적으로 이끌었던 문학인이다. 그들은 광복 이후 『등불』, 『영남문학』, 『영문』 같은 문학매체 발간과 개천예술제를 이끌었던 주역이었다. 특히 그들에 의해 펴낸 『삼인집』은 한국전쟁기 진주문단의 결속과 문학실천을 보여 준 공동 작품집이라는 점에서 각별한 의미를 지닌다고 하겠다.

---

21) 『현대문학』, 1997.1.

22) 『삼인집』에 대한 자세한 연구는 이순욱의 「근대 진주 지역 문학과 『삼인집』」(『지역문학연구』 10집, 경남·부산지역문학회, 2004)을 참조하기 바란다.

한편, 설창수의 의형제로 알려진 사람은 구상(具常)이다. 구상이 월남하여 서울 종로 거리를 걸어가다가 폐병으로 인해 각혈을 한 일이 있었다. 설창수는 구상이 각혈을 하고 입원해 있다는 소식을 듣고 진주 유지들에게 의롭게 월남해 온 시인이 입원해 있음을 외면할 수만은 없다고 말하고 협조를 요청했다. 당시 진주극장 사장을 비롯하여 금융조합장 등이 지원을 표시해 와 설창수는 이를 취합하여 서울로 가 병문안을 했다. 이것이 계기가 되어 설창수와 구상은 호형호제하는 의형제를 맺게 된 것이다.

이때부터 구상은 설창수가 관계했던 개천예술제에는 반드시 참여했고, 예술제의 고문으로 추대되기도 했다. 설창수는 구상 시인과 함께 『조국송가(祖國頌歌)』(홍성사, 1986)를 펴냈으며, 고희 기념으로 낸 『설창수 전집』의 「간행사」를 적기도 했다.

그의 시의 주조(主調)를 이루는 것은 서정(抒情)이나 서경(敍景)보다 시언지(詩言志)의 세계로 그는 시에 있어서 그 제재(題材)가 자연 풍물이나 경관, 또는 인간의 실존이나 세사(世事)를, 결코 단순한 심회(心懷)나 정한(情恨)으로서 감촉(感觸)하는 것이 아니라 그 윤리적인 미추(美醜)나 선악(善惡)을 근원과 영원의식에서 포착하고 조명하려는 확고한 자세를 지닌다. 그래서 그의 시는 구도(求道)적이고 관조(觀照)적이며 그의 근원과 영원의식은 대체로 불교적인 것으로 이해된다.[23]

여기서 설창수 시를 '서정이나 서경보다 시언지(詩言志)의 세계'라고 했다. 시 자체의 아름다움보다 역사성을 추구한다는 말이다. 설창수의 시는 그가 살았던 곳, 그가 살았던 시대와 밀접한 관련을 가진

---

23) 구상, 「간행사」, 『설창수 전집』, 시문학사, 1986, 10쪽.

다. 한편으로 설창수와 구상의 의형제 사이의 인연은 당호(堂號)로서도 드러난다. 설창수의 당호가 '청수헌(聽水軒: 물소리를 듣는 집)'인데 견주어, 구상의 당호는 '관수재(觀水齋: 물을 바라보는 집)'이다.

다녀가서 쓴 글에서 사슴의 시인 천명은 숫제 예술제의 꼭지를 따서 술제(祭)라고 했고, 노석(奴石) 시인 박영환(朴永煥)은 주신으로 되어 있다. 옳았거니 목이 길다란 사슴의 눈으로야 호면에 비친 면면(面面)들이 박카스족으로 보일 수밖에 없음직샜거니, 서제(序祭)란 뚜껑이 열려지고 나면 맘의 옷꺼풀은 사실상 벗어 던져진 것이나 마찬가지였다. 다만 엿새 동안에 밤낮 매일 60여 가닥의 실무선을 잡고 앉은 별칭 예제 계엄 사령의 배치 명령만은 노소 없이 절대 복 무였다 ―각부 심사, 강연, 현장 감독에 이르기까지 놀고 먹는 신이란 하나도 없었다.
　　　　　　　　　　　―「나의 교우록 2: 술제와 팔도의 제신들」 가운데

이 글에서도 적고 있듯이, 개천예술제 때 시낭송과 문학강연에 참여한 문인으로 이은상·유치환·이원섭 등의 경남지역 문인을 비롯하여, 서정주·구상·박목월·조지훈·박두진·김윤성·이영도·오상순·변영로·장덕조·최정희·김광섭·모윤숙·이헌구·홍효민 등의 명망가를 아우른다. 전국적인 행사 규모와 참여한 문인들의 명성으로 볼 때, 설창수의 문우관계는 대단했음을 알 수 있다.

또한 진주는 한국문화예술의 중심지였다고 해도 지나치지 않을 정도로 설창수의 문화실천력을 돋보이게 했던 것이다. 개천예술제와 문학을 떼어놓고 말할 수 없는 것이 전쟁의 폐허 속에서 열린 개천예술제에 피난살이에 찌든 많은 문인들이 찾아와 함께 즐기며 문화예술의 귀한 뜻을 새겼으니, 수많은 문인들이 지역문학의 꽃을 피우는 데 일조했다. 또한 『영문』에 작품을 발표했던 문학인들과도 친분이 돈독했

을 것이다.[24)]

이밖에도 설창수 곁에는 지역의 청년문사들과 학생문사들이 있었다. 최계락을 비롯해서 개천예술제의 주역이었던 이형기와 박재삼, 그리고 학생문사였던 박용수·정재필·성종화·최용호·조인영 등을 꼽을 수 있다.

외롭게 혼자 닥치는 대로 시집과 소설을 읽으면서 간간히 시를 써보곤 했다. 그러던 차에 개최된 것이 제1회 영남예술제다. (…중략…) 시상식이 끝나자 진주중학(지금의 진주고교) 제복을 입은 키 큰 학생이 나를 찾아와 손을 내밀었다. 최계락군이었다. 초면이었지만 나는 최군을 전부터 알고 있었다. 그것도 그럴 것이 당시 최군은 전국의 여러 아동잡지에 상당수의 동시를 발표한 기성 시인이었고, 또 『문학청년』이라는 동인지의 중심인물이었기 때문이다. 그래서 평소부터 만날 수 있는 기회가 생기기를 바라고 있던 최군이 먼저 나를 찾아와 인사를 청한 것이다. 커다란 영광이 아닐 수 없었다. 최계락군과 박재삼군을 만나게 된 것은 영남예술제가 나에게 안겨준 백일장 장원 이상의 행운이다.[25)]

1949년 11월 제1회 개천예술제 한글시 백일장에서 장원을 했던 이형기의 회고이다. 이 글에서 이형기는 자신의 '운명의 진로를 문학으로 확정'할 수 있었다고 했다. 그 무렵 『영문』 발간과 개천예술제에 참가했던 최계락은 이형기와 '이인문학동인회'를 결성하여 동인지 『이인(二人)』(1951)을 2집까지 펴내기도 했다. 물론 설창수는 이 둘의

---

24) 『등불』과 『영문』에는 이경순, 백상현, 조진대, 김보성, 노영란, 김동렬, 최계락 등의 진주 문인뿐 아니라 영남지역 출신의 유치환, 조향, 김달진, 김수돈, 이윤수, 조지훈, 손동인, 김동사, 박목월, 이숭자 등이 동인으로 참여하였다.

25) 이형기, 「운명의 진로 밝혀준 날」, 『개천예술제사십년사』, 개천예술재단, 1991, 271쪽.

이음매 역할을 맡았고, 지역문학의 활성화를 주도하도록 이끌었던 것이다. 이렇듯 광복 이후 진주문단의 형성과 지역문사들의 문학열이 꺼지지 않았던 것은 설창수가 주축이 되어 일궈 놓은 개천예술제와 『영문』의 영향이 컸다.

2) 동인 지원과 문단활동

설창수는 자신의 주도로 단체를 결성하거나 동인을 이끌기도 했지만, 이에 못지않게 지역의 동인활동을 지원하는 열정을 보여 주었다. 먼저, 광복기 『영문』 아래에 지역 학생문사 매체인 『문학청년』(6집까지 발행)을 들 수 있다. 설창수는 그들을 지원하며 문학사회 진입을 도왔다.

전쟁기 진주에서는 동인지 『연륜(年輪)』이 발행되었다. 진주고 학예부 학생들로 이루어진 『연륜』의 주요 동인으로 하연승·천산기·김찬식·최재복·하택준·김종대·강대중·강영철 등이 참가했다. 3집(1951.12)에는 진주문단의 주역이었던 설창수의 '권두시'를 비롯하여 방인영·이형기·최계락·남궁한의 특별기고 작품을 실어 지원하고 있다.

또한 그 무렵 진주에는 이창호를 중심으로 한 '군상동인회'가 결성되어 동인지 『군상』을 3집(1952.10)까지 냈다. 여기서 『군상』 1집(1951.8)과 2집(1951.12)은 영남문학회에서 발행되었고, 주요 동인으로 이임상·김을용·김재섭·김동일·이창호·정봉규·박영재·박재삼·송영택 등이 참가했다. 특히 이 동인지에는 그 무렵 진주문단을 이끌었던 설창수를 비롯하여 이경순·조진대·하성근·이형기 등이 특별기고시를 실어 지원을 아끼지 않았다.[26]

---

26) 한편 설창수는 재진남해향우회(在晉南海鄕友會)에서 발행한 『금산(錦山)』 속간호

한국전쟁 이후 진주학생문학회 주축이었던 성종화와 정재필이 진주 문학도들을 한데 아우를 수 있는 시 동인지를 발간하고 졸업하자는 데 뜻을 같이했다. 그래서 그들은 동인지 제호(題號)를 얻기 설창수를 찾았는데, '시부락'과 '청천(菁川)' 두 개를 내어놓고 고르라고 했다는 것이다. 이에 '시부락'을 택해 제호로 삼았고, 1957년 2월 『시부락(詩部落)』 제1집을 발간하게 되었다. 설창수는 예의 충정어린 파성체로 '시부락(詩部落)'이라고 제자(題字)를 써 주기도 했다. 이 동인지는 비록 1집으로 끝나긴 했지만, 그 뒤 활발하게 전개되었던 『청천』과 『영화』의 모태가 되었다.27)

1957년 진주 학생문단회에서는 『청천(菁川)』은 『시부락』에 이어 후배들의 제호로 나왔다. 1집(1957.5) 최용호·이월수·박재창·서정훈·허일만 등이 참가했다.

진주 안의 넷 고등학교에서 글쓰기를 해 보려는 학생들만이 모여서 코-타리로 프린트판 동인지를 내시겠다고 개표자 네 분이 찾아왔었다./이 앞서 한 번 '시부락(詩部落)'이란 시동인지 때 이름짓기를 했었고 그 때 종합지의 것일 듯하다 했었던 후보 이름 '청천(菁川)'을 달겠으니 제자(題字)와 머리말이거나 머릿시를 곧 써내라고 당부하셨다. 실상은 이 분들의 저마다의 이름도 모르거니와 작품의 빛깔마저 알지를 못하면서 무슨 외람된 머리말일까 보냐 싶기도 하다./당신들이 다른 벗님들과는 달리 문학에 마음을 두는 뜻에 대하여 쓰면 될까 한다. 처음부터 한갓 배움「敎養」으로서 문학을 캐어 보는 연구「學」로서 그리고는 문학을 지어 보려는 예술(藝術)로서의 세 갈래

(1953.5)에도 특별기고시를 실어 힘을 보탰다.

27) 1966년 2월 이들 『시부락』 동인이 주최가 되어 〈파성문학의 밤〉을 개최하기도 했다. 『시부락』 동인으로 진주고 성종화·김은영·허일만·이원기, 진주여고 김정희·이월수, 진주사범 정재훈·손상철·김안자·정재필 등이 참가했다.

길이 놓여 있다.

—설창수, 「책머릿말」 가운데[28]

여기서 보듯 설창수는 1957년 당시 진주학생문학회에서 펴낸 동인 지 『청천』의 제자(題字)와 권두언을 적어 주었다. 그는 이 글에서 "배 움(敎養)"과 "연구(學)" 그리고 "예술(藝術)"로서의 문학행위를 강조하 고 있다. 또한 설창수는 『청천』 4집(1958.7)의 머리말을 다시 적어 주 었고, 5집(1959.5)에는 권두시 「할미꽃」을 싣기도 했다.

그 무렵 영남학생문학회에서는 『영화(嶺花)』 동인지가 3집(1957)까 지 이어내는 성과를 올렸다. 설창수는 '머리말'인 「〈영화(嶺花)〉의 제 (題)에 대하여」를 적어 주었다. 또한 그는 『야탑(野塔)』 1집에 '특별기 고'를 실었고, 동인지의 〈편집후기〉에서 '다망(多忙)하신데도 불구하 시고 동인들을 사랑하시는 뜻에서 귀하신 옥고(玉稿)와 지명(誌名)까 지 주신 설창수 선생님'께 사의를 표하고 있다.

이밖에도 설창수는 1965년 『청천』과 『영화』에서 활약했던 사람들 이 모여 결성했던 『흑기(黑旗)』 동인, 1966년 『영문』의 계승을 목표로 간행되었던 『새영문』 동인[29] 등에 축사를 베풀었다. 이처럼 그는 진 주지역 동인활동의 고문격으로 활동하면서, 청년문사들의 역량과 동 인들의 결속력 강화를 위해 큰 힘을 보탰던 것이다. 뿐만 아니라 여러 문학단체에도 축하와 지원과 후원을 아끼지 않았다.

최근 설창수로부터 문학정신을 전수받은 사람들이 그를 기리기 위 해 모임을 만들어 개천예술제 때 진주를 찾고 있다. 2008년 설창수의 문학정신을 계승·선양한다는 취지에서 〈남강문우회〉가 결성되었고,

---

28) 『청천』 제1집, 진주학생문단회, 1957.5.
29) 제2집부터는 제호를 『남가람』으로 고쳤고, 3집까지 발간했다.

이듬해에는 회지『남강문학』 창간호를 펴냈다. 이들 동인들은 1950년대 진주학생문학운동의 효시가 된『시부락』, 『청천』 동인 출신들과 개천예술제 한글백일장 출신들,[30] 한국전쟁 직후 전국 유일의 문학공간이었던『영문』과 1960년대 지역문학 동인활동의 선두주자였던『흑기』 동인 출신들이 주축을 이루고 있다.

4. 마무리

설창수는 나라잃은시기에는 항일운동가로, 광복 뒤에는 언론인과 정치인, 개천예술제를 창안하고 이끌었던 문화예술인, 시인으로서 파란만장했던 삶을 살았다. 이에 글쓴이는 설창수의 삶과 문학실천을 가늠하는 데 목표를 두고, 주요 활동공간이었던 '진주'에 초점을 맞추어 그의 세상살이와 문학살이에 대해 살펴보았다. 논의를 줄여 마무리로 삼는다.

설창수는 진주에서 태어나진 않았지만, 자신의 본적까지 바꿀 만큼 진주를 '제2의 고향'으로 섬겼다. 1930년부터 맺어진 진주와의 인연은 광복 이후 그의 문학과 문화활동을 펼칠 수 있는 터전으로 자리 잡았다. 이를테면 문화건설대 진주지부의 문예부장으로서,『경남일보』에 몸담은 언론인으로서, 영남문학회를 이끌며 문예지 발간을 주도했던 문학인으로서 큰 역량을 보여 주었다.

---

30) 제1회 백일장(1949)에서는 장원 이형기, 차상 박재삼이 받았고, 제2회 백일장(1951)에서는 장원 송영택, 제3회 백일장(1952)에서는 장원 이상일, 제5회 백일장(1954)에서는 장원 정혜옥, 차상 이원우, 차하 성종화, 참방 강상구·최병오·조종만·이제하, 제7회 백일장(1956)에서는 장원 이상일, 차상 박태문, 차하 정운성, 제10회 백일장(1959)까지 하기주·박익두·장승재·이길녕·이금갑·신중신·박경용·최용호·전성열·노영표·서동훈·서봉섭·허일만·임수생·윤태수·신찬식 등이 입상을 했다.

특히 그는 진주에 머물며 문학활동뿐 아니라 지역사회의 문화예술 활동을 전개했다. 그의 세상살이와 문화활동에 있어 중심 화두는 무엇보다도 개천예술제의 창시에 있었다. 개천예술제는 '영남예술제'라는 이름으로 시작되어 오늘에 이어지고 있는 종합문화제로서, 문학·음악·미술·연극·무용·변론(웅변) 등 주로 순수예술분야에서 여러 행사를 개최하고 있다. 그는 1949년 제1회 때부터 10여 년 동안 대회장을 맡아 개천예술제를 주도했다. 그의 민족혼과 예술혼이 스며있는 개천예술제는 진주 문화예술 발전의 기틀을 마련했던 것이다.

한편, 설창수는 나라잃은시기 유학시절부터 습작기를 거쳤지만, 1947년 동인지『등불』에 작품을 발표하면서 본격적으로 문단활동을 펼쳤다. 이후 그는 진주지역을 터전으로 매체 발행과 편집자로서 큰 몫을 다했다. 특히 영남문학회와 종합문예지『영문』을 통해 지역문학의 꽃을 피우는 데 일조했다.

그리고 설창수는 자신의 주도로 단체를 결성하거나 동인을 이끌기도 했지만, 이에 못지않게 지역문단에도 축하와 후원을 아끼지 않았다. 특히 진주지역 청년문사들의 역량과 동인들의 결속력 강화를 위해 큰 힘을 보탰다. 그렇듯 설창수는 초창기 진주문단을 가꾸며 오래도록 지역문단의 앞자리를 이끌었던 자랑스런 문학인이었다.

아무튼 파성 설창수의 삶과 문학 속에는 진주사랑과 문학실천이 고스란히 배어 있기에, '진주 시인'으로 자리매김되고 있다. 하지만 오늘의 진주는 그를 잊은 듯하여 서글프고 안타깝다. 그의 삶과 문화예술적 자취는 찾을 길 없고, 진주문화예술재단에서 세운 그의 흉상과 시비가 망경동 남강가에 덩그러니 서 있을 뿐이다.

설창수에게 문학은 문화운동의 촉매제였으며, 지역에 대한 관심과 사랑을 실천하는 매개체였던 것이다. 앞으로 그의 삶과 문학에 대한 연구가 더욱 깊어지고, 흩어져 있는 작품들을 챙기고 갈무리하여 온

전한 '설창수 문학 전집'이 발간되길 기대한다. 아울러 지역사회에서
의 현양사업이 다각적으로 이루어지길 바란다.

　참 어려워라, 약한 길이 멀고 멀다. 살기가 글쓰기가 십자가 아니랴?
그래서 세속 감정이란 번뇌 따윌 아예 서원단(誓願斷)하라 했다는데, 알고
도 못버림이 문학의 업고(業苦) -어쬐 버리랴, 미보다 추, 선보다 악, 참보
다 거짓의 마력 때문에……,/일모도원(日暮途遠), 저물고 멀기보다 내 이
정표는 어디메 있나?

　　　　　　　　　　　　　　　　　　　　—「나·문학·인생」 가운데

권환의 계급주의 아동문학

1. 들머리

　권환(權煥, 1903~1954)은 우리 근대문학사에서 대가다운 풍모를 보여 준 문학인 가운데 한 사람이다. 그는 나라잃은시기와 광복기에 걸쳐 계급주의 문학의 중심부에서 시·소설·희곡·아동문학·비평·기타 산문 등의 여러 갈래를 넘나들며 문학적 역량을 펼쳤다. 그런데도 그는 정치·이념적 문제로 말미암아 우리문학사에서 마땅한 평가를 받지 못하고 있다.

　지금껏 권환에 대한 연구는 적지 않은 편이다. 앞선 연구들은 대부분 그의 삶과 시세계에 집중되어 있었다. 하지만 시 갈래를 벗어나 여타 문학 갈래에 대한 논의는 여전히 부족했다. 특히 그의 아동문학에 관한 논의는 제대로 이루어지지 못했다.[1] 이는 무엇보다도 작품의

---

1) 권환의 아동문학에 대해서는 이장렬, 황선열, 이순욱의 글에서 단편적으로 논의되었

실체를 밝힐 수 있는 관련 자료의 확보가 여의치 못했던 데 그 원인이 있다고 하겠다.

물론 오래 전에 권환의 시전집과 문학전집이 엮어짐으로써 연구의 기초자료로 활용되고 있다.2) 그러나 기존의 전집에는 새롭게 발굴된 여러 작품들이 빠져 있으며, 그의 아동문학 작품들은 전혀 실려 있지 않다. 그런 점에서 그의 삶과 문학세계를 온전하게 밝히고 드러내는 일은 여전히 어려운 사정에 있다.

이 글은 권환의 삶과 문학 가운데서도 상대적으로 관심을 받지 못했던 계급주의 아동문학의 면모를 살피는 데 목표를 둔다. 이를 위해 글쓴이는 권환의 카프 활동과 연관하여 아동관을 짚어볼 것이다. 특히 계급주의 아동매체인 『신소년』과 『별나라』를 중심으로 이루어졌던 그의 작품 활동과 그 됨됨이를 살펴볼 것이다. 나아가 그의 아동문학 작품을 소년소설과 소년시, 그리고 기타 산문으로 나눠 계급주의적 특성에 대해 구체적으로 구명하고자 한다.

권환의 아동문학은 초창기 문학행보를 가늠할 수 있는 하나의 본보기가 된다. 왜냐하면 그의 아동문학은 그의 문학적 출발과 더불어 이루어졌고, 카프 활동과 맞닿은 계급주의 문학의 전형으로 설정될 수 있기 때문이다. 이 글을 통해 우리나라 계급주의 아동문학에 대한 관심의 폭이 넓혀지고, 권환 문학에 대한 이해가 더욱 깊어지길 기대한다.

다. 이장렬, 「권환 문학 연구」, 경남대학교 박사논문, 2004; 황선열, 「카프 아동문학의 한계와 전망: 권환의 아동문학을 중심으로」, 『동화 읽는 가족』, 푸른아동문학회, 2009년 겨울; 이순욱, 「권환의 삶과 문학활동: 권환 문학 연구의 쟁점과 과제를 중심으로」, 『어문학』 제93집, 한국어문학회, 2007.3.

2) 이동순·황선열의 『깜박 잊어버린 그 이름: 권환 시전집』(솔출판사, 1998)과 황선열의 『아름다운 평등: 권환 전집』(전망, 2002)이 그것이다.

2. 권환의 카프 활동과 문학살이

1) 초창기 행보와 계급주의 문학

권환은 카프 계열의 대표적인 문학인이다. 그는 1923년 일본으로 건너가 야마가타(山形)학원을 수료하고, 1925년 교토(京都)대학에 입학하여 독문학을 전공했다. 그 무렵부터 그는 동경 유학생들이 중심이 된 조선프롤레타리아예술동맹 동경지부에 관여하면서 본격적으로 계급주의 문학운동에 참여하게 된다.

우리나라의 계급주의 문학은 기미만세의거(1919.3.1) 이후 1920~30년대에 걸쳐 본격적으로 생성·전개·분화되었다. 1922년 '염군사'3)와 1923년 '파스큘라'4)가 있었는데, 이들 두 단체는 무엇보다 문학적으로 동일한 목적과 이해가 공통적 기반이었다. 다시 말해서 문학의 현실적 기능과 사회변혁에의 열망으로 만들어진 단체였던 것이다. 이들 두 단체를 발전적으로 해체하여 1925년 8월 23일 카프(조선프롤레타리아예술가동맹)5)가 결성되었다.

---

3) 염군사(焰群社)는 민중의 변혁욕구를 적극적으로 문학에 반영하려는 노력과 함께 1922년 9월 이적효, 이호, 최승일, 송영, 김두수, 김영팔, 심대섭 등에 의해 발족된 것이다. 이는 우리나라 최초의 사회주의 문화단체라 할 수 있다.

4) 파스큘라(PASKULA)는 김기진, 김복진, 연학년, 박영희, 김형원, 이익상, 이상화의 이름에서 각각 영어 약자를 따서 만든 명칭이다. 1923년 겨울에 '인생을 위한 예술', '현실과 싸우는 의지의 예술'을 지향하는 파스큘라가 천도교 기념관을 빌려 주최한 문예강연을 통해 그 존재를 드러냈다.

5) 카프(KAPF)는 김기진, 박영희, 이호, 김복진, 김영팔, 이익상, 박용대, 송영, 최승일, 이적효, 김은, 이상화, 안석주 등이 발기인으로 참여했으며, '일체의 전제 세력과 항쟁한다'와 '예술을 무기로 하여 조선민족의 계급적 해방을 목적으로 한다'를 강령으로 내걸었다. 카프의 결성은 염군사와 파스큘라 두 단체의 계급문학에 대한 인식의 확대와 그 문단적 세력화의 결과이기도 하며, 문학을 비롯해 연극, 영화, 음악, 미술 등의 모든 분야에서 프롤레타리아 문예운동을 펼쳐나갈 통일된 조직적 활동이기도 했던 것이다.

그렇게 조직된 카프는 1935년까지 지속되는데, 그 동안에 두 차례의 큰 방향전환을 겪었다. 제1차 방향전환은 자연발생적인 프로문학에서 목적의식의 단계로 나아간 것을 뜻하며, 1927년 9월 조직 내의 문호 개방과 더불어 시작되었다. 과감한 이론투쟁, 소작운동, 대중투쟁을 병행한다는 제1차 방향전환론은 '신간회' 발족에 자극을 받아 이루어졌다.6) 이어 1931년에는 제2차 방향전환이 시도되었다. 대외적으로는 신간회 해체, 대내적으로는 극좌적 소장파들의 선명한 이데올로기적 강경노선에서 비롯되었다.

점차 강경노선으로 기울어가던 카프는 일본의 탄압 강화로 말미암아 1931년 6월에 발생한 '제1차 카프사건'과 1934년 5월의 '제2차 카프사건(일명 신건설사 사건)'을 겪게 되었다. 그러한 두 차례의 검거와 같은 대외적 조건의 어려움에 내부의 갈등이 겹쳐 카프는 급격하게 쇠락의 국면을 맞았다. 결국 카프는 1935년 5월 21일 해산계를 제출하고 종언을 고하게 되었다.

여기서 제1차 카프사건은 1931년 2월부터 8월 사이에 잡지『무산자』의 국내배포사건, 영화 '지하촌(地下村)' 사건 등으로 카프맹원이 검거를 당하면서 시작되었다. 이를테면 이 사건은 일본이 카프맹원들을 공산당을 재조직하기 위한 '조선 공산주의자 협의회'란 모임에 연루시킴으로써 발생한 것인데, 종로경찰서에 박영희가 검거되는 것을 시작으로 임화, 안막, 윤기정, 이기영, 송영, 김남천, 김기진, 권환 등

---

6) 권환은 그 무렵 정세와 예술운동의 임무에 대한 인식의 변화를 직접적으로 보여 주는 글「무산예술운동의 별고와 장래의 전개책」(『중외일보』, 1930.1.10~31)에서 1927년이 방향전환기라면, 1928년은 프롤레타리아의 수난기이고 1929년은 '계급분석기, 소부르조아 청산기'라고 했다. 이를테면 새로운 것을 추구하는 '모던' 취향에서, 하층 계급에 대한 동정심에서, 시대에 뒤떨어지지 않으려는 계산에서 또는 허영심에서 프로문단 진영 내에 들어온 소부르조아 문사와 분리해야 할 시기라는 것이다. 역사문제연구소 문학사연구모임, 『카프 문학운동 연구』, 역사비평사, 1989, 59쪽.

이 일제히 검거되기에 이르렀다. 이후 검거된 맹원들은 1931년 10월 전원 석방되고 김남천만이 유일하게 유죄판결을 받고 2년간 복역하게 되었다.

그리고 제2차 카프사건은 일본의 전면적인 카프 탄압으로 행해졌는데, 1934년 3월 카프 산하 연극동맹의 전속극단인 '신건설'이 전주 공연을 하는 도중에 선전비리가 발각되어 검거 당했다. 이 사건으로 1934년 6월부터 1935년 12월까지 카프 맹원 23명이 체포·기소되었다. 이기영·박영희 등 4명이 2년 징역의 유죄판결을 받았고, 다른 맹원들은 모두 집행유예로 풀려났다.[7]

박세영에 따르면, 경도제국대학 1학년을 마칠 즈음인 1926년 11월 무렵에 방학을 맞아 일시 귀국한 권환은 카프 맹원들과 비밀 합평회를 가졌다.[8] 이는 권환이 카프의 조직활동 초기부터 일정한 관련을 맺고 있었음을 확인시켜 주고 있다. 따라서 권환이 계급주의에 심취한 시기는 교토(京都)대학 독문과에 다니던 1926년 전후라고 생각된다. 이후 그는 1928년 9월 즈음 『학조(學潮)』의 필화사건으로 일본 경찰에 피검되어 불기소처분을 받았던 만큼 계급주의자로서의 면모를 갖추어 갔던 것이다.

---

7) 김윤식, 『한국근대문예비평사연구』, 일지사, 1999, 193쪽.
8) 1959년 3월 발간된 『작가수업』(조선작가동맹출판사)에서 박세영은 다음과 같이 적고 있다. "우리 창작품의 집체적 검토를 위하여 비밀 정기 합평회를 가졌었다. 이 합평회는 많은 경우에 윤기정 집에서 집행하였다. 산문과 운문을 따로 나누어서 합평하였으나 작가들은 언제나 다 모이었다. 이 합평회에서는 작품의 경합을 맑스주의 세계관에 입각하여 정확하게 지적하였으며 그 수정 방향까지를 명확히 제시하였던 것으로, 작가들에게 많은 도움을 주었다. 여기에 많이 참가하였던 작가들로는 이기영, 송영, 윤기정, 김영팔, 권환 등이었으며 나도 참가하였다. 이와 같이 비밀 합평회가 계속 진행될 때는 카프가 새로운 채택하고 조직을 개편한 직후의 일이다. 이 시기의 나의 작품의 경향도 목적의식기에서 한 걸음 나아가 전투적인 것으로 되었다"고 술회했다. 표언복 엮음, 「인민을 위하여 복무하고저: 박세영」, 『우리시대의 작가수업』, 역락, 2001, 146~147쪽.

피고 권경완은 소화 4년 5월경 동경시 스기나미구(杉竝區) 고원사 이북만 자택에서 동인의 권유로 인해 위 동맹의 목적을 알고 여기에 가입하고 그후 귀선하고 소화 5년(1930년) 5월중 동맹의 중앙집행위원회에 뽑혀서 동년 12월 및 소화 6년 3월 우 동맹 위원회에 출석하고 위 결사의 볼셰비키화를 강화할 것을 결의하고 계속 가맹하고 있었으며,9)

인용문은 카프 해산의 결정적 계기가 되는, 이른바 '신건설' 사건이라 불리는 제2차 카프 사건의 공판기록이다. 여기서 보듯이, 권환은 1929년 3월 쿄오토오(京道)제국대학을 졸업한 뒤, 그해 5월 무렵 이북만(李北滿)의 권유로 카프 동경지부에 정식으로 가입하게 된다.10) 권환의 카프 조직 참여는 그의 인식을 더욱 계급적이고, 사회적인 영역으로 나아가게 했다. 아울러 카프 동경지부의 계급주의 이론적 역량을 강화시키는 데 큰 버팀목으로 작용했을 것이다.

권환은 정식으로 카프에 가입한 뒤 카프 동경지부에서 펴낸 『무산자(無産者)』(1929.6)에 시 「이 꼴이 되다니」를 발표했다. 이때부터 그는 '권경완'이라는 본디이름 대신 '권환'이라는 필명을 사용하게 되었다. 그리고 그는 시뿐 아니라 소설, 희곡, 비평 등으로 갈래를 넘나들며 문학 활동의 영역을 넓혀갔다.

권환이 카프 안에서 중심적인 맹원으로 인정받은 때는 1930년 4월 26일 '조선프롤레타리아예술동맹' 중앙집행위원회 회의에서였다. 이날 회의에서 결사의 명칭이 '카프'로 개칭되었고, 1국 4부의 조직개편을 단행하였다. 이를테면 중앙위원회 아래에 서기국(책임자: 송영-박

---

9) 전주지방법원검사국, 『형사재판 제4책』, 전주지방검사국, 1936; 권영민, 「카프 제2차 검거 사건의 전말, 공판기록 최초 공개」, 『문학사상』, 1998년 6월호, 58쪽 재인용.
10) 이북만은 1929년 5월 무렵 카프 동경지부를 중심으로 '무산자사'를 조직하고, 공산당의 재건운동과 조직의 확대운동에 주력했다.

세영-홍우식-신응식)과 조직부(윤기정), 교양부(박영희), 출판부(이기영) 외에 기술부(김기진-권환)를 신설하고, 그 예하에 문학부(권환), 영화부(윤기정), 연극부(김기진), 미술부(강호), 음악부(결원)를 설치했다.

권환은 카프 가입한 지 1년 만에 기술부와 문학부의 책임자로 선임되었던 것이다. 이는 권환의 지도력에 대한 카프의 결단으로써, 문예활동의 지도노선이 운동문학으로 확연하게 나아갔다는 의미를 갖는다.11) 이른바 극렬한 계급주의 입장에서 볼셰비키화 노선을 가진 새로운 조직으로 이끌어가는 데 결정적인 역할을 맡았던 것이다. 이렇듯 권환은 계급주의 이론가로서 활약하게 되고, 본격적으로 카프 활동을 펼치면서 카프의 제2차 방향전환을 선봉에서 이끌었다.12)

권환은 1931년에 카프 중앙집행위원회 조직을 '조선작가동맹', '조선연극동맹', '조선영화동맹'들로 고쳤으며, 정치투쟁과 문학투쟁을 한데 묶으면서 활발하게 활동했다. 1931년 8월 제1차 카프 사건으로 체포 구금되었다.13) 하지만 그는 폐결핵을 심하게 앓고 있었다는 이유로 불기소 처분을 받았다.

이듬해 1932년 5월 1일 열린 카프 중앙위원회 임시총회에서 새 위원회를 구성했는데, 그 무렵 카프 개성지부가 '반동분자 타락간부'로

---

11) 1931년 무렵 권환은 경성부 소격동에 거주하고 있었는데, 그의 자택에서 카프 중앙집행위원회를 가지기도 하였다.

12) 권환은 임화, 김남천, 안막 등과 함께 카프의 제2차 방향전환의 중심인물로 활약한다. 카프의 제2차 방향전환은 프로문학의 대중화에 대한 극좌파의 반론으로 시작되었다. 이들의 주장에 따라 카프는 '당의 문학'과 같은 극좌파의 노선을 보였다. 그 무렵 발표한 「조선예술 운동의 당면한 구체적 과정」(1930.9.1~16)은 카프의 제2차 방향 전환을 촉구한 평론이라 하겠다.

13) 제1차 카프 사건은 1931년 2월에서 8월까지 진행된 사건으로 종로경찰서에서 조선공산당 '공산주의협의회' 사건을 억지로 만들어 치안유지법위반과 출판물위반으로 카프 검거가 있었다. 이 검거의 도화선은 카프의 볼셰비키화, 이북만 등이 동경에서 출판한 『무산자』의 국내 유포, 「지하촌」이라는 영화사건 등이었다. 이 사건은 신체 구속자 17명, 미체포자 18명을 포함하여 모두 35명에 이르는 대규모 조직 검거였다.

지목했던 박영희·김기진과 함께 권환도 중앙집행위원에서 사임 의사를 밝혔다. 그러한 와중에서도 권환은 『카프시인집』(집단사, 1931)에 참여함으로써 카프 소장파의 핵심 맹원으로서 창작과 이론, 조직 활동에서 열성을 다했다.

1932년 8월 카프의 조직을 기반으로 한 본격적인 프로극단인 '신건설(新建設)'이 결성되었는데, 권환은 문예부에 소속되었다.14) 1933년 11월 극단 '신건설사'에서는 제1회 공연으로 「서부전선 이상없다」로 전국 순회공연을 목표로 활동을 시작했다. 그 뒤 권환은 1934년 2월 10일 카프 중앙위원회에서 중앙집행위원으로 다시 선임되면서 카프의 조직 활성화에 힘을 보태게 된다. 그런 와중에 그는 1934년 6월에 제2차 카프 사건15)으로 검거되어 전주형무소에서 2년 남짓 감옥에서 고초를 겪었다.

카프는 일본의 계속적인 탄압과 조직 내부의 갈등으로 말미암아, 김기진·임화·김남천의 합의 아래 1935년 5월 21일에 해산계를 제출함으로써 공식적으로 해체되었다. 그런 상황에서 1936년 2월 무렵에 권환은 박영희·윤기정 등과 함께 사상전향서를 제출함으로써 집행유예로 풀려났다. 그 당시 사상전향서 제출은 그의 문학살이에 큰 좌절감을 안겨 주었다고 하겠다.16)

---

14) 극단 '신건설'은 연출부 신고송, 문예부 송영·권환, 미술부 강호·이상춘, 연기부 이정자·이귀례·함경숙·박태양·신영호·안민일 등으로 구성되어 있었다. 『동아일보』, 1932.8.7.

15) 제2차 카프 사건으로 모두 60명 가운데 23명이 기소되고, 1934년 8월에서 1935년 12월까지 1년 4개월 남짓 복역하면서 재판을 받았으며, 전원이 집행유예로 풀려났다. 그 당시 공판 기록에 따르면, 권환의 주거지는 '경성부 안국동 중앙인서관'이었고, '서울시보' 기자로 일했음을 알 수 있다. 권영민, 「카프 제2차 검거 사건의 전말, 공판기록 최초 공개」, 『문학사상』, 1998년 6월호, 53쪽.

16) 카프 해산 이후 권환의 문학행보에 대해서는 한정호의 글을 참조하기 바란다. 한정호, 「권환의 문학행보와 마산살이」, 『지역문학의 이랑과 고랑』, 도서출판 경진, 2011, 194~229쪽.

권환의 아동문학은 카프문학운동의 흐름과 함께 전개되었다. 앞서 언급했듯이, 권환이 카프에 정식으로 가입한 시기는 1929년 5월이었다. 하지만 그의 문학활동은 카프 결성 무렵인 1925년 7월 『신소년』에 소년소설 「아버지」를 실으면서 본격적으로 작품 활동을 시작하였다.17) 『신소년』·『별나라』·『학조(學潮)』·『신민』을 비롯한 여러 매체에 작품을 발표하며 문학활동을 펼쳤다.

'권환의 존재가 눈부신 것은 어디까지나 카프문학 초기 단계의 전형성이란 곳에 놓여 있기 때문'이라는 김윤식의 지적처럼, 권환의 초창기 문학행보는 우리나라 계급주의 문학사의 커다란 족적으로 남게 한다. 무엇보다도 1925년부터 시작되는 투고 활동은 그의 문학적 지향점을 가늠하는 중요한 지표가 된다. 나아가 1935년 5월 카프 해체까지 이루어진 문학행보는 우리문학사에서 각별한 의미를 갖는다.18)

특히 권환의 삶에 있어 1920년대 후반의 문학활동은 계급주의 아동관의 형성 시기로 여겨지며, 계급주의 아동문학의 전개에 중요한 이음매로 작용하고 있다는 점이다. 또한 이는 일본 군국주의의 암울한 시대현실에 적극적으로 맞서기 위한 문학운동의 차원에서 각별한 의미를 지닌다. 왜냐하면 나라 잃은 시기 계급주의 아동문학은 무산아동들을 계급의식으로 교양하며 미래의 혁명적 투사로 육성하는 것을 문학의 기본으로 삼았기 때문이다.

권환의 문학적 출발이 되는 계급주의 아동관은 다음의 글에서 확연

---

17) 소년소설 「아버지」는 지금껏 발굴된 작품 가운데 공식적인 첫 발표작이라 할 수 있다. 한편, 이보다 7개월 앞선 1924년 12월 『조선문단』에 '원소(元素)'라는 이름으로 발표된 입선소설 「아즈매의 사(死)」를 등단작으로 꼽기도 한다. 이는 '원소'를 권환의 이명(異名)이라고 주장하며 작품 변증을 시도한 결과이다. 이장렬, 「권환의 이명(異名)과 「아즈매의 사」 변증」, 『시와 비평』 제8호, 2004.5, 58~71쪽.

18) 박정원, 「1920년대 카프파의 특성과 공과」, 『문예시학』 제24집, 문예시학회, 2001, 85~112쪽.

히 드러난다고 하겠다. 1931년 발간된 프롤레타리아 동요집 『불별』과 1932년 발간된 프롤레타리아 소년소설집 『소년소설 육인집(少年小說 六人集)』19)의 「서문」이 그것이다.

　　그러나 우리는 뼈와심줄이 아즉 봄바람에 자라난 풀대처럼 연하고 부드러운 팔다리로 햇빛업고 몬지찬 공장안에서 긔게를 돌리는 아히들이다. 아버지뒤를 따라다니며 거름짐 지고 소와말먹이는 아히들이다. 그리고도 고기쌀밥은커냥 조밥, 피죽도 업서서 굶주리는 아히들이다. 비단옷은커냥 무명옷삼배옷도 업서서 헐벗고 울울떠는 아히들이다./우리는 가난한집 노동하는 아히들이다. 그래서 우리는 그러한 부자집아히들과 이해(利害)도 다르고 생각도다르다. 그들의 억머구리처럼 부른배가 더불너나올사록 우리들의 마른북어가튼 배는 더훌줄어 들어간다. 그들은 언제든지 깃부고 교만한 생각박게 나지안치마는 우리들은 언제든지 서러웁고 분한생각박게 나지안는다./그런때문에 그들의노래가 우리들의 노래까지도 다르다. 그들에게는 그들의 부르는노래가 따로잇고 우리들에게는 우리들의 부르는노래가 따로잇다./그들의노래는 그들이 고기쌀밥과 양과자를 배가터지도록먹고는 심심푸리로 부르는노래이고 우리들의노래는 배가곱하서 치워서 분해서 서러워서 부르는 노래이다.

　　　　　　　　　　　　　　　　　　　—권환, 「서문(1)」 가운데20)

---

19) 이 책은 『신소년』과 『별나라』에 실렸던 소년소설 가운데 대표작품 20편을 가려뽑아 엮었다. 구직회(具直會) 5편, 이동규(李東珪) 6편, 승응순(昇應順) 1편, 안평원(安平原) 4편, 오경호(吳京昊) 3편, 홍구(洪九) 1편의 소년소설이 그것이다. 이 책의 앞부분에는 이동규의 「이 적은 책을 조선의 수백만 근로소년 대중에게 보내면서」라는 '발간사' 격의 글이 실렸고, 임화의 「서문(2)」에는 '전문은 부득이한 사정으로 게재치 못함'이라고 밝히고 있다. 그리고 이 책의 장정은 이상춘이 맡았다고 한다. 『소년소설육인집』, 신소년사, 제10권 7호, 1932.8 광고.
20) 조선프롤레타리아예술동맹, 『불별』, 중앙인서관, 1931.

가난한 집 어린 동무들아!/사랑하여야 할 그대들의 소설가들이 그대들을 읽히기 위하야 그대들을 자미잇게 유익되게 하기 위하야 이 소설책을 지어내엿단다. 그대들과 놀기조차 실허하는 부자집 아히들은 읽어 보든 안 보든 오직 그대들만을 읽히기 위하야 지어낸 것이란다. 이것은 우리들 생활과는 아무 관계없는 또 우리들을 모욕하는 엉터리업는 이약이로 우리를 정신없이 꿈의 나라로 끌어넛는 뿌르조아 소년소설과는 아주 다르다. 우리들 가난하고 XX당하는 헐벗고 굶주리는 노동소년들의 생활을 거짓말 안코 글여 낸 이야기들인 것이다. 그리고 이런 소설책이 조선서는 처음으로 나온 것이니 그대들은 이 책을 모두 다 일어라. 모두 다 가저라.

—권환, 「서문(1)」 전문21)

여기 인용한 글들은 권환이 카프의 맹원으로 활동했던 1930년대 초반에 쓴 것으로, 동요집과 소년소설집을 펴내는 취지와 목적이 분명하게 드러애고 있다. "햇빛 없고 먼지 찬 공장 안에서 기계를 돌리는 아이들", "아버지 뒤를 따라다니며 거름 짐 지고 소와 말 먹이는 아이들", "고기 쌀밥은커녕 조밥, 피죽도 없어서 굶주리는 아이들", "비단옷은커녕 무명옷 삼베옷도 없어서 헐벗고 울울 떠는 아이들", 이른바 "가난한 집 노동하는 아이들"인 무산아동을 위한다는 점이 그것이다.

또한 그는 "가난하고 XX당하는 헐벗고 굶주리는 노동소년들"을 "읽히기 위하야 그대들을 재미있게 유익되게 하기 위하야" 펴냈다고 적고 있다. 그런 점에서 권환의 아동관은 여느 계급주의 작가들과 마찬가지로 민족해방운동의 이념으로써 프롤레타리아 문학운동이라는 목적의식을 가진다고 하겠다.22) 이러한 계급주의 아동관에 입각하여

---

21) 박태일 엮음, 『소년소설육인집』, 도서출판 경진, 2013, 13~14쪽 재인용.

권환은 카프의 조직재편 욕구와 맞물려 있는 아동매체 『신소년』과 『별나라』에 집중적으로 작품을 발표했던 것이다.

2) 『신소년』·『별나라』와 아동관

우리의 근대아동문학사에서 소년문화운동의 실천적 아동매체로 『어린이』와 더불어 『신소년』과 『별나라』를 들 수 있다. 이 가운데 『신소년』과 『별나라』는 카프 결성과 1920~30년대 계급주의 경향을 보여주는 대표적인 매체이다. 사실 카프의 결성과 더불어 이들 매체의 발간은 1920~30년대 우리 아동문학의 지형도를 크게 변화시켰다. 비록 카프에서 실제적으로 발간하지는 않았지만, 이들은 1927년 9월 카프의 제1차 방향전환을 계기로 우리나라 계급주의 아동문학의 구심체 역할을 맡았다.

먼저, 『신소년』은 1923년 10월에 창간하여 1934년 5월까지 12년 남짓 발간되었다. 초창기에는 일본인을 편집자나 발행인으로 내세웠으나, 시간이 지나면서 신명균(申明均) 주재로 바뀌었다.[23] 『신소년』은 뚜렷한 창간 취지나 지향점은 따로 밝히지 않았지만, 초창기에는 순수아동문학을 지향했고, 점차 순수아동문학과 계급주의적 색채를 절충한 중간적 경향을 띠었다. 후반기에는 카프의 영향을 받아 『별나라』와 더불어 적극적인 계급주의 경향을 표방하였다.[24]

『신소년』에 대한 기존의 논의는 계급주의 아동문학을 내걸었던 잡

---

22) 이순욱, 「권환의 삶과 문학 활동」, 『어문학』 제9집, 한국어문학회, 2007.3, 410~416쪽.
23) 흔히 『신소년』은 신명균의 주재로 발간되었던 것으로 소개되고 있다. 하지만 신명균이 처음부터 『신소년』의 편집과 발행을 맡았던 것이 아니다. 이에 대해서는 장만호의 글을 참조하기 바란다. 장만호, 「민족주의 아동잡지 『신소년』 연구」, 『한국학연구』 제43호, 고려대학교 한국학연구소, 2012.12, 212쪽.
24) 이재철, 『세계아동문학사전』, 계몽사, 1989, 199쪽.

지라는 막연한 수준에 머물러 있었다. 이는 무엇보다도『신소년』의 실체를 한 자리에서 살필 수 있는 기회가 마련되지 않았기 때문이다. 지금껏 확보된『신소년』을 바탕으로 권환의 작품들을 소개하면 다음과 같다.25)

작품명	발표연월	발행호수	갈래	비고
아버지	1925. 7 1925. 8 1925. 9	『신소년』 3권 7호 『신소년』 3권 8호 『신소년』 3권 9호	소년소설	'권경완'으로 발표
국제여행(國際旅行)	1925. 8	『신소년』 3권 8호	만화(풍자)	'K생'으로 발표 소년소설「아버지」 상단에 실림
강제(康濟)의 꿈(夢)	1925.10	『신소년』 3권10호	단편소설	'권경완'으로 발표
세상 구경(求景)	1925.11	『신소년』 3권11호	동화	'권경완'으로 발표
언밥(冬飯)	1925.12	『신소년』 3권12호	소년소설	'권경완'으로 발표
마지막 우슴	1926. 2 1926. 3 1926. 4	『신소년』 4권 2호 『신소년』 4권 3호 『신소년』 4권 4호	소년소설	'권경완'으로 발표
처녀장미꽃	1926. 5	『신소년』 3권 5호	동화(우화)	'권경완'으로 '식물우화'란에 발표
지도(地圖)에 없는 아버지	1927. 8	『신소년』 5권 8호	소년시	'경완'으로 발표
웨 어른이 안되어요	1927. 8	『신소년』 5권 8호	소년시	'경완'으로 발표
안 무서워요?	1927. 8	『신소년』 5권 8호	소년시	'경완'으로 발표
카라(襟)-안데루젠의 동화집(童話集)에서	1927. 8	『신소년』 5권 8호	산문	'권경완'으로 발표
나의 어린 때 기억(記憶)	1928. 4	『신소년』 6권 4호	수필(감상)	'경완'으로 발표
할 수 없으면 그 다음에라도	1930. 1	『신소년』 8권 1호	수필(감상)	'권경완'으로 '소년에 대한 바람'란에 발표
새해 무산소년들에게 주는 글	1932. 1	『신소년』 10권 1호	산문	미게재 작품
부르짓자! 나아가자!	1932. 1	『신소년』 10권 1호	표어	

---

25)『신소년』은 모두 125책이 발행되었는데, 현재 확인되는 것은 76책으로 확보율이 62% 정도이다.

영웅(英雄)에 대하여	1932. 2	『신소년』10권 2호	산문	예고 광고 미게재 작품
모든 것은 변화한다	1932. 4	『신소년』10권 4호	산문(강좌)	'권환'으로 발표
우리집	1932. 5	『신소년』10권 5호	소년시	예고 광고 미발굴 자료
미국의 영·파이오니어	1932. 7	『신소년』10권 6호	산문(강좌)	'권환'으로 발표
레닌과 어린이	1932. 9	『신소년』10권 9호	산문	미게재 작품 게재 불가 원고로 판단
팔을 끼자	1932.10	『신소년』10권 9호	산문	'권환'으로 발표
영웅 스팔탁스	1932.10	『신소년』10권 9호	산문(소개)	'권환'으로 발표
러시아의 초등 의무교육	1932.11	『신소년』10권10호	산문	'권환'으로 발표 미게재 작품 게재 불가 원고로 판단

　도표에서 보듯, 권환은 『신소년』에 소년소설 4편, 동화 2편, 소년시 3편, 수필·산문 6편, 만화 1편, 표어 1편 등 다양한 갈래의 작품을 발표하고 있다. 그리고 여러 사정으로 발표하지 못한 작품으로 소년시 1편과 수필·산문 4편을 확인할 수 있다. 물론 『신소년』의 미발굴 자료를 염두에 둔다면, 보다 많은 작품이 있을 것으로 짐작된다.

　권환은 1925년 7월 『신소년』를 통해 처음으로 아동문학 작품을 발표하고 있다. 1923년 10월에 『신소년』이 창간된 점으로 미루어 1년 9개월이 지난 뒤의 일이었고, 그는 카프 결성 무렵부터 1932년 말까지 『신소년』에 꾸준하게 작품을 발표했다. 물론 미발굴 『신소년』을 염두에 둔다면, 그의 발표와 활동 시기는 조정될 가능성이 크다고 하겠다.

　사실 소년소설이란 갈래명이 처음 사용된 사례는 『신소년』이 처음이다.26) 권환은 『신소년』에 사실적 기법의 소년소설을 여러 편 발표

---

26) 최미선, 「1920년대 『신소년』의 아동 서사문학 연구」, 『한국아동문학연구』 제23호, 한국아동문학학회, 2012, 125쪽.

162   1부 작가 불러오기

함으로써 소년소설의 길을 열었다고 하겠다. 그의 계급주의 세계관은 아동매체를 통해 이념적 선명성과 운동성을 강조했다는 측면에서 보면, 『신소년』을 통한 그의 작품활동은 상당히 중요한 의미를 지닌다.

다음으로, 『별나라』는 『신소년』과 더불어 계급주의 아동문학의 주도 매체였다.[27] 『신소년』보다 3년 남짓 뒤에 나온 『별나라』는 1926년 6월에 창간호를 낸 뒤 1935년 1~2월호의 통권 80호로 종간되었다. 창간 당시 주간은 안준식(安俊植)이 맡았고, 편집동인은 안준식·김도인·양고봉·염근수·최병화·최희명 등이었다. 『별나라』는 카프 결성 이후에 발간되었지만, 초창기의 『별나라』는 카프의 영향을 받지 않았다. 1928년을 앞뒤로 하여 박세영·송영·임화 등이 차례로 편집에 뛰어들고, 엄흥섭이 가세를 결심하면서 『별나라』의 노선이 계급주의 경향으로 굳어지게 되었던 것이다.[28]

1920년대 말부터 『별나라』에 주도적으로 관여한 사람들은 대개 카프 계열에 속한 문인들이었다. 그런 까닭에 『별나라』는 계급주의 문학의 색채를 띠지 않을 수 없었고, 계급주의 이념을 무산아동들에게 계몽하는 데 주력하였다. 『별나라』 또한 『신소년』과 마찬가지로 산일되어 완본의 실체를 살필 수 있는 기회가 여전히 마련되지 못했다.[29] 지금껏 확보된 자료를 바탕으로 『별나라』에 실린 권환의 작품들을 살펴보면 다음과 같다.

---

27) 『별나라』에 주로 작품활동을 한 작가들은 대개가 프로문학인들이었고, 게재되는 작품의 경향 또한 『어린이』나 『아이생활』 등에 실리는 작품에 견주어 자연히 계급의식을 고취하는 고발적·선동적·행동적 색채를 표면적으로 드러냈다. 이재철, 『세계 아동문학사전』, 계몽사, 1989, 144~145쪽.

28) 박태일, 「나라잃은시기 아동잡지를 통해서 본 경남·부산지역 아동문학」, 『한국문학논총』 제37집, 한국문학회, 2004.8, 171~172쪽.

29) 『별나라』는 모두 80책이 발행되었는데, 현재 확인되는 것은 43책으로 확보율이 52% 정도이다.

작품명	발표연월	발행호수	갈래	비고
베(稻)가 쌀이 될 때까지	1930.10	『별나라』5권9호	산문(과학)	'권환'으로 '취미이과(趣味理科)'란 에 발표
통속(通俗) 소년유물론(少年唯物論)	1930.11	『별나라』5권10호	산문(비평)	'권환'으로 발표
봄 없는 동무들 -우리들의 봄을 찾자	1931. 5	『별나라』6권4호	수필	'권환'으로 발표
변증법이란 무엇인가(1)	1932. 3	『별나라』7권2호	산문(비평)	'권환'으로 발표
나 개인(個人)만 위(爲)하는 사람이 되지 맙시다	1934. 1	『별나라』9권1호	표어	'조선중앙일보사 권환'으로 발표
새해부터는 이 말씀을 지키자	1935. 1	『별나라』10권1호	표어	'조선중앙일보사 권환'으로 발표
1934년과 소년문학의 전개책	1935. 2	『별나라』10권2호	좌담	미게재 작품 임화, 백철, 권환의 좌담

　도표에서 보듯이, 권환은 『별나라』를 통해 수필·산문 3편, 비평 1편, 표어 2편을 게재하고 있다. 그리고 '다음호 예고'로 확인된 임화·백철·권환의 좌담은 자료 미확보로 게재 여부를 확인할 수 없었다. 권환은 1930년 10월 『별나라』에 아동문학 작품을 발표하고 있다. 1926년 6월 『별나라』의 창간시기에 비춰 4년 4개월이 지난 뒤에 일이다. 아마도 그는 카프 가입 이후부터 『별나라』에 적극적으로 참여하고 있음을 알 수 있다.

　지금껏 실체를 확인할 수 있는 그의 아동문학 작품은 모두 17편에 이른다. 이를 갈래별로 나눠보면 소년소설(동화) 6편, 소년시(동시) 4편, 수필(산문) 3편, 비평 또는 기타작품 4편이 그것이다. 이를 통해 그는 계급주의 문학의 중요 지원자이며 동반자로서 아동매체에 집중적으로 작품을 발표했고, 자신의 계급주의 아동관을 분명히 드러내고 있는 셈이다.

　이처럼 권환의 아동문학은 계급주의 아동매체인 『신소년』과 『별나라』를 중심으로 활발하게 전개되었다. 그의 아동문학 창작활동은 1925년부터 1935년 카프 해산 직전까지 10년 남짓 이어졌다고 하겠다. 이는 결국 그의 초창기 문학행보가 카프의 역사와 그 맥을 같이 한다고 볼 수 있다.

3. 권환의 아동문학과 계급주의 특성

1) 소년소설과 현실인식 고양

권환의 소년소설은 6편이 확인된다.[30] 이들은 모두 『신소년』에 실렸는데, 「아버지」, 「언밥(冬飯)」, 「마지막 우슴」, 「강제의 꿈」, 「세상 구경」, 「처녀장미꽃」 등이 그것이다. 작품 내용은 주로 나라잃은시기 무산아동들의 가난 체험을 통해 계급 대립적 인식을 직·간접적으로 내세우고 있다. 한편 「강제의 꿈」은 빈궁 현실이나 계급 모순의 상황과는 동떨어진 작품으로 사춘기 소년이 갖는 순수 동심을 다루고 있다.

먼저, 「아버지」는 『신소년』 1925년 7월호에서 9월호까지 3회에 걸쳐 연재된 소년소설로써, 나라잃은시기 가족 해체의 현상을 극명하게 보여 주고 있다. 이 작품은 1920년대 우리 겨레의 피폐해져 가는 생활상에 초점을 맞추어, 소년 '김영수'의 고생담과 그의 아버지가 겪은 이야기를 다루고 있다.

나의 사랑하는 소년소녀들이여! 나는 오늘 동무 김영수군(金英秀君)의

---

30) 『신소년』에 실린 권환의 작품에는 '소년소설', '동화' 또는 '우화'라는 갈래로 표기되어 있다. 글쓴이는 이들 갈래를 소년소설이라는 하나의 명칭으로 묶어 고찰하고자 한다.

재작년 일년 동안 일본서 자기 아버지와 같이 고생하던 이야기를 들었습니다. 그 이야기는 참으로 슬프고 애처러우며 또 겁나서 소름이 끼칠만합니다. 같이 눈물을 흘리면서 들으신 어머니께서 나더러 "이 이야기를 너의 사랑하는 소년 동무들에게 옮겨 같이 눈물을 흘려라" 하시기에 변변치 못하나마 이와 같이 붓을 드는 것이외다. 이 다음 말은 영수가 우리 어머니께 이야기 한 것을 그대로 적은 것이외다.

—「아버지」 가운데

인용한 부분은 「아버지」의 첫머리에서 제시하고 있는 내용이다. 곧 권환이 이 소년소설을 적게 된 동기와 의도를 밝히고 있다. 그는 "사랑하는 소년소녀들" "동무 김영수군(金英秀君)의 재작년 일년 동안 일본서 자기 아버지와 같이 고생하던 이야기를 들었"고, "그 이야기는 참으로 슬프고 애처러우며 또 겁나서 소름이 끼칠만" 하였으며, "같이 눈물을 흘리면서 들으신 어머니께서" "이 이야기를 너의 사랑하는 소년 동무들에게 옮겨 같이 눈물을 흘려라" 하였기에 창작하게 되었다는 것이다.

아버지는 내가 본 그때까지 두 눈을 허옇게 뜨고 하늘을 비웃는 것같이 하고 있습니다. 몸은 물과 같이 푸르고 또 물과 같이 찹니다. 끝이 다다른 손톱과 발톱을 가진 팔다리는 힘없이 늘어졌는데, 그것으로 얼마나 살려고 애를 썼을까요. 내가 울고 부르짖는 것도 쓸데없고 그 이튿날에는 아버지가 검은 재 몇 움큼만 되어 나옵듸다. 아아 아버지는 나를 위하여 재가 되고 말았습니다./그날 밤으로 아버지 뼈를 가지고 일가 아저씨와 함께 고국으로 돌아왔습니다. 그것을 본 어머니는 물론 나보다 더 울고 부르짖으시지요. 그러하는 것도 다 쓸데없으므로 우리 동리 앞산 양지쪽 벚꽃나무 많은 곳에 어머니와 나이 손으로 깊이 파서 묻고 그 옆에 '사랑이 많고 정성이 많은 처사 김명준(處士 金明俊)의 무덤' 또 그 밑에 '거룩한 아버지 영혼이시여 불초자 영수는 걱정 마시고 평화로운 하느님 나라로 안녕히 가시요'라고 내 손으로 목패(木牌)에 써서 세웠습니다.

—「아버지」 가운데

이 소년소설에서 가난한 영수네는 허부자의 소작논이 팔리게 되면서 더욱 곤궁해졌다. 그래서 영수의 아버지는 가족을 남겨 둔 채 영수와 함께 일본으로 떠났다. 영수는 철공장에서, 그의 아버지는 석탄광에서 일했다. 그러나 영수는 철공장에서 쫓겨나게 되고, 곧장 아버지를 찾아나선 길에서 '구로야마(黑山) 석탄광'이 무너졌다는 이야기를 듣게 된다. 병원으로 후송된 아버지는 영수와 서로 고생한 이야기를 나누면서 고향으로 돌아갈 것을 결심하게 되지만, 며칠 뒤 아버지의 죽음 기별이 온다.

인용문은 아버지의 죽음과 연관된 부분이다. 영수는 아버지의 뼈를 가슴에 품고 일가 아저씨와 함께 고국으로 돌아와 동리 앞산 양지 쪽에 "사랑이 많고 정성이 많은 처사 김명균의 무덤", "거룩한 아버지 영혼이시여 불효자 영수는 걱정마시고 평화롭게 온 하느님 나라로 안녕히 가십시오"라는 목패를 세우고 묻는다.

「아버지」는 나라잃은시기 궁핍했던 농민들이 일본으로 건너가 살았던 현실상을 설정하고, 그곳에서 겪는 힘겹고 슬픈 생활을 사실적으로 묘사하고 있다. 이 작품은 소년 영수의 고생담과 아버지의 삶을 통해 우리 겨레의 궁핍에 대한 공동의 실상을 이끌어내어 계급인식의 문제로 연결시켜보려는 권환의 전략을 읽어낼 수 있다. 물론 계급적 투쟁담이 아니라 가족 해체를 내세운 이유도 그러한 배경에서 이해된다. 이러한 상황은 영수 가족만의 문제가 아니라 나라잃은시기 우리 겨레가 공통적으로 겪고 있던 시대현실이라는 점이다.

그러나 설음을 못 참는 석준은 잡은 팔을 뿌리치고 울기만 하였다. 어롱어롱 하게 눈물 고인 눈으로 산산이 부서져 여기 한 조각 저기 한 조각 있는 지게를 보니 서러운 울음이 더 북받쳐 나왔다. 추운 날에 점도록 한 공역(功力)도 아깝고 내일 어찌 하여 학교에 갈까 한 것도 걱정되었다. 그러나 그것보다도 어떻게 하여 벌금 오원을 낼 것이 더욱 걱정이었다. 어머니와 형님에게 뭐라고 할까 하는 걱정이었다. 옆에 섰던 아이들도 다 가버렸다. 산골은 어둡고 차다. 밤 부흥(復興鳥)이와 같이 어두운 산속에 혼자 우는 석준 소년의 울음소리는 고요한 저편 산에서 반향(反響)을 하였다.

—「언밥」 가운데

「언밥(冬飯)」은 『신소년』 1925년 12월호에 발표된 소년소설이다. 이 작품은 북한에서 발행된 아동문학집에도 소개되어 있다.[31] 서두에서 권환은 '이 글을 가난한 집 소년 제군에게 드립니다'라고 밝히고 있다. 이 작품의 줄거리를 소개하면, 졸업을 앞둔 석준은 월사금을 내지 못해 시험도 치르지 못한 채 학교에서 쫓겨난다. 집으로 돌아왔지만 석준 어머니는 월사금 마련은커녕 먹고 살기도 어렵다고 말한다. 다음날 석준은 학교에 가지 못하고, 동산에 올라가 "언밥"으로 끼니를 떼운 뒤, 월사금을 마련하기 위해 산에 나무를 하러 간다.

석준은 남의 산에 가서 부러진 소나무를 발견하고, 곧 말라 죽을 나무라 베어가도 되겠다고 생각하여 생솔가지를 베어서 산을 내려온다. 하지만 석준은 산의 임자인 '양산댁' 젊은 주인을 만나고, 산 주인은 석준의 지게를 산산이 부수고 낫을 내팽겨치는 것도 모자라서 생소나무를 베었다고 추궁한다. 석준은 용서를 구해보지만, 하루 종일 했던 나뭇짐을 빼앗기고, 벌금 오원을 물어야 한다는 통고를 받게 된

---

31) 류희정 엮음, 『1920년대 아동문학집(2)』, 평양예술종합출판사, 1993, 24~30쪽.

다. 이에 어두운 산 속에 혼자 남은 석준은 복받치는 서러움으로 "밤 부엉이"처럼 울고 있다.

이처럼 「언밥」은 석준에게 일어난 특정 이야기를 다루고 있지만, 그 내면에는 가진 자와 못가진 자의 계급적 대립구도를 첨예하게 보여 준다. 석준의 집은 가난한 소작농이고, 양산댁은 부잣집이라는 구도 설정에서 쉽게 읽어낼 수 있다. 하지만 권환은 가난한 소작농민의 삶의 모습을 구체적으로 묘사하면서도 이념적 지향성을 직접적으로 표출하지 않는다. 그는 농촌의 현실상황을 서사의 대상으로 끌어들여 소작농민들의 구체적 삶 속에서 현실의 모순을 고발하고 있는 것이다.

그래서 갑두는 소리를 질러/"이애 귀순아 떡 가져왔다. 응 일어나 이것 먹어. 응"/귀순은 그 소리를 듣더니 허연 눈을 퍼뜩 뜨며/"떡 가져와요?"/혀도 돌아가지 않는 말로 모기 소리만치 말한다. 갑두는 떡을 들고 보이면서/"이것 봐. 이애 흰떡 아닌가? 일어나 이 떡 먹어. 응"/귀순은 그것을 물끄러미 함참 보더니 힘없는 웃음을 한 번 빙그레 웃었다. 그리고 두 눈을 슬그머니 감으면서/"아이구 추워서 나는 안되겠소." 하고 이를 떨떨 갈면서 다시는 아무 소리를 못한다./갑두는 떡을 두 쪽을 떼어 귀순이 양쪽 손에 쥐어주고/"이애 일어나 이 떡 먹어. 이 떡 먹고 살아 응. 이것 먹고 살아 응." 하고 소리를 내어 부르짖었다. 그러나 귀순은 그것도 귀찮은 듯이 고개만 힘없이 돌리면서 아무 말이 없다. 두 쪽 손에 쥐인 떡은 슬그머니 떨어져 그 옆에 있는 재 속에 파묻힌다. 갑두는 눈물 고인 눈으로 그것을 보면서 주우려고도 아니 하였다./찬 눈은 아직도 소리 없이 내린다.

　　　　　　　　　　　　　　　　　―「마지막 우슴」 가운데

「마지막 우슴」에서는 가난한 소년가장이 등장하고, 그가 겪는 가난 체험을 다루고 있다. 줄거리를 소개하면, 윤갑두는 여름이면 오이장사, 겨울이면 비옷장사를 하면서 어린 동생과 함께 살아간다. 어려운 형편에 있는 갑두는 생선장사를 하면서 겨우 생계를 유지한다. 생선을 팔기 위해 어느 부잣집을 찾아가 흥정을 하고 있는데, 주인 아들은 생선이 상했다며 생선 값을 깎는다. 하지만 좀처럼 흥정이 되지 않고, 그 사이에 다른 생선 장수가 와서 갑두보다 헐값에 생선을 팔고 만다.

갑두가 집에 있는 어린 동생을 생각하면서 눈물을 흘리고 있을 때, 부잣집에서 일하는 늙은 어멈이 갑두의 처지를 불쌍하게 여겨 생선을 사준다. 갑두는 생선을 판 50전으로 안남미 반 되, 좁쌀 반 되를 사고, 장작 한 뭇을 사고 남은 돈 2전으로 동생을 주기 위해 흰 가래떡을 산다. 그 떡을 들고 집으로 돌아왔지만, 귀순이는 생좁쌀을 씹어 먹다가 죽어가고 있었다. 갑두는 흰 떡을 귀순이의 입에 넣어 주려고 했지만, 그 떡을 다 먹어보지 못하고 귀순이는 죽고 만다.

이 작품은 누이동생에 대한 갑두의 애절한 사랑, 그보다는 부자와 무산자를 대립시켜 가난한 아동들의 처참한 생활을 드러내는 데 힘을 쏟았다고 하겠다. 다시 말해서 계급적 투쟁의식보다는 무산자 아동의 비참한 현실에 초점을 두고 있는 것이다. 왜냐하면 무산아동들의 궁핍한 삶은 허구나 상상이 아니라 해결하고 극복해야 할 현실이었던 까닭이다. 이 작품을 통해 권환은 1920년대 빈궁을 계급의식을 넘어 우리 겨레의 생존권 차원까지 끌어올리고 있음을 알 수 있다.

이밖에도 권환은 「강제의 꿈」,[32]「세상 구경」,[33]「처녀장미꽃」 등

---

[32] 「강제의 꿈」은 사춘기에 접어든 소년의 심리를 다루고 있는 소년소설이다. 여동생이 자신과의 암묵적인 경쟁관계인 사촌과 좀 더 친밀해지는 것을 질투하고 있다. 사춘기 소년의 심리적 변화를 '줌치'라는 소재를 통해서 구현해냈다. 이 작품은 소년의 생활상을 중심으로 인간 내면을 다루었다는 점에서 순수아동문학 세계를 보여 주고 있다. 따라서 이 작품에서는 계급주의 문학이념을 내세우지 않았다는 데 의미를 둘 수 있다.

에서 동화적 상상력을 보여 주고 있다. 이 가운데 「처녀장미꽃」은 '식물우화'라는 표제로 발표되었는데, 처녀장미꽃과 '망나니' 사이에서 벌어지는 이야기로서 장미꽃을 의인화하고 있는 작품이다.

'나는 너의 가시같은 것은 겁나지 않어. 그리고 이애 장미꽃아, 너 혼자 이렇게 산골에 있으면 무엇 하니? 내가 너를 꺾으면 우리집에 가서 맑은 물을 가득 채운 고운 유리병에 꽂아줄테이다. 그러면 너의 잎과 꽃은 행복스럽게도 될 것이다.'/안된다. 안된다. 내가 그것을 모를 줄 아니? 물병에 꽂혀 있으면 닷새도 안되어서 말라버릴 줄을 모르는 줄 아니? 또 설사 그렇지 않더라도 불량한 너에게 꺾일 수 없다. 나는 이렇게 아침햇빛과 입 맞추고 따뜻한 봄바람에 안기여 춤추고 있는 것이 더 좋아. 네가 꺾기만 하면 나는 너를 꼭 찌를테야.

—「처녀장미꽃」 가운데

이 작품에서 장미꽃은 가시 때문에 함부로 자신을 꺾을 수 없을 것이라고 생각하지만, 망나니 아이는 가시로 저항하는 "처녀장미꽃"을 꺾는다. 그리하여 처녀장미꽃을 집으로 가져오지만, 결국 꽃은 시들어버린다. 이에 말할이는 '아! 약한 듯하면서 굳센 꽃이여'라고 말하며, 처녀장미꽃의 죽음을 애도하고 있다.

여기서 처녀장미꽃은 우리 겨레의 비애를 상징한다고 할 수 있다. 풀밭에서 혼자 사는 처녀장미꽃의 마음을 약하게 하고, 속임수를 써

---

33) 「세상 구경」은 천상의 '옥황상제'와 그의 딸 '천랑'이 망원경으로 세상을 구경하면서 질문을 던지는 대화체 형식으로 전개된 동화이다. 인간사회의 싸움으로 인한 불행 뒤에 '사랑'이라는 약이 있으면 희망이 있다는 메시지를 밝힌 뒤 지구 동쪽 배달겨레의 땅으로 보이는 곳에 '따뜻한 세계', '아름다운 세계'를 만들 수 있다는 점을 밝히고 있다. 이 작품에서 권환은 다분히 이상적인 사회상을 펼쳐 보이고 있었음을 알 수 있다.

서 결국 꺾는 망나니 아이의 심보는 일본군국주의자들의 우회적 표현
으로 짐작된다. 처녀장미꽃의 불행은 나라잃은시기 우리 겨레의 불행
과 맞닿아 있다. 따라서 동화 「처녀장미꽃」 또한 나라잃은시기의 현
실을 아동들에게 일깨워 주고자 하는 뜻을 담고 있다.

나라잃은시기 식민지 상황에서 우리 겨레의 삶은 궁핍하고 비참한
현실의 연속이었다. 그러한 현상은 서민들의 일상적 삶으로까지 번져
심각한 수준으로 치닫고 있었던 것이다. 그렇듯 사회경제적 구조를
인식한 권환은 소년소설을 통해 식민지 아동들이 처한 현실을 구체적
으로 그리고자 하였다. 그런 점에서 그의 소년소설은 당대 계급주의
문학의 특성을 읽어낼 수 있는 좋은 보기가 된다고 하겠다.

2) 소년시와 민족의식 고취

권환의 소년시 활동은 다른 갈래에 견주어 활발하지 않은 쪽이다.
현재 3편이 확인되는데, 『신소년』 1927년 8월호에 한꺼번에 발표했
던 「지도(地圖)에 없는 아버지」, 「웨 어른이 안되어요」, 「안 무서워요?」
가 그것이다.34) 그리고 『신소년』 1932년 5월호에 게재될 것이라고
예고된 「우리집」은 자료가 발굴되지 않은 까닭에 그 내용을 알 수
없다.

이들 소년시는 나라잃은시기 일본 군국주의 아래에 놓인 무산아동
들의 아픈 감정과 생활상을 구체적으로 다루고 있다. 그렇다고 해서

---

34) 그동안 그 실체를 확인하지 못한 채 북한에서 류희정이 엮어낸 『1920년대 아동문학
집(1)』(평양예술종합출판사, 1993)에 재수록되면서 『신소년』 1927년 4월호에 게재
된 것으로 적혀 있었다. 이에 이장렬과 황선열도 이들 작품의 발표시기를 잘못 소개
했던 것이다. 이에 글쓴이는 원전의 실체를 파악하여 『신소년』 1927년 8월호에 '소
년시'란에 '경완'으로 발표했음을 밝혀 둔다. 또한 권환은 이들 작품과 함께 산문(수
필) 「카라(襟)-안데루젠의 동화집(童話集)에서」를 '권경완'으로 발표하고 있다.

여타 성인시에서 보여 주었던 선동적 어조나 급진적 이념의 성향은 보여 주는 것은 아니다. 단지 당대 아동들에게 현실인식과 더불어 민족의식을 고취시키고 있는 것이다.

> 선생(先生)님! 이 지도(地圖) 좀 보세요/누-런 여기가 육지(陸地)/퍼-런 저기가 바다라지요?/붉은 당사실 같이 꼬불꼬불/놓여있는 이게 기차 가는 철도/적은 진주같이 똥골똥골 꾀여/있는 이게 고을 이름이지요?/강아지 털처럼 송송한 이것은/산(山)이고/한밤에 별처럼 여기저기 흩어져/있는 이것은 섬이지요?/쭈그리고 앉은 범처럼 꾸부렁해/있는 이게 우리 조선이고/꼬부랑이 외(瓜)처럼 오고랑해/있는 이게 일본이지요?/이 바다로 자꾸자꾸 가면 돈/많은 미국(米國)/이 철도로 자꾸자꾸 가면 일꾼/많은 아라사(露國)이지요?/여기가 임금 계신 우리 서울/여기가 일본(日本) 가는 동래 부산(東萊 釜山)/여기가 이사짐 많이 가는 북간도(北間島)/그런데 우리 아버지 계신 데는 어델까요/여길까요 지길까요 아무리/찾아도 없어요
>
> —「지도에 없는 아버지」 전문

이 소년시는 나라잃은시기 시대현실에서 두루 발견할 수 있는 아버지의 부재, 이를테면 가난으로 말미암은 가족 붕괴와 해체의 상황을 아동의 질문을 통해 보여 주고 있다. 지도 위에 나타난 여러 장소, 이를테면 "일본", "아라사", "동래 부산", "북간도"를 살펴보지만, 자신의 아버지는 "아무리 찾아도 없"다. 지도에서 아버지를 찾는 아동의 애절한 마음이 나라잃은시기 우리 겨레의 비극적 시대현실을 대변하고 있다는 점이다.

따라서 그의 소년시가 지향하는 세계관은 아동들의 순수성보다는 그들이 처한 현실성을 부각시키고 있다고 하겠다. 이 작품은 계급주의 문학의 목적의식보다는 무산아동들이 처한 현실을 꾸밈없이 보여

줌으로써, 우리 아동들에게 미래 역사의 주인공으로 인식시키고 훈육
시키고자 했다. 결국 권환은 나라잃은시기 아동들에게 현실인식과 민
족의식을 고취하고 있는 셈이다.

　　내가 모이(餌) 주어 기르던/병아리가 벌써 큰닭이 돼서/머리 위에 함박
꽃 같은 벼슬이 났어요/내가 모종을 얻어 싶었던/백일홍(百日紅) 꽃은 요
번 비에/봉지마다 필 대로 다 피었어요/올봄에 땅을 뚫고 올라온/금(金)방
주 같은 죽순(筍)은 벌써/아버지 키로 두 길이나 되었어요/그런데 저는
왜 이때까지/어른이 안 되어요?

—「왜 어른이 안 되어요」 전문

　　어째 언니는 그렇게 하나도 안 무서워요/우른 딱따그르 대포소리 같은/
우레가 울고 불칼 같은/번개가 번쩍거릴 때도 가만 앉아/글만 쓰시지요/
범, 여우, 뿔난 독갑이가 뛰며/소리치는 검은 밤 산길/하늘을 찌르는 양국
사람 집 밑에/전차(電車), 자동차(自動車), 대마(大馬)가/화살 같이 갔다왔
다 하는 큰 거리에도/스텍기 하나만 내두르고 다니지요/산더미 같은 푸른
물결이/용대가리 같이 올랐다 내렸다/하는 큰 바다 가운데도/대잎파리(竹
葉)만한 배 한 채 젓고/눈도 안 깜작이고 건너가지요/그뿐이면 덜하게요/
두 눈이 왕방울 같은 거인(巨人)들이/수만명(數萬名) 모여 있는 가운데도/
주먹을 뚜드리며 소리를 쳐요/어째 언니는 그렇게 하나도/안 무서울까요/
나도 언제나 그리 될 때가/있을까?

—「안 무서워요?」 전문

앞의 소년시는 어서 빨리 어른이 되고 싶은 동심을 노래하고 있다.
"모이를 주어 기르는 병아리"가 "벌써 큰닭"이 되어 "머리 위에 함박
꽃 같은 벼슬이 났"고, "모종을 얻어 싶었던 백일홍은 요번 비에 봉지

마다 필 대로 다 피었"으며, "금방주 같은 죽순"은 "벌써 아버지 키로 두 길이나 되었"다. 그런데도 자신은 "왜 이때까지 어른이 안되"는지 야속해 하고 있다.

뒤의 소년시는 "언니"의 모습을 통해 자신의 소망을 보여 준다. "대포소리 같은 우레가 불고 불칼 같은 번개가 번쩍 어릴 때도 가만 앉아 글만 쓰"는 언니, 그뿐 아니라 "두 눈이 왕방울 같은 거인들이 수만 명 모여 있는 가운데도 주먹을 뚜드리며 소리를 쳐와"도 무서워하지 않는 언니를 닮아서 자신도 "언제나 그렇게 될 때 있을까" 하며, 그런 언니를 닮고 싶어 하는 것이다.

이렇듯 권환의 소년시들은 빨리 어른이 되고 싶다는 동심을 드러내고 있다. 현실적 강압 앞에서도 의연한 어른들을 보면서 그 같은 어른으로 성장하고 싶다는 소망을 피력하고 있는 것이다. 물론 그의 소년시는 뚜렷한 계급의식을 드러내지 않지만, 아동들에게 민족의식을 고취시키려는 속내를 보여 준다. 그런 점에서 권환의 소년시 또한 나라 잃은시기의 당대 현실, 특히 무산아동들의 아픈 정서와 가족 현실, 그리고 계급 모순의 극복의지를 함축하고 있는 것이다.

3) 산문·비평과 계급의식 전파

권환은 소년소설과 소년시 말고도 아동문학 관련하여 「나의 어린 때 기억」, 「할 수 없으면 그 다음에라도」, 「봄 없는 동무들」 같은 수필, 「통속 소년유물론」, 「변증법이란 무엇인가(1)」, 「모든 것은 변화한다」 등의 비평과 기타 산문들을 발표하고 있다. 앞의 도표에서 보듯, 많은 작품들이 발표되지 못한 것은 일본의 검열에서 삭제된 것으로 짐작된다.

그의 아동문학은 카프 활동 당시 계급주의적 문학행보를 살펴보는

데 유용한 자료로서 가치를 지닌다. 관련 산문에서는 그의 삶과 문학
적 토양을 읽어낼 수 있고, 교육적 차원에서 무산아동들의 인식 변화
를 모색할 수 있다. 왜냐하면 그의 산문·비평들은 나라잃은시기 겨레
의 민족모순과 계급의식을 전파하려는 의도가 주제와 양식 모두에서
역력하게 드러나기 때문이다.

1. 우리는 꿋꿋한 성질을 기릅시다. 이때까지의 우리 어린 동무들을 보
면 흔히들 가난한 집 아이는 부잣집 아이에게 소위 상놈(백정 종)집 아이
는 소위 양반집 아이에게 옳건 그르건 잘 굴복을 합니다. 심지어 어른들까
지라도 흔히 차별을 두어 일부러 굴복하게 하는 일도 있습니다. 그러나
일로부터 우리는 그러한 언짢은 심리(心理)를 하루바삐 내버려야 합니다.
우리는 제 힘으로 빌어먹고 사는 이상 남에게 굴복할 리가 어디 있습니까.
제보다 백배 부자 백배 양반일망정 손톱만치라도 양보(讓步)하거나 굴복
해서는 안 됩니다. 2. 맹목적 순종심(盲目的 順從心)을 버리시오. 이때까지
의 우리 어린 동무는 자기 부모와 학교의 선생님은 물론이고 제보다 나
많고 키 큰 어른들한테는 무슨 일을 시키든지 맹목적으로 순종하는 습관
이 있었습니다. 그러나 이러한 습관은 반드시 고쳐야 합니다. 암만 나보다
나 많고 키 큰 어른들이라도 언짢은 일을 시키거든 어디까지든지 그렇지
않은 이유를 말씀하고 늙은 암소처럼 묵묵히 순종할 필요는 조금도 없습
니다.

—「할 수 없으면 그 다음에라도」 가운데

이 글은 『신소년』(1930.1)의 '소년에 대한 바람'란에 발표된 작품이다.
여기서 권환은 당대 아동들에게 "꿋꿋한 성질"을 기르고, "맹목적 순종
심"을 버리자고 당부한다. 말하자면 "제 힘으로 빌어먹고 사는 이상
남에게" "양보하거나 굴복"하지 말아야 하며, "늙은 암소처럼 묵묵히

순종할 필요"가 없다는 것이다. 아울러 그는 '무엇이든지 내 눈 아래로 두고 옳은 마음과 바른 길로만 나아가면 이 세상에 무엇이든지 두려울 것이 없고 못할 일이 없을 것'이라고 아동들에게 주지시키고 있다.

아울러 권환은 유물론의 관점에서 현실의 변혁에 맞서고 그 현실의 문제를 외면하지 않는다. 이 작품을 통해 그가 나라잃은시기 무산아동들에게 원했던 것은 현실에 꿋꿋하게 맞서는 것이다. 그렇게 아동들도 현실에 주체적으로 참여해야 한다고 주장한다. 따라서 권환의 산문 또한 카프의 계급주의 이념을 고스란히 반영하고 있으며, 아동들에게도 현실에 굴복하지 않는 꿋꿋한 정신을 요구하고 있다.[35]

땅 주인집으로도 가고 또 정미소로도 가는 게지. 어떻든지 우리들을 심어주고 길러주고 베어다가 뜻뜻하게 말려주고 거추장스런 옷을 다 벗겨 주어서 그야말로 어른(벼)이 되게 해준 사람은 우리들을 조금도 차지하지를 못한다네. 땅 주인에게 다 바치기 때문에…. 왜, 타작할 적에 한 편에 담배를 피여 물고 섰는 것이 땅 주인 심부름꾼이라네.

—「베(稻)가 쌀이 될 때까지」 가운데

『별나라』 1930년 10월호에 실린 이 글은 '취미이과(趣味理科)'라는 표제를 달고 있는데, 벼가 쌀이 되는 과정을 의인화하여 동화적 기법으로 접근하고 있는 작품이다. 농부가 가을걷이를 끝내고 볏단을 묶고, 나락을 말리는 과정, 그리고 말린 나락을 타작하고, 도정을 거쳐 쌀이 되기까지의 과정을 자세하게 묘사하고 있다.

---

35) 이른바 카프의 행동강령은 예술을 무기로 하여 조선 민족의 계급적 해방을 목적으로 내세우고 있다. 그런 점에서 계급주의 문학의 특성은 1) 소재를 빈궁한 곳에서 찾은 '빈궁의 문학', 2) 본능적 저항으로 이루어진 '반항의 문학', 3) 계급주의 사조의 문학, 4) 하층민의 빈궁한 생활상을 객관적으로 묘사한 '생활의 문학', 5) 사회주의 운동을 배경으로 하며 정치성을 띤 문학으로 규정되곤 한다.

하지만 그 이면에는 사회의 구조적 모순을 계급적 불평등에서 찾고, 부조리한 현실을 최대한 부각시키고 있다. 특히 땅 주인과 소작농의 관계, 프롤레타리아와 부르조아 계급의 대립구도를 은연중에 제시하면서 현실인식을 부추기고 있다. 따라서 이 작품은 아동들을 과학적으로 학습시키는 것을 목표로 삼고 있는 한편, 아동들에게 사회모순의 상황을 일러 주면서 계급의식을 은연중에 전파하고 있는 글이라 할 수 있다.

> 철남은 큰소리로 다짐을 물었다. 그러나 필우와 두중이는 아무 소리 없이 건너편에 있는 칠판(黑板)을 물끄러미 보고 앉았다. 앞에서 듣고 있던 수십 명 동무들이/"칠남이 말이 옳다. 그렇다. 물질은 정신의 어미가 될 수 있어도 정신은 물질의 아비가 될 수 없다. 옳다! 유물론자의 말이 옳다."/모두 한 입에서 나온 듯이 같은 소리로 말을 하였다./"그렇다. 유물론자 칠남이의 말이 옳다. 유물론자가 이겼다. 유물론 만세! 만세!"/그들의 외치는 소리는 온 교실 온 학교를 우레 같이 울렸다.
> ―「통속(通俗) 소년유물론(少年唯物論)」 가운데

흔히 카프의 계급주의 문학은 맑스주의 유물론을 따르고 있다. 여기서 말하는 유물론은 물질이 존재하고 그 산물로서 정신이 존재한다고 보는 것으로 물질이 정신보다 앞선다는 것이다. 이는 세상에 존재하는 모든 것들이 어떻게 움직이는지 보여 주는 변증법적 유물론과 이를 바탕으로 역사와 사회가 어떻게 변화하는지를 보여 주는 역사적 유물론으로 구성된다.

이 작품은 물질이 먼저냐, 정신이 먼저냐의 문제로 논쟁을 벌이는 두 소년의 이야기로 이루어진다. 철남은 물질이 정신을 놓았다고 하고, 필우는 정신이 물질을 놓았다고 주장한다. 하지만 철남이는 지구의 생명에 대한 논거를 들고, 사람의 육체가 사라지면 정신이 사라진다는 논지를 펼치면서 물질이 정신을 지배한다는 '유물론자'의 입장을 피력한다. 결국 마무리 부분에 '유물론 만세'라고 외치는 점으로 미루어 볼 때, 권환의 비평은 유물론에 대한 선동과 선전적 효과를 노리고 있는 것이다.

> 내가 지금 말하려 하는 것은 유물론적 변증법이다. 따라서 변증법을 말하더라도 유물론을 온통 떠나서는 말할 수 없다. 왜 그러냐 하면 유물론을 온통 떠나서 말한 그 변증법은 헤-게루의 관념적 변증법이 되고 말 것이니까./이 인간사회는 물질이 기초로 되어 있고 또 그것은 변증법적으로 발전한다. 그래서 우리가 유물변증법만 잘 알면 이 사회가 장차 어떻게 될 것을 대강이라도 미리 알 수도 있다. 근백년전(近百年前)에 한 맑스의 말이 거진 다 맞아가는 것이 그 때문이다. 예언자(豫言者)가 따로 없는 것이다. 투시자(透視者)가 따로 없는 것이다. 유물변증법을 잘 알면 어느 정도까지의 예언과 투시를 할 수 있는 것이다.
>
> —「변증법이란 무엇인가(1)」 가운데

권환의 비평은 유물론에 이어 변증법에 관한 이야기로 아동들에게 다가서고 있다. 그가 주장하는 변증법 또한 맑스주의 변증법이다. 이 맑스주의 변증법은 전반적으로 연관되어 있는 물질세계가 양질법칙, 대립물의 통일과 투쟁의 법칙, 부정의 부정법칙을 통해 합법칙적으로 변화하고 발전한다는 원리를 과학적으로 논증하고 있다. 특히 그의 비평에는 계급의식을 식민지 아동들의 눈높이에 맞춰 소개하려는 의지가 엿보인다.

이 작품에서 알 수 있듯이, 권환은 맑스 이전의 "소박유물론"과 "관념적 변증법"을 넘어서 "유물변증법적"인 관점을 역설하고 있다. 왜냐하면 인간사회는 "유물적으로만 보아서는 완전히 옳게 볼 수 없고 변증법적으로만 보아도 완전히 옳게 볼 수 없"기 때문이다. 따라서 그는 "인간사회는 물질이 기초가 되어 있고, 또 그것은 변증법적으로 발전한다"라는 유물변증법을 잘 알면, "이 사회가 장차 어떻게 될 것을 대강이라도 미리 알 수도 있다"고 말한다. 결국 권환은 유물변증법의 관점에 기초하여 계급주의 아동관을 당대 아동들에게 전파하고 있다.

이렇듯 권환의 아동문학은 주로 무산아동을 주인물로 내세워 표면 줄거리로 끌어가면서, 그 무렵의 빈궁 현실이나 계급 모순 상황을 드러내고 있다. 이를 통해 그는 계급적 이해를 전경화하면서 당대 현실을 일깨우고자 하는 뜻에 한결같던 셈이다. 특히 그의 아동문학은 나라잃은시기의 시대현실과 사회모순을 인식하고, 계급의식을 작품 속에 담아내려 노력한 흔적이 역력하다. 다시 말해서 그는 식민지 무산아동들이 가져야 할 자세와 마음가짐을 구체화시키는 계급주의 아동문학의 특성을 전형적으로 보여 주고 있는 것이다.

4. 마무리

권환은 우리문학사에서 계급주의 문학의 전형적인 본보기로서 앞자리를 차지하는 문학인 가운데 한 사람이다. 이 글은 권환의 삶과 문학 가운데서도 상대적으로 관심을 받지 못한 채 묻혀 있었던 계급주의 아동문학의 면모를 살피는 데 목표를 두었다. 이에 글쓴이는 그의 카프 활동과 계급주의 아동매체인 『신소년』과 『별나라』를 중심으로 이루어졌던 그의 작품 활동과 그 됨됨이를 살펴보았다. 그리고 그의 계급주의 아동문학의 특성을 소년소설과 소년시, 그리고 기타 산문 작품들로 나눠 구체적으로 구명하고자 했다.

먼저, 권환의 문학적 출발은 카프 활동과 아동문학 갈래에서 비롯되었다. 그가 정식으로 카프에 가입한 시기는 1929년 5월이었지만, 그의 문학활동은 카프 결성 무렵인 1925년 7월 『신소년』에 작품을 발표하면서부터 시작되었다. 그는 주로 아동매체 『신소년』과 『별나라』를 중심으로 소년소설과 소년시를 비롯해 여러 산문들을 다양하게 게재하고 있다. 이를 통해 그는 식민지 현실과 모순 상황을 다각도로 담아내려는 노력을 아끼지 않았다. 그런 만큼 권환의 삶과 문학행보는 카프의 운명과 맥을 같이하며 든든하게 자리 잡아 가는 궤적을 고스란히 보여 주었다.

다음으로, 권환의 아동문학은 계급주의 아동관에 바탕을 두고 무산계급과 현장성의 실천과정을 잘 담아내고 있다. 이는 구체적으로 식민지 아동들이 겪고 있었던 가난 체험의 실상과 그에 대한 현실인식을 담아낸 소년소설, 식민지 현실과 가족의식을 보여 주었던 소년시, 무산아동들의 계몽과 교육을 위한 구체적인 계급의식을 담아내고 있는 산문들에서 뚜렷하게 드러나고 있다. 따라서 그의 아동문학은 나라잃은시기의 무산아동들에게 현실인식과 민족의식을 고취시키려는 계급주의 세계관을 보여 주었다.

이렇듯 권환의 카프 활동과 문학행보는 우리나라 계급주의 문학의 전형으로 설정될 수 있다는 점에서 문학사적 의미를 찾을 수 있다. 또한 그의 계급주의 아동문학은 카프의 시인이자 비평가로 널리 알려진 그의 문학적 이력과 행보를 더욱 풍성하게 만들어 준다. 특히 아동매체 『신소년』과 『별나라』를 중심으로 이루어졌던 문학 활동은 우리나라 계급주의 아동문학이 나아가고자 했던 방향을 여러 갈래에 걸쳐 보여 준 값진 업적이라 하겠다.

앞으로 권환의 삶과 문학행보, 특히 아동문학 활동에 대한 연구가 더욱 활성화되어야 할 것이다. 그러기 위해서는 '권환 아동문학 전집'이 따로 엮어지고, 그동안 새로 발굴된 자료들을 아우르는 '권환 문학 전집'이 서둘러 발간되기를 기대한다. 그래야만 권환의 삶과 문학에 대한 온전한 값매김과 자리매김이 뒤따를 수 있을 것이다.

김원룡의 삶과 동시 세계

1. 들머리

김원룡(金元龍, 1911~1982)은 우리문학사에서 이름조차 생소할 정도로 잊혀져 간 문학인이다. "고향 고향 내 고향/박꽃 피는 내 고향/담 밑에 석류 익는/아름다운 내 고향"으로 불리는 동요를 아는가. 이원수가 짓고 정세문이 곡을 붙인 것으로 알려진 「고향」이다. 하지만 이 동요는 이원수의 작품이 아니라 그의 문우였던 김원룡의 작품이다. 이러한 사정에 대해 글쓴이는 몇 해 전 지역언론에 '동요 「고향」 이원수 작품 아니다'라고 밝힌 바 있다.[1]

우리 문학사의 갈피를 넘기다 보면 온전한 문학사 기술이라는 점에서 아쉬운 일들이 뜻밖으로 많다. 질곡의 역사 속에서 작가 또는 작품에 대한 논의 자체가 제도적으로 금기시된 경우도 있다. 하지만 그보

---

1) 『경남도민일보』, 2004.6.9.

다는 문학연구자들의 무관심으로 말미암아 그들의 문학 행적이 밝혀지지 않은 채 묻혀버린 경우가 많다. 이 글에서 연구대상으로 삼은 김원룡 또한 그 같은 문학인 가운데 한 사람이다.

물론 그의 문학활동이 광복기와 전쟁기를 거치는 짧은 기간에 머물렀고, 다른 아동문학가들과 견주어 작품 수도 적었으며, 좌익 성향을 지닌 아동문학가였다는 점이 크게 작용했을 것이다. 하지만 무엇보다도 그의 동요·동시집 『내 고향』이 늦게사 발굴되었던 것이 중요한 원인이라고 하겠다. 그런 까닭에 김원룡은 우리 문학사에서 제대로 인정받지 못한 채로 있었다.

지금껏 김원룡의 삶과 문학에 대한 연구는 거의 이루어지지 않았다. 동요·동시집 『내 고향』 발간에 따른 정진업의 간단한 서평[2]이 있고, 「광복기 경남·부산지역의 아동문학 연구: 남대우·이원수·김원룡의 동시집을 중심으로」라는 한정호의 연구[3]가 있을 뿐이다. 글쓴이의 논문은 김원룡을 대상으로 삼은 개별 작가론은 아니었지만, 그의 문학에 대한 최초의 학문적 접근이라 하겠다.

이 글은 아동문학가 김원룡을 조명하는 데 목표를 둔다. 이에 글쓴이는 그의 삶과 문학활동, 그리고 아동지 『새동무』의 출판활동에 대해 짚어본 뒤, 동요·동시집 『내 고향』의 서지사항과 동시세계를 따져볼 것이다. 이를 통해 김원룡이 우리 문학사회에 새롭게 알려지고, 그의 삶과 문학에 대한 관심이 깊어지길 기대한다.

---

2) 정진업, 「동요·동시집 『내고향』을 읽고」, 『부산일보』, 1947.9.20.
3) 한정호, 「광복기 경남·부산지역 아동문학 연구: 남대우·이원수·김원룡의 동시집을 중심으로」, 『한국문학논총』 제40집, 한국문학회, 2005.

2. 김원룡의 삶과 문학살이

1) 생애와 문학활동

앞서 밝혔듯이, 김원룡은 아동문학가로서의 존재뿐 아니라 그의 삶과 문학살이에 대해 제대로 알려진 바 없다. 단지 이재철의 『세계아동문학사전』에서 아동지 『새동무』의 발행인, 또는 동요·동시집 『내 고향』의 저자로 소개되고 있다. 그 내용을 옮겨보면 다음과 같다.

김원룡: 동요·동시인. 마산 출생. 어린이 잡지 『새동무』의 주간 겸 발행인. 피난지 대구에서 『소년세계』 운영위원 등을 지냈으며, 출판사, 아동 잡지를 경영하면서 동시를 창작. 동시 「시골밤」(1948, 『소년』 창간호), 「야학」(1948, 『소년』), 「가을」(1952, 『소년세계』), 「오월이 오면」(1953, 『소년세계』), 「서울로 가자」(1953, 『소년세계』) 등, 주로 향토적 서정적인 작품을 발표하였다. 저서로는 동요집 『내 고향』(1947, 새동무사) 등이 있다. 〈대표작〉 동시 「내 고향」, 「꿈에만 보는 서울」, 「시골 처녀」 등.[4]

여기서 이재철은 "동요·동시인"으로서 김원룡의 출생지와 생몰연대, "어린이 잡지 『새동무』의 주간 겸 발행인"이었다는 사실, 그의 대표작과 저서에 대해 간략하게 소개하고 있다. 이는 동요·동시집 『내 고향』을 이재철 자신이 소장하고 있었기에 가능했던 것으로 보인다. 그동안 글쓴이가 조사한 자료를 바탕으로 김원룡의 해적이를 정리해 보면 다음과 같다.

김원룡은 1911년 3월 15일 마산에서 태어났고, 1924년 마산공립보

---

4) 이재철 엮음, 『세계아동문학사전』, 계몽사, 1989, 46쪽.

통학교(현 성호초등학교)에 입학했으며. 4학년 때 마산공립보통학교 교지인 『문우』 제8호(1927.3)에 동시 「설」을 발표하기도 했다. 1929년에 마산공립보통학교를 졸업한 뒤, 경남도련(慶南道聯) 집행위원회 서기(書記)로 잠시 일하다가, 1931년 무렵 일본 동경으로 건너가 학교를 다녔다고 한다. 1936년 무렵 학업을 마치고 귀국하여, 조선식산은행에서 근무했으며, 그때부터 본격적으로 동요를 창작했다고 한다.

40년대 당시만 하더라도 마산에는 문학하는 사람이 그리 많지 않았다. 김용호(시) 이상조(소설) 이원수(아동문학) 김원룡(아동문학) 김수돈(시) 그리고 필자 정도였지만 문단이란 것은 형성될 수가 없었다./수돈과 나는 '데까당'을 함으로써 무슨 인생수업이나 쌓는 듯 밤낮으로 술을 마시며 '카페'나 '바아'를 순례하면서 고담준론(高談峻論)으로 문학토론을 일삼았고 김용호 선배는 그 때 '원동무역(元東貿易)'이란 회사에 근무하고 있었으며 이원수 선배는 금융조합, 김원룡씨는 식산은행 등 각기 직업을 가지고 있으면서 작품을 발표하였다.5)

정진업에 따르면, 1940년대 마산에서는 김용호·이상조·이원수·김원룡·김수돈·정진업 등이 활동했다. 이들 가운데 김원룡은 조선식산은행에 다니면서 작품을 발표했다는 것이다. 뒷날 그가 조선식산은행 행우회본부에서 펴낸 『무궁(無窮)』 3권 3호(1948.8)에 시 「어찌하리오」를 발표한 것도 이와 무관하지 않다.

을유광복 이후 김원룡은 출판사 '새동무사'를 경영했다. 1946년 2월에는 아동잡지 『새동무』의 편집 겸 발행인으로서 속간호를 펴냈으며, 출판활동은 물론 문화운동을 활발하게 전개해 나갔다. 그 무렵

---

5) 정진업, 「나의 문단 올챙이 시절과 오늘의 마산문단」, 『마산문학』 제7집, 1981.3.

『동아일보』(1947.2.14) 기사에 따르면, 김원룡은 1947년 조직된 '조선 어린이날 전국준비위원회'의 준비위원과 상임위원에 이름을 올리고 있다. 이로 미루어 볼 때, 그가 아동문화운동가로서 활동했음을 알 수 있다.

> 향우 김원룡(金元龍)군이 동요동시집 『내 고향』을 내놓았다./군은 해방 20년전 타오르는 학구(學究)에의 정열을 걷잡을 길 없어 중대 직장도 버리고 표연히 일로(一路) 동경으로 현해탄을 건너갔다 왔었다./그러자 해방이 되고 아동문학에 뜻을 둔 군은 가재(家財)를 정리하여 상경하자 아동문화운동을 시작한 것이 어린이 잡지 『새동무』 출판이었다. 이 『내 고향』은 군이 직장에 있을 때부터 『새동무』에 발표하기까지의 작품을 수록하여 새동무사에서 출판한 것이다./종전의 아동세계에서 한걸음 나아가 군의 작품은 시대적인 새로운 각도에서 아동의 세계관을 확립할려는 데 그 특장이 있을 것이다.6)

그는 1947년 9월 무렵 동요·동시집 『내 고향』(새동무사)을 펴냈다. 이에 정진업은 『내 고향』 발간에 대한 서평에서, 김원룡이 "직장에 있을 때부터 『새동무』에 발표하기까지의 작품을 수록"했으며, 그의 작품은 "종전의 아동세계에서 한걸음 나아가" "시대적인 새로운 각도에서 아동의 세계관을 확립할려는 데 그 특장이 있을 것"이라고 평가했다. 그리고 『내 고향』은 '아동문화에 관심을 가지는 이에게 일독을 권하고 싶은 책'이라고 밝혔다.

한국전쟁기에 김원룡은 피난지 대구에서 이원수가 편집주간이 되어 발행한 『소년세계』의 운영위원으로 이름을 올렸고, 여러 편의 작

---

6) 정진업, 「동요·동시집 『내 고향』을 읽고」, 『부산일보』, 1947.9.20.

품을 발표했다. 전쟁 이후 그는 1954년 남향문화사를 설립했고, 1955
년 10월 대한출판문화협회에 가입하여 창작활동보다는 출판업에 전
념했다.

　향토 마산의 해방 전의 문학계를 회고컨대 일찍이 1913년에 마산문예
구락부가 기관지 『문예구락부(文藝俱樂部)』(김광제 편집, 김정묵 발행)를
순한문지(純漢文誌)로 발행한 바 있었고, 시조시인 이은상, 동요시인 이
원수, 희곡작가 이광래, 시인 김용호, 소설가 김용찬, 시인 김수돈, 정진
업, 조향, 아동문학에 김원룡 등이 활약하였고, 해방 후로는 김수돈, 조
향, 정진업, 김원룡, 김일규, 김춘수, 이영도, 이원섭, 김상옥, 김세익, 안
장현, 남윤철, 박철석, 김태홍, 김남조, 천상병, 김윤기, 김재관, 서정율,
김대규, 이석, 이진순, 김원식, 문덕수, 김봉돈, 이훈경, 최익배 등이 활약
하였다.[7]

　이 글은 1956년 마산문화협의회에서 펴낸 『마산문화연감』의 기록
이다. 이 글에서 보듯, 1950년대 마산의 지역사회에서 김원룡은 이원
수와 함께 이름이 거론되고 있었던 것이다. 그는 광복 전부터 아동문
학가로 활동하면서 지역사회의 문화에 일조한 것으로 평가받고 있다.
　그 뒤 김원룡은 1965년부터 『출판문화』 편집위원을 지냈으며, 1973
년에는 대한출판문화협회의 이사·감사·상무이사를 역임했다. 그렇게
출판인으로 활동하다가, 그는 1982년에 71세의 나이로 사망했다. 이처
럼 아동문학가로 활동한 그였지만, 오늘날 우리 문학사는 물론 지역문
학사에서조차 조명받지 못하고 있다.

---

7) 마산문화협의회, 『마산문화연감』, 마산문화협의회, 1956, 36쪽.

2) 아동지 『새동무』와 출판활동

앞서 살펴본 김원룡의 생애 가운데서, 눈길을 끄는 부분은 출판활동이다. 을유광복 직후 그는 출판사 운영과 아동 잡지 발행, 그리고 아동문화운동에 열정을 쏟았다. 아동지 『새동무』의 발행이 그것이다.[8] 1945년 12월 『새동무』 창간호가 신문화사에서 발간되었고, 편집 겸 발행인은 임가순이었고, 주간은 김원룡이었다. 주요 집필진은 당시 계급주의를 부르짖던 한효·임가순·홍효민·윤세중·이동규·최병철·안동수 등 대부분 좌익계 작가들로 구성되었다. 이로 미루어 『새동무』는 계급주의적 경향을 내세운 아동지였지만, 그 내용의 밀도는 좌익계 아동지 『아동문학』처럼 극한적이고 선동적인 논조를 능가하지는 않았다.[9]

그 뒤 『새동무』 제2호(1946.2)에 이어, 1946년 10월 『새동무』 제3호가 속간호로 발간되었다. 제호는 그대로 따랐고, 편집 겸 발행인이 김원룡으로 바뀌었고, 발행소는 '새동무사', 인쇄소는 '보성사'로 바뀌었다. 그와 동향의 문우였던 이원수가 편집자문역을 맡았다고 한다.

하지만 광복기의 혼란한 시대현실에서 출판사 경영은 순조롭지 못했던 것으로 짐작된다. 그 무렵의 출판사정을 알려 주듯, 김원룡은 『새동무』 제4호의 「만들고나서」에서 '암초에 자칫 하였다면 맥을 잃고 쓰러질 것을' 견뎌내고 '속간호'를 발행했다고 한다. 그 결과 각처에서 좋은 평을 받았고, 여러 학교에서도 단체주문을 하여 '과외독물'로 사용하고 있다며 고마움을 전했다.[10]

---

8) 글쓴이가 확인한 아동지 『새동무』는 창간호(1945.12), 제2호(1946.4), 제3호(1946. 10), 제4호(1946.11), 제7호(1947.4), 제9호(1947.8), 제10호(1947.9), 제11호(1947. 11)이다. 여기에 빠진 자료를 확인하지 못해 아쉽지만, 『새동무』는 제15호(1948.6) 까지 나온 것으로 보인다.

9) 이재철, 『세계아동문학사전』, 계몽사, 1989, 159~160쪽.

10) 『새동무』 제4호, 1946.11.

『새동무』는 서울에서 발행되었지만, 발행인 김원룡의 출신지인 마산 지역사회의 전폭적인 후원을 받았다. 광고에서 마산지역의 기업과 상점을 소개하고 있는 점이 이를 잘 대변하고 있다. 또한, 『새동무』에는 경남·부산지역의 이극로·이주홍·남대우·김원룡·이원수·김용호·최계락 등이 작품을 실었다. 그리고 '선생님 페지'에 하동국민학교 김승갑 선생이 동요를 실었다. 뿐만 아니라 마산 인근지역의 어린이들 중심으로 작품 투고가 많았다.

한편, 『새동무』 제9호에 따르면, 마산의 '대학서점'을 광고하는 자리에서 그 곳이 '새동무 마산지사' '예술신문지국'이라고 적고 있다. 이로 미루어 마산지역에 지사가 설치되어 있었음을 알 수 있다.11) 그리고 여기에도 마산지역에 있는 회사와 각계 인사들이 '축 새동무사 발전'이라는 이름으로 광고를 내고 있다. 또한 제주와 하동지역에 '새동무' 지사를 설치했다고 밝혔다. 따라서 그는 제주지사장 고순하와 하동지사장 남대우와도 친분이 두터웠음을 알 수 있다.12)

맑은 생각 뜬구름되고/잡념(雜念)만이 처쳤다//자나 깨나 붓놀림이 버릇이건만/어린이들 잔치를 두줄도 채못적어/꼭뒤치는 패성(敗聲)에 붓끝이 머문다//쉴줄 모르는 내 마력(馬力)의 불덩이가/사우(社友)들의 수족(手足)에 건늘때마다/밀고가자는 소리 이구동성(異口同聲)인데/오뉴월 책사(冊舍)엔 파리만 날리고/겨레의 등꼴에는 단내가 차오르니//색도(色度)를 주리고 페-지를 느리자는것도/선화지(仙貨紙)를 쓰고 안가(安價)로 해보자는것도/모두가 철모르는 공염불(空念佛)이었다
—「어찌하리오」 가운데13)

11) 『새동무』 제9호, 1947.8, 38쪽.
12) 『새동무』 제9호, 1947.8, 20쪽.
13) 『무궁』 제3권 제3호, 조선식산은행 행우회본부, 1948.8.

작품 끝에 '새동무 15호를 내면서'라는 덧글이 붙어 있는 것으로 미루어, 김원룡은 아동지 『새동무』의 발행인으로 일하고 있었다. "사우들의 수족에 건널 때마다/밀고 가자는 소리 이구동성인데/오뉴월 책사엔 파리만 날리고" "색도를 주리고 페―지를 늘리자는 것도/선화지를 쓰고 안가로 해보자는 것도/모두가 철모르는 공염불이었다"에서 보듯, 그가 운영하던 출판사의 경영난이 고스란히 배여 있다. 그리고 '인쇄기마저 섰으니 어찌하리오' 하면서 출판업을 접어야 하는 안타까운 심정을 토로하고 있다.

물론 김원룡은 계급주의 경향을 보여 주는 아동문학가였다. 특히 아동지 『새동무』 발행은 광복기의 나라 정세에서 쉬운 일이 아니었을 것이다. 하지만 그는 아동매체 발간과 '남향문화사'의 발행인으로 출판업에 전념함으로써 아동문학의 중심 가까이에 머물 수 있었다고 하겠다.

이렇듯 김원룡은 광복·전쟁기를 거치면서 아동문학뿐 아니라 출판활동을 활발하게 전개했다. 그러나 1950년대 후반부터는 창작활동보다 출판업에 전념한 것으로 보인다. 비록 그의 문학활동은 짧은 기간에 그쳤지만, 그의 아동문학에 대한 사랑과 열정은 여느 아동문학가 못지않았다고 하겠다.

3. 동요·동시집 『내 고향』

1) 서지사항

1947년 9월 무렵, 김원룡은 동요·동시집 『내 고향』을 펴내며 왕성한 작품활동을 펼쳤다. 우선 『내 고향』의 판권에는 인쇄일과 발행일을 따로 밝히지 않고, 다만 1947년판이라고 적혀 있다. 그리고 저작 겸 발행인은 김원룡(서울시 돈암동 506의 3번지)으로, 발행소는 자신이 경영하던 '새동무사'(서울시 중구 소공동 93)로 적혀 있고, 값은 50원이었다.

김원룡씨의 동요집이 나오게 됐다는 말을 듣고 조선에도 이 방면에 대한 열의가 상당히 높아 간다는 것을 느끼고 못내 기뻐하였다./아동문화운동에 정성스런 이분의 작품은 세련되어 가경에 들어간 노래라기보담 꾸밈 없는 자연적인 순박한 노래들이다. 그래 그런지 고향의 어린 옛날을 생각하게하고 그립게 하는 노래가 많다./이 동요집『내 고향』을 출발로 삼아 앞으로 이 길에 더한 노력과 정진이 있을 줄 믿고 기뻐하는 바이다.

—이원수의 「머리말」 전문

「머리말」은 동향의 문우였던 이원수가 적었다. 몇몇 자료에는『내 고향』의 발행시기가 1946년으로 알려져 있지만, 1947년에 나온 것으로 보인다. 왜냐하면 글의 말미에 적었듯이, 따로 밝히지 않은『내 고향』의 발행일자도 '1947년 9월' 무렵이었을 것이기 때문이다.

김원룡과 이원수는 둘 다 1911년생으로 같은 연배였지만, 여기서 이원수는 "아동문화운동에 정성스런 이분"이라는 표현으로 김원룡을 높여 칭했고, 선배 문인이 신인을 보는 눈길로 글을 적고 있다. 물론 나라잃은시기부터 이름이 널리 알려진 이원수로서는 첫 동요집을 내는 김원룡은 신인으로 보였을 것이다.

『내 고향』을 펴낼 때, 김원룡은 이원수에게 「머리말」을 부탁했다. 광복기에도 이원수는 아동문학가로서 그 명성이 높았고, 좌·우익 양 진영을 드나들며 가장 활발하게 활동했다. 그러한 친분으로 김원룡은 뒷날 이원수가 아동지『소년세계』를 발행할 때 자문을 맡았으며, 여러 차례 작품을 싣기도 했다는 점이다. 그만큼 그는 이원수의 친분이 매우 두터웠음을 알 수 있다.

『내 고향』에는 모두 41편의 작품을 다섯 부로 나누어 실었다. 첫째 부에는 〈고향생각〉으로 9편, 둘째 부에는 〈눈 오는 밤〉으로 5편, 셋째 부에는 〈어름 풀린 연못〉으로 11편, 넷째 부에는 〈착한 바위〉로 10편, 다섯째 부에는 〈야학 가는 길〉로 6편의 작품으로 이루어져 있다.

> 동요를 지어온지 벌써 십년이 넘었건만 한번도 자신있는 동요를 써 보지못한 둔한 재주를 가진 내가 동요집을 낸다는 것은 한편 부끄러운 일이기는 하나 우리말의 노래를 자유로 부를수 있는 해방의 감격을 어찌 할수 없어 어린이의 세계를 떠날 수 없는 내마음의 한토막을 엮어놓은 것이다./'내 고향'이 둔하고 부족한 동무이기는 하나 부디 버리지말고 같이 다리고 놀아주기를 바란다. 끝으로 어려운 사정으로 작품 전부를 싣지못한 것을 마음아프게 여기는동시 앞으로는 아동세계를 더한층 깊이 파고 들어갈 깃을 굳게 약속한다.
>
> ―김원룡, 「지은이의 말」 전문

하지만 「지은이의 말」을 통해 그의 작품활동에 대한 몇 가지 사실을 유추해 볼 수 있겠다. 첫째, 그가 밝힌 것처럼 "동요를 지어온 지 벌써 십 년이 넘었"다는 점이다. 따라서 그가 동시 창작을 시작한 때가 나라잃은시기 1937년 무렵부터임을 짐작할 수 있다. 하지만 그의 그 때의 작품에 대해서는 알려진 바가 없어 안타까울 따름이다.

물론 『문우』 제8호(1927.3)에 동시 「설」을 제쳐 두고, 글쓴이가 조사한 바에 따르면, 자신이 펴낸 아동지 『새동무』 제4호(1946.11)에 실은 동시 「아침」이 최초의 작품으로 드러난다. 아마도 그는 나라잃은시기부터 동시를 발표하지 않고 따로 습작 활동을 계속해 온 것으로 볼 수 있다.

둘째, 동요·동시집 『내 고향』의 발간 동기에 대해 적어 두었다. "우리말의 노래를 자유로 부를 수 있는 해방의 감격을 어찌 할 수 없어 어린이의 세계를 떠날 수 없는 내 마음의 한 토막을 엮어놓은 것"이라는 것이다. 광복의 기쁨과 어린이에 대한 그의 각별한 애정을 읽어낼 수 있다.

또한, "어려운 사정으로 작품 전부를 싣지 못한 것을 마음 아프게 여기는 동시에, 앞으로 아동세계를 더한층 깊이 파고 들어갈 것을 굳게 약속"한다는 점에서, 『내 고향』에 실린 작품 말고도 더 많은 작품이 있다는 것과 더욱 활발하게 아동세계를 펼쳐 보이겠다는 의지를 엿볼 수 있다.

『내 고향』의 겉표지 장정과 표제지 그리고 각 부의 삽화는 모두 만화가 임동은(林同恩)이 꾸몄다. 표지 그림을 보면, 감나무에 까마귀 한 마리가 앉아 있고, 그 아래 남녀 어린이와 두 손을 들어 까마귀를 쫓는 시늉을 하고, 그 옆에 강아지도 덩달아 까마귀를 향해 짖고 있는 그림이다. 그리고 책의 말미에는 김원룡의 동요 「내 고향」과 「시골집」의 악보를 싣고 있는데, 두 작품 모두 정종길(鄭鍾吉)이 작곡했다.14)

2) 동시 세계

(1) 향토적 서정을 노래한 서정동시

앞서 이원수는 그의 작품을 두고 '세련되어 가경에 들어간 노래라

---

14) 하지만 의문스러운 일은, 동요 「내 고향」이 이원수 작시·정세문 작곡의 「고향」이라는 제목으로 달리해 정세문의 『동요곡집(2): 산길』(1959, 25곡)에 발표되었다는 점이다. 이 동요는 한국전쟁 뒤에 작곡되고 1960년대 들어 널리 불려진 것으로 보인다. 이는 김원룡이 지은 「내 고향」과 똑 같은 가사인데, 단지 첫 시작에서 "고향"이 한 번 더 반복되고 있으며, 본디 김원룡의 「내 고향」은 3절까지였지만, 이원수의 「고향」은 2절까지만 소개되고 있다는 점이 다를 뿐이다.

기보담 꾸밈없는 자연적인 순박한 노래들이다. 그래서 그런지 고향의
어린 옛날을 생각하게 하고 그립게 하는 노래가 많다'고 평가했다.
이처럼 향토적 서정을 노래한 김원룡의 작품은 서정동시 계열에 속한
다고 하겠다. 서정동시는 그 소재나 내용이 자연과의 교감이나 감동
을 주로 표현한 동시로서, 자연 자체나 자연과의 감동적인 교류를 사
실적으로 형상화한 동시를 일컫는다. 그의 동시 세계의 특성 가운데
하나는 어릴 적 살던 고향에 대한 그리움이 애틋하게 묻어 있다는
점이다.

고향 내 고향/박꽃 피는 내 고향/담밑에 석류 익는/아름다운 내 고향.//
고향 내 고향/바다 푸른 내 고향/석양의 노을 따라/물새 우는 내 고향.//고
향 내 고향/어느 때나 가 볼가/눈감아도 떠오르는/그리운 곳 내 고향.
―「내 고향」 전문

이 작품은 동요·동시집 『내 고향』의 표제작이자, 따로 곡까지 붙인
작품이다. 그에게 고향은 "박꽃 피"고 "담 밑에 석류 익는 아름다운"
곳이다. 물론 그의 고향인 마산을 표현한 것이다. 그리고 "바다 푸"르고
"노을 따라 물새 우는" "눈감아도 떠오르는 그리운 곳"이다. 그의 대표
작이라 할 수 있는 「내 고향」은 동향의 선배 시인이었던 노산 이은상의
「가고파」를 동요로 바꿔놓은 듯한 인상을 물씬 풍기는 작품이다.

우리집은 시골집/산골속의 초가집/고추익어 빨갛고/호박덩이 노랗고//
집뒤에는 밤송이/앞뜰에는 빨간감/고추쨍인 춤추고/재미있는 시골집
―「시골집」 전문

이 동시 또한 곡을 붙여 책 뒤에 따로 실은 작품이다.15) 어릴 적

살던 "시골집"의 정경을 노래하고 있다. 고향을 떠나 멀리 서울에 살면서 자신의 고향인 마산을 형상화한 것으로 생각된다. 이렇듯 그의 동시 세계에는 어릴 적 살던 고향에 대한 그리움이 애틋하게 묻어있다. 물론 시인 자신이 살던 고향집은 아닐 터이다. 밭에는 고추가 붉게, 호박이 노랗게 익어 있는 모습, 그리고 집뒤에는 밤송이와 앞뜰에는 홍시가 달려 있으며, 고추잠자리 날아다니는 "산골 속의 초가집" 풍경을 그려내고 있다. 그 무렵 시골에서 쉽게 접할 수 있는 서정을 순박한 동심으로 끌어낸 작품이라 하겠다.

(2) 아동의 구체 현실을 노래한 생활동시

생활동시는 아동들의 나날살이를 묘사하거나 재현하고자 하는 의도가 전경화되어 있는 작품이다. 다시 말해서 아동들의 구체 현실이 사실적으로 표현된 동시를 일컫는다. 그런 까닭에 아동의 생활 체험에서 만나는 소재가 주로 채택된다. 따라서 김원룡의 동시 세계는 아동의 구체 현실과 일상적 삶을 노래한 생활동시가 많다. 이 또한 아동을 향한 지극한 애정으로 이해해야 마땅할 것이다.

> 엄매―/소가 운다/느티나무 밑에서/어미 소가 운다.//엄마 따라 들에 나온/어린 송아지/시냇가에 혼자놀다/어딜 갔는지,//산기슭이 어둡도록/오지를 않어/어미소는 일 마쳐도/집에 못가고,/느티나무 밑에서 부르는 소리/매 매―저녁들에/울려가누나.
>
> ―「어미소가 운다」 전문

---

15) 정종길이 작곡한 「시골집」의 가사 내용과 비교해 보면, "우리집은 시골집/산골사는 초가집/고추익어 빨갛고/호박덩이 노랗고//조롱조롱 열어서/울긋불긋 달리면/노랑나비 흰나비/모두와서 놀지요"로서 2절에서 전혀 다른 가사를 적고 있다.

집집마다 떡방아 쿵쿵찧더니/쿵쿵소리 듣고서 새해가 왔네.//떡국 먹고 나이 먹고 고까옷 입고/우리동생 설날 좋아 뛰고 춤추면.//처마끝에 참새도 떡 쪼아 먹고/제 배가 부르다고 짹짹어리고.//외양간 어미소 일 안 간다고/젖먹이 송아지도 좋아 뜁니다.

—「새해」 전문

앞의 작품은 송아지를 잃은 "어미소"의 구슬픈 울음소리를 동심으로 조명하고 있다. 느티나무 밑에서 어린 송아지가 돌아오기를 기다리며, 집에도 못 가고 애타게 부르는 모습을 사람살이에 비유해 보여 주고 있다. 이를테면 자식에 대한 모성애를 일깨워 주려는 의도로 보인다.

뒤의 작품은 설날의 풍경을 그려내고 있다. 떡방아 찧는 소리에 새해가 왔으며, 설빔을 입고 좋아하는 아이들의 모습을 보여 준다. 그리고 시인의 눈길은 참새와 소에게까지 미쳐, 설날이 되면 배불리 먹는다는 점과 일을 나가지 않아 좋다는 감정을 표현하고 있다.

이렇듯 김원룡의 시들은 농촌생활에서 흔히 접하는 아동의 삶과 일상을 비유적으로 표현하고 있다. 특히 그는 아동들의 생활 또는 일상을 직접적으로 노래하기보다 그 속에서 흔히 접하는 사물들을 통해 아동의 생활상과 비추어 표현하고 있다. 그러한 세계는 본디부터 그가 현실주의 아동관에 깊게 매료되어 있었음을 짐작케 한다.

한편, '아동문화운동에 정성스런' 김원룡은 광복 현실 속에서 동요의 교훈적·계몽적 쓰임새를 놓치지 않았다. 그래서 그는 아동들에게 광복 현실의 과제를 작품으로 일깨워 주고 있다. 이를테면 새나라 세우기의 주요 과제 가운데 하나인 왜로의 잔재 청산과 현실의 극복의지를 부르짖고 있다. 여기에 드는 작품으로는 「새봄맞이」, 「어린이날」, 「야학」, 「고 여운형 선생」, 「3·1운동」이 해당된다.

무더운 밤 호롱불 밑에서/주먹구구로 밤새우시는 아버지/도조 셈에/어
제도 지주께 속혀 왔다고/까막눈 신세를 슬퍼하시며//모깃불 타오르는 뜰
앞에서/신을 삼아/야학가는 내발에 신겨주시고/공부 잘 하라고/신신 당부
하시는 아버지//개고리도 개골개골 글배우는/초생달 비추는 언덕길을/글
모르면 소같은 사람 된다고/나무꾼 머슴들 모두 나서서/재넘어 비탈길도
먼줄 모르고/휫파람 불며 불며 야학을 간다

—「야학」 전문

이 동시는 "까막눈 신세를 슬퍼"하는 아버지가 "야학" 가는 아들에
게 "공부 잘 하라고 신신 당부"하는 모습과 "나무꾼 머슴들 모두"가
야학을 가는 모습을 그려내고 있다. 이로써 김원룡은 가난한 현실과
힘든 생활 속에서도 교육의 힘이 가난한 삶을 극복하는 한 방법임을
계몽하고 있다.

(3) 자연현상을 노래한 유희동시

유희동시는 기존 아동문학 사회의 문학제도와 전통 안에서 마련된
관습적 상상력에 기댄 작품이다. 흔히 아동의 앳되고 순수 동심에 대
한 추체험을 바탕으로 삼으며, 우리에게 가장 낯익은 오락적 동시가
그것이다. 흔히 순수 동심주의를 내세우며 자연현상을 노래한 동시들
은 유희동시 계열에 속한다고 하겠다.
여기에는 「가을이래요」, 「가을밤」, 「둥근 달님」, 「까치」, 「달과 별」
이 있다.

둥근 달님 등불들고/하늘 높이 솟아서/왼세상을 빛추며/서쪽나라 가는
데.//심술쟁이 구름이/달님 얼굴 가리면.//어둔 세상 싫다고 푸른별님 성

내며/힘센바람 보내여/검은구름 쫓지요.

—「둥근 달님」 전문

이 시는 보름날 "둥근 달밤"의 풍경을 대하며 시적 정감을 높이고 있다. "등불"처럼 밝은 "달님"이 온 세상을 환하게 비추고 있다. 이에 "심술쟁이 구름"이 달을 가리자, "푸른 별님"이 어두운 세상이 싫다며 바람을 보내 그 구름을 쫓아낸다는 것이다. 흔히 만나는 자연현상을 노래하고 있지만, 어린이다운 발상에 선명한 이미지를 실어낸 것이 특징이라 하겠다.

까치가 깍 깍 우는 들판에/송이송이 흰눈이 나려 쌓여서//산이랑 들이 랑 지붕 위랑/모두가 눈속에 잠들었는데//발벗은 까치는 눈이 차다고/해 저믄 고개길을 울며갑니다.

—「까치」 전문

이 시는 눈 쌓인 겨울의 풍경을 노래하면서, 가난하고 힘겨운 삶을 담아내려는 의지가 숨어 있다. 그 같은 생활을 "눈이 차다"며 "해 저 믄 고갯길을 울며"가는 "발 벗은 까치"에 비유하여 노래하고 있다. 이처럼 자연현상을 통한 순수 동심을 노래했음에도 불구하고, 그의 동시에는 광복기 아동의 체험이나 감정이 깊이 스며 있다.

(4) 궁핍한 시대현실을 노래한 계급동시

계급동시는 계급의식과 현실 문제를 담아낸 작품을 일컫는다. 이를 테면 동심의 현실성을 강조한 작품으로, 계급의식에 바탕을 둔 작가 의 비판적 현실인식을 보여 준다. 그럼 점에서 김원룡은 광복기 계급주의 계열의 좌파 문단에 이름을 올리지는 않았지만, 계급주의 경향의 동시를 많이 창작했다. 특히 그가 발행·주간한『새동무』는 계급주의 경향을 내세운 아동지였던 점으로 미루어, 그의 동시세계 또한 광복기 시대현실에 바탕을 둔 우리 겨레의 생활상에 관심을 보여 주고 있다.

　낮에는 공장 일에 숨이 차고/저녁엔 부족한 배급 양식에/힘없이 늘어져 누었노라면.//창밖에 달은 낮같이 밝고/느릿느릿 치는 시계소리 마자/내 마음을 자꾸만 섧게 해 준다.

—「배고픈 밤」 전문

　해방이 되었다고 어깨춤추고/독립이 된다해서 좋아울었더니/이태삼년 지내도 독립은커녕/못산다는 소리만 높아 갑니다//왜놈이 손을들고 쫓겨가기에/인제는 우리살때 왔나했더니/가난은 남겨놓고 몸만갔는지/굶주리는 백성만 늘어갑니다

—「언제 잘사나」 전문

이 작품들에는 가난하고 불행한 광복기의 가족 현실이 잘 드러나 있다. 앞의 시에서 김원룡은 광복을 맞은 감격보다는 "가난은 남겨놓고 몸만 갔는지/굶주리는 백성만 늘어"가는 시대 현실을 비판하고 있다. 뒤의 시에서는 "할머니는 병나서 걱정", "아버지 어머니는 가난해 걱정", "언니와 오빠는 공부 못해 걱정"하는 가족 현실을 토로했다. 이 같은 가족 구성원들의 온갖 "걱정"을 통해 힘겨운 살림살이를 구체적으로 드러내고 있다. "걱정이 낙엽처럼 쌓인 우리집"이라는 표현이 이를 잘 대변한다고 하겠다. 한편 작가는 걱정 많은 가정에 "웃음꽃" 피는 "잘 사는 세상"이 오기를 간절히 원하고 있다.

걱정이 낙엽처럼 쌓인 우리집/언제나 봄바람이 불어 오려나.//꼬부랑 할머니는 병나서 걱정/아버지 어머니는 가난해 걱정/언니와 오빠는 공부 못해 걱정/나는 나는 보기가 정말 딱해 걱정.//언제나 우리집에 웃음꽃이 피려나/일하면 잘사는 좋은세상 오려나.

—「걱정」 전문

이 작품은 광복으로 말미암아 "고국이 그리워 찾아온 귀환동포"들의 생활과 신세를 보여 주고 있다. 특히 '마산항 전재민 수용소'를 보고 온 감정을 표현한 것이다. 이른바 해방촌이라 불리우는 곳에서 살아가는 이들의 모습을 고스란히 옮겨 놓고 있는 것이다. 그들은 "햇빛도 아니드는 곳간"에서 눈물과 탄식으로 목숨을 이어가고 있다.

왜놈들이 살던 높고 큰 집에/누가 들어 살기에/햇빛도 아니드는 곳간속에/사람들이 물건처럼 재여있나//모두가 고국이 그리워/찾아온 귀환동포 전재민이래//굴같이 길—고 어두어/바람도 피해 가는곳/여름엔 숨맥혀 죽고/겨울엔 얼어 죽는곳//다 같은 겨레요 형제끼리건만/해방끝에 눈물지우는 그들의신세/장마진 여름 밤/곳간속은 지옥처럼/고단한 숨소리와 탄식만이/가슴 아프게 흘러나온다

—「곳간」 전문

이 시는 광복 이후 해외로부터 귀환하여 마산에 온 전재민들의 삶을 보여 주는 작품이다. "1947년 8월 10일 마산항전재민수용소를 보고" 그들의 힘겨운 삶을 안타까운 마음으로 적고 있다. 가난한 현실에 대한 인식은 그 무렵 대개의 작품에 나타나는 공통적인 특성이라 하겠으나, 이 작품은 광복기의 구체 현실을 담아내고 있다는 점에서 그의 동시세계와 작가정신을 나름대로 견지하고 있다.

이렇듯 김원룡은 서정동시, 생활동시, 유희동시, 계급동시를 고루 썼다. 그런 점에서 그의 동시 세계는 고향에 대한 그리움을 담은 향토적 서정, 아동의 구체 현실과 자연현상을 노래한 순수 동심주의, 궁핍한 시대현실에 대한 교훈적·계몽적 서정을 보여 주고 있다. 그의 동시가 순진무구한 아동의 세계이면서 생활의 한가운데 있다는 것은 참으로 값진 성과이다.

4. 마무리

지금껏 글쓴이는 우리 문학사에 제대로 알려지지 않았던 광복기 아동문학가 가운데 한 사람인 마산 출신의 김원룡의 삶과 문학에 대해 따져 보았다. 논의를 줄여 마무리로 삼는다.

먼저, 김원룡의 삶과 문학살이, 그리고 아동지 『새동무』를 중심으로 한 출판활동에 대해 살펴보았다. 그는 1911년 3월 15일 마산에서 태어났고, 마산공립보통학교를 거쳐, 일본 동경에서 학교를 다녔다. 1936년 무렵부터 본격적으로 동요를 창작했고, 을유광복 이후 출판사 '새동무사'를 경영했다. 1946년 2월에는 아동지 『새동무』의 편집 겸 발행인으로서 속간호를 펴냈으며, 출판활동은 물론 문화운동을 활발하게 전개해 나갔다.

한국전쟁 이후 그는 남향문화사를 설립했고, 대한출판문화협회에 가입하여 창작활동보다는 출판업에 전념했다. 비록 그의 문학활동은 짧은 기간에 그쳤지만, 그의 아동문학에 대한 사랑과 열정은 여느 아동문학가 못지않았다고 하겠다.

다음으로, 김원룡의 동요·동시집 『내 고향』을 대상으로 서지사항과 동시 세계를 살펴보았다. 1947년 9월 무렵에 펴낸 『내 고향』의 판권에는 인쇄일과 발행일을 따로 밝히지 않았는데, 저작 겸 발행인은 김원룡, 발행소는 자신이 경영하던 '새동무사'로 적혀 있었다. 여기에는 모두 41편의 작품을 다섯 부로 나누어 실었다.

또한 김원룡은 서정동시, 생활동시, 유희동시, 계급동시를 고루 썼는데, 『내 고향』에 실린 그의 동시세계는 고향에 대한 그리움을 담은 향토적 서정, 아동의 구체 현실과 자연현상을 노래한 순수 동심주의, 궁핍한 시대현실에 대한 교훈적·계몽적 서정을 보여 주었다.

이 글에서는 다루지 않았지만, 김원룡은 동화 창작에도 관심을 보여 주었고, 수필을 비롯하여 평설, 대담 또는 좌담회에 참가하여 자신의 아동문학관을 피력하기도 했다. 이처럼 그는 동시 창작에 머물지 않고 소년시·동화·수필·평설로까지 갈래를 넓혀가면서 문학활동에 적극성을 보여 주었다고 하겠다.

이 글에서는 김원룡의 삶과 문학에 전반적으로 짚어보았지만, 그의 가족과 학력사항, 그리고 1960년 이후의 행보에 대해서는 찾고 기워야 할 데가 여전히 많다. 앞으로 그의 작품에 대한 발굴과 조사, 그리고 문학연구가 활발하게 뒤따라야 할 것이다. 이를 통해 '김원룡 문학 전집'이 엮어지고, 그에 대한 온전한 값매김과 자리매김이 이루어지길 기대한다.

2부 작품 오려두기

낭만, 형이상학적 혁명의 시세계

: 광복기 시동인지 『낭만파』 제2집에 대하여

1.

을유광복(1945.8.15)은 '민족사의 대서사시적인 낭만의 벌판이요 바다'였다. 이러한 백철의 표현처럼 광복기 문학현실은 그 자체가 '대낭만(大浪漫)의 시세계(詩世界)'였던 것이다.1) 광복으로 말미암아 문학인들은 자유롭게 활동할 수 있게 되었다.

하지만 나라 현실은 주변 강대국의 개입으로 이념적 대결 국면으로 치달았다. 이에 문학인들도 덩달아 창작활동의 발휘보다는 상황 변화에 따라 대응하거나 협력하며 세력을 규합하게 만들었다. 그래서 광복기 우리 문단은 좌익 진영의 조선문학가동맹과 우익 진영의 조선청년문학가협회로 양분화되는 양상을 보여 주게 되었다.

그러한 양상은 마산문단에서도 그대로 드러났다. 조선청년문학가

---

1) 백철, 『문학 자서전』, 박영사, 1975.

협회 마산지부(지부장: 조향)와 조선문학가동맹 마산지부(지부장: 이영석)의 활동이 그것이다. 물론 광복기 마산문단은 주로 조선청년문학가협회를 중심으로 이루어졌다. 조향(趙鄕, 1917~1984)을 주축으로 펴냈던 동인지 『낭만파(浪漫派)』가 대표적 매체였던 것이다.

> 해방 후 나는 마산에서 재빨리 『로만파』라는 시동인지를 시작했다. 박목월·조지훈·이호우·김춘수·서정주 등 시인들의 협조로서 4집까지 내었었다. 이것이 내가 한국 문단에다 발을 디디게 된 맨 첨의 일이다. 필명을 '조향'으로 바꿨다. 김춘수 형의 시가 제일 첨 실린 것이 『로만파』라는 나의 잡지였다.
> —조향, 「20년의 발자취」(『자유문학』, 1958년 10월호) 가운데

조향은 『낭만파』를 '광복공간에 기억할 만한 일'이라고 높이 평가하고 있다. 그럼에도 이제껏 『낭만파』를 고찰하는 데 있어 부딪히는 문제는 자료 발굴에 관련된 것이었다. 벌써 10여 년 전에 박철석이 소장하고 있던 『낭만파』 제3집을 확보하여 소개한 바 있고,[2] 몇 해 전에는 이순욱에 의해 제4집이 발굴되어 자료집으로 엮어진 바 있다.[3]

그러던 것이 최근 근대서지학회 최성모 회원에 의해 『낭만파』 제2집을 발굴, 근대서지학회 오영식의 도움으로 그 실체가 드러나게 된 것이다. 여전히 창간호의 부재로 그 전모를 제대로 다루지는 못하지만, 비로소 『낭만파』의 동인 형성과 활동에 대한 윤곽을 잡을 수 있게 되었다. 나아가 이번 『낭만파』 제2집의 발굴로 말미암아, 광복기 마산

---

2) 한정호, 「꽃 없는 낭만의 계절」, 『지역문학연구』 제5호, 경남지역문학회, 1999.
3) 『마산의 문학동인지·1』, 마산문학관, 2007.

의 문단 상황과 함께 지역문학사의 공백을 채울 수 있는 계기를 마련한 셈이다.

2.

『낭만파』는 경남 마산에서 펴낸 광복기 문학 동인지이다. 동인지 이름은 본디 '낭만파'로 정했지만, 동인들의 글 속에는 'Romanticism'을 우리말로 옮겨 '로만파(魯漫派)'로 적고 있다. 이는 조향이 의견을 제시하고 김수돈과 김춘수가 그것을 받아들임으로써 지어졌다고 한다. 이번에 제2집이 발굴됨으로써 『낭만파』의 발행 시기는 물론 동인 구성과 활동상의 윤곽을 그릴 수 있게 되었다.

> 내 사랑하는 조선의 겨레, 이 땅의 文化人에게 이 조그마한 제2집을 보내드리기로 합니다. 변변하지 못한 창간호를 낸 지 이미 다섯달만입니다. 혼자서 하는 노릇이라 여간 곤난이 아니라는 것을 알아주셔야지요.
> ―「편집후적(編輯後滴)」 가운데

『낭만파』 제2집은 1946년 6월 1일에 발행되었다. 이 글에 따르면, "창간호를 낸 지 이미 다섯달만"에 나왔으며, 조향 "혼자서" 동인지의 발행과 편집을 도맡았던 것으로 드러난다. 이로 미루어 볼 때, 『낭만파』 동인지의 발행 시기는 1946년 1월에 창간호를 낸 다음, 제2집을 1946년 6월에 펴냈던 것이다. 그 뒤 1947년 1월에 제3집을 낸 다음, 1948년 1월 즈음에 제4집을 펴냄으로써 종간된 것으로 짐작할 수 있다.

앞서 발굴된 제3집의 표지에는 '현대 청년 시인 사화집(1)'이라고 부기되어 있다. 그때부터 『낭만파』는 동인지적 성격을 벗어나 조선청년문학가협회의 '유력한 회원들'을 맞이하는 기관지로서의 기반을 다졌다. 이를테면 김동리·조지훈·서정주·조연현·박목월·박두진 등의 지원이 따랐던 것이다. 이를 계기로 유치환·김춘수·조향·오영수 등이 새롭게 참여하게 되었다.

아무튼 조향은 광복을 맞은 지 불과 4개월 지나 『낭만파』 동인지를 펴내게 되었다. 이는 조선청년문학가협회의 결성보다 수개월이나 앞선 행보이다. 그로부터 5개월 만에 제2집을 발간, 6개월이 지나 제3집부터 동인지를 확대 재편하는 발빠른 움직임을 보여 주었던 것이다. 따라서 『낭만파』 동인들은 광복 이후 3년 남짓 동안 활발하게 활동했음을 알 수 있다.

이 글에서 소개하는 『낭만파』 제2집의 서지사항에 대해 살펴보면, '낭만파(浪漫派)'라는 표제와 함께 'THE KOREAN ROMANTICISM'이란 영문(英文)을 표기했다. 판형은 국판이고, 쪽수는 모두 16쪽으로 '남선신문사인쇄부'에서 찍었고, 1946년 6월 1일 '낭만파사'에서 펴냈다. 책값(臨時定價)은 10원이며, 편집 겸 발행인은 '조섭제(趙燮濟)', 곧 조향이었다. 당시 '낭만파사'는 '경남 마산부 본정 3정목 2'로서 조향의 주소지와 동일하게 적혀 있다.

그리고 조향(시 2편, 번역 3편, 시론 1편), 김수돈(시 2편), 유열(시 1편), 양명복(시 1편) 등 모두 4명의 작품이 실렸다. 한편 〈편집후적(編輯後滴)〉에 따르면, 정래동(丁來東)의 원고를 싣지 못했다고 밝히고 있는 점으로 미루어, 제2집에는 5명의 동인이 참여했다고 하겠다.

그렇다면 『낭만파』 동인들이 기치로 삼았던 '낭만'은 과연 무엇인가?

이번 조선, 발버둥만하는 조국(祖國)의 문화를 위하여 이 조고마한 힘들이 모였다/문학이 예술이 포에지이(詩精神)를 떠나서는 살 수 없는 것이다

/문학이 예술이 그리고 또 모든 것이 이 고도(高度)의 낭만(浪漫)에서 멀어지는 날 인류(人類)의 문화(文化)는 패망(敗亡)의 쓴 술잔을 들어야겠다/낭만은 항상 형이상학적(形而上學的)인 혁명(革命)을 내포(內包)하는 아름답고 귀여운 방랑아이며 첨단아(尖端兒)이다/낭만은 시정신(詩精神)의 맏아들이며 시정신은 우주창조정신(宇宙創造精神) 곧 그것이다/모든 것이 먼저 〈조선민족〉이라는 기발 위에서 행세되기를 바라며 그 영도력(力)이 되어야 할 낭만이다

—「머릿말」전문

　그들이 내세운 낭만은 곧바로 "포에이지(시정신)"와 연관된다. 이 글에서 보듯, "항상 형이상학적인 혁명을 내포하는 아름답고 귀여운 방랑아이며 첨단아(尖端兒)"인 낭만은 "시정신의 맏아들"이고, 시정신은 "우주창조정신"이라고 했다. 그러면서 낭만은 "모든 것이 〈조선민족〉이라는 기발 위에서 행세되기를 바라며 그 영도력이 되어야 할" 것이라고 주창했다. 결국 그들이 내세우고 있는 낭만은 민족문화의 으뜸요소였던 것이다.
　또한 『낭만파』 제2집에서는 당시 문단상황과 동인지 발행취지를 충분하게 가늠할 수 있다.

　□ 창간호에서도 말씀드린 바 있지만 순수(純粹)한 의미에 있어서의 조선적(朝鮮的)인 그리고 새로운 세대(世代)의 감각(感覺)에 알맞은 낭만(浪漫)만의 바른길을 다시 찾고 펴 나가기를 기(期)하렵니다. 낭만파(浪漫派)가 간직하고 나아갈 단 한가지의 염원(念願)입니다.
　□ 그리하여 예술가로서 문화인(文化人)으로 순수해야 할 정조를 의식적으로 더럽혀가면서 일개 정당의 가두(街頭) 〈쓰피이커어〉 노릇하기에 눈이 어두워져 있는 붉은 두루마기 사이비(似而非) 예술가들은 어느게 저

의 조국(祖國)인지도 분간 못하는 악질 몽유병환자(夢遊病患者)들을 한껏 비웃어주며 깨끗이 살려고 합니다.

—「편집후적(編輯後滴)」 가운데

이는 당시의 문단상황과 더불어 『낭만파』의 동인 취지를 대변하는 발언이라고 볼 수 있다. 이른바 "붉은 두루마기 사이비 예술가", 곧 좌익단체를 "악질 몽유병환자들"에 비유하면서 그들의 문학적 경향을 비판하고 있다. 그러한 성향은 '조선청년문학가협회'가 전통적으로 지닌 민족정신의 맥락과 결부되어 보다 적극적인 의지로 표명된 것이라고 하겠다. 이처럼 『낭만파』 동인들은 '예술가로서 문화인으로 순수해야 할 정조'를 내세우고 있는 것이다.

그러한 동인 성향은 『낭만파』 제2집에 실린 작품에서도 그대로 드러난다.

동트는 동쪽 하늘의 심장은/하낫에의 지향(志向)처럼 순수하고/변절(變節)할 수 없는 진실의 붉은 피로/물들려 있지 않느뇨//애 사랑하는 여인(女人)아 청년(靑年)아 어린이들아/이제 아름다운 꽃다발을 가슴에 안고/맞여라 새로운 날의 새로운 태양(太陽)을!

—김수돈, 「새로운 태양을」 가운데

아마득 긴긴 밤이/진저리도 나덨세라//되물려 찾은 광명/영겁에 있을 것을//벗님하 상기 어디니/일어 함께 가고저

—유열, 「드리는 노래」 가운데

앞의 김수돈 시는 광복의 환희를 노래하고 있다. 나라잃은시대의 "어제 긴 밤"은 가고, "화려한 날의 새벽"이 왔다는 것이다. 따라서

이제 말할이는 "사랑하는" 겨레의 "아름다운 꽃다발"을 가슴에 안고 '초조한 역사의 혼돈 속에서' 무엇을 할 것인지 고민하고 있다. 물론 말할이는 "새로운 날의 새로운 태양"을 맞이하라고 염원하고 있다.

뒤의 시조는 국어학자 유열이 '옛 스승님께', 'X 언니에게', 그리고 "X 동무에게" 건네는 작품이다. 여기서 말할이는 차분한 어조로 광복의 의미와 나아갈 방향에 대해 일러 주고 있다. 나라잃은시대의 "진저리" 치는 암흑기를 벗어나 되물려 찾았고, 그 광명은 "영겁에 있을 것"이니 일어나서 함께 가자고 노래했다.

새로운 태양의 풍속에 한껏 젖어라/무늬 화려한 배달나라 겨레의 타이틀은 평치어 졌다/우리의 거룩한 신화(神話) 제1장(第一章)을 뚜렷이 새겨 보자/활자(活字)두야 고운지고! 갓밝이 갓밝이!/잃어버렸던 조선의 판도(版圖)가 두웅실 떠오른다//해돋는 동쪽을 그리고 그려 살아온 오천년/막히어 녹슬었던 쇠문은 다시 활짝 열리어/탄탄한 동녘에의 길 끝없이 뻗쳐졌다/한피 한뼈다귀로 태어난 산천만하!/채쭉 거듭하여 쌍두마차 달려보자무나/희망의 향풀 풍기는 푸른 산맥(山脈)을 넘어라

—조향, 「갓밝이(黎明)」 가운데

이 시에서 조향은 광복의 의미를 '여명', 곧 "갓밝이"로 비유하여 새로운 출발을 노래하고 있다. "막히어 녹슬었던 쇠문은 다시 활짝 열"렸으니 끝없이 펼쳐진 "산천만하"를 힘있게 달리며 "희망의 향풀 풍기는 푸른 산맥을 넘어라"고 노래했다. 이는 한 시인의 차원에만 머무는 것이 아니라, 당시 우리 문학인들의 공통된 소명의식이라 보아도 지나치지 않을 것이다.

동인지 『낭만파』의 성격에 대해, 김윤식은 '해방 공간의 거센 문학 운동인 조선문학가동맹 주도의 프롤레타리아 문학에 대응하기 위한

깃발'로서 '조선청년문학가협회 마산지부'로 비유될 수 있다고 평가했다.[4] 글쓴이는 제3집을 해설하는 글에서 '조선청년문학가협회에서 활동하던 청년 시인들을 중심으로' 광복기 문단에 큰 파장을 일으켰던 시동인지였다고 평가했다.[5]

이렇듯 『낭만파』는 마산을 터전으로 삼았던 조향의 열정이 담긴 동인지일 뿐만 아니라 마산지역 근대문단의 첫 동인지라는 점에서 의미가 크다. 아울러 『낭만파』의 됨됨이는 광복기 문학인들의 소명의식이 일치한 데 따른 것으로, 우리 문단의 이념적 대립상황에서 문학의 정통성과 당위성을 얻고자 했던 취지를 고스란히 보여 주고 있는 것이다.

3.

광복기 마산에서 나왔던 동인지 『낭만파』는 앞서 발굴된 제3집과 제4집에 이어, 최근 들어 제2집의 실체가 드러났다. 이에 글쓴이는 『낭만파』 제2집을 대상으로 짤막한 해제를 덧붙여 보았다. 그리고 보니 『낭만파』 창간호의 존재가 더욱 궁금하고 자료 확보가 간절하다.

사실 지역문단사에서 차지하는 『낭만파』의 존재는 각별하다. 광복기 마산지역에서 활동했던 조향이 주도적으로 이끌었지만, 그 무렵 우리 문단의 한 축이었던 '조선청년문학가협회'의 문학인들과 합세하여 펴냄으로써, 문학실천과 지역문단의 활성화를 꾀했던 값진 동인지

---

4) 김윤식, 「김달진 문학의 문학사적 의의에 대하여」, 『탄생 백주년 속의 한국문학 지적 도』, 서정시학, 2009.

5) 한정호, 「『낭만파』, 꽃 없는 낭만의 계절」, 『지역문학의 이랑과 고랑』, 도서출판 경진, 2011.

였기 때문이다. 그런 점에서 『낭만파』는 광복기 마산문단의 구심체 역할을 맡았고, 마산을 중심으로 우익 진영의 문학인들을 결집시키는 주요 매체로 작용했다.

이번 『낭만파』 제2집의 발굴은 동인 형성의 됨됨이를 엿볼 수 있게 한다. 흔히 『낭만파』는 조향·김수돈·김춘수가 결성 때부터 동인으로 참가했다고 알려져 있지만, 제2집에는 김춘수의 이름이 빠져 있다. 그리고 김수돈이 서울에서 극단 활동을 했다고 소개한 것으로 미루어, 결국 『낭만파』는 조향이 주도적으로 이끌었던 동인지였음을 거듭 확인할 수 있었다.

여전히 창간호의 미확보로 동인지 『낭만파』의 전모를 알 수 없지만, 이번 자료발굴을 빌미로 지역문학 연구에 하나의 디딤돌을 마련하였다고 여겨진다. 앞으로 『낭만파』에 대한 전반적이고 집중적인 문학담론이 이어지기를 기대한다.

일찍이 '발버둥만 하는 조국의 문화'를 위해 문학을 매개로 만났던 『낭만파』 동인들, 낭만은 '시정신의 맏아들'이라고 부르짖으며 '형이상학적 혁명'을 염원했던 것이다. 60여 년 전에 그들이 가슴에 새겼던 낭만의 세계를 만나고 싶다.

한국전쟁기 마산의 문학매체와 『낙타』

1. 들머리

1950년대 우리문학은 한국전쟁이라는 특수한 역사적 배경 위에서 전개되었다고 하겠다. 전쟁기 문학인들은 전쟁 체험[1]을 바탕으로 개인의 사정과 가치관에 따라 갖가지 문학활동을 펼쳤다. 이를테면 참전과 종군이라는 적극적 방식으로 전방 체험을 드러내는 한편, 피난지를 중심으로 한 후방 체험을 형상화하고 있다.

지금껏 전쟁문학에 대한 연구는 적지 않게 이루어졌다. 하지만 지역문학 차원의 한국전쟁기 문학담론, 이른바 후방 체험에 바탕을 둔 피난지 문학연구는 미흡한 편이다. 대구·부산·마산을 중심으로 한 영

---

[1] 전쟁문학은 그 체험 영역에 따라 군대 체험(전장, 병영)과 종군 체험(정훈, 보도반원, 기자, 간호원, 군속), 그리고 후방 체험(피난민)으로 나누었다. 이렇듯 전투 현장만을 두고 직접적인 전쟁 체험이라고 할 수 없다. 이제껏 연구자들의 관심 밖으로 밀려나 있던 후방 체험 또한 직접적인 전쟁 체험이라는 쪽에서 다루어져야 할 것이다.

남문학과 전주·광주·목포의 호남문학, 그리고 제주문학에 이어지는 피난지 문학에 대한 안목과 관심이 모자랐던 것이다. 무엇보다 피난지 문학의 됨됨이에 대한 이해야말로 한국전쟁기 지역문학의 실상을 구체적으로 비춰 줄 수 있는 까닭이다.

한국전쟁기 부산·대구지역과 더불어 주요 피난지였던 마산은 문단의 재편에 따른 새로운 문학환경을 조성했다. 이른바 마산은 피난 문학인의 유입으로 말미암아 지역문단뿐 아니라 문학 환경이 다변화되면서 지역문학의 활성화를 가져왔다. 특히 마산은 피난지 문단을 형성함으로써 다양한 매체활동을 전개해 나갔다.

그만큼 한국전쟁기 마산의 피난지 문단은 지역문학사에서 문학 후속세대의 성장과 발전에도 결정적인 영향을 주었던 셈이다. 하지만 실증적 자료와 기록이 남아 있지 않은 까닭에, 소개 차원에 머물며 개략적인 윤곽만을 보여 주는 데 그치고 있다. 이 같은 문제는 유독 특정 지역에만 한정되는 것이 아닐 터이나, 피난지 마산에 대한 고찰은 많은 아쉬움을 더한다.

그런 점에서 이 글은 한국전쟁기 피난지 마산의 문학 지형도를 살피는 데 목표를 둔다. 지역문학적 안목에서 한국전쟁기 주요 피난지였던 마산의 문학사회를 살펴보는 일이야말로 마산문학의 됨됨이를 제대로 살피는 전제조건이라 할 만하다.

이를 위해 글쓴이는 한국전쟁기 마산에서 활동한 문학인들의 면모와 매체 발간, 특히 시집과 동인지 매체에 대해 눈길을 모으고자 한다. 그리고 문총 마산지부의 결성과 활동, 동인지 『낙타』의 됨됨이를 통해 마산문학의 특성을 밝혀볼 것이다. 이를 통해 한국전쟁기 마산의 문학전통과 자산을 이해하는 데 하나의 디딤돌을 마련할 수 있을 것이다.

2. 피난지 마산문단과 매체활동

한국전쟁기 우리문학이 겪었던 가장 중요한 변화 가운데 하나는 문학인들의 이동으로 말미암은 지역문단의 재편을 들 수 있다. 특히 마산과 부산, 대구, 목포, 제주지역을 중심으로 피난지 문단을 이루게 된다. 마산의 경우, 전화(戰禍)를 피해 밀려드는 인파로 연일 장사진을 이루었다.[2] 이와 더불어 피난 온 문학인들의 유입과 활동은 마산문단에 커다란 변화를 가져왔다.

『마산시사』에서는 한국전쟁을 기점으로 하여 마산문단의 변화를 언급하고 있다. '그 변화의 첫째는 문총지부가 결성된 점이요, 둘째는 문인들의 대폭적인 증대 현상이며, 셋째는 예비 문인들의 활발한 활동이라'고 보았다. 다시 말해서 문총 마산지부의 결성, 피난 문학인들을 비롯한 지역의 기성문인 또는 청년문사들의 활발한 활동 등이 그것이다.

그러한 한국전쟁기 마산문학은 문단재편에 따른 피난지 문단의 형성으로 이어진다. 물론 피난지 부산과 대구를 중심으로 피난지 문단이 형성되어 많은 문학인들이 활발하게 활동했다.[3] 물론 피난지 마산

---

2) 한국전쟁기 마산으로 밀려든 피난민의 행렬은 나날이 이어졌다. 하지만 피난민들의 삶을 남의 일로만 여기지 않았던 마산 시민들은 창동·오동동 거리로 나와 도로 양편에 주먹밥과 음료수를 마련해 놓고 피로와 허기에 지친 피난민과 국민방위군 병사들에게 나누어 주었고, 갈 곳 없이 찾아드는 난민들에게 거처할 공간을 서슴없이 마련해 주면서 민족의 아픔을 함께 나누었다. 「피난도시로서의 마산」, 『마산시사』, 마산시, 1985.

3) 한국전쟁기 문학인들의 피난 거처와 활동상을 모두 파악하기는 어렵다. 그렇지만 1954년 『문화세계』 통권 3호(희망사)에 '특별부록'으로 실려 있는 「현재한국문학인총람」은 당시의 피난과 관련된 많은 정보를 암시해 주고 있다. 250여 명의 문학인들의 활동 자료를 남기고 있다. 먼저 피난지 부산에서는 강소천(아동문학가), 공중인(시인), 곽종원(평론가), 곽하신(소설가), 구상(시인), 김광균(시인), 김구용(시인), 김동명(시인), 김내성(소설가), 김리석(소설가), 김말봉(소설가), 김봉룡(시인), 김상옥

에서도 많은 문학인들이 활동으로 전성기를 맞이하게 된다. 그런 점에서 한국전쟁기 마산의 피난지 문학은 매우 특별한 사회적 코드를 가지고 있는 셈이다.

하지만 지역 차원에서 피난지 문단에 대한 구체적인 자료는 찾아보기 힘들다. 아울러 한국전쟁기 문학인의 활동에 관한 연구 또한 거의 이루어지지 않고 있다. 한국전쟁기 문학인들의 삶자리에 대한 정보는 온전하지 않다. 여러 매체에 실린 단편적 기록이나 내용들로 미루어 피난지 문단의 면모를 짐작할 뿐이다.[4]

한국전쟁기 마산에서는 권환·김춘수·김수돈·김태홍·이석·천상병·

(시인), 김성한(소설가), 김송(소설가), 김용팔(시인), 김장호(시인), 김정한(소설가), 김중희(소설가), 양병식(평론가), 염상섭(소설가), 노능걸(극작가), 노영란(시인), 유치진(극작가), 이무영(소설가), 이석인(시인), 이선구(소설가), 이양하(평론가), 이정호(시인), 이종환(아동문학가), 이주홍(소설가), 이철범(평론가), 이한직(시인), 이형기(시인), 이희승(시인), 임권재(평론가), 모윤숙(시인), 박거영(시인), 박경종(아동문학가), 박계주(소설가), 박기원(시인), 박노춘(시인), 방인근(소설가), 변영로(시인), 설의식(평론가), 성경식(아동문학가), 손동인(시인), 송지영(평론가), 안수길(소설가), 오상순(시인), 오영수(소설가), 윤백남(소설가), 윤영춘(시인), 이경순(시인), 이하윤(시인), 임영빈(소설가), 장용학(소설가), 장수철(시인), 전숙희(수필가), 정상구(평론가), 정영태(시인), 정한숙(소설가), 조경희(소설가), 조영암(시인), 조병화(시인), 조향(시인), 조흔파(소설가), 주요섭(소설가), 주요한(시인), 채규철(시인), 최남선(시인), 최재형(시인), 한교석(시인), 허윤석(소설가) 등이 거주했다. 한편, 피난지 대구에서는 강신재(소설가), 김영수(소설가), 김요섭(아동문학가), 김종길(시인), 김종문(시인), 김종삼(시인), 김팔봉(소설가), 양주동(시인), 류주현(소설가), 이덕진(시인), 이상로(시인), 이서구(극작가), 이설주(시인), 이윤수(시인), 이정수(소설가), 이종기(아동문학가), 이효상(시인), 이호우(시인), 임옥인(소설가), 박귀송(시인), 박기준(평론가), 박양균(시인), 박영준(소설가), 박훈산(시인), 방기환(소설가), 서항석(극작가), 신동집(시인), 장덕조(소설가), 전봉건(시인), 정비석(소설가), 최계락(시인), 최광열(시인), 홍용의(수필가), 홍효민(평론가) 등이 거주했다. 이밖에도 마산 인근 지역에서는 강학중(함안 거주)·김달진(진해 거주)·유치환(경남 산청 안의 거주)·박용덕(진해 거주)·설창수(진주 거주)·조진대(진주 거주)·천세욱(김해 거주) 등이 활동했다.

김봉희, 「전쟁기 한국문학인들의 삶과 그 재편」, 『경인전쟁과 한국문학』(지역문학연구 6), 경남지역문학회, 2000년 가을.

4) 신영덕, 「1950년대 종군작가단 조직 및 그 활동」, 『문학정신』, 1991.11.

이영도 등이 활동했고, 이원섭·김세익·김남조·오상순·문덕수·박양, 그리고 『청포도』 동인들이 옮겨와 활동했다. 또한 김용호(부산 거주)· 이원수(대구 거주)[5]·김원룡(대구 거주)·이은상(광주 거주)·정진업(김해 거주)·조향(부산 거주)·김상옥(부산 거주) 등이 마산과의 인연을 이었다.

이에 글쓴이는 한국전쟁기 마산을 중심으로 활동했던 문학인들의 저작 활동과 동인 활동을 중심으로 전쟁기 마산문학의 지형도를 펼쳐 보고자 한다. 먼저, 한국전쟁기 마산에서 나온 시집의 서지사항을 간추려 보면 다음과 같다.

김춘수는 한국전쟁 때 마산고등학교에서 국어 교사로 근무하고 있었는데, 1951년 6월 문총 마산지부의 지부장으로 활동했다. 그 무렵 그는 동인지 『낙타』의 편집에 힘썼고, 두 권의 시집과 한 권의 번역시집을 펴냈다. 제3시집 『기(旗)』는 한국전쟁이 한창인 1951년 7월 25일에 '소묘집'이라는 이름으로 마산 평민인쇄소에서 찍었고, 부산의 문예사에서 펴냈다. 총판은 권태식을 대표로 두고 있었던 마산 부림동의 마산서원으로 되어 있다. 책 맨 뒤에 '이 책이 나올 수 있도록 각별한 노력을 해주신 여러 고마운 벗들과 평민인쇄소 여러분께 감사 드립니다'라는 짤막한 〈후기〉가 실렸다.

김춘수 제4시집 『인인(隣人)』은 마산의 남선출판사에서 인쇄되었고, 1953년 4월 6일 부산의 문예사에서 발행되었다. 한편, 김춘수는 1951년 10월 15일 김수돈과 함께 포켓판의 번역시집 『릴케시초 동경(憧憬)』을 펴냈다. 인쇄는 마산의 평민인쇄소에서 맡았고, 발행소는

---

5) 이원수는 대구에서 『소년세계』를 발행했다. 『소년세계』는 1952년 7월 피난지 대구에서 창간호를 내며 1953년 11월호까지 발간되었다. 이후 1954년 서울로 옮겼는데 자금난으로 1955년부터 휴간이 잦더니 1956년 9·10월 합병호(통권 40호)를 끝으로 폐간되었다. 이원수 주재로 발행되었는데, 편집고문 김소운, 편집은 최계락과 김원룡. 주요 필진으로는 이주홍·조연현·최인욱·설창수·박목월·이종기·이종택·정진업 등이었다.

부산의 대한문화사였다. 이 시집은 〈동경〉, 〈형상〉, 〈창〉편의 3부로 되어 있다. 김춘수는 '동경'과 '형상' 편을 옮겼고, 김수돈은 '창'편을 번역했다.6)

김세익은 마산여자중·고등학교에서 영어교사로 근무하고 있었는데, 한국전쟁 때 미군 제25사단 제27연대에 파견되어 6개월 동안 통역병과 연락병을 맡기도 했다. 문총 마산지부에서 활동했으며, 첫 시집 『석류』를 펴냈다. 『석류』는 마산시 완월동 평민인쇄소에서 인쇄했고, 1951년 9월 5일 부산시 중앙동 소재의 대한문화사에서 펴냈다. 표지그림은 정해근이 그렸으며, 김춘수의 〈발문〉과 시인의 〈후기〉를 실었다.7)

박양의 삶과 문학에 대한 조사는 전혀 이루어지지 않고 있다. 따라서 한국전쟁기 그의 활동에 대해 속속들이 알 수 없지만, 그는 마산에서 활동하면서 시집 『별과 나무 밑에서』을 펴냈다. 이 시집은 마산에서 인쇄했고, 1951년 10월 5일 남광문화사에서 펴냈다. 그 당시 김세익은 '마산시 중앙동 2가 2번지'에 주소를 두고 있었다. 김용호가 '오륙도가 보이는 부산여사에서' 적은 〈서문〉이 있고, "1946년도에 문단

---

6) 그 무렵 김춘수는 대구에서 구상 시인이 주재한 시비평지 『시와 시론』(1952.11)에 참여하기도 했다. 비록 이는 창간호로 종간되었지만, 그는 여기에 시 「꽃」과 첫산문인 「시 스타일론」을 발표했다. 이 동인지에는 설창수·구상·이정호·김윤성·김춘수 등이 동인으로 참가했다. 한편, 김춘수는 1954년 3월 25일 시선집 『제1시집』을 문예사에서 펴냈다. 시집 제목으로 보아선 그의 첫시집으로 오해할 수 있을 만한데, 그의 말처럼 "제1시집 『구름과 장미』와 제2시집 『늪』 사이에는 각각 한 시집으로서의 개성이 희박했"고, 너무 급조해서 잇달아서 냈던 까닭에 『제1시집』이라고 명명했던 것으로 여겨진다. 그리고 앞서 낸 두 시집에 실렸던 작품들 가운데 20편을 가려뽑아 엮었다. 〈후기〉에서 그는 시집 발간에 마산의 강신석 화백, 이진순 언론인, 조영서·남윤철 시인의 도움이 컸다고 적고 있다.

7) 시집 『석류』는 '제1부 향수기(鄕愁記)'에 「석류」, 「북마산역」, 「합포만」을 비롯한 19편을 싣고, '제2부 임진강'에서는 '종군통역관의 수기'라는 곁이름 아래, 「출진」에서 「임진강」에 이르는 모두 8편의 연작시를 올렸다. 그 무렵 김세익은 마산의 〈전원다방〉에서 출판기념회를 가졌다.

과 첫 접촉한 뒤부터" 썼던 작품 가운데서 골랐다고 밝히고 있는 글쓴 이의 〈후기〉가 있다.

김남조는 한국전쟁 당시 마산으로 피난 와서 마산고등학교에서 교사를 지냈다. 그 무렵 그녀는 첫 시집을 펴냈는데, 시집 『목숨』이 그 것이다. 『목숨』은 1953년 1월 25일 수문관에서 500부 한정본으로 펴냈다. 이헌구의 〈서〉에 조동화가 표지를 꾸몄다. 3부로 나누어 「남은 말」, 「사랑」을 비롯해 26편의 시를 싣고 있다.

이원섭은 한국전쟁기 피난 와서 마산고등학교에서 교사로 일했으며, 그 뒤 중부전선에서 종군 체험을 한 바 있다. 그리고 문총 마산지부에 참가하여 동인지 『낙타』에 작품을 발표했다. 그의 시집 『향미사(響尾蛇)』는 문예사에서 1953년 6월에 첫판이 나왔다. 인쇄는 그가 머무르고 있었던 마산 협동인쇄주식회사이다. 표지와 속표지의 그림을 문신이 그렸고, 시인의 〈후기〉가 뒤에 붙어 있다.[8]

김수돈은 한국전쟁기 진해고등학교에서 교사로 근무했고, 1951년 4월 문총 중앙위원 역임했으며, 문총 마산지부에서 일하며 동인지 『낙타』에 참가했다. 그리고 시집 『우수(憂愁)의 황제』를 펴냈는데, 그 무렵 그는 마산제일여자고등학교에서 교사로 일하고 있었다. 그의 시집 『우수의 황제』는 마산기자단이 부산 대한문화사에서 1953년 2월 28일 펴냈다. 인쇄는 마산 남선협동인쇄소에서 맡았고, 글쓴이의 〈후기〉가 있다.

이밖에 김용호·정진업·김태홍[9]은 피난지 부산에서 문학활동을 펼

---

8) 이원섭은 한국전쟁 이후 1954년 11월에 '이원섭·전혁림 시화전'이 문총 마산지부와 국제청년마산회의소 주최로 비원에서 열렸다.

9) 김태홍은 한국전쟁기 마산상업고등학교에서 교사로 근무했고, 1951년에는 문총 마산지부의 동인지 『낙타』에 참여했다. 그 뒤 그는 1953년 부산으로 옮겨 손동인·안장현과 함께 동인지 『시문(詩門)』을 제2집까지 펴냈다. 두 번째 시집 『창(窓)』은 1954년 자유문화사에서 펴냈다. 자필로 씌어진 국판 반양장으로 107쪽이다. 시집의 「후

쳤다. 김용호는 한국전쟁기 두 권의 시집을 냈다. 비록 마산에서 찍거나 펴내지는 않았지만, 마산 인근에서 다채롭게 문학활동을 펼쳤던 것이다. 시집『푸른별』은 1951년 3월 1일 서울 남광문화사에서 펴냈다. 이주홍이 표지그림을 그렸고, 글쓴이의 〈책 끝에〉가 붙었다. 그의 서사시집『남해찬가』는 1952년 12월 25일 서울 남광문화사에서 펴냈다. 설의식이 〈서〉를, 신익희가 제자를 했으며, 표지는 이주홍이 꾸몄다.10)

정진업은 부산일보사에서 근무하다가 한국전쟁기 좌익계 문화단체원으로 몰려 6개월 동안 감옥살이를 했다. 그 뒤 그는 거제 하청중학교에서 근무했는데, 그 무렵 그의 두 번째 시집을 펴냈다. 시집『김해평야』는 1953년 6월 1일 남광문화사에서 펴냈다. 김용호가 부산에서 쓴 〈책머리에〉와 그가 붙인 〈책 끝에〉가 있다. 표지그림은 김경이 그렸다.

다음으로, 한국전쟁기 마산에서 나온 동인지를 들 수 있는데,『낙타』,『처녀지』,『청포도』 등이 그것이다. 현재 확보된 동인지들의 면면을 소개하면 다음과 같다.

『처녀지』 제1집은 1951년 12월 마산의 평민인쇄소에서 인쇄하여, 제일문화사에서 펴냈다. 동인으로 송영택·천상병·최계락·이선우 등이 참가했지만, 제1집은 송영택과 천상병의 작품들로만 엮어졌다. 송영택이 편집을 맡았고, 이정숙이 발행인으로 이름을 올렸다.『처녀지』에 이어, 그 제2집인『제이처녀지(第二處女地)』가 나왔다. 이는 마산합동인쇄주식회사에서 찍었고, 1952년 10월 제일문화사에서 펴냈다. 송

기」에서 그는 시가 널리 읽히고 대중화되기를 바란다고 적었다.

10) 김용호 주간으로 부산 협동문화사에서 1952년 9월『파랑새』창간호가 나왔다.『파랑새』의 발행 겸 편집인은 김두일이었고, 주요 필진으로 동시·동요에 김용호, 한정동, 유치환, 손동인, 고원, 장만영, 김영일, 서정봉, 김장수, 이민영, 정영태, 유치환 등이 참여했으며, 동화·소년소설에는 이주홍, 김영일, 안수길, 최태호, 김광주 등이 나섰다.

영택이 그대로 편집을 맡았고, 김춘수가 발행인으로 이름을 올렸으며, 이준(李俊)이 표지그림을 그렸다. 최계락·송영택·이동준·김정년·천상병·류승근·이경숙·이명자·곽종원·김춘수·김성욱 등이 작품을 발표했다.11)

또한, 한국전쟁기 국립마산결핵병원에서 김대규·박철석·남윤철을 비롯한 문학인들이 『청포도』 동인지를 여러 해까지 냈다. 『청포도』 제1집은 1952년 9월 등사판으로 나왔다. 『청포도』 동인은 마산지역의 '국립마산요양소'에서 생활하던 젊은 시인들에 의해 결성되었고, 표지화·목차 컷트는 박두화가 그렸다. 창간 동인은 남윤철·박철석·이동준·김연수·김대규 모두 5명으로 구성되었다.

『청포도』 제2집은 1952년 12월 마산합동인쇄주식회사에서 펴냈고, 27쪽 분량으로 200부 한정판을 찍었다. 제1집에 이어 표지화·목차 컷은 박두화가 그렸다. 제2집에는 김윤기·박국원·이부영이 동인으로 참가함으로써 모두 8명으로 구성되었다. 여기에는 그들의 시작품을 각 1편씩(총 8편), 김춘수·김대규의 평글 2편을 함께 싣고 있다. 한편, 김춘수는 〈석태성 과실: 『청포도』 1집에 나타난 언어들〉에서 그들의 시가 '지성적이려고 하는 태도'를 보여 주기 때문에 '개념의 허망한 공전을 하고 있다'고 평가했다.

『청포도』 제3집은 1953년 5월 마산합동인쇄주식회사에서 펴냈고, 표지화는 이부영이 그렸으며, 목차 컷트는 박두화가 그렸다. 66쪽 분량으로 500부 한정판을 찍었다. 동인으로 이성우·천갑락이 참가하고 박철석이 빠짐으로써 모두 9명의 동인으로 구성되어 있다. 여기에는

---

11) 『처녀지』는 경인전쟁기 마산의 피난지 문단 속에서 두 차례에 걸쳐 나왔고, 그 무렵 마산 인근에서 활동하던 젊은 문학도들에 의해 주도되었던 동인지였다. 그만큼 『처녀지』는 경남 출신의 문학인들의 참여와 열정이 돋보였던 문학 동인지였으며, 전쟁기 마산문단이 낳은 값진 성과물 가운데 하나였다고 하겠다. 한정호, 「피난지 마산의 동인지 『처녀지』」, 『지역문학연구』 제12호, 2005.11, 195쪽.

동인들의 시작품을 각 2편씩, 김수돈·이원섭·김남조의 기고 시작품을 각 1편씩(총 21편) 실었고, 또한 김춘수의 〈발문〉을 실었다.

『청포도』 제4집은 1954년 4월 마산의 육군군의학교인쇄부에서 펴냈고, 표지화는 이부영이 그렸다. 42쪽 분량으로 500부 한정판을 찍었다. 민웅식이 동인으로 참가(천갑락이 빠지고 박철석이 다시 참가)하여 모두 10명으로 구성되었다. 여기에는 동인들마다 각 1편씩(총 10편)의 시작품과 〈동인일언〉을 함께 실었다. 김대규는 〈후기〉에서 '이 4집이야말로 동인들의 생명을 깎는 듯한 비범한 노력과 정성으로 이룩된 결과'라고 했다.12)

이렇듯 한국전쟁기 동인 매체의 발행은 지역의 기성문인 또는 학생 문사들의 창작 의욕을 부추기며 피난지 마산문단의 형성과 활성화를 꾀했던 것이다. 또한 이들 동인지에 참가한 문사들은 지역 안팎의 수평적 연대뿐만 아니라 기성 문학인들과 수직적 연대도 활발하게 이루어졌다.13)

---

12) 『청포도』 동인의 결성과 활동은 한국전쟁기 마산결핵요양소의 요우들이라는 시대적 상황과 맞닿아 있고, 마산의 피난지 문단과도 밀접한 관련을 맺고 있었다. 그런 점에서 『청포도』는 마산지역이 지니는 문화적 특성에서 나온 성과물 가운데 하나였다. 이는 지역문학사뿐 아니라 한국문학사에 있어 중요한 자료로서 그 가치를 지닌다고 하겠다. 한정호, 「각혈로써 꽃피운 사나토륨 동인지: 『청포도』에 대하여」, 『마산문학』 제23호, 마산문인협회, 1999.11.

13) 한편, 한국전쟁 이후 마산에서는 『흑상아』(1954) 동인을 비롯하여, 학생동인지인 『체온첩』(1954)·『시심(詩心)』(1954)·『백치』(1954)·『설산』(1954)·『향상』(1954)·『봉황』(1955) 등이 발간되었다. 하지만 이들 동인지 대부분은 미발굴 상태로서 연구가 전혀 이루어지지 못하고 있다.

3. 문총 마산지부와 『낙타』

1) 문총 마산지부의 활동

을유광복 뒤 좌익계열의 문화단체인 조선문화건설중앙협의회·조선문화단체총연맹에 맞서, 1947년 2월 12일 전국문화단체총연합회(줄여서 '문총')가 우익계열의 문화단체들에 의해 결성되었다. 학술·문화·예술 등 전반에 걸친 민족진영 문화인들의 총결집체로서 문총은 여러 산하단체를 두고,[14] 민족문화 수립과 공산주의 타도를 위해 지역 순회강연, 기관지 『민족문화』(1949년 10월) 발간, 1948년 여수·순천반란 10·19사건 보도사진전 개최와 그 진상을 엮은 『반란과 민족의 각오』를 발간했다.

그 뒤 문총은 한국전쟁 발발과 함께 1950년 6월 27일 대전에서 산하단체를 총망라한 전위조직인 '비상국민선전대(非常國民宣傳隊)'[15]를 조직했고, 다시 김광섭을 대장으로 '문총구국대(文總救國隊)'를 설립했다. 이들은 피난지 대구·부산을 중심으로 하여 지역문인들과 더불어 서울수복(1950.9.28) 때까지 3개월 동안 종군했다. 이는 전시하 문학인

---

14) 문총의 산하단체로는 고려음악협회, 극예술연구회, 국제문화협회, 단구미술원, 단심회, 민족문제연구소, 생물학회, 외국문화연구회, 전국취주악연맹, 전조선문필가협회, 조선교육미술협회, 조선기록사진문화사, 조선미술협회, 조선사진예술연구회, 조선사학회, 조선사진협회, 조선서도협회, 조선영화극작가협회, 조선천문연구회 등이 있었다.

15) 문총의 간부들이 주축이 되었던 비상국민선전대는 비상사태에 대처하기 위해 조직되었다. 이들은 국방부 정훈국에서 파견된 연락장교가 배석하여 선전대에게 할 일들을 예거해 주었다. 연락장교의 지시 내용은 다음과 같다. (1) 전황, 기타에 관한 자료를 정훈국에서 제공하면 비상국민선전대는 그것을 문장화해서 신문, 방송, 기타 보도기관에 넘긴다. 보도기관에 넘기는 일은 연락장교가 맡는다. (2) 국민의 전의를 앙양시키고 민심을 안정시키는 선전계몽활동을 한다. 이것은 비상국민선전대가 자주적으로 행한다. 조연현, 「문예시대」, 『한국문단 이면사』, 깊은샘, 1983, 301~302쪽.

의 사명을 다하기 위한 것으로, 정훈국 소속으로 육·해·공군 종군작가단16)으로 나누어 각군(各軍)에서 크게 활약했다.

이들 종군작가들은 1953년 7월의 휴전까지 각군에 복무하면서 보고강연·문학의 밤·문인극·시국강연·벽시운동·시화전·군가 작사 등의 정훈(政訓)활동과 창작활동을 광범위하게 전개했다. 특히 그들은 『창공』, 『공군순보』, 『코메트』(이상 공군), 『해군』, 『해군과 해병』(이상 해군) 등 각 군의 기관지 편집을 담당했으며, 문예지인 『전선문학』(육군종군작가단)을 발간하는 한편, 시집 『전선시첩』(문총구국대), 『창공』(공군), 『청룡』과 『포도원』 그리고 『장병문예작품집』(이상 해군) 등을 펴냈다.

이 글에서 글쓴이가 다루고자 하는 '문총 마산지부'의 전모에 대해서는 제대로 알려진 바 없다. 왜냐하면 이와 관련된 자료가 제대로 갖추어져 있지 못하고, 체계적인 기록 또한 남아 있지 않기 때문이다. 단지 우리나라에서 처음으로 발간된 『1956년판 마산문화연감』을 통해 전체적인 맥락을 짐작할 따름이다. 이를 바탕으로 문총 마산지부의 결성과 활동에 대해 살펴보면 다음과 같다.17)

먼저, 한국전쟁으로 말미암아 마산의 문화예술인들은 마산지구 계엄사령부 정훈과의 지원 아래 '문총구국대 마산지대'(대장 김갑덕)를 만들어 군의 영향력이 미치지 못한 보도와 피난민 위안행사 등을 도맡아서 했다. 그들의 주요 활동은 전시체재 하의 문화공작대로서 정훈과 보도 역할에 있었다.18) 그 뒤 전시 국면의 호전으로 마산의 문총

---

16) 공군종군문인단은 1951년 3월 9일 대구에서 공군본부 정훈감실의 주선으로 이루어졌고, 육군종군작가단은 1951년 5월 26일 대구에서 육군본부 정훈감실의 주선으로 이루어졌다. 그리고 해군종군작가단은 1951년 6월 부산에서 결성되었다.

17) 마산문화연감편찬위원회, 『1956년판 마산문화연감』, 마산문화협의회, 1956.6, 224~225쪽.

18) 「6·25동란과 문화예술」, 『마산시사』, 마산시, 1985.

구국대가 해체되면서 본연의 사명으로 돌아갔다.

그런 가운데 문총은 1951년 5월 임시수도 부산에서 정기총회를 개최하며 새롭게 결집되었다.[19] 그 정기총회에서 마산의 문화예술인들은 정식으로 문총 마산지부를 승인받았고, 그해 6월에 지부장 김춘수, 부지부장 김갑덕을 중심으로 문총 마산지부가 결성되었다. 그 무렵 집행위원으로 김춘수·김수돈·김갑덕·김세익·이원섭·이림·이수홍·문신·한동훈·강형순·이진순·하도상·김종환·안윤봉 등이 활동했으며, 회원은 54명으로 기록되어 있다.

하지만 1952년 3월 문총 마산지부는 자체 운영면과 지역의 사정으로 지역 유지들이 참여하게 되면서 임원을 개선, 제2대 지부장으로 김종신이 선임되었다. 그 뒤 1953년 10월 예술문화단체로서의 본질을 바꾸기 위해 임원의 재정비를 단행하여 제3대 지부장으로 김춘수, 사무국장으로 안윤봉이 맡았다.

문총 마산지부의 주최로 가진 행사를 시기별로 정리해 보면 다음과 같다.

1951년 벽시전 개최(4월), 『낙타』 제1집 발간(4월), 『낙타』 제2집 발간(6월), 제1회 총회 개최(7월), 종합예술제·예술강좌 개최·음악감상회(4회) 개최

1952년 제2회 총회 개최(3월), 강신석 작품 감상회(5월), 김춘수·강신석

---

19) 문총은 전시체제 하에서 문학인의 역할과 책무를 강조하며, 여러 언론매체의 전폭적인 후원에 힘입어 '전시문화강좌'를 열었다. 이 강좌의 취지는 초기 비상국민선전대의 활동과 마찬가지로 군관민의 유기적인 협력을 모색하고 애국심과 승전의지를 고취시키는 데 있었다. 또한 문총 본부는 전시문예강좌 말고도 시낭독회와 각종 강연회, 무용, 문인극 등을 열었다. 이 같은 문총의 활동은 피난지 문단의 지형 변화를 가져오는 근본 동인으로 작용했으며, 문학인들의 결집과 문학적 열망을 부추기는 계기가 되었다. 이순욱, 「한국전쟁기 부산 지역문학과 동인지」, 『영주어문』 제19집, 영주어문학회, 2010.2, 124쪽.

시화전(5월), 이상근 작곡발표회(7월), 납량 싸롱음악회(7월), 8·
15광복절 축하 미술전(8월), 레코드음악감상회(4회) 개최
1953년 제3회 총회 개최(1월), 『청포도』 동인들과 함께 공동으로 주최하고
마산일보사가 후원한 '시와 음악의 밤' 개최(1월), 제1회 현대시
감상의 밤 개최(12월), 문총 제1회 미술전(12월)
1954년 『자유민보』와 공동으로 3·1절 기념 김상옥·전혁림 시화전(3월),
최영림 유화전(3월), 제4회 총회 개최(4월), 김수돈·박생광 시화전
(4월), 기관지 『마산문총회보』 발간(5월), 제2회 이림 양화전(5월),
『낙타』 동인 주최로 '시의 밤' 개최(7월), 8·15기념 제5회 마산중고
등학생 미술전(8월), 박동현 수채화 소품전(8월), 이림 개인전(9
월), 제2회 현대시 감상의 밤 개최(9월), 이원섭·전혁림 시화전(11
월), 문총 제2회 미술전(12월)
1955년 박해강 유화전(1월), 김재규 제1회 미술전(2월), 오영진 초청 문화
좌담회(2월), 제4회 총회 개최(4월), 초정 김상옥 시서화전(5월),
오화진 무용발표회(6월)

이렇듯 문총 마산지부는 종합예술제, 예술강좌, 살롱음악회, 미술
전, 시화전 등을 펼치며 활발하게 활동했다. 대부분 이들 행사는 그
무렵 문화예술인들의 사랑방 역할을 맡았던 외교구락부·콜롬비아찻
집·마산다방·비원·전원·남궁·백랑·향원다방 등에서 열렸다. 그러한
문총 마산지부의 결성과 활동은 피난지 마산의 문화예술의 위상을
새롭게 이끌어가는 버팀목으로 작용했다고 하겠다.[20]

─────────────

20) 1951년 마산의 문화예술인들 중심으로 영화 〈삼천만의 꽃다발〉이 제작되었다. 일반
극영화 중에서 마산에서 제작되고 또 개봉 여부가 확인된 최초의 영화이다. 김찬영
이 설립한 예술영화사에서 마산의 작가 정진업의 시나리오에 바탕을 두고, 신경균
감독, 김영옥 조감독, 남기섭 스틸기사 등을 발탁해 제작에 나섰다. 촬영은 김찬영
자신이 담당했고, 음악은 박시준이 맡았으며, 출연배우는 최현·황여희·복혜숙·정진

한편 문총 마산지부에서는 김춘수·이진순·김수돈·최인찬 등이 참가하여, 1954년 5월 기관지 『마산문총회보』를 펴냈다. 하지만 1955년 6월 문총 본부의 분열에 영향을 받은 문총 마산지부도 유명무실하게 되었다. 결국 문총 마산지부는 전시 체제하의 정훈·보도의 역할에서 벗어나 문화예술단체로서의 본분의 위치로 돌아서면서 해산상태에 빠졌다고 하겠다.21)

2) 동인지 『낙타』의 됨됨이

문학 쪽에서 본다면, 문총 마산지부 결성이야말로 마산문단의 공식적인 출범이라 할 수 있다.22) 문총 마산지부 문학부에서는 지역문인들과 교류하며 『낙타』 동인을 결성하여 뜻있는 문학활동을 펼쳤다. 동인지 『낙타』는 문총 마산지부의 활동상을 통한 한국전쟁기 마산의 문학사회의 동향과 특성을 읽어낼 수 있는 중요한 매체이다. 이즈음 실증적 자료를 오롯이 확보하지 못한 상황에서 『낙타』의 전모를 밝힌다는 것은 쉬운 일이 아니다. 최근 발굴된 『낙타』 제2집을 통해 서지사항과 동인 면모를 나름대로 짐작할 수 있다.

첫째, 문총 마산지부는 1951년 6월에 지부장 김춘수, 부지부장 김

업·김수돈 등이었다. 또한 마산에 있던 김해랑이 원안을 썼고, '김해랑무용연구소'가 특별출연했다. 이승기, 『마산영화 100년』, 마산문화원, 2009, 144쪽.

21) 그런 가운데 마산문단도 '문총'시대가 끝나고 '문협'(마산문화협의회)시대로 전환되었다. 그 첫 단계로 『마산일보』 지면을 통해 각계 인사들의 제언이 모아지고 마산문화협의회 준비위원회가 구성되어, 1955년 10월 30일 마산 '시민극장'에서 창립총회와 더불어 공식 출범(회장 안윤봉)했던 것이다. 마산문화협의회는 지역문화운동의 총본산으로서 '시민의 밤'을 개최하고, 기관지 『문화 마산』을 냈으며, 나라 안에서는 처음으로 두 번씩이나 안윤봉에 의해 『마산문화연감』을 냈다. 이광석, 「마산문화협의회」, 『경남신문』, 2005.6.10.

22) 경남문인협회, 『경남문학사』, 경남문인협회, 1995, 28쪽.

갑덕을 중심으로 결성되었다. 이에 즈음하여 동인지 『낙타』를 펴냈는데, '집필에는 시에 김수돈·이원섭·김춘수·천상병·김태홍·김세익·이순섭(이석), 소설에 김윤기, 평론에 김재관, 수필에 이진순·김갑덕 등'이 참가했다.[23]

둘째, 『낙타』의 발행 호수에 있어서도 정확하게 고증되어 있지 못하다. 이를테면 제2집까지 나왔다는 견해, 제3집 또는 제4집까지 발간되었다는 견해를 찾을 수 있다.[24] 이 가운데 1956년판 『마산문화연감』의 견해가 가장 신뢰를 준다고 하겠다. 왜냐하면 이 자료는 한국전쟁 직후 발간된 것으로 다른 자료와 견주어 시기적으로 가장 가까웠던 견해이고, 문총 마산지부의 활동뿐 아니라 당시 마산의 문화예술 전반의 현황을 가장 세심하게 적고 있는 까닭이다. 따라서 『마산문화연감』에 적힌 바대로 동인지 『낙타』는 제4집까지 발간된 것으로 여겨진다.

사월 초순에 벽시전(壁詩展)을 문총지부(文總支部) 주최로 몇 사람 시

---

23) 『낙타』 제2집에 참여한 동인들과 비교해 볼 때, 이석과 김윤기는 빠져 있다. 마산문화연감편찬위원회, 『마산문화연감』, 마산문화협의회, 1956.6, 37쪽.

24) 먼저, 『경남문학사』와 『경남문예총람』에 따르면, "문인들을 회원으로 모두를 수용하지 못한 채 동인지 『낙타』를 2집까지 내고는 흐지부지된다"고 적었다. 경남문인협회, 『경남문학사』, 경남문인협회, 1995, 28쪽; 경상남도, 『경남문예총람』, 경상남도, 1993, 102쪽.
   다음으로 설창수는 "마산에선 청마, 초정, 수돈, 춘수, 원섭 등이 시동인지 『낙타』를 3집인가 내고 그만 두었다"고 적었다. 또한 『마산시사』에 따르면, 문총 마산지부는 '청포도 동인들을 맞이하여 기관지인 『낙타』를 3집까지 발행'했다. 설창수, 「지방문단풍토기: 진주·마산편」, 『자유문학』, 1956년 12월호, 154쪽; 마산시사편찬위원회, 『마산시사』, 마산시, 1985, 1086~1087쪽.
   한편, 『마산문화연감』에서는 제4집까지 발행한 바 있다고 했다. 이를테면 "1951년 5월 부산에서 개최된 문총 제4회 정기총회에서 정식으로 문총 마산지부 승인을 받아 문학부(文學部)에 『청포도』 동인 전원이 참가하게 되었고 1953년까지 문학부의 기관지였던 동인지 『낙타』 제4집을 발행한 바 있다."고 적고 있다. 마산문화연감편찬위원회, 『마산문화연감』, 마산문화협의회, 1956.6, 37쪽.

인의 원고를 얻어 하였고 그때 시를 낸 사람들의 발기(發起)로 벽시전에 게시(揭示)한 시를 낭독하는 모음을 가지자고 말이 되어 그것의 푸로그람으로써 『낙타』 1집을 시로만 꾸며 보았다./그후 차차 말이 진행되어 시, 소론(小論), 수필 정도로 내용을 확대하여 좋은 동인(同人)을 발견하는데 힘을 써자고. 그래 2집은 스페-스를 상당히 고려해 가면서 베좁은 지면(紙面)에 이만 한 것이라도 싣게 되었다./ (…중략…) /3집부터는 통영(統營) 문총을 중심한 동인지 『기(旗)』와 합류하여 좀더 내용과 외모를 충실히 할려고 한다. 뜻있는 분의 많은 투고를 바라는 바다. 문학(文學)하는 사람으로선 알지 못하고 있던 좋은 문학도(文學徒)를 알게 된 기쁨이야 그 위에 더할 것이 없을 정도다.

— 「편집후기」 가운데

이에 따르면, 1951년 4월 초순에 문총 마산지부 주최로 "벽시전(壁詩展)"이 열렸다. "그때 시를 낸 사람들의 발기(發起)로 벽시전에 게시(揭示)한 시를 낭독하는" 모임을 가졌는데, 그것의 프로그램으로써 『낙타』 1집을 시로만 꾸며 보았다는 것이다. 이를 시작으로 "시, 소론(小論), 수필 정도로 내용을 확대하여" 『낙타』 제2집을 냈다고 했다. 그리고 제3집부터는 "통영(統營) 문총을 중심한 동인지 『기(旗)』와 합류하여 좀더 내용과 외모를 충실히" 할 것임을 말하고 있다. 만약 제3집이 나왔다면, 마산과 통영지역 문총 회원들의 면면을 밝힐 수 있을 것이다.

셋째, 동인지 『낙타』의 문단사적 성격과 위상이다. 광복기 창립된 문총의 3대 강령은 '(1) 광복 도상(途上)의 모든 장벽을 철폐하고 완전 자주독립을 촉성(促成)하자. (2) 세계문화의 이념에서 민족문화를 창조하여 전세계 약소민족의 자존(自尊)을 고양(高揚)하자. (3) 문화유산의 권위와 문화인의 독자성을 옹호하자.'였다. 그런 점에서 문총 마산지부의 동인지 『낙타』의 성격 또한 이러한 강령을 바탕으로 삼았을 것이다.

따라서 한국전쟁이라는 특수한 상황에서 볼 때, 1951년 6월 창립된 문총 마산지부의 역할은 다르게 작용했을 것이다. 물론 문총 마산지부의 결성 취지를 피력한 바 없고, 『낙타』의 창간 취지 또한 따로 밝혀 둔 바 없다. 이에 대해서는 『낙타』 제2집의 〈편집후기〉와 〈송(頌): 성화를 지킨 사람들〉을 통해 나름대로 짐작할 따름이다.

조국은 지금 공산주의와의 치열한 싸움을 싸우고 있다. 총후(銃後)의 우리들이 이런 소책자라도 엮음으로써 총후국민으로서의 드높은 각오를 우리들 스스로가 가지는 동시에 이 책을 보는 적은 범위의 사람들에게라도 절로 이 전쟁의 깊은 뜻이 스며가야 할 것이다.

—「편집후기」 가운데

이 글에서 보듯, "지금 공산주의와의 치열한 싸움을 싸우고 있"는 나라 상황에서 "총후(銃後)"의 문학인들이 『낙타』를 엮어냄으로써 "총후국민으로서의 드높은 각오를" 다지며, 독자들로 하여금 "전쟁의 깊은 뜻"을 알리기 위함이라고 밝혔다. 다시 말해서 동인지 『낙타』는 전장의 후방을 지키는 "총후국민"의 자세를 보여 주고자 했던 것이다.

일차 세계대전을 똑 같이 맞이한 그들은 「인간(人間)」이라는 숙제를 앞에 하고 총후인(銃後人)의 한사람으로서 무엇을 하여야만 하겠는가? 무엇을 지키고 무엇을 밝혀야만 하겠는가? 어떻게 하여야만 하겠는가를 자기 자신에게만 물어야 하는 운명(運命)이 지시(指示)한 드깊은 고독(孤獨) 속에 매몰되었다. 이 고독은 내 속에 세계를 호흡하는 그것이었다./출산(出産)의 이런 고민. 그 결정(結晶)으로서의 릴케의 「도이네-제 비가(悲歌)」 카롯사의 「루-마니아 일기」 헷세의 「데미앙」-지켜야 할 것을 끝끝내 지킨 사람들.

—「송(頌): 성화를 지킨 사람들」가운데

독일의 혼(魂)을 지켜낸 '세 사람의 독일인', 이를테면 릴케·카롯
사·헷세 등의 공적을 기리고 있다. 이를 통해 "1차 세계대전을 똑 같
이 맞이한 그들은 '인간(人間)'이라는 숙제를 앞에 하고 총후인(銃後人)
의 한 사람으로서 무엇을 하여야만 하겠는가? 무엇을 지키고 무엇을
밝혀야만 하겠는가?"란 물음과 함께, 한국전쟁기 문학인들도 "어떻게
하여야만 하겠는가?" 하는 마음가짐을 강조하고 있다.

이를 바탕으로 동인지 『낙타』 제2집의 서지사항과 특성을 구체적
으로 살펴보면 다음과 같다.

『낙타』 제2집은 1951년 6월 2일 마산의 평민인쇄소에서 찍었고,
1951년 6월 14일 문총 마산지부에서 펴냈다. 인쇄인으로 김형윤(마
산시 완월동 217)이 이름을 올렸고, 편집인으로는 그 당시 문총 마산
지부의 지부장을 맡고 있었던 김춘수가 이름을 올렸다. 판권에는 주
소지가 '마산시 중앙동 58'로 적혀 있는데, 이는 김춘수의 거주지와
동일하다. 이로 미루어 문총 마산지부는 사무실을 따로 두지 않았던
것으로 보인다.

이 동인지는 18쪽 분량으로 엮어졌는데, 앞표지에는 한자어로 '낙
타(駱駝) 제2집'이라 밝혔고, 사막(砂漠)을 표현한 듯한 그림도 그려져
있다. 아마도 이 동인지의 제자와 표지그림은 김상옥이 꾸민 것으로
짐작된다. 뒷표지에는 동인지를 후원한 세 곳의 광고가 실렸다.[25]

---

25) 후원한 곳은 '문화양복을 찾아서, London Tailor에'라는 문구로 마산종로거리에 위
치했던 런던텔라, 구봉회(具俸會)가 운영한 마산시 창동 183번지의 의성약복점(義
成洋服店), 권태식(權泰植)이 운영한 마산시 부림동 85의 6번지 마산서원(馬山書院)
이다.

여기에는 서문격으로 '성화(聖火)를 지킨 사람들'을 기리는 「송(頌)」, 소론(小論) 2편, 시 7편, 수필 2편, 그리고 〈편집후기〉로 이루어져 있다. 소론에는 김재관의 「그 후(後)의 Eliot」, 김춘수의 「시인의 종군(從軍)」이 실렸고, 시에는 유치환26)의 「낙과집(落果集) 1」, 김상옥의 「먼 동」, 이원섭의 「나비」, 김수돈의 「명상시곡(冥想詩曲)」, 김태홍의 「행춘(行春)」, 천상병의 「그림」, 김세익의 「전선추색(戰線秋色)」 등의 작품이 실렸으며, 수필로는 이진순의 「담배와 파잎」, 김갑덕의 「애정(愛情)·질투(嫉妬)」가 실렸다. 이들은 모두 문총 마산지부 문학부 회원으로 활동했던 문인들이다.

그렇다면 전쟁 체험을 드러내고 있는 작품을 중심으로 그 특성을 살펴보고자 한다.

중부전선(中部戰線)에 종군하였다가 돌아온 이원섭(李元燮)형이 이런 말을 하였다. 청마(靑馬)씨야말로 종군한 보람 있는 시를 보여주었다)고 『문예(文藝)』 전시판(戰時版) 1집에 실린 「보병과 더불어」란 열 편의 동부전선 종군시는 전쟁을 무슨 자기(自己)의 과오처럼 체험한 시인의 진술한 기록이 있었을 뿐 뜻 아니한 전쟁을 겪고 있는 당황에서 오는 필연 이상의 감상(感傷)은 없다. 마치 전쟁이란 피치 못할 운명에 대한 마음의 준비를 이 시인은 평소에 늘 가지고 있었지나 안했나 싶다.
　　　　—김춘수, 「시인의 종군(從軍): 「보병과 더불어」를 읽고」 가운데

문총 마산지부장이었던 김춘수는 『문예(文藝)』 전시판(戰時版) 1집에 실린 「보병과 더불어」란 유치환의 "열 편의 동부전선 종군시"를

---

26) 1950년 9월 청마 유치환은 부산에서 '경남문총구국대'를 결성하고, 경남지대장을 맡았으며, 육군 제3사단 22연대에 종군했다. 1951년 9월 최전방 종군 체험을 담은 제5시집 『보병과 더불어』를 상재했다.

평하고 있다. 그는 유치환의 종군시를 두고 전쟁을 체험한 "시인의 진솔한 기록"이라 평가했다. 그리고 '인간의 비굴에 대한 분노'와 '뜻 모르는 눈물'을 가진 시인으로 보았다. 그런 점에서 유치환 '시인의 종군은 뜻 깊은 일'이었다고 말하고 있다.

반 넘어 무너진/벽(壁)을 향하여//태산(泰山) 같이 무거운/자세(姿勢)이 었다//일월(日月)까지 낯설은/이방(異邦)이어도//기어코 싹틔워야 할/법 (法)의 씨기에//눈보라 치는 속에/묻어 오는//꽃향도 아/높은 가운데//그 물 치고 기다리는/거미처럼//나비를 기다리어/구년(九年)이었다
—이원섭, 「나비: 정법안장(正法眼藏)·교외별전(敎外別傳)」 전문

이원섭은 전쟁으로 말미암아 마산으로 피난왔던 작가이다. 그는 한 국전쟁기 피난 와서 마산고등학교에서 교사로 일했으며, 중부전선에 서 종군 체험을 한 바 있다. 이 작품은 부처의 가르침을 전수하는 일들 가운데 "정법안장(正法眼藏)"과 "교외별전(敎外別傳)"을 끌어와 그 무렵 시인의 서정을 보여 주고 있다. 전쟁으로 말미암아 "반 넘어 무너진 벽(壁)"을 보면서, 시인은 "일월까지 낯설은 이방"에 아름다움 과 행복을 싹틔울 "법(法)의 씨"인 "나비를 기다리"고 있는 것이다.

비-나스는 금년에 핀 작약꽃 옆에 있다/오전 아홉시에 나의 마음은/전 쟁의 옆에 있다//쏘나타 형식에 의한 실내악/뒤로 앉은 소녀의 머리카락 에/오월 바람이 쏟아진다//향기 뿜은 꽃/수채화가 고운 풍경(風景)을 그린 다/창틈으로 스미는 광선(光線) 한 줄기의 뜨거운 생각이여//나의 마음은 전쟁의 쪽에 있다
—김수돈, 「명상시곡(瞑想詩曲)」 전문

한국전쟁기 김수돈은 진해고등학교에서 교사로 근무하다가, 1951
년 4월 문총 중앙위원을 지냈다. '명상시곡'이란 제목에서 알 수 있듯
이, 이저런 생각으로 명상에 잠겨보지만, 마음은 언제나 "전쟁의 옆"
과 "전쟁의 쪽"에 있다고 표현한다. 이를 통해 그의 마음은 오로지
"전쟁"으로 채워져 있음을 알 수 있다. 또한 그의 다른 작품 「행춘(行
春)」에서도 봄의 풍경을 '전란에 시달린 청춘'으로 표현하고 있다.

> 골짝이 골짝이 마다/가을이 흘러가고/가을이 흘러오고/하늘에는 수많은
> 별이 떨고 있었다//젊음을 다하여/오직 하나의 사연 아낌없이 버리고/우리
> 의 무도한 적을 좇아/휘돌아 휘돌아 왔더니라//느티나무 가지마다 그늘지
> 어 늘어서고/피에 젖은 소양강(昭陽江)/낙엽이 우수수 소리치며/흩어져
> 흘러가고/뻐꾹새 어제를 울던/언덕에 누워서/저마다 하나씩의 별을 헤는/
> 밤이면 밤마다//너와 나는 서로/외국말로 중얼거리는/아득한 향수(鄕愁)―
> ―김세익, 「전선추색(戰線秋色)」 전문

작품 끝에 '종군중에'라고 적혀 있듯이, 그는 실제로 미육군 제25사
단 제27연대에 파견되어 6개월 동안 통역병과 연락병으로 일했다.
그때에 느낀 가을 풍경을 시로 형상화한 작품이라 하겠다. 여기서 시
인은 "피에 젖은 소양강"에서 맞이한 가을을 두고, "뻐꾹새 어제를
울던/언덕에 누워서" 고향을 그리워하고 있다. 전쟁터에서 통역을 맡
았던 시인이라 그런지 "너와 나는 서로/외국말로 중얼거리는/아득한
향수(鄕愁)"라는 표현이 뜻깊게 다가온다.

이렇듯 문총 마산지부에서 펴낸 동인지 『낙타』는 피난지 문단의
구심점 역할을 했던 것이다. 여기에 이름을 올린 문학인들은 한국전
쟁기 마산문단을 이끌었고, 저서 발간과 동인활동 등의 각별한 문학
활동을 펼쳤다는 점도 이를 뒷받침해 주고 있다.

4. 마무리

한국전쟁기 우리문학은 피난지 문단의 성격에 걸맞게 역동적인 성향을 보여 주었다. 특히 피난지를 중심으로 문학인의 유입이 잦았던 까닭에 지속적인 문학실천을 보여 주지는 못했지만, 피난지 문단을 형성하면서 지역문학의 활성화에는 큰 영향을 끼쳤다. 한국전쟁을 겪은 지 예순 해가 넘은 이 때, 그 역사적·문학사적 의의를 다시금 되새기려는 작업이 절실히 요구된다.

그런 점에서 이 글은 한국전쟁기 피난지 마산의 문학 지형도를 살피는 데 목표를 두었다. 이러한 문제인식 아래 한국전쟁기 마산의 문학인과 문학매체에 대해 눈길을 모으고자 했다. 이를 위해 글쓴이는 전쟁기 마산에서 활동한 문학인의 면모와 매체 발간, 그리고 문총 마산지부의 결성과 활동, 특히 동인지 『낙타』의 됨됨이를 통해 마산문학의 특성을 밝혀보고자 했다.

먼저, 한국전쟁기 마산의 피난지 문단은 문학인들이 대거 피난생활을 하게 됨으로써 문학의 전성기를 맞이하게 되었다. 피난지 마산의 경우, 문단 재편과 새로운 문학환경을 조성했다. 문학인들의 활동과 더불어 개인 저서와 많은 동인지의 발간 등의 매체활동이 그것이었다. 이들의 활동은 지역문학 활성화에 크게 이바지했던 것이다. 다시 말해서 전쟁기라는 특수성을 감안하면 마산지역에서 이루어졌던 문학인들의 저서와 매체 발간은 피난지 마산의 소중한 문학자산을 이루었다고 하겠다.

다음으로, 한국전쟁기 지역의 문화예술인들로 결성된 문총 마산지부의 활동과 피난지 마산의 문학사회 형성과 전개에 결정적인 몫을 맡았다. 특히 문총 마산지부에서 펴낸 동인지 『낙타』는 여기에 이름을 올린 문학인들은 한국전쟁기 마산문단을 이끌었고, 저서 발간과 동인

활동 등의 각별한 문학활동을 펼쳤다는 점도 이를 뒷받침해 주고 있다. 그 실증자료의 온전한 모습을 다 볼 수 없었음에도 불구하고, 한국전쟁기 마산문학사에서 중요한 사실과 정보를 갈무리할 수 있었다.

결국 글쓴이는 한국전쟁기 피난지 마산에서 발간된 문학매체, 특히 시집과 동인지 문헌에 대한 밑그림을 그려 둔 셈이다. 특히 이 글은 피난지 마산에서 이루어진 지역문학의 다양한 역장들은 문단의 재편과 문인들의 진퇴과정을 보여 준다는 점에서 각별한 의미를 지닌다. 앞으로 한국전쟁기 마산의 문학사회에 대한 포괄적인 이해가 이루어져, 피난지 마산문단에 대한 올바른 자리매김과 값매김이 이어져야 할 것이다.

민주화의 고향, 4월혁명과 시의 함성

1. 4월혁명과 문학의 힘

4월은 '잔인한 달'이 아니라 '혁명의 달'이다. 이러한 화두의 중심에는 4월혁명이 자리 잡고 있다. 비록 짧은 기간이었지만 4월혁명이 우리 역사에 새겨놓은 의미는 새롭고 각별하다. 1960년 이후 현실정치에 빨려든 4월혁명은 서서히 잊혀지고 그 이념조차 무뎌졌지만, 그때의 함성은 오늘날까지 이어져 우리 삶의 실천적인 본보기가 되고 있다.

김수영은 '자유를 위해서 비상하여 본 일이 있는' 사람만이 '혁명은 왜 고독해야 하는 것인가'를 안다고 읊었다. 내년이면 4월혁명 제50주년을 맞게 된다. 우리나라 민주화운동의 첫걸음을 내딛은 4월혁명, 그 평가는 현재진행형의 역사 속에서 계속 이루어나갈 일이다.

흔히 4월혁명은 우리의 현대사에서 민주주의를 촉발시킨 혁명이요, 미완의 혁명이라 일컬어지고 있다. 그동안의 평가를 종합해 볼 때, 4월혁명은 이승만 독재체제를 근본적으로 변혁시키고 국민의 자유와 권리를 보호하며 민주주의 이념을 구현하기 위한 민주혁명으로 값매김되고 있다.

결국 4월혁명은 1950년대의 암울했던 시대상황을 능동적으로 타개하려는 민주주의 이념의 표현이었다. 정치·경제·문화적 민주주의를 갈망하는 시민의 실천적 변혁운동이었던 것이다. 나아가 4월혁명은 남북의 강화된 분단체제를 해소하면서 평화통일론을 정착시켜야 할 과제로서의 기폭제였던 셈이다.

독일의 철학자 이마누엘 칸트에 따르면, 혁명은 인류의 진보를 위한 힘이다. 물론 혁명으로 말미암아 희생과 고통은 따르지만 사회 발전을 위한 불가피한 과정이라고 생각했다. 그런 점에서 문학도 마찬가지다. 또한 4월혁명은 민족과 역사와 민중을 찾아내는 착지점으로 작용했다.

물론 그것이 문단 전반에 걸쳐 나타난 현상은 아닐지라도 많은 문학인들에게 큰 반향을 불러일으킨 것은 분명하다. 이후 우리문학은 4월혁명과 더불어 제 길을 잡아나갔던 셈이다. 역사와 현실의 본질을 파악할 수 있는 관점이야말로 문학이 지니는 근본적인 힘의 원천인 것이다.

작가는 역사라는 소재를 바탕으로 시대현실을 인식하고, 그 인식의 결과를 작품으로 형상화한다. 다시 말해서 역사는 문학에 나타나는 하나의 소재이며 반영의 대상이 된다. 따라서 문학과 역사의 공통점은 인간의 삶에 나타나는 역사적·사회적 삶의 양상을 밝히는 데 있다.

문학의 역사성은 작품에 나타난 현실과 실제 현실이 맺고 있는 관련성에 초점을 맞추어 해석하는 방법이다. 작품이 현실 세계나 대상 세계의 진실한 모습과 전형적 모습을 어떻게 반영했는지에 대해 비교 검토한다. 이른바 문학의 역사성은 문학이 단순한 상상력의 산물이 아니라 구체 현실에서 출발한다는 점을 일깨워 주며, 문학작품에 대한 이해가 삶의 현실, 곧 시대와 역사에 대한 이해로 확대될 수 있게 한다.

1960년 이후 우리 문학은 4월혁명에 대한 숱한 문학적 담론을 이루어 왔다. 특히 시에 있어서는 4월혁명 당시와 그 이듬해에 걸쳐서 신속하게 반영되어 발표되었다. 그렇듯 4월혁명의 역사성과 문학성을 제대로 읽어내기 위해서는 혁명 현장에서 씌어졌던 기념시에 대한 논의가 앞선 일거리로 남아 있다.

4월혁명으로 말미암아 많은 시인들은 늦게나마 시대 현실을 똑바로 인식하게 되었던 것이다. 분노와 함성으로 들끓었던 혁명의 시기, 그 정점이 바로 1960년 초반이었다. 동시대의 시인들 대부분이 4월혁명의 역사적 성격과 의미를 기념시로 썼고, 여러 언론매체에서는 발빠르게 그들의 작품을 실었다. 그때야말로 혁명 기념시의 창작 기반과 열기를 가장 구체적으로 보여 주고 있다.

이제껏 4월혁명 직후의 기념시에 관한 연구는 충분하게 다루어지지 않았다. 무엇보다도 혁명 기념시에 대한 자료를 간추리지 못했던 까닭에, 몇몇 알려진 작가 또는 작품만을 중심으로 혁명 기념시의 주제나 내용을 소박하게 다루는 논의에 머물렀다. 사정이 그렇다 보니 4월혁명 기념시에 대한 전반적 이해가 제대로 이루어질 수 없었다.

앞서 말했듯이, 4월혁명 기념시의 특성은 역사와 문학이 결합된 유형이라는 점에 있다. 역사적 현장과 문학적 형상화 사이에서 발생하는 긴장은 작가로 하여금 역사적 기술보다는 작품을 창작하게 하는 힘으로 작용하게 된다. 그런 점에서 이들 기념시들은 4월혁명을 어느 시대보다 적확하게 담아내고 있다고 하겠다.

이에 글쓴이는 1960년 4월혁명 직후에 발행된 기념시집들을 대상으로 삼는다. 이를테면 한국시인협회 엮음, 『뿌린 피는 영원히』(춘조사, 1960.5), 정천 엮음, 『힘의 선언』(해동문화사, 1960.5), 김종윤·송재주 엮음, 『불멸의 기수』(성문각, 1960.6), 김용호 엮음, 『항쟁의 광장』(신흥출판사, 1960.6), 이상로 엮음, 『피어린 4월의 증언』(연학사, 1960.6)이 그것이다.

이 글은 박태일이 언급한 증언시, 정치시, 성찰시, 추도시의 유형을 얼개로 끌어와, 4월혁명 기념시의 의미를 살펴보고자 한다. 이를 통해 4월혁명이라는 역사적 사건에 대한 시적 형상화와 그 특성을 되짚어 볼 수 있을 것이다.

2. 혁명 기념시와 힘의 선언

1) 증언시와 혁명 현장의 구체성

4월혁명 기념시의 역사성을 알 수 있는 첫째 유형으로 역사 현장에 대한 증언 표현이나 의도가 중심에 선 증언시를 들 수 있다. 목적시로서의 증언시는 혁명의 현장시이면서 보고시라는 특성을 지닌다. 4월혁명의 현장이나 실상을 구체적으로 다룬 증언시야말로 당시의 역사를 이해하고 재인식하게 만드는 매개로 구실하고 있다.

> 남성동파출소에서 시청으로 가는 대로상에서/또는/남성동파출소에서 북마산파출소로 가는 대로상에/이었다 끊어졌다 밀물치던/그 아우성의 노도(怒濤)를……/너는 보았는가…… 그들의 애띤 얼굴 모습을,/그 양미간의 혼기를(魂氣)를/뿌린 핏방울은/베꼬니아의 꽃잎처럼이나 선연했던 것을……
>
> ─김춘수, 「베꼬니아의 꽃잎처럼이나」 가운데

이 시는 4월혁명의 도화선이 되었던 3·15마산의거의 현장을 구체적으로 그려낸 증언시 가운데 하나이다. '마산에서 희생된 소년들의 영전에'라는 부제가 달린 점으로 미루어, 현장 증언시를 넘어 추도시의 유형으로 볼 수 있는 작품이다. 비록 3·15마산의거라는 특정 지역의 상황을 글감으로 묶어두었지만, 시대현실에 대한 증언으로서 모자람이 없다.

여기서 시인은 "너는 보았는가"라는 물음을 던지면서, 직접 목도했던 3·15마산의거의 현장을 시화하고 있다. 특정 장소인 남성동파출소·시청·북마산파출소로 "가는 대로상"에서 보고 느낀 일을 구체적으로 적었다. 특히 "아우성의 노도"와 "베꼬니아 꽃잎처럼이나 선연했던" 희생자들의 "핏방울"을 통해, 시인의 강렬한 역사의식을 자연스레 읽어낼 수 있다.

그날 우리들의 대열(隊列)이/자유, 민주, 정의, 인도, 젊은 애국(愛國)불의 노호(怒號)가/노도처럼 밀칠 때/그 불의한 총탄 앞에 귀축(鬼畜)의 맹사(猛射)앞에/어린이, 중고등학생, 부녀자, 맨주먹의 시민이/차례 차례 피를 흘려 죽어넘어져 쓰러질 때.//국군이여! 의(義)의 용사여! 중무장한 군대여!/당신들만은,/이 붉은 피의 생명들이,/한 알 당신들의 총탄보다/얼마나 더 귀한가를 보여 주었다./얼마나 더 값진가를 보여 주었다.

　　　　　　　　—박두진, 「당신들은 우리들과 한 핏줄이었다」 가운데

4월혁명 당시 이승만 정권은 시위 대열을 진압하기 위해 한 개 사단의 군대와 수십 대의 탱크를 동원했다. 하지만 국군 사병들은 시위대를 동정하였고, 일부 사병들은 항쟁의 대열에 합류하였다. 박두진은 그러한 국군의 모습을 지켜보면서 '당신들은 우리들과 한 핏줄이었다'고 노래한다.

이 시는 4월혁명 당시의 일반적인 실상에 초점을 맞추고 있지 않다. "맨주먹의" 시위대들이 "피를 흘려 죽어"갈 때, 이를 도와 준 "국군"의 의로운 행위에 대해 증언하고 있다. 시위대를 진압하기 위해 투입된 국군의 또 다른 모습, 그것은 서로가 "한 핏줄이었"기 때문에 가능했던 일이다. 이 같은 증언시는 4월혁명의 역사성에 있어 그 폭과 깊이를 더해 준다.

> 잇달은 요란한 총성…/적군을 소탕하듯/무차별 총격을 가해오는 무리…/땅 하나/땅 둘/따당 따당 따라 따당/여기 셋/저기 넷/금시에 피를 쏟으며 쓰러진 맨주먹의/아들 딸/책가방을 안은 채 쓰러지는 어린 생명…
> ―이인석, 「증언(證言): 국민은 승리한다」 가운데

제목부터 "증언"으로 달고 있는 작품이다. 증언이란 자신이 경험한 바를 그대로 전술하는 일 또는 그 내용을 뜻한다. 따라서 증언시는 기록과 증언이라는 작품의 중요한 구성원리를 표상하고 있는 것이다. 그런 까닭에 증언으로서의 문학은 사료적 가치를 함께 지니고 있다.

이 시는 4월혁명의 현장과 구체적 실상에 대해 증언하고 있다. 이렇듯 역사적 사건과 현장을 시화하는 데 그치지 않고, 시인의 최종 증언은 바로 "국민은 승리한다"는 당위성으로 나아간다. 그런 점에서 이 시는 4월혁명 당시 희생당하는 현장 진술을 통해 독자들의 역사의식 고취에 바쳐지고 있는 셈이다.

> 4293년 2월 28일/대구 중앙통에서/경북고등학교/검은 대열은/학원의 자유와/민주주의 수호를 부르짖었을 때/나는 자꾸 감상(感傷)에 젖어/눈물이 목구멍을 메웠다./3월 15일/기후가 좋아/결핵요양원이 있는/병든 사람도 살기 좋다는/마산에/총으로 다스려야 했던 야만(野蠻)/4월 11일/호

수(湖水)로 알고 지난 적이 있는/그 호수로 밖에 기억이 없는/마산 중앙부
두에/젊은 학도(學徒)/김주열군의 시체가 떴다./나는 이 때/몸에 소름이
돋고 불안했다.

　　　　　　　　　　　—박양균, 「무명(無名)의 힘은 진실하였다」 가운데

　　설한(雪恨)의 봄은/마산에서/진주에서/부산·동래에서/대구·김천에서/
목포·광주에서/이리·대전에서/수원에서/인천에서/그리고 극동의 불모(不
毛)/생존의 수도(首都)/서울에서/아아/진달래처럼/진달래처럼/피를 흘린다

　　　　　　　　　　　—조병화, 「1960년 4월: 어린 선열에」 가운데

　　앞의 시는 '4·19를 전후한 시국을 말한다'는 부제에서 알 수 있듯
이, 4월혁명 당시의 나라 현실을 증언하고 있는 작품이다. 혁명의 경
과를 시기순으로 언급하면서, 시인의 서정 속에 현장의 구체성을 녹
여내고 있다. 격앙되지 않은 시인의 서정적 진술이 오히려 현장의 비
극성을 더욱 극대화시키고 있는 것이다.

　　뒤의 시는 4월혁명의 희생자들을 글감으로 묶어가며, 혁명의 배경
과 실상에 대한 구체적인 언명으로 자연스레 이끌고 있다. 그런 점에
서 현장 증언시에 넣을 수 있는데, 그 증언적 값어치는 4월혁명의
경과을 보여 주었다는 데 있다.

　　이렇듯 증언시는 시를 통한 역사적 기록이라는 측면에서 값어치가
높다. 4월혁명의 현장과 실상을 구체적으로 보여줌으로써 혁명의 의
미와 당위성을 일깨워 준다. 이들 증언시들은 4월혁명을 직접 체험했
거나 줄곧 지켜본 시인의 함성으로써, 역사적 기억과 의식을 담아낸
작가정신일 것이다. 따라서 4월혁명에 대한 시적 증언은 혁명 기념시
의 핵심일 수 있다. 표현 장치로서 시적 증언이 어렵다고 할지라도,
시와 역사 사이의 틈을 어떻게 메워나가는가에 따라 증언시의 가능성

은 달라질 것이다.

2) 정치시와 역사의 현재성

4월혁명을 거치는 과정에서 혁명의 당위성을 강조하거나, 정치·사회의 부조리에서 터져나온 현실비판의 시들이 많이 발표되었다. 그러한 현실 문제로 눈길을 돌리게 만드는 작품들이 정치시에 해당된다. 이는 곧 시인의 역사의식과 맞닿아 있는데, 역사의 현재성을 날카롭게 꼬집고 바로잡고자 한다. 그런 점에서 정치시는 현재적이며 실천적이라 하겠다.

> 명령(命令)은 내렸다/시인이여/일제히 무기(武器)를 들자//사느냐? 죽느냐?/두 번 고치지 못할 운명은/이미/총부리 앞에 쓰러진 저 가슴팍에 굳어지고/이제 조국은/불의(不義)의 총안(銃眼)이 겨눈 싸늘한 빈터에서/드디어 맞불로 터졌다//가진 것이 무엇인가/이 나라의 가난한 시인이여
> —정천, 「시(詩)의 선언」 가운데

이 작품은 문학의 정치 작용, 곧 "무기"로서 시적 역할을 강조하고 있다. 4월혁명에 대한 시인의 실천적 태도로서 "붓은 우리의 무기"라고 선언했다. 그래서 "시인이여/일제히 무기를 들자"고 주장한다. 이른바 시와 정치를 묶어내는 "시의 선언"을 통해 4월혁명의 정당성을 역설하고 있는 것이다.

정치시를 빌려 혁명 기념시는 4월혁명의 역사성 못지않게 시인의 뜻있는 자세와 시적 방향을 마련해 나갈 수 있었다. 시대현실에 대한 고발과 비판을 통해 적극적이고 실천적인 작가정신을 드러낼 수 있는 것이다. 비록 가진 것 없는 "가난한 시인"이라 할지라도 부조리한 현

실에 맞서 더욱 치열해질 것을 다짐한다.

> 배운 대로 바른 대로 노(怒)한 그대로/물결치는 대열(隊列)을 누가 막으랴/막바지서 뛰어난 민족정기(民族正氣)여/주권(主權)을 차지한 그대들이여/영원히 영원히 소리칠 태양//새로운 지평선에 피를 흘리며/세계를 흔들었다/맨 주먹으로—/영원히 영원히 소리칠 태양/정의(正義)는 오로지 벌거숭이다/어진 피, 젊은 피, 자라는 피다/용감하게 쓰러진 그대들이다
>
> —송욱, 「소리치는 태양」 가운데

> 사월은/정녕 생명의 외침을/아무도 막아내지 못하는 달이다.//사람 위에 사람 없고/사람 아래 사람 없고……//그 누가 착하고 어진 우리를 억누르고/한 몸의 영화(榮華)를 그 속절없는 부귀를/누리려고 했던가?/썩은 권력은 언제든 허물어지고 마는 것을……
>
> —박화목, 「4월」 가운데

한편으로 정치시에는 혁명의 정당성과 의미를 널리 알리는 격시와 승리를 기념하는 축시가 압도적 경향으로 나타난다. 그러한 현상에는 역사 비판, 현실 비판의 작가정신이 큰 흐름으로 자리 잡고 있다.

앞의 시는 여느 기념시집에서와 달리 『피어린 4월의 증언』에는 「4·19혁명의 노래」로 제목을 달리하여 실려 있다. 시인은 4월혁명의 의의를 "소리치는 태양"에 견주어 부각시키고 있으며, "용감하게 쓰러진" 희생자들의 영웅적인 투쟁정신을 고취시키고 있다. 뒤의 시는 시대현실의 부조리에 대한 고발과 대결정신이 뚜렷한 작품이다. 시인은 "사람 위에 사람 없고/사람 아래 사람 없"다는 만민평등의 정신을 부르짖고 있다. 더불어 잘못된 영화와 부귀를 누리려는 "썩은 권력"을 비판하는 "생명의 외침"이 간절하다.

우리들의 싸움은 하늘과 땅 사이에 가득 차 있다/민주주의식으로 싸워야 한다/하늘에 그림자가 없듯이 민주주의의 싸움에도 그림자가 없다/하…… 그림자가 없다

— 김수영, 「하…… 그림자가 없다」 가운데

이 시는 4월혁명의 성격과 의미를 함축적으로 드러내고 있는 작품이다. 시인은 4월혁명에 고무되어 찬양하는 측면보다 좌절된 혁명을 포용하고 인내하며, 새로운 미래를 모색하는 태도를 보여 주고 있다. 이 시에서 "싸움"이 4월혁명을 뜻함은 당연한 것이듯, 시인의 창작 원천이나 이념 또한 4월혁명에 있다고 하겠다. 그만큼 4월혁명을 완성하는 일는 많은 어려움이 따른다는 점을 깨닫고 있다.

4월혁명의 의미와 현실을 가장 정확하게 표현한 시인으로 김수영을 꼽곤 한다. 그는 다른 시에서 자유는 저절로 얻어지는 것이 아니라 '피'라는 대가를 치러야 하며, 혁명은 본디 '고독한 것'일 수밖에 없다고 말했다. 이렇듯 4월혁명에 의해 촉발된 시인의 현실인식은 위정자들의 폭력을 규탄하는 역사의식으로 발현되었다고 하겠다.

쓰라린 생존의 발판-/민주(民主)를 역습한 정치(政治)/아 그 정치를 교육을/짓적은 문화를/이웃에 횡행하던 불법(不法)과 무법(無法)을/우리는 실로 멀리서 장승처럼/바라만 보았구나

— 최종두, 「빨래: 제2공화국에 부쳐」 가운데

인제 우리들은 속아서는 안된다./우리들 손으로 썩은 정치 뿌리채 뽑았다./시기와 아첨 간악한 권모와 술수/그리고 권력 인의 장막 무너졌다./인제 우리들은 민주의 터전 다듬어서/네가 그렇게도 네가 그렇게도 사랑하던 조국./네가 사랑하던 조국의 황홀한 아침이다./오늘은 하늘을 두고 맹

세해도 좋다./오늘은 하늘을 두고 맹세해도 좋다.

—전영경, 「대한민국 만세」 가운데

혁명 기념시가 정치시로서 지닐 바 적극성은 날카로운 현실 고발과 비판정신으로 이어져야 한다. 앞의 시는 제2공화국의 부조리를 "빨래"에 비유하며 비판하고 있다. "민주를 역습한 정치"적 현실과 사회에 팽배한 "불법과 무법"에 맞서 '추한 것을 덜어내는 빨래'를 하자고 말한다. 그만큼 시대 현실에 대한 시인의 비난 수위가 높고도 단호하다.

뒤의 시 또한 "썩은 정치"에 대한 비난을 멈추지 않는다. 아울러 "대한민국 만세"를 외치는 시인의 목소리는 혁명의 정당성을 구가하고 있다. 결국 이 시에서 보여 주는 사회변혁의 의지, 곧 민주화의 열망은 그 자체로서 가장 절실한 '역사 기호'라는 시대적 특질을 보여 주고 있는 것이다.

아는 이, 모르는 이 굳게 손을 잡으며/피의 승리에 눈물짓는 젊음이여!/자유의 기수(旗手)여! 민주의 횃불이여!/우리들의 나라! 민주의 나팔수여!/사랑하는 학도들이여! 믿음직한 국군 용사들이여!//믿을 수 있다는 건 얼마나 마음 든든한 일이냐/사랑할 수 있다는 건 얼마나 벅찬 기쁨이냐, 즐거움이냐.

—김용호, 「해마다 4월이 오면」 가운데

이 시의 전문을 보면, 4월혁명이 왜 일어났는가를 보여 주고 있다. 4월혁명의 발생 배경을 말하면서 정치현실에 대한 질타를 직설적인 목소리로 내뱉고 있는 것이다. 그러한 질타 속에는 시대적 아픔을 딛고 일어서려는 시인의 의지가 담겼다. "자유의 기수(旗手)여! 민주의 횃불이여!/우리들의 나라! 민주의 나팔수여!/사랑하는 학도들이여!

믿음직한 국군 용사들이여!"를 외치며 4월혁명의 의미를 기리고 있다. 나아가 시인은 '피의 승리'로 이룬 역사를 '사랑'의 역사로 채우고자 한다.

이렇듯 이들 정치시들은 한마디로 찬가(讚歌)이다. 개인에 의해 씌어진 찬가이지만, 개인의 개성과 취향이 극단적으로 억제되면서 민중의 감정과 의지를 종합하여 표현하고자 했다. 그 내용은 결국 4월혁명이 지향했던 민주·자주·통일의 절박한 민족적 요구와 맞닿아 있다. 그리하여 정치시에는 역사에 대한 반성을 불러일으키며 현실과 미래에 실천적으로 이바지하겠다는 뜻이 담겨 있다.

3) 성찰시와 현실인식의 잔영

역사적 사건에 대한 깨달음과 자기 반성이 중심을 이루는 유형이 성찰시에 해당된다. 4월혁명의 역사적 현장에서 시인 자신의 삶과 정신을 다룬 성찰시 또한 기념시의 유형으로 자리를 잡고 있다. 성찰시야말로 현실에 대한 시인의 깨달음을 강조하기 위한 작업일 따름이다. 그런 점에서 성찰시는 역사적 회고의 차원이 아니라 일상 속에 녹아 있는 시인의 현실인식을 뚜렷하게 보여 주고 있다.

그날 너희 오래 참고 참았던 의분이 터져/노도(怒濤)와 같이 거리로 몰려 가던 그때/나는 그런 줄도 모르고 연구실 창턱에 기대 앉아 먼산을 넋 없이 바라보고 있었다.

—조지훈, 「늬들 마음을 우리가 안다」 가운데

'어느 스승의 뉘우침에서'라는 부제가 붙어 있는 이 시는 혁명의 대열에 함께 참가하지 못한 것을 깨닫는 자기 성찰시에 해당한다. 시인은 4월혁명을 지켜보면서 '늙은 탓, 순수의 탓, 초연의 탓'으로 스스로를 질책했다. 자신에 대한 질책, 곧 자기반성과 성찰은 부당한 현실을 인식하고 올바르게 자각할 수 있는 중요한 계기가 된다.

오래도록 참았던 "의분"을 터뜨리며 "노도와 같이 거리로 몰려가던" 그 무렵, 시인 자신은 "먼 산을 넋 없이 바라보고 있었다"고 고백했다. 다시 말해서 현실에 안주했을 뿐 정당한 행동을 하지 못했다는 자괴감으로 드러나고 있다. 그러한 고백과 자기반성을 통해 시인의 현실인식을 고스란히 읽어낼 수 있다.

> 아버지도/어머니도/동생도/누이도/군인도/학생도/공무원도/박물장사
> 할머니도/민주반역자(民主叛逆者)만은 제해 두고서/우리 두 번 다시는/고
> 된 머슴살이를 하지 않기 위해서/모두 정성 모아 땅을 고루자./기둥을 깎자/
> 돌을 나르자/새 자유와/새 평화의 싹을 위해 퍼붓는/저 눈부신 지성의 햇빛
> 받으며/이제는 맹세코 우리같이/미움 없는 세월 속에서 살아 보도록 하자.
> ―이주홍, 「묵은 것의 잿더미 위에 다시 태양은 솟는다」 가운데

'영원의 감격 4월 26일'이라는 부제가 붙어 있다. 1960년 4월 26일은 이승만의 하야와 자유당 정권의 종말, 곧 4월혁명의 결과를 보여주는 '민권 승리'의 의미 깊은 날이다. 비록 4월혁명이 '미완의 혁명'으로 그쳤지만, 그 정신은 민주화의 올바른 길을 제시했으며, 나라의 희망과 미래를 새롭게 열었다.

그런 점에서 이 시는 혁명의 결과를 통해 혁명의 의미를 되새기고 있으며, 미래를 전망하고 있는 작품이다. 4월혁명에 대한 회상과 의미 부여 측면에서 성찰시의 범주에 넣을 수 있다. 시인은 4월혁명의 의미를 "새 자유와/새 평화의 싹"을 피우기 위한 "지성의 햇빛"으로 되새기고자 한다.

시인(詩人)이 아니라도 읊어야 한다/화가가 아니라도 그려야 한다/악사
(樂士)가 아니라도 노래부르자//방대한 어휘/전설(傳說)로만 돌리지 않기
위하여/진실된 행동을/흥분으로만 미루지 않기 위하여/이 성스러운 벽혈
(碧血)을/먼 후예들이 핏줄기로 하기 위하여/우리 모두가 참되게 참되게/
춘추(春秋)의 붓끝으로 기록해야만 한다.//사월은 정녕 젊은이의 달/학해
(學海)가 넘쳐 악(惡)을 씻고/사해(四海)의 피안으로 번진 해일!

—김상중, 「기록(記錄)」 가운데

기록이란 의미는 지난날의 기억을 회상하거나 특정 사건을 현재화
하기 위한 자기 성찰의 한 양식이다. 그런 까닭에 "시인이 아니라도
읊어야" 하고, "화가가 아니라도 그려야" 하며, "악사가 아니라도 노
래부르자"고 말한다. 그만큼 4월혁명의 당위성에 대한 시인의 성찰이
돋보이는 작품이다. 이는 물론 개인적 반성을 넘어 집단적인 성찰을
요구한다고 하겠다.

이 시에서처럼 그때의 함성을 "전설로만 돌리지 않기 위하여", 시
위 현장을 "흥분으로만 미루지 않기 위하여", 그리고 희생자들이 흘
린 피의 가치를 "후예들이 핏줄기로 하기 위하여" 역사의 참된 "기록"
으로 남겨두어야 한다는 것이다. 그만큼 퇴색하는 4월혁명의 의미를
되새기고 현실인식의 잔영으로 남겨두기를 바라고 있다.

뒤에 남은 우리들/우리는 그 날, 그 때, 그 순간, 그 감격 되살려/어린
사자(獅子)들/젊은 영전(靈前)에 명복을 빌며//〈그대들은 아빠 엄마의 치
욕을 대신하여 부정 앞에 싸우다가 꽃다운 생명을 잃었으느라〉//먼 훗날
그 이름, 그 외침 빛내고저 기념비를 세워 두자!

—김정현, 「피의 의미」 전문

'4·19의거 학생 기념비 건립을 위하여'라는 부제가 붙어 있다. 4월 혁명 때 희생된 이들에 대한 회상과 애도의 차원에서, '낙화처럼 떨어지고 유수처럼 흘러갔'던 희생자들을 위해 '기념비 건립'을 바라고 있다. 다시 말해서 4월혁명의 의미를 되새기며 기리고자 하는 마음을 담아냈다고 하겠다.

하지만 시인 자신의 주관적 깨달음이나 반성보다는 집단적 자아로서 그 무렵 널리 동의할 것이라고 믿어지는 애도의 표현에 충실했다. 이러한 공적 화자의 성찰을 빌려 4월혁명의 역사적 의의는 강화되고 있는 것이다. 이에 공적 화자로서 시인은 희생자들의 "영전에 명복을 빌며" 오래도록 그 의미를 간직하기 위해서라도 "기념비를 세워 두자"고 노래한다.

그리고/마침내 너는 돌아서서 맨 처음 너에게/과오를 있게 한/너의 간사스런 영주(領主) 일가의 가슴에까지/더러운 침을 배앝고야 그 날 아침부터/우리는, 이/심상치 않은 과정을 가리켜//〈혁명〉이라 부른다.

—노익성, 「혁명」 가운데

이러한 성찰시 유형은 무엇보다 시인이 자신의 감정과 사상에 충실하면서, 역사적 사건과 마주 선 마음의 움직임을 보여 준다. 이 시에서 시인은 그 "심상치 않은 과정"이 "혁명"으로 불리워지기를 바라고 있다. 이를테면 4월혁명에 대한 온당한 값매김을 강조하고 있는 것이다.

현실비판과 문제 제기에 초점을 두는 정치시와 달리, 성찰시는 현실인식을 통한 자아의 내적 다짐을 드러내는 데 초점이 닿아 있다. 따라서 성찰시는 역사와 만나는 시인의 진지한 현실인식으로 속내를 드러낸다. 이른바 성찰시는 개인적 회고와 반성의 차원을 넘어 역사인식의 차원으로 나아가고 있는 것이다.

4) 추도시와 희생의 진혼곡

4월혁명으로 말미암아 수많은 희생자가 생겼다. 희생자에 대한 경의와 애도는 지극히 마땅한 일이다. 4월혁명 참가자들의 죽음을 애도한 작품들에서 우리는 혁명 기념시가 갖는 또 하나의 특색을 발견하게 된다. 이른바 추모시·애도시·진혼시·조시 등으로 발표된 추도시가 그것이다. 4월혁명 직후 추도시는 폭발적으로 씌어졌는데, 희생자들의 죽음을 헛되지 않은 승리의 기록으로 남기려는 뜻이 담겨 있다.

> 분노는/타는 불씨/마침내 항쟁의 심지에 불을 달았거니//혜성처럼/새벽을 재촉하는 조국하늘에/정녕 푸르르/빛나는 눈동자여!//육대양(六大洋)이 한데 밀물하는 바다에 묻혀/눈에 탄환이 박힌 채/너는/세계를 울렸구나
>
> —김상호, 「주열군 영전에」 가운데

1960년 4월 11일 마산 앞바다에서 최루탄이 눈에 박힌 채 버려진 김주열의 시체가 발견되었다. 이 사건을 계기로 시민들과 학생들은 거리로 쏟아져나왔고, 시위는 전국적으로 급격하게 확산되었다. 그런 까닭에 4월혁명의 희생자 가운데 "김주열"은 추도의 표상으로 널리 다루어지고 있는 것이다.

이 작품은 "김주열"이라는 표상에 초점을 두고 혁명의 희생자에 대한 애도와 송축을 아끼지 않은 추도시이다. 4월혁명의 대표적 희생자 '김주열'의 영전에 바치는 진혼시라 하겠다. 그의 죽음에 대한 "분노"가 "마침내 항쟁의 심지에 불을 달았"다고 힘주어 말하고 있다.

> 빼앗긴 자유와 주권/내놓으라는 아우성 아우성과 함께/분화구에서 터

져나온/충천(衝天)하는 의분(義憤)과 정의(正義)/노호(怒號)는 우뢰인양 지축을 뒤흔들었다/기개는 번개처럼 암흑을 찢어 버렸다/부끄럽도다/썩은 허물 뒤집어쓴 퇴색한 군상(群像)/무색(無色)하구나/물러가야 할 철면피의 구(舊)세대들/무기력/정의/잔약(殘弱)//이 모든 부덕(不德)의 허물을/그대들이 도맡아 지고/십자가에 못 박힌 이 대속자(代贖者)들이여!/그대들이 거룩한 피가 어린/이 하늘 아래/무궁화 꽃동산은/새 향기를 더하리라/젊은 넋이여 굽어 살피라/4·19, 4·19 정신은/자유의 꽃으로 피어나리니/민주의 열매로 무르익으리니

—이희승, 「4·19 희생자들의 제단에」 가운데

앞서 소개한 '4월민주혁명 순국학생 기념시집'이란 표제를 달고 출판된 『불멸의 기수』(성문각, 1960.6.5)에 수록된 시편들은 대부분 추도시의 범주에 든다. 이들 추도시는 4월혁명 당시의 희생자들에 대한 애도의 마음과 함께 혁명정신의 영속성을 강조하고 있다. 이 시는 『불멸의 기수』에 「서시」로 실린 작품이다.

시인은 4월혁명 희생자들의 정신을 "자유의 꽃으로 피어나"고 "민주의 열매로 무르익으리"라고 표현했다. 그들의 값진 희생에 대한 위안과 긍지를 불러일으키고 있는 셈이다. 또한 시위로 말미암은 희생, 특히 김주열의 비극적 죽음을 항쟁의 중심 사건으로 끌어들임으로써 4월혁명에 대한 낙관적인 전망을 보여 주고 있다.

분노는 폭풍, 폭풍이 휘몰아치던 그 날을/나는 잊을 수 없다. 유령처럼 아침 이슬처럼/사라져 버리면 독재의 꼴을/총탄에 쓰러진 젊은 영혼들을/나는 잊을 수 없다.//여기 새로 만들어 놓은 제단이 있다./여기 꺼질 줄 모르는 성화가 있다./여기 비통한 가지가지 이야기가 있다.

—장만영, 「조가(弔歌)」 가운데

광풍(狂風)이 휘몰아치는 쑥대밭 위에/가슴마다 일렁이는 역정(逆情)의 파도/형제들이 틔워놓은 외가닥 길에/오늘도 자유의 상렬(喪列)이 꼬리를 물었소.//형제들이 뿌리고 간 목숨의 꽃씨야/우리가 기어이 가꾸어 피우고야 말리니/운명보다도 짙은 그 바램마저 버리고/어서, 영원한 안식의 나래를 펴오.

—구상,「진혼곡」가운데

'4·19 젊은 넋들 앞에'라는 부제를 달고 있는 앞의 시는 희생자들에 대한 애도와 찬미가 함께 이루어진다. 특히 그들의 "제단"에는 "꺼질 줄 모르는 성화"와 "비통한 가지가지 이야기"가 있으며, "총탄에 쓰러진 젊은 영혼들을" 결코 잊을 수 없다고 노래한다. 이를 통해 4월혁명의 당위성과 희생의 값어치를 일깨워 주고 있다.

뒤의 시도 마찬가지로 희생자들에 대한 추모와 진혼을 글감으로 삼고 있다. 시인은 그 희생자를 "형제들"이라 표현하며, 추도의 마음을 더욱 실감나게 만든다. 그래서 "형제들이 뿌리고 간 목숨의 꽃씨"를 "기어이 가꾸어 피우"겠다고 다짐하며 애도와 송축을 보여 주고 있다.

자유를 외치다 쓰러지고/주권을 부르짖다 넘어진/이 피의 성역을 우리는 끝끝내 지키리라!//그대 어린 피들이 거리를 물들이고 정의와 용기는/드디어 악(惡)의 아성에 승리의 깃발을 꽂았거니//아직도 너 불순의 피를 잉태한 자!/너는 여기에 발을 대지 말라!/여긴 너의 영원의 불가침영역!/그러나 너도 여기에 와 너의 피를 견주어 보라!

—장하보,「여기는 아무도 오지 말라」전문

이 시는 1961년 부산 용두산공원의 '4·19민주혁명 희생자 위령탑'

건립에 표상을 두고, 그 시문을 위해 지어진 것으로 보인다. 그리하여 "자유를 외치다 쓰러지고/주권을 부르짖다 넘어진" "피의 성역"으로 지켜나가기를 바란다. 그런 까닭에 "불순한 피를 잉태한 자"는 오지 말라는 전언을 던지고 있다. 그곳은 희생의 참뜻이 서린 "영원의 불가침영역"인 탓이다.

이렇듯 희생자에 대한 찬미·애도하면서 그들의 죽음이 지닌 뜻을 달리 되짚어보는 추도시는 흔하고도 주요한 4월혁명 기념시의 한 유형이다. 물론 추도시는 안타깝게 산화한 희생자를 애도하면서 그들의 정신을 본받고 기리고자 하는 내용이다. 그런 점에서 시인 자신의 주관적 감상보다는 추도시의 형식을 빌려 4월혁명의 뜻과 의의를 강화시켰던 것이다.

결론적으로 1960년 당시의 4월혁명 기념시는 현장의 역사성을 다양하게 보여 주고 있지만, 그 유형과 됨됨이는 뚜렷하다고 볼 수 없다. 증언시·정치시·성찰시·추도시 유형들은 서로 뒤섞여 나타나기도 했다. 또한 1960년 후반으로 갈수록 혁명 기념시의 밀도는 점차 줄어들거나, 아예 시인들의 관심에서 멀어져 갔다. 하지만 무엇보다도 4월혁명 기념시는 우리 민족의 역사현실에 깊은 애정과 사명을 일러 주고 있다.

4. 항쟁의 광장과 민주화의 염원

4월혁명은 비록 '미완'의 혁명으로 남았지만, 바로 이 '미완'적 성격 때문에 혁명의 완성을 향해 나아가고자 하는 힘의 원천이 되고 있다. 우리 현대사에서 민주화와 변혁을 위한 민족·민중운동의 중요한 정신적 모태로 작용해오고 있는 것이다. 그렇듯 4월혁명은 묻혀버린 과

거의 역사적 사실이 아니라 오늘의 역사적 현실 한가운데서 그 자리를 계속 차지하고 있다.

우리 문학사는 4월혁명이 있었던 1960년부터 새롭게 씌어지기 시작했다고 해도 지나치지 않을 것이다. 그런 점에서 글쓴이는 1960년 4월혁명 직후 발표된 기념시를 대상으로 그 양상과 특성을 살펴보았다. 4월혁명 기념시의 전범이란 할 수 있는 증언시·정치시·성찰시·추도시의 유형으로 나누어 문학의 역사성에 다가서고자 했다.

첫째, 역사적 기록이라는 면에서 증언시는 역사 현장과 실상에 대한 증언 표현이나 의도가 중심에 깔려 있다. 이들 증언시들은 4월혁명을 직접 체험했거나 줄곧 지켜본 시인의 함성으로서, 4월혁명의 집단적 기억과 의식을 담아낸 작가정신이었던 것이다. 혁명에 대한 시적 증언이란 시인의 관점이나 사상에 의해 다채롭게 드러나기 마련이다. 앞으로 시와 역사 사이의 관계를 어떻게 형상화하는가에 따라 증언시의 값어치는 극대화될 수 있을 것이다.

둘째, 정치시는 시인에 의해 씌어진 찬가이지만, 개인적 정서를 억제시키면서 민중의 감정과 의지를 종합하여 표현하고 있다. 그 내용은 결국 4월혁명이 지향했던 민주, 자주, 통일의 이념에 맞닿아 있다. 여기에는 역사에 대한 반성을 통해 현실과 미래에 실천적으로 이바지하겠다는 뜻이 담겨 있다. 그 같은 정치시의 가능성이란 현재진행형으로 한결같이 사회적 모순과 부조리에 대한 날카로운 언명으로 자리를 틀고 있다.

셋째, 성찰시의 경우이다. 현실비판에 초점을 둔 정치시와 달리, 성찰시는 현실인식을 통한 자아의 내적 다짐을 드러내는 데 초점을 맞추고 있다. 이들 성찰시는 역사와 만나는 시인의 진지한 현실인식의 잔영이라 하겠다. 그런 점에서 4월혁명의 역사적 회고와 반성의 차원이 아니라 일상 속에 녹아 있는 현실인식의 차원에서 성찰시가 자리 잡고 있는 것이다.

넷째, 추도시는 안타깝게 산화한 희생자를 애도하면서 그들의 정신을 본받고 기리고자 하는 내용이다. 그런 까닭에 4월혁명 추도시는 시인 자신의 주관적 감정보다는 널리 동의할 추모와 송덕의 집단적 감정 표현에 충실하고자 했다. 물론 추도시 가운데는 희생자들에 대한 개인적 감상의 차원에 머문 경우도 많지만, 추도시의 형식을 빌려 4월혁명의 뜻과 의미를 강화시켜 나갔다. 그러한 경향의 기념시는 오늘날까지 계속 이어지고 있다.

문학은 역사를 반추하는 사상과 의식이 담겨 있는 그릇이다. 그렇듯 넓은 뜻에서 문학은 정치사와 사회사를 아우르며 밝혀 주는 기능을 맡고 있다. 이 글에서 대상으로 삼았던 1960년 초반의 혁명 기념시들은 좋은 본보기가 된다. 아울러 4월혁명 기념시들은 오늘날 우리 앞에 널려 있는 기념시를 살필 수 있는 유형적 가능성과 그 방향을 제시해 준다고 하겠다.

김현이 '나는 언제나 4·19세대로서 사유하고, 분석하고, 해석한다. 내 나이는 1960년 이후 한 살도 더 먹지 않았다'고 말했던 이유를 나름대로 짐작할 수 있을 것 같다. 앞으로 4월혁명 정신의 역사적 문맥을 꿰뚫어보고, 또한 그 실상과 허상을 예리하게 파악하여 작가의 문학의식 속에 이끌어들여 참된 문학적 형상화에 성공하고 있는가 하는 점은 진지하게 반성해 볼 과제로 남아 있다.

우리 역사에 있어서 4월혁명은 민주주의의 고향이었다. 혁명의 종점이 아니라 출발점이었다. 당대의 민주화는 아마도 반세기 전에 할머니 같은 고향의 보살핌이 있었기에 가능하지 않았을까? 4월혁명 제50주년을 맞는 내년에는 곳곳에서 기념사업이 열릴 것으로 여겨진다. 문학 쪽에서도 다시금 반세기 전의 시적 함성이 드높아지길 기대한다.

오늘 어찌 눈을 가렸는가/귀를 막았는가/입을 닫았는가/노래를 잃었는가/당신들의 이름은 시인(詩人)/당신들의 노래는 바로 당신들의/목숨의 입증(立證)/사랑의 결행(決行)/당신들의 시는 사치도 허영도 아닌/바로 당신들의/슬픈 몸부림/기쁜 덩실 춤인/다시 없을 자랑 당신들의 노래인데

　　　　　　　　　　　　—신동문, 「학생들의 주검이 시인에게」 전문

북한 아동문학에 나타난 경자마산의거

1. 들머리

우리나라 민주화운동의 첫걸음을 내딛은 경자마산의거(3·15의거)로 말미암아 마산은 '민주화의 성지'라는 명성을 얻었고, 이른바 '3·15정신'을 마산정신으로까지 표명하고 나섰다. 앞서 1993년 10월 '3·15의거 기념사업회'가 결성되고, 2002년 3·15묘지가 국립묘지로 승격되었으며, 2003년 12월에는 3·15를 경상남도 기념일로 지정되었다. 이와 더불어 마산 시민들의 자긍심도 한층 고양되었으며, 그만큼 경자마산의거는 지역 정체성의 주요 몫으로 자리를 굳히고 있는 실정이다.

이러한 지역적 반향 못지않게 경자마산의거의 성격과 의미는 지역의 역사, 나아가 나라의 역사 속에서 새롭게 자리매김되고 있다. 물론 경자마산의거가 우리 현대사에서 차지하는 역사적 의미는 민주와 민족운동으로서의 4월혁명에 대한 평가들과 따로 떼어놓고 논의할 수 없을 만큼 밀착되어 있다.

그동안의 연구성과1)를 종합해 보면, 경자마산의거는 대체로 이승만 독재체제를 근본적으로 변혁시키고 국민의 자유와 권리를 보호하며 민주주의 이념을 구현하기 위한 민주혁명으로 평가되고 있다. 또한 이는 4월혁명의 본격적인 출발점이자 중심을 이루었으며, 광복 이후 일어난 '민중들의 항쟁 가운데 가장 본격적인 변혁운동의 하나'로 일컬어지고 있다.2) 한편으로 경자마산의거는 자유민주주의 운동의 새로운 장을 열었음과 동시에 민족통일운동의 시발점3)으로 평가되기도 한다.

흔히 경자마산의거는 1950년대 이승만 정권기의 정치와 경제구조 모순의 심화와 마산지역 안쪽에서의 정경유착과 부정부패를 배경으로 일어났다. 보다 직접적으로는 1960년 3월 15일 정부통령 선거에서의 대대적인 부정선거에서 발단되었다. 1960년 3월 15일 제1차 의거와 김주열 군의 시체가 떠오른 4월 11일에서 13일까지 제2차 의거로 규정된다. 따라서 경자마산의거는 마산의 시민과 학생들이 부정·불의·독재에 항거하여 자유·민주·정의를 쟁취한 민중항쟁사로 규정되고 있는 터이다.

지금껏 경자마산의거의 역사적 평가는 경자시민의거(이른바 4·19혁명)의 서곡 또는 분화구라는 의미와 함께 혁명의 단초로서 값매김되고 있다. 따라서 경자마산의거가 가지는 역사적 위치는 민주와 민족운동으로서 민주주의운동의 새로운 장을 연 시발점에 놓여 있다고 평가된다. 또한 이는 4월혁명의 중심체 또는 도화선으로 일컬어지고

1) 김태룡(1964), 유종영(1983), 이현희(1994), 조영건(1995), 홍중조(1995), 이은진(1998), 강만길(1999), 장동표(2000) 등이 있다.
2) 장동표, 「3·4월 마산의거의 역사적 재조명」, 『3·15의거와 한국의 민주화』, 3·15의거 기념사업회, 2000.4, 15쪽.
3) 강만길, 『20세기 우리 역사』, 창작과비평사, 1999.

있다. 다시 말해서 경자마산의거는 4월혁명의 구체성과 그 실체로써 자리 잡고 있다는 것이다.[4]

결국 경자마산의거는 1950년대의 암울했던 시대상황을 능동적으로 타개하려는 민주주의 이념의 표현이었다. 정치·경제·문화적 민주주의를 갈망하는 국민의 실천적 의거였던 것이다. 아울러 남북의 강화된 분단체제를 해소하면서 평화통일론을 정착시켜야 할 과제로서의 첫발이었던 셈이다.

그뿐 아니라 경자마산의거는 남한에서의 평가와 의미 못지않게 북한에서도 크게 주목되는 역사적 사건이었다. 왜냐하면 북한의 입장에서 볼 때, 이는 분단 이후 남한 사회의 모순된 현실에 강력한 맞대응을 벌였던 혁명적 계급투쟁으로 받아들여졌기 때문이다. 그런 까닭에 북한문학에서도 경자마산의거 또는 4월혁명은 그네들의 사상적 목적과 부합하는 유효한 소재가 되기에 충분했다.

그런데, 경자마산의거의 성격이나 평가에 대한 연구가 다양한 분야에서 여러 차례 그 성과를 보인 데 비해 문학 쪽에서의 논의는 거의 이루어지지 않았다. 더욱이 북한문학에 나타난 경자마산의거의 형상화 문제에 대해서는 전혀 접근이 없었던 것이 사실이다.

따라서 이 글에서는 그러한 문제의식을 바탕으로 경자마산의거가 북한 아동문학 속에 어떻게 형상화되고 있는지 살피고자 하였다. 이를 위해 분단 이후 북한 문예정책의 특성과 1960년대 초반 북한문학의 양상을 개략적으로 짚어본 뒤, 경자마산의거 직후 펴낸 작품집 『남녘땅에 기'발 날린다』를 중심으로 북한 아동문학의 한 면모를 밝히는 순서를 밟았다. 이는 결국 그 무렵 북한의 실상을 올바르게 이해할

---

4) 중등 국사교과서(1999)에는 4·19혁명을 자유민주주의를 수호하기 위한 학생, 시민들의 항거로, 국민의 자유와 권리를 보호하며 민주주의의 이념을 구현하기 위한 민주혁명으로 자리매김하고 있다.

수 있고, 남한에 대한 북한의 인식을 감지할 수 있는 하나의 빌미로 작용할 수 있을 것이다.5)

2. 북한의 현실과 문예정책

1) 분단 이후 북한문학의 양상

남북 분단은 경인전쟁(1950.6.25)과 그 뒤를 이어 지속된 냉전 체제로 말미암아 분단의식을 고착화하는 민족사적 모순을 노정하고 있다. 북한의 경우는 김일성 독재체제를 유지하기 위해 남한의 해방을 내세우며 분단의 논리를 이용하였고, 남한의 경우는 안보의 논리를 내세워 민주화의 추진에 제동을 걸어왔다. 그 결과 남한과 북한은 각각의 이념과 체제를 내세우며 정치권력의 확대를 초래하였고, 서로 정치권력의 모순을 감추기 위해 남북의 분단 상황을 더욱 과장해 왔다고 하겠다.6)

이 같은 분단 상황 아래서 빚어지는 민족의식의 분열, 사상적 갈등과 대립으로 말미암아, 북한의 문예정책도 많은 변모를 가졌다. 문학을 정치현실 또는 사회현상과 떼어놓고 생각하기는 어려운 북한의 실정에서 볼 때, 그 변모 양상은 문학 자체 내의 변화 논리에 의한 것이 아니라 북한사회의 체제와 정책의 변화에 따른 것이라 할 수 있다. 이에 북한문학은 인민대중의 사상을 사회주의적으로 개조하고 김일성에게로 권력을 집중하는 선전 선동의 수단으로서 주로 이용되

---

5) 물론 이 글이 1960년 북한문학의 실상에 대한 전면적 논의라고 할 수 없다. 다만 그 무렵 북한문학의 한 양상인 경자마산의거를 문학으로 형상화한 자료의 범위에 한정된 논의일 뿐이다.

6) 권영민, 『북한의 문학』, 을유문화사, 1989, 13~14쪽.

어 왔다.

북한에서 '문학예술'은 문학을 비롯하여 음악·미술·공연예술 등 모든 예술 갈래를 포괄하는 용어이다. 북한은 문학예술을 '근로대중을 정치·사상적으로 교화하는 수단'이자 '온 사회를 혁명화, 노동계급화하는 데 복무하는 수단'으로 규정함으로써 기본적으로 목적주의 예술관을 가지고 있음을 보여 준다. 이러한 예술관 아래 북한에서는 예술의 본질적 특성과 이념을 당성·노동계급성·인민성으로 보고 있다. 본디 이는 북한예술의 기본 이념이지만 북한에서는 주체사상이 대두된 뒤부터 사회주의적 사실주의를 주체문예이론으로 대체하고 그 내용을 변형하여 문예정책의 기본으로 삼고 있다.

북한의 문학은 기본적으로 '당의 문예정책'을 바탕으로 하여 전개된다. 이른바 주체사상[7]이라는 독특한 사상 체계에 기초를 둔 이 문예이론은 사회주의적 문학예술을 발전시키기 위한 당의 정책을 밝혀 놓음으로써 북한의 문학 예술인들에게 창작 지침과 지도 원리를 제시한 것이다. 다시 말해서 사회주의적 문학예술에서 당의 유일 주체사상을 확립하기 위하여 문학예술작품에서 당의 유일사상을 구현하고 혁명적 문예 전통을 계승 발전시키며, 문예이론과 창작 실제에서 당의 영도를 최우선으로 한다는 말이다.

분단 이후 북한문학은 북한 사회가 처한 시대와 현실의 요구를 반영하는 방향에서 당면한 지표를 세우고 있다. 이를테면 이러한 사회적인 변화에 따라 북한의 문예정책·문예노선도 새로운 문제를 제기하며 변화를 보여 주고 있다. 북한의 문예정책의 변화에 대해 살펴보

---

7) 한 마디로 주체사상이란 '혁명과 건설의 주인이 인민대중이며 혁명과 건설을 추동하는 힘도 인민대중에게 있다는 사상'으로써, 마르크스-레닌주의적 사회주의 사상을 북한이 현실에 맞게 정립한 내용이 근간을 이룬다. 『정치사전』, 사회과학출판사, 1973.

면 다음과 같다. 대체로 ① 새조국건설시기(1945~1950): 광복공간의 문학, ② 조국해방시기(1950~1955): 경인전쟁문학, ③ 전후복구시기(1956~1960): 전후문학, ④ 천리마운동시기(1960년대): 1960년대 문학, ⑤ 유일사상·주체사상시기(1970년 이후): 1970·80년대 문학 등과 같이 전개되고 있다.

이렇듯 북한은 1950년대 후반부터 1960년대에 걸치는 시기를 천리마운동기라고 부른다. 천리마운동은 사회주의 건설이 한창 고조되던 1957년을 기점으로 시작되었다.[8] 북한에서는 1956년 4월 조선노동당 제3차 대회에서 1957년부터 1961년까지를 '전반적 공업화를 위한 5개년 계획'기간으로 설정하고 사회주의 체제를 확립하여 공업화하기 위한 계획을 수립했다. 이렇게 5개년 경제계획을 2년 앞당겨 수행하려는 것이 바로 '천리마 운동'이었다. 여기서부터 비롯된 천리마운동은 단지 생산 독려의 방법만은 아니었다. 북한에서는 이 천리마운

---

8) 천리마는 하루에 천리를 달리는 말을 일컫는다. 따라서 천리마운동이란 천리마를 탄 기세로 빨리 달려 나가려는 북한 인민들의 전진운동을 표현한 것이다. 다시 말해서 북한의 김일성과 조선노동당의 주위에 굳게 뭉친 민중계층들이 높은 열의와 창조적 지혜를 발휘하여 사회주의 건설을 최대한도로 앞당겨 나가는 혁명적 운동을 의미하는 북한식 군중노선을 뜻한다. 사회과학원 주체문학연구소 엮음, 『문학예술사전』 하권, 과학백과사전출판사, 1993, 46~47쪽.
한편 북한의 철학사전에는 다음과 같이 설명하고 있다. "천리마운동의 목적은 자본주의로부터 사회주의로 넘어가는 과도기에 모든 사람들을 교양개조하여 사회주의, 공산주의를 빨리 건설하는 데 있다. 천리마운동의 혁명적 본질은 모든 근로자들을 사회주의 건설의 적극분자로 만드는 공산주의 교양운동이며 당과 한마음 한뜻으로 굳게 뭉친 인민대중의 혁명적 열의와 창조적 적극성을 높이 발양시켜 사회주의 건설을 최대한으로 다그쳐나가는 전인민적 전진운동이다." 사회과학원 철학연구소, 『철학사전』, 힘, 1988.
이렇듯 천리마운동의 특징은 첫째, 단순한 생산혁신운동이 아니라 사상교육을 특히 중시하는 운동이라는 점, 둘째, 좁은 의미에서의 생산활동에 한정되지 않고 상품·의료·교육·예능·언론 등의 서비스 활동과 정신노동을 포함하는 전 분야에 걸쳐 진행된 '북한 특유의 국가 총동원체계'였다는 점이다. 최성, 『북한정치사』, 풀빛, 1987, 139쪽.

동을 경제·문화건설의 집단적 혁신을 이루고, '모든 근로자들을 공산주의사상으로 교양개조하여 당 주위에 더욱 굳게 묶어세우며 그들의 혁명적 열의와 창조적 재능을 높이 발양시켜 사회주의를 더 잘, 더 빨리 건설'한다는 명목 아래 대대적인 사상 교양의 방법으로 사용하였다.

북한의 문학은 기본적으로 북한의 체제와 이념을 뒷받침하는 정치적 경향이 강하다. 곧 공산주의 체제와 김일성 주체사상을 선전하는 방편으로 문학이 창작된 것이다. 따라서 분단 이후 북한문학의 창작 양상은 김일성에 대한 흠모와 충성, 당과 인민 주권, 항일 혁명전통, 반제·반봉건 혁명 수행을 위한 투쟁, 남조선 해방과 조국통일, 영웅적 투쟁, 반미·반제 투쟁정신, 사회주의 개조를 위한 투쟁, 계급 교양, 남녘땅 인민들의 영웅적 투쟁 등을 주제로 세분화되어 나타난다.

1960년대 이전의 북한문학이 사회주의 이념, 계급적 요소, 인민성의 요건 등을 중시하고 집단적인 것과 전형적인 것의 창조를 부각시켰다면, 1960년대 이후부터는 주체적인 것과 혁명적 투쟁의식이 강조됨으로써 이념성을 강화시키고 있다고 하겠다. 북한문학은 천리마운동과 함께 남한의 정치적 혼란과 사회적 모순을 지적하고 나섰다. 따라서 1960년대에 두드러진 북한문학의 양상은 남한 국민들의 영웅적 계급투쟁을 적극적으로 반영했다는 점이다. 이로써 북한 문단은 조직의 재정비를 거치면서 문예정책의 노선과 방향을 강화시켜 나갔고, 이른바 '천리마운동'으로 규정된 바 있는 전후 복구사업과 경제발전 계획의 추진에 문학예술인들을 조직적으로 동원하여 근로 인민을 선동 고무하게 된다.[9]

---

9) 문화 예술인들에 대한 조직적인 통제를 위해 '조선문학예술총동맹'이 재결성된 것은 1961년 3월의 일인데, 문단의 숙청과 사상적 통제의 실현, 공산사회 체제의 정착 등이 이루어지면서, '조선문학예술총동맹'을 통한 공산당의 문예정책이 더욱 공고화

그러한 분위기 속에서 경자마산의거는 남한사회의 정치 비판을 문예정책의 일환으로 삼았던 북한문단[10]의 중요한 소재로 자리하게 되었다. 왜냐하면 그들의 관점에서는 경자마산의거야말로 분단의 불씨인 이승만 정권의 붕괴를 이끈 시발이며, 그들의 혁명사상을 잘 대변해 주는 계급투쟁적 봉기라 할 만했기 때문이다.

2) 천리마운동 시기의 북한문학

남한과 북한사회에 있어 경자마산의거와 이어지는 4월혁명에 대한 의미 부여는 크게 다르다. 남한의 경우는 독재정권과 부왜잔재를 소탕하고 자유민주주의를 성취했다는 데 그 의의를 두는 반면, 북한의 경우는 조국통일을 위한 봉기, 반미 투쟁으로 평가하고 있다. 특히 북한의 입장에서 볼 때 경자마산의거와 4월혁명은 남한 해방과 혁명적 계급투쟁의 일대 사건이었다. 이로 말미암아 북한에서는 계급투쟁의 선전·선동과 남한정권에 대한 비판 나아가 조국통일의 염원을 드러내는 작품들이 여러 작가들에 의해 창작되었다.[11]

되기에 이르는 것이다.

10) 북한문학이 지닌 여러 요소들을 간추려 말한다면, 항일민족해방투쟁-반미구국투쟁으로 불리는 일련의 반제투쟁의 문학이 중요한 하나의 흐름을 이루고 있으며, 남한에 대한 비판적 작품들도 곁들여 있음을 알게 된다. 곧 일본-미국-남한을 같은 시각에서 비판하는 형식을 취하고 있다. 이는 결국 항일-반미운동을 일관된 반제국주의 투쟁으로 보는 북한의 역사의식이 그대로 비춰진 결과로 풀이된다. 그 결과 북한문학인들은 남한에서 일어난 일련의 사건들을 소재로 작품을 발표하고 있다.

11) 시: 신진순의 「마산은 행진한다」, 석광희의 「소년 영웅」, 김상오의 「마산이여, 우리는 너와 함께!」, 한진식의 「투쟁의 불길 더욱 높아라: 마산 인민들에게」, 안룡만의 「마산포 제사공 누이에게」, 리범수의 「마산의 모래」, 정서촌의 「원쑤들이 바리케트를 쌓고 있다」, 백인준의 풍자시 「벌거벗은 아메리카」, 정문향의 「그날을 두고」, 리호남의 「렴원」, 최영화의 「조국의 지도 앞에서」, 김조규의 「어머니 환갑날에」, 조벽암의 「삼각산이 보인다」, 김상오의 「서울이여 나는 너를 부른다」, 김상훈의 「4·19의 노래」, 남시우의 「남녘땅 시인이여!」, 성일

천리마운동시기 북한의 문학예술은 크게 세 가지 방향에 중점을 두었다. 첫째, 천리마시대의 사회주의 건설과 투쟁을 반영한 작품, 둘째, 항일무장투쟁의 혁명전통을 형상화한 작품, 셋째, 남한의 현실과 인민들의 투쟁을 반영한 작품들이 그것이다. 다시 말해서 1960년대 초반의 북한문학은 내적으로는 전후복구사업과 사회주의 건설사업을 적극 전개하는 천리마운동을 고무 추동하는 것, 외적으로는 이른바 '남조선해방'과 '미제타도'를 끊임없이 형상화했던 것이 특징이라 하겠다.12)

이를 좀더 구체적으로 살펴보면, ① 전후 복구 건설의 고취, ② 전쟁 영웅의 회상, ③ 천리마운동 고취, ④ 항일혁명의 형상화, ⑤ 김일성 우상화, ⑥ 남조선 해방과 반미의식 고취 등으로 정리할 수 있다. 이 가운데 '남조선 해방과 반미의식 고취'의 유형은 대부분 욕설에 가까운 극한적 어조로 남한정권과 미제국주의자를 직접적으로 비방하는

국의 「4·19 피로 씌여진 영웅서사시」, 박산운의 「싸우는 남조선 청년 학도들에게」와 「청계천에 부치어」, 리찬의 「노도처럼 격랑처럼」, 최영화의 「기발을 더욱 높이 추켜 들라!」, 송봉렬의 서사시 「항쟁의 아들」

동시: 류연옥의 「물결도 웨쳤다」, 김소향의 「영숙이는 살아 있어요」

수필: 강형구의 「4월의 염원」

소설: 김수경의 「무호섬」, 고동온의 「넋은 살아 있다」, 리저숙의 「봄」

희곡: 송영의 「분노의 화산은 터졌다」

영화: 「성장의 길에서」

정론: 김하명의 「남조선문학에 반영된 리승만 반동통치의 파멸상」, 리상현의 「남조선 인민들의 투쟁을 더 많이 형상화하자」와 「4월의 불길과 문학」, 리정구의 「4월과 남조선 작가들」, 한설야의 「남조선 작가, 예술인들이여 정의로운 투쟁의 선두에 서라」

12) "작가, 예술인들은 우리 당과 혁명의 깊은 뿌리인 영광스런 혁명전통을 주제로 한 작품과 항일의 빛나는 혁명전통을 이어받아 조국해방전쟁시기 용감하게 싸운 인민군용사들과 인민들의 영웅적 투쟁업적을 형상한 작품을 더 많이 창작하여야 하겠습니다. 이와 함께 천리마의 기세로 질풍같이 내달리며 혁명적 정열로 들끓는 오늘의 위대한 현실과 우리 인민의 보람찬 생활을 생동하게 그리며, 남조선혁명과 조국통일을 위하여 영용하게 싸우고 있는 남조선혁명가들과 애국적 인민들의 혁명투쟁을 잘 형상하여야 할 것입니다."(『김일성저작선집』 제5권, 462쪽)

내용들이다.

분단 이후 전쟁 복구기를 거친 1950년 후반은 주체사상으로 나아가는 바탕다지기로 규정할 수 있음을 상기한다면, 남한사회의 시민봉기는 북한 정권에 있어 관심의 대상이 되고도 남았다.[13] 남한에서의 정치적·사회적 혼란상은 북한 인민들의 혁명정신의 고취와 선전·선동의 수단으로 연결된다. 그 첫 사건이 바로 경자마산의거라고 판단하였던 것이다.

그 무렵 그러한 북한의 조선작가동맹 중앙위원회 기관지인 『조선문학』 1960년 6월호에서는 남한에서 일어난 4월혁명을 특집으로 다루고 있어 눈길을 끈다.[14] 편집부 측에서는 남한 정세와 관련하여 북한 작가들 앞에 제기되는 과업을 한설야(1901~1976)에게 질문했는데, 그 답변의 요지는 다음과 같다.

전세계 피압박 인민들의 커다란 고무로 된 남조선 인민들의 영웅적 봉기를 작품의 테마로 하는 것은 우리 작가들에게 있어 아주 신성한 지상과업이다. 물론 지금까지도 남조선 문제를 취급한 작품이 적지 않았다.

---

13) 그 무렵 경자마산의거에 대한 남한 정부의 인식과 태도는 공산분자의 배후 책동에 의하여 일어난 것으로 조작하려 했다는 점이다. 경찰간부들의 공산당 조종 조작(북마산파출소 화재사건을 무고한 시민을 고문 등의 수법으로 빨갱이로 몰아 방화범으로 조작하려 한 것과 총격으로 사망한 시위자의 호주머니에 불온 삐라를 넣어 공산분자의 책동에 의해 일어난 것으로 조작), 당시 내무부장관의 공산당 개입의혹 발언('마산사건은 폭동 방화 소요사건이며 공산당이 재재되었다면 내란에 속한다', 1960.3.16. 내무부 장관 홍진기 담화문), 이로써 이승만이 외신을 인용해 공산당이 개입하였다는 의혹발언('마산에서 일어난 폭동은 공산당이 들어와 뒤에서 조종한 혐의가 있다', 1960.4.15. 대통령 이승만 담화문)이 그것이다.

14) 여기에는 〈미제 침략군은 남조선에서 즉시 물러가라!〉라는 주제로 리기영의 「투쟁의 기치를 더욱 높여라」(정론), 신고송의 「이 편지를 꼭 전하고 싶다」(수필), 송영의 「분노의 화산은 터졌다」(희곡), 리맥의 「어머니들이여 싸우러 나아갑시다」(시), 한윤호의 「원쑤들은 대낮에 음모를 꾸민다」(시) 들이 실렸다.

그러나 이것은 봉기 전 작품이다. 때문에 봉기 후 새 환경에 조응하는 작품을 의무적으로 써야 한다. (…중략…) 문제는 오늘의 시야를 넓히여 남조선 인민들의 투쟁을 주제로 한 작품을 많이 쓸 뿐만 아니라 북조선에 있는 영웅들, 자기 조국을 건설하고 있는 인간들을 진실하게 그리자. 그러면 남조선 인민들은 거기서 자기들의 갈 길을 찾을 것이며 그런 작품을 사랑하게 될 것이다. 남조선에선 공산주의가 나쁘다고만 선전되고 있는데 그들은 우리의 이런 작품을 보고 진실을 알게 될 것이다.[15]

또한 그는 '남조선 인민들의 항쟁은 위대한 영웅서사시적 투쟁'이라고 하면서, 이를 '제1차적인 테마'로 삼아서 작품을 창작해야 된다고 강조했다. 북한의 문학예술에서는 사회주의 문화에서 강조되고 있는 당성, 인민성, 계급성의 보편적인 요건뿐 아니라, '혁명성'이라는 이념적 가치를 강조하고 있다. 그 결과 북한 문예정책의 기본 방향이 되고 있는 사회주의 문화건설이라는 과업 자체가 사회주의 혁명이라는 개념으로 설명되고 있으며, 주체사상으로 사회를 변혁 발전시키는 것을 혁명의 당면과제로 내세우고 있는 것이다.

따라서 북한문학은 당 정책과 김일성·김정일 우상화 선전의 수단으로써 북한 주민들을 선동하고 계몽하는 역할을 담당하는 '사회주의 사실주의'[16]에 입각한 창작방법을 따르고 있다. '당을 위한 예술, 계급을 위한 예술, 인민을 위한 예술'로서 당과 인민에 복무할 것을 요구하고 있다. 이 같은 문예정책에 따라 당성·계급성·인민성·현대성의 구현을 강조하고 있는 것이다.

특히 혁명성이 북한의 문학예술에서 실천적으로 제기되기 시작한

---

15) 편집부, 「우리 문학에서 혁신이 요구된다」, 『조선문학』, 1960년 6월호, 6~7쪽.
16) 최적호, 『북한예술영화』, 신원문화사, 1989, 17~23쪽.

것은 1960년대 초기의 일이다. 그 구체적인 보기가 바로 남한에서 일어난 경자마산의거를 통해 발현되었다고 해도 지나치지 않을 것이다.17) 이러한 북한의 문예정책은 아동을 대상으로 한 문학의 경우에도 예외가 될 수 없다. 한설야에 따르면,18) '나라의 미래의 주인공들인 청소년들에 대한 배려와 함께 아동문학의 교양적 역할도 한층 제고되'었다. '여기에 특징적인 것은 아동문학 전문 작가들뿐만 아니라 광범한 작가들이 아동들의 교양에 관심을 가지고 아동문학 창작에 적극 동원된 사실'이다.19)

북한의 아동문학은 학교 교육의 연장선상에서 창작되고 있다. 이를테면 김일성에 대한 아동들의 충성심 제고 또는 반한·반미의식과 남한사회의 비방의 내용으로 이루어져 있다. 그래서 '공산주의 인간형'으로 주조하는 수단으로써 이용되고 있다. 흔히 인민학교 학생들을 대상으로 한 북한의 아동문학에 나타난 주제 방향을 보면, ① 지식교양(사상교육)을 내용으로 한 것(학교에서 배운 기초지식을 더욱 공고히 하는 데 중점을 둠), ② 계급 교양, 사회주의 애국주의 교양, 공산주의 도덕 교양을 내용으로 한 것들을 강조하고 있다.

남한의 경자마산의거를 중심으로 다루고 있는 작품집 『남녘땅에 기'발 날린다』는 분단 이후 천리마운동시기의 북한문학, 좁게는 북한

---

17) "조국통일의 주제는 금년 4월 영웅적 마산 인민이 첫 봉화를 추켜 든 남조선 인민봉기를 계기로 미제의 식민지 통치 기반이 뒤흔들리고 항쟁의 불길이 남조선 전역을 휩쓸게 된 사실과 관련하여 더욱 확대되었다. 우리 작가 시인들의 목소리는 항쟁에 일떠선 남반부 동포 형제들을 더욱 영용한 투쟁에로 불러일으키고 있으며 미제와 그 주구들의 죄상을 남김없이 폭로 단죄하고 있다." 한설야, 「해방후 조선문학의 개화발전」, 『문학신문』, 1960.8.12.

18) 한설야, 「공산주의 교양과 우리 문학의 당면과업」, 『공산주의 교양과 문학창작』, 조선작가동맹출판사, 1959.

19) 이선영·김병민·김재용 엮음, 『현대문학비평 자료집 5(이북편/1959~1962)』, 태학사, 1993, 16~17쪽 재인용.

아동문학의 한 면모를 엿볼 수 있는 좋은 자료이다. 높은 이념의 벽에 가로막혀 남과 북이 서로 다른 시각을 보여 준다 할지라도, 북한의 아동문학에 나타난 경자마산의거를 고찰해 보는 일은 퍽 흥미로운 일이라 여겨진다. 비록 남한에서 일어난 하나의 사건이지만, 이를 통해 북한사회의 특수한 인식 그리고 아동교육의 한 모습을 읽어낼 수 있기 때문이다.

3. 『남녘땅에 기'발 날린다』에 나타난 경자마산의거

『남녘땅에 기'발 날린다』는 경자마산의거와 4월혁명을 다룬 북한의 아동문학 작품집이다. 교육도서를 출판하는 교육성 산하의 교육도서 인쇄공장에서 찍었고, 아동도서출판사에서 펴냈다.[20) 가로 160cm, 세로 233cm 판형의 이 책은 1960년 9월 10일 인쇄에 들어가 15일에 3만 부를 발행했다. 표지 그림은 채용찬, 삽화는 최광, 편집은 유희준이 맡았다. 분향은 90쪽이며 책값은 13전으로 되어 있다. '중학교 기술학교 학생용'이라 밝혀 놓은 것으로 보아 북한 아동들을 계몽하기 위해 만든 교육용 도서임을 짐작할 수 있다.[21)

---

20) 북한의 교육제도는 인민학교, 중학교, 고등학교까지 국가가 일체의 비용을 담당하는 의무교육제도이다. 인민학교 4년, 중학교 3년, 고등학교 2년의 9년 과정으로 되어 있다. 교육과정 가운데 가장 중요한 시기는 바로 중학교를 마치고 고등학교를 가서 전공을 선택하는 시기이다. 그런 점에서 이 작품집은 '중학교 기술학교 학생용'으로 발간된 점에서 눈길을 끈다.

21) 북한은 사회주의 헌법 제43조에서 "후대들을 사회와 인민을 위하여 투쟁하는 견결한 혁명가로, 지덕체를 갖춘 공산주의적 새 인간으로 키운다"고 명시, 교육 이념이 새 인간으로의 육성임을 밝히고 있다. 이처럼 북한의 교육은 북한 아동들로 하여금 계급의식을 고양, 공산주의 인간으로 육성하며, 사회와 인민의 이익을 위하여 몸바칠 것을 교양함으로써 당과 수령의 영도 밑에 하나의 사상과 하나의 조직으로 결속하도록 하고 있다.

아동문학 관련 작가들이 여럿 참가하여 다양한 갈래의 작품을 모아 놓은 이 작품집에는 동시 8편, 소설 1편, 오체르크 1편, 아동극 2편이 실려 있다. 석광희의 동시 「김주렬」, 류연옥의 동시 「우리들의 마음도 날개쳐 간다」, 김경태의 동시 「달려 가고 싶구나 한달음에」, 우봉준의 동시 「원쑤들이 떨고 있다」, 백하의 「프랑카드로 총구를 밀고 나가자」, 김동전의 동시 「싸우라 내 아들아」, 윤복진의 동시 「어린 너희들도 나섰구나」, 최석송의 동시 「더 힘차게 일어 나라」, 원도홍의 아동소설 「어머니와 아들」, 조병조의 오체르크 「리승만의 목을 떼던 날」, 최복선의 아동극 「분노의 홰'불」, 김갑석의 희곡 「남녘땅에 기'발 날린다」가 그것이다.

결국 작품집『남녘땅에 기'발 날린다』는 북한의 교육과 아동문예 정책의 일환으로 편찬되었다. 북한 사회에서 아동문학은 당 정책의 목적과 사명에 맞게 지향해 나가야 할 근본 원칙이 확고하게 정해져 있다. 그 수반과정을 당의 문예정책을 따라 더욱 철저하게 계획되어 있을 것이다. 혁명적 아동문학, 곧 북한 체제의 충직한 혁명전사로 키우기 위한 제반 기능을 수반하고 있다.[22] 따라서 이 작품집이 갖는 중요한 의미는 1960년대 남한의 사회적 혼란상의 결과였던 특정 역사적 사건인 경자마산의거와 이어지는 4월혁명을 주제로 하여 엮어졌다는 점이다.

---

22) 북한의 아동문학가는 다음과 같은 임무와 기능을 갖는다. ① 문학예술을 통해 노동당의 노선과 정책을 아동들에게 선전한다. ② 문학예술을 통해 아동들에게 김일성 우상화 정신을 확립시키는 데 기여한다. ③ 아동들의 공산주의 교양에 이바지한다. ④ 아동들의 문학적 소양 개발과 문학 창작 재능 배양에 기여한다. 이항구, 『북의 실상과 허상』, 한국출판공사, 1985, 379~382쪽 참조.

1) 반한·반미의식 고양과 조국 통일에 대한 염원

특히 북한의 문학인들은 경자마산의거로 이어지는 4월혁명을 이른 바 '남조선해방'의 한 호기로 생각하여 적극적인 선전·선동의 전략을 펼쳐 보이고 있다. 대내적으로는 전후복구사업과 사회주의 건설사업을 적극 전개하는 천리마운동을 고무 추동하는 것과 함께 그들의 또 다른 목표의 하나인 이른바 '남조선해방'과 '미제타도'를 지속적으로 형상화하고 있는 것이다.

> 저 소리 듣느냐? 저 소리 듣느냐?/너를 실어서 우리에게 보내 준/남해의 노한 파도 소리를/땅을 뒤흔드는 발'구름 소리를/그리고 듣느냐 저 소리/너의 어린 누이 동생이 부르짖는/《오빠의 원쑤를 갚아 주세요!》/애타는 소리! 불타는 소리!//살뜰한 동갑이 김 주렬 동무야/꿈 많은 네 가슴에 품었던 것 무엇이냐?/그것은 판자'집이 아니라/유리 창문 밝은 아빠트/비 새는 천막 속 글'방이 아니라/해'빛 흘러 드는 학교/그리고 삼천만이 갈망하는/조국의 평화 통일…
>
> —석광희, 「김주렬」 가운데

이 시는 석광희의 작품으로 경자마산의거 때 시체로 발견된 김주열(당시 17세)을 애도하는 추도시의 형태를 띠고 있다. 경자마산의거의 대명사인 김주열의 영웅적 투쟁의 모습과 그의 죽음을 애도하며 펼쳐지는 시위 현장을 그려낸 작품이다. 작품 끝에는 1960년 5월 8일에 적은 것으로 부기되어 있다. 모두 6연으로 되어 있는데, 1연은 김주열 시체의 발견, 2연은 이를 계기로 봉기한 마산 시민들의 시위 모습, 3연은 김주열이 갈망했던 것이 자유로운 학교생활과 조국의 평화통일이었음을 주장, 4연은 김주열의 투쟁 모습, 5연은 김주열과 마산

시민들의 항쟁 모습, 6연은 그러한 김주열의 투쟁을 "전설의 동상"으로 영웅화시키고 있다.

시인은 경자마산의거의 최초 희생자인 김주열을 "당꼬"(고리끼 소설에 나오는 청년 영웅)에 비유하면서 영웅으로 치켜세우고 있다. 그래서 김주열이 '항쟁의 선두'에서 나아간 까닭을 "햇빛 흘러드는 학교", 곧 학원의 자유와 "삼천만이 갈망하는 평화통일"이었다고 노래한다. 따라서 시인의 본디 속내는 북한의 아동들로 하여금 김주열과 같은 영웅적 투쟁을 통해 북한 아동들로 하여금 혁명정신을 일깨우고 주체사상을 고취시키기 위한 것이라 하겠다.

뿐만 아니라 이 시는 남한의 정치 현실을 남해가 노하고 땅이 뒤흔들릴 정도로 열악한 것으로 묘사하고 있다. 어린 누이동생이 애타게 부르짖는 소리에 남한 정권은 인민 대중의 원수가 된다. '김주열 동무'로 대표되는 남한 사람들의 꿈은 '유리 창문 밝은 아파트', '햇빛 흘러드는 학교', 그리고 '조국의 평화 통일'로 형상화된다. 남한의 아동들은 판잣집과 비 새는 천막 속 글방을 오가며 정치적 폭압 속에서 고통 받고 있음을 보여줌으로써 남한의 현실을 비하하고 북한을 미화하는 것이다.

남한에서 통일을 원하는 것은 바로 남한의 비참한 현실에서 벗어나 '어머니' 같은 북의 품에 안기고 싶어 하기 때문이다. 이는 그 무렵 북한 동시에서 흔히 볼 수 있는 하나의 경향으로, 남한의 현실을 지나치게 왜곡함으로써 남한의 동포가 구제의 대상이며 살기 좋은 북한이 이들을 감싸 안아야 한다고 노래한다. 이를 통해 북한 아동을 작품의 실제 청자로 삼고 있는 북한의 동시들이 북한 아동의 의식 계몽과 사상 고취를 꾀하려 했음을 짐작할 수 있다.

우리들의 마음은/힘차게 날개쳐 간다/굶주리고 헐벗고 불쌍히 살아 온/

그러나 용감히 일어나 싸우는/남녘 땅 동무들이여!//동무들이 원하는 모든 것/여기 북녘 땅에 마련되고 있거니/이 행복 우리와 함께 나누기 위해/우리의 마음 날개쳐 간다.

—류연옥, 「우리들의 마음도 날개쳐 간다」 가운데

류연옥의 시는 북한 아동들을 선전·선동하기 위한 작품에 해당한다. 이 시에서 보여지듯, 작가는 아동들의 뇌리 속에까지 유물사관에 입각한 공산주의적 인간의 모습을 주입시키고 있다. 시인에 따르면, 남한의 아동들은 "굶주리고 헐벗고 불쌍히 살아"오고 있다. 이와 견주어 북한의 아동들은 "누구나 마음껏 배울 수 있는/즐거운 낙원 자유의 학원"에서 행복하게 생활하고 있다고 노래했다. 결국 이 또한 "황무지"의 땅으로 묘사되는 남한사회를 비판함으로써 북한 아동들을 계몽 선동하려는 의도를 한껏 보여 주고 있는 작품이다.[23]

김 일성 원수의 품에 안기여/우리들은 반드시 함께 살리라!/희망의 나래를 활짝 펼치고/통일 앞당겨 싸우는 동무들아//아, 달려 가고 싶구나 한달음에/한달음에 달려 가 얼싸안고 싶은 마음/싸우는 마음으로 우리 모두 웨친다/≪미국놈은 당장 물러 가라!≫

—김경태, 「달려 가고 싶구나 한달음에」 가운데

짓밟히는 권리 피흘리는 부모 형제/더는 더는 보고만 있을 수 없어/우

---

23) 한편 류연옥은 경자마산의거 관련 동시를 발표했다. "그리고 사람들은 보았다./다시 일어서는 그 소년을,/원쑤가 겨눈 뭇 ?창 때리치며/싸워 이기는 소년의 모습을//-그렇다 쳐부수자. 매국 역도를,/미제를 조선 땅에서 몰아내자!/일어나 싸우는 소년의 뒤를 따라/사람들은 웨치며 거리로 나섰다.//고요하던 마산 앞바다도 술렁술렁/성난 물결 이를 갈며 밀려왔다./기슭에 부딪치며 물결도 웨쳤다./-바다 속에 놈들을 잡아 넣어라."(류연옥, 「물결도 웨쳤다」 가운데(『문학신문』, 1961.6.6))

리는 일어 섰다 홰'불 추켜 들고/우리는 일어 섰다 한 덩이 되어…//마산에서 일어 난 한 점의 불꽃/남조선을 불태우며 번져 간 불꽃/누가 끌 수 있다더냐 이 불'길을/열 다섯 해 쌓였던 분노의 불'길을.//보아라 과연 누가 떨고 있는가/떨고 있는 건/대포와 총을 가진 미국 승냥이/땅크 믿고 뽐내던 리 승만 정부.

—우봉준, 「원쑤들이 떨고 있다」 가운데

1960년 4월 지은 것으로 밝히고 있는 김경태의 시는 경자마산의거를 발판으로 한 4월혁명을 접한 뒤, 남한사회의 혼란상을 직설적으로 비판하고 있는 작품이다. "작은 두 손에 돌을 틀어 쥐고/싸우는 서울의 동무들아/자랑찬 싸움의 나날을 거쳐/너희들은 안기리 조국의 품속 깊이!"와 같이 남한 민중들의 자유 민주주의운동인 4월혁명을 왜곡시켜 선전하고 있다. "미국놈은 당장 물러가라!"는 구호를 통해 알 수 있듯이, 조국 분단의 '원쑤' 미군의 철수를 강력하게 주장하고 있다. 미국의 만행에 대한 각성을 부추기고 미군의 철수, 남한 학생들의 시위가 곧 "원쑤", 곧 미국과 맞서며 조국 통일을 위한 투쟁으로 보고 있다.[24] 따라서 북한 아동들에게 반미의식을 심어 주고 있는 것이다. 이 같은 주제는 분단 이후 지속적으로 드러내는 북한문학의 전통적인 경향이라 하겠다.

우봉준의 시도 남한의 시위로 말미암아, "미국 승냥이"와 이승만 정부가 떨고 있다는 점을 부각시키고 있는 작품이다. 이 또한 4월혁명을 마치 남한에서 일어난 계급혁명으로 호도하며 반한·반미의식을

---

24) 미국에 대한 북한의 관점은 '조국해방전쟁시기'부터 과격한 전투적 모습을 보여 왔던 주제이다. 김일성이 '미제국주의자들은 교활할 뿐만 아니라 가장 악하며 가장 추악한 야만적 존재'라고 규정한 이후, 그들에 대하여 '천추만대에 걸쳐 끝없는 분노와 저주'를 보내야 한다는 관점으로 일관하고 있다.

고취시키고 있는 작품이다. 이는 결국 남한의 모순된 사회상을 드러
냄으로써 북한의 체제 옹호와 계급투쟁의 정당성을 주장하고 있다.
그만큼 미국과 남한 정부를 비난함으로써 북한 아동들에게 남한 현실
을 왜곡시키는 구실을 하는 선전·선동시에 드는 작품이다.

동무들아 듣느냐 저 목소리를/하늘 같은 우리 부모 우리 형님/땅 우에
쓰러져 투쟁을 부른다.//우리를 교실에서 내 쫓아 헐벗긴 자/어린 피를
빨아 ≪공납금≫ 처먹은 자/미국놈의 졸개를 짓밟고 나가리라.//≪군인들
이여,/부모님들에게/'총'부리를 겨누지 말라!≫

—백하, 「프랑카드로 총구를 밀고 나가자」 가운데

백하의 시는 4월혁명을 북한의 입장에서 이른바 '남조선 해방'의
한 호기로 생각하여 미군 철수의 문제를 적극적으로 선동하고 있다.
'미국놈의 졸개를 짓밟고 나가리라"와 같이 남한의 이승만 정권에
대해 반한·반미의식을 부추기고 있는 것이다. 북한의 입장에서 볼 때,
미국과 마찬가지로 남한 정부와 통치자들도 증오와 경멸의 대상이
된다. 왜냐하면 남한 정부의 통치자는 "미국놈의 졸개"이자 꼭두각시
라는 인식 때문이다. 그 결과 남한 아동들은 "교실에서 내 쫓아 헐벗
기"고 "어린 피를 빨아 공납금을 처먹"힘으로써 배움의 권리를 잃고
식민지 파쇼 통치 밑에서 온갖 천대와 멸시를 받으며 신음하고 있다는
것이다.

자유를 위해 삶을 위해/조국의 평화적 통일을 위해/사랑하는 내 아들아
나아 가라/그 길로 나아 가면 아버지를 만나리니…//≪창남아!≫ ≪아버지!≫
/소리치며 만날 그 날을 위하여/사랑하는 고향아 아들아!/싸우라 일어 나
서, 일어 나서 싸우라!//일떠선 산천이여! 싸우는 바다'가여!/그대 떠나

멀리 북변에서/나도야 웨치노라 나아 가노라/≪리 승만 파쑈 통치 송두리
채 뽑아 치우라!≫/≪미국놈 당장 나가라!≫

—김동전, 「싸우라 내 아들아!」 가운데

싸우자 끝까지/질풍처럼 뚫고 나가라//싸우는 너희들의 프랑카드/더욱
높이 쳐들어라//자유와 행복/우리의 평화 통일 위하여//원쑤 미제 몰아
내자/이 땅에서 몰아 내자.

—윤복진, 「어린 너희들도 나섰구나」 가운데

안 된다! 더는 못 참는다!/내 고향 남녘 땅 동무들아!/생각해두 치가
떨리는 미국 승냥이놈들/하루 속히 몰아 내야 한다! 몰아 내야 한다!//빼
앗긴 행복 다시 안겨 줄 평화 통일/평화 통일 앞당기기 위하여/더 힘차게
일어 나야 한다!/미국놈들 쫓겨 가는 날까지 싸워 이겨야 한다!

—최석송, 「더 힘차게 일어 나라」 가운데

김동전의 시 「싸우라 내 아들아!」는 선동시에 해당한다. 이 작품은
경자마산의거를 대상으로 하여 그곳에서 시위하는 학생들을 '아버지'
의 입장에서 독려하고 있다. "창남이"를 남한의 마산에 사는 아들로
설정하고, 시인 자신은 그의 "아버지"로 설정하고 있다. 그래서 시인
은 고향 마산에 남겨 둔 아들 "창남이"를 그리는 마음과 투쟁의 대열
에 함께 할 것을 독려하고 있다. "자유를 위해 삶을 위해/조국의 평화
적 통일을 위해" 싸우는 "창남이"처럼 장차 북한의 아동들도 투쟁의
역군이 되어야 한다는 당위적 신념의 표명 말고도 당의 문예정책을
따르고 옹호하는 남한 해방의 결의와 열정을 동시에 읽어낼 수 있다.
이처럼 반한·반미 투쟁을 선동하는, 이를테면 그들의 말대로 '원쑤들
과의 투쟁을 선동'하는 작품들은 처음부터 끝까지 직설적인 구호로

일관하고 있는 것을 볼 수 있다. "리승만 파쇼통치 송두리째 뽑아 치우라!"와 "미국놈 당장 나가라!"가 그것이다.

윤복진의 시는 플랜카드의 내용에 눈길을 두고 당시의 상황을 객관적으로 진술하고 있다. 1960년 4월 25일에 적은 것으로 되어 있다. 4월혁명 당시 "우리의 평화 통일 위하여" 경찰을 향한 어린 학생들의 플랜카드 내용, 곧 "원쑤 미제 몰아 내자/이 땅에서 몰아 내자"와 같이 반미의식이 최고조에 이르고 있다. 앞서도 말했듯이 이러한 계급주의적 세계관은 결국 북한문학에서 '적·아'를 뚜렷하게 구분하는 모습으로 나타나고 있다. 나아가 계급투쟁으로 조국을 통일시켜야 한다는 의무감을 심어 주는 구실로 삼고 있다.

최석송의 「더 힘차게 일어 나라」는 1960년 6월에 적은 작품이다. 이 또한 북한 아동들을 선전·선동하기 위한 작품에 해당된다. 북한 아동문학에 따르면, 미국은 원한의 분계선을 갈라놓은 원흉으로써, "생각해두 치가 떨리는" "승냥이놈", 곧 "원쑤놈"의 나라이다. 그런 점에서 하루 속히 그들을 몰아내고 조국의 "평화 통일 위하여" 투쟁의 고삐를 놓치지 말라고 강조하고 있다.

2) 남한 현실 고발과 투쟁의식 고취

흔히 북한의 아동문학이 남한의 사회현실을 문제삼아 선동적인 주장을 내세우고 있는 것은 남한의 해방과 사회주의 혁명의 완수를 내세우고 있는 그들의 문예정책과 일치하는 것이다. 남한의 정치 사회적 불안이 그들의 이 같은 주장을 더욱 설득력 있게 뒷받침할 수 있는 명분과 기회를 제공하고 있다는 점도 주목할 만한 일이다. 따라서 경자마산의거에서의 학생운동을 남한의 체제전복을 위한 혁명적 계급투쟁으로 선전하고 있는 것은, 모두 남한 현실에 대한 피상적인 이해

와 편견에서 비롯된 것이라고 하겠다.[25]

먼저 원도홍의 「어머니와 아들」은 4월혁명 당시의 서울 상황을 중심으로 이야기를 풀어가고 있는 아동소설로 받아들여진다.[26] 작가인 원도홍의 해적이를 감안해도 마찬가지다. 그 줄거리를 살펴보면, ① 초등학교를 마치고 중학교를 입학하지 못한 '영호'는 경자년 시민의 거 당시의 시위 광경을 목격하고 이에 동참하게 된다. ② 영호의 어머니는 늦게까지 돌아오지 않는 그의 형 '영일'을 기다리다 찾아나선다. ③ 공부는 잘 했지만 가난한 살림 탓에 중학교 입학을 못한 영호는 학교 당국의 부조리에 항의, 그 일로 헌병대에 끌려갔던 과거를 떠올린다. ④ 영호와 어머니가 영일의 소식을 궁금해 할 때, 칠성이 찾아와 그가 병원에 있다고 알려 준다. 그들은 영일의 죽음을 확인하게

---

25) 북한의 자료를 조사하던 중 눈길을 끄는 것 가운데 하나는, 종종 남한 문학인의 작품도 소개하고 있다는 점이다. 『문학신문』 1961년 3월 15일자에는 4월혁명과 관련하여 이원수의 「동생의 노래」를 싣고 있다. 그 전문을 소개하면 다음과 같다.
"누나,/나는 동무들 하고 안 싸울래.//누나가 피투성이가 된 4월 19일/총을 함부로 쏘는 〈어른〉들 앞에서/〈자유를 달라〉-웨치며,/달려 들어/길바닥에 털썩 쓰러져 죽은 4월 19일//그 무 서운 날, 누나의 피를 보고/나는 다짐했어./누나가 나를 귀여워 해 준 것처럼/나는 우리 동무들을 사랑하고/함께 힘을 합해서…//누나들이 원하던 그것이 정녕 안 된다면/누나 같이 나라를 위해 싸워 죽을래./누나! 누나!"(남조선 출판물에서)
이는 1960년 5월 1일자 『동아일보』 〈소년동아〉란에 발표되었던 것을 인용한 것이다. 확인해 본 결과 「아우의 노래」라는 제목으로 실렸고, '동생'이 '아우'로, '누나'가 '언니'로 약간의 손질이 따랐다는 것이 특징이다.

26) 리원우(1963)에 따르면, "아동소설은 동화와는 다른 말, 다른 목소리, 다른 방법을 가지고 인간관계 속으로, 사건 진행 속으로, 성격 속으로 파고들어 가면서 아이들을 계급적 의식으로, 공산주의적 새 인간 성격으로 무장시킨다"고 했다. 그리고 "소설은 일상생활을 눈 앞에 보는 것 같은 형식으로 일상적인 생각과 언어로 독자들의 머리에 생활 화폭을 그려"주는 데 비해, "동화는 일상생활에서는 볼 수 없는 꿈과 환상과 상징과 파장의 형식으로 비일상적 정황 속에서 환상적인 것을 실현하고 있는 비범한 인물을 보여 주는 방법으로, 마치 그러한 기이한 생활세계가 정말 있는 듯한 진실감을 자아낼 수 있도록 독자들의 머리 속에 그림 그려준다"고 했다. 리원우, 「동화문학의 형상성 문제」, 『문학신문』, 1963.1.4.

되고, 그의 활동상을 칠성이를 통해 듣는다. ⑤ 영일의 죽음을 접한 영호와 어머니는 시위 현장에 뛰어들어 투쟁하게 된다.

영호는 형의 동무들의 시위 대렬에 끼여 〈썩은 정치 타도하라!〉, 〈살인 경찰 죽이라!〉고 목청껏 구호들을 웨치며 〈중앙청〉을 향해 돌진하였다. 어머니도 그들 속에 끼여서 〈이놈들아 내 아들을 내놓아라!〉고 가슴을 치며 울부짖었다. 영호는 무서운 것이 없었다. 더러운 놈 나쁜 놈들이 제 살 구멍 만나다고 구데기처럼 욱실대던 그 더러운 세상이 뒤집어지고 그런 놈들이 하나도 없는 새 세상이 되는 것만 같았다. 그는 시위 대렬 맨앞에 달려 나가 학생들이 부르는 구호를 목청껏 부르 며 〈중앙청〉을 향해 밀려 나아 갔다./쿠룽쿠룽쿠룽… 중앙청 입구에서 굴뚝 같은 포 아가리를 아래로 드리운 땅크들이 시위 대렬을 맞받아 달려 나왔다./〈죽어도 물러 가지 맙시다〉/자기들의 가슴에 포와 기관총을 겨누고 달려 오는 땅크들을 본 학생들은 더 악에 받쳐 기세를 돋구었다. 맨 선두에 선 영호는 형의 동무들과 같이 어깨를 맞걸고 땅크를 향해 맞받아 나아 갔다.

—원도홍, 「어머니와 아들」 가운데

여기서 작가는 4월혁명 때의 상황을 어린 영호와 그의 어머니의 행동에 맞춰 전개시키고 있다. 그리하여 4월혁명 당시 대열의 선두에 서서 시위하다 죽은 한 소년, 영일과 그의 가족들이 시위에 참가하게 된 동기, 그리고 그들의 투쟁 모습을 중심으로 형상화하고 있다. 이 인용 글에서처럼 "썩은 정치 타도"를 위해 "죽어도 물러 가지 맙시다" 하고 구호를 외치는 학생들의 투쟁 모습을 그려내고 있다. 주인공의 영호는 그 선두에 서서 "형의 동무들과 어깨를 맞걸고" 투쟁의 대열에 참가하고 있다고 하겠다.

따라서 작가는 4월혁명 당시 서울에서 발생한 시위를 아동의 눈높이에서 그려 보이려고 애쓰고 있으며, 그 같은 시위가 일어날 수밖에 없었던 남한사회의 모순을 보여 주고자 있는 셈이다. 이 소설에서 작가는 그들의 타자인 남한사회의 혼란상을 통해 북한 아동들로 하여금 혁명정신을 고취시키고자 의도하고 있는 것이다.

땅크가 군중들 앞에 얼마 떨어지지 않은 데까지 왔을 때였다./군중들 속에서 한 소년이 앞질러 뛰여 나가 굴러 오는 땅크 앞으로 내달았다./그는 용진이였다. 용진은 웃동을 벗어 제끼고 땅크 앞에 가서 우뚝 섰다./무엇 용진이로 하여금 이같은 용감한 행동을 하게 하였던가?/그것은 아버지를 살해한 원쑤들에 대한 불타는 증오심이 그로 하여금 이같이 적의 땅크 앞에 대담하게 나서게 하였다./그는 두 주먹을 쳐들면서 ≪이놈들아! 쏠테면 쏘라! 우리 아버지를 죽인 놈들이 네놈들이다. 나는 아버지의 원쑤를 갚고야 말겠다≫고 고래고래 웨쳤다./ (…중략…) /≪여러분 나를 용서하시오. 나는 대통령직을 내 놓겠습니다≫/어제까지 아니 바로 얼마 전까지도 인민들을 탄압하며 학살하라고 호통질하던 리 승만은 이렇게 말하면서 대표들에게 머리를 숙이였다./10여 년간 미제의 앞잡이로서 나라와 민족을 팔며 인민들을 닥치는 대로 잡아 죽이며 그들을 무권리와 빈궁의 도탄 속에 몰아넣은 리 승만! 이 원쑤의 죄상을 어찌 용서할 수 있으랴!

—조병조, 「리승만의 목을 떼던 날」 가운데

이 작품은 조병조의 오체르크[27] 「리승만의 목을 떼던 날」의 일부이다. 경자마산의거가 일어난 때부터 서울의 시위 상황과 이승만의 하야까지의 사정을 소년시위대의 활동상에 초점을 두어 기술하고 있

---

27) 오체르크는 이른바 실화문학으로써 경인전쟁 당시 북한의 종군작가들에 의해 크게 부각된 양식이다. 북한문단에서는 오체르크와 함께 새로운 장르로서 정론(政論)이 인정받기 시작했다.

다. 여기서 작가는 두 달 간의 남한의 시위 과정 속에서 소년시위대, 특히 최용진 소년의 투쟁적 행동에 주목하고 있다. 앞서 최용진의 가족 이야기를 통해 4월혁명 당시의 상황과 그의 영웅적 활동상, 이승만 정권의 굴복과 하야에 초점을 두고 서술하고 있다.

이 글을 통해 작가는 남한 통치자인 이승만·이기붕 이름을 직접적으로 들내며 투쟁할 것을 종용하고 있다. 이렇듯 북한의 아동문학은 남한 정부를 허구화할 때 주로 통치자의 이름을 직접 등장시키는 것이 특례이다. 그것은 남한과 북한사회 모두에 기능하는 전술적 의미를 염두에 둔 문학적 장치라 할 수 있다. 남한 사회에 대해서는 통치자를 모두 남한 국민의 적으로 몰아붙임으로써 통치자와 국민들 사이에 첨예한 적대감을 형성하게 하여 남한 사회에 화합을 분쇄하려는 의도된 장치이고, 북한사회에 대해서는 선전 선동을 위한 사상 교양의 수단인 셈이다.[28]

최복선의 「분노의 홰'불」은 1막 2장의 아동극이다. 이 극의 무대는 '남조선의 소도시'이고, 때는 '3·15선거 전'으로 설정되어 있다. 작품 끝에는 1960년 4월 20일에 탈고한 것으로 적혀 있는 것으로 보아 경자 마산의거의 전개과정을 접한 뒤 곧바로 창작한 것으로 여겨진다. 그런 까닭에 이 작품은 마산에서 3·15선거를 앞두고 펼쳐지는 선거운동의 일부를 '무궁화' 곡예단의 활동상에 초점을 맞춰 보여 주고 있다.

천수: 에구 이게 다 세상을 못 만난 탓이지… 이눔 세상 망할 날이 멀지 않았다구는 하드라만…
용필: 할아버지! 그게 정말인가요?
천수: 글쎄 낸들 장담이야 하겠냐? 리 승만이를 또 선거하려구 발광을

---

28) 김용희, 「북한의 아동시가문학」, 『북한문학의 이해』, 청동거울, 1999, 170쪽.

한다니 그렇게 되는 날이면 백성이야 다 죽을 판이지…

용필: 어떤 사람을 선거하면 우린 잘 살게 될까요?

△ 송 왈파 살그머니 와서 엿듣는다.

천수: 여기서 정치라구 하는 놈이야 다 그놈이 그놈이지 쥐꼬리만두 나을
　　　놈이 있는 줄 아냐. 다 미국놈의 손아귀에서 하는 일인 걸… 그저
　　　우리 나라가 바루 되려면 남북이 확 터져서 저기 북조선에서처럼
　　　정치를 해야 되지.

용필: 북조선이요?

천수: 그래.

　　　　　　　　　　　　　　　　　　　─최복선, 「분노의 홰'불」 가운데

　이 극은 선거운동에 대비해서 '무궁화' 곡예단원들이 구타와 수모
를 겪어가며 연습하는 모습을 보여 준다. 그런 와중에 은연히 "천수"
의 말을 빌려 북한의 정치를 찬양하고 있다. 선거운동의 일환으로 준
비했던 서커스는 용필의 분노와 영웅적 투쟁으로 무산되고, 이를 종
용한 서만호 일파의 공작은 실패하게 된다는 내용으로 이루어져 있
다. 다시 말해서 이 작품은 남한의 부정선거를 고발하고, 어린 나이에
도 선거를 반대하며 연단에 오르는 용필이의 영웅적 투쟁을 그려내고
있다고 하겠다.

　김갑석의 「남녘땅에 기'발 날린다」는 1막으로 된 짧은 희곡이다.
1960년 4월 20일에 쓴 것으로 되어 있다. 경자마산의거 직후의 상황
을 글감으로 삼아 씌어진 작품으로 보인다. 공간적 배경이 되는 장소
는 남한의 '어느 자그마한 도시'이고, 무대는 '시청 시장 사무실'로
설정되어 있듯이, 바로 경자마산의거 때의 상황을 극화한 작품이라
할 수 있겠다.

란희: 생각을 하면 갚아 먹어두 시원치 않을 놈들이야. 정말 이번엔 이놈
　　　들을 깡그리 잡아 치우구 이 썩어빠진 정권을 뒤집어 엎어야 해.

태영: 암 그래야 우리들도 북조선 아이들처럼 공부할 수 있어, 저기 좀
　　　봐라! (두 학생 창 밖을 내다 본다) 정말 신난다.

란희: 료원의 불길처럼 불타라! 모두 일어 나라!

　　△ 만세 소리.

(…중략…)

란희: 우리 아버지를 네 놈들이 잡아다 강제루 국군에 내 보내서 죽였지
　　　(격해서 쓰려고 할 때 허가 털썩 주저앉으며)

허가: 아닙니다. 그건 경찰놈들이 잡아다 내 보냈지 난 아무 상관 없습니
　　　다. 난 아무 죄두 없습니다.

태영: 경찰놈들은 바로 네 졸개가 아니냐?

허가: 네네 그저 목숨만 목숨만…

태영: 인민 봉기가 왜 일어 난 줄 아니, 바로 네놈 같은 원쑤들을 처단하자
　　　는 게다. 더러운 정권을 때려 부시고 새 정권을 세우자는 게다.

란희: 우리는 네놈들의 억압이 없는 자유와 행복을 요구한다.

영란: 거리로 끌고 나가자! 이런 놈은 저 거리에다 내다 세워 놓구 군중
　　　심판으로 처단해야 해.

(…중략…)

　　△ 노래 소리가 들려 온다.

영란: 수천 수만 명의 우리 학생들이 왜 피를 흘리면서 네놈들과 싸우는
　　　줄 아느냐?

태영: 우리는 진정한 자유와 행복을 위해서 싸우는 게다. 네놈들과 반역자
　　　들은 인민의 심판을 받아야 한다.

란희: 자유를 달라는 저 항쟁의 목소리를 듣는가!

태영: 우리는 네놈들을 하나하나 모조리 잡아 치울 테다. 진정한 새 정권

을 세울 때까지 싸울 테다.

세 학생: (동시에) 이 땅에도 자유의 기발이 휘날릴 때까지 우리는 싸울 테다.

△ 만세 소리. 항쟁의 노래 고조된다.

△ 세 학생 허가와 경찰을 앞세우고 나간다. -막-

—김갑석, 「남녘땅에 기'발 날린다」 가운데

막이 오르면 태영과 란희 그리고 영란 학생이 시장 사무실을 뒤지며 시장(허가)29)을 찾고 있다. 그들과 대면한 시장은 다친 척 위장하지만, 태영은 그가 변장한 시장임을 알아챈다. 결국 그들 세 학생은 시장 허가와 경찰을 앞세우고 시위하는 군중 앞으로 나아간다는 내용이다. 이렇듯 북한문학에는 영웅적 인물의 정체성 탐색이나 주체의 정립을 모색하는 혁명지향적 갈망이 강하게 드러날 수밖에 없다. 남한사회의 혼란상을 비판하고 이에 맞서 새로운 사회를 건설하려는 영웅적 인물들을 전면에 내세우고 있다고 하겠다.

지금껏 살펴본 이 작품집은 갈래의 다양함에 견주어 내용은 획일적인 점이 특징이다. 그 획일적 내용은 대내적으로 천리마운동을 통해 사회주의 건설을 추동하고, 대외적으로는 반한·반미의식을 통해 이른바 '남조선해방'을 핵심 주제로 삼고 있음을 알 수 있다. 이렇듯 분단 이후 북한사회에 있어 경자마산의거는 그들의 이념에 걸맞는 최초·최대의 혁명적 사건이었던 셈이다. 그런 까닭에 문학작품, 특히 아동 교육용 차원에서 큰 관심을 가졌던 것이다. 반한·반미의식을 고

---

29) 그 무렵 마산시장은 '박영수'였다. 여기에 등장하는 '허가'는 그 무렵 자유당 의원이었던 '허윤수'를 일컫고 있다. 그는 동양주정, 무학주조공장을 경영하고 있었다. 1960년 4월 11일 김주렬 시체 인양이 기폭제가 되었던 제2차 마산의거에 의해 남성동 파출소, 마산시청, 마산경찰서, 자유당 허윤수 의원의 집, 북마산·오동동·중앙동·신마산 파출소, 다시 창원군청, 동양주정, 무학주조공장을 부수며 시위를 이어갔다.

취하고 혁명적 계급투쟁을 통해 조국통일의 염원으로 담아내며, 북한 사회를 미화시키고 있다.

따라서 이 작품집의 실질적인 발간 의도는 북한 아동들에게 남한의 현실을 왜곡되게 인식시키고, 북한 체제가 우월한 것으로 교양 선전하기 위한 전략으로 파악된다. 이른바 남한사회의 모순과 부조리를 여러 문학 갈래로 형상화함으로써 북한 아동들로 하여금 혁명적 아동관 확립시키는 데 기여하고 있는 셈이다. 이러한 남한에 대한 왜곡과 미국에 대한 적개심의 형상화는 민족통일의 당위성과 결부되면서, 오늘날 일관되게 흐르는 북한 아동문학의 한 면모를 보여 준다고 하겠다.

5. 마무리

경자마산의거에 대한 남한과 북한의 값매김과 자리매김은 서로 크게 다르다. 남한의 경우는 독재정권과 부왜 잔재를 소탕하고 자유민주주의를 성취한 민중항쟁으로 평가되고 있다. 반면 북한의 경우는 남한사회의 모순과 부조리를 개혁하고 반미의식에 기초하여 조국통일을 열망하는 민중들의 혁명적 계급투쟁으로 보고 있다.

경자마산의거는 남한에서의 평가와 의미 못지않게 북한에서도 크게 주목되는 역사적 사건이었다. 왜냐하면 북한의 입장에서 볼 때, 이는 분단 이후 남한 사회의 모순된 현실에 강력한 맞대응을 벌였던 혁명적 계급투쟁으로 받아들였기 때문이다. 그런 점에서 북한문학에서조차 경자마산의거 또는 4월혁명을 소재로 한 작품들이 많이 창작되었다.

지금껏 경자마산의거와 관련하여 남한에서의 문학적 접근은 더러 이루어져 왔지만, 북한문학에 나타난 경자마산의거의 형상화 문제에 대해서는 전혀 접근이 이루어지지 않았다. 이에 글쓴이는 그러한 문제의식을 바탕으로 경자마산의거가 북한 아동문학 속에 어떻게 형상화되고 있는지 살펴보고자 했다. 이를 위해 분단 이후 북한 문예정책의 특성과 1960년대 초반 북한문학의 양상을 개략적으로 짚어보고, 경자마산의거 직후 펴낸 작품집 『남녘땅에 기'발 날린다』를 중심으로 북한 아동문학의 한 면모를 밝혀보고자 했다. 요약으로 마무리를 삼고자 한다.

먼저, 분단 이후 북한 문예정책의 특성과 1960년대 초반 북한문학의 양상을 살펴보았다. 북한의 문학은 기본적으로 '당의 문예정책'을 바탕으로 하여 전개된다. 이른바 주체사상이라는 독특한 사상 체계에 기초를 둔 이 문예이론은 사회주의적 문학예술을 발전시키기 위한 당의 정책을 밝혀 놓음으로써 북한의 문학 예술인들에게 창작 지침과 지도 원리를 제시한 것이다. 분단 이후 북한문학은 북한 사회가 처한 시대와 현실의 요구를 반영하는 방향에서 당면한 지표를 세우고 있다. 북한에서 1950년대 후반부터 1960년대에 걸치는 시기를 천리마운동기라고 부른다.

천리마운동시기 북한의 문학예술은 내적으로는 전후복구사업과 사회주의 건설사업을 적극 전개하는 천리마운동을 고무 추동하는 것, 외적으로는 이른바 '남조선해방'과 '미제타도'를 끊임없이 형상화했던 것이 특징이라 하겠다. 이는 아동문학의 경우에도 그대로 적용된다. 북한의 아동문학은 학교 교육의 연장선상에서 창작되고 있다. 김일성에 대한 아동들의 충성심 제고 또는 반한·반미의식과 남한사회의 비방의 내용으로 '공산주의 인간형'으로 주조하는 수단으로써 이용되고 있다.

다음으로, 『남녘땅에 기'발 날린다』를 중심으로 북한 아동문학의 한 면모를 살펴보았다. 경자마산의거와 4월혁명을 다룬 북한의 아동문학 작품집이 갖는 중요한 의미는 1960년대 남한의 사회적 혼란상의 결과였던 특정 역사적 사건인 경자마산의거와 이어지는 4월혁명을 주제로 하여 엮어졌다. 각 작품들의 핵심 주제는 크게 반한·반미의식 고양과 조국통일에 대한 염원, 남한 현실 고발과 투쟁의식 고취를 들 수 있다.

첫째, 이 작품집에 실린 작품들은 남한의 모순된 사회상을 드러냄으로써 북한 아동들에게 남한 현실을 왜곡시키는 구실을 하는 선전·선동시가 주를 이룬다. 반한·반미의식을 통해 이른바 '남조선해방'을 핵심 주제로 삼고 있다. 분단 이후 경자마산의거는 그들의 이념에 걸맞는 최초·최대의 혁명적 사건으로서, 그 혁명적 계급투쟁을 통해 조국통일의 염원으로 담아내면서 북한 사회를 미화시켜 나갔다.

둘째, 이 작품집은 이른바 남한사회의 모순과 부조리를 여러 문학 갈래로 형상화함으로써 북한 아동들로 하여금 혁명적 아동관 확립시키는 데 기여하고 있다. 남한 학생들의 영웅적 투쟁을 통해 북한 아동들로 하여금 혁명정신을 일깨우고 주체사상을 고취시키기 위한 전략으로 이용되고 있었던 셈이다.

결국 북한의 교육과 아동문예 정책의 일환으로 편찬된 『남녘땅에 기'발 날린다』는 아동문학 작품을 통하여 아동들에게 당의 혁명사상을 선전하고 당 정책을 관철하는 데 목표를 두고 있다. 이는 당시 북한 아동문학의 한 성향을 대변하는 것으로, 1960년대 북한 아동문학을 이해하는 데 중요한 지표가 된다고 하겠다.

흔히 북한문학 연구에는 두 가지 관점이 적용되게 마련이다. 하나는 북한문학 그 자체의 문맥 안에서 작품에 대한 해석과 평가의 논리를 살펴보는 일이고, 다른 하나는 남한문학과의 상관성 아래에서 문학을 통하여 제기되는 민족적 문화통합의 미래를 상정하는 일이다. 글쓴이는 전자의 관점에서 북한 아동문학에 드러난 경자마산의거의 형상화 문제를 따져보았다. 이 글은 경자마산의거를 중심으로 한 북한 아동문학의 특질을 알아보는 데 그쳤지만, 1960년대 이후 북한사회의 실상과 문예정책의 각도를 예측해 보는 좋은 계기가 되었다는 데 의미를 둘 수 있으리라 본다.

'모든 역사는 현대사이다'라는 크로체(Benedetto Croce)의 명제처럼, 경자마산의거 또한 과거의 사건이 아니라 여전히 현재의 역사적 사건으로 남아 있는 셈이다. 경자마산의거는 민주사회 쟁취를 위한 독재정권에 대한 저항이었고, 민족통일로 나아가기 위한 시발점이었다. 따라서 그 정신을 계승한다는 것은 진정한 자유·민주사회의 실현, 민족통일에 대한 염원으로 이어져야 할 것이다.

연극도시 마산의 전통과 자산

: 정진업과 김수돈의 연극활동을 중심으로

1. 들머리

21세기는 문화예술적 전통과 자산이 경쟁력으로 작용하는 시대이다. 지역사회에서는 지역문화의 정체성을 찾고, 경쟁력 강화를 통한 지역 발전에 많은 힘을 쏟고 있다. 예향(藝鄕) 마산의 명성을 드높이는데 있어 연극 또한 너른 자리를 마련하고 있다. 그런 점에서 마산은 연극에 대한 관심과 열정으로 지역 경쟁력을 갖추어야 한다고 생각된다. 왜냐하면 마산은 연극의 요람이라 불릴 만큼, 그 전통과 자산이 오래되고 풍부한 까닭이다.

전국 최초로 시작된 국제연극제란 명성에 걸맞게 연극예술의 전통과 자산을 간직하고 있다. 1989년 전국소극장연극축제로 출발했던 〈마산국제연극제〉도 어느덧 스물일곱 돌을 맞는다. 그 취지에서 보여주듯 마산국제연극제는 지역연극의 활성화와 연극 인구의 저변확대를 꾀하고, 연극축제를 통해서 국제교류를 증진시켜 나가며, 마산을 연극의 메카로 만들어 나가는 데 크게 기여하고 있다.

하지만 이즈음 마산연극의 전통과 자산에 대한 연구는 흡족하게 이루어지고 있는지 묻지 않을 수 없다. 그러한 물음에 글쓴이조차도 연극도시 마산이라는 말이 무색할 정도로 부끄러움을 느낀다. 그것은 지역 연극의 역사와 전통에 대한 연구가 미흡했다는 현실에 기인한다. 지역의 연극사는 물론 개별 연극인에 대한 연구조차 찾아보기 어렵다. 아울러 극평 또는 공연비평도 활발하게 이루어지 않고 있다. 사실 공연과 비평이 함께 이루어져야 연극의 발전을 기대할 수 있기 때문이다. 그런 점에서 마산연극계에서 연극 연구자와 비평가가 절실하다고 하겠다.

초창기 우리 연극계는 열악하고 소외되어, 기록의 중요성 또한 미진했건 게 사실이다. 특히 현장성으로 끝나버리는 공연 기록 또한 신문 기사나 단평들에서 간헐적으로 찾아질 뿐이다. 그러한 사정으로 현재의 사항에서 자료 정리와 연구가 쉬운 일이 아니다. 보다 많은 자료들을 모으고 챙겨 마산연극사를 갈무리하는 작업이 이루어져야 할 것이다. 이를 바탕으로 오늘날 마산연극을 이룩하기 위해 노력했던 많은 연극인들의 업적을 드높이고, 마산연극사를 더욱 확고하게 정립하기 위한 길을 찾아나서야 할 것이다.

마산연극사에서 주목해야 할 연극인으로 정진업과 김수돈을 빼놓을 수 없다. 그들은 시인으로 더욱 알려져 있지만, 지속적인 연극활동을 통하여 마산연극계를 이끌었던 연극인이기도 하다. 더욱이 그들의 연극사랑은 초창기 마산연극의 초석을 세우는 데 크게 이바지했다. 지금껏 그들의 삶과 문학에 대한 연구는 더러 이루어졌지만, 연극활동에 대한 심층적 논의는 거의 이루어지지 않았다.

이에 글쓴이는 초창기 마산의 연극사를 소개한 다음, 정진업과 김수돈의 연극활동에 대해 중점적으로 살펴보고자 한다. 그들의 연극활동은 물론이고, 이를 통해 그동안 미진했던 지역연극사를 새롭게 정립하는 연구가 필요하다고 느꼈기 때문이다. 다시 말해서 이는 마산 연극사 고찰을 위한 기초작업이라 해도 좋을 것이다.

2. 초창기 마산의 연극활동

연극(演劇, play)의 사전적 뜻매김은, '무대에서 배우가 연출자의 지도로 각본에 따라 분장하고 음향효과, 배경, 조명 또는 기타 여러 가지 장치의 효과를 빌려 관객에게 보이는 종합예술이다. 연극을 종합예술이라 일컫는 것은 단순히 여러 예술이 합쳐졌다는 뜻이 아니다. 극작가에 의해 창작된 희곡이 연극이라는 공연예술로 승화되기 위해 필요로 하는 모든 예술영역의 조화를 의미한다. 그러한 조화는 연출가의 역할에 달려 있다고 해도 지나치지 않을 것이다.

연출가는 공연을 조직하는 사람이며 희곡을 해석하는 사람이다. 그는 희곡을 문화적 형태에서 공연의 형식으로 바꿈으로써 새로운 가치를 창출한다. 연출가는 인생을 알아야 한다. 그는 예술가의 감각을 지닌 심리학자여야 한다. 그는 희곡을 분석하고 평가할 수 있어야 하며 배우들에게 희곡을 설명해 주고 배우들의 관심을 불러 일으켜야 하며 특정한 문제를 인식하는 방법을 제시해야 하며 대본의 갈등을 이용할 수 있어야 하고 필요하다면 몸소 보여줄 줄 알아야 한다. 또 그는 올바른 리듬을 찾아낼 수 있어야 하고 간단하고 구체적인 지시를 내릴 줄 알아야 하며 관객을 예측할 수 있어야 한다.[1]

---

1) 스타니슬라브스키, 김석만 옮김, 『스타니슬라브스키 연극론』, 이론과실천, 1993, 219쪽.

이처럼 연출가는 작품을 선정하고 해석하여 완성된 공연예술로 만들어내는 작품 해석자 내지는 창조자의 역할을 한다. 작품의 방향을 결정한 다음에는 배역을 선정하고 극작가나 조명·의상 디자이너들과 시청각적 표현방법을 협의하며, 배우들을 훈련시키고 극의 템포나 리듬을 조절하여 전체적인 앙상블이 이루어진 무대예술로서의 완성품을 창조하는 것이다. 또한 공연 기간에도 관객의 입장에서 공연을 보면서 공연의 제반 요소들이 기대하는 만큼의 적절한 반응을 불러일으키는가를 살피고 아울러 수정 보완해 가는 경우도 있다. 이처럼 연출가는 연극 전체를 책임지고 이끌어가는 위치에 있는 것이다.

이즈음 마산연극의 역사는 77년을 넘었지만, 초창기 자료가 제대로 갖추어지지 않은 까닭에 그 면모를 살피는 데 많은 어려움이 따른다. 하지만 전국에서 처음으로 발간된 『1956년 마산문화연감』에서 1950년대 초반까지의 마산연극사를 개괄적으로 다루어 두었다.

일찍이 일제혹정시(日帝酷政時) 소극장운동을 전개하여 이광래, 정진업, 김상수, 옥준수, 서상삼, 강혜정, 조영란(이상 마산 출신) 및 이복본, 전춘우(서울 출신) 등이 반일(反日) 민족적 의의(意義) 하에 〈극예사(劇藝社)〉를 조직하여 현 마산시 수성동 자리에 〈수좌(壽座)〉라는 소극장에서 작품 「카츄-사」·「깨어진 거울」·「상선(商船) 테나시티」·「양상부사」 등을 상연하고 통영, 진해, 삼천포, 진주 등지에 순회공연까지 한 바 있다. 그러나 이것 역시 일제강압으로 좌절되고 자연 소멸되었다. 8·15해방과 더불어 약동하기 시작한 향토연극 현역군(現役軍)은 민족해방의 환희에 넘쳐 연극운동 재건으로 광분하였다. 1945년 9월에 건준(建準) 주최로 정진업 연출의 「강씨일가」가 공락관(현 시민극장)에서 향토연극인으로서 조직 상연되었고 다시 의령 등지로 순회공연까지 있었다. 수해(水害)로 인한 이재민구호대책의 일익을 단당(擔當)한 연극인은 다시 〈이재민 구호의 밤〉이란 타이틀에서 정진업 작 연출의 「부사와 초부」·「이재민」 등이 상연되어 흥분된 해방심민에게 큰 감명을 주었다. 직장소인극운동도 점차 각 회사 공장에서 전개되었다. 기중 식산은행 마산지점 직원으로서 조직된 식은(殖銀)연극부는 박영수 연출, 안윤봉 장치, 정진업 분장지도에 「안중근사기(史記)」를 상연하여 호평을 얻은 바 있다. 1947년도 여름에 예술신문사 주최의 「부활기」가 시민극장에서 상연된 바 있고 문총 마산지부 주최의 종합예술제에 서항석 작, 김수돈 연출 문총 기획의 「군상」 1막이 정진업, 임향, 복혜숙, 김영옥 출연으로 1951년도에 국제극장에서 상연되었고 라디오 드라마로써 이주홍 작 「나비의 풍속」이 김수돈 연출에 정진업, 복혜숙, 김영옥, 임향 출연으로 HLKO에서 방송되었다. 그후 마산연극계는 공백지대가 되었고 학생극만이 산거(算擧)될 뿐이다.[2]

이에 따르면, '마산은 자랑스럽고 빛나는 연극사를 가지고 있다. 한국극작계의 일인자 이광래를 배출하였으며, 수많은 연출가 및 연기자를 낳았다'고 했다. 그러면서 '이광래, 정진업, 김수돈, 김상수, 이일래 등은 향토연극소사를 논하는 데 잊을 수 없는 존재임'을 강조했다. 그 뒤 원로 연극인들의 증언에 힘입어 이루어진 『마산시사(馬山市史)』의 연극 분야를 통해 마산연극사를 조망해 볼 수 있어 그나마 다행이라 하겠다.

이를 전제로 마산연극사를 개괄해 보면, 마산연극의 출발은 신극운동 단체인 〈극예술연구회〉(약칭 극연)[3]의 출범과 거의 때를 같이한

2) 마산문화협의회, 「연극」, 『1956년 마산문화연감』, 마산문화협의회, 1956, 53쪽.
3) 극예술연구회는 1931년 7월부터 1939년 5월까지 활동한 연극단체로서, 일본을 유학하여 신극을 공부한 해외문학연구자들이 연구와 신극 수립을 목적으로 결성했다. 회 출신의 해외문학파를 중심으로 결성되었다. 초기에는 홍해성의 주도로 번역극을 주로 공연하였고, 후기에는 유치진과 서항석을 중심으로 창작극을 공연하였다. 모두 24회의 정기공연 동안 창작극 12편과 번역극 24편을 올렸다. 이후 일본의 탄압으로

다.4) 무엇보다도 1932년 무렵 조직된 〈극예사(劇藝舍)〉를 들 수 있는데, 주요 구성원은 극작가 겸 연출가인 이광래(1908~1968)를 비롯해 김형윤, 서성삼, 이일래, 옥준수, 강혜정, 조영란, 정진업, 김연옥, 이덕상, 박훈산 등이었다.

〈극예사〉는 마산시 수성동 소재 〈수좌(壽座)〉라는 소극장에서 이광래 연출의 「윌리암 텔」(쉴러 작), 「카츄사」(톨스토이 작), 「박첨지」(유진오 작), 「불구자」(이광래 작) 등과 김형윤 연출의 「깨어진 거울」(쥘 르나르 작), 「상선 테나시티」(쥘 르나르 작) 등의 작품을 공연함으로써 연극 활동을 전개해 나갔다.

돌이켜 보건대 M시는 연극의 요람지였다./경성 태화여자관에 사무실과 연습장을 두었던 극예술연구회(유치진·김광섭·이무영·김진섭·김복진·이광래·송재로씨 등이 기억나는 회원이다)와 M시의 극예사(劇藝舍)는 그 출범이 같았고 은사 이광래 선생의 영도로 번역극과 창작극을 연간 5·6회는 공연할 수가 있었다./이광래 선생은 「촌선생(村先生)」이 동아일보에 희곡으로 당선된 이후 줄곧 서울에 살면서 〈극연(劇研)〉 일을 보아왔지만 우리 연극을 위해서도 자주 귀향을 했었다./'리허설'이 끝나면 우리 손으로 무대를 지어 당시 시내 수좌(壽座)에 흥행을 붙이고 회원권 찬조금

명칭을 극연좌로 바꿔 활동했다. 이 단체는 1934년 연극 전문지 『극예술』을 창간하여 5권을 발행한 바 있다.

4) 1920년대에는 일본유학생들의 연극 활동에 고무되었음인지 경향 각지에서 비전문 연극인에 의해 행해지는 소인극(素人劇)운동이 일기 시작하였는데, 마산에서도 진동기독교청년회에서 소인극을 공연하여 5백여 명의 관객으로 성황을 이루었다고 기록되어 있다. "창원군 진동기독교청년회에서는 동회를 진흥하며 풍속개량과 문화 촉진을 도모코자 하는 제일보로 5월 15, 16 양일간 진동예배당에서 소인극을 개최하였는데 어백인 이상의 관람자로 하여금 무한한 인상을 흥(興)한 바 기독부인회 찬양대의 찬송가 등으로 매 개막 때마다 우뢰와 여(如)히 유지제씨의 찬조금이 다수하였다더라?"(『동아일보』, 1921.8.19)

등 적은 수익금으로 공연비를 메웠었다./이것이 인연이 되어 선생과 함께 서울서 신극운동을 하다가 신파극단 〈황금좌〉에 입좌해서 신파 수준을 중간극 수준까지 지양하는데 성공을 했었다.5)

이 글에서 보듯, '연극의 요람지'였던 마산에는 〈극예사〉가 출범했다. 〈극예사〉는 영남 일대에 순회공연을 가졌는데, 「카르멘」, 「춘희」, 「아버지 돌아오다」, 「탕아의 죽음」 등의 각색물과 「양산도령」, 「바다로 가는 기사」(존 싱 작), 「산(山)사람」(이태준 작) 등의 창작물, 이광래의 습작들인 「항구의 일야(一夜)」, 「지는 해」, 「누이와 바보」 등을 공연했다. 이렇듯 〈극예사〉는 근대적 작품 공연으로 마산연극의 선봉에 나섰으나, 1936년 4년간의 활동을 접고 이광래의 서울 진출로 해체되었다.

그 뒤 1940년대 마산연극은 뚜렷한 활동을 보이지 못했으나, 마산 문창교회 청년회에서 이일래, 이년우, 김수돈, 정진업 등이 연극을 통한 계몽운동을 전개했다. 당시에 그들은 주로 성극과 「추석」(함세덕 작)이란 작품을 공연했다.

광복과 더불어 마산연극계는 새로운 다짐으로 본격적인 활동에 들어갔는데, 민족예술무대가 창립되어 이광래·정진업·김수돈 세 사람이 한 자리에 모였다고 한다.6) 1945년 9월에는 조선건국준비위원회 주최로 정진업 연출의 「강씨일가」(정진업 연출·출연)를 공낙관(共樂

---

5) 정진업, 「연극」, 『경남매일』, 1977.7.18.
6) 한하균의 인터뷰에 따르면, 초창기 마산연극을 대표하는 연극인이었던 이광래·정진업·김수돈 세 사람이 민족예술무대를 창립하여, 연출은 김수돈, 연기는 정진업이 주로 맡았다고 한다. 하지만 아쉽게도 이듬해 이 단체는 곧 해산되었다. 그 까닭은 1946년 무렵 조선연극동맹의 경남총책을 맡았던 신고송 연출의 단막극에 정진업이 출연하게 되고, 그 작품의 내용 문제가 제기되어 마산 미군정 당국의 고발 제소로 연출자 신고송과 출연자 정진업이 구속되었기 때문이다. 물론 그 당시 이광래와 신고송은 서로 대립적인 단체에 소속되어 있었다.

館)(현 시민극장)에서 공연하여 많은 갈채를 받았다. 이어서 정진업은 「강남으로 가자」, 「부사와 초부」, 「이재민」 등의 작품을 직접 써서 공연하기도 했다. 또한 1947년 8월 『예술신문』 마산지국 주최로 「부활기」(신고송 작, 이호영 연출, 정진업·유광식 출연)가 마산극장과 시민극장에서 공연되기도 했다.

한편 김수돈은 「방랑시인 김삿갓」(송영 작·1946년), 「무도의 기행」(함세덕 작·1946년), 「낙화암」(함세덕 작·1947년), 「견우직녀」(서항석 작·1948년), 「단층」(김영수 작·1948년)등의 작품을 연출하여 광복기 마산 연극계를 이끌어 나갔다.[7]

경인전쟁(6·25전쟁)으로 말미암아 마산연극계는 주춤했지만, 1951년 전국문화단체총연합회(문총) 마산지부[8]에서 종합예술제를 개최하면서 활력을 되찾았다. 그때 「군상」(서항석 작, 김수돈 연출, 정진업·임향·복혜숙·김영옥 출연)이 국제극장에서 공연되었다. 그 후 마산연극계는 피난왔던 연극인이 서울로 올라가면서부터 일반극은 다소 침체국면으로 접어든 반면, 여러 고등학교에 연극반이 조직되면서 학생극이 활기를 띠기 시작했다.

---

7) 한편 김춘수 시인은 마산고등학교에 재직(1949~52) 때에는 직접 대본을 쓰고 윤이상 작곡의 창작음악극 「마의태자」, 「백설공주」 등에 배우로 출연하기도 했다. 또한 마산예총의 전신인 〈문총〉 초대 마산지부장을 역임, 학생연극운동 지도를 통해 마산연극의 발전에 많은 기여를 했다.

8) 1951년 6월 임시수도 부산에서 열린 문총 총회에서 정식으로 마산지부로서 승인을 받았다. 이로써 7월 문총 마산지부 총회를 열고 본격적인 문화 계몽기에 들어서게 되었다. 초대위원장으로 김춘수 시인이 선임되었다. 1952년 3월 자체 운영면과 지역 유지들이 문총에 참여하게 되어 임원을 개선(2대 위원장 김종신), 이후 예술문화단체로서의 기반을 갖추기 위해 인적 구성의 재정비에 들어가 1953년 10월 총회에서 임원 개편을 단행했다(3대 위원장 김춘수, 사무국장 안윤봉). 따라서 문총은 종합예술제, 예술강좌, 살롱음악회, 미술전, 시화전도 가져보고, 기관지 『문총마산』과 동인지 『낙타』도 발간했다. 하지만 문총은 1955년 초반 들어 자연 해산상태에 빠졌고, 마산도 마찬가지로 〈문총〉의 시대는 끝나고 〈문협〉(마산문화협의회)의 시대로 전환되었다.

그 구체적인 보기를 들면, 마산상업고등학교 연극반에서는 이우철 연출의 「해연」, 「안중근사기」, 「암벽」, 마산고등학교에서는 김수돈 연출의 「마의태자」, 「농부의 아들」, 「조국」, 정진업 연출의 「누가 옳으냐」 등을 무대에 올렸다. 그리고 마산여자고등학교에서는 김수돈 연출의 「낙성의 달」, 제일여자고등학교에서는 김수돈 연출의 「바보 온달」, 「적외선」, 「구원의 곡」 등을 각각 무대에 올렸다. 또한 성지여자고등학교에서는 이연옥 연출의 「삼돌」과 김수돈 연출의 「집」(이광수 원작) 등의 작품을 공연했으며, 창신농업고등학교에서는 안영율 연출의 「아버지」를 공연하기도 했다.

자유당 치하로 들어와서 '문협'이 주최한 학생극 경연대회—마고(馬高), 마공고(馬工高), 성지여고(聖旨女高), 제일여고(第一女高) 등 참가—와 '문협' 산하의 극연구 회원들이 출연한 오학영(吳學英)씨의 「닭의 의미」를 상연하였고, '용마극회(龍馬劇會)'가 창립되어 그 창립공연으로 '유진오닐' 작 「지평선 너머」를 마산극장에서 상연한 바 있었다. 또 그 뒤 원동불교회(圓動佛敎會) 청년부에서 「지옥기」를 상연한 외에 자유당 정권이 붕괴되고 민주당 정권이 들어설 때까지 너무도 정국이 어지럽고 소란하여 연극운동은 동지들을 다 잃어버리고 문자 그대로 침체 일로만 걸어 나왔었다.9)

이처럼 경인전쟁으로 침체의 늪에 빠졌던 마산연극계에는 1955년 12월 마산문화협의회10) 산하 극예술연구회가 창립되면서, 초대회장

---

9) 정진업, 「마산 연극활동의 현황」, 『경남예총』 1호, 1964.
10) 마산문화협의회(문협)는 1955년 10월 30일 시민극장에서 결성대회를 가졌다(초대, 2대 회장 안윤봉, 3대 회장 문삼천). 문협은 그 취지 목적에서 민주주의적 향토문화 향상을 도모하기 위해 창조적·실천적·대중적인 문화운동을 전개하여 각 문화단체의 독자성의 육성발전을 협의 후원한다고 명시되어 있다. 특히 문협은 창립 때부터 마산문화회관과 마산공설운동장의 건립을 촉구한다는 2대 슬로건을 내걸었다. 이후

인 김수돈의 주도로 체계적인 조직을 구성하며 다시 활기를 되찾게 된다. 그러나 극예술연구회는 제반사정으로 창립공연을 가지지 못하다가 1958년 11월 8일 「닭의 의미」(오학영 작, 김수돈 연출, 정진업·양영자·변재식·최영혜·오우철·심정혜 출연)를 강남극장에서 공연했다. 그 창립 취지는 다음과 같다.

　　소인극예술연구 활동의 일반 목적을 포함하는 연구기관으로 (1) 정기적인 순(純)연극의 상연을 통하여 극작가, 연출가, 연기자, 장치가 등 각 분야에서 향토적인 신인을 양성하고, (2) 고갈상태에 처해 있는 학생극 활동에 일익을 담당하여 학교의 연극교재를 편성하고 학교연극 써클을 조직 육성하며, (3) 연극강좌 및 감상회를 통하여 연극이해를 돕는다는 취지하에서 문화협의회 소속으로 1955년 12월 창립되었다.[11]

　　마산은 연극운동의 요람이요 그 전통이 연면(連綿)한 곳으로서 해방 이후의 객관적인 정세 및 연극 선배 동료들의 이산(離散)으로 인하여 6, 7년간 침체와 정돈(停頓) 속에 있었다. 또한 각 분야의 예술이 괄목의 진경(進境)을 이룬 데 반하여 오직 진정한 연극예술만은 너무도 낙후하였으며 창극, 악극, 관능영화 따위가 판을 치는 전국적인 현상에 비추어 몇몇 연극학도들이 이에 단연 반기의 봉화를 들기로 하고 국한적이긴 하나 우선 마산을 중심으로 집결하여 그 모체를 용문극회라 하여 1956년 12월에 발족하였다. 창립공연은 1957년 3월에 있었다.[12]

　　문협은 향토문화운동의 총본산이 되어, 기관지 『문화 마산』과 국내 최초로 『마산문화연감』을 두 차례 발간했다. 그리고 산하에 흑마회, 마산합창단, 마산예술연구회 등을 발족시켜 많은 행사를 가졌다. 또한 〈마산문화상〉 제정과 시상, 마산종합문화제를 개최(1956~1971년, 16회로 중단)했다. 1960년 마산문화협의회는 자진 해산되었다.

11) 마산문화협의회, 『1957년판 마산문화연감』, 마산문화협의회, 1957, 18쪽.

이처럼 '문화협의회 소속으로 1955년 12월 창립'된 극예술연구회는 신인 연극인 양성과 학생극 활성화, 그리고 연극이론에 대한 이해를 위한 연구기관으로 기능했던 것이다. 한편 1956년 12월에는 용문극회(회장 박원호)를 발족하여, 이듬해 3월 창립공연으로 변재식(1937~1965) 연출의 「지평선 너머」(유진·오닐 작)를 마산극장에서 공연했다.

1960년대 초반 나라 안의 혼란한 정치적 상황과 사회적 분위기로 말미암아, 마산연극계는 공백기에 빠졌다. 하지만 마산연극협회 지부장과 예총 마산지부장을 지낸 배덕환은 1962년 12월에 한기환, 한하균 등과 마산예술인극장을 창립하여 「집주인은 아버지」(배덕환 각색, 한하균 연출)를 제일극장에서 공연함으로써 마산연극계를 활성화시키고자 노력했다. 1963년 3월에 마산예술인극장은 한국연극협회 마산지부(지부장 배덕환)로 개편, 그해 11월에는 「태양의 아들」(진풍선 작, 김수돈 연출, 배덕환 기획)을 3·15회관에서 공연했고, 1964년에 「영웅과 병사」(배덕환 번역, 한하균 연출)를 공연했다.

1969년 10월에는 「나폴레옹과 이발사」(배덕환 각색, 한하균 연출)가 공연됨으로써 마산연극은 차츰 활기를 더해 갔다. 1970년대 초반의 마산연극은 일반극이 다시 침체된 반면, 경남대학교를 중심으로 대학극이 활발한 활동을 보여 주었다. 특히 배덕환, 한기환, 한하균 등이 선도적인 역할을 맡았으며, 실질적으로 마산연극계를 주도해 나갔다.[13]

이렇듯 오랜 전통과 풍부한 자산을 갖게 된 마산연극의 배경에는 많은 연극인들의 연극사랑이 큰 몫을 차지하고 있다. 특히 초창기 마산연극은 극단 신협을 만들고 28편의 창작 희곡과 44편의 연출을 맡았던 이광래가 그 앞자리에 자리하고 있다.[14] 그 뒤를 이어 정진업과

---

12) 위의 책, 18쪽.

13) 1970년대 이후의 연극활동에 대해서는 『마산시사』와 『경남문예총람』을 참조하기 바란다.

김수돈의 연극활동은 빠뜨릴 수 없다. 그리고 배덕환, 변재식, 이우철, 한기환, 한하균 등도 1960년대 마산연극을 주도적으로 이끌었던 연극인으로 기억되고 있다.

3. 정진업·김수돈의 연극사랑

앞서 마산의 초창기 연극사에 대해 짚어 보았듯이, 이광래의 맥을 잇는 정진업과 김수돈은 마산연극의 밑바탕을 다진 연극인으로 자리매김되고 있다. 물론 그들은 공통적으로 지역사회에서 시인으로 더욱 알려져 있지만, 그들은 시인이기 이전에 연극 제작을 총괄하는 연출가이자 배우였고 극작가이자 극평가였다. 다시 말해서 그들은 문학뿐만 아니라 연극분야에 이르기까지 폭넓은 활동을 보여 주었다. 그리하여 그들은 마산극단을 형성시킨 계기를 만들었으며, 연극인의 배출에 끼친 영향도 대단히 컸던 것이다.

1) 정진업의 연극활동: 극작가·연출가·극평가로 지역연극계에 공헌

월초 정진업(月艸 鄭鎭業, 1916~1983)은 지역문학사, 특히 경남·부산지역의 문단에서는 널리 알려진 문학인이다. 그는 광복과 전쟁기로

---

14) 광복 전의 극작가들은 항일의식의 민족주의적 색채가 강한 희곡을 발표한 반면, 광복 이후에는 사회적 모순을 비판적으로 표출한 작품을 주로 발표했다. 1950년에는 반공극과 사실주의극, 1960년대에는 번역극, 1970년대에는 현대극, 그리고 1980~90년대에는 다양한 형식의 희곡과 한국연극의 세계화를 모색하면서 발전해왔다. 다만, 희곡은 연극을 위한 부수적 역할로 이용됨으로써 희곡의 문학적 가치와 주체성은 상실되는 면도 없지 않다. 하지만 이 지역 출신의 유능한 희곡작가가 많다는 점은 매우 고무적인 현상이라 하겠다.

이어지는 격동의 시대 속에서 시·소설뿐 아니라 수필·희곡·평설에 이르기까지 여러 문학 갈래를 넘나들며 폭넓게 활동했다.

그가 문단에 나선 때는 1939년 5월 『문장』지에 단편소설 「카츄사에게」가 추천(이태준)되면서부터이다. 그는 제1시집 『풍장』(시문학사, 1948)을 펴내면서 시인으로 거듭 태어나게 되었다. 제2시집 『김해평야』(남광문화사, 1953)를 펴냈다. 1970년대 들어 그는 제3시집 『정진업 작품집(1)』(신조문화사, 1973)과 산문집 『정진업 작품집(2)』(신조문화사, 1973)를 냈으며, 이어 제4시집 『불사의 변』(시문학사, 1976), 제5시집 『아무리 세월이 어려워도』(해조문화사, 1981)를 펴냈다. 또한 허버트 리드가 쓴 『시와 아나키즘』(형설출판사, 1983)을 옮겨 펴냈다.

이러한 문단 이력 말고도 정진업은 연극계·교육계·언론계15)에서 크게 활동함으로써 다재다능한 문화예술인의 면모를 보여 주었다. 그의 연극 이력을 굵직하게 짚어보면, 그는 마산상업학교(현 용마고등학교) 시절부터 문학뿐 아니라 음악·연극·영화에 큰 관심을 보였다고 한다. 1936년 무렵 이광래가 이끄는 극예사에 문하생으로 들어가 극단 〈태양〉 등에서 연극 수업을 받았다.

1940년대에는 신파 직업극단 황금좌16)의 일원이 되어 나라 안팎으로 순회공연을 했으며, 특히 이광래 연출의 「홍길동전」에서 홍판서

---

15) 언론계의 활동으로, 그는 1947년 무렵 『경남교육신문』 편집부장으로 일했고, 1948년 『부산일보』 초대 문화부장을 지내면서, 다양한 글들을 발표하게 된다. 전쟁기 그는 '좌익계 문화단체원'으로 몰려 『부산일보』 문화부장을 해임(1950.8.5)했다. 그 뒤 그는 『국제신문』 문화부장을 맡아 언론사 일을 거들기도 했다.

16) 황금좌는 1933년 12월 대표인 성광현을 중심으로 연출부에 성철, 음악부에 지방렬, 문예부에 박영호, 미술부에 원우전, 연기부에 성광현 등 남자배우 17명과 여자배우 9명이 모여 조직했다. 「익격정」(홍명희 원작, 박영호 각색)으로 창립공연을 가진 뒤, 1940년 12월에는 청춘좌 등 9개 흥행극 단체와 함께 국민총력조선연맹 문화부의 지도하에 부왜연극인 국민연극에 종사했다. 이는 광복 직전까지 여러 지역을 순회공연을 한 것으로 알려져 있다.

역을 맡는 등 4년 동안 전속 배우로 두드러지게 활동했다. 그는 순회 공연을 다니던 끝에 병을 얻어 마산으로 돌아왔고, 얼마 후 을유광복(1945.8.15)을 맞으면서 다시 연극에 투신했다.

우리는 굳게 잠겨 있던 공락관(共樂館)극장 문을 열고 필자의 작, 연출 주연으로 「강씨일가(姜氏一家)」를 상연하여 많은 관중들을 울렸다./처음 입에 담아보는 애국가, 합창대에는 면죄로 끌려가 지금도 생사를 모르는 내 누이동생이 지휘를 하면서 눈물을 쏟고 있었다. 필자도 눈물을 흘리며 너무 열연을 했음인지 그 후 다시 상처가 덧치기 시작해서 오랫동안 고생을 하였다./다음 2회 공연 때는 일본의 귀환 동포를 '테마'로 한 「강남(江南)으로 가자」와 사극 「부사(府使)와 초부(樵夫)」를 필자의 작으로 상연하였는데 「강남으로 가자」는 일종 시극(詩劇) 형태로서 당시 '코렐라'가 창궐하기 시작하여 귀국을 마음대로 할 수가 없었다.[17]

이 글에서 보듯, 정진업은 광복 이후 마산에 살면서 연극활동에 열정을 쏟았는데, 1945년 9월에는 마산의 건국준비위원회 주최로 「강씨일가」(정진업 작, 연출, 주연)를 공락관(共樂館)에서 공연했다. 1946년 경남해방운동자구원회가 결성되었는데, 그 문화부 산하에 직속 극단 〈희망좌〉를 두게 되었다.

그리하여 그는 O. 밀러의 「하차(荷車)」와 그레고리 주인의 「달 뜰 무렵」이란 두 단막극을 동시에 신고송 연출, 정진업 출연으로 〈대생좌〉에서 공연한 뒤, 김해를 거쳐 마산으로 순회하던 중 작품의 내용 문제가 제기되어 마산 미군정 당국의 고발 제소로 연출자 신고송과 출연자 정진업이 구속되었다가 벌금형을 받고 풀려났다. 이로 인해

---

17) 정진업, 「나의 문단 올챙이 시절과 오늘의 마산문단」, 『마산문학』 7집, 1981.

희망좌는 단 한 번의 공연으로 해산되고 말았다.[18)

1947년 8월 10일부터 12일까지 3일간『예술신문』마산지국 주최로
「부활기」(신고송 작/이호영 연출/정진업, 유광식 출연)가 마산극장과 시
민극장에서 공연되기도 했다. 그 후 정진업은『부산일보』초대 문화
부장으로 근무(1948.2~1950.8)하면서,『부산일보』지면에 많은 연극평
을 썼다.[19) 또한 그는 신문을 통해 셰익스피어를 소개하는가 하면,
1950년 6월 18일 원불교금강여자청년회가 주최한 연극「이차돈」의
연출을 맡았다.

경인전쟁기 마산문총에서 종합예술제를 개최했는데, 그는「군상」
(서항석 작, 김수돈 연출)에 배우로 출연하여 국제극장에서 공연했으며,
1951년 수도 육군병원에서 주관한 영화「3천만의 꽃다발」에도 배우
로 출연했다. 그 무렵 그는 마산고등학교에서「누가 옳으냐」를 연출
하여 공연했다.

또한 정진업은 마산 성지여자고등학교에 근무(1958.10~1961.5)하면
서부터 연극 연출과 작가로서 활동하게 된다. 이를테면 1959년 성지
여자고등학교에서 연극「어머니」를 연출함으로써 학생극 공연에 힘
을 보탰다. 그리고 1962년 3·15기념관 개관 때에는 경축연극「고래」(한
하균 연출)에 출연하기도 했다. 그러한 연극활동으로 말미암아 그는

---

18) 김동규,『부산연극사』, 예니, 1997, 40쪽.
19) 정진업은 광복 이후『부산신문』을 중심으로 많은 극평을 남겼다. 이를테면「라인강
의 감시」,「무대의 유희장화」,「도회로 간 사나이」,「청사초롱」,「거세된 어둠의 힘」,
「극협과 '도라지 공주'」,「비평 태도의 부박성」,「〈오직 하나의 길〉을 보고」,「〈황혼
의 마을〉을 보고」,「극장과 불가사리」,「행동의 인간」,「부여중 연극〈황혼의 마을〉」,
「문화극장과〈산비둘기〉」,「침체 일로의 연극」,「시 극장협회의 방향은?」,「부산의
극장문화」,「논개 관극기」,「극장태세」,「용사의 집 극평」,「극장은 누구의 손으로」,
「낙성의 달」등이 그것이다. 또한 연극 일반의 평설로는「희곡문학의 연극성」,「연
극부흥론」,「극작가와 배우」,「1959년도 연극영화 활동에 대하여」,「근대 비극론의
검토」,「마산 연극 활동의 현황」등을 들 수 있다.

1963년 제2회 경상남도문화상(연극부문)을 수상했고, 그해 11월 제9회 마산종합문화제 참가연극으로서 「태양의 아들」을 각색·연출하고 직접 출연했다.

　　희곡이란 어디까지나 상연을 위한 대본으로서의 문학이어야 할 것이다./희곡의 순수한 문학성을 주창하는 일부 문학가들은 가장 육체적이요 직접적이요 현실적인 대중연극의 종합적 일요소의 희곡문학이 독서에서 오는 문학적 교양보다는 무대를 통한 형상 표현화가 대중 문화생활 양기(揚棄) 지향이 얼마만한 효능과 영향을 초래하는가를 깨달아야 할 것이며 민족연극의 보급 창달이 시급히 요청되고 있는 오늘 이 땅의 창작극계의 빈곤의 마네리즘을 극복하고 연극성 풍부한 희곡문학을 생산할 수 있는 작가가 하로 바삐 출현하기를 망근의 신예진(新銳陣)에서 특히 갈망하는 바이다.[20]

　정진업은 연출가·배우라는 이력 말고도 극작가로서 큰 활약을 보여 주고 있다. 극작가로서의 활동은 그가 연극에 몸담았던 때인 1940~50년대에 집중되어 나타난다. 아울러 희곡문학 분야의 활동도 두드러진 성과를 보여 주었다. 그의 희곡은 그 실체를 확인하지 못한 작품도 더러 있지만, 매체 발표작이 7편, 공연작이 8편으로 분류해 볼 수 있다.[21] 사실 이들 발표작은 대부분 연극으로 공연된 작품이다.

---

20) 정진업, 「희곡문학의 연극성」, 『부산일보』, 1950.5.21.

21) 정진업의 희곡작품을 살펴보면, 「만년필」(『매일신보』, 1941.11.23~30), 「이차돈」(1945.3.25), 「새벽」(『경남교육』, 1946.7.20), 「강씨일가」(공연작, 1946), 「강남으로 가자」(공연작, 1946), 「이재민」(공연작, 1946), 「부사와 초부」(『부산일보』, 1950.6.9~29), 「고목에 피는 꽃」(?), 「하수도의 태양」(?), 「병든 태양」(『소년세계』, 1952.11), 「개미와 비둘기」(『소년세계』, 1954.5), 「누가 옳으냐?」(『현대문학』, 1957.12), 「아버지」(『마산간호』, 1972.1), 「바보는 못 쓰겠다」(?), 「무제」(?) 등이 있다.

따라서 그의 희곡은 단순히 읽히기 위한 창작이 아니라 공연을 전제로 발표된 것으로 여겨진다. 그런 까닭에 그의 희곡 작품은 대개 연극 활동 중에 씌어졌으며, 지면에 발표된 것보다는 상연대본이나 육필원고로 남아 있는 것이 많다.

이처럼 그의 희곡은 앞서 발표된 자신의 소설에 크게 기대기도 하고, 또는 소설 창작으로 이끌어내는 구심체 역할을 맡고 있다. 다시 말해서 소설에서의 소재가 극화되기도 하고, 연극 공연에의 체험을 소설화하기도 했던 것이다. 그런 만큼 그의 희곡 또한 개인적 체험, 내지는 특정 인물을 극화함으로써 극적 관심을 유발코자 애썼다고 하겠다.

그러한 연극 이력을 바탕으로 정진업은 김수돈과 더불어 지역연극계를 이끄는 대들보 구실을 했으며, 연극 지망생들에게 많은 영향력을 미쳤다. 1960년 정진업은 『국제신문』(1960.6.2~3)에 연극부흥론을 제창하며, 대극장 운동을 중심으로 우리나라 연극이 부흥되어야 한다고 주장했다.

현하 조선의 연출가들은 중앙에만 군거하며 무대에다 인간성을 이식하여 연극적으로 분분석리(石理)하고 있다. 중앙에서도 이렇다 할 만족을 취할 수 없고 또 객관적 정세의 불리에서 고민하던 연출가들 가운데는 이북으로 옮아간 사람도 있지만 이남 지방에서는 아모리 연극운동을 하고 싶어도 지도(연출가업)가기 때문에 뜻을 이루지 못한다. 연출가여 지방으로 나오라. 전문연기자 아닌 진지한 연극학도들이 직장을 가지고 향토를 지켜 자질과 천품을 발휘 못한 채 아깝게도 썩고 있다는 사실을 아는가? 그러라고 해서 등과급제식(登科及第式)으로 서울로 서울로만 올라가서 중앙 집결을 괴하여야만 되겠는가? 연극 써-클 조직운동을 모-맨트로 지방 연극 문호 개방은 연출가의 실로 중대한 책임적 과제이다.[22]

정진업은 악극단론, 소극장론, 극작가론, 연출가론, 기획가론에 대한 자신의 견해를 밝혀 두고 있다. 여기 인용한 부분은 '연출가론'으로서, 그는 서울 중심으로 모여 있는 연출가들에게 충고하고 있다. "전문연기자 아닌 진지한 연극학도들이 직장을 가지고 향토를 지켜 자질과 천품을 발휘 못한 채 아깝게도 썩고 있다는 사실"을 피력하며 지역 연극에도 관심과 애정을 가질 것을 호소하고 있다. 그만큼 그는 지역연극에 대한 사랑을 늦추지 않았다.

지금까지는 마산극단의 실적 기록에 불과하였지만 이러한 전통과 온상을 해방 후 20년이 가까운 오늘날까지 연극의 불모지 속에서도 한가닥 지하수처럼 연연히 지니고 나왔다는 사실은 이상의 것으로 증거하고도 남는다. 금년도부터는 이 전통과 온상을 되살려서 지방적인 애로와 악조건을 극복하고 우선 후원제 또는 동인제(同人制)의 소극장운동을 측면에서 전개하여 실험무대를 통한 연극예술의 꽃씨를 우리 시민의 가슴마다에 뿌려서 아름다운 인생 교실의 화원을 구축하여 보람 있는 생활과 예술적 감동으로써 이바지하는 데 전위(前衛)가 되고자 젊은 세대들의 새로운 태동과 기운이 엿보이고 있다.[23]

이 글은 '연극의 요람지요 전통이 연면한' 마산극단의 흐름과 성과에 대해 기록했으며, 그 전통은 이어 "젊은 세대들의 새로운 태동과 기운이 엿보이고 있다"고 하면서 마산의 연극행정을 비판하고 있다. 이 또한 지역연극에 대한 그의 관심과 애정의 표현이라 하겠다. 이처럼 정진업은 희곡 창작뿐만 아니라 연출, 연기의 전 분야에 걸쳐 마산

22) 정진업, 「연극 노-트에서」, 『부산일보』, 1947.2.2.
23) 정진업, 「마산 연극활동의 현황」, 『경남예총』 1호, 1964.

연극의 발전에 크게 기여했다. 그러한 활동으로 그는 1964년 3월 예총 마산지부 부지부장 역임(2년간)했으며, 경남예총에서 주는 연극장려상 수상하기도 했다. 나아가 1967년 제6회 경상남도문화상(문학) 수상했고, 문협 마산지부장을 1년간 역임했다.

이후 정진업은 연극활동보다는 문학활동에 전념한 것으로 보인다. 그래서 시집『정진업 작품집(1)』(1971)과 산문집『정진업 작품집(2)』(1971)을 냈고, 시집『불사의 변』(1976)과『아무리 세월이 어려워도』(1981)을 펴냈으며, 1983년 사망하기 직전에는 허버트 리드가 쓴『시와 아나키즘』(1983)을 옮겨 엮기도 했다.

정진업은 1936년 나라잃은시기부터 이광래의 문하생으로 연극 수업을 받으며, 전국 각지에 순회공연을 다녔다. 광복 이후 그는 극작가·연출가·극평가로 지역 연극계에서 많은 공헌을 했다. 특히 지역연극의 활성화를 위한 활동과 지면을 통해 발표된 연극평들은 그의 연극사랑을 대변해 주고 있다.

이렇듯 월초 정진업은 지역사회에서 문학인으로서의 명성 못지않게 연극인으로 높이 추앙받아 왔다. 그만큼 그는 희곡 창작과 더불어 연극 활동에 열성을 다했고, 초창기 경남·부산지역의 연극계에 너른 자리를 마련했으며, 지역 연극인들에게 큰 활력을 불러일으켰다. 그 결과 정진업은 초창기 마산연극의 활성화와 후진 양성에 크게 이바지했던 연극인으로 평가받고 있다.

2) 김수돈의 연극활동: 연출가로 학생극과 지역연극의 발전에 기여

화인 김수돈(花人 金洙敦, 1917~1966)은 조지훈, 박목월, 박두진 등과 함께 1939년『문장』지를 통해 문단에 이름을 올린 문학인이다. 물론 그는 그 무렵 다른 시인들에 견주어 문학적 명성을 떨치지는 못했다.

하지만 그는 나라잃은시기부터 광복·전쟁기를 거치는 동안 시인으로 재능을 발휘했다. 너무도 가난한 탓에 '우수의 황제'인양 지역에 머물며 창작활동을 펼쳤다. 그런 점에서 그는 경남·부산의 지역문단에서 그의 이름을 모르는 이가 없을 정도로 초창기 경남문학의 기반형성에 큰 영향을 끼쳤다.

김수돈은 1939년 무렵부터 시작(詩作)에 본격적으로 정진했다. 이로 말미암아 『문장』(1939년 5월호)에 시 「소연가」·「고향」이 정지용(鄭芝溶)의 추천되고, 10월호에 「동면」·「낙타」가 추천 완료되어 시인으로서 활동하게 된 것이다. 그 뒤 조향·김수돈·김춘수가 중심이 되어 『낭만파』 동인을 이루었다. 김수돈이 펴낸 시집은 두 권이다. 『소연가』(문예신문사, 1947)와 『우수의 황제』(대한문화사, 1953)가 그것이다. 김수돈은 이밖에도 『모팟쌍 단편집』(?)과 『톨스토이』(동창출판사, ?)을 번역하여 펴냈고, 김춘수 시인과 함께 번역한 릴케 시집 『동경』(대한문화사, 1951)을 펴내기도 했다.

이러한 문단 이력과 더불어, 김수돈은 연극계에도 지대한 영향을 끼쳤다. 그의 연극 이력을 중점적으로 살펴보면, 1938년 무렵 그는 마산문창교회청년회에서 이일래와 함께 연극을 통한 계몽운동을 전개했다고 전한다. 주로 성극을 공연했으며, 「추석」(함세덕 작) 공연했다. 이와 더불어 그가 연극과 인연을 맺게 된 것으로 보이는데, 그 까닭은 일본 나고야(名古屋)중학교 졸업하고 귀국하여 창신학교 교원(1936.5~1939.3)으로 있었기 때문으로 보인다. 이밖에 나라잃은시기 김수돈의 연극활동은 알려진 바가 없다.

을유광복과 더불어 김수돈은 박기수, 임채완 등이 마산문화동맹(위원장 김종신) 조직하여 문화운동을 전개했고, 경남여자중학교(慶南女子中學校, 현 경남여자고등학교) 교사로 근무(1946.9~1949.8)하면서부터 학생을 중심으로 한 연극운동을 전개했다.

1946년에는 「방랑시인 김삿갓」(송영 작)을 연출 공연했다. 1947년에는 동래중학교(東萊中學校)[24]에서 이주홍의 작품인 「열풍」과 「청춘기」(4막)를 연출[25]했다. 또한 1947년 창단된 문인극회(文人劇會)에서 부산 문예신문사 주관으로 「민족의 태양」(염주용 작) 연출하기도 했다.[26] 이어 1948년 문인극회에서는 「동래성 함락의 날」(염주용 작), 「무의도 기행」(함세덕 작), 「낙화암」(함세덕 작), 「견우직녀」(서항석 작), 「단층」(김영수 작) 등을 연출하며 지역 연극계의 선도적인 역할을 맡았다.

　1950년 3월 그는 보도연맹문화실과 경상남도문화실에서 공동으로 주관한 〈국민예술제〉에서 「유격대장」(박영아 작) 연출했지만 단발마로 끝났다. 그 무렵 이주홍은 자신의 희곡 「청춘기」, 「호반의 집」, 「탈선 춘향전」 등을 김수돈으로 하여금 연출을 맡겼고, 그의 예술감각을 극찬했다.

　그러나 그만큼 시나 회화, 음악 등 예술의 지역에 와서는 단연 광채를 떨치는 그의 재화(才華)였다. 예를 들어 연민 이가원(淵民 李家源) 역『금오신화』에 시역(詩譯)을 거든 그의 시재(詩才)는 과연 수돈의 진면목을 여실히 보여준 것이지만 특히 연극예술에 있어서의 감각은 실로 대단한 것이었다./내 희곡 작품 「청춘기」 「호반의 집」 「탈선 춘향전」 「구원(久遠)의 곡(曲)」 등을 연출할 때, 그의 깊숙한 천질(天質)을 넉넉히 짐작할 수 있어서 새삼 악수를 하고 싶은 감흥을 느꼈던 것이지만, 참으로 수돈만큼 나를

---

24) 1947년은 동래중학교 연극부가 결성되었다. 이렇게 결성된 동래중학교 연극부는 제2회 공연으로 '바보 온달과 평강공주'를 4막물로 만들어 「청춘기」라고 게재하여 엄청난 규모로 공연을 하게 된다. 공연 장소는 조선극장, 부산극장, 대생좌, 태화관, 삼일극장, 동래극장 등이었다. 김동규, 『부산연극사』, 예니, 1997, 26쪽.

25) 김동규, 『부산연극사 자료집(1)』, 경성대학교 공연예술연구소, 1994, 44~444쪽.

26) 그런 와중에 김수돈은 첫시집 『소연가』(문예신문사, 1947) 발간했다.

좋아하는 사람도 드물었거니와 수돈만큼 또 나의 작품을 이해하는 사람도 별로 보지를 못해왔다.[27]

이는 『부산문학』 제5집에 게재된 이주홍의 글이다. 이 글에 나타난 바와 같이, 김수돈은 한문 실력도 대단하였고 희곡작품을 연출함에 있어서도 비상한 실력을 과시한 것이다. 그래서 "수돈 만큼 또 나의 작품을 이해한 사람도 별로 보지 못했"다며 이주홍은 김수돈의 재능을 높이 평가하고 있다. 이렇듯 그는 참으로 다재다능한 예술인이었음을 넉넉히 짐작할 수 있다.

경인전쟁 직후 1950년 9월 거주지를 부산에서 마산으로 옮긴 김수돈은 문총(전국문화단체총연합회) 중앙위원 역임, 문총 마산지부에서 종합예술제를 개최했을 때 「군상」(서항석 작· 김수돈 연출· 정진업, 임향, 복혜숙, 김영옥 출연)을 연출하여 국제극장에서 공연했다.

그 뒤 마산연극계는 서울수복으로 피난 왔던 연극인이 서울로 올라가면서부터 차츰 침체국면으로 접어들게 됐다. 하지만 김수돈은 마산제일여자고등학교 교사로 근무(1953.4~1960.5)하면서, 일반극 못지않게 마산의 학생극에 전념하게 된다. 그 무렵 그의 연극사랑은 멈추지 않았다. 1954년 6월 청문극회(靑門劇會)[28] 창립공연으로 「구원의 곡」(이주홍 작) 연출하게 된다. 그때의 연출 수기에서는 다음과 같이 적혀 있다.

작품을 통해서 가질 수 있는 넓은 범위의 예술성을 구현하려고 애써

---

27) 이주홍, 「귀족시인 김수돈」, 『부산문학』 5집, 1973.8.
28) 청문극회는 수산대학교 연극부 출신을 중심으로 학생극의 주도세력들이 모여 만든 극단으로서, 그 창립의 의의를 '민족문화의 수립과 새문화의 창조'에 두고 있다. 대표는 이시우, 극작은 이주홍, 연출은 김수돈, 장수철 등이 맡았으며, 1954년 7월 창립공연에서부터 1956년에 이르기까지 6회 공연을 끝으로 해산되었다.

보았다. 그것은 무용이나 음악이나 시를 연결한다는 형식적인 문제가 아니고 그 생명을 영도해가는 인간성의 지양된 내재율의 세계를 형상하는 데 있다고 생각했다.

한편, 이 창립공연에 대한 장갑상 기자의 공연회고와 검토내용을 살펴보면 다음과 같다.

청문극회는 창립공연으로 6월에 이주홍 작의 사극 「구원의 곡」(3막)을 김수돈 연출로 공연하는데 화랑도의 애국정신을 고취하는 대의는 살렸으나 시와 노래와 춤을 아랜지한 연출은 신협의 「처용의 노래」를 연상시키는 불소화적인 것이었으나 잘하던 못하던 기성극단에 항거하는 그 정열과 의욕은 찬양할 바였다.[29]

경인전쟁 이후 마산은 고등학교 연극반의 활동이 두드러졌다. 그 무렵 김수돈은 제일여자고등학교에서 교사로 재직하고 있었는데, 마산고등학교 교장의 초청으로 「마의태자」, 「농부의 아들」, 「조국」 등의 연출을 맡았다. 뿐만 아니라 그는 마산여자고등학교의 「낙성의 달」, 제일여자고등학교의 「바보 온달」·「적외선」·「구원의 곡」, 그리고 성지여자고등학교의 「집」 등을 연출했다.

또한 김수돈은 그 무렵 마산문화협의회의 사무국장을 맡으면서, 그 산하에 향토연극운동의 전위대로서 극예술연구회(회장 김수돈, 기획 강형순, 총무 최익배)를 창립했다. 창립 기념공연으로 「닭의 의미」(오학영 작, 김수돈 연출)를 강남극장에서 공연함으로써, 전쟁으로 침체했던 마산연극계에 새로운 활력을 불어넣었다.

---

29) 『부산일보』, 1955.1.23.

또한, 1956년 10월 14~15일 제1회 마산종합문화제 연극경연대회를 강남극장에서 개최했는데, 마산고등학교 연극반과 성지여자고등학교 연극반 두 단체만이 참가했다. 마산고등학교의 「조국」(유치진 작, 김수돈 연출)과 성지여자고등학교의 「집」(이광래 작, 김수돈 연출)이 그것이다. 이 두 연극은 김수돈이 연출을 맡았다.[30]

그 뒤 김수돈은 경남대학교(전 해인대학·마산대학) 강사로 일하면서 (1960.6~1966.7), 마산의 문화예술 전반에 크게 이바지했다. 1962년 7월 그는 예총 마산시지부 창립총회에서 부지부장 피선되었고,(지부장:조두남, 부지부장:이수홍) 12월에는 3·15기념회관 〈개관축하문화제〉 행사 때는 연극 「고래」(임희재 원작, 한하균 연출)의 기획·무대감독을 맡아 공연하기도 했다. 그리고 1963년 11월에는 연극 「태양의 아들」(진풍선 작, 정진업 이백화 출연)을 연출하여 3·15회관에서 공연하기도 했다.

그는 1963년부터 마산연극협회 부지부장(지부장 배덕환)을 맡았고, 배덕환, 정진업, 한하균 등과 함께 마산연극을 주도했던 것이다. 한편, 김수돈은 연극뿐 아니라 문학활동에서도 업적을 인정받아 1963년 12월 제2회 경남도문화상(문학부문) 수상했다. 이처럼 1966년 사망하기까지 김수돈의 활동은 지역사회에서 단연 돋보였다.

이렇듯 화인 김수돈은 광복 이후 각급 학교에 교사로 근무하면서 학생극 운동을 펼쳤다. 그의 연극사랑은 극예술연구회를 창립하면서 지역연극계에 새로운 활력을 주었다. 1960년대까지 이어진 그의 활동은 마산연극뿐 아니라 문화예술 전반에 크게 이바지했다. 특히 학생극의 활성화에 앞장선 공로는 지대했다고 하겠다. 그렇게 김수돈은 연출가로서 탁월한 재능을 발휘했고, 초창기 마산과 부산지역의 연극 발전에 뚜렷한 자취를 남겼다.

---

30) 마산문화협의회, 『1957년판 문화연감』, 마산문화협의회, 1957, 18쪽.

4. 마무리

마산은 연극의 요람지로서 오랜 전통과 자산을 가진 지역이다. 마산연극에 본격적인 연출가의 길을 열었던 이광래, 그를 이어 지역연극을 활성화시키고 정착시킨 정진업과 김수돈은 마산연극을 확립시키는 데 크게 공헌한 연극인들이다. 특히 그들의 활동은 초창기 마산연극의 지평을 넓히는 데 크게 이바지했다. 지금껏 글쓴이는 초창기 마산의 연극활동을 개략적으로 살펴보았다. 아울러 마산연극계에 큰 획을 그었던 월초 정진업과 화인 김수돈의 연극활동에 대해 깊이 있게 다루면서, 그들의 삶과 문학 그리고 연극사랑을 새삼 이해할 수 있었다.

먼저, 월초 정진업은 1936년부터 이광래의 문하생으로 연극 수업을 받으며, 전국 각지에 순회공연을 다녔다. 광복 이후 그는 극작가·연출가·극평가로 지역연극계에서 많은 공헌을 했다. 특히 지역연극의 활성화를 위한 활동과 지면을 통해 발표된 연극평들은 그의 연극사랑을 대변해 주고 있다. 이렇듯 월초 정진업은 지역사회에서 문학인으로서의 명성 못지않게 연극인으로 높이 추앙받아 왔다. 그만큼 그는 희곡 창작과 더불어 연극 활동에 열성을 다했고, 초창기 마산뿐 아니라 경남·부산지역의 연극계에 너른 자리를 마련했으며, 지역 연극인들에게 큰 활력을 불러일으켰다.

다음으로, 화인 김수돈은 1939년부터 시로 등단하여 문학인으로 활동했다. 이와 더불어 그는 광복 이후 각급 학교에 교사로 근무하면서 학생극 운동을 펼쳤다. 그의 연극사랑은 극예술연구회를 창립하면서 마산연극계에 새로운 활력을 주었으며, 1960년대까지 이어진 그의 활동은 마산의 연극뿐 아니라 문화예술 전반에 크게 이바지했다. 특히 학생극의 활성화에 앞장선 공로는 지대했다고 하겠다. 그렇게 김수도은 연극 연출에서 탁월한 재능을 발휘했고, 초창기 마산과 부산 지역의 연극 발전에 뚜렷한 자취를 남겼다.

결국 정진업과 김수돈은 문학뿐만 아니라 연극분야에 이르기까지 폭넓은 활동을 보여 주었다. 그들의 연극사랑은 마산연극의 기틀을 다지는 데 크게 이바지했다. 이를테면 그들의 연극활동은 연극도시 마산의 전통과 자산을 일구는 데 큰 몫을 다했다. 특히 그들은 연출가로서 지역연극의 활성화시켰고, 많은 전문인력을 배출했으며, 나아가 마산연극계의 새로운 활력을 주었다는 점이 높이 평가된다.

이즈음 마산연극의 전통과 자산에 대한 단편적인 논의는 더러 있어 왔지만, 마산연극사 전반에 대해서는 제대로 연구된 바가 없었다. 이에 글쓴이는 마산연극계의 남은 과제와 전망을 제시함으로써 마무리로 삼는다. 우선, 지역사회에서는 마산연극의 발전과 경쟁력을 위해 정진업과 김수돈의 연극활동뿐 아니라 초창기 마산연극을 이끌었던 연극인들에 대한 연구가 깊이 있게 이루어져야 할 것이다. 이를 위해서는 자료 발굴과 정리가 우선되고, 연극평론가들의 활발한 연구가 뒤따라야 할 것이다.

또한, 마산 연극의 계보와 활동상을 정리한 마산연극사가 서둘러 엮어져야 할 것이다. 여기에는 전반적인 연극의 흐름, 연출·공연사, 연극인 집중 탐구, 극작가 연구, 연극인 사전 등의 내용으로 구성되면 좋을 것이다. 이를 통해 마산연극에 대한 이해와 연구 발판이 새롭게 마련되고, 나아가 연극도시 마산의 위상을 드높이는 계기가 마련되기를 기대한다.

문화와 생명의 시대, 서정시의 새로운 좌표

1. 들머리

이즈음 21세기를 두고 문화와 생명의 시대라고 일컫듯, 나라마다 문화와 생명에 대한 다양한 일들을 의욕적으로 꾸려가고 있다. 그만큼 문화와 생명이야말로 이 시대의 으뜸 화두로 떠오르고 있는 것이다. 그러한 시대 담론의 마당에서 우리 문학사회도 뒤처지지 않는다.

문학은 시대현실에 대해 각별한 관심을 드러내는 데서 출발한다. 그런 점에서 문학은 시대의 나침판이고 좌표라고 할 수 있는데, 시대현실에 대한 문학의 역할을 스스로 깨닫는 것이 필요하다. 인간성 회복과 올바른 정신문화 창조를 통해, 문학 담론은 독자로 하여금 세계를 이해하게 만드는 것이다.

흔히 서정시(抒情詩)는 객관적 현실에 의해 환기된 자신의 사상이나 감정을 정서적으로 표현한 것으로 이해된다. 그렇게 놓고 볼 때, 우리 서정시가 오래도록 일구어놓은 미적 양상은 다채롭고 풍성하다. 그 속에는 시대와 삶의 변화에 따른 숱한 시인들의 담론이 고스란히 담겨 있을 뿐 아니라, 우리가 대수롭지 않게 여겼거나 지나쳤던 대상에 대한 관심과 사랑이 한결같이 담겨 있다.

그런데 우리 서정시가 관심을 가져왔으면서도 본격적으로 다가서지 못했던 자리가 있다. 그것은 바로 문화와 생명에 대한 심도 있는 탐색인 것이다. 시간과 공간을 아우르는 우리 삶터로서의 장소, 그리고 사람과 자연의 운명공동체로서의 생명에 대한 관심과 인식은 뜻밖에 깊지 못했다.

그동안 우리 시단에 유행처럼 퍼졌던 세대론, 이른바 미래파의 해체시 또는 엽기시에 대한 반성의 움직임이 일고 있다. 그 중심 담론에 서정이 자리 잡고 있다. 서정의 고유 영역을 점검하고 서정의 복원을 힘주어 말하고 있다. 그 같은 논지에서 이제는 서정시의 역할과 지형을 확인하고 새로운 서정에 대해 모색하려는 논의들이 나오고 있는 것이다.

지금껏 우리 서정시는 오래도록 자아 중심의 정서에 매여 있었다는 비판을 받을 만하다. 자아든 타자든, 개인이든 사회든 인격적 상상력에 머물러 있었다. 다른 쪽에 놓인 타자의 삶과 가치를 놓치게 된 일은 자연스런 흐름이다. 문화와 생명에 대한 미적 양상도 그 하나였던 터이다.

오랜 계보를 이어 다채로운 모습으로 펼쳐지고 있는 서정시의 흐름을 말한다는 것이 부담스럽다. 하지만 문화와 생명의 중요성 인식이 지금 우리 시대에 요구되는 방향이다. 그러한 발견과 인식을 통해 우리 서정시를 진정성 있는 미적 양상, 보다 넓은 공감 영역으로 끌어갈 수 있어야 한다. 그런 점에서 앞으로 펼쳐질 서정시의 좌표는 새로운 경향이라기보다 현재적 양상의 세련된 연장일 것이다.

이 글은 오늘날의 으뜸 화두인 문화와 생명 담론에 초점을 맞추고,

우리 서정시의 미적 양상과 새로운 좌표를 짚어보기 위한 가벼운 시론이다. 이에 글쓴이는 서정시의 미적 양상을 문화와 생명에 두고 그 상상력을 담아내고 있는 몇몇 시인들의 장소시와 생태시의 됨됨이를 묶어보는 일로써 우리 서정시의 새로운 좌표에 조심스레 다가서고자 한다.

2. 서정성의 힘과 시의 미래

글로써 세상을 아름답게 만드는 예술, 문학은 구체적 형상화를 중요한 바탕으로 삼는다. 서정시라고 예외일 수 없다. 서정시가 그 구체 현실에서 물러앉아 내면세계로만 빠져든다면, 독자와의 소통은 느슨해지기 마련이다. 구체 현실에 근거한 서정을 굳건하게 보여 줄 때, 우리 서정시는 독자들의 관심과 사랑을 얻을 수 있고 시인도 사회적 존재로 인정받을 수 있다.

그런 점에서 구체 현실을 보듬은 서정이야말로 우리 시의 중요한 창작방법론이며 문화실천적 자리일 것이다. 여기서 말하는 구체 현실이란 단순한 일상을 넘어 시대적 요청을 담보한 문학 담론을 일컫는다. 이즈음 핵심적 담론으로 주목되는 문화와 생명, 사람과 자연이 만들어내는 객관적 세계는 무엇보다도 우리 시의 근원적인 대상이라 하겠다.

이 시대의 주제어인 문화와 생명에 대한 담론은 세상살이의 실존적 근거이며, 사람과 자연이 공존하기 위한 구체 현실이다. 또한 오늘날 우리의 왜곡된 삶에 대한 성찰이며 대안인 셈이다. 따라서 문화와 생명 상상력을 담아내고 있다고 판단되는 장소시와 생태시의 경향을 살펴봄으로써 우리 서정시의 향방을 가늠할 수 있을 것이다.

1) 문화의 시대와 장소시

넓은 뜻에서 문화는 세상살이의 흔적이다. 이를테면 문화란 사람의 역사와 전통, 정신과 얼이 깃들어 있는 소중한 자산이다. 따라서 시인들의 세상살이 체험은 상상력을 불러일으키는 힘으로 작용하며, 어떤 형태로든 작품 속에 형상화되는 문화적 자산인 것이다.

특히 시인들은 역사와 전통이 깃든 장소의 가치를 널리 찾고, 문화 담론을 통해 우리의 구체 현실 속으로 되돌려 주기 위해 노력하고 있다. 그 같은 문화 상상력의 바탕에는 삶의 재발견과 장소사랑이 담겨 있다. 실존의 뿌리 공간으로서 장소감은 삶에 대한 관심과 애착으로 이어진다. 그런 점에서 장소야말로 사람들의 경험과 기억의 연속성 안에서 살아 있는 문화사(文化史)라고 하겠다.

따라서 시인은 장소감과 장소 이미지에 대한 이해를 가다듬어야 한다. 장소감 가운데 가장 흔한 것이 역사와 문화이다. 이에 시인들의 서정은 문화 상상력과 구체 현실적 장소와 만나는 지점을 똑바로 바라보고, 그 장소사랑을 미적 양상으로 표현하는 데서 완성되고 있다. 장소시의 문화 상상력을 이음매로 삼아 시인은 구체 현실을 형상화하고 문화실천적 담론으로 이끈다.

그 먼 나라를 아시는지 여쭙습니다/젖쟁이 노랑쟁이 나생이 잔다꾸/사람 없고 사람 닮은 풀들만/파도밭을 담장으로 삼고 사는 나라/예순 아들이 여든 어머니 점심상을 차리고/예순 젊은이가 열 살 버릇대로/대소사 상다리 이고 지는 마을/사람만 봐도 개는 굼실 집 안으로 내빼/이름 잊혀진 채 그저 풀로만 불리는/강바랭이 씀바구 광대쟁이 독새기/이장 댁 한산 할배 마을 회관 마룻바닥에/소금 전 양 등줄 꺼지게 누운 마을/도광 옆 마늘 종다리는 무슨 힘으로/아침저녁 울컥벌컥 잘도 돋는데/한때 마흔

이젠 스무 집 어른들/집집 다 버리고 마을 회관 두 방/문지방 내외하며 자고 먹는 풀나라/굴 양식 뜰것이 아침마다 허옇게/저승길 종이꽃처럼 피는 바다/그 먼 나라를 아시는지 여쭙습니다.

—박태일, 「풀나라」 전문

박태일 시인은 장소성을 깊이 있게 인지하고 장소사랑을 여실히 보여 준다는 점이 이채롭다. 그에 따르면, '인간과 인간 사이의 관계보다 더 근원적인 것이 인간과 장소가 맺고 있는 관계'라고 말한다. 이를테면 그는 장소에 대한 새로운 인식과 개방적 이해를 강조하고 있다. 그의 시에서 장소나 지명(地名)은 그 자체로 유력한 정서적 동인이 되고 있는 셈이다.

박태일 시인의 네 번째 시집 『풀나라』(문학과지성사, 2002)의 표제작인 이 시는 오늘날의 촌락 풍경을 각별한 의미로 형상화시킨다. 먼저 시인은 "사람 없고 사람 닮은 풀들만" 남아 있는 "그 먼 나라를 아시는지" 묻고 있다. 여기서 "풀나라"는 노인들만 남아 "집집 다 버리고 마을 회관 두 방"에서 "자고 먹는" 바닷가 마을을 일컫는다. 물론 이 시는 "저승길 종이꽃처럼 피는" 마을을 넘어, 해체되고 있는 촌락의 모습을 그려내고 있다.

오늘날 우리의 농어촌은 노인들만 남은 먼 나라처럼 잊혀져가고 있다. 시의 처음과 끝에 벌려놓은 "그 먼 나라를 아시는지 여쭙습니다"라는 구절에서 알 수 있듯이, 시인은 마을의 해체와 더불어 우리의 공동체 문화까지 사라질 것을 안타까워하고 있는 것이다. 그런 점에서 이 시는 해체 위기에 직면한 우리의 농어촌과 공동체 문화의 복원을 갈망하는 뜻있는 작업이라 하겠다.

박태일 시인에게 있어 장소를 뜻하는 풍경은 '사회, 역사적인 것일 뿐 아니라, 이데올로기 구성물'인 것이다. "풀나라"는 눈에 보이는 객관적 실재를 넘어, 문화 상상력으로 형상화하는 구체 현실이라 하겠다. 또한 장소에 얽힌 인물들과 숱한 사연들은 바로 우리네 삶의 문화인 것이다. 장소와 문화에 대한 그의 서정은 시의 지평에서 "사람 닮은 풀"처럼 돋아 있다.

결국 박태일 시인의 서정은 공간적 차원의 장소에 한정되지 않고, 역사·문화적 담론을 싸안은 구체 현실에 닿아 있는 것이다. 그러한 장소의 문화 상상력이야말로 그의 시가 추구하는 궁극 목표인 것이다. 따라서 그의 서정을 떠받치며 남다른 시세계를 펼쳐나가고 있는 장소시는 문화적 맥락에서 이해할 수 있다.

바다에 오면· 처음과 만난다//그 길은 춥다//바닷물에 씻긴 따개비와 같이 춥다//패이고 일렁이는 것들/숨죽인 것들/사라지는 것들//우주의 먼 곳에서는 지금 눈이 내리고/내 얼굴은 파리하다//손등에 내리는 눈과 같이/뜨겁게 타다/사라지는 것들을 본다//밀려왔다 밀려오는 것 사이//여기까지 온 길이//생간처럼 뜨겁다//햇살이 머문 자리/꽹이갈매기 한 마리/뜨겁게 눈을 쪼아 먹는다

―이세기, 「먹염바다」 전문

이세기 시인의 첫 시집 『먹염바다』(실천문학사, 2005)의 표제작인 이 시는 그의 고향에 있는 '묵도(墨島)', 곧 "먹염바다"를 터전으로 살아가는 사람들의 삶과 애환을 오롯이 담아내고 있다. 마치 빛바랜 흑백사진을 보듯, 바다와 함께 했던 유년의 기억을 되살려 고향의 모습을 형상화하고 있다.

이세기 시인은 고향 바다에 가면 자신의 "처음과 만"나지만, "바닷물에 씻긴 따개비"마냥 파리하고 춥다고 느낀다. 왜냐하면 그곳에서 "패이고 일렁이는 것들/숨죽인 것들/사라지는 것들"을 보기 때문이

다. 따라서 "먹염바다"는 삶과 죽음이 공존하는 장소로 아무도 관심을 두지 않는 삶의 이야기만 남아 있는 것이다.

　우리나라 어촌의 생활문화가 그러하듯, 이세기 시인은 섬사람들의 가난하고 불우했던 삶과 사연들을 시적 서정 속에 고스란히 끌어안고 있다. 또한 그는 "사라지는 것들"에 대한 연민과 그리움을 지역어(地域語)로 감싸고 있다. 그에게 있어 "먹염바다"는 관념의 바다가 아닌 구체 현실로서의 장소감으로 인식되고 있다고 하겠다.

　그렇다고 이세기의 시세계가 단순히 "먹염바다"의 이야기에만 그치지는 않는다. 그는 섬사람들의 삶과 언어를 통해 장소시의 서정적 지평을 펼쳐 보이고 있다. 특히 고향바다의 장소 문화, 이른바 오늘날 촌락의 구체 현실을 보여 주고 있다. 이에 글쓴이는 그의 시정신을 문화 상상력에 바탕한 장소의 재발견이라 부르고 싶다.

　　밭둑에 구들장이 쌓여 있지요/구들장 위에 가마솥이 엎어져/구멍을 내놓고 있지요//가마솥 배때기 끄름 위에/태양이 열을 내고 있지요//짚을 동여맨 배추들/포기를 안고 있지요/조여지고 있지요//산발한 머리카락/이마 위에 치마끈 질끈/동여맨 할머니가 있지요//마룻바닥에 퍼질러 앉아/물에 만 밥알 간장 풀어/떠먹는 할머니가 있지요//토방 위에서/할머니를 보면서/먼지 안 나게 살살/꼬리 치는 누렁이가 있지요

　　　　　　　　　　　　　　　　　　　　　　　—이윤학, 「집터」 전문

　이윤학은 개인적 체험이 녹아 있는 장소에 눈길을 쏟거나, 세상살이 속에서 무심히 지나칠 수 있는 주변부의 풍경에 깊은 관심을 갖는다. 시집 『너는 어디에도 없고 언제나 있다』(문학과지성사, 2008)에 실린 작품을 살펴보면, 그의 시는 중심에서 멀어진 삶, 도시 변두리나 골목길의 풍경들을 관찰자적 시선으로 포착하여 장소감을 보여 준다.

특히 그의 시에서 집은 기억의 뿌리에 닿는 원초적 장소로서, 세상살이의 구체적인 실감으로 살아난다. 흔히 집의 이미지는 우리네 삶의 문화를 되살리는 근원적 동력이다. 그렇듯 그의 시에 나타난 집은 시적 자아의 개인적 체험을 넘어서는 보편적인 삶의 상징으로 재장소화(再場所化)되어 나타난다.

이 시는 "밭둑에 구들장이 쌓여 있"고, 그 위에 "가마솥이 엎어져" 있는 "집터"의 장소감을 통해, 그곳에 살았을 "할머니"를 현재 시제로 그려내고 있다. 그의 상상 속에서 할머니는 "산발한 머리카락/이마 위에 치마끈 질끈/동여맨" 모습이며, "마룻바닥에 퍼질러 앉아/물에만 밥알 간장 풀어/떠먹는" 궁핍한 삶을 살고 있다.

굳이 곁달린 이야기를 덧붙이지 않아도 "집터"의 이미지는 삶의 터전으로서의 장소가 훼손되어 있는 구체 현실을 대신하고 있다. 시인은 아무도 관심 없는 집터를 보며, 그곳에 부려진 삶의 흔적들을 읽어낸다. 그는 사라져가는 대상이나 추억의 저편으로 밀려난 특정 장소에서 일상의 장면과는 다른 밀도 있는 삶의 풍경을 반추하고 있는 것이다.

이처럼 이윤학 시인은 삶에 대한 고집스런 관찰과 존재의 깊이에 대한 끈질긴 성찰을 보여 준다. 특히 그의 시는 장소에 대한 회상과 재생을 통해 문화사적 변화를 보여 주고 있다. 그러한 서정의 바탕에는 이 시대를 살아가는 사람들의 황폐한 내면세계와 닮아 있다고 하겠다. 빠르게 변화되는 세상살이 속에서, 그의 시는 무심하게 지나치는 장소와 삶의 의미를 일깨워 주고 있는 것이다.

오늘날의 장소시는 이른바 기행시처럼 특정 장소를 자칫 단순한 묘사대상 또는 주체의 감정 토로의 도구로 삼는 타성에 빠질 위험을 경계해야 할 것이다. 이것은 풍경시, 일상시, 도시시에서 드러나는 경향이다. 문화, 곧 장소의 내력을 끊임없이 불러들이는 장소시는 오늘날 우리 서정시의 지형도를 한층 더 의미 있는 미적 세계로 바꿔놓기에 이르렀다.

이들 세 시인의 작품에서 보듯, 장소로 대표되는 문화 담론은 삶의 근원적 서정을 깨닫게 한다. 서정시의 바탕을 이루었던 원초적 통일성이 흔들리고 있는 오늘날의 상황에서 장소시는 해묵은 시적 서정으로 치부되기 쉽다. 하지만 좌절과 불화의 담론이 가득한 세계 속에서 교감과 소통의 정서를 새롭게 불러일으키는 이들의 작품은 서정시의 오래된 전망을 보여 주는 것이기도 하다.

이렇듯 의미 있는 장소와 관련 맺고자 하는 것은 시인의 간절한 바람이다. 예로부터 이름이 널리 알려진 명승지나 유적지는 좋은 글감이었다. 그것들은 겉으로 알려진 역사적, 공공적 내력 못지않게 독자들에게 폭넓은 공감대를 지닌다는 장점이 있다. 하지만 좋은 장소시는 유명 장소를 떠나 우리네 삶과 문화적 맥락 속에서 재발견되고 창조된다고 하겠다.

결국 장소시는 삶과 문화의 미적 양상이며, 문화실천의 구체적 표현론이다. 삶터에 대한 발견과 인식은 세상살이에 대한 사랑과 실천 의지를 고스란히 보여 준다. 나아가 장소시는 문화 상상력 못지않게 생명 상상력을 뿌리로 삼는다. 앞으로 우리 서정시가 보여 줄 장소 사랑의 미적 양상은 문화와 생명에 대한 발견과 창작으로 확대되어야 할 것이다.

2) 생명의 시대와 생태시

21세기는 무엇보다도 생명의 시대이다. 생명사상의 근본에는 인간을 포함한 모든 생명체의 삶을 보존하기 위한 생태계의 문제가 들어 있다. 생명이란 용어는, 생명체 모두가 유기적 공동체를 이루며 살아가고 있다는 점에서 생태 개념과 같은 범주에 놓인다. 이는 모든 생명체들이 공생공존하는 방법 찾기에서 출발한다.

생태시는 환경시, 녹색시, 공해시 등의 이름으로 불리면서 그 영역을 넓혀 왔다. 1980년대 이후 공해나 환경오염의 문제를 고발하는 차원에서 시작되었던 생태시는 오늘날에 이르기까지 우리 시사의 중심부를 차지하고 있다. 그러한 생태 파괴를 비판하는 사회 참여의 시에서 출발한 생태시는 인간 중심적 세계관에서 벗어나 자연 중심적 세계관에 바탕을 두고 생명체들의 유기적 관계에 뜻을 둔다.

그래서 이즈음 생태시는 보다 적극적이고 실천적으로 생명세계를 지향하고 동등한 위치에서 생명에 대한 관심과 사랑을 표현하는 시로 변화하고 있다. 이러한 생명의 복원과 재생을 위한 문화적 수단을 생태시의 중심자리에 놓을 수 있을 것이다. 결국 생명 상상력이야말로 서정시의 미래를 열어갈 중요한 미적 양상임은 의심할 여지가 없다.

산성눈 내리네/12월 썩은 구름들 아래/병실 밖의 아이들은 놀다 간다./성가(聖歌)의 후렴들이 지워지고/산성눈 하얗게 온 세상 덮고 있다/하마터면 아름답다고 말할 뻔했다./캄캄하고 고요하다./그러고 보면 땅이나 하늘/자연은 결코 참을성이 있는 게 아니다./산성눈 한 뼘이나 쌓인다 폭설이다./당분간은 두절이다./우뚝한 굴뚝, 은색의 바퀴들이/그렇다, 무서운 이 시대의 속도에 치여/내 몸과 마음의 서까래/몇 개의 소리없이 내려앉는다./쓰러져 숨쉬다 보면/살핏줄 속으로 모래 같은 것들 가득/고인다 산성눈 펑펑 내린다./자연은 인간에 대한/기다림을 아예 갖고 있지 않다./펄펄 사람의 죄악이 내린다./하늘은 저렇게 무너지는 것이다.

—이문재, 「산성눈 내리네」 전문

이문재는 오늘의 생태시운동을 이끄는 시인 가운데 한 사람이다.

그는 생명 상상력에 바탕을 둔 서정시의 새로운 지평을 열었다고 평가받고 있다. 그는 생태시의 핵심이 넓게는 우주적 차원에서 생명의 근원, 자연과 인간의 관계를 성찰하는 것이라고 말했다. 그의 시집 『산책시편』(민음사, 1993)에 실린 이 시는 생태시의 전형을 보여 준다.

이 시에서 이문재 시인은 사람의 건강과 생태 환경을 근원적으로 파괴해 가는 "산성눈"을 소재로 삼고 있다. 그는 "하얗게 온 세상 덮고 있"는 산성눈을 보고, "하마터면 아름답다고 말할 뻔했다"고 토로한다. 이 말은 환경오염으로 산성화되어 버린 눈이 예전의 근원적 생명력과 아름다움을 상실하였을 뿐 아니라, 우리의 정서적 의미와 아름다움까지 잃게 한다는 뜻을 담고 있다.

그러한 구체 현실에 맞서 나타난 문학운동으로서의 생태시는 생명을 위협하는 환경문제에 민감하게 반응한다. 그래서 그의 생태시는 인간을 포함한 자연 만물의 생존과 공존에 최대의 가치를 두고 있다. "자연은 인간에 대한/기다림을 아예 갖고 있지 않다"는 표현에서 알 수 있듯이, 인간 중심주의에서 자연 중심적인 가치관의 전환을 강조한다. 또한 그는 생태 파괴의 위험성에 시인의 상상력을 적극적으로 동원한다.

그의 시에서 유난히 생태 문제에 대한 언급이 많은 것은 삶의 본질로 곧장 나아가는 사유(思惟)의 특성에 비롯한 것으로 보인다. 어떤 현상이나 사건일지라도 시인의 눈길에 이끌리면 의미심장한 생태 담론이 되는 것이다. 인간과 자연의 일체감을 통해 생명의 의미를 불어넣는 그의 한결같은 시작 방식은 익숙한 생명시학을 참되게 실천하고 있다.

산에서 일할 때는 시계보다/나무 그림자가 먼저 점심때 알려 준다/달력 보지 않아도/복사꽃 피면 청명, 감꽃 피면 곡우/꽃 피는 거 보며 절기를 배운다/피는 꽃은 피어서 아름답고/지는 꽃은 져서 아름다운 날에/너와 나, 만날 때는 만나서 아름답고/헤어질 때는 또 만날 일이 아름다워서/오래도록 마음에 꽃 분분,/나비 떼가 몰고 가는 소란스런 꽃 냄샌들/우리만큼이나 천금만금(千錦萬錦) 깔리겠나/깔린 비단 위에 빛과 바람과/식객으로 앉으면/우리 궁휼한 식탁 위에/청명 곡우 맑은 하늘이 스며든다/신산한 삶도 이런 때는 한 꽃송이로 피어/세상 환해지고/너와 나, 걸어갈 길 따습게 열리나니/감꽃 지고 앵두 익는 입하/달력 없어도 시계 없어도/나무는 안다, 온몸으로 안다

　　　　　　　　　　　　　　　—배한봉, 「나무에게 배운다」 전문

　배한봉 시인의 시적 바탕은 자연에 있다. 자연 환경을 통해 생명의 존엄성과 그 생명들이 공생공존할 수 있도록 이끌어 주는 전통적 가치관을 새삼 깨닫게 하는 시적 담론을 지켜가고 있는 것이다. 따라서 그의 시세계를 이야기하는 자리에는 언제나 생태 담론이 따른다. 다시 말해서 그는 자연과 인간의 생명이 결코 유리될 수 없다는 미적 양상을 보여 주고 있다.

　배한봉 시인은 『우포늪 왁새』(시와시학사, 2002) 뒤에 펴낸 시집 『악기점』(세계사, 2004)에서도 마찬가지로 생명 상상력을 펼쳐 보인다. 생명의 존엄성과 가치를 잊은 채 살아가고 있는 시대에서, 그의 서정은 인간과 자연의 일원론적 연속성, 유기론적 관계성을 강조하고 있다.

　이 시는 "나무에게 배운다"는 시인의 고백과 함께 생태 체험을 통한 시적 태도를 보여 주고 있다. 단지 시간의 흐름과 계절의 변화 속에 내재하는 자연의 풍경을 그리고 있지만, 그의 서정에는 우리가 굳게 지녀야 할 삶의 자세가 드리워져 있다. 이를테면 문명과 자연, 시계와 나무 그림자, 달력과 꽃이라는 상반된 대상을 통해 시인은 회복해야 할 생명의 본성을 제시하고 있다.

배한봉 시인은 "신산한 삶도 이런 때는 한 꽃송이로 피어/세상 환해지고/너와 나, 걸어갈 길 따습게 열리"기를 바란다. 여기서 시인은 "나무"의 의인화를 통해 자연과 인간의 동일화를 추구하며, 자연 생명이야말로 인간의 근원적 본질이라는 점을 깨닫는다. 이러한 인식은 사람이 자연의 일원이며 동시에 우주의 생명 현상에 동참하는 당사자임을 일깨워 준다.

누가 이 커다란 지구를 이곳에 옮겨왔을까/파도는/그때 그 출렁임이 아직 가시지 않은 걸 거라/아무렴,/이 커다란 지구를/물잔 옮기듯 그렇게 옮길 수는 없었을 거라/까마귀는 산마루 넓은 줄 어떻게 알고/여기까지 살러 왔을까/억새밭 드넓고 바람길 길게 휘어져/활강하기 좋은 산,/오서산(烏棲山)/야옹야옹 괭이갈매기 아들 부르는 소리 들으며/까옥까옥 까마귀 딸 키우는 산,/살아야지/머리칼 날려 이마에 땀 씻기니,/미움은 미움대로 바라봐야지/오늘까지 지구가 둥글다는 것 알지 못했거니/오늘 오서산에 와서 배운다/둥글다는 건/공 같다는 것이 아니라/툭,/트였다는 것
　　　　　　　　　　　　　　　　　　　—장철문, 「오서산」 가운데

장철문 시인은 단순히 서경적 필치가 아닌 자연에 존재하는 신성(神性)이나 친숙한 대상을 불러내서 시인의 서정 속에 끌어들이는 뛰어난 상상력을 보여 주고 있다. 그의 시집 『무릎 위의 자작나무』(창비, 2008)에 들앉은 자연은 생명의 가치관을 불어넣기 위한 객관적 상관물이 아니라, 시인과 소통하는 하나의 인격체로 존재하고 있다.

이 시에서 장철문 시인은 "커다란 지구"를 옮겨놓은 듯한 "오서산(烏棲山)"에서 생명의 이치를 배우고 있다. "야옹야옹 괭이갈매기 아들 부르는 소리 들으며/까옥까옥 까마귀 딸 키우는" 오서산에서 생명에 대한 경외감을 느낀다. 그래서 그는 "살아야지" 하는 삶에 대한

깨달음과 다짐으로 자연을 마주하게 된다.

그 결과 시인은 "오늘까지 지구가 둥글다는 것 알지 못했거니" "둥글다는 건/공 같다는 것이 아니라/툭,/트였다는 것"임을 깨닫는다. 흔히 생태주의는 인류 공동의 문제의식에서 출발한다. 생명의 본질과 존엄성을 체득한 자만이 인간으로서 살아가는 가치를 아는 자이기 때문이다.

장철문의 시인은 자연의 생명 현상에 대한 경외감에서 서정을 찾는다. 자연의 생명 현상은 탄생과 죽음, 섭생과 생식 등이다. 시인은 그러한 생명 현상 앞에서 인간의 사유는 부질없는 것임을 깨닫는다. 아울러 자연과 인간의 관계에 대한 인식의 전환, 곧 생명 중심의 세계관이나 가치관이 따라야 한다. 그런 점에서 그가 보여 주는 삶에 대한 긍정은 생명파적 서정시의 미덕을 담아내고 있다.

지금까지의 생태 담론이 도달한 성과는 인간의 구체적 실천을 위한 깨달음의 단계에 이르러 정체된 면이 강하다. 이에 생태학적 전망과 관련하여 서정시가 지니는 각별한 의미는, 시인의 생태 담론을 통해 독자의 다양한 생태학적 자각과 실천을 이끌어내는 효과에 있다.

하지만 이들 생태시들을 하나로 꿰뚫고 있는 미적 양상은 생명사랑에 있다. 생명체의 공생공존이라는 시대적 과제를 절실히 인식하고 있는 것이다. 이는 인간 본연의 정서인 서정의 회복과 같은 맥락에 놓인다고 하겠다. 따라서 서정의 회복을 꿈꾸는 생명 상상력은 우리 서정시의 주류를 이룰 것으로 보인다.

이즈음 창작되고 있는 생태시는 여전히 고발과 계몽의 현장에 머무르고 생명운동을 실천하는 단계에까지 도달하지 못하고 있다. 그럼에도 생태시는 위기에 처한 자연과 인간의 생명을 똑같이 끌어안고 도약해야 할 새로운 시대적 요청의 서정시로서 존재하고 있다.

생태시가 보이는 생태학적 양상은 시대와 함께 공유하는 시인의 정당한 지향성과 맞닿아 있는 것이다. 시인들의 생명에 대한 관심과 사랑은 보다 좋은 시를 창작하려는 노력과 크게 다르지 않다. 더욱이 생태학적 전망을 제시하고 있는 우리 생태시의 위상은 예전보다 두드러질 것이다. 나아가 서정시의 좌표로서 생명 상상력은 생명 문제에 그치지 않고, 모든 생명체들이 공생공존하는 세계의 존재원리에 대한 인식으로 확산되어야 할 것이다.

3. 마무리

서정시는 순수하고 영원한 아름다움의 원천이다. 세상살이의 순수성을 잃어가고 있는 이 시대의 서정시는 더욱 절실한 노래일 수밖에 없는 것이다. 그러한 서정시가 지니고 있는 미적 양상은 다양하기 그지없다. 하지만 이는 인간의 삶과 생명을 아름답게 만들고자 한다는 점에서 끝없는 가능성으로 열려 있다. 글쓴이는 그 가능성을 문화와 생명에 대한 인식에서 찾는다.

이른바 서정시는 개인의 주관적 정서에만 머물러서는 안 된다. 시대에 따른 세상살이의 가치와 의미를 발견하고, 그것을 미적 양상으로 형상화할 수 있어야 한다. 앞으로 문화와 생명에 대한 관심과 사랑은 우리 서정시의 중요한 국면으로 지평을 넓혀갈 것이다. 무엇보다 서정시는 시인의 주관 토로에서 벗어나 독자와의 공감영역을 넓혀주어야 한다.

시의 근원적인 힘은 서정에 있다. 서정시가 언어를 매개로 사람의 정서를 움직이고 정신적 자각을 일으키는 문학 갈래라는 점에서, 이 글에서 다룬 장소시와 생태시는 이 시대가 요구하는 문화·생명에 대한 인식을 재촉하고 있다는 점에서 각별한 의의를 지닌다. 그리고 시인의 서정이 구체성을 보여 준다는 점에서 미적 양상 또한 분명하게 드러난다.

이를테면 문화적, 생명적 관점에서 상상력을 펼친 장소시와 생태시가 서정성의 강한 힘을 불어넣고 있다. 또한 우리 서정시는 보편적인 삶의 특질뿐 아니라 시대의 변화에 따른 인식의 지각변동을 반영하고 있다. 서정시의 새로운 물결이 시대 변화에 연결되어 단순히 문학 담론에만 그칠지, 시대를 이끌어가는 창조적 동력이 될지는 아직은 알 수 없다.

인간과 자연, 생태계를 둘러싼 문화와 생명 담론은 미래 사회의 모습이다. 앞으로 펼쳐질 좋은 서정시는 그 안에 문화 상상력과 생명 상상력이 내재되어 있어야 한다. 특히 장소시와 생태시는 세상살이의 실천적 담론으로 이끌어야 할 것이다. 이 글에서 살핀 서정시의 좌표는 앞선 시대에 대한 근거없는 청산이 아니라, 반성과 재발견, 그리고 새로운 미적 양상의 심화와 확산으로 이어지길 바라는 시대적 요청인 터이다.

이즈음 우리 서정시는 '문화'와 '생명'을 주제로 새로운 미적 양상에 변화를 꾀하고 있다. 이때의 변화란 서정의 오랜 토양 위에 시대담론이 더해진, 우리 서정시의 역사적이고 현실적이며 미래지향적인 양상을 뜻한다. 결국 우리 서정시는 지금껏 이어져 온 서정의 총합 위에서 삶의 목표를 향해 달려가고 있는 것이다. 이러한 깨달음을 가진 사람인들에게 문화 상상력의 장소시와 생명 상상력의 생태시는 새로운 미적 가치로 떠오르게 될 것이다.

모든 시인들의 미적 양상에는 저마다의 필연성이 있다. 그러한 미적 양상이 나아갈 방향은 사회문화적 실현의 의미와 가치를 구현하는 영역으로 확대되는 쪽이라고 판단된다. 이 시대의 화두인 문화와 생명에 대한 관심 또한 마찬가지다. 시대현실과 싸우고, 세상살이에 좌절하면서도 우리네 삶의 으뜸 주제인 문화와 생명에 대한 관심을 보여 주는 서정시의 가능성은 앞으로 다채롭게 열려나갈 것으로 짐작된다. 문화와 생명의 시대, 서정시의 좌표가 문화실천으로 향할 것인지 생명실천으로 향할 것인지는 지켜볼 일이다.

3부 독자 붙이기

이슬처럼 살다 간 시인

: 황선하의 시세계

1.

　황선하(1931~2001)는 참으로 반듯한 시인이다. 오랜 시력에도 불구하고 시류에 휩쓸리지 않고 올곧게 자기 목소리를 견지하며 문학적 양심과 시정신을 지켜온 사람이다. 그는 내내 순수를 추구하며 맑고 고운 심성으로 삶과 문학을 대했다는 점에서 더욱 각별하게 생각된다. 그의 해적이를 간략하게 소개하면 다음과 같다.

　그는 경북 감포에서 태어나 어린 시절을 보냈고, 김천에서 초등학교를 거쳐 중학교를 마쳤다. 1951년부터 진해에 터잡고 살면서, 1955년 『현대문학』에 「벽」이 추천되었고, 여러 모임을 결성하여 진해지역의 문학 활성화에 애썼다. 그 뒤 1962년 『현대문학』에 「밤」이 추천 완료되어 문단에 나서게 되었다. 이는 7년 만에 이루어진 일이다. 1966년부터 교사로 일하게 되고 1971년부터 줄곧 경남여상(현 창원정보과학고)에서 교사로 일했다. 이와 더불어 그는 경남지역의 여러 문인들과 두루

교류했고, 만년에는 창원으로 삶터를 옮겨 활발하게 문단활동을 펼쳐나갔다. 시집으로 『이슬처럼』(창작과비평사, 1988)이 있다.

> 오직 하나를 지키고자/사색하고/고뇌하고/방황하고/시를 쓴다.//그 하나는/가슴 속 중심에 맺힌/한 방울 이슬
>
> —「한 방울 이슬」 전문

황선하 시인은 "가슴 속 중심에 맺힌 한 방울 이슬"을 지키고자 "사색하고 고뇌하고 방황하고 시를 쓴다"고 고백하고 있다. 여기서 그가 말하는 이슬은 평생토록 간직하고자 했던 삶과 문학의 '순수성'일 것이다. 이렇듯 시인의 성정은 근본적으로 맑고 투명한 세계에 바탕을 두고 있다. 흔히 황선하를 일컬어 '이슬의 시인'이라는 수식어를 맨 앞자리에 붙이는 까닭도 이 같은 그의 시정신과 무관하지 않을 것이다.

2.

한 시인의 작품 속에 특정 대상이 되풀이하여 나타날 때, 그것은 그 시인의 심층의식을 반영하는 것이라 할 수 있다. 황선하는 자신의 시집명을 『이슬처럼』이라고 했을 뿐 아니라, 많은 작품 속에서 이슬을 되풀이하여 노래함으로써 주요한 시적 의미를 부여하고 있다. 이는 결국 황선하 시인의 마음자리, 곧 순수의 결정체가 이슬이었던 셈이다.

이렇듯 황선하는 '이슬의 시인'이었다. 시인의 삶과 시정신을 이어주는 매개가 바로 '이슬'이었던 까닭이다. 흔히 이슬은 덧없는 삶에

비유되기도 하고 눈물에 비유되기도 한다. 그러나 그에게 있어 이슬의 심상은 때묻지 않은 '순수' 그 자체이다. 생전에 그와 가까웠던 문인들도 '이슬처럼' 살고 싶다는 염원을 화두로 삼아 맑고 정결하게 살아간 시인으로 기억하고 있다.

> 길가/풀잎에 맺힌/이슬처럼 살고 싶다./수없이 밟히우는 자의/멍든 아픔 때문에/밤을 지새우고도,/아침 햇살에/천진스레 반짝거리는/이슬처럼 살고 싶다.
>
> —「서시」 가운데

이 시는 시집 『이슬처럼』의 첫머리에 실린 작품이다. "길가 풀잎에 맺"혀 "아침 햇살에 천진스레 반짝거리는 이슬"처럼 살고 싶다는 시인의 마음자리가 고스란히 드러나 있다. 그렇게 '용서하며, 사랑하며, 감사하며, 욕심없이' 한 세상을 살다가 흔적없이 이슬처럼 가고 싶다고 노래한다. 이를 통해 우리는 시인의 한 사람으로서 그의 문학관과 인생관이 어떠했는가를 쉽게 짐작할 수 있다.

> 시는 은근해야 하며, 부드러워야 하며, 따스해야 하며, 깔끔하고 신선해야 하며, 쉽게 이해되어야 하며, 읽고 난 다음 오래도록 여운이 남아야 합니다. 그리고 시는 부유한 자의 응접실이어서는 아니 되며, 빈한한 자의 침실이어야 합니다.
>
> —「시와 시인에 대한 토막 생각」 가운데

시와 시인을 바라보는 황선하의 눈길은 매우 각별하다. 그에 따르면, 시는 부드럽고 따스해야 할 뿐 아니라 쉽게 이해되고 오래도록 여운을 남겨야 한다. 그러한 시각에서 그는 시를 "빈한한 자의 침실"

로 설정하고 있다. 왜냐하면 시가 사람살이의 슬픔과 아픔을 달랠 수 있는 위안과 구원의 장이라고 믿었던 까닭이다. 그만큼 그의 시관은 가난한 사람들에 대한 사랑으로 모아져 있다.

아울러 그에 따르면, '진·선·미의 극치'를 이루어야 하는 것이 시인 까닭에 '순수'한 상태에서 쓰여져야 한다고 했다. 그 순수성에 걸맞는 존재가 바로 어린아이일 것이다. 황선하 시인은 동시를 종종 썼는데, 동심(童心)이야말로 그의 시정신과 통해 있다. 그의 가슴속에는 순수성을 추구하는 동화적 상상력이 자리 잡고 있었던 까닭이다.

> 가자./가자.//철수가/도화지에/크레용으로 그린/아름다운 나라로.//그 나라에는 왕이 없다네./그 나라에는 차별이 없다네./그 나라에는 거짓이 없다네./그 나라에는 미움이 없다네./그 나라에는 전쟁이 없다네./그 나라에는/뒤척이며 잠 못 이루는/뒤숭숭한 밤이 없다네
>
> —「가자, 아름다운 나라로」 가운데

이 시는 동심으로 대상을 바라보려는 시인의 눈길이 드러나는 작품이다. 시인은 맑고 깨끗한 동심의 나라, 이른바 "아름다운 나라"를 꿈꾸었던 것이다. "철수가 도화지에" 그린 그림마냥 "아름다운 나라"로 표상되는 동심의 세계 또한 순수성에 그 바탕을 두고 있다고 하겠다. 결국 그의 시정신은 '가난한 꿈을 이슬로 빚는' '아름다운 나라'로 나아가기 위한 몸부림이라 할 것이다.

한편 황선하는 「시와 시인에 대한 토막 생각」에서 '모름지기 시인은 만년에 한 책의 시집을 가지는 것만으로 자족해야 할 것'이라고 했다. 이는 자신의 삶과 문학에 대해 강한 결백성을 보여 주는 대목이다. 그러한 결백성은 7년이라는 긴 시간에 걸친 『현대문학』 추천, 문단에 나온 지 33년 만에 한 권의 시집을 낸 사실, 그리고 이미 발표된

작품까지도 여러 차례 손질하여 고쳐쓴 일에서 쉽게 짐작할 수 있다. '그렇게 하는 것이야말로 독자에게 베푸는 시인으로서의 최종의 의무이자 최종의 양심일 것'이라고 힘주어 말했다.

3.

황선하 시인을 두고 '진해바다의 시인'으로 일컫는 데 주저하는 이도 없을 것이다. 그에게 있어 진해는 습작과 등단, 문학활동을 펼친 장소였다. 1951년부터 진해에서 터잡고 살게 되면서, 그는 진해예술인동호회·진해문화협의회·진해시문학연구회를 결성하여 진해의 문학 활성화에 온 힘을 쏟았다. 그 일로 말미암아, 1986년 진해문협에서는 〈백청문학상〉을 제정하여 여러 해 동안 시상했으며, 1996년 9월에는 〈김달진문학제〉 초대 대회장을 맡았다.

중초동/우리집에는/자주/소주 같은 비가 내렸습니다./그런 날/나는 지렁이가 되어,/우리집 좁은 뜰을,/식구들의 발에 밟히지 않도록/조심조심하며/기어다녔습니다./그런 때,/내가 심은/늙은 무화과나무는/저승의/어머님이었습니다.

　　　　　　　　　　　　　　　　　　　　　—「진해②」 전문

내가 살던/진해시 중초동에는/내 슬픔/봄비는 출출히 내리고 있는가./내 슬픔/꽃잎은 시나브로 지고 있는가./어머니를 부르며/눈물로 심은/무화과나무는/그새 얼마나 더 자랐을까.

　　　　　　　　　　　　　　　　　　　　　—「진해④」 가운데

이 시들은 오래도록 삶터로 삼았던 '진해'를 글감으로 삼은 작품이다. 여기서 주목을 끄는 점은 시인의 장소감이 크게 변하지 않고 있다는 점이다. 둘 다 진해의 중초동 집에 심은 "무화과나무"를 대상으로 어머니에 대한 그리움과 시인의 슬픔을 노래하고 있다. 애써 발상 변화를 좋지 않으려는 시인의 의지가 돋보이는 경우라고 하겠다.

또한 황선하는 '용지못의 시인'이라 일컬어진다. 이는 만년에 창원 용지못 근처에 터잡고 살았던 까닭이요, 그의 시들 가운데 제일 많은 제목이 '용지못에서'인 까닭이다. 그는 창원 용지못을 시의 텃밭으로 삼아 왕성한 작품활동을 보여 주었다. 만년에 있어, 그의 삶과 문학은 '용지못'을 매개로 하여 갈무리되고 있다고 해도 지나치지 않을 것이다. 그의 「용지못에서」 연작시편 속에는 사람살이의 모습들이 구체적으로 담겨 있다.

진해 체험과 마찬가지로 황선하 시인이 말하는 용지못 체험은 슬픔이다. 그의 슬픔은 가난과 투병 체험에서 연유하고 있다. 그의 시들 가운데 유달리 슬픔으로 덧씌워진 작품이 많은 것도 이 때문이다. 결국 우리는 더욱 '슬픔과 친숙해져' 있는 시인을 만나게 되고, 슬픔의 시학은 시인의 가슴 한복판에 '아름다운 연못'이 된다.

슬픔에 젖어 있는 이에게는/슬픔의 노랠 들려 주세요/슬픔에 젖어 있는 이에게/기쁨의 노랠 들려 줌은,/잔잔한 물낯을 마구 휘젓는/짓궂은 장난과 같아요./피에다 피를 섞듯이,/슬픔은 슬픔으로써 달래야만 해요./슬픔을 감당하기 힘들 땐,/눈 딱 감고/슬픔 속에 풍덩 뛰어드셔요.
　　　　　　　—「슬픔에 대하여: 슬픔은 슬픔으로써 달래야」 가운데

끝내 황선하 시인은 순수의 결정체인 이슬을 눈물의 심상과 동일선상에 놓고 있다. "슬픔 속에 풍덩 뛰어들"고 싶은 용지못은 다름 아니라, 시인의 마음을 다독여 주는 "잔잔한" 매개물인 것이다. 그 마음이 공명하는 소리는 너무도 슬프다. 이렇듯 시인이 오랫동안 슬픔에 매달린 까닭도 사람살이, 곧 존재의 본질을 깨닫는 일과 맞닿아 있다. 그의 용지못 체험이 가 닿는 한 갈래길이 여기에 있다고 하겠다. 결국 그가 일관되게 보여 주었던 순수와 동심에의 지향은 "사람답게" 또는 "시인답게" 사는 시적 이상이었다고 하겠다.

> 그대 홀로 용지못에 와 보아라./놀빛에/못물이 온통 진달래꽃빛으로 물들어,/진달래꽃빛을 발산하고 있음을 볼 것이다./그리고,/용지못 뒷숲의 새들이/물 밑에서/즐거이 지저귀는 소릴 들을 것이다./아름다운 꿈을 꾸는 이에게는/용지못이/못이 아니라/바다이다. 바다이다.
>
> —「용지못에서」 가운데

용지못을 시의 배경으로 마련한 작품이다. 구체 장소로서의 용지못이 안고 있는 정황 그대로, "해뜨고 질 무렵" 용지못의 풍경과 삶에 대한 깨달음을 보여 주고 있다. 시인은 그 용지못의 장소감을 "온통 붉게 물든 바다" 이미지로 대치시킨다. 마침내 그에게 있어 용지못은 삶에 대한 명상과 철학적 통찰이 깔려 있는 바다였던 셈이다. 용지못의 아름다움과 시인의 슬픔이 공존해 있는 한 편의 아름다운 장소시를 이루었다.

이렇듯 황선하 시에서 진해바다와 용지못은 단순한 시적 배경으로만 머물지 않고 있다. 그곳은 오랜 가난과 질병으로 말미암은 슬픔과 아픔을 한꺼번에 껴안고 있는 시인의 마음자리인 것이다. 특히 '용지못'은 자신의 고향일 수도 있고, 진해·마산·창원을 아우르는 상징적 장소일 수도 있다. 결국 그는 '용지못'을 끌어와 자신의 시세계를 완성하려 했던 것이다.

4.

황선하의 시세계는 한 마디로 단정하기 어려울 만큼 그 속내가 깊고 넓다. 하지만 분명한 것은 그의 시세계를 이루는 밑바탕에는 어린아이같이 맑고 깨끗한 성정이 있으며, 사람살이에 대한 예사롭지 않은 깨달음과 사랑이 깃들어 있다. 특히 '가슴속의 중심에 맺힌' 이슬의 심상은 시인의 자화상이었다. 오랜 시력을 가진 그의 문학적 성과를 짧은 글로 온전히 평가할 수는 없겠지만, 그는 진해바다와 용지못을 누구보다 사랑하며 '이슬처럼' 살고자 했던 시인이다.

황선하 시인이야말로 세속적 명리를 떨쳐버리고 온몸으로 자신의 시세계를 지킨, 진정한 의미의 순수한 시를 쓴 시인이라 말할 수 있다. 그는 우리 시단에서 드물게 시인의 사명을 제대로 알고, 삶과 문학의 조정에 애쓴 참으로 반듯한 시인이다. 그의 시정신이 더욱 빛나는 자리가 경남뿐 아니라, 우리 시단의 한 텃밭으로 마련되기를 기대한다.

그가 타계한 지 2주년이 지난 이즈음, 그의 삶과 문학을 되비춰보면, 그는 '기쁨보다는 슬픔이 많았'던 시인이다. 비록 그는 한 권의 시집으로 자족하고 삶을 마감했지만, 앞으로 우리 지역의 문학인들이 뜻을 모아 용지못이나 진해바다, 아니면 창원정보과학고 교정에 그의 시정신을 기리는 시비를 세우고, 그의 문학적 삶을 갈무리하는 문학 전집이 서둘러 묶어졌으면 하는 바람이다.

쓰러지는 저녁놀을 배경 삼아, 빈 겨울나뭇가지 끝에 간신히 매달려, 바람에 한들거리는 마지막 잎새는, 뒷날 내가 이 세상을 하직할 때, 사랑하는 당신의 한 손을 두 손으로 꼬옥 감싸잡고, 나지막한 목소리로 정답게 하고 싶은 한 마디 말./—기쁨보다 슬픔이 많았지만 행복하였소.
　　　　　　　　　　　　　　　　　　　　　—「마지막 한 마디 말」 전문

시로 만나는 몽골에서의 삼간(三間)

: 박태일 시집 『달래는 몽골 말로 바다』(문학동네, 2013)

1.

   삶을 이루는 핵심요소는 삼간(三間)이다. 이를테면 우리는 인간(人間)·시간(時間)·공간(空間) 속에서 존재 의미를 만들어가고 있다. 흔히 시간은 역사를 구성하고, 공간은 사회를 구성한다. 이는 '누가 언제 어디서 어떻게' 사는가의 문제와도 연관되어 있다.

   우리의 아름다운 삶은 의미 있는 시간과 공간에서 사는 것, 이를 극복하기 위한 방법 가운데 하나가 예술이다. 그런 점에서 예술이란 사람살이를 아름답게 만들려는 노력이다. 시(詩)도 마찬가지, 시인이 만들어가는 아름다운 세상이다.

   박태일 시인이 최근에 상재한 시집 『달래는 몽골 말로 바다』(2013)는 몽골에서의 삼간, 곧 몽골의 아름다운 세상을 펼쳐내고 있다. 그는 1980년에 등단하여 『그리운 주막』(1984), 『가을 악견산』(1989), 『약쑥 개쑥』(1995), 『풀나라』(2002) 등 네 권의 시집을 냈다. 물론 그는 시집

말고도 산문집과 연구서를 여럿 펴냈다.

앞서 박태일 시인은 몽골에서의 체험을 기행산문집 『몽골에서 보낸 네 철』(2010)에 담아낸 바 있다. 그 책의 발문격인 「몽골몽골」에서 시인은 '삶이 장소에 길들어가는 일이라면 어느새 나는 몽골에 길들여졌다. 풍경이 장소가 되고 장소가 추억이 되는 즐거운 변화의 드라마가 마음에 둥근 물방울을 날리기 시작했다. 풍경을 끌어 쥐는 아귀힘이 문제일까. 장소의 추억을 다시 글의 풍경으로 세상에 되돌려 놓는 일은 마냥 어렵다. 시는 익명의 세상을 향해 날카롭게 쪼아대는 말의 입질'이라고 적었다.

이 글에서 소개할 『달래는 몽골 말로 바다』는 박태일 시인의 다섯 번째 시집이다. 여기에는 몽골시 60편이 5부로 나뉘어 실렸다. 1~4부는 한 해에 걸친 몽골 체류 체험을, 5부는 잠시 두 차례의 몽골 여행 체험을 담아내고 있다. 그는 이 시집으로 제24회 편운문학상을 받았다. 심사위원들은 그의 시집 『달래는 몽골 말로 바다』에 대해 '몽골의 삶과 풍습과 언어를 우리말의 호흡과 리듬에 자연스럽게 용해시켜 서정을 만들어냈다'는 평가를 내리고 있다.

2.

우리는 시간 속에서 만나는 인간과 공간으로 의미 있는 삶을 이어간다. 어느 누구도 지나간 시간을 되돌릴 수 없지만, 시인은 특정 시간에 겪었던 사람과 장소를 시로 추억한다. 박태일 시인의 몽골시는 2006년 2월부터 2007년 1월까지의 체류 체험과 2011~12년 잠시의 여행 체험에서 만난 사람들과 찾아간 장소들로 채워져 있다. 다시 말해서 몽골에서의 각별한 삼간이 시로 형상화되어 있다.

•人•人•

박태일 시인은 몽골시 속에 많은 인물들을 불러오고 있다. 그가 '몽골에서 보낸 네 철' 동안 인연을 맺은 사람들은 아주 많을 테지만, 그의 몽골시에는 일상 또는 역사 속의 인물과 길에서 스치듯 만난 사람들을 시적 대상으로 끌어들이고 있다. 이를테면 달래, 조아라, 사를어년, 레닌, 수흐바트르, 단증라브자, 그리고 남녀노소, 걸인, 설렁거스, 어뜨껑 가족 등을 들 수 있다. 이들 가운데 각별한 인연으로 다가왔을 인물에 대해서는 시의 제목으로 내세우고 있다.

　　달래는 슬픈 이름/한번 달래나 해보지/달래바위에 피를 찧었던 일은 우리 옛적 이야기/유월부터 구월까지/하양부터 분홍까지/어딜 가나 저뿐인 듯 피어 떠드는 달래/달래는 몽골 말로 바다/두 억 년 앞선 때는 바다였다는 고비알타이/소금 호수 천막 가게에서/달래 장아찔 카스 안주로 주던/달래는 열 살/아버지 어머니/달래 융단 아래 묻은.

―「달래」 전문

이 시는 시집의 표제로 삼은 작품으로, 몽골 말로 바다라는 뜻을 지닌 "달래"와의 인연을 형상화하고 있다. 몽골에 머물면서 시인은 고비알타이에서 "달래"를 만났다. 달래는 "열 살"의 어린 나이에 "소금 호수 천막 가게에서" 안주심부름을 하던 부모 없는 아이였다. 시인은 "슬픈 이름"을 가진 몽골의 달래를 통해 우리나라의 달래바위 전설과 "어딜 가나 저뿐인 듯 피어 떠드는" 몽골의 달래군락에 접목시켜 풀어내고 있다.

한편, 박태일 시인은 "고비 헙스걸"의 "바잉주르흐 시장"에서 '달래'라는 이름의 또 다른 여인을 만났다. "마흔" 살의 그녀는 시장에서 "양배추"를 파는 상인이었다. 그녀도 마찬가지로 "눈가에 질척이는 식구들"을 위해 아픈 몸을 이끌고 장사를 하는 '슬픈 이름'이다. 이에 시인은 "쿨럭쿨럭"거리며 "맨발"로 자는 그녀를 시로 위무하고 있다. 시 「헙스걸 달래」가 그것이다.

어쩌면 박태일 시인이 불러온 '달래'는 본디 이름이 아닐지도 모른다. 그저 서몽골 들판 어디서나 볼 수 있는 야생파 '흐믈'의 상징적 표현일 수 있다. 시인에게 그들의 이름은 그다지 중요하지 않다. 시인이 만난 몽골의 사람들은 "두 억 년 앞선 때는 바다"였을 슬픈 이름의 '달래'이기 때문이다.

> 방학이라 한국말이 너무 하고 싶었다는 어넌은/노총각 짝짓는 자리를 보여주지 않으려 했던 어넌은/다음주부터 한국 호텔 굿모닝에서 일한다는데/굿모닝굿모닝 여름밤 쐐기마냥/한국 손님에게 시달릴 어넌은 웃고 있지만/이 방학 끝나면 울게 될까/한국말이 너무 하고 싶었다는/그 말이 극약이다.
>
> ―「사를어넌」 가운데

이 시는 박태일 시인이 연구교수로 지냈던 몽골 인문대학교 한국어과 학생이었던 "어넌"과의 인연을 풀어놓고 있다. 어넌은 '한국 노총각 몽골 처녀 짝지는 일을 보는 언니'를 거들고 있다. 시인은 여름방학 때 그녀를 만났다. 그때 어넌은 "방학이라 한국말이 너무 하고 싶었다"며 웃음으로 대했다. 그리고 "다음주부터 한국 호텔 굿모닝"에서 일할 것이라며 자랑하기도 했다.

하지만 시인은 "한국 손님에게 시달릴 어넌"을 마음 한 켠에서 염려하고 있다. 왜냐하면 웃고 있는 어넌의 지금 모습이 "방학 끝나면 울게 될"지 모른다는 걱정이 앞섰기 때문이다. 그래서 "한국말이 너무 하고 싶었다"는 어넌의 말이 시인에게는 "극약"처럼 인식되고 있는 것이다.

박태일 시인이 만난 몽골 사람들은 오랜 슬픔으로 다가오고 있다. 그의 몽골시에서 그들은 한결같이 슬픈 사연을 간직한 대상으로 들앉아 있다. 이에 시인은 그들과의 각별한 인연을 연민의 서정으로 형상화하고 있다. 그런 점에서 그의 시는 몽골 체험에서 갖는 인정(人情)의 세계를 시로 풀어내고 있는 것이다.

●空●空●

이푸 투안(Yi-Fu Tuan)은 막연하고 추상적인 공간(space)과 구체적인 감각적 경험을 통해 의미가 부여된 장소(place)를 개념적으로 구분하고 있다. 그에 따르면, 공간은 구체적 행위나 상호작용을 통해 가치 있는 장소로 바뀐다. 다시 말해서 인간은 직·간접적인 다양한 경험을 통해서 미지의 공간을 친밀한 장소로 만든다고 할 수 있다.

박태일 시인이 한결같이 내세웠던 시 가운데 하나가 장소시이다. 그는 장소에 얽힌 사적·공적 기억을 되살려내는 일이야말로 장소시가 겨냥할 주요 몫이라고 말했다. 시인은 몽골에서의 걸음길을 기행산문집 끝의 지도에 그려두었다.

특히 그는 올랑바트르 역내와 둘레 장소에서부터 몽골의 동서남북 여러 장소들을 시로 불어오고 있다. 이를테면 올랑바트르의 톨강·수흐바트르 광장, 올랑바트르 둘레의 벅뜨항·날래흐, 동몽골의 다리강가·헤를릉강, 서몽골의 고비알타이·어뜨겅텡게르·울리아스태·헙뜨, 남몽골의 동드고비·만들고비·욜링암, 북몽골의 헙스걸 등을 들 수 있다.

이들 땅이름은 사람들이 공간을 장소로 되겪는 중요한 공공의 표지이다. 개인적 시간과 공적 공간이 하나로 만나는 삶의 자리가 땅이름인 셈이다. 박태일 시인은 구체적인 땅이름들을 시의 주요 대상으로 불러옴으로써, 친밀한 장소감을 느끼게 한다. 이처럼 그가 찾아간 공간은 더욱 많을 테지만, 시인은 특별한 인연으로 다가왔을 장소들을 시로 형상화하고 있다.

> 큰 종 안에 작은 종/종 둘을 발밑에 묻은 사람들/두 소리 밟으며 배로
> 목으로 두 노래 부른다/울랑바트르 붉은 영웅이 말을 몰았던 곳/그의 사
> 무실은 기념관으로 바뀌고/여든 해를 넘기며 사람 발길 끊겼지만/곧게 자
> 란 버들 누이가/버들잎 입장권을 뜯어준다
> —「울랑바트르」 가운데

박태일 시인이 가장 많이 시로 그려낸 장소는 몽골의 수도인 "울랑
바트르"이다. 이 시의 주석에서 덧붙이고 있듯이, 그곳은 수흐바트르
광장을 중심으로 크고 작은 종의 모양을 본뜬 '이흐터이로와 바가터
이로'라는 두 거리로 이루어져 있다고 한다.

여기서 시인은 울랑바트르의 장소성, 역사와 문화, 그리고 현재의
생활상을 보여 주고 있다. 이른바 "울랑바트르 붉은 영웅"인 수흐바
트르의 "사무실은 기념관으로" 바뀌었고, 수흐바트르 광장에는 '양파
주름을 까고 앉은 노인 둘이 엽전점'을 떼고 있다. 이를 통해 시인은
추억으로 묻혀버린 울랑바트르의 역사와 더불어 그곳 사람살이의 모
습을 담아내고 있다.

> 소젖차를 쏟는다/누가 어깨를 쳤나 보니/팔짱 낀 채 늘어선 벼랑/웅성
> 웅성 서녘이 붉다/낙타가 푸른 늑대를 쫓는다는 골짝은 어제 지났다/막
> 어른이 된 듯한 여자아이가/늙은 아버지와 소똥을 줍는다/휘파람을 부는
> 뱀/건너 느릅나무가/무릎을 굽힌 채 본다/하늘 옆구리를 조용히 내딛는
> 초생달/저승 문지방은/누구하고 건넜을까.
> —「고비알타이」 전문

박태일 시인의 몽골시에 '올랑바트르' 다음으로 많이 등장하는 공간은 '고비알타이'다. 올랑바트르에서 고비알타이까지는 일천 킬로미터의 먼거리, 시인은 여름방학을 틈타 서몽골로 나들이를 떠났다.

그곳에서 시인은 노을 지는 알타이의 능선과 묏줄기, 곧 "늘어선 벼랑"을 보았다. 그리고 시인은 "소젖차"를 팔거나 "소똥을 줍"는 가족들을 만났다. 또한 시인은 "휘파람을 부는 뱀", 낮게 자란 "느릅나무"와 하늘 기슭에 "초생달"이 뜬 고비알타이의 저녁 풍경을 보았다.

이처럼 박태일 시인의 시에는 장소사랑이 가득 담겨 있다. 이는 시인의 눈에 비친 단순한 여행 체험을 넘어, 사람과 생활, 역사와 문화, 자연과 풍광에 대한 장소감으로 채워져 있다. 그런 점에서 시인은 울고 웃는, 서럽고 따뜻한, 우리네 세상살이의 모습들을 장소시에 실어 보여 주고 있다. 이렇듯 그의 시는 몽골 체험에서 갖는 물정(物情)의 세계를 시로 담아내고 있는 것이다.

●時●時●

어제는 오늘이 되고, 오늘은 내일이 되듯, 흘러가는 시간은 인간과 공간 속에 다시 모인다. 박태일 시인은 몽골을 떠난 뒤에도 두 차례에 걸쳐 몽골을 찾았다. 아마도 몽골에서의 숱한 그리움이 그를 가만두지 않았나 보다. 비록 짧게 다녀온 여행이었지만, 그는 몽골의 삼간을 다시 만났다.

박태일 시인이 몽골을 다시 찾아간 때는 떠나온 지 다섯·여섯 해가 되던 봄과 여름이었다. 그리고 특별히 시로 만난 사람은 어린 보르테, 제자였던 바트졸, 헌책방 주인 바　등이었다. 그밖에도 셀브 강가 가족, 입장료 받는 여인, 요절시인 보양네메흐 등도 시적 대상이 되고 있다.

　그사이 혼인을 하고 첫아들을 낳았다는 바트졸/한결같이 팔목이 가늘

었다/내가 처음 만난 몽골은 술에 얹힌 그녀 아버지였다/아버지를 일으켰
다 눕히는 어머니 약시였다/관광객 안내 다섯 해/땅금이 밀리도록 뚝 떨
어져 누운 몽골 들에서/바트졸은 어느새 강이었다/셀브 강 어귀에 아파트
를 마련하고/오늘도 선듯선듯 한길로 들어서는 아침해.

—「바트졸은 힘이 세다」 전문

다시 찾아간 몽골, 박태일 시인은 헌책방 주인 '바쏭'을 만났고, 또
인문대학교 제자였던 "바트졸"을 만났다. 예전의 몽골 체류 때 시인
이 처음으로 만난 사람은 바트졸의 "술에 얹힌 아버지"와 "약시 어머
니"였다. 이 시에서 보듯, "팔목이 가늘었던" 바트졸은 "그사이 혼인
을 하고 첫아들을 낳았"고, 다섯 해 동안 "관광객 안내"를 해서 "셀브
강 어귀에 아파트를 마련"했다고 한다.

또한 박태일 시인이 다시 찾아갔던 공간은 올랑바트르와 그 둘레,
그리고 남몽골의 사막길이었다. 그가 각별하게 체험한 시적 장소는
올랑바트르의 셀브강·톨강·수흐바트르 광장·칭기스항·나릉톨·벅뜨
항, 남몽골의 만들고비·동드고비 등이었다.

다섯 해만에 들른 올랑바르트/전신 마사지 발 마사지 마구 주무르는
도시/칭기스항 공항으로 나가는 길 따라 차들 바쁠 때/좁은 3층 21세기
마사지 가게 복도에 서서/손님 순서를 기다리는 칭기스항 어머니 어엘룬
아내 보르테/처음으로 마사지를 위해 몸을 맡기고 누운 내 발목을/어린
보르테가 마구 꺾을 때/오츨라레 오츨라레/밥알 같은 슬픔이 튀어나왔다.

—「오츨라레 오츨라레」 가운데

시의 첫줄에서 일러 주듯, "오츨라레는 몽골 말로 미안합니다"라는
뜻이다. 박태일 시인은 "다섯 해만에 들른 올랑바르트"에서 처음으로

발 마사지를 받았다. 어린 "보르테"는 마사지에 능숙하지 않아서 손님들에게 거듭 미안하다고 표현했을 것이다. 그런 보르테의 모습을 보면서 시인은 도리어 자신에게 미안한 생각이 들었나 보다. 이에 시인은 "오츨라레 오츨라레" 말을 자신의 "밥알 같은 슬픔"으로 환치시키고 있다.

박태일 시인은 몽골을 미지(未知)의 세상, 한결같이 '낯선 그리움'이라 했다. 그리고 부쩍 달라진 환경에서 시 또한 '너무 큰 미지', 그 미지의 시는 그가 몽골에서 본 숱한 낯설음과 한가지라 했다. 그렇게 시간을 거슬러 다시 찾아간 몽골, 그의 몽골시는 여행 체험에서 갖는 사정(事情)의 세계를 시로 엮어내고 있는 것이다.

3.

사람 사이의 관계보다 사람과 공간이 맺고 있는 관계를 더욱 근원적이라 생각하는 시인, 작고 소외된 장소에 더 많은 관심과 각별한 사랑을 표현하는 시인, 박태일 시인에게 있어 장소성은 그의 창작이나 연구의 핵심어로 자리 잡고 있다. 그의 몽골시는 새로운 세계를 만나는 소중한 체험이었다.

박태일 시인의 제5시집 『달래는 몽골 말로 바다』는 몽골에서의 삼간, 인간·공간·시간적 체험을 담아내고 있다. 다시 말해서 그의 시는 몽골 체험에서 만난 사람과 장소, 그곳의 생활과 문화를 그리움으로 부려놓고 있다. 그만큼 시인의 몽골 사랑이 지극했음을 알 수 있다. 결국 그의 시에 담긴 속살은 몽골 체험에서 느낀 인정(人情), 물정(物情), 사정(事情)의 세상살이라 하겠다.

박태일 시인이 시집으로 풀어내지 못한 사람들, 담아내지 못한 장소들, 엮어내지 못한 이야기들도 많을 터이다. 이에 대해서는 앞서 펴낸 기행산문집 『몽골에서 보낸 네 철』을 함께 읽으면 좋을 일이다. 시인의 표현처럼 '동쪽 초원도 돌아보고, 서쪽 옛 도시도 둘러본다. 하늘을 마냥 내려앉힌 북쪽 호수, 남쪽 사막 게르의 탁 트인 천정으로 내려온 별이 나에게 건네는 진공의 말씨를 듣는 것만으로도 설렌다. 시가 되지 못한 그 즐거움'을 느꼈으면 한다.

  그는 시집 『달래는 몽골 말로 바다』를 엮으면서 '쉰 살 무렵 내가 나에게 쥐여준 작은 꽃다발이었다. 몽골. 여러 해 내 안에 가두어두었던 그들을 그만 돌려보낸다. 잘 가거라. 다시는 다른 아침, 다른 하늘을 그리워하지 않으리라'고 간결하게 「시인의 말」을 적었다. 이는 서문으로 시집의 맨 처음에 실린 글이지만, 사실은 시집을 엮으며 맨 끝에 쓰는 글이다. 물론 반어적 표현으로 몽골에서의 삼간을 오래도록 잊지 않겠다는 뜻으로 다가온다. 아마도 시인은 몽골을 가슴에 품고 영원히 그리워할 것이다.

그리움의 우물에서 퍼올리는 상상력

: 지영의 시정신을 따라서

1.

능소화꽃이 활짝 피었다. 시집 한 권을 옆구리에 끼고 팔월 무더위 피해 길을 떠난다. 윤동주 시인이 「자화상」에서 일러 준 대로 '산모퉁이 돌아 논가 외딴 우물을 홀로 찾아가선 가만히 들여다본다.' 그 우물 속에는 '추억처럼 사나이가 있습니다'. 한참을 지켜보던 저는 중년을 치닫는 제 모습이 왠지 서글퍼 돌아선다. 저만치 펼쳐진 상상의 외딴 길에서 동이 가득 그리움을 이고 수줍게 걸어오는 소녀를 만난다.

흔히 문학은 상상력의 산물이라고 말합니다. 이때 상상력이란 감각적 체험들을 바탕으로 하여 새로운 이미지를 만들어내는 힘, 곧 구체 현실에 얽매이지 않고 마음껏 변형시켜 새롭게 형상화하는 능력을 뜻한다. 이합 핫산(Ihab Hassan)의 말을 빌리지 않더라도, 시인에게 있어 상상력은 시쓰기를 가능케 하는 중심 주제이며, 역동적이고 혁신적인 변화를 보여 줄 수 있는 특별한 힘이라고 하겠다.

시인은 상상력에 밑뿌리를 두고 자신의 서정을 드러냅니다. 그런 점에서 시쓰기의 매력은 구체 현실과 더불어 상상할 수 있다는 데 있다. 결국 시는 시인의 상상을 통해 언어로 표현되는 것이라 할 수 있다. 그런 만큼 상상력은 시인의 재능 가운데서 가장 중요한 부분을 차지하는데, 이는 시인 자신의 체험 속에서 저마다 독특한 음영을 지니게 된다. 이러한 상상력은 시인이 삶을 재해석하고, 또한 독자가 시작품을 이해하는 힘으로 작용한다.

이런 무거운 말들을 앞에 부려놓고 새삼스레 '시란 무엇인가?' 하고 물음을 던져본다. 시를 전공으로 삼아 공부하는 저로서도 쉬 정의를 내리지 못한다. 오래 밀쳐 둔 숙제처럼 언젠가 풀어야 할 일인데도 말이다. 이번 기회를 빌려, 저는 불혹(不惑)의 나이가 되면 시를 쓰겠노라고 거듭 다짐을 해 본다. 세상살이의 많은 유혹에 흔들리지 않으려면 피할 수 없는 일이겠다. 그것이 시인의 길이라면 기꺼이 걸어가야 할 것이다.

앞서 상상의 길에서 만난 소녀, 동이 가득 아니 우물 속 그리움이 담긴 지영의 시편들을 읽는다. '순수성'이라는 말이 왠지 어설프고 어울리지 않는 이 시대에, 그녀의 시는 순수에의 시심을 유독 고집하고 있는 듯하다. 불혹을 훌쩍 넘긴 나이지만, 그녀는 여전히 소녀 적의 순수성을 간직한 시인이다. 그렇게 그녀는 '마지막 순정파'임을 자처하며 다소곳이 시를 쓰고 있다. 그녀의 시편들에서 시에 대한 맹목적 사랑을 각별하게 느끼는 것도 이 때문이다.

2.

지영 시인은 소녀 적부터 습작을 해왔다고 한다. 그간의 사정을 모르긴 해도, 나이 들어서도 문학소녀의 꿈을 접지 않고 〈가향〉 동인 활동을 거쳐, 1994년 『심상』 신인상으로 시단에 나왔다. 그리고 그녀는 사화집 『시인은 다섯 개의 긴 거듭이를 가지고 있다』를 공동으로 냈고, 몇 해 전에는 첫 시집 『그리운 베이커리』(불휘, 2001)를 낸 바 있다. 그런 시인을 김달진문학제와 시문협 일로 10년 남짓 가까이에서 알고 지낸 사이지만, 그녀의 시세계를 온전하게 밝혀내지는 못한다. 이제사 제대로 시인 지영을 만날 기회가 주어졌다.

제게 온 청탁을 미처 되돌리지 못한 부끄러움으로 그녀의 시정신을 찾아갈까 한다. 그렇다면 지영 시인의 상상력은 어디서 오는가? 한마디로 그리움의 우물 속이라 하겠다. 나는 그녀의 그리움을 상상력이라 말하고 싶다. 하지만 시인의 그리움은 과거의 경험을 끌어오고 있는 재생 상상에만 머물지 않고, 이를 바탕으로 새로운 이미지를 만드는 창작 상상으로 이어진다. 그만큼 그녀의 상상력은 섣불리 깊이를 잴 수 없는 우물과도 같다.

지영 시인은 그리움의 우물 속에서 두레박 가득 상상력을 길어올리고 있다. 참으로 맑고 깨끗하고 시원하다. 그렇게 한 바가지 건네받은 그녀의 시편들은 대개 시를 위한 것들이다. 그만큼 그녀는 시 쓰기에 있어 초심의 자세를 한결같이 고집하고 있다. 그런 점에서 그녀의 시세계는 시를 위한 포롤로그(prologue) 또는 에필로그(epilogue)라 이름붙여도 좋을 듯하다. 왜냐하면 그녀는 시에 대한 깊은 애정을 시종일관(始終一貫)으로 보여 주고 있는 까닭이다.

　손닿지 않는/깊은 우체통에/소리내어 읽고 싶은/사람들 마음 있다/한

밤의 편지와/첫 새벽의 편지가 있다/비 오는 날의 편지/눈 오는 날의/편지
가 있다

—「우물」전문

시인은 우물을 "우체통"에 빗대어 상상의 두레박을 끌어올리고 있
다. 두레박 가득 많은 날들의 "편지"가 담겨 있다. "손 닿지 않는"
우물의 깊이 마냥 그녀의 상상력을 따라잡는 일이 쉽지 않다. 하지만
"한 밤"에도 "첫 새벽"에도, "비 오는 날"에도 "눈 오는 날"에도 찾는
우물, 그 속에는 "사람들 마음"이 있다. 그래서 그녀에게 있어 우물은
"소리내어 읽고 싶은" 숱한 사연을 간직하고 있는 "우체통"인 것이다.

이렇듯 시인의 눈길 앞에서 대상은 새로운 이미지로 바뀐다. 그것
이 시적 상상력이라는 점을 앞서 깨우치고 있는 것이다. 우물을 우체
통에 비유하든, 아니 우체통을 우물에 비유하든 시인의 상상력이 억
지스럽지도 않다. 왜냐하면 시인의 눈은 언제나 삶의 진실을 직시하
고 있기 때문이다. 시인의 맑은 눈길 아래서 세상살이는 "편지" 속의
사연으로 녹아든다.

이처럼 지영 시인이 보여 주는 상상력의 방법적 전략은 대상의 감
각적 이미지를 확대하는 것으로 나타난다. 그 과정에서 대상의 변이
가 이루어진다. 그렇다고 본디 대상의 이미지가 터무니없이 다른 모
양을 갖추는 것은 아니다. 이는 대상을 표상함에 있어 단순히 상태를
가리켜 보이는 것이 아니라 대상의 성질을 강조하고 있는 것이다. 그
렇게 해서 얻어진 뚜렷하고 선명한 이미지는 그녀의 시적 상상력을
돋보이게 하는 역할을 하고 있다.

이렇듯 지영 시인의 우물은 단순한 시적 공간이 아니라, 바로 자신
의 정체성을 상징하고 있음을 눈치챌 수 있다. 그러기 위해서는 우리
의 상상력이 조금만 더 역동적이면 충분하다. 그리움의 우물 속을 자

꾸 헤집고 들어가는 시인의 태도에서 쉬 드러나곤 한다. 그만큼 그녀의 마를 줄 모르는 감수성은 연약한 마음자리를 파고들어 끊임없이 그리운 대상으로 승화시키고 있다.

> 시(詩)는 내 자작(自作)나무/불타는 내 영혼의 자작나무라서//공연히 날마다 뜨거워진/생각/자작자작 타오르다//가슴 깊이 아로새긴 상처/밖으로, 밖으로 밀어내다
>
> —「불타는 자작나무」 가운데

시에 대한 자신의 생각을 고스란히 보여 주는 작품이다. 천양희 시인의 발언을 화두로 삼아, 지영은 시를 "불타는 내 영혼의 자작나무"라고 정의내림으로써, 자신의 시쓰기 과정을 드러내고 있다. "공연히 날마다 뜨거워진/생각"으로 시를 쓴다는 표현이 그것이다. 시인은 때로 자신의 상처를 어루만지며 존재의 슬픔을 느끼기도 하지만, 그 상처를 "밖으로" 들춰내는 것이 "자작자작 타오르"는 시작(詩作)의 이유임을 담담하게 밝히고 있다.

어쩌면 그것이 "가슴 깊이 아로새긴 상처"를 치유하는 길이기 때문이다. 다시 말해서 그 상처를 "밖으로 밀어"낸 것이 시라는 발상이다. 결국 지영 시인에게 있어, 상처와 시(詩)는 동의어로 남아 있게 되는 것이다. 그렇다면 그녀에게 있어 "상처"는 무엇인가? "가슴 깊이 아로새긴" 그리움의 근원은? 언젠가 지영은 〈시작노트〉에서 다음과 같이 적었다.

> 놀림감이 된 작은 여자애는 하루종일 혼자 인형처럼 지냈다./아무하고도 말하지 않고, 울지도 않았다./치명적인 상처 하나 조용히 그 애 안에서 살기 시작했다./그 상처, 언제나 그애보다 먼저 침묵으로 말하고 제 키보

다 더 크게 자랐다./그애보다 앞서 자란 상처는 그애보다 앞서 아픈 사랑을 알았고,/아픈 사랑은 그애보다 앞서 간절한 그리움을 낳았다./이제 다 자라 늙어가는 그 애. 언제나 그 상처의 등 뒤에서/상처 보이지 않으려고 속옷을 입는다. 하나밖에 모르는 고집스런 사랑 때문에,/그 사랑 잃지 않으려고 속옷을 단단히 챙겨 입는다./아직도 그 애 속옷을 입은 채로 사랑을 하며 사랑으로 늘 미안하다./속옷을 입은 채로 시를 쓰며 시에게도 참으로 미안하다.

이로 미루어 그녀의 "치명적인 상처 하나"는 고독이었나 보다. 고독 속에서 사랑과 그리움을 키워갔던 것이다. 바꿔 말하면 시에 대한 각별한 관심 또한 고독으로부터 비롯된다. 고독의 체험은 그녀로 하여금 "침묵이 살아 힘있는 말이 되는 삶의 행간마다 아픈 사랑의 상처와 간절한 그리움이 새롭게 뛰어노는 시를 쓰고 싶"다고 했다.

이러한 시쓰기의 방법적 전략 속에는 지영 시인이 겪었을 "상처"까지 시공(時空)의 경계를 허물면서 "그리움"의 범주에 끌어들인다. 그 결과 그녀는 그리움의 대상을 일상에서 찾곤 한다. 그녀에게 있어 나날살이는 가끔 감당하기 힘든 무게를 부려놓고 간다. 하지만 그녀는 시를 통해 그 무게에서 벗어나고자 애쓴다. 달리 말해서 그녀는 시를 구원의 대상으로 굳게 믿고, 존재의 무게를 극복해 보려 한다.

그런 지영의 시가 추구하고자 하는 길은 사랑이다. 물론 사랑은 그리움의 다른 이름이기도 하다. 사랑이 대상을 가지는 순간 그리움이 된다. 그만큼 그녀의 시편들은 삶을 따뜻하게 감싸안는 마음자리를 형상화하려는 노력으로 넘쳐 나고 있다. 결국 그녀의 창작행위는 사랑을 표출하는 방식이기도 하다. 이를테면 "속옷을 입은 채로 시를 쓰며 시에게도 참으로 미안"한 감정의 발로라고 말할 수 있겠다.

버리고 떠나라/사람들은/쉽게 말하지만/버려지고 남겨진 남루의/이 쓰라림을 어쩌랴/년, 아니 난/밖이 보이지 않는 안이 지쳐 쓰러질 때까지/엎드려 절하길 수 만배/결국/찢어져 슬펐던 마음 불손한 그리움 모두/한 솔기로 통하는/질긴 사랑이 되어야 하는 걸/지상에 마지막 순정파일지도 모를/너와 나/만성 소화불량의 몸/너덜너덜 상처투성이 아픈 몸/서로 받아주어야 하는 걸

—「바느질」 전문

지영 시인은 무엇보다도 '사랑'이라는 복선(複線)을 깔고 시쓰기에 열중하고 있다. 이 시는 바느질이라는 일상의 소재를 통해 사랑에 대한 자의식을 잘 드러낸 작품이다. '시가 안될 때 바느질을 즐겨'한다는 지영, 그녀는 시쓰기를 통해 "버려지고 남겨진 남루의 쓰라림"까지 함께 꿰매고 있다. "바느질" 행위처럼 시작 행위 또한 자신의 상처를 꿰매고 "한 솔기로 통하는 질긴 사랑"으로 맺어 주는 소중한 작업임을 알 수 있다.

흔히 창작행위는 산고(産苦)에 비유되기도 한다. 지영의 시쓰기는 산고 이전의 고통, "찢어져 슬펐던" 사랑에 호소하고 있는 듯하다. 그녀에게 있어 사랑은 모든 것을 모아 주는 가장 핵심적인 요소인 까닭이다. 그러한 눈길로 세상을 보는 까닭에 그 시적 정서 또한 사랑이 넘친다. 그녀의 말처럼, 사랑은 '가슴에서 가슴으로 통하는 길'에 필요한 「통행권」과도 같다. 그 사랑은 그리움 속에 묻혀 있던 상처의 발현입니다. "질긴 사랑"이야말로 지영이 끝까지 고집하며 지켜나가려고 하는 시정신이라 하겠다.

한편, 지영의 시정신은 곧은 신앙심에서 비롯된다고 여겨진다. 가톨릭의 가르침이 그것이다. 흔히 가톨릭의 교리는 세 편으로 볼 수 있다고 한다. 믿을 교리, 지킬 계명 그리고 은총을 얻는 방법이다.

이 가운데 은총이라는 말은 흔히 '하느님이 주재권을 가진 인류를 향한 사랑'이라는 말로 쓰인다. 그녀의 시에서 빈번히 사용하는 사랑은 숭고한 신앙심을 표현하는 아주 중요한 용어이다.

그같이 숭고한 사랑을 실천하고 싶다는 욕망에서 지영의 시적 열정은 더욱 깊어지고 있는 것이다. 물론 가톨릭시즘에 오래 담금질된 몸과 마음을 그대로 보여 주고 있는 경우라 하겠다. 그런 까닭에 지영의 시는 그 바탕에서부터 사랑을 가다듬고 실천하는 속내를 드러내는데 온힘을 쏟고 있다. 박애(博愛)라 말할 수 있다. 시인의 속내를 모르긴 해도, 시인 지영은 작은 힘으로 세상의 평화를 갈구하는 박애주의자인 것이다.

3.

지영의 시는 한 편의 자화상이라 해도 지나치지 않다. 따지고 보면, 모든 시인들의 작품이 자신의 정서를 그려놓은 자화상이라 할 수 있겠지만, 그녀의 시편들은 시를 위한 자화상이라 하겠다. 하지만 그녀의 내면풍경은 상상의 아름다운 대상만을 펼쳐 보이려고 하지 않는다. 그녀가 보여 주는 상상력의 밑그림은 세상살이에서 겪는 자기 자신의 아픔과 슬픔 같은 것이다.

그런 점에서 지영 시인은 들머리에서 만난 윤동주의 「자화상」마냥 자신의 마음자리를 찾고 다스리려는 노력을 보여 주고 있다. 그렇다고 자신의 감정을 부풀리거나 억지로 꾸며내지 않는다. 언제나 객관적 시각으로 대상을 그려내려고 애쓴다. 그러한 태도야말로 시에 대한 '질긴 사랑', 그리고 시인으로서의 자기 절제와 성찰에 말미암은 바가 크다고 하겠다.

하얀 달 드러누운/접시 위에서/다 자란 나와 어린 내가/붉고 노란 살점 파먹으며/놀고 있을 때/문득 상처 난 내 안의 가시/붉은 피 흘리며/산으로 달아나고 말아/내 마음 울면서/잃어버린 가시를 찾아/가시뿐인 산으로 갑니다

—「가을바람」 전문

 앞서도 말했듯이, 지영 시인이 겪었을 지난날의 아픈 경험, 곧 상처는 시(詩)의 다른 이름이라 하겠다. 이 시에서 상처를 안겨 준 대상은 "가시"로 형상화되고 있다. 그녀는 가시의 존재에 대해 구체적으로 언급하고 있지는 않지만, "다 자란" 나와 "어린" 나의 상처에 남아 있는 그 무엇이다. 이를 찾아 그녀는 "가을바람" 따라 "가시뿐인 산으로" 간다. 이렇듯 그녀는 화려한 추억보다는 "잃어버린 가시", 곧 아픈 데를 달래기 위해 시를 쓴다. 이는 기꺼이 가시밭길을 택하고자 하는 시인의 마음자세에서 비롯된 바일 것이다.

 아울러 이 시는 근원적으로 아픔을 내장하고 있는 존재에 자기 자신을 잇대려는 의도가 짙게 깔려 있다. 이때 산의 존재는 그런 세상살이의 아픔을 대신 표상하고 있다. 특히 "가시뿐인 산"의 모습은 상처를 상처 이상의 것으로 승화시키려는 초월의 의지로 받아들여진다. 따라서 존재의 문제 쪽으로 열려 있는 그녀의 관심은 아픈 체험들을 시적 영역으로 옮겨놓으려는 절실하고도 깊이있는 고투(苦鬪)에서 말미암은 것이라 하겠다.

 상처뿐인 자신의 존재를 온전하게 깨닫기 위한 고투의 흔적, 그것은 시인의 자기탐색이라는 말이 가지고 있는 진정한 아니러니(irony)이기도 하다. 존재에 대한 끝없는 부정이 결국은 세계인식을 위한 우회가 된다는 사실을 깨우치게 만들고 있기 때문이다. 따라서 지영 시인은 이미 세계의 한복판에서 자신의 나날살이와 세상살이의 표정을

함께 껴안고 있다.

> 밤새도록/원고지 몇 장 펼쳐들고 있는/종합병원 중환자실/유리창엔/꺼지지 않는 불빛/떠나는 이의 마지막을 받아 적고/어둠이 반을 차지한/후박나무/고개 숙인 이마엔/잠들지 않는 바람/그리운 그대, 그리운 그대/썼다가 지운다
>
> —「그림자」전문

시를 대하는 시인의 마음자리가 진솔하게 드러난 작품이다. 그녀의 시작(詩作)은 "그리운 그대"의 마지막 임종을 맞는 "종합병원 중환자실"에서도 이루어지고 있다. "어둠이 반을 차지한 후박나무"마냥 시인은 그림자의 마지막 모습을 보고 있다. 그녀에게 있어 "그림자"란 존재의 본질을 찾아가는 일이며, 잃어버린 자아와 마주하는 일이다. 시인은 존재 탐색의 여정을 통해 깊이 있는 사유의 방식으로 다가서고자 한다.

그런 지영의 시를 마주하고 있으면, 왠지 "밤새도록 원고지 몇 장 펼쳐들고 있는" 소녀의 모습이 그려지곤 한다. 그리고 원고 행간마다 "어둠이 반을 차지한" 정갈한 언어들이 다소곳이 앉아 있는 듯하다. 결국 그녀에게 있어 사랑하는 "그림자" 또한 시(詩)인 것이다. "떠나는 이의 마지막을 받아 적고" 있는 그녀의 태도는 시인의 소명의식으로까지 읽혀진다. 시인은 세상의 아픔을 인지하고 슬픔의 심연 속으로 기꺼이 들어가는 사람이기 때문이다.

이렇듯 지영은 사람살이의 문제를 시로서 형상화하고 있다. 아마도 자기탐색을 위한 가장 이상적인 모델을 시인은 울고 있는 거미를 통해 깨우치고 있는 듯하다. 하지만 그녀가 사람살이를 보는 눈길은 뜻밖으로 매우 희망적이다.

누군가의 절망 높이 걸린 동자보살집 대나무/바람 불 적마다 휘청/한쪽 삶이 기울었어도/인대 늘어난 팔에 매달린 갈치 몇 토막이/칼날로 번득였어도/통증을 살아있음의 입증이라 감사하며/천천히 눈물을 훔치던 거미야/아직도 크라운 베이커리를/그리운 베이커리라 희망하며/끝없는 거미줄 위에/홀로 서 있는 거니?

　　　　　　　　　　　　　　　　　　　—「울지마 거미야」 가운데

　이 시에서 시인은 절망 끝에 매달린 "거미"를 바라보고 있다. "바람 불 적마다 휘청"이고 "천천히 눈물을 훔치던" 거미는 결국 일상인으로서의 자신을 빗댄 객관적 상관물이다. 절망의 세상살이 속에서도 희망을 잃지 않으려는 시인의 치열한 시정신이 돋보인다. '꽃모종 허브를 러브라 굳게 믿으며', "크라운 베이커리를/그리운 베이커리라 희망하며" 살아가는 모습이 그것이다.

　그녀의 시적 발상에는 유희성이 다분히 깔려 있지만, 오히려 그 점이 지영의 시를 더욱 돋보이게 한다. 일상의 평범한 풍경 뒤에 숨어 있는 심상치 않은 장면들을 잡아내는 시인의 능력, 그것이 곧 그녀의 순발력이라 하겠다. 지영의 시적 독특함은 그 같은 시적 발상에서부터 시작되며, 그 밑바탕에는 존재의 자기 탐색이 큰 몫을 차지하고 있다. 그런 점에서 "끝없는 거미줄 위에/홀로 서 있는" 거미의 이미지는 존재론적 성찰을 느끼게 한다.

　지영 시인은 그 절망들을 껴안음으로써 그리움의 우물, 곧 시에 대한 그녀의 소명을 이루려 한다. 그렇게 시를 통해서 고요와 침잠을 얻으려 한다. 그 공간은 생명성의 원천이 끝없이 샘솟으면서 우리로 하여금 희망의 삶을 살게 하는 힘으로 기능하고 있는 것이다. 그런 의미에서 지영 시의 건강성은 삶에 대한 끝없는 반성과 성찰, 그런 것들이 쏟아붓는 열정에 있다고 할 것이다. 세계를 인식하기 위해 시

인은 눈물만 흘리지 않고, 세상살이에 대한 한결같은 사랑과 희망의
메시지로 다가서고 있다.

4.

지영 시인이 파놓은 그리움의 우물은 넓고 깊다. 그녀에게 있어
우물은 시를 퍼올리는 상상력의 공간이다. 하지만 이 글에서는 시인
이 보내온 작품만을 대상으로 삼은 까닭에, 나는 단지 우물의 위치만
확인해 둔 셈이다. 이제 그 우물로 찾아가 시인이 건네는 그리움을
몇 바가지고 마셔볼 참이다.

지영의 시편들은 청초한 심성을 아름다운 언어로 우리 가슴속에
맑디맑게 되살려놓는다. 특히 상상력의 원천, 시에 대한 열정은 새벽
우물에 샘솟아 정제된 애틋함으로 여러 시편에 묻어난다. 그리움이라
해도 되겠다. 그리움의 우물 속에 들앉아 수줍은 소녀의 사랑같은 순
수한 시편으로 응축되어 보여준다. 청초한 심성으로 시의 요체에 닿
으려는 시인의 노력은 높이 살 만하다.

따라서 지영의 시에서는 무엇보다도 시를 쓰는 이의 마음가짐이
돋보인다. 세상살이에 대한 마음씀씀이가 맑고 깨끗한 우물을 닮았
다. 그 우물에서 길어올리는 사랑을 상처입은 이들에게 고루 나눠 주
고 있다. 그런 점에서 그녀의 시는 어둡고 아픈 시대에 시와 시인의
존재 이유를 묻는 값진 기호이며 몸짓이다. 온 누리의 평화를 위해,
기꺼이 사랑의 전도사 역할을 맡고 있다고 하겠다.

불혹이 되면, 나도 진정 시를 쓸 수 있을까? 지영 시인이 한 두레박
가득 건네 준 시편들은 대개 '시인은 무엇 때문에 존재하며, 또 시는
어디에 있어야 하는가'에 대한 물음으로 충만하다. 윤동주 시인의 표

현처럼 '우물 속에는 달이 밝고 구름이 흐르고 하늘이 펼쳐지고 있'다. 앞으로 지영 시인의 그리운 시심(詩心)이 여명의 여신 '오로라'를 따라 새벽 하늘에 빛나기를 바란다.

멀리/낮은 숲이 붉은 오로라를 따라가다/길을 잃고 헤매는 동안/거리엔 또 한 편의 시가 걸린다//나는 어디로 가야 하는가//마음에 남아있을 한 편의 그리움이여//나는/어디로/가야하는가

—「낮은 숲이 붉은 오로라를 따라가다」 가운데

알몸으로 만나는 시인의 나라

: 오순찬의 시세계

> 그러니까 그 나이였어…… 시가/나를 찾아왔어. 몰라, 그게 어디서 왔는
> 지,/모르겠어, 겨울에서인지 강에서인지,/언제 어떻게 왔는지 모르겠어.
> ―파블로 네루다, 「시」 가운데

시가 그녀에게로 찾아왔다. 파블로 네루다가 고백했듯이, '어디서
왔는지', '언제 어떻게 왔는지' 정확하게 알 수는 없다. 하늘의 명을
알게 된다는 지천명(知天命)의 나이, 때늦은 저녁답에 갑작스레 찾아
온 터라 어찌할 바를 몰랐다. 그녀는 두근두근 가슴 설레며 시를 맞이
했던 것이다.

시는 그녀 곁을 맴돌며 떠나지 않았다. 그때부터 그녀의 영혼 속에
서 시가 꿈틀거렸고, 그녀는 시에 대한 열병으로 더욱 고독해져 갔다.
왜 써야 하는가? 무엇을 써야 할 것인가? 어떻게 써야 할 것인가?
하는 물음에 시는 아무런 대답이 없다. 낯설고 외로운 길에서 운명처
럼 만난 시이기에, 사랑해야 하고 잘 보살펴야 한다는 마음뿐이었다.

하지만 그녀는 막상 시에게 무슨 말을 어떻게 해야 할지 몰랐다. 자신이 건네는 말은 세련되지 못했고, 들려줄 수 있는 이야기는 세상살이에서 만난 사람들의 애절한 사연들이 전부였다. 사연 없는 인생이 어디 있겠는가. 세상에는 온갖 사연들이 널려 있지만, 이 모든 사람살이 이야기가 시가 되는 것은 아니었다. 그러한 사연들을 시적 언어로 옮기고, 시적 상상력을 펼치기는 쉬운 일이 아니다. 그것은 시인의 나라에서 비유적·상징적 이미지와 어울려 시적 서정으로 표현된다.

그녀는 〈시인의 말〉에서 "무언가 시작해서 마무리 짓지 못한 일이 훨씬 많았던 세월"이었다고 고백하면서, "시작에 들어선 지 십 년 만에 낳은 첫자식입니다. 눈 코 입 손과 발이 다 제자리에 제대로 붙어 있는지 궁금합니다. 낳았으니 잘 먹이고 잘 입히고 잘 씻겨야 할 일이 남았습니다. 힘껏 잘 키우겠습니다." 하고 적었다. 그녀에게 시쓰기는 아이를 낳고 키우는 일과 같다.

그녀는 시에게 다가가서 떨리는 손길로 최초의 고백이 될 수도 있는 첫 행을 쓰게 된다. 그때부터 그녀는 시인이 되는 것이다. 그동안 살면서 보고 듣고 느꼈던 일들을 떠올리며 서슴없이 털어놓는다. 가족 이야기, 이웃 이야기, 여행 이야기 등이 주요 화제(話題)이다. 사람살이 속에 묻혀 있던 사연을 넋두리처럼 주절주절 풀어 놓는다. 너무나 일상적인 삶을 문학담론의 한복판으로 끌어들이고 있는 것이다. 늦게나마 시가 그녀 곁에 있어 인생도 아름답다고 느낀다.

*　　*

오순찬 시인은 남의 말을 들으면 그 이치를 깨닫게 된다는 이순(耳順)의 나이이다. 그녀에게 시가 찾아온 지 5년 되는 2006년 10월 『월간 시사문단』에 「폐왕성」 외 2편으로 신인상을 받았다. 이 시집은 시와 더불어 살아온 지 10년 만에 낸 첫 작품집이다. 그간의 사정을 상세히 모르긴 해도, "잘 먹이고 잘 입히고 잘 씻겨" 힘껏 잘 키웠다.

'알몸'(「잠버릇」 가운데)으로 다가선 그녀의 시세계를 만나 볼까 한다.

> 서랍 구석구석 오려진/재단만 한 옷감 뭉치들//오십 년 쌓인/시작들이
> 어둡게 바래져간다/시작은 항상 될 것 같았는데//시작은 시작일 뿐/시작
> 은 또 시작으로 남을 뿐//그래도/시작이 완성으로 될 때까지//오늘 또/다
> 른 시작을 시작한다
> ─「미완성」 전문

"서랍 구석구석 오려진 재단만 한 옷감 뭉치"에 비유한 시에 대한
자신의 생각을 보여 주는 작품이다. 시인은 시작이 "미완성"의 작업
임을 잘 알고 있기 때문이다. "오십 년 쌓인 시작들"이 어둡게 바래져
가고, 항상 될 것 같았던 "시작은 시작일 뿐"이고 "또 다른 시작으로
남을 뿐"이다. 그녀의 시작은 "미완성"이기에 "다른 시작을 시작한
다"는 발언이 그것이다.

그녀가 말하는 "시작"은 시작(詩作)이 아닌 시작(始作)이라 하더라
도, "완성으로 될 때까지" 시쓰기를 멈추지 않는 시인의 마음가짐을
보여 주고 있다. 이는 결국 "또 다른 시작을 시작"하듯 끊임없이 자신
의 정체성을 찾아가는 과정과 맞닿아 있다고 하겠다.

> 더 다가오지도/가까이도 오지 않고/뛰어넘지도/건널 수도 없는//마음
> 끝에/깊고 차가운/줄을 그어 놓으면/어쩔 수 없이/그믐 바다로 간다
> ─「짝사랑」 가운데

오순찬의 시에 대한 사랑은 "짝사랑"이다. 이 시는 '밤낚시'라는 소
재를 통해 시에 대한 생각을 잘 드러낸 작품이다. "더 다가오지도 가
까이도 오지 않고 뛰어넘지도 건널 수도 없는" 시(詩), "마음 끝에 깊

고 차가운 줄을 그어 놓으면 어쩔 수 없이 그믐 바다로 간다.” 그 이유는 사랑하는 시를 쓰기 위해서다.

그녀는 낚시를 좋아하는 남편을 따라 자주 바다로 간다고 했다. 그곳 낚시터에서 만난 사람들의 애절한 사연을 주로 형상화한다는 것이다. 그런 점에서 그녀의 시쓰기는 세상살이 모든 것에 사랑을 표출하는 방식이기도 하다. 이를테면 자신의 “마음 끝에 미끼처럼” 시를 달아 힘껏 멀리 던지는 행위라고 하겠다.

이렇듯 오순찬 시인의 이야기 주머니는 단순한 생활 체험을 넘어 자신의 정체성을 찾아가고 있음을 눈치 챌 수 있다. 그러기 위해서는 우리의 상상력이 조금만 더 역동적이면 충분하다. 그녀의 거침없고 진솔한 이야기는 읽는이의 마음자리를 파고들어 연민의 대상으로 그것을 승화시키고 있다. 그리고 그것은 시간과 공간, 그리고 사람으로 이루어진 세상살이의 영역을 넘나들며 실현된다. 이는 아마도 넉넉하게 담금질된 삶의 이랑과 고랑이 고르게 다져진 까닭일 것이다.

그렇다면 오순찬 시인의 상상력은 어디에서 오는가? 한마디로 그녀의 시는 세상살이에서 빚어지는 사람 이야기라 하겠다. 그녀가 풀어놓은 사람살이가 곧 시적 상상력이라 말하고 싶다. 왜냐하면 그녀의 시는 단순히 과거의 경험을 들려주는 재생 상상에만 머물지 않고, 이를 바탕으로 새로운 이미지를 만드는 창작 상상으로 이어지기 때문이다.

그만큼 오순찬 시인의 상상력은 속내를 짐작하기 어려운 이야기 주머니와도 같다. 그녀는 시장 아주머니의 구수한 입담처럼 온갖 사연들을 들려주고 있다. 그렇지만 그녀의 이야기는 단순한 생활 체험이나 부풀린 추억담을 산만하게 주고받는 수다와는 거리가 멀다. 그녀는 수많은 사람들과 나눈 세상살이의 사연을 시적 서정으로 엮어내고 있다.

늦은 밤 컴퓨터 앞/osc0804/비밀스런 내 방문을 연다/세상의 모든 것들이/그대로 다 있다//맛난 것도 먹어 보고/멋진 옷도 걸쳐 보고/보석 박힌 유리 구두도 신어보고/보고 싶은 사람도 모두 만나보고/매일 밤 가보고 싶은 곳도 가본다//오늘 밤은/북유럽으로 간다/밤새 돌고 돌아서/러시아까지 돌고는/어깨가 뻐근하고/눈이 뻣뻣해서야 돌아왔다 내일은//어깨 만져줄 따뜻한/손 하나 숨겨 놓았으면 좋겠다

—「요지경」 전문

그녀가 만나는 세상살이 풍경은 "요지경"이다. "컴퓨터"에 만들어 둔 자신의 비밀스런 "방"과 같이 "세상의 모든 것들이 그대로 다 있다." 그녀는 그곳에서 "맛난 것도 먹어 보고/멋진 옷도 걸쳐 보고/보석 박힌 유리 구두도 신어 보고/보고 싶은 사람도 모두 만나 보고/매일 밤 가 보고 싶은 곳도 가 본다." 그렇듯 시인은 상상의 세상을 즐기며 살아가고 있는 것이다.

그녀의 세상 구경은 즐거운 상상으로만 끝나지 않는다. 그녀의 상상은 힘겨운 현실에 부대끼곤 한다. "내일은 어깨 만져줄 따뜻한 손 하나 숨겨 놓았으면 좋겠다"는 그녀의 바람이 그것이다. 그런 그녀가 추구하는 시적 세계는 '사람 사랑'이다. 그만큼 그녀의 시편들은 삶을 따뜻하게 감싸 안는 마음자리를 형상화하려는 열정으로 넘쳐 나고 있다. 그녀가 이야기 주머니를 푸는 순간 시작(詩作)이 시작된다.

* *

오순찬의 시는 자신의 삶에서 만난 세상 사람들의 이야기다. 그녀가 보여 주는 상상력의 밑그림은 세상살이에서 빚어지는 비망록 같은 것이다. 독특한 소재만으로 좋은 시가 되지 못한다. 박학다식하다고 해서 수준 높은 시가 쓰여지는 것도 아니다. 그런 점에서 그녀의 시쓰기는 파블로 네루다가 말한 "얼굴 없이 있는 나"처럼 자신의 정체성

을 찾아가는 여정인 것이다.

그녀가 선호하는 시적 소재는 단순히 원재료로서의 삶이 아니고, 변주된 어떤 음향이 되는 삶이다. 다시 말해서 그녀는 세상살이가 시적 어법으로 변주되어 새로운 아름다움과 의미로 시를 눈뜨게 하기를 바란다. 여기에 시인의 심미안에 바탕을 둔 미학적 감상이 더해질 때 비로소 시의 힘이 된다. 오순찬의 세상살이 이야기는 "어떤 외출"로 시작된다.

새로 난 동전 터널 위쪽 쑥 냉이/민들레 회잎 고사리 두릅 가죽/비 오는 날 뺀 서른세 해/이고 지고 들고 넘으시고/심지어 아버지가 좋아하시던/태봉 골 고동까지 몰래/나르시던 동전 고갯길//그 길을 큰 언니 차에 실려/멀거니 창밖만 보시는 어머니/엄청 커버린 은행나무 사이로/언뜻언뜻 언니 닮은 진달래 보이면/찌룩 입으로 눈물 흘리는 어머니//아버지 잠드신 공원 묘원 지나/태봉천 고동이 저녁 하러 나올 때/멋대로 세워진 주유소 끝/큰 오빠 돈 마련해 주려고 팔아버린 땅/넓은 길 작은 길 향해 해바라기 하는/아버지 땅 평안병원

—「어떤 외출」 전문

이 시는 세상살이 변주로서의 가족 이야기다. 오순찬 시인이 겪었을 지난날의 아픈 고백은 시(詩)의 다른 이름이라 하겠다. 그녀의 사람살이 이야기는 가족에서 비롯된다. "서른세 해 이고 지고 들고 넘"었던 "동전 고갯길"을 "큰 언니 차에 실려 멀거니 창밖만 보"며 지나던 어머니가 "눈물 흘리"고 있다.

아버지 묻힌 "공원 묘원 지나"면 "큰 오빠 돈 해 주려고 팔아버린 땅"과 "넓은 길 작은 길 향해 해바라기 하는 아버지 땅 평안병원"을 지나가고 있다. 이렇듯 그녀의 시는 지나치기 쉽고 사소한 사람살이

의 편린들에서 건져 올리고 있다. 따라서 오순찬의 시편에는 가족과 이웃들의 이야기가 수두룩한데, 이는 가족의 아픈 기억과 함께 떠나는 "어떤 외출"이었던 셈이다.

갯벌은 어머니 은행이다/아들딸 연락 오면/어머니는 돈 찾으러/바다로 가신다/밀물 차오르는 것도/모른 채/돈 찾으시던//바다와 하늘이 붙은 날/어머니는 그렇게/돌아오지 않으셨다/안개 자욱한/가거도 갯벌/바지락 바지락/어머니 돈 찾는 소리

—「안개」 전문

이 시는 어머니의 이야기다. 바닷일을 하며 살아가는 "어머니"의 삶은 "아들딸"을 위한 헌신의 모습으로 비친다. 어머니의 일터인 "갯벌"을 "은행"에 비유한 발상이 예사롭지 않다. 심지어 어머니의 "돈 찾는 소리"에 빗대어 조개를 캐는 행위를 "바지락 바지락" 하며 의성어로 변주하는 힘이 돋보이는 작품이다. 물론 여기에서 형상화되는 "어머니"는 시인의 어머니가 아닐 것이다. 시적 퍼소나(persona)를 빌려, 전남 신안군 흑산면 "가거도"에 사는 한 어머니의 삶과 죽음을 노래하고 있다.

다이야는 언제 해 줄끼고/고무장갑도 아까워/맨손이 하얀 수세미다//오년 후에 다이야 해줄게/비눗물 묻혀 돌돌 빼 갔던/누런 결혼반지//아이들 대학 다 들어간 오후/오 년 다섯 번도 더 넘은/부도수표 다이야/안방에 티브이 보고 누워 있다

—「부도수표」 전문

이 시는 자신의 남편을 "부도수표"에 빗대어 형상화하고 있는 작품

이다. 남편은 그녀에게 결혼할 때는 못해 주었지만, 5년 뒤에는 꼭 다이아몬드 반지를 해 주겠다고 약속했는가 보다. 하지만 그 약속은 "오 년 다섯 번도 더 넘"게 지켜지지 않아 "부도수표"로 변해버린 것이다. 그런 남편이 "안방에 티브이 보고 누워 있다"는 표현에서 삶에 대한 원망보다는 그것조차 다행으로 생각하는 시인의 속내를 엿볼 수 있게 한다.

오순찬의 시편에 들앉은 가족 이야기는 인용한 시 말고도 여러 편이다. 그녀가 들려주는 가족의 사연은 「보약」, 「상속」, 「도봉」, 「게고동」, 「복권」, 「손전화」, 「속마음」, 「일급비밀」, 「어머니 부탁」, 「부추꽃」, 「문어」, 「합장」, 「콩깍지」 등에 담겨 있다. 물론 이 모두가 시인 자신의 가족 이야기는 아닐 것이다. 이웃들의 사연을 자신의 가족인 양 끌어들인 시적 상상력의 소산이라 하겠다.

*　　　*

오순찬 시인이 풀어 놓는 이웃들의 이야기도 예사롭지 않다. 일상적 생활사를 넘어 그들의 구구절절한 사연을 들려주고 있다. 그렇다고 구체적이고 직설적인 표현으로 다가서지 않고, 비유적이고 상징적인 수사를 통해 시적 감동을 이끌어내고 있는 것이다. 그런 점에서 그녀의 시에 등장하는 이웃의 삶은 시인의 감수성을 자극한 사람살이 모습이다.

그녀의 시편에는 이웃들의 실명(實名)을 드러내며, 그들의 삶을 토닥여 주고 있는 것이다. 시집에 들앉은 이웃들은, 이를테면 성호 아버지(「고드름」), 종선이(「동백」), 동호 엄마(「복부도」), 숙희(「숙희」), 낚시꾼 하씨(「가오리」), 김상구 할아버지(「맨드라미」), 수인씨(「된장」), 김순연 여사(「왕비가 되다」), 광자 언니(「열아홉 어머니」), 옥천댁(「옥천댁」), 인숙씨(「반쪽」), 승무씨(「애처가」), 갑을 영감님(「봄 91」), 구봉자 여사(「바다로 가는 날」), 정아(「수선화」), 양혜씨(「뚜껑」), 숙정씨(「민들레」),

봉지 이모(「오렌지」), 실안댁(「진달래」) 등이다.

> 소금 없이도 닭죽을 잘 먹어주며/치약을 허리부터 짜도 항상 말없이 쓸어 내려준다/양 손에 들고 엉덩이로 냉장고 문을 닫아도/가만히 뒤로 가슴 안아준다//퇴직금 중간 정산해 처남 빚잔치 해주며/비 좋아하는 아내 태우고 바닷가로 배달 간다//쉼표처럼 통술집에 앉아 빗물을 넘길 때면/언젠가 생을 마감하는 날/바이칼 호수에 빠져 죽는 게 소원이라는/수인씨 오늘도 열심히 된장을 판다
>
> —「된장」 가운데

> 골리 섬 수퍼 아저씨는/하루 종일 휠체어를 타고 일을 한다/첫 배 선창에서//손님을 낚시터로 안내하고/부엌에서 아침을 만들어/도시락 싸서 아이들 학교도 보내고//동네를 한 바퀴 돌아 이장 일도 보다가/뭍으로 가는 동네 사람들 일일이 챙기며/틈틈이 고기도 잡아/술안주 만들어 어른들 섬기고
>
> —「걷는 의자」 가운데

오순찬의 시적 발상에는 언어유희가 다분히 깔려 있지만, 그 점이 오히려 그녀의 시를 더욱 돋보이게 한다. 평범한 일상의 풍경 뒤에 가려진 심상치 않은 사연들을 들춰내는 힘, 그것이 곧 그녀의 시적 잠재력이라 하겠다. 그녀의 독특한 시적 발상과 잠재된 상상력에는 생활인의 존재의식이 큰 몫을 차지하고 있다.

앞의 시는 '한쪽 가슴 없는' 아내와 함께 생활하는 "수인씨"의 일상을 형상화하고 있다. 힘겨운 세상살이로 "쉼표처럼 통술집에 앉아 빗물을 넘길 때면 언젠가 생을 마감하는 날"이라 여겨 가끔 죽음도 생각한다. 하지만 "오늘도 열심히 된장을 판다"는 "수인씨"의 삶을 통해 존재론적 성찰을 하게 한다.

뒤의 시는 "휠체어를 타고" 생활하는 "골리 섬 수퍼 아저씨"의 일상적 모습을 보여 주고 있는 작품이다. 무슨 사연으로 "휠체어" 신세가 되었는지 드러내진 않지만, 시인은 그간의 사정을 속속들이 알고 있는 눈치다. "걷는 의자"란 표현과 함께 현실적 삶을 함축적으로 그려 냄으로써 궂은 일 마다하지 않고 열심히 살아가는 존재의식을 부각시키고 있다.

내일은 추석/저녁 무렵/아파트 공사 현장//땅은 왁자하고 발걸음이 부산한데/피곤한 이십일 층 끄트머리가/꺼억꺼억 화가 나 있다//돈 내 놔라/돈 내 놔라/노조에 가입하지 못한//옥탑들이 핏대를 세운다/하얀 피를 토한다

— 「추석 전날」 가운데

시인은 절망 끝에 매달린 이웃의 "슬픔"을 지켜보고 있다. "추석 전날"의 "아파트 공사현장"에 모여 "화를 내"며, "돈 내 놔라"고 "핏대를 세우"며 외치는 "노조에 가입하지 못한 옥탑" 사람들의 항의와 좌절은 서민들의 슬픔을 대변하고 있는 것이다. 하지만 시인이 보여 주는 사람살이는 뜻밖으로 희망적이다.

월요일은 외로워/늘 대화할 사람이 필요하다는/팔십구 세 시아버지 아파트 가고//화요일은 옆에 사람보다 자신이/더 젊어 보인다고 끝까지 우기는/쪼글쪼글 아가씨들 기저귀 갈아 주러 간다//수요일은 물 빠진 저수지에 얼굴 비춰보러 가고/목요일은 거꾸로 하늘을 보는 아이들/씻기고 빨래와 청소를 하고//금요일은 먼저 떠나는 사람들 손 잡아주고/머리카락 끝까지 밤이 아픈 토요일은/구봉자 여사 낚시 들고 바다로 간다

— 「바다로 가는 날」 전문

"구봉자 여사"의 나날살이와 인지상정을 노래한 시다. 그녀는 "월요일"에는 "시아버지" 봉양, "화요일"에는 요양원 봉사활동, "수요일"에는 농사일, "목요일"에는 지체장애 "아이들" 돌보기, "금요일"에는 "먼저 떠나는 사람들 손 잡아주"는 호스피스, 그리고 "토요일"에는 "낚시 들고 바다로 간다." 그만큼 시인은 이웃의 사연을 부풀리지 않고 있으며, "구봉자 여사"처럼 바쁜 일상 속에서도 사랑과 봉사를 실천하려는 희망의 메시지를 던져 주고 있다.

이렇듯 오순찬의 시세계는 사랑을 가다듬고 실천하는 이웃의 생활사를 기록하는 데 바쳐지고 있다. 그런 그녀에게 시를 쓰게 하는 힘은, 곧 세상살이에 대한 관심과 사랑에서 온다. 사람과 사람 사이에서 부대끼며 차가운 세상도 시인의 손길에 닿아 따스한 온기로 채워지는 것이다. 시인에게 세상은 마땅히 사랑을 실천하는 사람들이 '시인나라'를 이루어 살아야 할 곳이다.

그런 점에서 시인의 시세계는 고향의 느티나무처럼 사람살이의 힘겨운 짐을 부려 놓고, 한숨 돌리며 찾을 수 있는 어머니의 모습으로 드러난다. 그래서 오순찬의 시에는 아픔과 고통을 다스린 이의 포근함이 있다. 자신의 삶이나 가족과 이웃을 향해 내미는 눈길과 손길에, 구차한 시적 장식이 붙을 겨를이 없는 까닭이다.

*　　*

앞서 살폈듯이 오순찬 시인의 눈은 세상살이의 면면을 직시하고 있다. 그녀는 사람살이 이야기를 세심하게 담아내는 현실감각에서나, 시적 서정으로 구체화시켜 내보이는 데서 능숙한 솜씨를 보여 준다. 이를 두고 생활시란 용어로 표현해도 될까? 그러고 보면 생활시 아닌 것이 어디 있느냐는 질문도 듣게 될 것이다. 그런데 주목할 부분은 그녀의 시가 사람살이를 글감으로 삼고, 생활의 요소가 강화되어 있으며, 그 효과 또한 그러한 특징에 집중되어 있다는 사실이다.

한편, 오순찬 시인은 자신의 여행 체험을 시에게 들려주기도 하고, 가끔 시와 함께 여행을 떠나기도 한다. 시를 위하는 그녀의 마음이 더욱 애틋하다. 여행 체험을 노래한 작품은 시집에 산재되어 있는데, 「운조루」, 「가래톳」, 「사자평」, 「폐왕성」, 「등대지기」, 「황매산」, 「밤 항구」, 「앙코르와트」, 「하늘을 보고 땅을 보고」, 「동행」 등이 그것이다.

칭기스항 돌아앉아/일 보고 일어서면/샤인샌드 키 작은 달래가//모래 터는 동고비/해 가시 억세게 돋으면/낙타는 모래 언덕에/지글지글 수태차를 따르고//동고비 하얀 밤/가죽집 게르에는/키 작은 처녀 체빌레가//손만 벌려도 떨어지는 별을 품고/밤새도록 절벽에서 떨어지는/사르르 사르르/키 크는 꿈을 꾼다

—「고비 달래」 전문

고비(Gobi)는 몽골어로 '물이 없는 곳', 그래서 풀이 자라지 않는 거친 사막을 일컫는다. 시인은 동고비를 여행하며 인상 깊게 본 풍경을 들려주고 있다. 시인이 동고비에서 체험한 것은 아마도 "모래 언덕"에서 수태차를 따르는 "낙타"와 "가죽집 게르"에서 보는 밤하늘의 "별"들일 것이다. 짧은 시 한 편으로 시인의 여행 체험을 다 이해할 수 없지만, "키 작은" 달래와 처녀 체빌레를 통해 "고비"의 풍경이 잔잔하게 그려지는 작품이다.

시는 싫지만/시인은 좋다는/미숙 씨도 영희 씨도/소쩍새 국화꽃 피우는 고창에/옛 시인을 만나러 갔다//국화는 마실 가고/파랗게 취한 술 보리/먼 길 온 어린 시인에게/넘 보리 넘 보리/눈짓을 건네고//옛 시인 유리 집에서/소쩍이 내다보는 마당에/술 보리 낮잠이 질펀하다

—「미당문학관」 전문

오순찬 시인이 시를 만난 곳은 경남대학교 평생교육원 시창작반에서였다. 우연한 기회에 그곳에 들렀다가 시의 매력에 빠졌다고 한다. 한때 여고시절 문예부에서 소설을 접한 적이 있었지만, 문학에는 별로 흥미가 없었다. 그런 그녀에게 시가 찾아왔고 정성스레 키우고자 다짐했다고 한다.

이 시는 시창작반에서 다녀온 여행길 가운데 하나로, 전북 고창에 있는 "미당문학관"에서의 체험을 드러낸 작품이다. 그녀는 "시는 싫지만 시인은 좋다는" 문우들과 함께 "옛 시인"이 되어 버린 서정주 시인을 만나러 갔다. 하지만 그의 대표작 "국화"는 보이지 않고, "술보리"만 질펀하게 자라 있다. 비록 풍경 묘사에 치우친 듯이 보이지만, 그녀의 여행길에도 사람살이 이야기가 빠지지 않는 것이다.

그런 여행길에서 시인은 고향을 찾아간다. 그녀의 고향은 경북 영양면 감천리 김막골이다.

버스를 일곱 번이나 갈아타야만/마을 초입이 보이는 고추로 유명한 동네/크고 잘 생긴 잉어 고아 잡수시고//낳으신 귀한 손이라 문중 어르신들/머리 맞대고 이름 지어주신 제가/날개 아파 고향 왔습니다//버릇없는 매미가 막무가내로 할퀴고 간 고향/저 윗들 제실 할매 담배감자도/작년 부스러기만 너덜너덜 남겨지고//건너 상문아재 논에도 시작을 알 수 없는/비닐 자락만 만국기처럼 펄럭이고 있습니다/그래도 골목골목 고향 지키며//떠나지 못한 고추들이 혼자 제 몸 붉히고 있는/영양면 감천리 김막골
—「고추」 전문

그녀는 자신의 태를 묻었던, 하지만 오래전에 떠나온 고향으로 찾아간다. 그곳은 "고추"로 유명하다. 고추 달고 나오길 바라며, "문중 어르신들"이 "머리 맞대고 지어"준 이름이 '순찬', 바로 지금의 오순

찬 시인이다. 그런 그녀가 "날개 아파" 찾아간 고향, 태풍 "매미가 막무가내로 할퀴고 간" 삭막한 풍경이다. 하지만 시인은 그곳에서 "고향 지키며 떠나지 못한 고추", 곧 고향 사람들의 순수함을 만났던 것이다.

> 쉰에 풍선 불기를 시작하여/여태까지도 불고 있다//눈이 튀어 나올 것 같이 아파도/바람 불기를 멈추지 않았다//고막이 윙윙거려도 불었다/먹는 걸 건너뛰기도//자는 것을 잊기도 할 만큼/놀이처럼 좋아서 풍선을 불었다//불끈 목 힘줄을 굵게 만들어도/불고 또 분다//그러나 좀처럼 부풀지 않는/종이풍선
>
> ─「종이풍선」 전문

오순찬 시인에게 시는 "그냥 스쳐 지나갈 바람인가 했더니/가슴에 그려진 깊은 흔적이었습니다/할퀴고 지나간 상처가 아니라/날마다 숨 쉬고 지워지지 않는 문신입니다"(「한번만」 가운데)라고 여길 정도로 삶의 생채기였던 것이다. 그런 그녀가 부려 놓는 세상살이 이야기는 끝내 시를 향한 열정으로 동기화된다.

이 시는 자신의 시쓰기를 "풍선 불기"에 빗대어 표현하고 있다. "쉰" 살에 불기 시작한 풍선, 바꿔 말해서 시쓰기에 대한 열정을 지금껏 간직하고 있는 것이다. "눈이 튀어나올 것 같이 아파도" "고막이 윙윙거려도" 시쓰기를 멈추지 않는다. 그녀에게 시는 "먹는 걸 건너 뛰기도 자는 것을 잊기도 할 만큼 놀이처럼 좋아서" 하는 풍선 불기와 같기 때문이다. 하지만 그것은 "좀처럼 부풀지 않는 종이풍선"임을 시인은 깨닫는다.

> 잘 부탁하는 마음으로/부드럽게 너를 다듬어/하루를 열지만//얼마나

많은 무게로/오늘도 너를 힘들게 할지/미안하고 고마워//일부러 모른 체/더 당당하게 너를 내민다//때로는 너를 위해/예쁘게 치장도 하지만//결코 너를 위한 것이/아님이 미안해//종일 고생한 밤이면/깨끗한 잠자리를 준비해//차마 이불도 덮지 못하고/알몸으로 모신다

—「잠버릇」 전문

시에 대한 자신의 마음가짐을 고스란히 보여 주는 작품으로 읽힌다. 그녀는 "잠버릇"처럼 시를 쓴다. 시인은 시를 쓰기 위해 "부드럽게" 다듬고 "예쁘게" 치장하지만, 시를 위한 것이 아님을 알기에 언제나 시에게 "미안하고 고마"운 감정을 갖고 있다. 그래서 그녀는 "깨끗한 잠자리를 준비해" "알몸"으로 시를 대한다. 그런 그녀에게 있어 시는 "알몸"과 동의어로 남아 있게 되는 것이다.

오순찬 시인의 시를 마주하고 있으면, 왠지 수줍고 부끄러운 감정보다는 밤새 열병으로 앓고 있는 어머니의 모습이 그려지곤 한다. 또한 시인 곁에는 시편에 등장하는 사람들이 소곤소곤 정담을 나누며 둘러앉아 있는 듯하다. 결국 그녀에게 있어 시는 사랑하는 사람들인 것이다.

이번 시집의 시적 소재와 이야기는 곧 시인의 삶에 각인된 가족과 이웃들의 사연들을 불러모은 셈이다. 하지만 가족과 이웃, 사물과 사람, 시간과 공간 등 그녀의 시적 대상에는 경계가 없다. 이것들은 시인의 나라에서 삶의 동질성과 지속성을 상징하기 위한 것이다. 그런 점에서 오순찬의 시세계는 사람살이에 대한 끝없는 사랑과 열정으로서, 그녀가 꿈꾸는 '시인나라'로 나아가고 있다고 하겠다.

* *

오순찬 시인의 『알몸 외출』에는 사랑과 희망의 이야기로 가득하다. 그곳에 모인 사람들은 저마다 시인의 모습으로 상상력을 펼친다. 하

지만 나는 아직 초대 받지 못하고, 시인이 보내 온 작품으로만 이해한 까닭에, 단지 '시인나라'가 있다는 사실만 각인해 둔 터이다. 이제 그 곳으로 찾아가 시인의 방명록에 연락처를 남겨 놓을 참이다.

오순찬의 시편들은 우리네 사람살이의 사연들을 끄집어내서 이야 기시 형식으로 들려주고 있다. 특히 상상력의 원천, 사람에 대한 관심 은 정제된 애틋함으로 시인의 나라를 찾아오게 만든다. 그런 다음 그 녀는 그들의 사연을 일일이 들어 주고 상처를 어루만져 주며 사랑으 로 보듬는다. '알몸의 사랑'이라 해도 좋겠다.

따라서 오순찬의 시에서는 무엇보다도 꾸밈없는 사람 냄새가 난다. 사람에 대한 마음씀씀이가 아름답기 때문이다. 번화한 수식을 벗어난 생활 언어, 과장되지 않은 삶의 체험이 빚어낸 시편들은 시인 특유의 매력으로 감동을 선사한다. 그런 점에서 그녀의 시는 각박하고 궁핍 한 세상에 시와 시인의 존재를 인식시켜 주는 하나의 몸짓이다.

이순의 나이를 아랑곳하지 않고 그녀가 문학마당에 풀어 놓은 보자 기 속에는 세상살이의 온갖 사연들이 담겨 있다. 이 또한 그녀의 시를 만나는 흔치 않은 즐거움이다. 한 사람의 삶이 시인의 상상력으로 되살 아나는 일을 볼 수 있다면, 어찌 소중한 추억이 아닐 것인가. 시인이 풀어 놓는 이야기는 오랜 기억을 찾아가는 마음자리임에 틀림없다.

오순찬의 시가 내게로 찾아왔다. 나는 설레는 마음으로 시인의 안부 를 들었고, 지난 시간과 공간을 거슬러 가족과 이웃의 삶을 떠올렸다. 그렇게 나도 세상의 안부가 궁금했던 것이다. 달포 전 그녀에게서 연락 이 왔다. 해설에 도움을 받을까 하는 마음으로 한달음에 달려갔다. 그녀는 자신의 시적 대상 모두가 사람이라고 강조했다. 사람이 곧 시인 이 되고, 이야기가 곧 시가 되는 시인의 나라를 꿈꾼다고 했다.

이것저것 궁금한 것을 묻고는 바쁘다는 핑계를 대며 떠날 채비를 서둘렀다. 비록 짧은 만남이었지만 알몸으로 떠나는 그녀의 시심을 조금이나마 이해할 수 있는 시간이었다. 그녀는 연거푸 고맙다는 인사를 했고, "사랑하는" 시인이 될 때까지 "끝잠"을 자겠다고 했다.

내게로 찾아와 오래도록 머물렀던 그녀의 시를 배웅한다. 그동안 부족하고 불편한 점은 없었는지 미안한 마음으로 떠나보내며, 다시 만날 날을 기약한다.

이 땅에 태어나서 고맙습니다/두 자녀를 주셔서 고맙습니다//하고 싶은 일들/할 수 있어서 고맙습니다/사랑하는 사람이 올 때까지/이제 기인 잠을 자겠습니다

—「끝잠」전문

동성애 담론을 넘어서

: 사포를 찾아 레스보스로 간 시인

1. 레즈비언의 모자를 쓰는 시인

우리는 오늘날의 성지형을 이루는 데 결정적인 역할을 맡아온 여성해방운동과 레즈비언·게이해방운동의 성과를 제쳐 두고서 현재의 성담론에 대해 말할 수 없는 노릇이다. 특히 1990년대 들어 그러한 성지형의 틈새를 비집고 서서히 떠오른 동성애(homosexuality) 담론[1]은 인권 차원으로까지 공론화되어 성정치의 핵심 의제로 다루어지고 있다. 그 결과 동성애 담론은 이론적이고 실천적인 변화의 조짐들을 보이며, 오늘날의 성담론 자체를 새롭게 다시 짜고 있다.

그러한 상황 속에서 '성(sexuality)'은 단지 생식과 쾌락을 위한 생물학적 행위나 이를 둘러싼 사회의 제반 활동과 역할만의 문제가 아니

---

1) 한 게이(gay) 지식인에게서 비롯된 동성애 담론은 한때 1990년대를 대표하는 성담론 가운데 하나로 떠오르면서 우리 사회에 던진 파장은 실로 엄청났다. 왜냐하면 단순히 성적 행위로만 여겨져 오던 동성애가 그때부터 성의 정치학으로 치달았기 때문이다.

라, 정치·사회·문화의 숱한 힘들이 서로 엇갈리면서 빚어내는 또 하나의 담론 내지 비담론적 효과에 지나지 않는다는 인식으로까지 번지고 있다. 하지만 동성애 담론은 우리의 지배적인 성담론 속에서 여전히 '금기의 사슬'을 끊지 못하고 있는 실정이다.[2] 특히 우리 사회의 법과 제도가 사회적으로 통용되는 공적 영역 안에서 여전히 가시화되지 않은 까닭에, 동성애자들의 성행위는 물론이고 그들의 존재 자체가 무시되고 있다.

더우기 여성 억압의 사회 제도를 염두에 둘 때, 그 가운데서도 가장 억압받고 차별받는 동성애자는 바로 레즈비언(lesbian)일 것이다.[3] 본디 레즈비언이란 말뜻은 '레스보스(Lesbos) 의 섬사람들'[4]을 일컫는다. 고대 그리스의 서정시인 가운데 오직 여성시인이었던 사포(Sappho)가 살았던 섬이 바로 레스보스이다. 그녀는 그 곳에서 자신의 문하생들과 어울리며 사랑을 나누었고, 그 체험을 시로 드러냈다. 그래서 한때 여성 동성애는 '사포주의(Sapphoism)'로 불리기도 했지만, 뒷날 사람들은 여성 동성애자를 레즈비언이라고 부르게 되었던 것이다.

하지만 레즈비언에 대한 오늘날의 뜻매김은 사람마다 다르게 나타

---

2) 동성애를 행위(doing)의 문제로 보느냐 존재(being)의 문제로 보느냐에 따라, 또는 자연적인 현상으로 보느냐 사회·문화적인 현상으로 보느냐에 따라 찬반론이 엇갈리고 있다. 반대하는 쪽에서 볼 때, 동성애는 가족과 사회의 문란, 도덕적 타락의 징표로 상징되면서, 있어서는 안 될 사회적 악덕으로 여겨지고 있다. 특히 성적 다양성을 거부하는 호모포피아(homopopia)의 징후는 동성애 담론에 관한 생산적이고 실천적인 논의를 가로막는 근본적인 걸림돌이 되고 있다.

3) 레즈비언은 성별로 위계화된 사회 속에서 여성으로서 살아가야 하는 차별과 동성애자 일반으로서 겪는 어려움을 함께 안고 사는 존재이다. 결국 레즈비언은 남성 동성애자인 게이에 견주어 여성이면서 동성애자라는 두 겹의 질곡을 겪고 있는 것이다.

4) 레스보스는 에게해 동쪽에 자리 잡은 그리스 영토의 섬으로, 사포가 그녀의 문하생들과 함께 공동체를 이루며 문학과 예술을 향유했던 곳이다. 고대 저술가의 증언에 따르면, 그 당시 섬의 분위기는 퇴폐적이고 향락적이었으며, 그 곳의 여성들은 대개 동성애를 즐겼다고 한다.

나고 있다. 어떤 이는 여성 동성애를 '후천적으로 선택'하는 것이라 하고, 어떤 이는 그것을 '선천적으로 주어진 것'이라고 말한다. 또 어떤 이는 그것을 단순한 성적 취향과는 구별되는 동성애적 행동으로서 감정적 결합이라고 말한다. 따라서 레즈비언에 대한 보편적 뜻매김은 이루어지지 못하고 있다. 이처럼 레즈비언에 대한 다양한 이해에도 불구하고,5) 대개의 사람들은 레즈비언이란 '자신의 감정적·심리적·성적·사회적·정치적 관심이 여성을 향해 있는 여성'을 일컫는 데 뜻을 같이 한다.

예로부터 우리 사회에도 레즈비언은 엄연히 존재하고 있었지만, 그들이 '커밍아웃'6)을 시작한 것은 1990년대 후반의 일이다. 그전까지 레즈비언들은 고립되어 자신을 '비정상'의 범주에 묶어 둔 채 사회적으로나 개인적으로 그들의 정체성에 대한 끊임없는 부정과 억압을 강요당하면서 오래도록 경멸과 금기의 삶을 이어 왔다. 따라서 레즈비언의 역사는 여성과 동성애 범주 모두에서 혐오와 적대의 대상으로서 주변화, 소외, 비가시화되어 온 질곡의 역사라고 할 수 있다.7)

문학의 경우도 마찬가지다. 동성애문학이라는 구분조차 일천한 우

---

5) 레즈비언에 대해 갖고 있는 일반인들의 생각은 너무나 단편적이다. '남자같은 여자', '여자를 사랑하는 여자' 또는 '여자와 성관계를 맺는 여자'로서 받아들인다. 이는 레즈비언들이 가지고 있는 모습 가운데 극히 피상적인 시각에 붙박여 있다.

6) 커밍 아웃(coming out)은 스스로 동성애자임을 공개적으로 드러내는 것을 뜻한다. 한편 아웃팅(outing)은 자신의 의사와는 상관없이 남에 의해 동성애자라는 사실이 공개적으로 밝혀지는 것을 뜻한다.

7) 우리 사회의 레즈비언은 여전히 신화 속에 숨어있거나 '성애가 배제된 우정과 자매애'로 신성화되고 있다. 이성애 중심의 성담론과 남성 중심의 세계관은 레즈비언에 대한 은폐와 왜곡에 별다른 문제 제기를 하지 않았다. 그러나 1990년대 이후 기존의 질서와 이데올로기를 거부하고 억압적 상황들을 극복하고자 하는 레즈비언에 관한 새로운 담론 체계가 이루어져 왔다. 그로 말미암아 레즈비언 담론은 사회적 이슈로 공론화되고 있는 실정이다. 이해솔, 「한국 레즈비언 인권운동의 역사」, 『또 다른 세상』 제7호(1999.5), 8~25쪽 참조.

리나라 상황에서, 글쓴이는 기존의 문학과 변별될 수 있는 잣대로 '동성애'라는 작가·소재·주제의 요소 가운데 한 가지 이상을 충족한다면, 이를 넓은 의미에서 동성애문학의 범주에 넣을 수 있다고 생각한다.8) 그러한 기준에서 볼 때, 우리 시문학의 경우 동성애 시집으로 두 권을 꼽을 수 있다. 게이 시집인 최이연(崔以戀)9)의 『물오리』(이연문화, 1998)와 레즈비언 시집이라 할 수 있는 이인우(李仁雨)10)의 『레즈비언은 모자를 쓴다』(열린시, 2000)가 그것이다.

이 글에서는 이인우의 시집을 대상으로 하여, 동성애 담론을 넘어서 시로 형상화되고 있는 레즈비언의 삶을 들추어보고자 한다. 물론 이인우 시인은 남성이다. 그런 까닭에 그의 관심사는 게이가 더 맞을 것 같은데도, 왜 하필 레즈비언인가? 이 물음에 그는 "레즈비언은 성과 연관시켜서 나쁘게만 보려고 해요. 그들은 그렇게 운명지워진 거죠. 멸시와 무시 속에서 소외받고 구박받고 있죠. 그들은 한편으로는 주류에 편승하지 못하고 무시당하는 슬프고 아픈 우리 삶과 겹쳐집니다."11)라고 답하고 있다.

어쨌든 우리 사회의 레즈비언은 남성 중심의 가부장제 아래서 여성으로 차별받고, 이성애 중심의 제도 아래서 동성애자로 무시당하

---

8) 사실 동성애를 다룬 영화나 만화는 쉽게 접할 수 있다. 하지만 동성애를 다룬 문학작품은 그다지 많지 않고, 여러 작가들에 의해 단편적으로 묘사될 뿐이다. 우리 시의 경우로는 채호기의 〈슬픈 게이〉 연작시와 함성호의 시편에서 더러 찾을 수 있고, 여러 동성애자들의 모임인 인터넷 사이트에 올려진 작품들에서 만날 수 있다.

9) 1963년 부산에서 태어나, 대학에서 국문학을 공부했으며, 잡지사 기자를 거쳤다. 지금은 동성애자 전문출판사인 〈이연문화〉에서 일하고 있으며, '진달래'를 좋아하는 게이이다

10) 부산에서 태어나 건국대 국문학과를 거쳐 경남대 교육대학원을 마쳤다. 1998년 『문예한국』으로 등단했고, 현재 부산시인협회·부산문학동인회 회원으로 있으며, 부산에서 교사로 일하고 있다.

11) 「이인우 시집 '레즈비언은 모자를 쓴다'」, 『부산일보』 2000년 3월 16일자 기사에서 따옴.

고 있다. 그만큼 레즈비언에 대한 이인우 시인의 애착은 남다르다. 그는 이 시집을 통해 두 겹의 억압을 온몸으로 견뎌내고 레즈비언들에 대한 대중의 승인과 공감을 끌어내고 있는 것이다. 그런 점에서 그의 시쓰기는 문학 담론에서의 커밍 아웃인 셈이다.[12] 그는 레즈비어니즘(lesbianism)이라는 정치성으로 무장하여, 사회화된 여성성 저편에서 겹겹으로 억눌려 사는 레즈비언의 세계를 보여 주고 있다. 이렇듯 그는 남자 레즈비언(male lesbian)이라 할 수 있을 것이다.

이인우 시인은 "이 땅/그들의 행복이/나의 아픔이 아니길 바라며/그들을 향한 나의 사랑이/그들의 분노가 아니길 빈다"는 전제를 내세우며, '레즈비언에 관한 보고서'라는 연작시를 적고 있다. 이로 말미암아 시인은 레즈비언에 대한 따뜻한 눈길과 애정을 보여 주고 있는 셈이다. 나아가 그는 레즈비언에 대한 억압과 차별의 이데올로기를 마련하는 정치·사회적 지배 담론에 대해 비판하고 있는 것이다. 결국 그의 시쓰기는 우리 사회의 동성애 담론에 대한 저항이며 탐구라 할 수 있다.

아이러니 하게도 그는 (결코 레즈비언이 될 수 없는) 남성이다. 상상의 세계를 마음대로 넘나들 수 있는 이가 시인이라지만, 그는 상식 밖의 일을 저질러 놓은 셈이다.[13] 어쩌면 이 글도 아이러니가 아닐 수 없다. 왜냐하면 글쓴이조차도 결코 레즈비언이 아닌 남성이기 때문이다. 그렇지만 이 모두를 접어 두고, 글쓴이는 그의 시적 상상력이

---

12) 동성애자들에게 있어, 커밍 아웃은 단순히 개인의 주장을 뛰어넘어 정치적인 문제로 이어지는 행위이다. 그런 점에서 이인우의 시집 또한 정치·사회적 커밍 아웃과 연관지어 의미를 매길 수 있을 것이다.

13) 어쩌면 이는 특별한 경우라고 볼 수 없다. 왜냐하면 레즈비어니즘을 노래한 시들은 보들레르나 피에르 루이스 같은 시인들에 의해 더러 발표되었기 때문이다. 반면 사포 이후에 여성 동성애적 편향을 실천한 여성시인은 거의 찾아보기가 어렵다. 기껏해야 19세기 말 '제비꽃의 여성시인'으로 알려진 르네 비비앙을 들 수 있을 뿐이다. 시부사와 타츠히코, 문대찬 옮김, 『몸 쾌락 에로티시즘』(바다출판사, 1999) 참조.

레즈비언의 삶과 성 정체성에 어떻게 다가서고 있으며, 무엇을 말하고자 하는지 살펴보고자 한다.

2. 무지개 깃발을 내거는 레즈비언

일반인들과 마찬가지로 레즈비언들도 더 이상 낯설고 두려운 대상이 아니라, 하나의 인격체로서 삶을 누릴 수 있는 권리를 지니고 있음은 마땅한 일이다. 그런데도 그들은 단지 소수자인 까닭에 차별받아 왔고, 비정상의 존재로 여겨져 왔다. 사실 이인우 시인은 현대의 문화 현상에 민감하게 반응하는 대중이라기보다, 레즈비언의 세계를 넓은 가슴으로 받아들이고 있다. 물론 시인 자신은 그 단순한 호기심에 끌려 레즈비언의 무지개를 훔쳐보았을 뿐이라고 말한다.[14]

> 내, 몸, 한 알로, 온 밭이, 붉다
>
> ─「사과밭: LEZ보고서·1」 전문

> 내, 붉은, 몸, 한 알로, 뱀이 죽었다//하나님은/나를 용서하지 않았다//나는/하나님을 용서하였다//부드러운, 땅, 깊이, 뱀을, 묻었다//해 뜰 때/눈물을 걷고/하나님을 한번 더 용서하였다
>
> ─「사과와 뱀: LEZ보고서·2」 전문

---

14) "이 작품들을 쓰거나 수정하는 과정에서 통신에 올려진 여러 동성애모임 사이트와 동성애 전문잡지 『버디』와 『또 다른 세상』에 게재된 글들을 참조"했고 시인 스스로 밝히고 있다. 그러나 레즈비언의 입장에서 보면, 참조가 아니라 '훔쳐보기'일 수 있을 터이다.

시적 자아는 먼저, 레즈비언의 존재를 이단으로 여겨왔던 창세기 신화에 눈길을 두고 있다. 이 시에서 "사과밭"은 에덴동산의 상징으로 태초의 성적 공간을 일컫는다. 그리고 "내 붉은 몸"은 이브를 상징한다. 시적 자아는 지혜의 나무 열매, 곧 "사과"를 따먹은 그녀의 잘못으로 "뱀이 죽었다"고 생각하는 것이다. 여기서 우리는 '뱀'의 상징성15)에 눈길을 둘 필요가 있다. 우리 시에서 자주 뱀은 관능적 존재로 드러난다.16) 하지만 뱀에 대한 우리의 편견 가운데 대표적인 것은 종교적 관점에서 인식하고 있는 것이다.

특히 성경의 창세기(3장 1~15절)에서 뱀은 이브를 꼬여 성적 금기를 어기고 천국의 질서를 깨뜨린 존재로 여겨진다. 그래서 하나님은 악의 상징이 되는 뱀을 죽이게 된 것이다. 그러나 하나님의 입장이 아닌 이브의 입장에서 보면 뱀의 존재는 아주 다르다. 그녀에게 있어 뱀은 '질서의 새로운 형식인 지식의 전수자'인 것이다. 이렇듯 뱀은 이브의 첫 번째 연인, 이른바 레즈비언이었던 셈이다. 그래서 말할이는 "해뜰 때 눈물을 걷고" 자신의 연인을 죽인 "하나님을 한 번 더 용서하였다"고 적고 있다.

빨갛게 흔들리는 신호등을 떼어내고 걸널목 높이/나는 내 몸을 매달았다/사과 한 알은 그의 심장 속에 그대로 두고/기차를 탔다 먼 풀밭을 지나가기 시작했다/나를 떼어낸 여인숙의 풀밭 위에는/그가 뱉아놓은 체액이

---

15) 흔히 뱀은 '삶과 죽음에 대한 상징이며 정신적인 개념이며 어둠의 힘이며 또한 삼키는 자이며 삼킴을 당하는 존재'로 여겨진다. 한편 뱀은 남근을 상징하기도 한다. 뱀이나 넥타이처럼 길고 가느다란 것, 탑처럼 꼿꼿이 서 있는 것, 지팡이나 막대기처럼 뾰족한 것 따위가 남근을 상징한다는 사실은 일반적이다. 김종대, 『우리문화의 상징사전』(다른세상, 2001) 참조.

16) 이를테면 서정주의 시에서 '꽃뱀(花蛇)'은 남성을 유혹하는 관능적 여인을 상징하고 있다.

흘러 나무를 키우고/새로운 풀이 자라 새를 날리고 있었다
　　　　　　　　　　　　—「풀밭 위의 잠: LEZ보고서·3」 가운데

　버스가 섰던 자리에 개들의 울부짖음이 꽃잎과 섞이고 쌓여 끝내는 내 기침 소리와 엉켜 들판을 채운다 사람과 가장 가까이 있던 개들의 냄새가 사람에게서 가장 멀리 떨어진 저녁 하늘에 새빨간 노을을 만들었다 새로 온 버스가 마을에 닿자 수많은 내가 땅 위에 내려서고 다시 마을은 버스에 실려 떠나고 있다//버스가 닿기 전부터 자라던 사과나무가 홀로 남아/내 붉은 몸 한 알을 매달기 시작한다
　　　　　　　　　　　　—「여행의 끝: LEZ보고서·13」 가운데

　저물 녘/내 속눈썹 속으로 찌잉/종소리가 사랑으로 내리는/아름다운 이곳은 어딜까//저기 노을 같은 등을 보이며/걸어가고 있는/붉은 동산 하나는/누굴까
　　　　　　　　　　　　—「붉은 동산: LEZ보고서·18」 가운데

　이 시들은 레즈비언의 세상을 비유하는 "풀밭"과 "붉은 동산"을 떠나는 시적 자아의 심정을 노래하고 있다. 여기서 "붉은 꽃" "붉은 몸" "빨간 가슴" "붉은 밭" "붉은 동산" 따위의 시어들이 보여 주는 붉은색의 이미지는 앞서 다룬 '사과'의 환유적 표현이다.17) 특히 "내 죄는 사과가 아니다"라는 표현에서처럼 '레즈비언의 사랑'은 죄가 아니라는 점을 강조하고 있다. 그래서 말할이는 자신의 죄는 '사과가 아니라 풀밭이었다'며 이성애 중심의 성담론에 대한 비판의식을 보

---

17) 이밖에도 사과의 환유적 표현을 다루고 있는 시로는 「땅끝의 전화번호를 아십니까: LES보고서·8」, 「안개와 빗방울: LEZ보고서·10」, 「겨울도시: LEZ보고서·17」을 들 수 있다.

여 주고 있다.

이처럼 이인우 시인의 레즈비언에 대한 사랑은 대단하다. 기독교의 금욕주의는 동성애를 죄악시해 왔다.[18] 그런 점에서 시인은 창세기의 정전까지 건드리며 레즈비언의 존재에 빗대어 풀어놓고 있다. 이를 바탕으로 시인은 레즈비언의 시각에서 그들의 행위를 죄악시했던 최초의 신화에 접근하여, 동성애에 대한 오늘날의 피상적 독해를 바로잡고자 한다. 이로써 그는 레즈비언의 존재가 인류의 시작과 함께했다는 담론을 만들어내고 있는 것이다.

내 방의 소품은 하나밖에 없다/나는 하나밖에 없는 그를 안고 잠이 든다/세계지도에는 그가 없다/내 여덟 색 무지개 속에만 그의 지도가 있다//따스한 혈액 사이를 그는 떠다녔다 이 세상에 떠나지니 않는 것이 어디에 있느냐는 듯. 그는 쪼개어진다 이 세상에 쪼개어지지 않는 것이 어디에 있느냐는 듯. 가루가루 쪼개어지는 금강석을 만날 때마다 그는 자꾸만 물어보았다 왜 둘로만 둘과 셋과 넷의 차이가 무엇인지 그러면서 그는 계속 스스로의 몸을 분열시켰다 그의 방에 소품들이 가득해졌다 거울 시계 옷걸이 곰인형 꽃병 물뿌리개 라이터 술병 스푼 딜도…또 거울…그것들은 모두 제자리에서 제 몫의 호흡을 한다//그래도 내 방의 소품은 하나밖에 없다
　　　　　　　　　　　　　　　—「두 개의 섬, 레스보스: LEZ보고서·5」 전문

부드러운 햇살이 그녀의 입으로부터 쏟아져나와 내 피부에 떨어졌고/나는 피부 위에 굴러다니는 오빠의 비누알갱이를 찬찬히 삼켰다/햇살을

---

18) 기독교적 세계관으로 볼 때, 여성은 악마의 유혹에 쉽게 넘어가고 불완전하며 믿을 수 없는 약한 존재이다. 오직 남성만이 높은 정신세계로 뛰어오를 수 있는 자유로운 존재이다. 그런 점에서 레즈비언의 존재는 성적 금기의 표상이었다. '사과'는 사회에서의 억압의 대상인 레즈비언을 상징하며, 사과밭은 레즈비언의 세계를 상징하고 있다. 이 시를 통해 시인은 'Lezbian Erotic'에 한발 접근하고 있다.

밟고 우리는 말채찍을 흔들었다/푸른 벌판을 차내는 말발굽 소리가 들려왔다/언덕을 달려 여덟 빛 무지개가 펼쳐진 하늘로, 하늘로/우리는 날아오른다/늪지에 나뒹구는 오빠의 토막난 목소리가 날아오른다/맨손 맨몸 맨가슴…/그리움을 뚫고 오빠의 아픔이 들어왔다/딜도였다/우리의 조상은 태초에 딜도가 아니었다

　　—「시간으로 차려진 침실엔 사랑이 없다: LEZ보고서·42」 가운데

　레즈비언들의 섬인 레스보스는 "세계지도"에도 없다. 다시 말해서 세상은 그들의 존재, 곧 레즈비언의 세계를 인정해 주지 않고 있다는 증거이다. "여덟색 무지개"로 상징하듯이 레스보스는 오직 레즈비언들의 의식 속에서만 존재한다. 그리고 세상은 "왜 둘로만 쪼개어지는지"에 대해 질문하고 있다. 그만큼 시적 자아는 우리 사회에서 남성/여성, 이성애자/동성애자, 게이/레즈비언이라는 이분법적 사고에 붙박혀 차별당하고 있는 존재에 대해 관심을 보이고 있는 것이다.

　특히 시인이 눈길을 모으고 있는 세계는 오래도록 우리 삶에서 격리되어 왔던 성적 소수자의 세계임에 틀림없다. 그 곳은 일반의 세계가 아닌 '이반(異般)'의 세계, 특히 레즈비언의 세계인 것이다. 이렇듯 이인우의 시세계는 일곱 색에 가려져 쉽게 눈에 띄지 않는 무지개 빛깔—그것은 우리가 쉽게 제도화시켰던, 애써 그렇게 믿어 왔던 잃어버린 빛깔—을 보여 주려고 한다. 그가 발견한 것은 다름 아닌 '분홍' 빛깔로 자세히 보지 않으면 구별하기 힘든 "여덟 빛 무지개"[19]인 것이다.

---

19) '무지개 깃발(rainbow flag)'은 동성애 문화를 상징하는 대표적 표식으로, 1978년 샌프란시스코에 살던 길버트 베이커라는 화가에 의해 디자인되었다. 그에 따르면, 분홍(성)·빨강(삶)·주황(치유)·노랑(태양)·초록(자연)·파랑(예술)·남색(조화)·보라(영혼)의 여덟 색 가운데서 동성애를 상징하는 색은 분홍색이었던 것이다.

3. 사포로 거듭 태어나는 레즈비언

이인우 시인은 이 시집을 통해 또 하나의 세상, 곧 '낯선 곳으로의 여행'을 부추기고 있다. 그는 단순한 호기심으로 '세계지도'에도 없는 레스보스를 찾아갔다가, 동성애의 상징[20]인양 걸린 '여덟 색 무지개'를 보고 레즈비언의 세계에 빨려든 것이다.[21] 그의 이러한 체험은 직접 체험이라기보다 물론 인터넷을 통한 훔쳐보기인 셈이다. 어쨌든 그는 이 시집을 통해 또 하나의 담론을 만들어내며, 레즈비언 시인의 대표격인 사포로 거듭 태어난다.

그의 시집에서 시적 자아는 '나'라는 1인칭 말할이의 탈(persona)을 쓰고 레즈비언의 역할을 맡고 있다. 그리고 시인이 풀어내는 이미지 또한 여성적인 것에 근거를 두고 있는데, 특히 여성들이 갖는 생태학적 친화력으로 자연 대상에 대한 애정과 연관되어 있다. 이를테면 '무지개, 사과, 풀밭, 바다, 하늘, 새, 비'와 같은 시어들은 시적 자아가 선호하여 자주 끌어쓰는 여성들의 '공유 언어'에 속하는 것이다.

> 나도/집 없는/비다
>
> —「비·1: LEZ에게 드리는 끝말①」 전문

늪지를 지나 마른 나무를 담아온 비를 맞자/내 몸에서 서걱거리는 소리

---

20) '분홍색 역삼각형(pink triangle)'은 무지개 깃발보다 오래된 상징물로서, 본디 나찌 독일에 의해 수용소에서 동성애자를 식별해서 그 탄압을 유용하게 하기 위한 표식으로 사용되었는데, 그 뒤부터 동성애해방운동과 게이 프라이드의 상징 마크로 널리 사용되었다. 반면에 아마존족이 쓰던 양날 도끼인 '라브니스'는 레즈비언들의 상징적인 문양으로 널리 쓰이고 있다.

21) 무지개에 대한 시인의 관심은 「수컷에 대하여·4: LEZ보고서·54」에서도 찾을 수 있다.

가 들린다/나는 비를 장작처럼 패어 시내로 나가/불을 지핀다/비 아닌 것들 아래/높고 낮게 젖는 사람들이 비를 피해/내닫고 있다/뜨거움을 모르고
—「비·2: LEZ에게 드리는 끝말②」 가운데

어느 날 최초의 비가 왔다/촉촉한 키스처럼 비는 나를 땅 위에 뉘였고/어둠이, 비 멎을 때까지 나를 덮었다/비와 어둠을 즐기며//나는/잠이 들었다.
—「바다는 하늘과 땅을 이었다: LEZ보고서·4」 가운데

시적 자아는 '비'에 대한 애착을 통해, 레즈비언들이 간직한 비애, 눈물없는 진한 슬픔의 근원을 조심스럽게 찾아 나선다. 특히 시적 자아는 '비'의 이미지를 통해 레즈비언이 가진 원초적 비애를 형상화하고 있다. 이를테면 그 비애는 "최초의 비"와 같은 눈물의 근원이며, "집 없는 비"처럼 마음 달랠 곳 없는 절망과 방황의 슬픔인 것이다. 그에게 있어 '비'는 레즈비언의 사랑 또는 슬픔을 상징하고 있다. 그러나 그 근원을 쉽게 알지 못하는 레즈비언의 비애는 시집 전편을 지배하는 정서임에 틀림없다.

남근으로부터/사회로부터 더 깊숙한/정체성으로부터/훨훨 날아서 새처럼 간다//외로움으로부터/만남으로부터/헤어짐으로부터//훨훨 날아서 돌아다닌다//아픔으로부터/슬픔으로부터/자기로부터//훨훨 날았다가 되돌아온다//굴레여, 굴레여!
—「굴레로부터 훨훨: LEZ보고서·31」 전문

레즈비언의 세계는 일반적인 접근을 거부하는 낯설고 또 다른 세계임에 틀림없다. 그럼 점에서 이인우 시인의 상상력은 레즈비언에 대한 사랑에서 출발한다. 이 시에서 말하는 "굴레"는 이성애 중심의 사

회가 레즈비언에게 씌운 금기의 사슬을 일컫는다. 말할이는 "남근으로부터 사회로부터 더 깊숙한 정체성으로부터"마냥 사회적 굴레로부터의 해방을 간절히 바란다. 그것은 '새'로 상징화되고 있는데, "아픔으로부터 슬픔으로부터 자기로부터"마냥 개인적 굴레로부터의 자유를 노래하고 있다.

　숨소리가 모여 집안의 전등을 모조리 껐습니다/불빛에 서로 뭉쳐지는 것들이/서로 뭉치기 위해 흩어지는 것들의 그 바쁜/움직임이 나를 향해 달려왔습니다/두려워졌습니다/포말처럼 내 의식의 한 면이 쓰러지면서/나는 쫓겨났습니다 아니, 바깥으로 도망쳐 나온 나는/챙겨둔 짐들이 걱정되어 이번에는 집 안쪽을 바라 보았습니다/나무가 넘어지고 바위가 굴러왔습니다 온갖 짐승들이/뿌리와 뿌리를 덮은 흙더미를 긁어내자/그 속에 갓 태어난 한 마리 개가/깨끗한 알몸을 흔들고 있었습니다
　　　　　　　　　　　　　　　　　—「최초의 접촉: LEZ보고서·12」 가운데

　버스를 내린다 버스는 내가 내리자 마을을 싣고 떠난다 내뿜는 먼지를 콜라처럼 마시며 나는 다시 정류소를 찾아 두리번거린다 모래밭이 있고 모래밭 사이에서 개들이 짖고 있다 활짝 핀 꽃잎만 골라 씹던 개들, 붉게 물든 이빨, 컹컹 짖는 더 작은 소리
　　　　　　　　　　　　　　　　　—「여행의 끝: LEZ보고서·13」 가운데

　여전히 우리 사회에서 동성애자들은 '사람 대접'을 받지 못한다. 이는 동성애를 행위의 문제로만 보려는 태도에서 비롯되는 것이다. 이를테면 동성애자들은 그들의 성적 행위만으로 모든 인권을 박탈당하고 있다고 하겠다. 따라서 오늘날 동성애 담론은 그것이 행위의 문제가 아니라 존재의 문제임을 강조하고 있다. 그 결과 이인우 시인은

'육체는 자연이 아니라 사회이고 역사이다'는 명제를 바탕에 깔고, 사포로 거듭 태어나고자 한다. 그런 점에서 그의 시적 상상력과 열정은 레즈비언의 세계를 심도있게 형상화시키기에 충분하다고 여겨진다.

이 시들에서 "갓 태어난 한 마리 개"와, "꽃잎만 골라 씹던 개"들은 레즈비언의 동조자로 비유된다. 사회제도로 말미암아 현실에 가로막혀 있는 엄청난 벽을 뚫고 나가기에는 너무나 연약한, 너무나 적은 동조자들이기에 스스로 겪어야 하는 윤리적 갈등과 미래에 대한 불투명성 따위가 레즈비언들을 더욱 슬프게 한다. 그러나 그들은 눈물을 보이지 않으며 쉽게 쓰러지지도 않는다. 왜냐하면 새롭게 자신을 되찾고 존재의 의미를 느낄 수 있는 세계를 위해 싸워야 하기 때문이다. 이 또한 레즈비언의 원초적 비애인 것이다.[22]

아니…!!3. 아직 내가??? 사랑하는 이!!가 세상^^@#+$;;에 남아 있어서…/같은 하늘에…같은 공기…!!~를 들이키는@@# 것만으로…/그녀를 보는 것이 고통이여서 죽으려던/내???가 죽으면 다시는 그녀를 볼 수 없다!!~는 것에 홀로 무서워서…/(性)을**!!??을 가졌다는 것이…여자임##이 무서워서/…그래서 아직 나는 살아!!!있다.
    —「우체통이 가랑잎 위에 얹혀 있었다: LEZ보고서·26」 가운데

이 시는 인터넷에서 퍼온 글로서, 한 레즈비언의 사랑과 고뇌를 드러내고 있는 작품이다. 특히 레즈비언의 고뇌에다 시적 자아의 고뇌를 포개고 있어 진한 슬픔의 어조가 두드러진다. "그녀를 보는 것이 고통이여서" 죽고 싶지만, 죽어버리면 "다시는 그녀를 볼 수 없다"는

---

22) 이밖에도 시적 자아는 '집, 방, 섬, 벽장' 따위의 공간 이미지를 통해 레즈비언의 유폐된 삶을 노래하고 있다.

사실이 무서워서 아직도 살아 있다는 말할이의 진술을 통해, 이 시는 레즈비언으로 살아가는 운명적 삶의 비애를 느끼게 한다.

　이렇듯 이인우 시인은 인터넷을 통해 레즈비언들의 그늘진 세계를 접했고, 직접 전화 통화를 통해 레즈비언들의 정신적 갈등과 애환을 느꼈다고 한다. 특히 '어디에든 완전한 인간은 없다/누구도 이 불완전성을 규명할 수 없다'라는 시인의 말은 레즈비언의 세계에만 붙박혀 있지 않고, 그 의미를 소외된 인간 세계로까지 확장시키고 있는 것이다. 한편 이인우 시인은 우리나라 레즈비언의 역사에도 관심을 보여 주고 있다.23)

4. 레즈비언의 모자를 벗는 시인

　푸코(M. Foucault)의 말처럼, 우리 사회가 아무리 동성애와 동성애자에 대해 침묵하고 부인 내지는 비난한다 할지라도 그 존재 자체를 없앨 수는 없는 노릇이다. 어느 사회에서건 동성애는 바로 지금, 여기에 엄연히 존재하는 하나의 현실이며, 동성애자는 바로 우리의 이웃이기 때문이다. 이인우 시인이 호기심으로 들여다 본 세계가 바로 우리의 이웃, 곧 여성 동성애자인 레즈비언의 세계였다.

　먼저, 그의 시는 그동안 닫히고 잠겨 있던 굳은 빗장 하나를 풀어 주고 있다. 그것은 바로 레즈비언에 대한 사회적 고정관념이다. 그래서 그는 세상 밖으로 드러내기 어려웠던 레즈비언의 정체성을 공론화하려고 애쓴다. 이를 통해 시인은 새로운 지도(map)를 제시하고 있다. 성적으로 억압받는 레즈비언의 세계를 널리 알리고 있는 것이다. 숨

---

23) 이는 「봉씨의 항변」과 「개비랑의 노래」에서 찾을 수 있다.

겨지고 낯선 세계를 중심으로 그려내는 지도, 이는 곧 문학 담론에서의 '컴밍 아웃'인 셈이다.

다음으로, 그의 시는 레즈비언의 입장에서 창작함으로써 특별한 기능을 가진다. 특히 급진적 레즈비어니즘에 대한 동의를 보여 주고 있다. 그 결과 문학에 있어서 일천한 레즈비언 담론을 극복하고 사회·문화적 현상으로 자리매김하고 있다고 하겠다. 하지만, 그의 시들이 레즈비언의 세계를 오롯이 보여 주지는 못한다. 단지 그의 노력은 또 하나의 담론을 만들어내고 있는 셈이다.

끝으로, 공식적이고 제도적 권력이 없는 소수자에게 문학 담론은 힘겨운 실험이고 도전의 방식이다. 이성애/남성/게이 중심의 담론 '안'에서 또는 '밖'에서 레즈비언들은 그들의 담론들을 만들고 있다. 그런 점에서 이인우의 시집은 레즈비언 인권운동과 맞물려 특별한 의미를 지니는 이 시대의 문학 담론을 반영하고 있다고 하겠다. 앞으로 레즈비언 담론이 낯선 세계, 익숙치 못한 문화를 넘어서 외딴 섬 '레스보스'가 아닌 온 세상에서 자연스런 담론으로 자리 잡기를 기대한다.

  그래서 모자를 쓴다//수많은 레즈 위사품들이/봉숭아 꽃빛으로 예쁘게 눈을 그린 후/포르노 영화를 들여다보고 있을 때//그 온갖 어지러움을 씻어내기 위하여/속눈썹이 덮힐 때까지 깊은/모자를 쓴다//맑은 물방울은/모자 속에서만 자유로워진다/뜨거움을 견딜 수 있다/거짓들을 씻어낼 수 있다

  —「(신)레즈학: LEZ보고서·38」 가운데

이병기 시조와 군자삼우(君子三友)

: 매화·난초·고서의 시적 형상화

1. 들머리

가람 이병기(嘉藍 李秉岐, 1891~1968)는 시조부흥과 시조혁신운동을
전개한 현대시조의 개척자다. 또한 그는 우리말과 글을 연구하고 문학
이론을 체계화시킨 국문학자다. 특히 고전문학과 시조연구에 정진하
며, 우리문학 발전에 크게 이바지했다. 이에 못지않게 그는 시조시인
으로 명성이 드높다. 그의 시조 작품은 『가람시조집』(문장사, 1939)과
『가람문선』(신구문화사, 1966)에서 만날 수 있다.

시조(時調)란 용어는 그 시절에 유행하는 노래곡조란 뜻의 시절가
조(時節歌調)에서 비롯되었다. 오랜 시절을 지나며 소중한 문학 전통
과 자산을 간직하고 있는 우리의 고유한 문학 갈래다. 이는 시조가
우리 겨레의 심성과 사상을 표현하는 데 적합한 양식을 갖추었기 때
문이다. 일찍이 이병기는 한학을 공부한 까닭에 한시를 쓰다가, '우리
의 말로 우리의 감정을 표현'해야 한다는 뜻에서 시조를 창작했다고

한다.

그의 시조 창작은 열세 살 때부터라고 알려져 있지만, 1924년 무렵 「갈길」과 「제주ㅅ길에」 등의 작품을 발표하면서부터 본격적으로 시작되었다. 그렇게 따지면 마흔 해 넘게 시조를 지었다고 하겠다. 정지용은 『가람시조집』에서 "시조 제작에 있어서 양과 질로써 가람(嘉藍)의 오른편에 앉을 이가 아직 없다"고 하면서 "송강(松江) 이후에 가람이 솟아오른 것이 아닐가 한다"는 발문(跋文)으로 이병기의 시조를 치켜세운 바 있다.

지금껏 이병기의 삶과 문학, 특히 시조시학에 대한 논의는 많이 이루어졌다. 대체로 그는 우리 시조문학의 선각자로 칭송되거나, 섬세한 언어 감각과 미의식에 의한 시조세계를 높게 평가해 왔다. 더러 비판적 견해도 있지만, 대표적 시조시인으로서 문학사적 위상은 주목의 대상이 되고 있다.

흔히 군자는 덕행이나 학문이 갖추어진 사람을 뜻한다. 예로부터 매화·난초·국화·대나무는 그 생태가 군자를 닮았다 하여 사군자(四君子)라 일컬어진다. 따라서 사군자는 세상의 오탁에 물들지 않고 고절을 지키는 상징물로서 예술의 으뜸 제재로 즐겨 쓰였다. 그만큼 사군자에는 군자의 품성을 닮고 배우려는 예도(藝道)가 담겨 있는 까닭이다.

이른바 군자의 최고 덕목으로 여겼던 충절을 바탕 삼으며 매화는 인자함(仁)에, 난초는 예(禮)로, 국화는 의로움(義)에, 대나무는 슬기로움(智)으로 자리매김되고 있다. 증자(曾子)가 말하기를, 군자는 "글로써 벗을 모으고, 벗으로써 자신의 인을 돕는다(以文會友 以友輔仁)"고 했다. 그렇듯 이병기의 삶과 문학에 있어 오랜 벗으로 매화와 난초, 그리고 고서를 빼놓을 수 없다. 따라서 그의 시조에는 군자의 품격과 풍월이 흐르고 있다.

이에 글쓴이는 이병기의 삶과 문학 전반을 논의하다기보다 시조의 특성을 살피고 독자들의 관심과 이해를 돕는다는 차원에서 소박한 해설을 덧붙이고자 한다. 특히 그의 군자정신과 밀접한 관계를 맺고 있는 제재 가운데, 매화·난초·고서를 중심으로 시조의 특성을 살펴볼 것이다. 이를 통해 이병기 시조에 대한 관심과 애정을 드높이는 계기가 되길 바란다.

2. 고결한 마음으로 핀 매화 꽃

이병기 시조는 군자의 품성과 사상을 표현한 자화상과도 같다. 사군자 가운데 첫 번째로 놓이는 매화는 겨울의 추위를 이겨내고 가장 먼저 봄을 알리는 꽃이다. 마른 가지에 핀 꽃망울은 봄의 전령인양 은은한 향기로 세상을 감싼다. 마치 힘겨운 현실 속에서 고뇌하는 선각자의 모습을 보는 듯하다.

매화의 꽃말은 '고결한 마음'이다. 이병기는 시조창작에 있어 매화를 군자의 벗으로 모으고 있다. 다시 말해서 그는 매화의 생태와 기품을 시조로 형상화하고 있는 것이다. 그런 만큼 그의 시조는 매화에 대한 깊은 애정을 느낄 수 있게 한다. 언제나 매화를 가까이 두고 길렀던 시인의 정서가 고스란히 담겨 있다.

더딘 이 가을도 어느덧 다 지내고/울밑에 시든 국화(菊花) 캐어 다시 옮겨 두고/호올로 술을 대하다 두루 생각 나외다//뜨다 지는 달이 숲속에 어른거리고/가는 별똥이 번개처럼 빗날리고/두어 집 외딴 마을에 밤은 고요하외다//자주 된서리 치고 찬바람 닥쳐오고/여윈 귀또리 점점 소리도 얼고/더져둔 매화(梅花) 한 등걸 저나 봄을 아외다

―「매화(梅花)」 전문

매화의 특성을 통해 이병기가 그려낸 시적 상상력은 각별한 의미를 지닌다. 이 작품에서 그는 "국화"마저 시들고 "자주 된서리 치고 찬바람 닥쳐오"는 겨울 밤, 숲속의 "외딴 마을"에서 던져 둔 매화를 마주하고 있다. 그런 가운데서도 그는 매화만이 "봄을 아외다"고 노래하며 다가올 봄을 기약하고 있다. 굳이 그가 살았던 시대상과 견주지 않더라도, 매화에 대한 그의 서정은 밝은 미래를 향한 믿음과 의지로 읽힌다.

그저 밤은 길고 꿈만 어수선하다/홀로 일어 앉아 희미한 달빛 속에/창(窓) 앞에 새로 피어난 청매화(靑梅花)를 맡아 본다//청매 청매(靑梅 靑梅) 꽃은 나한(羅漢)의 마음이다/너와 같다면 누가 싫어 하리/진실로 저는 저로 하여 귀여움을 받느니

—「청매(靑梅) (1)」 전문

이병기는 매화 가운데서도 꽃받침이 푸른빛을 띠는 청매화의 매력에 흠뻑 빠져 있는 듯하다. 네 편의 '청매' 연작시조를 적고 있는데, 이 작품은 일상에서 만나는 대상을 시적 소재로 그려내는 능력을 보여 준다. 아울러 청매화의 꽃이 지닌 "나한의 마음"을 간직하고 싶어 하는 그의 속내를 숨기지 않는다.

김윤식에 따르면, 이병기가 성찰하고 발견한 대치물은 예도로서의 격조였고, 가람 시조의 비밀이라고 했다. 그러면서 예도란 곧 오도(悟道)라고 했듯이, 이병기는 "나한"의 눈으로 삶의 의미를 깨우치고 있는 것이다. 그런 점에서 청매화는 자연의 이치와 인생의 본질을 깨닫게 하는 매개체인 것이다.

몹시 춥고 춥던 소·대한(小·大寒)도 지내고/눈이 내리다 비가 줄줄 내린다/텅 비인 나의 그 방에 청매화(靑梅花)도 다 폈다//천정(天井)과 네

벽에는 거미줄이 쳤는데/쥐나 쏠고 좃는 고서(古書)가 쌓여 있고/먼지 낀 책상(冊床)머리에 등만 외로 밝았다//외고 남북(南北)은 멀고 아직도 밤은 길다/어린 손녀(孫女)와 그 방에 홀로 누워/청매화(靑梅花) 그것을 보고 날인가도 여기소

—「청매(靑梅) (4)」 전문

이 시조의 말미에서 이병기는 '고향서 온 병옥(秉玉)의 말에 처(妻)가 전주(全州) 가서 양사재서실(養土齋書室)의 청매가 만발한 걸 보고 나를 생각했다 한다'고 밝혀 두고 있다. 그렇듯 청매화는 이병기 자신과 하나로 조화된 일체의 현상을 뜻한다. 물론 그 또한 텅 빈 그의 방에서 꽃을 피운 "청매화 그것을 보고" 자신으로 여겨 주길 원하고 있다.

외로 더져 두어 미미히 숨을 지고/따듯한 봄날 돌아오기 기다리고/음음한 눈얼음 속에 잠을 자던 그 매화(梅花)//손에 이아치고 바람으로 시달리다/곧고 급한 성결 그 애를 못 삭이고/맺었던 봉오리 하나 피도 못한 그 매화(梅花)//다가오는 추위 천지를 다 얼려도/찾아드는 볕은 방으로 하나 차다/어느 뉘(世) 다시 보오리 자취 잃은 그 매화(梅花)

—「매화(梅花)」 전문

이 시조에는 "고목(古木)된 야매화(野梅花)를 수년(數年) 기르다 얼려 죽이고"라는 부제가 붙어 있다. 여기서 야매화는 "음음한 눈얼음 속에 잠을 자던 그 매화"고, "맺었던 봉오리 하나 피도 못한 그 매화"며, "어느 뉘 다시 보오리 자취 잃은 그 매화"다. 결국 그는 "야매화"에 대한 사랑과 추억, 그리고 죽음으로 비유되는 우리의 실존문제를 보여 주고 있다고 하겠다.

3. 청초하고 아름다운 난초 향기

착한 사람과 함께 살면 난초가 있는 방에 들어간 것처럼 오랫동안 그 향기를 알지 못한다고 하여 군자와 대응시키곤 한다. 깊은 산속에서 청초한 자태와 그윽한 향기로 피어나는 난초, 욕심 부리지 않으면서 향기로운 삶을 살아가는 이는 이미 군자의 경지에 닿아 있다. 이렇듯 난초는 군자의 상징으로서 시인묵객들의 사랑을 받아왔다.

난초의 꽃말은 '청초한 아름다움'이다. 이병기는 그의 시조에서 청초하고 아름다운 난초를 군자의 벗으로 모으고 있다. 난초와의 깊은 인연 속에 평생을 살아왔던 까닭에, 그는 난초의 시인으로 일컬어진다. 이로 미루어 볼 때, 그의 난초 사랑은 고아한 품성 속에서 삶의 향기를 찾고자 했던 군자정신의 표상이라 하겠다.

> 빼어난 가는 잎새 굳은 듯 보드랍고/자주빛 굵은 대공 하얀 꽃이 벌고/이슬은 구슬이 되어 마디마디 달렸다//본디 그 마음은 깨끗함을 즐겨하여/정한 모래 틈에 뿌리를 서려 두고/미진(微塵)도 가까이 않고 우로(雨露) 받아 사느니라
>
> —「난초(蘭草) (4)」 전문

『문장』(1939.4)에 발표된 이 시조는 난초와의 교감을 형상화하고 있다. 1연에서는 "굳은 듯 보드라"운 군자의 기품으로 외유내강(外柔內剛)을 연상시키는 난초의 청초한 외양을 노래한다. 2연에서는 "정한 모래 틈에 뿌리" 내리고 "미진도 가까이 않고 우로 받아 사"는 난초의 고결한 생태를 예찬한다. 청렴한 군자의 수묵화와도 같은 이 시조는 "깨끗함을 즐겨하"며 살고자 하는 시인의 품성을 응축시켜 보여 주고 있다.

잎이 빳빳하고도 오히려 영롱(玲瓏)하다/썩은 향나무껍질에 옥(玉) 같
은 뿌리를 서려 두고/청량(清凉)한 물기를 머금고 바람으로 사노니//꽃은
하얗고도 여린 자연(紫煙) 빛이다/높고 조촐한 그 품(品)이며 그 향(香)을/
숲속에 숨겨 있어도 아는 이는 아노니

—「풍란(風蘭)」 전문

수필 「풍란」에서 이병기는 '책도 보고 시도 생각해 보았다. 풍란은
곁에 두었다. 하얀 꽃이 댓 송이 벌었다. 방렬(芳烈)·청상(清爽)한 향
(香)이 움직이었다. 나는 밤에도 자다가 깼다. 그 향을 맡으며, 이렇
게 생각을 하며, 등불을 켜고 노우트에 적었다'고 말했다. 이 시조는
난초의 종류 가운데 풍란을 애호하는 시인의 속내를 담아내고 있는
작품이다.

"영롱한 잎새"와 "옥 같은 뿌리"로 표상되고 있는 풍란은 "높고 조
촐한" 기품과 향기를 품고 있다. 그것은 본디 난초의 생리이며 속성이
다. 하지만 눈에 띄지 않는 "숲속에 숨겨 있어도" 그 가치를 아는 사람
은 다 안다고 하면서, 난초의 기품과 향기를 자신의 삶으로 투영시키
고 있다. 시대 또는 개인사적 시련기에 그가 정신적 위안으로 삼았던
난초와의 인연을 표현했다고 하겠다.

난(蘭)의 만여종(萬餘種)이 온 대륙(大陸)에 펼쳐 있다/계손 맥문동(溪
蓀 麥門冬)도 난(蘭)이라 일컫는데/봄에 핀 이 일경 일화(一莖 一花)가 정
말 난(蘭)이었다//하이얀 줄거리에 비취왕(翡翠王) 같은 그 화관(花冠)/오
늘 새벽에야 바야흐로 벌었다/으늑히 떠 이는 향(香)에 나는 자못 놀랬다

—「도림란(道林蘭)」 전문

이병기는 수필 「난초」에서 '도림란'에 대해 적고 있다. 그에 따르

면, "대복사(大福寺) 주지 김계월(金桂月, 性黙 常圜)이 도림산(道林山)에서 이 난초를 캐다 심어 소공(素空)께 분초(分草)하였다. 이건 우리 난초 중 가장 진기하다. 나는 이걸 도림란(道林蘭)이라 칭호하였으며, 나도 한 포기 얻었던 바 잘 자라며 명춘(明春) 쯤은 꽃도 볼 듯하다"고 말했다.

이처럼 '도림란'은 이병기가 직접 이름을 지어 불려지고 있는 춘란의 일종이다. 그의 난초에 대한 각별한 관심과 속깊은 애정을 눈치챌 수 있다. 이 시조는 "봄에 핀 이 일경 일화가 정말 난이었다"고 하면서 경이감을 드러내고 있다. 또한 "비취왕 같은 그 화관"에서 풍겨오는 도림난의 신비로운 향기에서 생명의 놀라움을 느끼고 있다.

오늘도 온종일 두고 비는 줄줄 내린다/꽃이 지던 난초(蘭草) 다시 한대 피어나며/고적(孤寂)한 나의 마음을 적이 위로하여라//나도 저를 못 잊거니 저도 나를 따르는지/외로 돌아 앉아 책(冊)을 앞에 놓아 두고/장장(張張)이 넘길 때마다 향을 또한 일어라

—「난초(蘭草) (3)」전문

"꽃이 지던 난초 다시 한대 피어나"는 모습에서 시상을 떠올리고 있는 이 작품 또한 이병기와 난초의 교감을 그려내고 있다. 난초에 대한 시인의 이 같은 교감은 책과 더불어 하나로 동화되어 생명의 향기로 피어난다. "온종일 두고" 비가 내리는 날에 자신의 "고적한" 마음을 난초에게서 위로받기도 한다. "나도 저를 못 잊거니 저도 나를 따르는지"라는 표현에서도 알 수 있듯이, 난초를 마치 자신의 살뜰한 벗으로 여기고 있는 것이다.

4. 우리 말글로 만난 고서 사랑

공자(孔子)는 군자란 모름지기 학문을 즐겨야 한다고 했다. 학문을 익히게 되면 아는 것이 많아지고, 아는 것이 많아지면 생각 또한 깊어진다는 것이다. 이병기는 애서가(愛書家)로 불릴 만큼 서책에 대한 사랑이 지극했다. 일찍이 시골 훈도시절부터 이루어진 문헌 수집은 단순한 독서 취미나 수집벽에서가 아니라 우리 겨레의 소중한 유산을 지키고자 하는 선각자적 관심에서 비롯되었다.

그에게 있어 고서를 수집·정리하고 주해하는 일은 생활 그 자체였다. 그렇듯 이병기는 그의 시조에서도 고서를 군자의 벗으로 모으고 있다. 따라서 고서는 그의 인품과 학자적 삶의 자세를 가늠하게 한다. 이른바 고서의 문학적 형상화는 매화·난초와 더불어 참된 군자정신의 표상이라 할 수 있다.

> 난(蘭)을 난(蘭)을 캐어다 심어도 두고/좀 먹은 고서(古書)를 한 옆에 쌓아도 두고/만발(滿發)한 야매(野梅)와 함께 팔 구년(八 九年)을 맞았다// 다만 빵으로서 사는 이도 있고/영예(榮譽) 또는 신앙(信仰)으로 사는 이도 있다/그러나 나는 이 세상을 이러하게 살고 있다
>
> —「난(蘭)과 매(梅)」 전문

이 시조는 이병기의 삶과 지향의지를 오롯이 보여 주고 있는 작품이다. 주위를 둘러보면 "빵으로 사는 이도 있고 영예 또는 신앙으로 사는 이도 있다"고 하지만, 그는 난초와 매화, 그리고 고서를 곁에 두고 살아가고 있다. 그러한 모습에서 자연의 생태와 동화된 군자의 기품을 쉽게 떠올릴 수 있다.

더져 놓인 대로 고서(古書)는 산란(散亂)하다/해마다 피어 오던 매화(梅花)도 없는 겨울/한종일(終日) 글을 씹어도 배는 아니 부르다//좀먹다 썩어지다 하찮이 남은 그것/푸르고 누르고 천년(千年)이 하루 같고/걷다가 도로 흰 먹이 이는 향은 새롭다//홀로 밤을 지켜 바라던 꿈도 잊고/그윽한 이 우주(宇宙)를 가만히 엿보고/빛나는 별을 더불어 가슴속을 밝힌다

—「고서(古書)」 전문

백철과 함께 쓴 『국문학전사』의 「자서」에서 이병기는 "20적부터 우리 말글에 뜻이 돌아 여러 사우(師友)에게 듣고 배우며 한편으로는 이런 서적(書籍)들을 정성껏 구하고 모아 곁에 항상 두고 보고픈 대로 뒤적이고 또는 깨닫고 느낀 바를 적기도 하였다. 이런지 어느덧 60성상(星霜)이 넘었다. 그래도 글을 읽으면 읽을수록, 지으면 지을수록 더욱 그 어려움을 느끼고 이러할수록 그 즐거움을 깨닫기도 하였다"고 적었다.

이렇듯 그는 서적들을 구하고 모았으며, 그 속에 묻혀서 사는 보람과 즐거움을 느껴왔던 터였다. 이 시조는 고서에 대한 그의 관심과 사랑을 느낄 수 있는 작품이다. "한 종일 글을 씹어도 배는" 부르지 않지만, 고서를 통해 "우주를 가만히 엿보고" "빛나는 별"을 가슴속에 품을 수 있는 지혜를 얻을 수 있다는 것이다.

서권기(書卷氣)란 즉 독서의 힘이요, 교양의 힘이다. 이것이 어찌 서도(書道)에뿐이리요. 문장(文章)에도 없을 수 없다. 위대한 천재(天才)는 위대한 서권기를 흡수하여서 발휘될 것이다. 현종(玄宗)의 어좌(御座) 앞에 만조문무(滿朝文武)가 한 자(字)도 모르는 발해국서(渤海國書)를 대번보고 번독(飜讀)하던 이백(李白)이라든지 「독파서만권 하필여유신(讀破書萬卷 下筆如有神)」이라 하던 두보(杜甫)라든지도 다 끔찍한 서권기를 가졌던 것이다.

—「서권기(書卷氣)」 가운데

이 수필은 『문장』(1939.12)에 발표되었는데, 여기서 이병기는 "학문을 함에는 물론 사우(師友)고 있어야 하려니와 또한 서권(書卷)과 잠시 떠날 수 없다"고 했다. 특히 추사 김정희의 서화론(書畵論)을 규정하는 미학의 핵심적 개념인 "서권기 문자향(書卷氣 文字香)"을 인용하고 있다. 이 말은 풍부한 학식과 고매한 인격이 뒷받침되면, 사람에게서 책의 기운이 솟고 문자의 향기가 풍긴다는 뜻이다.

이에 대해 이병기는 서권기란 "독서의 힘이요, 교양의 힘"으로써, 서도뿐 아니라 "문장"에도 있음을 강조하며, 서책의 중요성을 언급하고 있다. 다시 말해서 시조 창작의 원동력 또한 "서권기"에서 비롯된다는 것이다. 그리고 "한 사람의 지혜와 상상력이란 무한한 것이 아니"기 때문에, 자신 또한 서책을 통해 배우고 익혀 "서권기를 고취하고 싶다"고 술회했다.

> 그 넓고 넓은 속이 유달리 으스름하고/한낱 반딧불처럼 밝았다 꺼졌다 하여/성급히 그의 모양을 찾아내기 어렵다//펴 든 책(冊) 도로 덮고 들은 붓 더져 두고/말없이 홀로 앉아 그 한낮을 다 보내고/이 밤도 그를 끌리어 곤한 잠을 잊는다//기쁘나 슬프거나 가장 나를 따르노니/인생의 영과 욕과 모든 것을 다 버려도/오로지 그 하나만은 어이할 수 없고나
>
> ―「시마(詩魔)」 전문

이 작품에 따르면, 시조는 "기쁘거나 슬프거나" 가장 자신을 따르는 숙명과도 같은 의미를 가진다. 그는 "인생의 영과 욕과 모든 것을 다 버려도" 어찌할 수 없는 하나가 "시마"라고 표현했다. 그에게 있어 시조는 자기 마음속에 살아 숨쉬는 실상의 세계이며, 동시에 사랑과 긍정으로 모든 것을 다스리는 마음자리였던 것이다.

이렇듯 이병기는 사람살이의 지혜를 터득하기 위해 군자의 세 벗을

시조 속에 모으고 있다. 그의 시조는 단순한 자연 예찬이 아닌 인생에 대한 준엄한 통찰을 동반한다고 하겠다. 특히 군자삼우, 곧 난초·매화·고서의 시적 형상화는 시인의 기품과 일치하게 만든다. 결국 이병기의 시조세계는 덕행이나 학문을 갖춘 군자정신을 오롯이 간직하고 있다.

5. 마무리

세월이 지나고 시대가 바뀌어도, 군자는 언제나 사람들의 마음속에 하나의 기준이나 모범이 되고 있다. 반듯하고 착한 심성을 자랑하는 이병기의 시조 창작은 군자정신을 담으려는 예도였던 것이다. 이 예도는 다시 격조와 통한다. '누구보다도 시조의 속성을 알아차린 가람은 그 창의 대치물로 예도를 놓았다'는 주장처럼, 현대시조로 시조문학을 정착시켰다는 점은 이병기의 공로였다고 하겠다.

앞서 살펴보았듯이 이병기는 군자의 세 벗인 매화·난초·고서를 통해 그의 고결한 인품과 정신을 드러내고 있다. 그만큼 이병기 시조의 삼재(三材)라 일컬어지는 매화·난초·고서와의 교감이 시적 본령을 이루고 있다. 그는 그것들을 매개로 자연의 본질과 삶의 이치를 깨달았고, 덕행과 학식을 배우고 실천했던 것이다.

이 글에서는 다루지 못했지만, 이병기는 시조 창작에만 머물지 않고, 수필을 비롯하여 평설, 그리고 학술적 연구에도 큰 업적을 보여주었다. 그런 점에서 그의 삶과 문학 행보에 대해서는 찾고 기워야 할 데가 여전히 많다. 앞으로 그의 작품에 대한 발굴과 조사, 그리고 문학연구가 활발하게 뒤따라야 할 것이다. 이를 통해 『이병기 문학전집』이 서둘러 엮어지고, 그에 대한 온전한 값매김과 자리매김이 온전하게 이루어지길 기대한다.

몹시 추웠던 겨울이 지나고, 텅 빈 그의 방에 청매화가 피었다. 덩달아 그 곁에서 비취왕 같은 도림란의 향기 그윽하게 번졌다. 또한 그들 옆에 쌓인 좀 먹은 고서는 새봄을 맞이하고 있었다. 그는 군자삼우와 더불어 시마(詩魔)를 따라 우주를 가만히 엿보았다. 시조 「창」이 그의 시심을 투명하게 비춘다.

나의 추(醜)와 미(美)도 네가 가장 잘 알리라/나의 고(苦)와 낙(樂)도 네가 가장 잘 알리라/그러나 나의 임종(臨終)도 네 앞에서 하려 한다
—「창(窓)」 가운데

이성부 시에 들앉은 지리산(智異山)

1. 들머리

이성부(李盛夫, 1942~2012)는 약관의 나이에 시인으로 등단했다. 그의 대표작으로 꼽히는 「벼」, 연작시 「전라도」와 「백제」는 역사의 중심으로부터 소외된 민중의 울분과 비판의식을 보여 준 현실참여시의 한 전형으로 받아들여지고 있다. 시집 『이성부 시집』(1969), 『우리들의 양식』(1974), 『백제행』(1977), 『전야』(1981)에서 알 수 있듯이, 그는 민중의 삶을 억압하고 고통스럽게 만든 역사적 현실을 외면하지 않았던 것이다.

이성부는 1970년대를 전후로 활발하게 작품활동을 펼치면서 민중의 강인한 생명력과 서민의 정한을 담아내는 현실주의적 시세계를 구축함으로써 민중적 차원의 보편성을 획득한 것으로 평가된다. 이성부 자신도 그 무렵의 시들을 '서민 정신의 시'였다고 토로했다. 다시 말해서 그는 현실참여시 또는 민중시의 대표주자로 이름을 떨치던 시인이었다.

하지만 그는 1980년 5월 고향인 광주에서 벌어진 학살에 커다란 충격을 받고 작품활동을 중단했다. 광주민주화운동의 현장에 없었다는 자기 학대와 죄의식에서 벗어나기 위해 택한 것이 산행이었다. 그렇게 산을 찾아다닌 지 8년 남짓 지났을 때, 다시금 시를 쓰기 시작했다고 한다. 이성부 스스로 밝혔듯이, 산은 문학에서 멀어졌던 그를 문학으로 복귀시키는 계기가 되었다. 이후 그는 산행에서 얻은 소재, 이를테면 산에 얽힌 역사뿐 아니라 자신의 산행 체험을 온전히 담아내는 시를 주로 썼다.

이성부의 시집 『빈산 뒤에 두고』(1989), 『야간산행』(1996), 『지리산』(2001), 『작은 산이 큰 산을 가린다』(2005), 『도둑산길』(2010), 그리고 산문집 『저 바위도 입을 열어』(1998), 『산길』(2002) 등은 산행 체험의 결과물이다. 그에게 있어서 산은 역사와 문화의 중요한 무대이자 배경으로써 억압받고 소외된 이들의 삶터이자 의식 형성의 상징이었던 셈이다. 이처럼 그의 초기시가 시대적 문제에 대해 갈등하고 대립하는 세계를 보여 주었다면, 후기시는 역사와 자신의 삶에 대한 수용과 화해의 세계를 펼쳐 보였다.

지금껏 이성부의 시세계에 대한 종합적인 연구는 이루어지지 못하고, 작가론 또는 작품론을 비롯한 단편적인 논의에 머물고 있는 형편이다. 그런 가운데 그의 산행시의 세계에 대한 글들을 묶어낸 『산이 시를 품었네』(2004)는 그의 시세계에 대한 본격적인 평론, 인터뷰, 서평에 이르는 논의들을 포괄적으로 담아내고 있다. 이는 이성부의 시세계를 연구하는 길라잡이로 활용되고 있다.

이성부의 산행 체험, 곧 그에게 산은 존재 자체의 의미를 가질 만큼 큰 몫을 차지하고 있다. 산에 대한 시인의 애정은 과거의 경험을 현재와 미래의 가능성으로 껴안고자 하는 시정신과 맞닿아 있다. 이런 면모는 우리 역사에 대한 관심과 현실에 대한 인식을 바탕으로 다져진 것이기도 하다. 그의 말을 빌리면, 산이야말로 '한국인의 의식과 세계관 형성의 원형을 보여 주는 자연'이기 때문이다.

이성부는 백두대간 종주를 실천하기 위해 지리산을 오르면서 쓴 시편들을 모아 『지리산』을 발행했다. 이 시집에는 서시 「산경표 공부」와 '내가 걷는 백두대간'이라는 부제를 단 81편의 연작시가 실려 있다. 대산문학상 수상작이기도 한 그의 시집에 대해 심사위원들은 '지리산에 관해 앞으로 아무도 더 시를 쓸 수 없을 만큼 완벽한 산행시집'이라고 찬사를 보냈다.

시집 『지리산』의 〈시인의 말〉에서 이성부는 "이 시집에 수록된 시들은 모두 지리산(智異山)과 관련된 것들이다. 20여년 전부터 산행을 시작한 이래, 계절이 바뀔 때마다, 휴가나 연휴 때마다, 배낭 하나 짊어지고 지리산으로 떠났던 결과의 산물이라고 할 수 있다. 그때 그때 시를 써두었던 것이 아니라, 최근 5년 사이에 모두 씌어졌다"고 밝혔다. 이로 미루어 볼 때, 그의 지리산 산행시들은 1996년 무렵부터 2001년 사이에 쓴 작품이라고 하겠다.

물론 이성부는 지리산뿐 아니라 백두대간의 산들을 두루 형상화했다. 그에게 백두대간은 한반도의 자연적 상징이 되는 동시에 배달겨레의 인문적 기반이 되는 산줄기였던 까닭이다. 그렇다면 이성부 시인에게 지리산은 어떤 의미일까? 그는 지리산을 통해 시를 다시 찾았고, 거기서 자연과 역사와 사람, 그리고 자기자신을 만날 수 있었다. 이에 글쓴이는 이성부 시에 들앉은 지리산의 시적 형상화, 특히 자연지리, 인문지리, 정신지리 상상력의 측면에서 그의 시세계를 가늠해 보고자 한다.

2. 산행과 장소, 자연지리적 상상력

이성부는 산문 「지리산과 나」에서 지리산에 대해 소개하고 있다. 그에 따르면, 지리산은 '남한의 육지에서 가장 높고, 가장 큰, 가장 넓은 산세를 ,지닌 데다, 역사적으로 숱한 사연과 사건을 품고 있는 산'이다. 사실 그에게 지리산은 절망의 심연에서 '문학에의 열정을 키워준 고향'(「산위에 나 있는 시의 길」)과도 같이 희망을 새로이 가져다 준 장소라 하겠다.

또한 이성부는 '우리나라 산에는 사람의 역사가 있고, 사람의 삶·풍속·인문·사상·언어가 있었다. 산도 사람과 같이 희로애락이 있었다' (「산속으로 뻗은 시의 길」)고 밝혔다. 다시 말해서 그에게 있어 지리산은 그냥 산이 아니다. 지리산은 생명의 산이고, 역사의 산이며, 사람의 산이다. 그런 만큼 시집 『지리산』에는 자연과 역사, 사람과 추억이 들앉아 있는 것이다.

우선, 그의 시집 『지리산』은 독특한 편집 구조를 가지고 있다. 말미에 상세한 지리산 지도가 부록으로 붙었고, 중간에 지리산 전경, 천왕봉 일출, 산등성이 길과 깊은 골짜기의 물, 세석고원과 뱀사골, 고사목 지대와 구름에 덮힌 산봉우리의 사진들이 실려 있는 점이 특이하다. 그리고 특정 작품마다 지리적, 역사적 사실을 밝혀 주는 주석이 달려 있는 것도 눈에 띈다.

사람들 어디에서 와서/어디로들 흘러가는지/산에 올라 산줄기 혹은 물줄기/바라보면 잘 보인다/빈 손바닥에 앉아 슬픔 같은 것들/바람소리 솔바람소리 같은 것들/사라져버리는 것들 그저 보인다

—「산경표 공부」 가운데

이성부는 산을 오르기 전에 많은 공부를 한다고 밝혔다. 자연지리적 조사는 물론 그 산에 얽힌 인문지리적 지식을 가진다면 산행의 의미가 새로워진다는 것이다. 시집 『지리산』의 서시로 올린 「산경표 공부」에서 알 수 있듯이, 시인은 "산에 올라" "산줄기 혹은 물줄기"를 바라보면 과거와 현재, 그리고 미래의 사람살이가 "잘 보인다"고 말한다. 이는 단순히 산에 대한 지식이라기보다 인생 공부로 이어진다.

흔히 지리산 종주는 산의 등뼈를 구성하고 있는 노고단에서 천왕봉까지 모두 25.5km의 주능선을 산행하는 것을 일컫는다. 그런 점에서 지리산 종주는 산의 전체적인 윤곽을 파악할 수 있는 산행이다. 그의 시에 언급된 주요 장소들을 나열하면, 중산리-치밭목 산장-써리봉-칠선골-달뜨기재-천왕봉-통천문-제석봉-고사목 지대-백무동 계곡-한신골-청학동-쇠통바위-삼신봉-세석고원-쌍계별장-화개동천-대성골-선비샘-벽소령-통곡봉-피아골-뱀사골-문수골-임걸령-반야봉-노고단-노루목-전적기념관으로 이어진다. 이처럼 그의 산행시는 지리산 종주 길에서 체득한 통·공시적 장소감뿐 아니라 자연지리적 상상력을 담아내고 있다.

> 아 비로소 여기 이르렀구나/아잇적부터 어른이 될 때까지/반고비 고개 넘어 세상일 조금은 보일 때까지/꿈에서만 올라보던 그 봉우리/오늘은 내 두 발로 온몸으로 오르기 위해/여기 왔거니!/물소리 바람소리가/중산리에서는 옛 일들 되감아 내려와서/내 앞에 펼쳐놓는다
>
> ―「중산리」 가운데

이 시는 지리산을 마주하는 시인의 속내를 보여 주고 있다. 시의 주석에서도 밝히고 있듯이, "중산리"는 지리산 '천왕봉 산행의 가장 가까운 들머리'이자 '백두대간 종주의 시발점'이다. 어릴 때부터 "꿈

에서만 올라보던" 지리산을 "반고비 고개 넘어 세상일 조금은 보일 때" 그는 드디어 "두 발로 온몸으로 오르기 위해" 종주의 첫머리인 "중산리"에 왔다. 시인은 그곳에서 자신이 '살아 있는 동안의 산길 있음'을 고마워하며, '가슴 벅찬 풋풋함'으로 산행을 시작하고 있다.

> 내 여기 이르러 움추려 있음은/내 여기 이토록 힘겹게 또는 씩씩하게/험한 길 찾아 올라와서 그대 기다리는 일/길이 나를 새롭게 만들어 사랑 맞이하는 일/온 천하 산지사방 어둠 속에서/문득 동쪽 하늘 어슴푸레 긴 가로 금/마침내 한점 붉디붉은 것 틔어 빛나더니/큰 덩어리로 떠올라/내 온몸 달아오름이여
>
> —「천왕봉 일출에 물이 들어」가운데

이 시는 천왕봉에서 본 해돋이 체험에 대해 읊고 있다. 여기서 시인은 일출의 장관을 "그대 기다리는 일", 그리하여 "사랑 맞이하는 일"에 비유하고 있다. 그러한 비유적 표현으로 말미암아 천왕봉의 구체적 장소감을 제대로 살려내지 못하고 있다. 반면에 천왕봉 일출을 개별 체험의 입장에서 형상화함으로써, "온몸 달아오름"을 느끼는 벅찬 환희가 스며있다고 하겠다.

굳이 천왕봉 일출, 반야봉 낙조, 세석의 철쭉, 벽소령 달밤, 피아골 단풍, 노고단 운해, 연하봉 설경, 불일폭포, 칠선계곡, 섬진강의 맑은 물로 대표되는 '지리산 10경'을 들먹이지 않아도, 지리산은 수많은 식물과 동물, 그리고 사람들에게 삶의 터전을 제공해 주는 생명의 산이기도 하다. 이성부 시인은 천왕봉 일출을 보러 온 사람들에게 '하루라도 아니 한 순간만이라도 하나가 되'(「또 다른 일출」)라고 충고하고 있다.

산등성이 널찍한 곳에서는 사람도/마음 넓게 멀리 둘러보아야 한다/남쪽 아래 빗점골 마을 흔적 찾을 길 없어/마음만 내려가 더듬어보고/북쪽 아래 마천 내려가는 길 뼈다귀 나무들/무슨 원한으로 솟아 눈 부릅떴는지/찬찬히 살펴 저를 돌아볼 일이다/아 사람은 모두 자기 길을 찾아가지만/내가 가는 길 과연 나의 길인가/아직도 시작인 듯 꿈결인 듯/서쪽으로 가는 내 발걸음/언제쯤 노고단에 닿아 나를 눕힐까

—「벽소령을 지나며」 전문

"벽소령"은 지리산 종주의 중심부에 위치에 있으며 고도가 가장 낮은 고개이다. 그 주위에 높은 산들이 겹겹이 쌓여 유적한 산령을 이루고 있다. 달밤이면 푸른 숲 위로 떠오르는 달빛이 너무 맑아서 오히려 푸르게 보인다 하여 벽소령(碧宵嶺)이라 부르게 되었다고 한다. 물론 벽소령의 달밤은 지리산 10경 가운데 하나로 알려져 있다.

이 시는 "벽소령"에 대한 시인의 자연지리적 상상력이 묻어나는 작품이다. 왜냐하면 벽소령의 절경을 묘사하려는 시인의 의도가 돋보이기 때문이다. 시인은 "산등성이 널찍한 곳"인 벽소령에 도달하여, 지리산의 산세를 "마음 넓게 멀리 둘러보"고 있다. 그러면서 "아직도 시작인 듯 꿈결인 듯" 자신의 산행에 대해 "찬찬히 살펴 돌아볼 일"이라고 노래한다.

노고단에 여시비 내리니/산길 풀섶마다/옛적 어머니 웃음빛 닮은 것들/온통 살아 일어나 나를 반긴다/내 어린 시절 할머니에게 지천 듣고/고개만 숙이시더니/정재 한구석 뒷모습/흐느껴 눈물만 감추시더니/오늘은 돌아가신 지 삼십여년 만에 뵙는/어머니 웃음빛/이리 환하게 풀꽃으로 피어 나를 또 울리시니!

—「노고단에 여시비 내려」 전문

여기서 이성부 시인은 지리산 종주의 도달점이라 할 수 있는 "노고단"에 닿은 감격을 "어머니 웃음빛"에 비유하고 있다. 노고단에 이르니 "여시비"가 내리고, "옛적 어머니 웃음빛 닮은" "풀꽃"들이 피어 자신의 산행을 격려하고 있다고 했다. 흔히 특정 장소에 대한 정체성을 찾기 위해 시인의 장소감을 모색해 보는 일은 효과적인 방법이 된다. 이성부의 시에 나타난 장소감은 단순한 시적 배경이 아니라, 공간적 실천이라는 쪽에서 다가서야 할 것이다.

이렇듯 지리산을 형상화하고 있는 이성부의 시들은 대개 지리산 종주에서 만난 장소 상상력이 주류를 이루고 있다. 이는 지리산의 장소 이미지가 자연지리 상상력에 머물려 있는 까닭이다. 하지만 지리산에 대한 그의 시쓰기는 '경관 상찬'이라는 관습적 발상에서 벗어나 독특한 관점에서 의미를 부여하고 있다. 이는 시인이 산 자체에 눈길을 두고 있다는 증거일 뿐 아니라, 지리산을 구체적인 체험의 장소로 삼고 있다는 증거이기도 하다.

3. 사람과 역사, 인문지리적 상상력

흔히 산은 우리에게 있어 문화의 장소이며, 역사의 장소로 다가온다. 따라서 산의 장소 이미지는 자연지리에서 한 걸음 더 나아가 삶의 장소, 역사적 현장으로서의 의미를 지니고 있을 때 오래도록 기억될 수 있는 것이다. 이성부는 〈시인의 말〉에서 '지리산이라는 풍요로운 산은 저를 매혹케 하기에 충분했습니다. 저는 지리산을 찾을 때마다 그 많은 역사의 편린들을 가슴에 담고 다녔어요. 흐르는 땀보다는 먼저 마음속 눈물과 울음의 힘으로 그 산을 오르내렸는지도 모르지요'라고 토로했듯이, 그의 시는 지리산에 들앉은 역사적 발자취를 복원시키고 있다.

이처럼 이성부는 시집 『지리산』에 이르러 '산' 자체가 아니라 산에 얽힌 오래되고 소외된 '역사'들을 끌어올리면서 새로운 서사적 공간을 선보이고 있는 것이다. 그의 산행은 지리산의 역사를 찾아가고 있는 것이다. 「그 산에 역사가 있었다」라는 작품이 '내가 걷는 백두대간'의 연작시 첫자리에 놓인 것도 그 같은 맥락일 것이다.

> 이 길에 옛 일들 서려 있는 것을 보고/이 길에 옛 사람들 발자국 남아 있는 것을 본다/내가 가는 이 발자국도 그 위에 포개지는 것을 본다/하물며 이 길이 앞으로도 늘 새로운 사연들/늘 푸른 새로운 사람들/그 마음에 무엇을 생각하고 결심하고/마침내 큰 역사 만들어갈 것을 내 알고 있음에라!/산이 흐르고 나도 따라 흐른다/더 높은 곳으로 더 먼 곳으로 우리가 흐른다
>
> —「그 산에 역사가 있었다」 가운데

이 시에서 말하길, 이성부는 오랫동안 "산길을 그냥 걷는 것만으로도/산이 있음에 고마워"하였다고 한다. 그렇게 시인은 "이 길에 옛 일들 서려 있는 것을 보고/이 길에 옛 사람들 발자국 남아 있는 것을 본다/내가 가는 이 발자국도 그 위에 포개지는 것을 본다"는 표현으로 산행의 의미를 부여하고 있다. 다시 말해서 그는 산에서 역사를 깨닫게 되었다는 것이다.

여기서 시인이 말하고 있는 "옛 일들"은 지리산에 얽힌 역사적 이야기를 일컫는다. 그러한 역사의 주체였던 "옛 사람들"의 "발자국"이 남아 있는 지리산, 자신의 산행도 "더 높은 곳으로 더 먼 곳으로" 흘러가, 언제나 "새로운 사연들"과 "새로운 사람들"로 인해 "마침내 큰 역사"를 만들어 갈 것을 인식하고 있는 것이다.

이성부의 인문지리적 상상력에는 지리산과 인연이 깊은 사람들로 채워져 있다. 따라서 그의 지리산은 사람의 산이라고 말하고 싶다. 그는 여러 장소들에 대한 역사적 사실과 인물들의 삶에 각별한 눈길을 보여 주기 때문이다. 그가 지리산 산행에서 불러낸 사람으로는 고운 최치원, 남명 조식, 점필재 김종직, 김일손, 매천 황현 같은 선비, 청허당 서산대사, 도선국사, 동학접주 김개남 같은 역사적 인물을 들수 있다.

저 아래 덕산골 살았던 남명선생/하루에도 몇 번씩 산봉우리 쳐다보며/하늘이 울어도 산은 울지 않는다는/크고 넉넉한 마음/벼슬길 마다하던 그 까닭 알겠거니/소인배 들끓는 세상에서는/군자가 저를 감추어 더/고요해지는 일 내 알겠거니

—「남명선생」 가운데

속세도 갈수록 하늘에 가까워지는 것인가/죄 많은 사람도 어렵지 않게 신선이 되는 나라인가/생각하면서/천천히 통천문을 내려간다/요즘 사람들은 무엇이 옳고 옳지 않음인지/스스로 깊이 헤아려보지 않는다/잘못된 글 따위를 읽고 자기주장으로 삼는다/오백년 전 점필재 유두류록 떠올리며/멀리 겹겹이 솟구친 산봉우리 용틀림 바라본다/석문을 나와 세상 속으로 들어간다

—「통천문을 내려가며」 가운데

이성부에게 있어 지리산은 속세를 떠나 달관이 경지에 오른 고승 또는 군자의 모습으로 나타난다. 이를테면 지리산은 시인의 마음을 깨우쳐 주는 구도자로서 우뚝하게 자리 잡고 있다. 특히 시인은 지리산의 정신으로 일컬어지는 남명 조식에게서 많은 깨달음을 얻고 있

다. 앞의 시에서 "남명선생"이 "하루에도 몇 번씩 산봉우리 쳐다보며" 닮은 군자의 "크고 넉넉한 마음"을 알겠다는 것이다. 아울러 그는 '산을 닮아 더욱 커져가는 것/내 오늘에사 깨달았'(「다시 남명선생」)다고 적고 있다.

또한 점필재와 그의 제자 김일손은 각각 17년의 간격으로 지리산을 오르면서, 점필재는 『유두류록(流頭流錄)』을, 김일손은 『속두류록(續頭流錄)』을 남겼다. 기행문의 백미로 꼽히는 두 작품에서는 당시 선비들의 풍류와 시대를 바라보는 통찰력을 읽을 수 있다. 뒤의 시에서 이성부는 "오백년 전 점필재 유두류록 떠올리며/멀리 겹겹이 솟구친 산봉우리 용틀림 바라본다"고 했다. 그렇게 그는 "통천문을 내려가며" 사람살이의 "옳고 옳지 않음"을 헤아려보고 있는 것이다.

계곡을 건너자마자 길은 풀섶을 두껍게 뒤집어쓰고 저를 감춘다 나는 발길로 헤쳐가며 길의 몸을 본다 허물어진 상처 아물었어도 길은 이미 슬픔이어서 저를 드러내지 못한다 우리들의 사랑이 비록 옛일이어서 가물거린다 하더라도 그 사랑 어찌 지워질 수 있으랴 허리께에 올라온 조릿대밭 서걱이며 바람이 옛시간들을 불러 모으고 나는 문득 오십년 전 숨결소리를 찾아 귀를 기울인다

　　　　　　　　　　　　　　　　　—「이현상 아지트에 길이 없다」 가운데

이성부는 지리산에 얽힌 역사와 사연들 가운데 가장 중점을 두고 형상화하고 있는 것은 이른바 '빨치산' 이야기이다. 그 이야기는 이현상으로부터 정순덕, 하준수, 양수아, 이름없는 소녀전사에 이르기까지 다양하게 담아내고 있다. 이 시는 빨치산 남부군 사령관이었던 이현상의 삶을 노래하고 있다. 시인은 "이현상 아지트"라고 생각되는 곳을 지나면서, "옛일"과 "옛시간"으로 대변되는 소외된 역사의 현장

을 떠올리고 있는 것이다.

결국 이성부가 지리산에서 만난 것은 역사가 되어버린 비극적 인물들의 초상인 것이다. 이처럼 그는 사라져간 사람들의 발자취를 반추하며, 그들의 비극적인 삶과 아픈 상처를 위무하고 있다고 하겠다. 이를테면 그는 지리산 산행과 더불어 빨치산 이야기를 끈적끈적한 서정의 가락으로 퍼올리고 있는 셈이다.

내 그리움 야윌 대로 야위어서/뼈로 남은 나무가/밤마다 조금씩 자라고 있음을/나는 보았다/밤마다 조금씩 손짓하는 소리를/나는 들었다/한 오십 년 또는 오백 년/노래로 살이 져 잘 살다가/어느 날 하루아침/불벼락 맞았는지/저절로 키가 커 무너지고 말았는지/먼 데 산들 데불고 흥청망청/저를 다 써버리고 말았는지/앙상하구나/그래도 사랑은 살아남아/하늘을 찔러/뼈다귀는 뼈다귀대로 사이좋게 늘어서서/내 간절함 이토록 벌거벗어 빛남이여

―「고사목」전문

하늘을 찌를 듯이 뼈다귀를 드러내고 서 있는 "고사목"은 지리산에서 죽어 몸을 묻고 흙이 된 수많은 사람들의 안타까운 영혼들로 묘사되곤 한다. 이 시는 "밤마다 조금씩 자라고 있"는 고사목, "밤마다 조금씩 손짓하는 소리를" 내는 고사목으로부터 끝내 사랑으로 남은 시인 자신을 발견하고 있는 작품이다. 그렇게 시인은 "고사목"으로부터 끝내 살아남은 "사랑"을 발견하고 있을 뿐 아니라 이 사랑으로 하여 "내 간절함 이토록 벌거벗어 빛"나고 있다고 노래한다.

그밖에도 시집 『지리산』에는 시인 자신과 인연을 맺었던 적잖은 문인, 화가, 산악인들이 등장하고 있다. 문인으로는 양성우, 고정희, 정규화, 이태 등을 만날 수 있고, 화가로는 진의장, 송용, 김진, 여운,

정춘진 등이 있으며, 산악인으로는 남난희 등을 들 수 있다. 이를 통해 이성부의 눈길이 지리산의 아름다운 경관보다는 인문지리 상상력에 붙박혀 있음을 알 수 있다.

여기서 다룬 시들은 지리산이라는 특정 장소에 대한 개별적 역사를 그려내고 있는 작품들이다. 다시 말해서 지리산의 장소 상상력이 지명이나 경관에 대한 단순한 감흥이나 상찬을 되풀이하는 데 머물지 않고, 지리산에 얽힌 역사 또는 개인적 이야기로 장소감을 표현하고 있는 셈이다. 이 같은 인문지리적 상상력은 지리산에 대한 각별한 애정의 소산이라 여겨진다. 그런 점에서 그의 지리산 산행시는 색다른 느낌으로 다가온다.

4. 시인과 지리산, 정신지리적 상상력

흔히 시쓰기는 자기 표현의 방식이다. 그렇다면 그의 산행은 무엇을 의미하는가? 그는 산행의 이유에 관해 '시가 가는 길, 시가 가야 할 길과 닮아 있기 때문'이라고 밝힌 바 있다. 그에게 있어 산은 시와 동의어였던 셈이다. 그런 점에서 이성부는 산을 닮아가는 시인이라고 말하고 싶다.

그에게 있어 시쓰기는 끊임없는 자기 성찰로 이어진다. 특히 그의 산행시는 시대적 절망을 극복하기 위해 모색한 삶의 방식이라 할 수 있다. 그는 자연과 역사와 인문을 끌어안고 있는 지리산으로부터 삶의 진리를 발견하고 지혜를 깨닫는 것 또한 소홀히 여기지 않는다. 따라서 산행에서 얻은 그의 장소감은 서정 공간의 지도, 곧 시인의 정신지리적 상상력이 되거나, 자연과의 합일 또는 자기 성찰의 계기가 되고 있다.

나는 세상의 전면에서 뒤편으로, 드러남에서 숨겨짐으로 사는 삶이 더 좋았다. 죄지은 사람들의, 잠적의 심리를 나는 이해할 수 있을 것 같았다. 당시의 나는 내가 '살아 있다'는 사실 하나만으로 죄인이었다. 나의 문학적 이상이 군화 발바닥에 의해 뭉개졌을 때, 이미 나는 시인일 수가 없었다. 진실과 허위, 정의와 불의, 삶과 죽음 따위의 가치가 뒤바뀐 사회에서 많은 사람들이 숨을 죽이고 살아야했다. 현실도피와 자기 학대를 겸한 산행은, 이처럼 나의 비겁함으로부터 시작되고 강행되었다.

　　　　　　　　　　　　　　　　　—「산 속으로 뻗은 시의 길」 가운데

이성부는 1980년 광주의 참상은 그로 하여금 '언어에 대한 절망과 배반'을 느끼게 했으며, 그 당시 '5월 광주'의 현장에 없었다는 이유 하나로 스스로를 "죄인"이라 여겼다. 그렇게 "진실과 허위, 정의와 불의, 삶과 죽음 따위의 가치가 뒤바뀐 사회"에서 그는 10여 년 동안 시를 쓰지 않고 긴 침묵으로 맞섰던 것이다. 그런 그에게 살아 있는 "죄인"으로서의 "현실도피와 자기 학대를 겸한 산행"은 새로운 삶을 가져다주었다.

'사람은 정신의 먹이를 찾아 산에 오른다'(「산 속으로 뻗은 시의 길」)는 표현처럼, 이성부는 자신의 정신적 지향을 지리산에 견주어 나타내고자 했다. 그래서 그의 시 속에는 지리산 산행에서 얻은 많은 가르침과 깨달음이 들앉아 있는 것이다. 시집 『지리산』의 곳곳에 나타나는 '알다/보다/깨닫다'라는 낱말의 되풀이가 입증하듯, 삶에 대한 은유로써 산에 관한 시인의 정신지리를 담아내고 있다. 이를테면 그는 무엇보다도 산에 다니면서 세상을 너그럽게 보고 자신을 부단히 성찰할 수 있는 시간을 갖게 되었다는 것이다.

시는 월급을 받지 않아야 하고/날마다 출근을 하지 않아 조금은 게을러

야 하고/그래서 아무래도 숨어서 내뱉어야 제격이다/마음대로 꽃피거나
흐르거나 그냥 사라져버릴 일이다

—「숨어서 내뱉은 시」 가운데

언제나 정신 새로 만들기에 알맞은/지리산 깊은 골짜기에서/나를 본다
사람마다 스스로 외로움을 데불고 가는/사연이 아주 잘 보인다/흐르는 물
이 저를 벗어 제 속을 맑게 보여주듯이/내 속을 드러내는 나를 내가 본다/
이 얼마만에 맞이하는/내 젊음이냐 설레는 자유냐

—「한신골에서 나를 보다」 가운데

앞의 시는 지리산 산행을 통해 느끼는 시인의 속내를 솔직하게 보
여 주고 있다. "시는 월급을 받지 않아야 하고/날마다 출근을 하지
않아 조금은 게을러야" 한다는 것이다. 다시 말해서 시인은 직업이
아니라서, "아무래도 숨어서 내뱉어야 제격"이라고 했다. 그런 점에
서 이 시는 자신의 시쓰기에 대한 반성으로 읽힌다.

뒤의 시에 따르면, 이성부 시인은 '한신계곡 오름길'에서 스스로를
되돌아볼 수 있는 기회를 얻게 된다. 이 시는 '지리산'이라는 크나큰
품에서 새로운 자기 성찰에 눈뜨고 있는 과정을 노래한 작품이다. "흐
르는 물이 저를 벗어 제 속을 맑게 보여주듯이/내 속을 드러내는 나를
내가 본다"에서처럼, 시인의 지리산 산행은 자신을 닦으며 다시 일으
켜 세우는 과정인 것이다. 이는 곧 지리산이 자기 성찰의 공간으로
인식되고 있다는 근거이기도 하다.

나무가 먼저 부러졌을까/내가 먼저 미끄러져 나무가 다쳤을까/아무튼
나는 그대로 떨어지고 말았다/돌부리에 깨진 무르팍에서 피가 흘렀다/철
들기에는 아직 멀었구나/건방지고 거들먹거리는 마음 아직도 남아 있어/

이 모양 이 꼴이 되었구나/새삼 하나를 더 배우고 더 깨우쳐서/이렇게 누워 있음이여/깁스를 한 채 눈만 멀뚱거리는/한국이여

　　　　　　　　　　　—「남겨진 것은 희망이다」 가운데

　이 시에서 이성부는 지난 삶에 대한 반성과 성찰, 그리고 미래를 향한 희망의 한국을 염원하고 있다. 우선 시인은 지리산 산행에서 '바위 비탈'에 미끄러져 다친 일을 되새기고 있다. 자신의 "건방지고 거들먹거리는 마음 아직도 남아 있어" 그런 사고를 당한 것으로 자신을 반성하고 있는 것이다. 그러면서 그는 "깁스를 한 채 눈만 멀뚱거리는" 자신의 처지를 넘어 우리나라의 현실과 미래에 대한 성찰으로 확대시키고 있다.

　결국 시집 『지리산』에서 새삼 느낄 수 있듯이, 자신을 반성하면서 조국의 현실을 걱정하는 이성부의 시정신은 여전하다고 하겠다. 그러한 점이야말로 그에게 산은 관념이 아닌 현실이 되었다는 증거일 것이다. 이처럼 그의 시에 들앉은 지리산은 힘겨운 삶을 어루만져 주는 안식처 내지 자기 성찰의 장소가 되고 있으며, 시대 현실을 올곧게 인식하여 새로운 희망을 되찾게 하는 장소로 자리 잡고 있는 것이다.

　이렇듯 이성부의 산행시는 자신의 삶에 대한 성찰과 승화의 경지에 도달하려고 애쓰고 있는 셈이다. 지리산의 절경에 압도당하지 않으면서 개성을 갖춘 새롭고 구체적인 장소 상상력이나, 개인적으로 겪은 독특한 산행 체험과 감정이 골고루 녹아든 시는 찾아보기 어렵다. 그런 차원에서 그의 시는 독특한 산행시로 나아갈 길을 일러 주고 있는 셈이다.

5. 마무리

지금껏 살펴본 바와 같이, 이성부 시인은 산에서 비로소 삶의 의미와 시의 길을 새롭게 발견하고 있다. 백두대간의 초입인 '지리산'으로부터 뻗어나온 시인의 발자국, 우리 시단에 뚜렷한 자취를 아로새길 것이다. 문학지리학적 관점에서 이성부의 시에 들앉은 지리산이야말로 매우 쓸모있는 대상이라고 하겠다. 이성부 시에 들앉은 지리산은 그의 사회학적 상상력 못지않게 지리학적 상상력, 이를테면 장소와 공간에 대한 감수성의 문제로 이어지기 때문이다.

그동안 지리산은 글쓴이에게 선망의 대상이자 연구의 과제에 머물러 있었다. 하지만 이성부 시에 들앉은 지리산을 만나면서, 지리산은 발품으로 찾아야 할 문학실천의 공간임을 깨달았던 것이다. 이 글에서는 다루지 못했지만, 이성부는 '내가 걷는 백두대간' 연작시의 완결판인 『작은 산이 큰 산을 가린다』를 펴냈다. 또한 산과 관련된 시와 산문을 많이 남겼다.

앞으로 이성부의 삶과 문학행보에 대한 논의가 활발하게 뒤따라야 할 것이다. 이를 통해 그의 문학에 대한 값매김과 자리매김이 온전하게 이루어지길 기대한다. 물론 글쓴이의 관심은 '이성부의 산행시 연구'로 모아지고 있다. 지천명의 나이에 이르기 전에, 그의 산행시 속에 그려놓은 지도를 펼쳐들고 지리산 종주를 다짐해 본다.

> 가까이 갈수록 자꾸 내빼버리는 산이어서/아예 서울 변두리 내 방과/내 마음속 깊은 고향에/지리산을 옮겨다 모셔놓았다/날마다 오르내리고 밤마다 취해서/꿈속에서도 눈구덩이에 묻혀 허위적거림이여
>
> ─「지리산」 전문

찾아보기

[작품]

446

지은이 한정호

경남 남해에서 태어나, 경남대학교에서 박사학위를 받았다. 1990년『한국문학』에 시가 당선되어 문단에 나왔다. 연구서로『지역문학의 이랑과 고랑』(2011)과 공저『파성 설창수 문학의 이해』(2011)가 있고, 『김상훈 시 연구』(2003), 『포백 김대봉 전집』(2005), 『꽃보다 아름다운 시』(2005), 『정진업 전집(2)』(2010), 『서덕출 전집』(2010) 등을 엮기도 했다. 현재 경남대학교에서 교수로 일하고 있다.

지역문학총서 24

지역문학의 씨줄과 날줄

© 한정호, 2015

1판 1쇄 인쇄_2015년 11월 10일
1판 1쇄 발행_2015년 11월 20일

지은이_한정호
펴낸이_양정섭
펴낸곳_도서출판 경진
　　　　등록_제2010-000004호
　　　　블로그_http://kyungjinmunhwa.tistory.com
　　　　이메일_mykorea01@naver.com

공급처_(주)글로벌콘텐츠출판그룹
　　　　대표_홍정표
　　　　편집_김현열 송은주　디자인_김미미　기획·마케팅_노경민　경영지원_안선영
　　　　주소_서울특별시 강동구 천중로 196 정일빌딩 401호
　　　　전화_02) 488-3280　팩스_02) 488-3281
　　　　홈페이지_http://www.gcbook.co.kr

값 28,000원
ISBN 978-89-5996-485-7 93810